1Q84
Libro 3

colección andanzas

Libros de Haruki Murakami
en Tusquets Editores

HARUKI MURAKAMI
1Q84
Libro 3

Traducción del japonés
de Gabriel Álvarez Martínez

Título original: *1Q84* (vol. 3)

1.ª edición: octubre de 2011

© 2010, by Haruki Murakami

© de la traducción: Gabriel Álvarez Martínez, 2011
Diseño de la colección: Guillemot-Navares
· Reservados todos los derechos de esta edición para
Tusquets Editores, S.A. - Cesare Cantù, 8 - 08023 Barcelona
www.tusquetseditores.com
ISBN de la obra completa: 978-84-8383-314-8
ISBN: 978-84-8383-355-1
Depósito legal: B. 31.859-2011
Impresión y encuadernación: Romanyà-Valls
Impreso en España

1
USHIKAWA
Patadas en un rincón lejano de la conciencia

–¿Le importaría no fumar, señor Ushikawa? –dijo el hombre de baja estatura.

Durante unos instantes, Ushikawa observó el rostro de su interlocutor, sentado al otro lado del escritorio, y luego miró el cigarrillo Seven Stars que sus propios dedos sujetaban. No estaba encendido.

–Lo siento –añadió cortésmente el hombre.

Ushikawa adoptó un gesto de perplejidad y se preguntó qué hacía aquello en sus manos. Dijo:

–¡Ah! Disculpe, no debería haberlo sacado. No voy a encenderlo. Mis manos se han movido a su antojo, sin yo darme cuenta.

El hombre subió y bajó el mentón sólo un centímetro, sin que su mirada se desviara ni un ápice. Toda su atención estaba puesta en los ojos de Ushikawa. Éste devolvió el cigarrillo a la cajetilla y la guardó en un cajón del escritorio.

El hombre alto, con el pelo recogido en una coleta, estaba de pie, en la entrada, rozando apenas el marco de la puerta y mirando a Ushikawa como quien contempla una simple mancha en la pared. «¡Qué tipos tan siniestros!», pensó Ushikawa. Pese a que era la tercera vez que se reunía con ellos, siempre le producían la misma intranquilidad.

El hombre bajo y de cabeza rapada, sentado frente al escritorio del exiguo despacho de Ushikawa, era el que hablaba. El de la coleta guardaba un profundo silencio. Sólo miraba a Ushikawa a la cara, completamente inmóvil, como los *komainu** colocados a la entrada de los santuarios sintoístas.

–Han pasado tres semanas –dijo el de la cabeza rapada.

Ushikawa cogió un calendario de mesa y comprobó algo que había anotado en él.

* Estatuas de piedra con forma de león. *(N. del T.)*

–En efecto. Han pasado exactamente tres semanas desde la última vez que nos vimos.

–Y desde entonces no hemos tenido noticias de usted. Como le dije la vez anterior, la situación es apremiante. No hay tiempo que perder, señor Ushikawa.

–Lo sé –contestó Ushikawa, que, a falta de cigarrillo, daba vueltas a un mechero plateado entre los dedos–. No podemos entretenernos. Soy consciente de ello.

El rapado esperó a que Ushikawa continuara.

–Pero no quiero soltarles información a trompicones. Un poco por allí, otro poco por allá... Prefiero obtener primero una imagen de conjunto, conectar entre sí las piezas y alcanzar un punto desde el que vea el trasfondo de las cosas. Una información a medio cocer ocasionaría problemas innecesarios. Quizá le parezca caprichoso, pero es mi método de trabajo, señor Onda.

Onda, el de la cabeza rapada, lo observaba con frialdad. Ushikawa sabía que no le caía bien a ese hombre, pero no le importaba. Que él recordara, nunca había caído bien a nadie. Para él era moneda corriente, por así decirlo. Nunca había agradado a sus padres, y tampoco a sus hermanos, a sus profesores ni a sus compañeros. Ni siquiera a su mujer y a sus hijas. Si le hubiera caído bien a alguien, seguramente se habría preocupado, porque lo normal era lo contrario.

–Señor Ushikawa, deseamos respetar su manera de trabajar en la medida de lo posible. Y así lo hemos hecho hasta ahora, ¿no es cierto? Pero esta vez, por desgracia, no podemos esperar a que consiga usted toda la información.

–Tiene razón, señor Onda, pero imagino que no habrán estado esperando sin más a que yo me pusiera en contacto con ustedes –replicó Ushikawa–. Mientras yo indagaba, ustedes habrán tomado alguna que otra medida. ¿Me equivoco?

Onda no contestó. Sus labios permanecieron unidos formando una perfecta línea horizontal. Su rostro no se inmutó. Sin embargo, Ushikawa percibió que no se equivocaba. Durante esas tres semanas, probablemente se habían organizado y habían buscado el paradero de la joven por otras vías. Pese a todo, no habían obtenido ningún resultado, y por eso aquel par de tipos siniestros se había presentado otra vez ante él.

–Se suele decir que «la culebra, por pequeña que sea, conoce bien el camino de la serpiente» –dijo Ushikawa mostrando las palmas de las manos, como si desvelara un secreto apasionante–. No tengo nada que ocultarles: soy una culebra. Como habrán comprobado, no tengo buena apariencia, pero sí un olfato fino. Y soy un buen rastreador. Sin embargo, pese a ser una culebra, conozco bien mi trabajo, aunque lo hago a mi ritmo y a mi manera. Sé perfectamente que, en lo que nos ocupa, el tiempo es oro, pero les ruego que esperen un poco más. Si no tienen paciencia, quizás al final tengan que irse con las manos vacías.

Onda observó con calma cómo Ushikawa daba vueltas al mechero. Luego levantó un poco el rostro.

–¿No podría anticiparnos algo de lo que sabe? Yo le comprendo, pero nuestros superiores no admitirán que volvamos sin ningún resultado, por nimio que sea. Nos meteríamos en un aprieto. Además, señor Ushikawa, no creo que su situación sea precisamente muy tranquilizadora.

«Estos tipos también están entre la espada y la pared», se dijo Ushikawa. Los dos habían sido elegidos para trabajar como guardaespaldas del líder por su dominio de las artes marciales. Y el líder había sido asesinado delante de sus narices. No obstante, no había ninguna prueba fehaciente de ese asesinato. Un médico de la directiva de Vanguardia había inspeccionado el cadáver, sin encontrar ninguna herida externa. En las instalaciones médicas de la comunidad disponían de equipamiento muy poco sofisticado. Además, andaban escasos de tiempo. Para descubrir algo, habría sido necesaria una autopsia meticulosa practicada por forenses expertos. Sin embargo, era demasiado tarde: ya se habían deshecho del cadáver sin que la comunidad se enterara.

Aun así, al no haber podido proteger al líder, aquellos dos se hallaban en una posición delicada. Por el momento, les habían asignado la misión de encontrar a la joven desaparecida. Habían recibido la orden de no dejar piedra por mover para dar con ella, pero todavía no tenían ninguna pista. A pesar de ser buenos profesionales como guardaespaldas y vigilantes de seguridad, no estaban preparados para rastrear a alguien que se ha esfumado.

–Muy bien –dijo Ushikawa–, les contaré algo de lo que he averiguado hasta ahora. Algo, no todo.

Onda entornó los ojos.

–De acuerdo –asintió–. También nosotros nos hemos enterado de algunas cosas. Quizás usted ya las sepa, quizá no. Podemos compartir la información.

Ushikawa dejó el mechero y entrelazó los dedos sobre la mesa.

—Esa joven, Aomame, fue enviada a la suite del Hotel Okura y ayudó al líder a realizar estiramientos musculares. Era una noche de principios de septiembre y en el centro de la ciudad caía una fuerte tormenta con aguacero. Trabajó a solas con él en una habitación durante una hora y, cuando se retiró, dejó al líder durmiendo. Les pidió a ustedes que lo dejaran dormir en la misma postura unas dos horas. Ustedes la obedecieron. Sin embargo, el líder no dormía. Por entonces ya estaba muerto. No mostraba herida externa alguna. Todo apuntaba a un paro cardiaco. Pero, inmediatamente después, la chica desapareció. Poco antes había abandonado el piso en que vivía. En el piso no quedaba nada, estaba completamente vacío. El día anterior había presentado su dimisión en el gimnasio. Todo estaba planeado hasta el último detalle, así que no se trató de un mero accidente. No cabe duda de que Aomame mató al líder.

Onda asintió. Hasta ahí no tenía nada que objetar.

—Ustedes desean averiguar la verdad —dijo Ushikawa— y para ello tienen que atrapar a Aomame.

—Necesitamos estar seguros de que ella lo mató y, si fue así, por qué motivo y en qué circunstancias.

Ushikawa dirigió la mirada hacia sus diez dedos unidos sobre el escritorio. Tuvo la impresión de que los veía por primera vez. Después alzó la vista y miró a su interlocutor a la cara.

—Supongo que ya habrán investigado todo lo relacionado con los familiares de Aomame, ¿no? Todos ellos son miembros devotos de la Asociación de los Testigos. Sus padres aún participan activamente en las tareas de proselitismo. Tiene un hermano de treinta y cuatro años que trabaja en la sede de Odawara; está casado con una creyente fervorosa y tienen dos hijos. Aomame es la única de la familia que se ha distanciado de la Asociación. Para utilizar la expresión que ellos emplean, «ha apostatado» y, por consiguiente, rompió con su familia. Al parecer, no ha habido contacto alguno entre la familia y Aomame desde hace unos veinte años. Dudo mucho que le estén dando cobijo. Durante un tiempo se hospedó en casa de su tío, pero al empezar el instituto se independizó. ¡Asombroso! Es una mujer fuerte, no hay duda.

El rapado no dijo nada. Ya debía de estar al corriente de todo eso.

—No creo que la Asociación de los Testigos esté implicada en este asunto. Son conocidos por su incondicional pacifismo y por su defensa del principio de no resistencia. En tanto que comunidad religiosa, es imposible que haya atentado contra la vida del líder. Supongo que estarán de acuerdo.

—La Asociación de los Testigos no tiene nada que ver con este asunto —confirmó Onda—. Eso está claro. Hablé con su hermano, por si acaso. *Sólo por si acaso.* Pero no sabía nada.

—¿Por si acaso, le arrancaron las uñas? —preguntó Ushikawa.

Onda ignoró la pregunta.

—Vamos, no se ponga tan serio, hombre. Era una broma —prosiguió Ushikawa—. Una broma sin gracia, lo sé. Estoy seguro de que su hermano no sabía nada de ella ni de su paradero. Yo soy un hombre pacífico, nunca actúo de forma violenta, pero en este caso lo entendería. Como le decía, hace tiempo que Aomame cortó todos los vínculos con su familia y con la Asociación de los Testigos. Sin embargo, dudo que llevara a cabo sola un plan tan complicado. Fue un plan ingenioso, y ella actuó con frialdad, siguiendo pasos estudiados. Su desaparición parece un milagro. Sin duda necesitó la ayuda de alguien y dinero en abundancia. Por una u otra razón, quienquiera que esté detrás de Aomame deseaba matar al líder. Lo dispuso todo para conseguirlo. Imagino que en este punto estamos de acuerdo.

—Más o menos —dijo Onda.

—Sin embargo, no tengo ni la más remota idea de qué organización puede hallarse detrás de eso —confesó Ushikawa—. Habrán investigado ustedes a sus amistades, ¿no?

Onda asintió en silencio.

—Pero, ¡ojo!, no encontraron a ningún amigo digno de ese nombre, ¿verdad? —siguió Ushikawa—. No tiene amigos ni, al parecer, novio. Tampoco tenía trato con sus colegas del gimnasio fuera de las horas de trabajo. En resumen, no se relacionaba con nadie. ¿Cómo es posible, siendo una joven sana y bastante resultona?

Dicho esto, Ushikawa miró al hombre de la coleta, que seguía de pie junto a la puerta. Su postura y su gesto no habían cambiado. Sin duda su rostro era de por sí inexpresivo e inmutable. Ushikawa se preguntó si tendría nombre. No le hubiera sorprendido que no lo tuviera.

—Son ustedes los únicos que han visto a Aomame —dijo Ushikawa—. ¿Cómo era? ¿Les llamó la atención algún rasgo?

Onda negó con un movimiento de la cabeza y contestó:

—Como le dije, es joven y atractiva a su manera. Pero tampoco es una belleza que atraiga las miradas. Es tranquila y serena. Me dio la impresión de que sabía que era buena en su trabajo con los clientes del gimnasio. Por lo demás, no hubo nada que nos llamara especialmente la atención. La impresión que me dejó su apariencia es mínima. No consigo recordar los detalles de sus facciones. Hasta me resulta extraño...

Ushikawa volvió a dirigir la mirada hacia el de la coleta. Quizás éste quería decir algo, pero su boca no hizo amago de abrirse.

Ushikawa miró entonces al rapado.

–Habrán examinado el registro de llamadas de Aomame de los últimos meses, ¿no?

–No, todavía no.

–Pues se lo recomiendo. Deberían hacerlo –dijo Ushikawa esbozando una sonrisa–. La gente suele hacer y recibir llamadas. El registro de llamadas revela cómo es y cómo vive una persona. Aomame no iba a ser una excepción. Acceder a un registro de llamadas no es fácil, pero tampoco imposible. Como ven, la culebra conoce el camino de la serpiente.

Onda aguardó en silencio a que prosiguiera.

–En su registro de llamadas descubrí algunos detalles interesantes. Aunque resulta sumamente extraño tratándose de una mujer, a Aomame no le gusta demasiado hablar por teléfono. El número de llamadas era escaso, y la duración, no demasiado larga; sólo en contadas ocasiones mantenía alguna conversación prolongada. Solía llamar al gimnasio, pero como también trabajaba por su cuenta, trataba directamente con sus clientes particulares. De esas llamadas también había muchas. Por lo que he visto, nada sospechoso. –Se tomó un respiro, observó desde varios ángulos el color que la nicotina había dejado en sus dedos y pensó en el cigarrillo. Mentalmente lo encendió y le dio una calada. Luego expulsó el humo–. Con todo, dos cosas me llamaron la atención. La primera es que telefoneó dos veces a la policía. Y no me refiero al 110,* sino al departamento de tráfico de la comisaría de Shinjuku, perteneciente a la Jefatura Superior de la Policía Metropolitana. También recibió alguna llamada de esa comisaría. Ella no conduce, y no creo que los agentes reciban clases particulares en un gimnasio de lujo, así que quizá tuviera a algún conocido en esa sección. No sé de quién se trata. La segunda cosa que me escamó es que mantuvo varias conversaciones largas con un número no identificado. Siem-

* Número de la Policía en Japón. *(N. del T.)*

pre la telefoneaban a ella. Aomame nunca llamó. Intenté localizar el número. Por supuesto, con ingenio, es posible rastrear esos números de teléfono amañados para ocultar la identidad del usuario. Pero, por más que indagué, no conseguí identificarlo. Alguien ha echado bien el cerrojo, algo, por lo general, imposible.

–Por lo que veo, ese alguien es capaz de hacer cosas fuera de lo común.

–En efecto. No hay duda de que se trata de un profesional.

–Otra serpiente –dijo Onda.

Ushikawa se pasó la palma de la mano por su coronilla deforme y sonrió entre dientes.

–Eso es. Una serpiente. Y dura de pelar.

–Al menos ya sabemos que, al parecer, detrás de todo eso hay un profesional que mueve los hilos –dijo Onda.

–Sí. Aomame pertenece a alguna organización. Y no se trata de un atajo de aficionados que actúa por diversión.

Onda entrecerró los párpados y observó a Ushikawa. Luego volvió la cabeza y cruzó una mirada con el de la coleta, de pie junto a la puerta. Éste asintió brevemente para indicarle que seguía la conversación. Onda miró de nuevo hacia Ushikawa.

–¿Entonces...? –preguntó Onda.

–Entonces –dijo Ushikawa–, ahora me toca a mí preguntar. ¿Tienen ustedes alguna pista? ¿Hay alguna organización, algún grupo que pueda haber querido liquidar a su líder?

Onda frunció sus largas cejas. En el arranque de la nariz se le formaron tres arrugas.

–Señor Ushikawa, reflexione un poco. Sólo somos una comunidad religiosa. Perseguimos la paz del alma y los valores espirituales. Vivimos en medio de la naturaleza y nos dedicamos a la agricultura y a la práctica ascética. ¿Quién podría vernos como enemigos? ¿Y en qué les beneficiaría el asesinato de nuestro líder?

Una sonrisa ambigua afloró en la comisura de los labios de Ushikawa.

–En todas partes hay fanáticos. Y nunca se sabe lo que puede pasarle por la mente a un fanático, ¿verdad?

–No tenemos ninguna pista –contestó Onda inexpresivo, ignorando la ironía que encerraba el comentario de Ushikawa.

–¿Podría ser Amanecer? ¿Y si algunos supervivientes del grupo merodearan todavía por ahí?

Onda volvió a negar rotundamente con la cabeza. Era imposible. Sin duda, para evitarse problemas, pensó Ushikawa, se habían «ocupado» de todos los que estaban involucrados con Amanecer. No debía de quedar ni rastro del grupo.

–¡Vaya! Así que ustedes tampoco han averiguado nada. Pero lo cierto es que una organización ha atentado contra la vida de su líder y lo ha eliminado. De manera hábil e ingeniosa. Y luego se han desvanecido en el aire, como humo. Eso es innegable.

–Tenemos que esclarecer la situación.

–Sin la ayuda de la policía.

Onda asintió antes de decir:

–El problema es nuestro, no de la justicia.

–Perfecto. El problema es suyo, no de la justicia. Está claro. Lo comprendo –dijo Ushikawa–. Hay algo más que me gustaría preguntarles.

–Adelante.

–¿Cuántas personas en la comunidad saben que el líder ha fallecido?

–Nosotros dos –contestó Onda–. Y dos subordinados míos, que nos ayudaron a trasladar el cadáver. Cinco miembros de la directiva también están enterados. En total, nueve personas. Todavía no se lo han dicho a las tres sacerdotisas, pero tarde o temprano se enterarán; ellas le servían y no podremos ocultárselo durante mucho tiempo. Por otra parte, claro, está usted, señor Ushikawa.

–Así pues, trece personas.

Onda no dijo nada.

Ushikawa soltó un hondo suspiro.

–¿Puedo serles franco?

–Por supuesto –dijo Onda.

–Ahora ya es demasiado tarde, pero, en mi opinión, tendrían que haber informado de todo en el instante en que supieron que el líder había muerto. Esa muerte debió hacerse pública. Es imposible ocultar algo así por mucho tiempo. Cuando más de diez personas conocen un secreto, éste deja de serlo. No me extrañaría que en breve eso les planteara muchos problemas.

El rapado no se alteró.

–Eso no es asunto mío. Yo no juzgo ni decido, sólo cumplo órdenes.

–Entonces, ¿a quién demonios le corresponde decidir y juzgar?

No hubo respuesta.

–¿A la persona que sustituye al líder?

Onda guardó silencio.

–Está bien –se resignó Ushikawa–. Siguiendo las instrucciones de sus superiores, se han desembarazado en secreto del cadáver del líder. En su organización, las órdenes de los superiores son irrevocables. Pero desde un punto de vista jurídico, se trata claramente de una inhumación ilegal. Un delito bastante grave. Imagino que ya lo saben, ¿no?

Onda asintió.

Ushikawa volvió a suspirar.

–Como les he dicho antes, si tienen que vérselas con la justicia, recuerden que yo no sé nada del fallecimiento del líder. No me haría ninguna gracia que me condenaran a...

–Usted no sabe nada de la muerte del líder. Simplemente ha sido contratado como investigador para averiguar el paradero de Aomame. No está infringiendo la ley.

–Perfecto. Yo no sé nada –dijo Ushikawa.

–Si por nosotros hubiera sido, no habríamos revelado ese asesinato a alguien como usted, ajeno a la comunidad, pero fue usted, señor Ushikawa, quien investigó si Aomame era digna de confianza para trabajar para el líder; usted ha estado implicado en este asunto *desde el principio*. Necesitamos su ayuda para encontrarla. Y tendrá que ser discreto.

–Saber guardar secretos es uno de los principios más básicos de mi profesión. No se preocupen. Mi boca está sellada.

–Si el secreto trascendiera y nos enteráramos de que lo ha difundido usted, podría ocurrirle una desgracia.

Ushikawa dirigió la mirada hacia el escritorio, observó sus diez dedos rollizos y, de nuevo, se sorprendió al descubrir que aquéllos eran sus propios dedos. Después irguió la cabeza y repitió:

–Una desgracia.

Onda entornó levemente los ojos.

–Pase lo que pase, tenemos que ocultar la muerte del líder. Y para ello no dudaremos en tomar las medidas que sean necesarias.

–Guardaré el secreto, pueden estar tranquilos –dijo Ushikawa–. Hasta ahora nuestra colaboración ha dado buenos frutos. Me han encargado tareas que ustedes no hubieran podido realizar abiertamente. A veces ha sido duro, pero me han pagado bien. Seré una tumba, se lo aseguro. Aunque no soy creyente, le estoy muy agradecido a su difunto líder, así que no pararé hasta encontrar a Aomame. Pondré todo de mi parte para averiguar lo ocurrido. Además, he empezado ya a indagar, y con éxito, así que tengan paciencia y esperen. Dentro de poco les ofreceré buenas noticias.

Onda cambió ligeramente de posición. El de la coleta, junto a la puerta, desplazó el punto de equilibrio de una pierna a la otra como en respuesta a su compañero.

—¿Eso es todo lo que ha podido averiguar hasta ahora? —preguntó Onda.

Ushikawa reflexionó.

—Como les he dicho —dijo—, Aomame telefoneó dos veces al departamento de tráfico de la comisaría de Shinjuku. También recibió alguna llamada desde ese departamento, todavía no sé de quién. Dado que era una comisaría, comprendí que si les preguntaba directamente no me dirían nada. Pero algo empezó a rondar por esta cabeza mía, tan poco agraciada ella: había algo que me sonaba, algo relacionado con ese departamento. Le di muchas vueltas. ¿Qué podía ser? Había algo prendido en un rincón de mi patética memoria. Me llevó bastante tiempo recordarlo. ¡Uno ya no es tan joven! Y con el paso de los años, los cajones de la memoria no abren tan bien. Y eso que antes me acordaba de todo al instante... El caso es que, hace una semana, por fin di con ello. —Ushikawa calló, esbozó una sonrisa teatral y se quedó mirando al rapado, que aguardó con paciencia a que continuara—. En el mes de agosto, una joven agente del departamento de tráfico de la comisaría de Shinjuku apareció estrangulada en un *love hotel* de la zona de Maruyama, en Shibuya. La encontraron desnuda y con unas esposas policiales puestas. Fue un escándalo, por supuesto. Además, las llamadas que Aomame mantuvo con alguien de ese departamento se realizaron unos meses antes de ese suceso. A partir de ese momento no hubo más llamadas. ¿Qué me dicen? ¿No les parecen demasiadas coincidencias?

Tras unos instantes de silencio, Onda habló:

—Es decir, que tal vez Aomame mantenía contacto con esa agente asesinada.

—La agente se llamaba Ayumi Nakano. Veintiséis años de edad. Una chica bastante guapa. Pertenecía a una familia de policías; su padre y su hermano también son agentes. Al parecer, ella pasó las pruebas de admisión en el cuerpo con muy buenas puntuaciones. Por supuesto, la policía está empleándose a fondo, pero aún no ha dado con el asesino. Espero que no les parezca mal lo que voy a preguntarles, pero ¿saben algo de este caso?

Onda clavó en Ushikawa una mirada dura y fría, como recién extraída de un glaciar.

–No entiendo lo que quiere decir –dijo–. ¿Acaso cree que hemos tenido algo que ver con eso, señor Ushikawa? ¿Que uno de los nuestros llevó a la agente a ese hotel de mala muerte, le puso unas esposas y la estranguló?

Ushikawa frunció los labios y negó con la cabeza.

–No, no. ¡De ningún modo! Ni se me había pasado por la cabeza. Sólo le pregunto si saben algo. Lo que sea. El más pequeño detalle podría serme de mucha utilidad. Por más que me devano los sesos, no consigo relacionar la muerte de la agente en el *love hotel* de Shibuya con el asesinato del líder.

Onda observó a Ushikawa durante unos instantes como si estuviera tomándole medidas. Luego liberó lentamente un suspiro contenido.

–Está bien. Hablaremos con nuestros superiores –dijo. Sacó un cuaderno e hizo en él algunas anotaciones–. Ayumi Nakano. Veintiséis años. Departamento de tráfico de la comisaría de Shinjuku. Posiblemente relacionada con Aomame.

–Eso es.

–¿Algo más?

–Me gustaría preguntarles otra cosa. Alguien de la comunidad debió de mencionar por primera vez el nombre de Aomame. Quizás alguien les dijo que en Tokio había una instructora deportiva experta en estiramientos musculares. Entonces, como usted mismo me ha recordado, yo me encargué de investigarla. No pretendo justificarme, pero lo hice con la minuciosidad y la entrega de siempre. Sin embargo, no encontré nada raro, nada fuera de lo común. Estaba limpia. Y ustedes la llamaron para que acudiera a la suite del Hotel Okura. El resto ya lo conocen. ¿Quién la recomendó?

–No lo sé.

–¿No lo sabe? –se sorprendió Ushikawa. Parecía un niño que no entendiera lo que acababan de decirle–. ¿Alguien propuso el nombre de Aomame en la comunidad pero ahora nadie recuerda quién fue? ¿Es eso lo que me quiere decir?

–Sí –respondió Onda sin inmutarse.

–¡Qué extraño! –dijo Ushikawa, perplejo.

Onda guardó silencio.

–No me lo explico. En un momento dado surge su nombre y el asunto avanza sin más. ¿Fue así?

–A decir verdad, fue el líder el que apoyó con más entusiasmo la idea de contratarla –dijo Onda midiendo cuidadosamente sus palabras–. Entre la directiva había quien opinaba que podría ser peligroso que una desconocida manipulara el cuerpo del líder. Nosotros, como escoltas, tampoco lo veíamos con buenos ojos. Pero a él no le importó. Al contrario, insistió en ello.

Ushikawa volvió a coger el mechero, abrió la tapa y lo encendió para probarlo. Lo cerró al momento.

–Creía que el líder era un hombre extremadamente prudente... –comentó.

–En efecto. Muy cuidadoso y prudente.

Se hizo un profundo silencio.

–Otra pregunta –dijo Ushikawa–. Esta vez, sobre Tengo Kawana. Mantenía una relación con una mujer casada mayor que él, Kyōko Yasuda. Una vez por semana, ella iba al piso de él y pasaban unas horas juntos. Bueno, Tengo es joven y, ya saben, esas cosas ocurren... El caso es que, de repente, un buen día, el marido llamó a Tengo para comunicarle que ella ya nunca volvería a visitarlo. Y tras decir eso, colgó.

Onda frunció el ceño.

–No entiendo adónde quiere llegar. ¿Acaso Tengo Kawana está relacionado con el asunto que nos ha traído aquí?

–Bueno, yo no diría tanto. Simplemente, esa cuestión me preocupa desde hace algún tiempo. Sea como sea, lo lógico habría sido que ella lo hubiera llamado al menos una última vez; era una relación bastante seria. No obstante, de pronto, Kyōko Yasuda desapareció. Sin dejar rastro. La verdad es que a mí me escama, y tal vez ustedes sepan algo al respecto.

–Yo, al menos, no tenía ninguna noticia de esa mujer –dijo Onda con voz monótona–. Kyōko Yasuda. Mantenía una relación con Tengo Kawana.

–Es una mujer casada diez años mayor que él.

Onda anotó los datos en el cuaderno.

–También informaremos de esto a nuestros superiores.

–Bien –dijo Ushikawa–. Por cierto, ¿se sabe algo del paradero de Eriko Fukada?

Onda alzó la cabeza y observó a Ushikawa como quien mira un marco torcido.

–¿Por qué íbamos nosotros a saber algo de Eriko Fukada?

–¿No les interesa saber dónde está?

Onda sacudió la cabeza.

–Adónde vaya o dónde esté no es asunto nuestro. Puede hacer lo que le venga en gana.

–¿Tampoco Tengo Kawana les interesa?

–No tiene nada que ver con nosotros.

–Pues durante algún tiempo sí parecían interesarles esos dos... –dijo Ushikawa.

Onda entornó los ojos.

–Ahora mismo, *nuestro* interés se centra en Aomame.

–¿Su interés cambia siempre de manera tan repentina?

Onda modificó ligeramente el ángulo de sus labios. No hubo respuesta.

–Señor Onda, ¿ha leído usted *La crisálida de aire*, la novela que escribió Eriko Fukada?

–No. En la comunidad está prohibido leer cualquier libro ajeno a la doctrina. Ni siquiera se permite poseerlos.

–¿Ha oído hablar de la Little People?

–No –contestó Onda de inmediato.

–De acuerdo –dijo Ushikawa.

La conversación terminó allí. Onda se levantó lentamente de la silla y se ajustó el cuello de la chaqueta. El de la coleta se alejó de la pared y dio un paso hacia delante.

–Señor Ushikawa, como ya le he dicho, en este asunto el tiempo es un factor crucial –dijo Onda mirando a Ushikawa, que seguía sentado–. Tenemos que localizar a Aomame cuanto antes. Nosotros haremos todo lo que esté en nuestras manos, pero usted debe hacer lo mismo por su lado. Si no la encontramos, los tres podríamos vernos en un aprieto. Al fin y al cabo, es usted una de las pocas personas que conocen ese importante secreto.

–Los conocimientos importantes conllevan importantes responsabilidades.

–En efecto –dijo Onda en un tono desprovisto de la menor emoción.

Luego se dio la vuelta y salió sin mirar atrás. El de la coleta le imitó y cerró la puerta sin hacer ruido.

Una vez que los dos se retiraron, Ushikawa abrió un cajón del escritorio y apagó una grabadora. Levantó la tapa del aparato, extrajo la cinta y, con un bolígrafo, anotó la fecha y la hora en la etiqueta. En contraste con su desagradable apariencia, lo cierto era que tenía una bonita caligrafía. Después sacó la cajetilla de Seven Stars del cajón, se llevó un cigarrillo a la boca y lo encendió con el mechero. Le dio una honda calada y expulsó el humo hacia el techo. Y, con la cara alzada, permaneció un rato con los ojos cerrados. Cuando volvió a abrirlos, miró la hora en el reloj de pared. Las agujas marcaban las dos y media. «¡Qué tíos tan siniestros!», pensó de nuevo.

«Si no la encontramos, los tres podríamos vernos en un aprieto», había dicho el rapado.

Ushikawa había visitado la sede de Vanguardia en las montañas de Yamanashi en dos ocasiones y había visto el gigantesco incinerador instalado en medio del bosquecillo situado en la parte de atrás. Lo utilizaban para quemar basura y desperdicios, pero alcanzaba temperaturas tan elevadas que, si arrojaran en él un cadáver, no quedaría el menor rastro. De hecho, él sabía que se habían desembarazado de ese modo de varios cadáveres. A buen seguro, el del líder había sido uno de ellos. Ushikawa, claro está, no quería correr la misma suerte. Si tuviera que morir, preferiría una muerte un poco más tranquila.

Ushikawa, por supuesto, se había guardado algún dato para sí. Mostrar todas las cartas no era su estilo. Destapaba unas pocas, pero la mayoría las dejaba boca abajo. Además, siempre había que cubrirse las espaldas. Por ejemplo, grabando una conversación comprometida. Ushikawa conocía a la perfección las reglas del juego. Tenía más experiencia que unos jóvenes guardaespaldas.

Había averiguado la identidad de las personas a las que Aomame entrenaba personalmente. Sin escatimar esfuerzos y echando mano de ciertos conocimientos, se podía conseguir cualquier información. Sabía que daba clases a doce clientes particulares. Ocho mujeres y cuatro hombres, todos ellos de buena posición social y económica. Era poco verosímil que estuvieran dispuestos a echarle una mano a una asesina, pero curiosamente uno de ellos, una mujer de unos setenta años, poseía una casa de acogida para mujeres maltratadas. Recogía a esas mujeres que, tras verse obligadas a abandonar su hogar, se encontraban en una situación desfavorecida, y les daba alojamiento en un edificio de dos pisos colindante con la amplia mansión en la que ella vivía.

Una iniciativa respetable y en absoluto sospechosa. Pero, en un rincón lejano de la conciencia de Ushikawa, algo le daba patadas. Y cuando algo le daba patadas en un rincón lejano de la conciencia, Ushikawa intentaba averiguar qué era. Su olfato era casi tan agudo como el de un animal y había decidido confiar en su instinto; no en vano éste le había salvado la vida en varias ocasiones. Y su instinto le decía que, probablemente, «violencia» era la palabra clave. «La anciana está concienciada frente a *algo violento* y por eso protege a las víctimas.»

Ushikawa había ido a ver la casa de acogida. El edificio, de madera, se erigía en un terreno en pendiente y de alto valor en el barrio de Azabu. Pese a ser un edificio viejo, era distinguido, elegante. Mirando entre las rejas de la cancela, divisó unos bonitos arriates frente a la entrada y un jardín cubierto de césped sobre el que un gran roble proyectaba su sombra. La puerta de la entrada tenía un pequeño vidrio traslúcido. En los últimos tiempos apenas construían casas como ésa.

No obstante, en contraste con la placidez que emanaba del edificio, las medidas de seguridad eran demasiado estrictas. Los muros eran altos, coronados por alambre de espino. Una recia cancela de hierro cerraba el recinto, y un pastor alemán ladraba furioso en cuanto alguien se acercaba. Vio también varias cámaras de vigilancia. Como por la calle pasaban pocos transeúntes, no había podido quedarse mucho tiempo; habría llamado la atención. Era una zona residencial apacible, con unas cuantas embajadas en los aledaños. Si un hombre de aspecto tan sospechoso como el de Ushikawa merodease largo rato por la zona, alguien habría acabado por fijarse en él.

Las medidas de protección se le antojaron excesivas, por más que se tratara de un refugio para mujeres maltratadas. «Debo averiguar todo lo relacionado con esta casa de acogida», pensó Ushikawa. «Por mucha vigilancia que haya, tengo que forzar la puerta. Al contrario, cuanta más vigilancia haya, más necesario será entrar. Debo idear un buen plan, devanarme los sesos...»

Luego recordó su conversación con Onda sobre la Little People.

«¿Ha oído hablar de la Little People?»

«No.»

Había contestado demasiado rápido. Si no hubiera oído hablar jamás de eso, habría tardado unos instantes en contestar. «¿La Little People?» Primero habría dejado que esas palabras resonaran en su mente y luego habría dado una respuesta. Así habría reaccionado cualquiera.

Aquel hombre había oído antes las palabras «Little People». Tal vez ignorara qué era, pero, definitivamente, no era la primera vez que lo oía.

Ushikawa apagó el cigarrillo, que se había consumido. Tras abandonarse de nuevo a sus pensamientos, sacó otro cigarrillo y lo encendió. Hacía tiempo que había decidido no atormentarse por la posibilidad de contraer cáncer de pulmón. Necesitaba la ayuda de la nicotina para concentrarse. Dado lo poco que le importaba lo que pudiera ocurrirle en los próximos días, ¿por qué iba a preocuparse de cómo estaría su salud dentro de quince años?

Mientras se fumaba el tercer Seven Stars, Ushikawa tuvo una idea. «Quizás eso funcione», pensó.

2
AOMAME
Vivo en completa soledad, pero no me siento sola

Cuando oscureció, se sentó en la silla del balcón y se puso a observar el pequeño parque infantil situado al otro lado de la calle. Aquello se había convertido en la tarea más importante de cada jornada y en el pilar de su vida. Todos los días, hiciera buen tiempo, estuviera nublado o lloviera, vigilaba sin descanso. Llegado el mes de octubre, el aire se fue volviendo más fresco. En las noches frías, se abrigaba con varias capas de ropa, se echaba encima una mantita y bebía chocolate caliente. Hasta las diez y media observaba el tobogán; después, entraba en calor con un largo baño, se metía en la cama y dormía.

Cabía la posibilidad, por supuesto, de que Tengo acudiera de día, a plena luz. Pero estaba segura de que no sería así. Si se dejase ver por allí, lo haría al anochecer, cuando la farola estuviera encendida y la Luna brillase nítida en el cielo. Aomame se tomaba una cena frugal, se vestía, para poder salir corriendo en caso de que fuera necesario, se peinaba y, sentada en la silla de jardín, clavaba la mirada en el tobogán del parque. Tenía siempre al alcance de la mano la pistola y los pequeños prismáticos Nikon. No bebía más que chocolate caliente, por miedo a que Tengo apareciese cuando estuviera en el baño.

Montaba guardia sin tregua. Miraba exclusivamente el parque, prestando atención a los ruidos de la calle, y no leía ni escuchaba música. Apenas cambiaba de postura. A veces, si la noche estaba despejada, erguía la cabeza, miraba al cielo y comprobaba que todavía pendían dos lunas. Luego volvía de nuevo la vista al parque. Aomame vigilaba el parque y las lunas la vigilaban a ella.

Pero Tengo no aparecía.

Pocas personas iban al parque a aquellas horas. De vez en cuando aparecía alguna pareja de jóvenes. Se sentaban en un banco, se tomaban de la mano y se daban besitos nerviosos, como parejas de avecillas. Sin embargo, el parque era pequeño y estaba demasiado iluminado. Al cabo de un rato, intranquilos, acababan marchándose a otra parte. También había quien se acercaba con intención de utilizar los aseos públicos, pero al ver que estaban cerrados con candado daba media vuelta decepcionado (o quizá cabreado). Otras veces se veían oficinistas que regresaban a casa, después de haber bebido con los compañeros, y que se sentaban en un banco y permanecían quietos con la cabeza gacha. Tal vez esperaban a que se les pasara la borrachera, o quizá no les apetecía volver a casa de inmediato. En ocasiones, ancianos solitarios paseaban a su perro. Perros y amos parecían igual de taciturnos y de desesperanzados.

No obstante, de noche, la mayor parte del tiempo el parque estaba vacío. Ni siquiera había gatos que lo cruzaran. La luz impersonal de la farola iluminaba el columpio, el tobogán, el cajón de arena y los aseos públicos cerrados. Al observar aquella imagen durante largo rato, Aomame a veces tenía la impresión de haberse quedado sola en un planeta inhabitado. Como aquella película sobre un mundo tras una devastadora guerra nuclear. ¿Cómo se titulaba? *La hora final.*

A pesar de todo, Aomame, muy concentrada, seguía vigilando. Como el marinero que desde lo alto del mástil acecha un banco de peces o la sombra funesta de un periscopio en el ancho mar. Sólo que las pupilas atentas de Aomame acechaban a Tengo Kawana.

Quizá, quién sabe, Tengo vivía en otro barrio y aquel anochecer había pasado por allí por pura casualidad. En ese caso, la probabilidad de que volviera a pisar el parque era prácticamente nula. Pero Aomame no lo creía así. Por cómo iba vestido, y por su actitud cuando se había sentado en lo alto del tobogán, Aomame intuía que había salido a dar un paseo sin alejarse demasiado de su casa. Entonces se había acercado al parque y había subido al tobogán. Tal vez para admirar la Luna. Por lo tanto, su casa no debía de encontrarse muy lejos de allí.

En el barrio de Kōenji no era sencillo encontrar un lugar desde el que se avistara la Luna. Casi todo el terreno era llano y apenas había edificios elevados a los que subir. El tobogán de un parque no era mal sitio para contemplarla. Era tranquilo y nadie lo molestaría. Si le apetecía ver la Luna, volvería allí. Eso se decía esa noche Aomame.

Pero, al instante siguiente, se le ocurrió que quizá las cosas no saldrían como ella quería. Quizás había encontrado un lugar mejor desde el que contemplar la Luna, como la azotea de algún edificio.

Aomame sacudió la cabeza con firmeza. «No debo darle tantas vueltas. No tengo más opción que esperarlo y confiar en que regrese en algún momento. No puedo alejarme de aquí, porque este parque es, en estos momentos, el único vínculo que existe entre nosotros dos.»

Aomame no había apretado el gatillo.

Era a principios de septiembre. Estaba en el espacio de estacionamiento de emergencia de la Ruta 3 de la autopista metropolitana de Tokio, en pleno atasco, bañada por el cegador sol matinal, con el cañón negro de la Heckler & Koch metido en la boca. Vestía un traje de Junko Shimada y calzaba unos zapatos de tacón de Charles Jourdan.

La gente que iba en los coches cercanos la miraba sin comprender en absoluto lo que ocurría. Una mujer de mediana edad en un Mercedes-Benz Coupé plateado. Bronceados conductores de camiones cargados de mercancías que la contemplaban desde lo alto de sus asientos. Delante de sus ojos, Aomame pretendía volarse la tapa de los sesos con una bala de nueve milímetros. La única manera de desaparecer de 1Q84 era quitándose la vida. A cambio, le salvaría la vida a Tengo. Al menos eso le había prometido el líder. Éste se lo había jurado y luego había exigido su propia muerte.

A Aomame no le apenaba tener que morir. «Todo debió de decidirse en el momento en que fui arrastrada a 1Q84. Yo sólo sigo el guión. ¿Qué sentido tiene seguir viviendo sola en un mundo carente de lógica, un mundo con dos lunas de diferente tamaño y donde esa Little People gobierna el destino de todos?»

Con todo, al final no apretó el gatillo. En el último segundo, aflojó el índice de la mano derecha y se sacó el cañón de la pistola de la boca. Entonces inspiró profundamente, se llenó de aire los pulmones y luego lo expulsó, como quien emerge de las profundidades marinas. Parecía querer renovar todo el aire contenido en su cuerpo.

Una voz lejana la había disuadido de matarse. Cuando ocurrió, Aomame estaba inmersa en el silencio. Desde el instante en que presionó el gatillo, todo el ruido que la rodeaba se apagó. La envolvió una honda calma, como si se hallara en el fondo de una piscina. En medio de esa calma, la muerte no era algo oscuro ni temible. Era algo natural, evidente; igual que el líquido amniótico para un feto. «No es tan malo», pensó Aomame. Incluso casi sonrió. Entonces oyó la voz.

La voz parecía provenir de un lugar y un tiempo distantes. No lograba identificarla. Llegaba hasta ella después de doblar muchas esquinas, y había perdido su tono y su timbre originales. Sólo quedaba un eco vacío desprovisto de significado. Aun así, Aomame percibió en ese eco un calor añorado. Le pareció que la voz la llamaba por su nombre.

Aflojó el dedo en el gatillo, entrecerró los ojos y prestó atención, intentando entender lo que le decía. Pero lo que oyó a duras penas, o lo que creyó oír, fue únicamente su nombre. Después sólo se escuchó el silbido del viento al atravesar una cavidad. Al poco, la voz se alejó, perdió ya todo su significado y quedó absorbida por el silencio. El vacío que la rodeaba se desvaneció y, de golpe, como si hubieran quitado un tapón, volvieron los ruidos. Cuando se dio cuenta, la determinación de suicidarse había desaparecido de su interior.

«Tal vez vuelva a encontrarme con Tengo en el parquecillo. Después ya habrá tiempo para morir. Volveré a apostar por esa oportunidad. Vivir –y no morir– significa que quizá vuelva a verlo. *Quiero vivir*», decidió con todas sus fuerzas. Era un extraño impulso. ¿Había experimentado en alguna otra ocasión algo así?

Bajó el martillo percutor, puso el seguro y guardó la pistola en el bolso. Entonces se enderezó, se puso las gafas de sol, caminó en sentido contrario al del tráfico y se dirigió al taxi que la había llevado hasta allí. La gente observaba en silencio cómo, con los zapatos de tacón, caminaba a zancadas por la autopista. No tuvo que andar mucho. El taxi, que atrapado en el denso atasco avanzaba a paso de tortuga, se encontraba a poca distancia.

Aomame dio unos golpecitos en la ventanilla del conductor y el taxista la bajó.

–¿Podrías llevarme otra vez?

El conductor titubeó:

–Oiga, eso que se estaba metiendo en la boca parecía... una pistola...

–Eso es.

–¿Era de verdad?

–¡Qué va! –exclamó Aomame frunciendo los labios.

El taxista abrió la puerta y Aomame subió. Tras descolgarse el bolso del hombro y dejarlo a su lado en el asiento, se limpió la boca con un pañuelo. Aún notaba el sabor del metal y del lubrificante.

—¿Qué? ¿Había escaleras de emergencia? —preguntó el taxista.

Aomame negó con la cabeza.

—Ya decía yo. Nunca he oído hablar de que hubiera escaleras de emergencia por esta zona —dijo el taxista—. Entonces, ¿la dejo en la salida de Ikejiri, como me había dicho al principio?

—Sí, ahí está bien —contestó ella.

El conductor abrió la ventanilla, sacó el brazo y se pasó al carril de la derecha, delante de un gran autobús. El taxímetro marcaba la misma cantidad que mostraba cuando ella se había apeado.

Aomame apoyó la espalda en el asiento y, respirando con calma, observó el familiar cartel publicitario de Esso. El tigre la miraba de perfil, sonriente, con la manguera en la mano. «Ponga un tigre en su automóvil», rezaba.

—Ponga un tigre en su automóvil —murmuró Aomame.

—¿Qué dice? —preguntó el taxista mirándola por el espejo retrovisor.

—Nada. Hablaba conmigo misma.

«Voy a vivir un poco más aquí y ver qué sucede. La muerte siempre puede esperar. Quizás.»

Al día siguiente de que abandonara la idea del suicidio, cuando Tamaru la llamó, ella le comunicó su cambio de planes.

—He decidido que no voy a moverme de aquí. No me cambiaré de nombre ni me haré la cirugía estética.

Al otro lado de la línea, Tamaru se quedó callado. Necesitaba reordenar en su mente algunas teorías.

—En otras palabras, que no quieres mudarte a otro lugar, ¿no?

—Eso es —respondió parcamente Aomame—. Quiero quedarme aquí por un tiempo.

—Ese piso no está pensado para que alguien se esconda durante un periodo largo.

—Mientras no salga del piso, no me encontrarán.

—No deberías subestimarlos. Investigarán a fondo y te seguirán los pasos. Además, quizá no seas la única que corra peligro. Tal vez yo también me vea en apuros.

—Lo siento muchísimo, de verdad, pero quiero quedarme un poco más.

–*¿Un poco más?* ¿No podrías ser un poco más concreta? –pidió Tamaru.

–Disculpa, pero es lo único que puedo decir.

Tamaru reflexionó. Sin duda había percibido la determinación de Aomame en su voz.

–Yo antepongo mi seguridad y la de Madame a todo. O a *casi* todo. Ya lo sabes, ¿no?

–Lo sé.

Tamaru volvió a guardar silencio.

–Está bien –dijo al fin–. Sólo quería evitar malentendidos. Si tanto insistes, será porque hay algún motivo.

–Sí, lo hay –dijo Aomame.

Tamaru carraspeó al otro lado del hilo.

–Como ya sabes, elaboramos un plan y lo dispusimos todo. El plan consistía en llevarte a un lugar apartado y seguro, borrar tus huellas y darte una identidad nueva, utilizando incluso la cirugía estética. Íbamos a convertirte en alguien diferente. No por completo, pero casi. Eso habíamos acordado.

–Sí, lo sé. No tengo nada que objetar al plan. Simplemente, me ha ocurrido algo inesperado y necesito quedarme aquí un poco más.

–No estoy autorizado a darte un sí o un no –dijo Tamaru. A continuación emitió un ruidito que parecía brotar del fondo de la garganta–. Necesito algo de tiempo para darte una respuesta.

–No me moveré de aquí –dijo Aomame.

–De acuerdo –respondió Tamaru, y la llamada se cortó.

A la mañana siguiente, antes de las nueve, el teléfono sonó tres veces, se interrumpió y volvió a sonar. No podía ser otro que Tamaru. Fue al grano, sin saludar siquiera.

–A Madame también le inquieta que te quedes demasiado tiempo ahí. No hay suficientes medidas de seguridad. Sólo es un lugar de paso. Los dos creemos que deberías irte a un lugar lejano y seguro cuanto antes. ¿Me entiendes?

–Sí, claro.

–Pero eres una chica serena y prudente. No cometes errores tontos y tienes aplomo. Confiamos en ti.

–Gracias.

–Debe de haber algún motivo para que quieras quedarte ahí «un poco más». Sea cual sea el motivo, no puede ser un mero capricho, así que Madame ha decidido satisfacer tu deseo.

Aomame, que escuchaba con atención, no dijo nada.

–Puedes permanecer en el piso todo el tiempo que quieras hasta finales de año. Pero ése es el límite.

–Es decir, que por Año Nuevo tengo que marcharme, ¿no?

–Comprende que hacemos lo posible por respetar tu voluntad.

–De acuerdo –dijo Aomame–. Me quedo escondida este año y luego me marcho a otro sitio.

No estaba siendo sincera. Se quedaría escondida en el piso hasta que lograra encontrarse con Tengo. Pero explicárselo sólo complicaría las cosas. Le habían dado un plazo: hasta finales de año. Ya pensaría luego qué haría.

–Bien –dijo Tamaru–. A partir de ahora, una vez por semana te aprovisionaremos de alimentos y de todo lo que necesites. Los encargados del abastecimiento visitarán el piso cada martes a la una del mediodía. Tienen llave, así que abrirán ellos, pero no pasarán de la cocina; no entrarán en las demás habitaciones. Mientras, tú esperarás en tu dormitorio con la puerta cerrada con pestillo. No te asomes. No les hables. Cuando acaben, saldrán del piso y llamarán al timbre una vez. Entonces ya podrás salir del dormitorio. Si necesitas alguna cosa en especial, dímelo ahora mismo y te lo llevaremos en el próximo abastecimiento.

–Estaría bien que me trajerais algunos aparatos para trabajar la musculatura –pidió Aomame–. Sin ellos apenas puedo hacer ejercicios y estiramientos...

–No podemos conseguirte aparatos como los que hay en los gimnasios, pero sí de esos para el hogar, que no ocupen espacio.

–Me vale cualquier cosa sencilla.

–Una bicicleta estática y material para potenciar la musculatura. ¿Qué te parece?

–Estupendo. Si fuera posible, también querría un bate de sófbol de metal.

Tamaru permaneció unos segundos en silencio.

–Los bates sirven para muchas cosas –siguió Aomame–. Tener uno a mano me relaja. Para mí es de lo más natural.

–De acuerdo, te lo mandaremos –dijo Tamaru–. Si se te ocurre algo más que puedas necesitar, apúntalo en un papel y déjalo sobre la encimera de la cocina. Te lo llevaremos en el siguiente suministro.

–Gracias, pero por ahora creo que no necesito más.

–¿Libros, cintas de vídeo...?

–No se me ocurre ningún título, ninguna película en particular.

–¿Qué te parece *En busca del tiempo perdido* de Proust? –sugirió Tamaru–. Si aún no lo has leído, quizás ahora sea un buen momento.

–¿Tú la has leído?

–No. Nunca he estado en la cárcel, y tampoco he tenido que esconderme durante mucho tiempo. Dicen que, si uno no se ve en situaciones como ésa, difícilmente lee *En busca del tiempo perdido*.

–¿Conoces a alguien que lo haya leído entero?

–Bueno, hay personas cercanas a mí que han pasado largas temporadas entre rejas, pero no son la clase de gente a la que le interese Proust.

–Voy a intentarlo. Si tienes los libros, envíamelos con el próximo abastecimiento.

–En realidad, ya los tenía preparados –dijo Tamaru.

El martes, a la una en punto, llegaron los «encargados del abastecimiento». Aomame se metió en el dormitorio, como le habían indicado, cerró la puerta con pestillo y trató de no hacer ruido, ni siquiera al respirar. Se oyó cómo abrían la puerta del piso y entraban varias personas. Aomame desconocía quiénes podían ser los «encargados de abastecimiento». Por el ruido dedujo que eran dos, pero no se oía voz alguna. Introdujeron varios bultos y trajinaron en silencio. Oyó cómo lavaban algunos alimentos bajo el grifo y cómo los guardaban en la nevera. Debían de haber acordado de antemano de qué tareas se encargaría cada uno. Luego oyó cómo desembalaban algo y cómo doblaban las cajas y el papel. También debieron de recoger la basura de la cocina. Aomame no podía bajarla al contenedor, así que alguien tenía que hacerlo por ella.

Trabajaban con agilidad, sin un solo movimiento superfluo. No hacían más trajín del necesario, e incluso amortiguaban el ruido de sus pasos. La operación terminó en unos veinte minutos y luego abrieron la puerta y se marcharon. Oyó cómo cerraban con llave. Tocaron al timbre una vez, a modo de señal. Por si acaso, Aomame esperó quince minutos. Después salió del dormitorio, comprobó que no había nadie y le echó el pasador a la puerta.

La enorme nevera estaba repleta de alimentos; había más que de sobra para una semana. Esta vez, la mayoría no eran platos precocinados, para calentar en el microondas y comer al instante, sino alimentos frescos: frutas y verduras variadas; carne y pescado; tofu, algas *wakame* y *nattō*;* leche, queso y zumo de naranja; una docena de huevos. Le habían quitado los envoltorios a todo, para evitar producir demasiada basura, y lo habían envuelto con destreza en film transparente. Los encargados tenían una idea bastante precisa de los alimentos que ella necesitaba para cada día. ¿Cómo lo sabrían?

Junto a la ventana habían instalado una bicicleta estática. Era pequeña, pero de buena marca. La pantalla registraba la velocidad, la distancia recorrida y el consumo calórico; controlaba, asimismo, las revoluciones por minuto y el número de pulsaciones. Había también un aparato con forma de banco para trabajar abdominales, tríceps y deltoides. Era fácil de montar y de desmontar. Aomame sabía bien cómo utilizarlo. Era un modelo nuevo, y su mecanismo, aunque sencillo, era muy efectivo. Con esos dos aparatos no tendría problemas para mantenerse en forma.

También habían dejado un bate metálico guardado en una funda. Aomame lo sacó de la funda y lo blandió varias veces. El bate, completamente nuevo y de brillo plateado, cortaba el aire con un silbido. El familiar peso del bate la relajó. Al notarlo entre sus manos evocó su adolescencia, los momentos pasados con Tamaki Ōtsuka.

Sobre la mesa se apilaban los volúmenes de *En busca del tiempo perdido*. No eran nuevos, pero tampoco estaban ajados; nadie parecía haberlos leído. De los siete, cogió uno y lo hojeó. También le habían dejado revistas, algunas semanales y otras mensuales. Había cinco cintas de vídeo nuevas, todavía con su precinto. No sabía quién las había elegido, pero eran películas recientes que ella no había visto. No solía ir al cine, por lo que tenía siempre muchas películas por ver.

En una gran bolsa de papel de un centro comercial había tres jerséis nuevos, recién comprados, cada uno de distinto grosor. Dos camisas gruesas de franela y cuatro camisetas de manga larga. Todas eran lisas y de líneas simples. Eran de su talla. También había medias y calcetines gruesos. Si se quedaba allí hasta diciembre, los necesitaría. La habían equipado perfectamente.

Llevó la ropa al dormitorio y la guardó en los cajones o la colgó de las perchas del armario. Luego regresó a la cocina y, mientras se to-

---

* Producto hecho con soja fermentada. *(N. del T.)*

maba un café, oyó sonar el teléfono. Primero tres veces, luego se cortó y de nuevo volvió a sonar.

–¿Te ha llegado todo? –preguntó Tamaru.

–Sí, muchas gracias. Creo que han traído todo lo que necesito. Los aparatos para hacer ejercicio me irán muy bien. Ahora sólo me falta sumergirme en Proust.

–Si ves que nos hemos olvidado de algo, dímelo sin miedo.

–De acuerdo –dijo Aomame–. Pero me costará encontrar algo que os hayáis olvidado...

Tamaru carraspeó.

–Aunque quizás esté de más, ¿te importa que te dé un consejo?

–Claro que no.

–No es fácil vivir sola y encerrada en un espacio reducido durante largo tiempo, sin ver a nadie. Cualquier persona, por fuerte que sea, acabaría rindiéndose. Sobre todo si alguien va tras sus pasos.

–Tampoco es que haya vivido en espacios muy amplios hasta ahora...

–Eso, seguramente, es una ventaja. Aun así, deberías tener cuidado. En una situación de tensión prolongada, los nervios, sin que uno se dé cuenta, acaban por convertirse en una especie de goma flácida. Y entonces es difícil devolverlos a su estado original.

–Tendré cuidado –dijo Aomame.

–Eres una chica muy prudente, y también práctica y sufrida. Y cautelosa. Pero cuando alguien pierde la concentración, por muy cautelosa que sea, comete algún error. La soledad se convierte en un ácido que te corroe.

–Yo no me siento sola –confesó Aomame. Se lo confesaba a Tamaru, pero también, en parte, a sí misma–. Vivo en completa soledad, pero no me siento sola.

Al otro lado de la línea se hizo un silencio. Tamaru debía de estar considerando la diferencia entre vivir en soledad y sentirse solo.

–De todos modos, en adelante intentaré ser más precavida. Gracias por el consejo –añadió Aomame.

–Quiero que sepas que cuentas con todo nuestro apoyo. Pero si te vieras en alguna situación de emergencia, ahora no puedo imaginar exactamente cuál, quizá tengas que enfrentarte a ella tú sola. Por más que yo corriera, quizá no llegaría a tiempo. O a lo mejor ni siquiera podría ir a socorrerte. Por ejemplo, si juzgásemos que inmiscuirnos en tus asuntos fuera poco recomendable.

–Lo sé. Estoy aquí porque quiero, de modo que tendré que protegerme a mí misma. Con el bate y *eso que me has conseguido*.

–Este mundo es jodido.

–Porque allí donde hay una esperanza, siempre hay una prueba –dijo Aomame.

Tamaru volvió a quedarse callado. Luego dijo:

–¿Has oído hablar de la prueba final que debía pasar un interrogador de la policía secreta de Stalin?

–No.

–Lo metían en una sala cuadrada. En la sala sólo había una pequeña silla de madera, sencilla, normal y corriente. Entonces un superior le ordenaba: «Consigue que la silla confiese y redacte el acta de su confesión. Hasta que lo logres, no darás un paso fuera de esta sala».

–¡Qué historia más surrealista!

–No, no es en absoluto surrealista. Es una anécdota verídica, muy real. Stalin erigió un sistema paranoico, y ese sistema se cobró la vida de unos diez millones de personas, en su mayoría compatriotas suyos. *En realidad,* nosotros vivimos en ese mundo. Deberías grabártelo bien en la cabeza.

–Conoces muchas historias alentadoras.

–Tampoco tantas. Sólo he acumulado algunas; nunca sabes cuándo vas a necesitarlas. No he recibido una educación rigurosa, así que he ido aprendiendo sobre la marcha lo que podía valerme para cada ocasión. *Allí donde hay una esperanza, siempre hay una prueba,* como bien has dicho. Eso está claro. Sin embargo, albergamos pocas esperanzas y, en su mayoría, son abstractas, pero pruebas hay a montones, y son bien concretas. Ésa es otra de las cosas que la vida me ha enseñado.

–Y dime, ¿qué clase de confesión podían arrancarle a la silla de madera los aspirantes a interrogadores?

–Ésa es una pregunta sobre la que merece la pena reflexionar –dijo Tamaru–. Como un *kōan** del budismo zen.

–El zen de Stalin –añadió Aomame.

Tras una breve pausa, Tamaru colgó.

---

* Problema que en la tradición zen el maestro plantea a su alumno para que resuelva yendo más allá de la lógica. Uno de los más famosos es el atribuido a Hakuin y que viene a decir lo siguiente: ¿cómo suena una palmada hecha con una sola mano? *(N. del T.)*

Por la tarde, Aomame hizo ejercicio con la bicicleta estática y el aparato en forma de banco. Hacía tiempo que no disfrutaba de una sesión moderada de ejercicio como la que le proporcionaban esos aparatos. Luego, se dio una ducha. Escuchaba la radio mientras se preparaba algo sencillo para comer. Se sentó a ver la edición vespertina del telediario (aunque ninguna noticia atrajo su interés). Después, cuando se puso el sol, salió al balcón y vigiló el parque. Como siempre, cogió la mantita fina, los prismáticos y la pistola. Y ahora también el bate metálico, nuevo y de hermosos destellos.

«Si Tengo no aparece por el parque, tendré que seguir llevando esta vida monótona en el barrio de Kōenji hasta que este enigmático año de 1Q84 llegue a su fin. Cocinaré, haré ejercicio, veré las noticias y leeré la novela de Proust a la espera de que acuda al parque. Esperarlo será el eje de mi vida. Esa delgada línea es lo único que me permite seguir viviendo. Igual que la araña que vi cuando bajé por las escaleras de emergencia de la metropolitana. Aquella diminuta araña negra había extendido su mísera tela en una esquina de la sucia armazón de hierro y se agazapaba allí, al acecho de alguna presa. La telaraña, mecida por el viento que soplaba entre los pilares de la autopista, estaba deshilachada y sucia. Cuando la vi, me dio pena. Sin embargo, ahora me encuentro en una situación parecida a la de la araña.

»Tengo que conseguir un casete con la *Sinfonietta* de Janáček. La necesito para cuando haga ejercicio. Esa música me une con un lugar, un lugar *indeterminado,* no sé cuál. Es como si me condujera hacia algo. Lo añadiré a la lista de provisiones para Tamaru.»

Es octubre y ya sólo quedan tres meses de prórroga. Las agujas del reloj avanzan imparables. Instalada en la silla de jardín, Aomame sigue vigilando el tobogán y el parque por el resquicio entre el antepecho de plástico y el barandal. La luz de la farola tiñe de un tono pálido el escenario del pequeño parque infantil. Ese escenario la lleva a pensar en los pasillos desiertos de un acuario cuando llega la noche. Los invisibles peces imaginarios nadan en silencio entre los árboles. No interrumpen sus movimientos mudos. En el cielo se alinean dos lunas que buscan el reconocimiento de Aomame.

—Tengo —susurra Aomame—, ¿dónde estás?

3
TENGO
Todas las bestias iban vestidas

Por las tardes, Tengo acudía a la habitación de su padre, en la clínica; se sentaba al lado de la cama, abría el libro que llevaba consigo y leía en voz alta. Una vez leídas apenas cinco páginas, hacía una pausa y leía otras cinco. Simplemente, le leía lo que él mismo estaba leyendo en ese momento, fueran novelas, biografías o libros sobre ciencias naturales. Lo importante era el hecho de leerle, no lo que le leyera.

Ignoraba si su padre le escuchaba. Mirándole a la cara, no percibía ningún tipo de reacción. El anciano, enjuto y desaliñado, dormía con los ojos cerrados. No se movía, y ni siquiera se le oía respirar. Respiraba, por supuesto, pero era imposible comprobarlo, a menos que uno pegara el oído a su boca o le acercara un espejo para ver si se empañaba. La infusión intravenosa entraba en su cuerpo y el catéter evacuaba su escasa orina. Ese flujo pausado y silencioso era el único indicio de que seguía con vida. De vez en cuando, una enfermera lo afeitaba con una maquinilla eléctrica y le cortaba los pelitos blancos que sobresalían de la nariz y las orejas con unas pequeñas tijeras de puntas romas. También le arreglaba las cejas. El pelo, a pesar de que él estaba en coma, seguía creciéndole. Contemplando a su padre, Tengo había dejado de saber cuál era la diferencia entre la vida y la muerte. ¿Existía realmente una diferencia? ¿No sería, simplemente, que creemos en ella por pura conveniencia?

A las tres, el médico se pasaba por la habitación y le comentaba el estado del enfermo. Sus explicaciones eran breves, y, más o menos, le decía siempre lo mismo: no se apreciaban progresos. Su padre seguía dormido. El tiempo que le quedaba de vida se acortaba paulatinamente. En otras palabras, se acercaba a la muerte con pasos lentos pero firmes. En ese momento no había ningún tratamiento al que aferrarse. Sólo podían dejarle dormir en paz. Eso era lo único que el médico le podía decir.

Al atardecer, acudían dos enfermeros para llevarse a su padre a la sala de análisis. No siempre eran los mismos, pero todos eran igual de callados. No decían ni una palabra, tal vez debido a las grandes mascarillas que llevaban puestas. Uno de ellos parecía extranjero. Era bajo y moreno, y siempre sonreía a Tengo a través de la mascarilla. Sabía que le estaba sonriendo por la expresión de sus ojos. Tengo le devolvía la sonrisa.

Al cabo de media hora, o, a veces, de una hora, el padre regresaba a su habitación. Tengo no sabía qué clase de análisis le realizaban. Cuando se lo llevaban, él bajaba al comedor, se tomaba un té verde templado para matar el tiempo y, a los quince minutos, regresaba a la habitación. Lo hacía con la esperanza de que en aquella cama vacía volviera a aparecer la crisálida de aire y, en su interior, se hallara acostada Aomame, Aomame a los diez años. Pero nunca ocurría. En la habitación en penumbra sólo quedaba el olor a enfermo y el hueco que el cuerpo de su padre había dejado en la cama.

Tengo observaba el paisaje de pie junto a la ventana. Al otro lado del césped se alzaba, envuelto en sombras, el pinar de protección contra el viento, por el que le llegaba el rumor de las olas. Era el oleaje agitado del Pacífico. Resonaba profundo y oscuro, como si numerosos espíritus se congregaran y cada uno de ellos contara en susurros su historia. Y parecían desear que se les unieran otros muchos espíritus. Deseaban muchas más historias que poder contar.

Antes de eso, en octubre, Tengo sólo había visitado dos veces la clínica de Chikura; lo había hecho en sus jornadas de descanso, y regresaba el mismo día. Cogía el expreso muy temprano por la mañana, iba a la clínica, se sentaba junto a la cama de su padre y a veces le hablaba. Sin embargo, no obtenía ninguna respuesta. Su padre dormía profundamente, mirando al techo. Tengo pasaba la mayor parte del tiempo observando el paisaje al otro lado de la ventana. Cuando comenzaba a anochecer, esperaba a que *algo* sucediera. Pero nada sucedía. Sólo se ponía el sol en silencio y la penumbra envolvía la habitación. Al cabo de un rato, resignado, se levantaba y regresaba a Tokio en el último expreso.

«Tal vez deba tener más paciencia y dedicarle más tiempo», pensó en un momento determinado. «Quizá no baste con visitas de un día. Quizá requiera un compromiso más profundo.» Así lo sentía, aunque esa idea careciera de fundamento.

Mediado el mes de noviembre, decidió tomarse unas vacaciones. En la academia explicó que su padre se encontraba en estado crítico y debía ocuparse de él. En sí, no era una mentira. Pidió a un antiguo compañero de la universidad que lo sustituyese. Era una de las pocas personas que de algún modo estaba unida a Tengo a través de un fino hilo de amistad. Desde que habían terminado la carrera, sólo se veían una o dos veces al año, pero se mantenían en contacto. Su amigo tenía una mente prodigiosa y, cuando estudiaban, se había ganado la fama de extravagante en el departamento de matemáticas, donde, por otro lado, abundaban los excéntricos. No obstante, al terminar la carrera no buscó empleo ni se dedicó a la investigación, sino que, cuando le apetecía, enseñaba matemáticas en una academia para estudiantes de secundaria que un conocido suyo dirigía, y el resto del tiempo lo dedicaba a leer un poco de todo, a pescar en las montañas y vivir a su aire. Tengo se había enterado de que su colega era muy competente como profesor. Pero, simplemente, se había hartado de ser competente. Provenía, además, de una familia rica y no necesitaba deslomarse trabajando. Ya en otra ocasión lo había sustituido y había causado buena impresión entre los alumnos de entonces. Cuando Tengo lo llamó y le puso al corriente de la situación, aceptó de inmediato.

También tenía que resolver el problema de qué hacer con respecto a Fukaeri, con la que convivía. Dudaba de si sería apropiado dejar a aquella chica que pertenecía a otro mundo en el piso durante mucho tiempo. Para colmo, ella estaba ocultándose, quería evitar que la vieran. Así que probó a preguntárselo directamente.

–Si me fuera, ¿preferirías quedarte aquí sola o irte a algún otro lugar durante un tiempo?

–Adónde vas –preguntó Fukaeri con mirada seria.

–Al pueblo de los gatos. Mi padre no ha recuperado la conciencia. Lleva un tiempo profundamente dormido. Me han dicho que quizá no le queden muchos días de vida.

Le ocultó que la crisálida de aire había aparecido un atardecer sobre la cama de la habitación en la clínica. Que dentro dormía una Aomame niña. Que esa crisálida de aire era igual, hasta en el menor detalle, a la que se describía en la novela. Y que, en lo más profundo de su ser, albergaba la esperanza de que la crisálida volviera a aparecer ante él.

Fukaeri entornó los ojos, selló sus labios y se quedó mirándolo a la cara, como si intentara leer allí un mensaje escrito en letra menuda.

Casi inconscientemente, Tengo se llevó las manos a la cara, pero no notó que hubiera nada escrito.

–Vale –dijo Fukaeri al cabo de un rato, y asintió varias veces con la cabeza–. Ahora mismo no corro peligro.

–Ahora mismo no corres peligro –repitió Tengo.

–No te preocupes por mí –insistió ella.

–Te llamaré todos los días.

–No vayas a quedarte atrapado en el pueblo de los gatos.

–Tendré cuidado –dijo él.

Fue al supermercado y compró la suficiente comida para que Fukaeri no tuviera que salir de casa en su ausencia. Todo cosas fáciles de preparar. Tengo sabía perfectamente que a la chica no le gustaba cocinar, y que tampoco se le daba bien. Quería evitar que, un par de semanas más tarde, al regresar a casa, los alimentos frescos de la nevera se hubieran convertido en una masa putrefacta.

Metió ropa y artículos de aseo en un bolso bandolera de lona. Después, unos cuantos libros, folios y material para escribir. Como de costumbre, cogió el expreso en la estación de Tokio, hizo transbordo en Tateyama, donde subió a un tren ómnibus, y se bajó dos estaciones después, en Chikura. Se dirigió a la oficina de turismo, enfrente de la estación, y buscó un *ryokan** en el que alojarse por un precio relativamente módico. Al estar en temporada baja, no le costó encontrar habitación. Era una fonda sencilla ocupada principalmente por gente que había venido a pescar. La habitación, aunque pequeña, estaba limpia y olía a tatamis nuevos. Desde las ventanas de la segunda planta se divisaba el puerto pesquero. El precio por el alojamiento con desayuno era más barato de lo que había previsto.

Le dijo a la dueña del *ryokan* que no sabía cuánto tiempo iba a quedarse, pero que le pagaría por adelantado lo correspondiente a tres días. A la dueña le pareció bien. Le explicó que las puertas se cerraban a las once y le dijo (con otras palabras y con circunloquios) que no podía llevar mujeres a la habitación. Tengo no puso objeción alguna. Tras instalarse en la habitación, llamó a la clínica. Preguntó a la enfermera que se puso al aparato (la misma mujer de mediana edad de siempre) si podía visitar a su padre a las tres de la tarde. Ella le contestó que sí.

–Su padre sigue en coma –añadió.

---

* Fonda tradicional japonesa. *(N. del T.)*

Así comenzó la estancia de Tengo en «el pueblo de los gatos». Se levantaba temprano, paseaba por la playa, se llegaba hasta el puerto, donde observaba el ir y venir de los pescadores, y luego regresaba al *ryokan* para desayunar. Le ponían todos los días lo mismo: jurel seco y *tamagoyaki*,* un tomate cortado en cuatro, alga *nori* aderezada, sopa de miso con pequeñas almejas y arroz; sin embargo, todo estaba siempre delicioso. Después de desayunar, se sentaba frente a una mesita, en su habitación, y escribía. Disfrutó de volver a escribir utilizando la pluma estilográfica después de tanto tiempo sin hacerlo. El cambio de aires, trabajar en un lugar desconocido, lejos de su vida ordinaria, tampoco estaban tan mal. Oía el ruido monótono de los motores de los barcos que regresaban al puerto. Le gustaba ese sonido.

Escribía una historia que transcurría en el mundo de las dos lunas, el mundo de la Little People y la crisálida de aire. Lo había tomado prestado de *La crisálida de aire* de Fukaeri, pero ya lo había hecho suyo por completo. Mientras se enfrentaba a los folios en blanco, su mente se hallaba en ese otro mundo. Incluso después de dejar la pluma y apartarse de la mesita, su mente seguía allí. En esos momentos experimentaba una sensación peculiar, como si su cuerpo y su mente estuvieran a punto de separarse, y él se sentía incapaz de discernir dónde terminaba el mundo real y dónde empezaba el mundo imaginario. El protagonista del relato titulado «El pueblo de los gatos», que había leído hacía poco, experimentaba algo muy similar. Era como si, de repente, el centro de gravedad del mundo se hubiera desplazado. Y el protagonista de la historia (quizá) no podía subir nunca al tren que partía del pueblo.

A las once tenía que dejar la habitación libre para que la limpiaran. Llegada esa hora, abandonaba la escritura y caminaba lentamente hasta los alrededores de la estación, entraba en una cafetería y se tomaba un café. Muy de vez en cuando también comía un pequeño sándwich. Luego, cogía el periódico y buscaba con suma atención algún artículo que le concerniese. No obstante, nunca encontraba ninguno. Hacía ya tiempo que *La crisálida de aire* había dejado de aparecer en la lista de *best sellers*. El primer puesto en el ranking lo ocupaba ahora el libro de dietas *Cómo adelgazar comiendo todo lo que se quiera y cuanto se quiera.* Un título fascinante. Probablemente se vendería bien aunque en su interior estuviese en blanco.

* Especie de tortilla japonesa. *(N. del T.)*

Una vez acabado el café y terminado de leer el periódico, Tengo cogía el autobús e iba a la clínica. Solía llegar entre la una y media y las dos de la tarde. En recepción, charlaba un rato con las enfermeras. Como Tengo se había instalado en el pueblo para visitar a su padre todos los días, las enfermeras lo acogían con un poco más de amabilidad y simpatía que a otros. Como una familia que diera la bienvenida a un hijo pródigo.

Había una enfermera joven que, cuando lo veía, sonreía con cierta turbación. Parecía sentirse atraída por él. Era bajita, de ojos grandes y mejillas sonrosadas, y solía recogerse el cabello en una coleta. Tengo calculó que tendría poco más de veinte años. Sin embargo, desde que había visto a la niña durmiendo en el interior de la crisálida de aire, sólo pensaba en Aomame. Las demás chicas no eran más que sombras tenues que pasaban al azar por su lado. Aomame siempre estaba presente en un rincón de su mente. Algo le decía que ella vivía en algún lugar de aquel mundo. Además, estaba convencido de que también ella lo buscaba a él. «Por eso vino a mi encuentro aquel atardecer.» Aomame tampoco se había olvidado de él.

Eso en el caso de que lo que había visto no hubiera sido una alucinación.

En ocasiones se acordaba de Kyōko Yasuda, la mujer mayor que él con la que se había visto durante un tiempo. ¿Qué estaría haciendo ahora? El marido le había dicho por teléfono que *ya se había perdido* y que, por lo tanto, no volvería a verse con Tengo. «Se ha perdido.» Esas palabras todavía le causaban desasosiego. Sin lugar a dudas, albergaban un eco funesto.

Su presencia, sin embargo, también había ido diluyéndose poco a poco. Las tardes que habían pasado juntos eran sólo, en su memoria, acontecimientos que habían quedado atrás y que ya habían cumplido su función. Eso le remordía la conciencia, pero el centro de gravedad había cambiado de pronto y las agujas de las vías del tren, definitivamente, ya se habían desplazado. Las cosas ya no volverían a ser como antes.

Cuando entraba en la habitación de su padre, se sentaba en un taburete, junto a su cama, y lo saludaba con pocas palabras. Luego le contaba de manera ordenada todo lo que había hecho desde la noche del día anterior hasta ese momento. Naturalmente, no era gran cosa. Regresaba al pueblo en autobús, cenaba algo sencillo en un restaurante, se tomaba una cerveza, regresaba a la fonda y leía. A las diez se acostaba. Por la mañana daba un paseo, desayunaba y escribía unas dos horas. Siempre hacía lo mismo. Y, sin embargo, cada día se lo describía con detalle a su padre inconsciente. Éste, por supuesto, no reaccionaba. Era como hablar con una pared. Se había convertido en una rutina. Pero tenía la sensación de que era importante repetir cada día lo mismo.

A continuación, Tengo le leía en voz alta el libro que llevaba consigo. No era una lectura que hubiera escogido; simplemente, le leía páginas de lo que él estaba leyendo en ese momento. Si por casualidad hubiera tenido en sus manos el manual de instrucciones de un cortacésped, se lo habría leído. Lo hacía despacio y con una voz lo más clara posible, para que a su padre le resultara fácil de entender. Era lo único que tenía en cuenta.

«Fuera, los relámpagos se intensificaron paulatinamente y, durante un rato, los rayos azules iluminaron la calle, aunque no se oían truenos. Quizá tronase, pero tenía la impresión de que no los oía porque estaba ensimismado. El agua de la lluvia corría por la calle formando arrugas. Parecía que, tras chapotear en el agua, más clientes iban a entrar uno tras otro en el local.

»Como el amigo con el que había acudido no hacía sino mirar a las caras de la gente, me pregunté qué le ocurría, pero siguió sin abrir la boca. El barullo que nos rodeaba y los apretones de los clientes que teníamos sentados al lado y más allá me asfixiaban.

»Oí un ruido extraño, como si alguien hubiera carraspeado o tosido al atragantarse con la comida, pero, bien pensado, el ruido parecía el gruñido de un perro.

»De pronto un rayo pavoroso inundó el edificio con su luz azul e iluminó a los clientes que estaban en la zona sin entarimar del local. Cuando, en el mismo instante, retumbó un trueno que parecía que iba a rasgar el tejado y me levanté asustado, los rostros de los clientes apiñados se volvieron a la vez hacia mí; y no sé si eran caras de perro o de zorro, pero todas las bestias iban vestidas y, entre ellas, había algunas que se relamían el hocico con sus largas lenguas.»*

* Fragmento de la obra *Tōkyō nikki (Diario de Tokio)*, del escritor Hyakken Uchida, inédita en español. *(N. del T.)*

Al llegar a ese punto, observó el rostro de su padre.

–Fin –dijo. La obra se terminaba ahí.

No hubo reacción.

–¿Alguna impresión?

Como cabía esperar, su padre no contestó.

A veces le leía lo que había escrito por la mañana. Tras leerlo, corregía con un bolígrafo las partes que no le convencían y releía los pasajes corregidos. Si aun así no se daba por satisfecho, los revisaba otra vez. Entonces volvía a leerlos.

–Corregidos mejoran mucho –comentó en dirección a su padre, buscando su aprobación.

Pero, naturalmente, éste no manifestó su parecer. No le dijo si, en efecto, mejoraban; si la versión anterior tampoco estaba tan mal o si los cambios realizados no eran muy relevantes. Sus párpados seguían cerrados sobre aquellos ojos hundidos. Como una casa infausta cuyas pesadas persianas estuvieran siempre bajadas.

De vez en cuando, Tengo se levantaba del taburete, se estiraba para desentumecerse y observaba el paisaje por la ventana. Tras unos cuantos días nublados, llovió. La lluvia cayó durante toda la tarde, empapando y oscureciendo el pinar de protección. Ese día no se oía el oleaje. No soplaba viento y la lluvia se precipitaba recta desde el cielo. Una bandada de pájaros negros volaba en medio de la cortina de agua. Los corazones de las aves también estaban húmedos y oscuros. De igual manera, la humedad había entrado en la habitación. Calaba la almohada, el libro, la mesa, todo. Sin embargo, su padre seguía en coma, ajeno al tiempo, a la humedad, al viento o al ruido del oleaje. La parálisis envolvía su cuerpo como una túnica piadosa. Después de tomarse un respiro, Tengo siguió leyendo en voz alta. Era lo único que podía hacer en aquel cuarto húmedo y angosto.

Cuando se hartaba de leer, se quedaba sentado en silencio y observaba cómo su padre dormía. Luego conjeturaba sobre lo que pasaría por su mente. ¿Qué clase de conciencia se ocultaba en aquel tozudo cráneo semejante a un viejo yunque? Quizá ya no quedara nada en su interior. Quizá, como en una casa abandonada, los antiguos inquilinos hubieran desaparecido sin dejar rastro, llevándose todos los enseres. Pese a todo, ciertos recuerdos e impresiones debían de haberse quedado grabados en las paredes y el techo. Lo que se ha cultivado durante largo tiempo no desaparece así como así, tragado por la nada. A lo mejor, mientras permanecía tumbado en aquella sencilla cama de la clínica, su padre, en esa oscura y silenciosa casa abandonada que albergaba en su interior, atesoraba escenas y recuerdos que los demás no veían.

Al cabo de un rato, volvía la enfermera joven de mejillas sonrosadas y, tras dirigirle una sonrisa a Tengo, le tomaba la temperatura al padre y comprobaba cuánto suero quedaba, así como la cantidad de orina recogida. Con un bolígrafo anotaba algunas cifras en una hoja. Sus gestos eran ágiles y mecánicos, como si aplicara las instrucciones de un manual. Mientras seguía sus movimientos con la mirada, Tengo pensaba cómo sería su vida, trabajando en una clínica de un pueblecito en la costa y cuidando a ancianos dementes sin posibilidad de curación. Era una chica joven y sana. Bajo el uniforme blanco almidonado, sus pechos y sus caderas, aunque prietos, eran generosos. En su terso cuello brillaba un fino vello de color dorado. La tarjeta de plástico que llevaba en el pecho ponía «Adachi».

Tengo sabía que era una enfermera muy trabajadora y eficiente. De haberlo querido, no le habría sido difícil encontrar trabajo en un centro médico de otra clase, más animado e interesante. ¿Por qué había ido a parar a un lugar tan aislado, en el que reinaban el olvido y el lento camino hacia la muerte? No acababa de entender cuáles podían ser las razones y las circunstancias que la habían llevado allí. Y tenía la impresión de que, si se lo preguntaba, ella le respondería abiertamente. No obstante, prefería no saberlo. Después de todo, Tengo estaba en el «pueblo de los gatos». Y, algún día, tendría que subir al tren que le llevaría al mundo del que procedía.

–No se ha producido ningún cambio. Todo sigue igual.

–O sea, que está estable –dijo Tengo en el tono de voz más alegre que pudo–, siendo positivos.

Ella sonrió, como si lo lamentara, y ladeó ligeramente la cabeza. Luego miró el libro cerrado sobre el regazo de Tengo.

–¿Se lo estás leyendo?

Tengo asintió.

–Sí, aunque no sé si me oye...

–Aun así, me parece muy bien –opinó la enfermera.

–Bien o mal, no sé qué más puedo hacer.

–No todo el mundo hace lo que puede.

—Porque, a diferencia de mí, la mayoría de la gente está demasiado ocupada con sus vidas –contestó Tengo.

La enfermera abrió la boca para decir algo, pero titubeó. Al final no dijo nada. Se volvió hacia el padre inconsciente y luego miró a Tengo.

—Espero que se recupere.

—Gracias –dijo Tengo.

Una vez que la enfermera Adachi se fue, tras una pausa, Tengo retomó la lectura.

Al atardecer, cuando se llevaron al padre a la sala de análisis en la camilla de ruedas, Tengo bajó al comedor, se tomó un té y llamó a Fukaeri desde el teléfono público que había allí.

—¿Alguna novedad? –le preguntó Tengo a la chica.

—Ninguna en particular –contestó ella–. Lo mismo de siempre.

—Tampoco yo tengo nada que contarte. Hago lo mismo cada día.

—Pero el tiempo pasa.

—Cierto –dijo Tengo. El tiempo avanzaba día a día. Y lo que pasa ya nunca puede volver atrás.

—Hace un rato apareció un cuervo –comentó Fukaeri–. Un cuervo grande.

—Ese cuervo viene todas las tardes a nuestra ventana.

—Hace lo mismo cada día.

—Eso es –dijo Tengo–. Igual que yo.

—Pero él no piensa en el tiempo.

—Los cuervos no tienen por qué pensar en el tiempo. Los únicos que poseemos la noción del tiempo debemos de ser los humanos.

—Por qué.

—El ser humano concibe el tiempo como una línea recta. Como si fuera un palo largo y recto en el que tallara muescas. En plan: aquí delante está el futuro, aquí atrás el pasado y ahora nos encontramos en este punto. ¿Lo entiendes?

—Quizás.

—Pero, en realidad, no es una línea recta. Carece de forma, en todos los sentidos. Pero como nosotros somos incapaces de concebir algo sin forma, por conveniencia lo imaginamos como una recta. Los seres humanos somos los únicos que podemos transponer de ese modo los conceptos.

–Pero quizá nos equivocamos.

Tengo reflexionó sobre lo que acababa de oír.

–¿Quieres decir que quizá nos equivocamos al concebir el tiempo como una línea recta?

Fukaeri no respondió.

–Claro, es posible. Puede que nosotros estemos equivocados, y el cuervo tenga razón. Quizás el tiempo no sea en absoluto una línea recta. A lo mejor tiene forma de donut retorcido –siguió Tengo–. Pero el ser humano seguramente lleva miles de años viviendo de esta manera. Es decir, siempre ha actuado bajo la premisa de que el tiempo es una línea recta que se extiende hasta el infinito. Y hasta ahora nunca se ha detectado algo que lo refute o lo contradiga, así que, en base a las leyes empíricas, debe de ser correcto.

–*Las-leyes-empíricas* –dijo Fukaeri.

–Después de someterla a numerosas pruebas, se puede determinar si una premisa es correcta, si funciona o no en la realidad.

Fukaeri permaneció callada. Tengo no sabía si lo había entendido.

–¿Estás ahí? –preguntó para asegurarse de que seguía al aparato.

–Hasta cuándo te vas a quedar –preguntó Fukaeri sin entonación interrogativa.

–¿Que hasta cuándo me voy a quedar en Chikura?

–Sí.

–No lo sé –se sinceró Tengo–. Lo único que puedo decirte es que voy a quedarme mientras sea necesario. Y ahora mismo lo es. Quiero ver cómo evolucionan las cosas durante un tiempo más.

Fukaeri volvió a quedarse callada. Cuando se callaba, todo indicio de su existencia desaparecía.

–¿Estás ahí? –volvió a preguntar Tengo.

–No pierdas el tren –le advirtió Fukaeri.

–Tendré cuidado –dijo Tengo–. No voy a perderlo. ¿Tú estás bien?

–Hace un momento vino alguien.

–¿Quién?

–Una persona de la *ene-hache-ca*.

–¿Un cobrador de la NHK?

–*Cobrador* –preguntó ella sin entonación interrogativa.

–¿Le dijiste algo? –inquirió Tengo.

–No entendí de qué hablaba.

Ni siquiera sabía lo que era la NHK. La chica carecía de ciertos conocimientos generales básicos.

–Como no quiero eternizarme, no te lo puedo explicar con detalle por teléfono, pero básicamente hay una organización muy grande para la que trabajan muchas personas. Van por todas las casas de Japón recaudando el dinero que hay que pagar cada mes. Pero tú y yo no tenemos que pagar, porque no recibimos ningún servicio. De todas formas, no abriste la puerta, ¿verdad?

–No. Hice como me dijiste.

–Bien.

–Pero dijo: «Sois unos ladrones».

–No te preocupes –dijo Tengo.

–Nosotros no hemos robado nada.

–Claro que no. Tú y yo no hemos hecho nada malo.

Fukaeri se quedó callada al aparato.

–¿Estás ahí? –volvió a preguntar Tengo.

La chica no contestó. Tal vez ya había colgado. Pero no se oyó ningún ruido que lo indicase.

–¿Hola? –dijo Tengo, esta vez un poco más alto.

Fukaeri carraspeó débilmente.

–Esa persona dijo que te conocía.

–¿El recaudador?

–Sí. El de la *ene-hache-ca*.

–Y nos llamó ladrones, ¿no?

–No hablaba de mí.

–¿Hablaba de mí? –preguntó Tengo.

Fukaeri no respondió.

–Sea como sea, en casa no tengo televisión y yo no le he robado nada a la NHK.

–Pues se enfadó porque no le abrí.

–No importa. Si se enfada, allá él. Diga lo que diga, ni se te ocurra abrirle.

–No abriré.

Dicho eso, Fukaeri colgó de repente. Aunque quizá no fue de repente. A lo mejor, para ella colgar el auricular en ese momento era algo lógico y natural. Sin embargo, a oídos de Tengo sonó un tanto brusco. En todo caso, Tengo sabía perfectamente que era inútil conjeturar sobre lo que Fukaeri podía pensar o sentir. Se lo decían las leyes empíricas.

Tengo colgó y regresó a la habitación del padre.

Aún no lo habían devuelto al cuarto. Vio el hueco que su cuerpo había dejado marcado en las sábanas. Sin embargo, tampoco ese día había ninguna crisálida de aire. En la habitación que iba tiñéndose de una penumbra fría, sólo quedaba un leve vestigio de que alguien había permanecido allí hasta hacía unos minutos.

Suspiró y se sentó en el taburete. Se colocó las manos sobre las rodillas y observó el hueco en las sábanas. Después se levantó, se acercó a la ventana y miró fuera. Una nube de finales de otoño se extendía recta sobre el pinar. Se intuía una hermosa puesta de sol, la primera en largo tiempo.

Tengo no comprendía que el recaudador de la NHK hubiera dicho que «lo conocía» a él. Ya hacía un año que no venía. La última vez, Tengo le había explicado amablemente que no veía la tele; ni siquiera tenía televisor. Aunque el recaudador no se quedó convencido, refunfuñó y se marchó sin añadir nada más.

¿Sería el mismo recaudador de la última vez? Recordó que, en efecto, también le había llamado «ladrón». Aun así, que el mismo recaudador se presentara al cabo de un año y dijera que «conocía» a Tengo no dejaba de ser extraño. Los dos habían hablado apenas cinco minutos en la puerta del piso.

«¡Bah!», pensó Tengo. Lo importante era que Fukaeri no había abierto la puerta. El recaudador no regresaría. Los cobradores tenían que cumplir una cuota de trabajo asignada y acababan hartos de discusiones desagradables con usuarios que se negaban a pagar, así que evitaban a éstos para ahorrar esfuerzo y tiempo y se dirigían a los usuarios que pagaban sin problemas.

Tengo volvió a mirar el hueco que su padre había dejado en las sábanas y pensó en todos los zapatos que su padre había gastado. A fuerza de recorrer las rutas de recaudación una y otra vez, había destrozado una barbaridad de zapatos. Todos estaban cortados por el mismo patrón: negros, de suela gruesa, muy prácticos y baratos. Acababan hechos andrajos, con los talones tan gastados que se deformaban. Cada vez que veía aquel calzado deforme, al joven Tengo le dolía en el alma. Más que pena por su padre, sentía pena por los zapatos. Le hacían pensar en unos desdichados animales de carga agonizantes tras haber sido explotados hasta la extenuación.

Con todo, bien pensado, ¿no era su padre en ese momento como un animal de carga moribundo? ¿Acaso no era igual que un zapato de cuero desgastado?

Volvió a mirar por la ventana y contempló cómo el arrebol oscurecía el color del cielo hacia el oeste. Pensó en la crisálida de aire, que despedía una tenue luz azulada, y en la Aomame niña que dormía en su interior.

¿Volvería a aparecer algún día esa crisálida de aire?

¿Tenía el tiempo, realmente, forma de línea recta?

–Mucho me temo que estoy en un callejón sin salida –dijo Tengo dirigiéndose a la pared–. Se han producido demasiados cambios. Ni siquiera un niño prodigio podría obtener respuestas para tantos enigmas.

La pared, claro está, no contestó. Ni expresó su opinión. Sólo reflejaba el color del arrebol en silencio.

4

USHIKAWA
La navaja de Ockham

Ushikawa no acababa de ver de qué manera aquella anciana que vivía en la mansión de Azabu podía estar relacionada con el asesinato del líder de Vanguardia. Había recabado información sobre todo lo que la concernía. La mujer gozaba de un estatus social elevado, y era muy conocida, por lo que no le había costado investigar. Su marido, que había poseído un gran consorcio financiero durante la posguerra, había sido un magnate cuyas influencias se extendían a las esferas políticas. Había operado sobre todo en el sector de las inversiones y en el inmobiliario, pero también había participado en áreas cercanas a esos negocios, como los grandes centros comerciales y las empresas de transportes. Cuando su marido falleció, a mediados de la década de los cincuenta, ella se hizo cargo de los negocios familiares. Tenía talento para la gestión y, sobre todo, habilidad para prever riesgos. En la segunda mitad de los años sesenta, el emporio había crecido tanto que decidió vender acciones de algunos de los negocios mientras su valor estaba alto y redujo paulatinamente el tamaño de la empresa. A partir de entonces se volcó en consolidar los negocios que había conservado. Gracias a ello, cuando sobrevino la crisis del petróleo, minimizó su impacto y el capital fue aumentando progresivamente. Supo transformar lo que para los demás era una crisis en una coyuntura favorable para ella.

En el presente, ya rondando los setenta y cinco años, se había retirado de la gestión de los negocios. Poseía una fortuna y llevaba una vida tranquila en una gran mansión, sin que nadie la molestara. Había nacido en una familia adinerada, se había casado con un hombre acaudalado y, tras perder a su marido, se había enriquecido aún más. ¿Por qué una mujer como ella planearía un asesinato?

Con todo, Ushikawa decidió seguir indagando. Por una parte, porque no había encontrado ninguna otra pista y, por otra, porque había algo en esa «casa de acogida» que la mujer regentaba que levantaba sus sospechas. En el hecho mismo de ofrecer cobijo de manera altruista a mujeres maltratadas no había nada extraño. Se trataba de un servicio de provecho para la sociedad. La anciana disponía de solvencia económica, y las mujeres debían de estarle profundamente agradecidas por la generosidad con que las trataba. Sin embargo, la vigilancia del edificio era demasiado estricta. Cancelas con recias cerraduras, un pastor alemán, cámaras de seguridad. A Ushikawa se le antojaba excesivo.

Primero comprobó a nombre de quién estaba el solar y la casa en la que vivía la anciana. Era información pública y bastaba con ir al ayuntamiento. Ambos estaban exclusivamente a nombre de la mujer. No había ninguna hipoteca. Simple y claro. Aunque los impuestos anuales sobre la propiedad ascendían a una suma considerable, con el capital del que disponía su pago no debía de representar ningún problema. El futuro impuesto de sucesiones también sería una cantidad muy elevada, pero tampoco parecía quitarle el sueño. Algo poco habitual, tratándose de una millonaria. Por lo que Ushikawa sabía, no había nadie en el mundo que aborreciese más pagar impuestos que los ricos.

Al parecer, desde la muerte de su marido, vivía sola en su mansión. Naturalmente, debían de residir en la casa unos cuantos empleados. Había tenido dos hijos: un hombre, con tres hijos a su vez, que había heredado el negocio familiar; y una mujer, casada, que había fallecido por enfermedad hacía quince años, sin dejar hijos.

Había reunido esos datos sin mayores problemas. Pero al intentar dar un paso más y ahondar en su vida privada, de pronto un sólido muro se había interpuesto en su camino. Todas las vías estaban tapiadas. El muro era alto y en la puerta habían echado varias veces la llave. Ushikawa comprendía que la mujer no tuviera la menor intención de exponer su intimidad al público. Y parecía que, para garantizarlo, se invertían todos los esfuerzos y todo el dinero necesarios. Ella jamás respondía a preguntas ni se pronunciaba con respecto a nada. A pesar de hurgar en montañas de documentos, no consiguió ninguna foto de la anciana.

Su nombre venía en la guía telefónica del área de Minato. Ushikawa probó a llamar a ese número. Su modus operandi consistía en tantear directamente todas las posibilidades. Antes del segundo timbrazo, un hombre se puso al teléfono. Ushikawa dio un nombre falso, citó el nombre de una agencia bursátil al azar y fue al grano: «Desearía hablar con la señora de la casa en relación con un fondo de inversiones». El hombre le contestó: «La señora no puede ponerse al teléfono. Si lo desea, puede hablar conmigo para cualquier asunto, y yo se lo transmitiré». Hablaba con una voz neutra que parecía creada por una combinación de aparatos. Ushikawa replicó que, por normas de la agencia, no podía hablar más que con la interesada y que, por tanto, le enviaría la documentación por correo, aunque requiriera más tiempo. El hombre le respondió que lo hiciera de ese modo y colgó.

Ushikawa no se desanimó por no haber podido hablar con ella. Ya se lo imaginaba. Sólo quería saber hasta qué punto se preocupaba por proteger su privacidad. Y el nivel de preocupación era considerable. Cierto número de personas debían de ocuparse de su seguridad dentro de la casa. Lo había percibido en el tono de voz del hombre que se había puesto al aparato, tal vez un secretario. Aunque el nombre de la anciana apareciera en la guía telefónica, pocos podían hablar con ella y el resto era rechazado sin contemplaciones, igual que una hormiga que intentara colarse en un tarro de azúcar.

Ushikawa acudió a inmobiliarias del barrio fingiendo que buscaba un piso de alquiler y preguntó de forma sutil por el edificio que hacía las veces de casa de acogida. En la mayoría de las agencias ni siquiera sabían de la existencia del edificio. Era una de las áreas residenciales más lujosas de Tokio, y trabajaban principalmente con inmuebles caros; no tenían en cartera ni les interesaban antiguos edificios de dos pisos y de madera. Además, sólo con mirar a Ushikawa a la cara y ver cómo iba a vestido, lo trataban como si no existiera. Tanto era así que le daba la impresión de que, si un perro sarnoso con la cola desgarrada y empapado por la lluvia hubiera entrado por una rendija de la puerta, lo habrían tratado con algo más de calidez que a él.

Cuando ya estaba a punto de tirar la toalla, una pequeña inmobiliaria local que parecía llevar bastante tiempo en la zona atrajo su atención. Un viejo de cara amarillenta que atendía el negocio le dio información de buena gana: «¡Ah, sí! Ese edificio...». El hombre era enjuto, como una momia de segunda clase, pero conocía el barrio de punta a rabo y buscaba con quién hablar, fuera quien fuese.

–Sí, pertenece a la mujer del señor Ogata, ¿sabe usted? Antiguamente era un edificio de apartamentos de alquiler. No sé para qué querrían algo así, porque necesitar, no necesitaban alquilar nada. Supongo que lo usaría para alojar al servicio. Ahora no sé muy bien, pero se dice que lo han convertido en un lugar de acogida para mujeres maltratadas. De todos modos, no es negocio para un agente inmobiliario. –El viejo se rió sin abrir la boca; hacía el mismo ruido que un pájaro carpintero.

–¡Vaya! ¿Una casa de acogida? –dijo Ushikawa, y le ofreció un Seven Stars al hombre.

El viejo lo aceptó y lo encendió con el mechero que le tendía Ushikawa. Le dio una placentera calada. A Ushikawa le pareció que el Seven Stars debía de sentirse feliz por que lo fumaran con tal placer.

–Acogen a mujeres a las que, bueno, sus maridos les daban palizas y huyeron con la cara toda hinchada. No les cobran nada, claro.

–Es, digamos, como un servicio a la sociedad, ¿no?

–Sí, algo así. El edificio no les sirve para nada, así que lo utilizan para ayudar a personas necesitadas. Como son ricos hasta decir basta ¿sabe usted?, pueden hacer lo que les dé la gana sin preocuparse por lo que les cuesta. No como nosotros, la plebe.

–Pero ¿por qué haría la señora Ogata algo así? Algún motivo tendrá, digo yo...

–¡Vaya usted a saber! Es millonaria y lo hará para distraerse.

–Pues aunque lo haga para pasar el tiempo, tiene mérito eso de ayudar a la gente necesitada –dijo Ushikawa con una sonrisa–. No toda la gente a la que le sobra el dinero hace eso.

–Pues tiene usted razón, la verdad es que tiene su mérito. Aunque yo antes también le zurraba a mi señora, así que mucho no puedo hablar... –dijo el viejo, y se rió abriendo una bocaza en la que faltaban algunos dientes. Daba la impresión de que pegarle a su mujer había sido una de las mayores alegrías que le había deparado la vida.

–¿Y sabe usted cuánta gente vive ahora allí? –se aventuró a preguntarle Ushikawa.

–Todas las mañanas me doy un paseo y paso por delante, pero desde fuera no se ve un pimiento. De todas formas, seguro que hay bastantes. Parece que en este mundo hay muchos hombres que zurran a sus mujeres.

–Hay muchas más personas que hacen cosas inútiles y malvadas que las que hacen algo por el mundo.

El viejo volvió a reírse, abriendo su bocaza.

–¡Tiene razón! Son muchísimos más los que hacen putadas que los que hacen cosas buenas.

Parecía que Ushikawa le había caído bien al viejo. Eso, en cierto modo, lo intranquilizaba.

–Por cierto, ¿cómo es la señora Ogata? –le preguntó Ushikawa como quien no quiere la cosa.

–Pues, mire, la verdad es que no lo sé –respondió el viejo, y frunció el ceño de manera que éste parecía el espectro de un árbol seco–. Porque lleva una vida muy retirada. Estoy en este negocio desde hace mucho tiempo, pero sólo la he visto pasar alguna vez de lejos. Cuando sale, va en un coche con chófer, y las compras se las hace una criada. También tiene una especie de secretario, ¿sabe usted?, que se encarga prácticamente de todo. De todos modos, esa gente rica y de buena familia nunca trata con chusma como nosotros. –El hombre hizo de pronto una mueca y, desde aquella gran arruga en que se convirtió su cara, le guiñó un ojo.

Parecía decirle que ellos dos, el viejo de cara amarillenta y Ushikawa, eran los principales componentes de ese colectivo al que había llamado «chusma como nosotros».

Ushikawa siguió preguntándole:

–¿Cuánto tiempo hace que la señora Ogata abrió esa casa de acogida para mujeres?

–Pues... no lo sé seguro, porque todo este asunto de la acogida me lo contó alguien. ¿Desde cuándo será...? Hace cuatro años que entra y sale gente del edificio. Sí, hará cuatro o cinco años, por ahí. –El viejo cogió una taza de la que bebió té frío–. Entonces pusieron una cancela nueva y mucha vigilancia. Muy lógico, por otra parte. Si cualquiera pudiera entrar así como así, las mujeres que están dentro vivirían intranquilas, ¿no cree? –El viejo dirigió una mirada inquisitiva a Ushikawa, como si hubiera vuelto de pronto a la realidad–. Entonces, ¿me decía que está usted buscando un piso de alquiler asequible?

–Sí, eso es.

–Pues debería buscar en otra parte. Ésta es una selecta zona residencial, y lo único que hay por aquí de alquiler son edificios carísimos para los extranjeros empleados en las embajadas. Hace mucho tiempo, ¿sabe usted?, en esta zona vivía gente normal y corriente, y nosotros podíamos hacer negocio con esos inmuebles. Pero ahora es otra historia. Si hasta estoy pensando que ya va siendo hora de cerrar el local... El precio del terreno en el centro de Tokio está subiendo como la espuma y las pequeñas agencias no tenemos nada que hacer. Si a usted tampoco le sobra el dinero, le recomiendo que busque en otra zona.

–De acuerdo –dijo Ushikawa–. Por desgracia, el dinero no me sobra. Miraré en otra parte.

Con un suspiro, el anciano expulsó el humo del cigarrillo.

–Además, cuando la señora Ogata muera, la mansión en la que vive, tarde o temprano, también desaparecerá. El hijo es un emprendedor y nunca dejaría ese terreno tan amplio y de primera calidad sin aprovechar. La demolerá de inmediato y construirá un edificio de apartamentos de lujo. No me extrañaría que ya estuviera haciendo los planos...

–Entonces la tranquilidad que se respira en esta zona va a cambiar, ¿no?

–Sí, todo será completamente diferente.

–¿A qué se dedica el hijo?

–Principalmente al negocio inmobiliario, ¿sabe usted? Resumiendo, a lo mismo que nosotros. Sólo que lo hace a gran escala; para entendernos, él es como un Rolls-Royce y nosotros como una bici. Ha ido moviendo capital y comprando inmuebles enormes rápidamente. Se está forrando, y todo se lo guisa y se lo come él solito, sin dejarnos ni las migajas. Ya le digo, vivimos en un mundo asqueroso.

–Hace un momento, dando una vuelta, la vi de pasada y me quedé admirado. La verdad es que es una mansión formidable.

–Sí, la mejor de la zona. Sólo de pensar que van a talar esos preciosos sauces, se me parte el corazón –se lamentó el viejo, y sacudió la cabeza con tristeza–. Espero que la esposa del señor Ogata viva aún muchos años.

–Ojalá sea así –replicó Ushikawa.

Ushikawa trató de ponerse en contacto con el «Consultorio para Mujeres Víctimas de la Violencia Doméstica». Para su sorpresa, venía, con ese mismo nombre, en la guía telefónica. Era una organización sin ánimo de lucro que llevaban unos voluntarios y la dirigían algunos abogados. La casa de acogida de la anciana, en colaboración con el consultorio, recogía a mujeres que se habían visto obligadas a abandonar su casa. Ushikawa solicitó una entrevista en calidad de presidente de la Nueva Asociación para el Fomento de las Ciencias y las Artes de Japón. Les dio a entender que su asociación podía ofrecerles ayuda económica. Entonces fijaron el día y la hora de la entrevista.

Ushikawa tendió una tarjeta de presentación (la misma que le había entregado a Tengo) y explicó que, entre otras iniciativas, su fundación seleccionaba una vez al año a una organización sin ánimo de lucro que destacara por su contribución a la sociedad para concederle una subvención. El Consultorio para Mujeres Víctimas de la Violencia Doméstica era uno de los candidatos de ese año. No podía revelarles quién era el patrocinador, pero el consultorio podría administrar la subvención con total libertad y el único requisito consistía en entregar un sencillo informe al finalizar el año.

El aspecto de Ushikawa no parecía haber causado una buena impresión en el joven abogado que lo atendió. Éste, nada más verle, lo había mirado con recelo. No era de extrañar: su apariencia siempre provocaba rechazo y desconfianza en un primer encuentro. Con todo, el consultorio padecía un déficit crónico de financiación y no podían hacerle ascos a una subvención, así que el abogado dejó a un lado el recelo y se dispuso a escuchar lo que Ushikawa tuviera que contarle.

Ushikawa le pidió que le describiera con más detalle la actividad que realizaban. El abogado le explicó cómo había empezado el consultorio y cómo se constituyó la organización. A Ushikawa aquello le aburría, pero escuchaba aparentando gran interés. Mostraba su acuerdo en el momento preciso, asentía con la cabeza con entusiasmo, adoptaba una expresión dócil y comprensiva. Mientras tanto, el abogado se fue acostumbrando a Ushikawa. Parecía que empezaba a pensar que quizá su recelo fuera infundado. Ushikawa sabía escuchar, y lo hacía con tal honestidad que tranquilizaba a la mayoría de sus interlocutores.

Cuando tuvo ocasión, Ushikawa condujo la conversación hacia la «casa de acogida». Le preguntó dónde se refugiaban esas pobres mujeres que habían huido y que no tenían adónde ir. En su rostro afloraba una expresión de honda preocupación por esas desgraciadas cuyo destino tanto se parecía al de las hojas de un árbol zarandeado por un injusto vendaval.

–Para esos casos contamos con varias casas de acogida –le contestó el joven abogado.

–¿En qué consisten?

–Son lugares de residencia temporal. No disponemos de demasiadas, pero nos las ceden personas caritativas. Una de ellas incluso nos ha ofrecido un edificio entero.

–¡Un edificio entero! –repitió Ushikawa admirado–. ¿Existen personas tan generosas en este mundo?

–Pues sí. Como nuestras actividades aparecen en periódicos y revistas, hay personas que, al enterarse, quieren colaborar y se ponen en contacto con nosotros. Sin la cooperación de esa gente la organización nada podría hacer, porque dependemos exclusivamente de esas contribuciones.

–Realizan ustedes una actividad digna de encomio –afirmó Ushikawa.

El abogado esbozó una sonrisa que puso de manifiesto su vulnerabilidad. Una vez más, en su larga trayectoria profesional, Ushikawa vio confirmado que no había nadie más fácil de engañar que quien está convencido de que hace lo correcto.

–¿Cuántas mujeres viven ahora en el edificio?

–El número varía, pero suele haber unas cuatro o cinco –contestó el abogado.

–Imagino que quien les cedió el edificio tendrá algún motivo en particular para contribuir a su causa, para mostrarse tan generoso...

El abogado ladeó la cabeza, dubitativo.

–La verdad, no sabría decirle, pero si ya antes participaba en este tipo de iniciativas lo hacía a nivel particular. En todo caso, nosotros recibimos su ayuda con inmensa gratitud, y si el benefactor no nos cuenta qué lo mueve a ayudarnos, nosotros no preguntamos.

–Por supuesto –dijo Ushikawa asintiendo con la cabeza–. Y, por cierto, ¿todo lo relativo a la casa de acogida es confidencial?

–Sí. Por un lado, tenemos que proteger a las mujeres, y, por otro, muchos patrocinadores desean permanecer en el anonimato. Recuerde que se trata de casos de violencia de género.

La conversación todavía se prolongó un poco, pero Ushikawa no pudo sonsacarle información más concreta al abogado. Así pues, sólo se enteró de que el consultorio había iniciado su actividad hacía cuatro años y que, poco después, una «persona caritativa» se puso en contacto con ellos y les cedió un edificio entero, recién rehabilitado, para crear un hogar de acogida. El filántropo en cuestión se había enterado de la iniciativa por los periódicos. La condición para cooperar era mantenerlo en el anonimato. Sin embargo, en el curso de la conversación, Ushikawa vio cada vez con mayor claridad que la «patrocinadora» era la anciana de Azabu, y la «casa de acogida», el edificio de madera que poseía.

–Muchas gracias por concederme algo de su tiempo –le agradeció Ushikawa al joven e idealista abogado–. Su iniciativa es provechosa y muy fructífera. Expondré en el próximo consejo de la fundación todo lo que hemos hablado y en breve volveré a ponerme en contacto con usted. Entretanto, les deseo toda la suerte del mundo en su proyecto.

A continuación, Ushikawa averiguó en qué circunstancias había fallecido la hija de la anciana. Cuando murió, con sólo treinta y seis años de edad, la hija estaba casada con un burócrata de élite del Ministerio de Transportes. Todavía no se había esclarecido la causa de la muerte. El marido dejó el ministerio poco después de quedarse viudo. Hasta ahí llegaba la información que había podido recabar. No sabía por qué el marido había dejado de pronto el ministerio, ni qué clase de vida llevaba desde entonces. Su retiro podría estar relacionado o no con la muerte de su mujer. El Ministerio de Transportes no era precisamente una institución gubernamental que ofreciera información interna al primer ciudadano que se presentara. Pero el fino olfato de Ushikawa le decía que ahí había algo extraño. No se creía que el hombre hubiera abandonado su carrera y se hubiera alejado de toda vida social por la aflicción que hubiera podido causarle la pérdida de su mujer.

Hasta donde se le alcanzaba, no había demasiadas mujeres que muriesen a los treinta y seis años por enfermedad. Obviamente, eso no quería decir que no las hubiera. Tengas la edad que tengas, y aunque vivas entre algodones, enfermas de repente y mueres. Hay cánceres, tumores cerebrales, peritonitis y pulmonías agudas. El cuerpo humano es frágil e inestable. Pero, en términos estadísticos, muchas veces, cuando una mujer de la clase alta pasa a mejor vida a los treinta y seis años, no es por muerte natural, sino por accidente o por suicidio.

«Vamos a especular un poco», pensó Ushikawa. «Siguiendo la célebre ley de la navaja de Ockham, formularé hipótesis lo más sencillas posible. Luego eliminaré los factores superfluos y analizaré los hechos a la luz de la lógica.

»Supongamos que la hija no falleció por enfermedad, sino que se suicidó», pensó Ushikawa mientras se frotaba las manos. «Hacer pasar un suicidio por una muerte por enfermedad no es tan difícil. Y menos aún para alguien con dinero e influencia. Dando un paso más, imaginemos que la hija sufría malos tratos y, desesperada, se quitó la vida. No es tan descabellado. De todos es sabido que una parte no pequeña de la llamada élite social tiene –como si acaparasen en este campo un mayor cupo del que les corresponde– un carácter perverso y tendencias insidiosas y retorcidas.

»En ese caso, ¿qué haría la anciana, su madre? ¿Se resignaría, pensando que ante el destino nada podía hacer? No, imposible. Seguro que intentaría darle su merecido al causante de la muerte de su hija.» Ushikawa ya se había forjado una idea de cómo era la anciana: una mujer sagaz y valiente, lúcida, que llevaba a cabo al instante cuanto se proponía. Y para ello no tenía reparos en valerse de su influencia y sus recursos. Nunca dejaría impune a quien hirió, vejó y, finalmente, robó la vida de su ser más querido.

A Ushikawa no le interesaba qué clase de venganza había infligido al marido. Éste se había desvanecido en el aire, literalmente. No creía que la anciana hubiera llegado al extremo de quitarle la vida. Era prudente, comedida. No haría algo tan desmedido. Pero sin duda había tomado medidas drásticas. Y, fueran cuales fuesen éstas, estaba claro que no habrían dejado ninguna huella.

Sin embargo, el odio y la desesperación de una madre a la que le han arrebatado una hija no se extingue con una mera venganza personal. Un buen día se enteró por la prensa de la existencia del Consultorio para Mujeres Víctimas de la Violencia Doméstica y les propuso colaborar con ellos. Disponía de un edificio y lo ofreció de manera altruista para esas mujeres que no tenían dónde refugiarse. Pero no quería que su nombre saliera a la luz. Los abogados que estaban al frente de la organización, naturalmente, agradecieron su gesto. Y ella, merced al vínculo con esa institución pública, pudo sublimar sus ansias de venganza y canalizarlas hacia un objetivo más amplio, provechoso y positivo. Había una finalidad, un motivo.

Las conjeturas parecían encajar. Sin embargo, carecían de una base concreta. Todo se fundaba en meras hipótesis. Pero si las aplicaba a los hechos, resolvían bastantes dudas. Ushikawa se frotó las manos mientras se relamía los labios. Sin embargo, a partir de ahí todo se tornaba equívoco.

La anciana había conocido a una joven instructora llamada Aomame en el gimnasio que frecuentaba y, por circunstancias que Ushikawa desconocía, habían sellado un pacto secreto. Luego lo había organizado todo de manera meticulosa para enviar a Aomame a una habitación del Hotel Okura y asesinar al líder. No se sabía qué método habían utilizado para matarlo. Tal vez Aomame dominara alguna técnica poco conocida. Como resultado, el líder había perdido la vida a pesar de contar con dos guardaespaldas leales y competentes.

Hasta ahí, aunque de manera precaria, las hipótesis se tenían en pie. Sin embargo, en lo referente a la conexión entre el líder de Vanguardia y el Consultorio para Mujeres Víctimas de la Violencia Doméstica, Ushikawa se encontraba completamente perdido. Sus cábalas llegaban a un punto muerto y una navaja afilada cortaba el hilo que unía sus conjeturas.

La comunidad religiosa pedía a Ushikawa respuesta a dos interrogantes: quién había planeado el asesinato del líder y dónde estaba ahora Aomame.

De la investigación previa sobre Aomame se había ocupado el propio Ushikawa. Ya antes había llevado a cabo muchas otras investigaciones como ésa. Era, por llamarlo así, un experto en la materia. Y él había determinado que Aomame estaba limpia. Tras indagar en su vida desde diferentes ángulos, no había encontrado nada sospechoso. Así se lo había comunicado a Vanguardia. Entonces pidieron a Aomame que acudiera a la suite del Hotel Okura para que le realizara los estiramientos musculares. Cuando ella se marchó de allí, el líder estaba muerto. Aomame desapareció. Igual que humo disipado por una ráfaga de viento. En consecuencia, los miembros de la organización que lo sabían debían de estar muy poco contentos con Ushikawa, por decirlo de algún modo. Consideraban que el trabajo de Ushikawa no había sido lo bastante riguroso.

Pero, de hecho, su investigación había sido impecable, como siempre. Como le había dicho al de la cabeza rapada, en su trabajo él no hacía chapuzas. Es cierto que había cometido el error de no comprobar antes el registro de llamadas telefónicas, pero sólo lo hacía cuando se trataba de un caso muy sospechoso. Y en sus pesquisas sobre Aomame no había detectado nada que le hiciera dudar.

De todos modos, Ushikawa no iba a permitir que los de la organización siguieran descontentos con él. Pagaban bien, pero eran peligrosos. Sólo porque sabía que se habían deshecho del cadáver del líder en secreto, Ushikawa ya representaba una amenaza para ellos. Tenía que demostrarles que era útil y competente y que merecía la pena dejarlo vivir.

Ni una sola prueba demostraba la participación de la anciana de Azabu en el asesinato del líder. De momento, todo se limitaba al terreno de las hipótesis. Pero aquella espléndida mansión donde crecían frondosos sauces ocultaba algún secreto inconfesable. Se lo decía su olfato. Tenía que desvelar la verdad. Aunque no iba a ser pan comido. En la casa estaban en guardia y, sin duda, contaban con profesionales.

¿Miembros de la *yakuza?*

Quizás. En el mundo de los negocios, sobre todo en el de las inmobiliarias, muchas veces se trata bajo mano con la *yakuza*. Ellos se encargaban del trabajo sucio. Tal vez la mujer los hubiera utilizado. Sin embargo, a Ushikawa no le convencía. Alguien de su clase no hacía tratos con gente de esa calaña. Además, no era probable que acudiera a la *yakuza* para, en última instancia, proteger a mujeres maltratadas. Tal vez dispusiera de su propio equipo de seguridad. Un sofisticado sistema. Costaría bastante dinero, pero a ella le sobraba. Quizás ese sistema adquiría tintes violentos cuando la ocasión lo requería.

Si las suposiciones de Ushikawa eran ciertas, Aomame, que contaba con el apoyo de la anciana, se habría refugiado en algún escondrijo lejos de Tokio. Habrían borrado su rastro con cuidado, le habrían proporcionado incluso una nueva identidad y un nuevo nombre. Puede que también tuviera un aspecto muy distinto. De ser así, a Ushikawa le resultaría imposible seguir sus huellas si seguía investigando personalmente, tal como había hecho hasta ahora.

En cualquier caso, parecía que no había más remedio que aferrarse a la teoría de que la mujer de Azabu estaba detrás de todo. Tenía que encontrar algún cabo suelto y tirar de él para averiguar el paradero de Aomame. Quizá funcionara, quizá no. Contaba con su desarrollado olfato y su tenacidad. «Además, ¿de qué otras cualidades dignas de mencionar dispongo?», se preguntó. ¿Tenía alguna otra habilidad de la que alardear?

«*Ni una sola*», se respondió Ushikawa, convencido de que tenía razón.

5
AOMAME
Por mucho que se esconda y contenga la respiración

A Aomame, encerrada todo el día en el piso, esa vida solitaria y monótona no le resultaba excesivamente penosa. Se levantaba a las seis y media y desayunaba algo sencillo de preparar. Durante una hora lavaba la ropa, o planchaba o barría el suelo. Antes de comer, en los aparatos que Tamaru le había proporcionado, hacía una hora y media de ejercicio intenso y eficaz. Como buena instructora que era, sabía qué músculos debía estimular cada día y durante cuánto tiempo. Discernía con claridad hasta qué punto el esfuerzo era beneficioso y a partir de qué punto era excesivo.

La comida consistía principalmente en verdura y fruta. Después de comer se sentaba en el sofá, donde leía y se echaba una pequeña siesta. Por la tarde cocinaba durante más o menos una hora, y antes de las seis ya había terminado de cenar. Cuando anochecía, salía al balcón, se sentaba en la silla de jardín y vigilaba el parque infantil. A las diez y media se metía en la cama. Así un día tras otro. Sin embargo, esa vida no la aburría en absoluto.

Nunca había sido demasiado sociable. Pasar mucho tiempo sin ver a nadie ni hablar con nadie no la incomodaba. Cuando era pequeña, en el colegio apenas hablaba con sus compañeros. A decir verdad, nadie le hablaba a menos que fuera necesario. En su clase, ella era el elemento discordante e «incomprensible» que debía ser excluido o ignorado. A Aomame no le parecía justo. Si hubiera hecho algo malo, quizá se merecería que la excluyeran. Pero no era así. Para sobrevivir, una niña debe obedecer en silencio lo que le ordenan sus padres. Por eso tenía que rezar en voz alta antes de comer, recorrer la ciudad todos los fines de semana con su madre para captar nuevos adeptos, negarse a ir a las excursiones a templos budistas y sintoístas y a las celebraciones de Navidad por motivos religiosos, y vestir ropa usada, todo ello sin rechistar. Los niños que la rodeaban, sin embargo, desconocían esas circunstancias y tampoco intentaban comprenderla. Sólo sentían aversión hacia ella. Hasta los profesores la consideraban un estorbo.

Aomame podría haber mentido a sus padres, claro. Podría no haber rezado y haberles dicho que rezaba sus oraciones antes de cada almuerzo. Pero no quería hacerlo. Primero, porque no quería mentir a Dios –existiera o no realmente– y, segundo, porque, a su manera, estaba enfadada con sus compañeros. «Si quieren odiarme, que me odien cuanto quieran», pensaba. Rezar se había convertido en un desafío frente a ellos. «La justicia está de mi lado.»

Despertarse cada mañana y vestirse para ir al colegio era una tortura. A menudo, con los nervios, se le descomponía el estómago y a veces vomitaba. Otras veces, tenía fiebre o dolor de cabeza y sentía los brazos y las piernas doloridos. A pesar de ello, nunca faltaba a clase. Si faltara un solo día, razonaba, querría seguir faltando más y, si eso ocurriera, probablemente nunca más volvería al colegio. Eso significaría que sus compañeros y los profesores habrían vencido. Sin duda, todos se habrían sentido aliviados si ella hubiera desaparecido de las aulas. Y ella, que no iba a permitir que se sintieran aliviados, acudía siempre al colegio, aunque tuviera que arrastrarse hasta allí. Y lo aguantaba todo en silencio, con los dientes apretados.

Comparado con aquella amarga época, estar encerrada en un piso pulcro sin hablar con nadie no era nada. Comparado con el *sufrimiento* de tener que callar mientras los demás charlaban alegremente, guardar silencio sola era mucho más fácil y natural. Tenía libros para leer. Empezó la novela de Proust que Tamaru le había recomendado, pero se dio cuenta de que en un día no podía leer más de veinte páginas. Leía las veinte páginas poniendo toda su atención, deteniéndose con calma en cada palabra. Al terminar, cogía otro libro. Antes de dormirse, siempre leía algunas páginas de *La crisálida de aire*. Tengo había colaborado en esa novela y, además, en cierto sentido, era su manual para sobrevivir en 1Q84.

También escuchaba música. La anciana le había hecho llegar una caja de cartón llena de casetes de música clásica. Incluía sinfonías de Mahler, música de cámara de Haydn y música para clave de Bach, entre otras piezas de diferentes estilos y géneros. También estaba la *Sinfonietta* de Janáček, que ella había pedido. Una vez al día, mientras hacía ejercicio, la escuchaba en silencio.

El otoño se fue instalando calladamente. Con el paso de los días, tenía la sensación de que, poco a poco, su cuerpo se iba volviendo transparente. Se esforzó en pensar lo mínimo. Pero no pensar en nada era imposible. Cuando se produce un vacío, siempre hay algo que lo llena. Por lo menos, se consolaba, en ese momento no sentía la necesidad de odiar nada ni a nadie. No tenía que odiar a sus compañeros ni a sus profesores. Ya no era una niña vulnerable, y tampoco le imponían una fe. No tenía que aborrecer a los hombres que propinaban palizas a las mujeres. Esa ira que, de vez en cuando, invadía su cuerpo como una marea –esa violenta agitación que la llevaba a querer golpear irracionalmente las paredes– había desaparecido sin que ella se diera cuenta. No sabía por qué, pero no había vuelto a invadirla. Y Aomame lo agradecía. Si fuera posible, le gustaría no tener que volver a herir a nadie. Del mismo modo que no quería que la hiriesen a ella.

Las noches en que no podía dormir, pensaba en Tamaki Ōtsuka y Ayumi Nakano. Al cerrar los párpados, los recuerdos de cuando abrazaba sus cuerpos resurgían con nitidez. Ambas tenían una piel suave y brillante, y cuerpos cálidos. Cuerpos tiernos, profundos. Sangre fresca corría por ellos, y sus corazones palpitaban con un benigno latir acompasado. Pequeños suspiros y risas sofocadas. Dedos finos, pezones erizados, muslos tersos... Pero ellas ya no estaban en este mundo.

La tristeza inundaba el corazón de Aomame silenciosa, furtivamente, como un caudal de agua suave y oscura. En esos momentos, el circuito de su memoria cambiaba de dirección y pensaba con todas sus fuerzas en Tengo. Se concentraba y rememoraba el tacto de la mano de Tengo cuando, a los diez años, en aquella aula, acabadas las clases, sostuvo la mano de él unos minutos. Entonces, la imagen del Tengo treintañero en lo alto del tobogán que había visto hacía unos días se reavivaba en su mente. Imaginaba que aquellos brazos de adulto la abrazaban.

En esos momentos, casi lo alcanzaba con la mano.

«La próxima vez, quizá mi mano llegue a tocarlo de verdad.» A oscuras, con los ojos cerrados, Aomame se zambullía en esa posibilidad; se entregaba a sus anhelos.

«Pero si no vuelvo a encontrarme con él, *¿qué demonios haré?*» El corazón de Aomame se estremecía. Cuando no había existido ningún punto de conexión real con Tengo, todo había resultado mucho más sencillo. Encontrarse con el Tengo adulto había sido un simple sueño para Aomame y, al mismo tiempo, no dejaba de ser una hipótesis abstracta. Sin embargo, ahora, tras haberlo visto *en la realidad,* su persona se había vuelto mucho más importante y poderosa que antes. Ocurriera lo que ocurriese, Aomame quería volver a encontrarse con él. Quería que la abrazara y la acariciara de arriba abajo. Sólo de pensar que quizá su sueño nunca se cumpliría, su cuerpo y su alma parecían desgarrarse por la mitad.

«Tal vez debería haberme disparado aquella bala de nueve milímetros delante del anuncio del tigre de Esso. Así no tendría que seguir viviendo con esta angustia.» Pero, por alguna razón, había sido incapaz de apretar el gatillo. Había oído una voz. Alguien, desde muy lejos, la llamaba por su nombre. *«Quizá vuelva a ver a Tengo.»* Cuando ese pensamiento cruzó por su mente, dejó de tener motivos para quitarse la vida. Aunque, como le había dicho el líder, con ello pudiera perjudicar a Tengo, ya no podía elegir otro camino. Había sentido un impulso vital que superaba cualquier lógica. Como resultado, en su interior ardía un intenso deseo hacia Tengo. Una sed que nunca se saciaría y el presentimiento de una desesperación.

Aomame, de pronto, una tarde, cayó en la cuenta de por qué tenía sentido seguir viviendo. Uno vive con los ojos puestos en las esperanzas que se le dan, en las esperanzas que uno alberga; las esperanzas son como un combustible. No se puede vivir sin ellas. Pero eso era como lanzar una moneda al aire. Hasta que la moneda cae, no se sabe si saldrá cara o cruz. Al pensar en ello, se le encogió el corazón. Con tal fuerza que tuvo la impresión de que todos los huesos del cuerpo le crujían, y lanzó un alarido.

Se sentó a la mesa y cogió la pistola. Tiró de la corredera, envió una bala a la recámara, levantó el percutor con el pulgar y se metió el cañón en la boca. Presionando un poco con el índice derecho, acabaría al instante con toda esa angustia. Presionando sólo un poco. «Con mover el dedo apenas un centímetro..., no, sólo medio centímetro, me sumergiría en un mundo silencioso, sin sufrir.» El dolor no duraría más que un instante. Luego llegaría una nada piadosa. Cerró los ojos. El tigre le sonreía desde el anuncio de Esso con la manguera en la mano. «Ponga un tigre en su automóvil.»

Se sacó el duro metal de la boca y sacudió lentamente la cabeza hacia los lados.

«No puedo morir. Delante del balcón está el parque y, en el parque, el tobogán, y mientras exista la esperanza de que Tengo regrese a él, no puedo apretar este gatillo. Me contendré hasta que todas las posibilidades se agoten.» Tenía la impresión de que, dentro de ella, se había cerrado una puerta y otra se había abierto en silencio. Aomame tiró de la corredera hacia atrás, sacó la bala de la recámara, le puso el seguro al arma y volvió a dejarla sobre la mesa. Cerró los ojos y le pareció que algo minúsculo irradiaba una luz mortecina en medio de la oscuridad, una luz que poco a poco se iba apagando. Semejaba una especie de polvo de luz muy fino, pero Aomame no sabía qué era.

Sentada en el sofá, se concentró en la lectura de *Por el camino de Swann*. Trataba de recrear en su mente las escenas de la novela sin que ningún otro pensamiento la estorbase. Fuera comenzaba a caer una lluvia fría. En el parte meteorológico de la radio anunciaban que la lluvia se prolongaría hasta la mañana del día siguiente. El frente de lluvia otoñal se había asentado en la costa del océano Pacífico. Como quien, sumido en sus pensamientos, se olvida del paso del tiempo.

Se dijo que Tengo no acudiría esa noche. El cielo estaba encapotado y gruesas nubes ocultaban la Luna. Aun así, saldría al balcón y vigilaría el parque con una taza de chocolate caliente en la mano. Dejaría los prismáticos y la pistola a un lado y, vestida para poder salir corriendo en cualquier momento, observaría el tobogán azotado por la lluvia. Porque eso era lo único que tenía sentido para ella.

A las tres de la tarde sonó el interfono que había a la entrada del edificio. Aomame lo ignoró. No esperaba ninguna visita. Había puesto agua a hervir para preparar té, pero, por si acaso, apagó el gas y permaneció a la espera. Después de tres o cuatro timbrazos más, se hizo el silencio.

Cinco minutos más tarde, volvió a sonar. Esta vez era el timbre del piso. Fuera quien fuese, esa persona había entrado en el edificio. Estaba delante de la puerta de su apartamento. Quizá se había colado detrás de algún inquilino. O a lo mejor había llamado a otro piso y había dicho cualquier cosa para que le abrieran. Aomame guardó silencio. Tamaru le había dicho que no contestara, bajo ningún concepto; que cerrara con pestillo y contuviera la respiración.

El timbre sonó unas diez veces. Demasiado insistente para ser un vendedor a domicilio, que, como mucho, llamaría tres veces. Aomame seguía callada cuando empezaron a llamar a la puerta con los nudillos. No golpeaban con fuerza, pero sí con firmeza e indignación.

–¡Señora Takai! –dijo entonces la voz grave, un poco ronca, de un hombre de mediana edad–. ¡Señora Takai, buenas tardes! ¿No podría salir un momento?

Takai era el apellido falso que habían puesto en su buzón.

–Señora Takai, siento molestarla, pero ¿no podría abrir? Por favor, serán sólo unos segundos.

El hombre hizo una breve pausa. Cuando vio que nadie contestaba, volvió a golpear con los nudillos, esta vez un poco más fuerte.

–Señora Takai, sé que está usted en casa, así que no se haga la sorda y abra la puerta de una vez. Usted está ahí y me está escuchando.

Aomame cogió la semiautomática de encima de la mesa y le quitó el seguro. La envolvió en una toalla de manos y la empuñó.

No tenía ni idea de quién era ni qué quería ese hombre, pero por algún motivo se mostraba hostil hacia ella y estaba empeñado en que le abriera la puerta. Aquello no le gustó lo más mínimo.

Al cabo de un rato, los golpes cesaron y la voz del hombre volvió a resonar en el rellano.

–Señora Takai, he venido a cobrar la cuota de recepción de la NHK. Sí, la NHK que nos pertenece a todos. Sé que está usted ahí. Me doy cuenta, por más que contenga la respiración. Llevo muchos años en este negocio y sé cuándo no hay nadie en un piso y cuándo la gente finge que no está en casa. Por más que intente no hacer ruido, noto su presencia. La gente respira, los corazones laten y los estómagos hacen la digestión. Señora Takai, ahora mismo está usted en el piso, esperando a que me dé por vencido y me vaya. No tiene intención de abrirme la puerta o de contestarme, porque no quiere pagar la cuota.

El hombre hablaba más alto de lo necesario. Su voz resonaba en el rellano del edificio. Lo hacía adrede. Llamaba al inquilino en voz alta por su nombre, se burlaba de él y lo ridiculizaba para que sirviera de ejemplo al resto de los vecinos. Aomame guardó silencio. Lo ignoró. Luego devolvió el arma a la mesa, pero sin poner el seguro. Tal vez el hombre se hacía pasar por un cobrador de la NHK. Se quedó sentada en la silla del comedor mirando fijamente hacia la puerta.

Tenía ganas de acercarse a la puerta con mucho sigilo y espiar por la mirilla. Quería ver cómo era aquel hombre. Pero no se movió. Era mejor no arriesgarse. Seguro que al cabo de un rato se resignaría y se marcharía.

No obstante, el hombre parecía dispuesto a echar una perorata delante del piso de Aomame.

–Señora Takai, ¡deje de jugar al escondite! No hago esto porque me guste, ¿sabe? También yo tengo otras cosas que hacer. Pero ¿acaso no ve usted la televisión, señora Takai? Pues la gente que ve la televisión tiene que abonar la cuota de la NHK, sin excepciones. Quizás a usted no le haga gracia, pero así lo dicta la ley. No pagar equivale a cometer un hurto. Señora Takai, supongo que no querrá que la traten como a una ladrona por una tontería así, ¿verdad? Vive usted en un edificio estupendo recién construido, así que supongo que podrá permitirse pagar la cuota, ¿me equivoco? Imagino que no le hará ninguna gracia que le hable de estas cosas en voz alta y que se entere todo el mundo, ¿no?

En otras circunstancias, a Aomame le habría importado muy poco que un cobrador de la NHK le reprochara cualquier cosa a voz en grito. Pero ahora se escondía y debía pasar inadvertida. No le interesaba llamar la atención. Y, sin embargo, nada podía hacer, salvo contener el aliento y esperar a que el hombre se largara.

–Señora Takai, se lo repito, sé que está ahí y que me está escuchando atentamente. Estará preguntándose por qué monto este jaleo justamente delante de su piso. ¿Por qué será, señora Takai? Quizá porque no me gusta que la gente finja no estar en casa. ¿No le parece de cobardes? ¿Por qué no abre la puerta y me dice a la cara que no quiere pagar la cuota de la NHK? Se quedaría a gusto. Y yo también me sentiría más a gusto, porque al menos podría hablar con usted. Pero eso de fingir no está bien. Se esconde en la oscuridad, como una rata, y sale a hurtadillas cuando no hay nadie. ¡Qué vida más patética!

«Ese hombre miente», pensó Aomame. «Lo de que nota mi presencia es mentira. No hago ningún ruido, ni siquiera al respirar. En realidad arma jaleo delante de cualquier piso para intimidar a los demás inquilinos. Quiere hacerles creer que les conviene pagar la cuota para evitar que un día aparezca delante de sus puertas y haga lo mismo. Supongo que actúa siempre así y que le da resultado.»

–Señora Takai, me imagino que no le caigo simpático. Veo con claridad lo que piensa. Sí, no hay duda de que no soy una persona simpática. No crea que no lo sé. Pero es que, señora Takai, las personas simpáticas no valen para trabajar de cobradores, porque hay mucha gente que no está dispuesta a pagar la cuota de la NHK. Así pues, cuando uno va a reclamar dinero no siempre puede ser agradable. Si por mí fuera, le diría: «¿Ah, que no quiere pagar la cuota de la NHK? Pues muy bien, no se preocupe. No la molesto más», y me iría tan tranquilo. Pero no puede ser. Mi trabajo consiste en cobrar esa cuota y, personalmente, no me gusta nada la gente que me engaña y hace ver que no está. –En ese instante, el hombre calló e hizo una pausa. Después, el ruido de sus nudillos al golpear la puerta resonó diez veces–. Señora Takai, seguro que ya se siente muy incómoda. ¿No empieza a sentirse como una ladrona de verdad? Piénselo bien: no estamos hablando de un dineral. Es lo que pagaría usted en un restaurante familiar barato por una cena sencilla. Con que abone usted esa cantidad, ya no volverán a tratarla de ladrona. No volveremos a montar escándalos delante de su piso ni a llamar a su puerta insistentemente. Señora Takai, sé que se esconde detrás de esa puerta. Usted cree que siempre va a poder esconderse y librarse de pagar. ¡Está bien! ¡Escóndase! Pero por mucho que se esconda y contenga la respiración, un día de estos otro la encontrará. No se va a ir usted de rositas. ¡Recapacite! Gente de todo Japón que lleva una vida mucho más modesta que la suya paga religiosamente cada mes. No es justo.

Golpeó la puerta quince veces. Aomame las contó una por una.

–Entendido, señora Takai. Ya veo que es usted bastante terca. Perfecto. Basta por hoy. Ya me marcho. No pienso perder más tiempo con usted. Pero volveré, señora Takai. Cuando me propongo algo, no me rindo así como así. No me gusta la gente que finge no estar en casa. Volveré y llamaré otra vez a su puerta. Seguiré llamando hasta que se entere todo el mundo. Se lo juro. Le doy mi palabra. ¿Lo ha oído? Entonces, hasta la próxima.

No se oyeron pasos. Quizá llevaba zapatos con suela de goma. Aomame esperó cinco minutos. Conteniendo la respiración, miraba hacia la puerta. Fuera reinaba un silencio sepulcral. Luego se acercó a la puerta, amortiguando el ruido de sus pasos, y se decidió a echar un vistazo por la mirilla. No había nadie.

Le puso el seguro a la pistola. Respiró hondo varias veces y esperó a que se calmaran sus latidos. Luego volvió a encender el fogón y preparó té verde. «Sólo es un cobrador de la NHK», se dijo. Sin embargo, en la voz de aquel hombre había percibido algo malvado, incluso enfermizo. Era incapaz de juzgar si ese algo se dirigía a ella o a esa persona imaginaria que se llamaba Takai, como podía haberse llamado de otra manera. Con todo, su voz ronca y la insistencia con que llamaba a la puerta le habían dejado una sensación incómoda. Como si algo viscoso le ciñera la piel en las zonas del cuerpo que llevaba descubiertas.

Aomame se desnudó y se metió en la ducha. Se lavó bien con jabón bajo el agua caliente. Al salir de la ducha y cambiarse de ropa, se sintió un poco mejor. Aquella sensación desagradable en la piel había desaparecido. Se sentó en el sofá y se tomó el té. Luego se dispuso a leer, pero era incapaz de concentrarse. Fragmentos de lo que el hombre le había gritado resonaban en sus oídos:

«Usted cree que siempre va a poder esconderse y librarse de pagar. ¡Está bien! ¡Escóndase! Pero por mucho que se esconda y contenga la respiración, un día de estos otro la encontrará».

Aomame negó con la cabeza. «No. Ese hombre sólo decía lo primero que se le pasaba por la cabeza. Sólo vociferaba, como si supiera algo, para asustar. No sabía nada de mí. Ni qué he hecho, ni por qué estoy aquí.» Aun así, sus latidos no se sosegaron.

«Pero por mucho que se esconda y contenga la respiración, un día de estos otro la encontrará.»

Las palabras del cobrador parecían sugerir implicaciones más profundas. «Quizá sólo sea una coincidencia, pero daba la impresión de que el cobrador sabía perfectamente lo que debía decir para inquietarme.» Sentada en el sofá, Aomame dejó el libro a un lado y cerró los ojos.

«¿Dónde estás, Tengo?», dijo para sus adentros. Probó a decirlo de viva voz:

–*¿Dónde estás, Tengo?* Encuéntrame enseguida. Antes de que otro me encuentre.

6
TENGO
Por el picor que noto en mis pulgares

Tengo llevaba una vida ordenada en aquel pueblecito de la costa. Una vez definida la pauta de su día a día, trataba de seguirla con las menores alteraciones posibles. Sin saber por qué, eso le parecía primordial. Por la mañana paseaba, escribía, iba a la clínica y le leía un libro a su padre en coma; luego regresaba al *ryokan* y dormía. Uno tras otro, los días se sucedían iguales, como el ritmo monótono de la música durante la ceremonia de la plantación del arroz.

Al principio, por la noche hacía una temperatura agradable, pero al cabo de unos días, al ponerse el sol refrescaba mucho. Ajeno al avance del otoño, Tengo vivía copiando lo que había hecho la víspera. Intentaba convertirse en un observador lo más discreto posible. Esperaba *el momento*, conteniendo la respiración, borrando cualquier indicio de su existencia. La diferencia entre un día y otro se volvía cada vez más sutil. Transcurrió una semana, transcurrieron diez días, pero la crisálida de aire no apareció. Al caer la tarde, cuando se llevaban a su padre a la sala de análisis, en la cama sólo quedaba el triste hueco que aquel cuerpo menudo dejaba.

«Quizá no vuelva a ocurrir», pensó Tengo mordiéndose el labio en la pequeña habitación inmersa en el crepúsculo. «¿Fue una revelación que no se volverá a repetir? ¿Una extraña visión?» Nada ni nadie le contestaba. Sólo se oía el fragor lejano del mar y, de vez en cuando, el rugido del viento entre los pinos.

Tengo no tenía la certeza de estar actuando correctamente. Tal vez sólo perdía el tiempo en aquella habitación de una clínica alejada de la vida real, en un pueblo costero a muchos kilómetros de Tokio. Aun así, no podía marcharse. En esa habitación había visto la crisálida de aire y, en su interior, a la pequeña Aomame durmiendo envuelta en una tenue luz. Incluso le había tocado la mano. Aunque sólo había ocurrido una vez, o aunque no hubiera sido más que una visión efímera, se quedaría allí mientras pudiera permitírselo y trazaría una y otra vez con los dedos del corazón la escena que había contemplado aquella tarde.

Al enterarse de que Tengo no regresaría a Tokio y se quedaría en el pueblo durante un tiempo, las enfermeras se acercaron más a él. Cuando hacían una pausa en sus tareas, se paraban a charlar con el joven. A veces incluso iban a verle a la habitación. También le llevaban té o dulces. Ōmura, la enfermera de unos treinta y cinco años que solía ponerse el bolígrafo entre el pelo recogido, y Adachi, la de mejillas sonrosadas y coleta, se encargaban de su padre por turnos. Tamura, la enfermera de mediana edad con gafas de montura metálica, se hallaba a menudo en recepción, pero cuando no había más personal disponible, las sustituía y velaba por su padre. Las tres parecían interesadas por Tengo.

Como, excepto ese momento especial, al anochecer, el tiempo le sobraba, Tengo también charlaba con ellas. O, más bien, respondía lo más honestamente posible a las preguntas que le hacían. Les dijo que enseñaba matemáticas en una academia y, además, redactaba breves textos por encargo. Que su padre había trabajado de cobrador de la NHK durante muchos años. Que desde pequeño había practicado el judo y que en el instituto había llegado a la final del campeonato de la prefectura. Sin embargo, no les habló de la larga desavenencia que les había separado a su padre y a él. Ni de que, aunque supuestamente su madre había fallecido, quizá los había abandonado a su padre y a él y se había marchado con otro hombre. Sacar esos temas habría sido embarazoso. Obviamente, tampoco les dijo que había desempeñado un papel significativo en la escritura de *La crisálida de aire*. Ni que en el cielo había dos lunas.

Ellas, a su vez, le hablaron de sus respectivas vidas. Las tres eran del lugar; al acabar el instituto habían entrado en una escuela profesional, donde habían estudiado enfermería. Su trabajo en la clínica se les antojaba rutinario y aburrido, y el horario, largo e irregular, pero estaban contentas de poder trabajar en la región en la que habían crecido, y tenían menos agobios que si hubieran trabajado en un hospital general, donde se habrían enfrentado a menudo a casos de vida o muerte. En la clínica los ancianos perdían la memoria poco a poco y exhalaban su último aliento en paz, sin apenas darse cuenta. Ellas no veían mucha sangre y trataban siempre de paliar el sufrimiento. Ningún paciente tenía que ser trasladado en ambulancia en plena noche, ni a su alrededor había familias desesperadas y con lágrimas en los ojos. La vida era barata y, aunque el sueldo no era gran cosa, se podía vivir sin privaciones. Tamura, la enfermera de gafas, había perdido a su marido hacía cinco años en un accidente y vivía con su madre en un pueblo cercano. La corpulenta Ōmura, siempre con su bolígrafo en el pelo, tenía dos hijos pequeños y su marido era taxista. Adachi, que todavía era joven, vivía con su hermana, que era peluquera y tres años mayor que ella, en un piso alquilado en las afueras.

–¡Qué bueno eres, Tengo! –le dijo Ōmura mientras cambiaba la bolsa de la infusión intravenosa–. No hay muchos familiares como tú que vengan todos los días y lean libros a pacientes en coma.

Al oírla, Tengo se sintió incómodo.

–Se ha dado la casualidad de que tenía unos días libres... Pero no podré quedarme mucho más.

–Por mucho tiempo libre que tenga, la gente no suele venir aquí por voluntad propia –replicó ella–. Es duro decirlo, pero nuestros pacientes no tienen cura. Y a medida que pasa el tiempo, todo el mundo se va desanimando.

–Él mismo, cuando aún no había perdido la conciencia, me pidió que le leyera. Además, no tengo nada mejor que hacer.

–¿Qué le lees?

–Páginas de distintos libros, pasajes de las obras que yo estoy leyendo.

–¿Y ahora qué lees?

–*Memorias de África.*

La enfermera meneó la cabeza.

–No me suena.

–Lo escribió Isak Dinesen, una autora danesa, en 1937. Se casó con un aristócrata sueco y, justo antes de estallar la primera guerra mundial, viajaron a África, donde explotaron una plantación de café. Años después se divorciaron y ella se quedó al frente de la plantación. En el libro cuenta sus vivencias.

Tras tomarle la temperatura al padre y anotar cifras en una tabla, volvió a meterse el bolígrafo en medio del cabello. Luego se echó el flequillo a un lado.

–¿Te importa que me quede un rato a escucharte?

–No sé si te gustará... –dijo Tengo.

Ōmura se sentó en un taburete y cruzó las piernas, bonitas y bien torneadas. La mujer empezaba a echar carnes.

–Tú no te preocupes y lee.

Tengo retomó la lectura. Esos párrafos debían leerse despacio. Tal como fluye el tiempo en el continente africano.

«Cuando en África, en marzo, las grandes lluvias comienzan después de cuatro meses de tiempo cálido y seco, la riqueza de lo que florece y la frescura y la fragancia presentes en todas partes son abrumadoras.

»Pero el granjero refrena su corazón y no se atreve a creer en la generosidad de la naturaleza, temiendo escuchar un decrecimiento del ruido de la lluvia que cae. El agua que bebe la tierra debe nutrir a la granja y a toda la vida humana, animal y vegetal que hay en ella durante los cuatro meses sin lluvia que se avecinan.

»Es una maravillosa visión la de los caminos de la granja convertidos en corrientes de agua que ruge, y el granjero vadea el barro con un corazón alegre, hacia los cafetales florecidos y empapados. Pero sucede en medio de la estación de las lluvias que en la noche las estrellas aparecen entre las tenues nubes; entonces el granjero sale de la casa y mira a lo alto, como si fuera a colgarse del cielo y a ordeñarle más lluvia. Le grita al cielo: "Dame más, aún más. Mi corazón está desnudo ante ti ahora y no te dejaré marchar si no me das tu bendición. Ahógame si quieres, pero no me mates con tus caprichos. Nada de *coitus interruptus,* ¡cielo, cielo!".»*

–¿*Coitus interruptus?* –dijo la enfermera frunciendo el ceño.

–Esta escritora no tiene pelos en la lengua.

–Aun así, me parece poco creíble que alguien diga eso hablando con Dios.

–Tienes razón –convino Tengo.

«A veces, un día frío e incoloro, en los meses posteriores a la temporada de las lluvias, me recordaba el tiempo de los *marka mbaya,* el año malo, el tiempo de la sequía. En esos días los kikuyus solían traer a pacer sus vacas en torno a mi casa y un chiquillo que tenía una flau-

* *Memorias de África,* traducción de Barbara McShane y Javier Alfaya, RBA Editores, Barcelona, 1992, págs. 226-227.

ta tocaba una corta tonada. Cuando he escuchado esa tonada otra vez me ha traído a la memoria, de golpe, toda nuestra angustia y desesperación del pasado. Tiene el sabor salado de las lágrimas. Pero al mismo tiempo encontré en la tonada, inesperada y sorprendentemente, un vigor, una curiosa dulzura, una canción. ¿Había todo eso realmente en los malos tiempos? Entonces había en nosotros juventud, una salvaje esperanza. Durante aquellos largos días todos formábamos una unidad, así que en otro planeta nos hubiéramos reconocido unos a otros, y las cosas se hablaban entre sí, el reloj de cuco y mis libros con las flacas vacas en el prado y los doloridos ancianos kikuyu: "También vosotros estabais aquí. Vosotros también erais parte de la granja de Ngong". Que los malos tiempos nos bendigan y se vayan.»

–Es muy vívido –comentó la enfermera–. Casi puedo ver el paisaje que describe. *Memorias de África*, de Isak Dinesen.

–Eso es.

–Me gusta tu voz. Tiene muchos matices, y sentimiento. Parece hecha para leer en voz alta.

–Gracias.

La enfermera se quedó un rato sentada con los ojos cerrados, respirando calmosamente, como saboreando el regusto que la lectura le había dejado. Sus pechos ascendían y descendían bajo el uniforme blanco. Al ver eso, Tengo se acordó de la mujer casada, mayor que él. Recordó un viernes por la tarde en que la desnudó y acarició sus pezones endurecidos. Recordó sus jadeos y su sexo húmedo. Al otro lado de la ventana, tras las cortinas echadas, llovía silenciosamente. Ella sopesó los testículos de Tengo en la palma de la mano. Pero recordarlo no lo excitó. Todas esas imágenes y sensaciones quedaban muy atrás, imprecisas, como si las cubriera una fina membrana.

Poco después, la enfermera abrió los ojos y miró a Tengo. Esa mirada parecía adivinar sus pensamientos. Pero no le reprochaba nada. Se levantó, esbozando una leve sonrisa, y observó a Tengo, todavía sentado.

–Tengo que irme. –Se llevó la mano al pelo y, tras comprobar que el bolígrafo seguía allí, se dio la vuelta y se marchó.

Al anochecer solía llamar a Fukaeri. Ésta siempre le decía que no había ocurrido nada en particular. El teléfono del piso sonaba varias veces, pero ella no lo cogía, como él le había recomendado. «Así me gusta», le decía Tengo. «Tú déjalo sonar.»

Habían acordado que, cuando él la llamara, esperaría a que el teléfono diera tres tonos, luego colgaría y volvería a llamar, pero, a partir de cierto momento, Fukaeri dejó de respetar la norma. A menudo cogía el auricular al primer tono.

—Tienes que hacerlo como hemos acordado —le advertía Tengo.

—Sé quién llama, así que no te preocupes —decía Fukaeri.

—¿Cómo sabes que soy yo?

—Eres el único que llama.

«Tiene razón», pensaba él. En cierto modo, también él sabía cuándo lo llamaba Komatsu. El teléfono sonaba apremiante y nervioso, como si alguien tamborileara con la yema de los dedos sobre el escritorio. Sin embargo, no dejaba de ser «en cierto modo». Nunca tenía la plena seguridad de que fuera Komatsu.

La vida de Fukaeri no era menos monótona que la de Tengo. No podía salir del piso. No tenía televisión ni leía libros. Apenas comía, de modo que por el momento no necesitaba hacer la compra.

—Como no me muevo, no necesito comer demasiado —dijo Fukaeri.

—¿Y qué haces todo el día ahí sola?

—Pensar.

—¿En qué?

La chica no respondió a la pregunta.

—El cuervo siempre viene.

—Viene una vez todos los días.

—Una vez, no. Varias —lo corrigió ella.

—¿Siempre es el mismo cuervo?

—Sí.

—¿No ha venido nadie más, aparte del cuervo?

—El hombre de la *ene-hache-ca* ha vuelto.

—¿El mismo de la otra vez?

—Grita que el señor Kawana es un ladrón.

—¿Quieres decir que grita eso delante de la puerta?

—Para que todos lo oigan.

Tengo se quedó pensativo.

—No te preocupes, no tiene nada que ver contigo. No te pasará nada.

—Dijo que sabía que me escondía aquí.

–No tienes de qué preocuparte –la tranquilizó Tengo–. Ese hombre no sabe nada. Sólo son amenazas. Los de la NHK utilizan a veces ese truco.

Tengo había visto cómo su padre se valía de esa artimaña. Los domingos, su voz resonaba con insidia en los pasillos de los edificios de viviendas. Profería burlas y amenazas. Tengo se masajeó suavemente las sienes con la yema de los dedos. Los recuerdos brotaron, trayendo consigo su pesada carga añadida.

Fukaeri preguntó, como si hubiera percibido algo en su silencio:

–¿No pasa nada?

–No. No le hagas caso a ese hombre.

–Eso me dijo también el cuervo.

–Me alegro –contestó Tengo.

Desde que Tengo había visto las dos lunas en el cielo y la crisálida de aire en la habitación de su padre, ya nada le sorprendía. ¿Qué tenía de extraño que Fukaeri intercambiara pareceres con un cuervo junto al alféizar de la ventana?

–Voy a quedarme unos días más. Todavía no puedo regresar a Tokio. ¿No te importa?

–Deberías quedarte todo el tiempo que quieras.

Entonces, Fukaeri colgó. La conversación se extinguió al instante. Como si alguien hubiera cortado la línea telefónica con un hacha bien afilada.

A continuación, Tengo llamó a Komatsu a la editorial, pero no lo encontró. Se había pasado por allí a la una, pero ahora no sabían dónde estaba, ni si iba a volver. Nada fuera de lo corriente. Tengo les dio el teléfono de la clínica y les pidió que le dijeran a Komatsu que, cuando pudiera, lo telefoneara; en principio, durante el día, estaría localizable en ese número. Prefería no darle el teléfono de la fonda y exponerse a que lo llamara a medianoche.

Había hablado con Komatsu por última vez a finales de septiembre. Una breve conversación telefónica. Desde entonces no había tenido noticias suyas, ni Tengo se había puesto en contacto con él. A finales de agosto, Komatsu se había esfumado durante tres semanas, hasta pasados mediados de septiembre. Al parecer, había llamado a la editorial y, de manera vaga, los avisó de que no se encontraba bien y necesitaba tomarse un descanso. En esas tres semanas no había vuelto a ponerse en contacto con ellos. Prácticamente, podía decirse que se encontraba en paradero desconocido. Eso a Tengo lo inquietó, pero no hasta el punto de alarmarlo. Komatsu iba siempre a la suya. En cualquier momento reaparecería y se sentaría a trabajar como si nada hubiera ocurrido.

Ninguna empresa consiente ese comportamiento caprichoso en sus empleados, pero, en esas tres semanas, algún compañero hizo malabarismos y evitó que Komatsu se metiera en un buen lío. Eso no quería decir que sus compañeros lo respetaran, pero siempre había algún buenazo que le sacaba las castañas del fuego. El resto, cuando el asunto no era muy serio, hacía la vista gorda. Komatsu era un tipo egocéntrico y arrogante, y no sabía trabajar en equipo, de acuerdo, pero era un buen profesional y, después de todo, él solo, sin ayuda, había convertido *La crisálida de aire* en un éxito de ventas. No podían despedirlo así como así.

Tal y como Tengo había previsto, un buen día Komatsu volvió a la editorial sin previo aviso, sin dar explicaciones ni disculparse, y se puso otra vez manos a la obra. Se lo contó de pasada otro editor, conocido de Tengo, que lo había llamado por cierto asunto.

–Entonces, ¿se ha recuperado? –le preguntó Tengo al editor.

–Sí, ya está bien –le contestó–. Aunque se lo ve más callado que de costumbre.

–¿Más callado? –dijo Tengo un tanto sorprendido.

–Sí, bueno, *menos* sociable, quiero decir.

–¿De veras habrá estado enfermo?

–Eso no lo sé –respondió el editor con desgana–. Es lo que él dice, y no hay más remedio que creerlo. Pero, bueno, gracias a que ha vuelto, se están resolviendo muchos problemas pendientes. En su ausencia, se montó un buen follón con todo lo de *La crisálida de aire*.

–Hablando de *La crisálida de aire*, ¿se sabe algo de Fukaeri?

–Nada. Seguimos en las mismas. No hay ninguna novedad. Ya no sabemos qué hacer.

–Últimamente he estado leyendo la prensa y no he encontrado ningún artículo sobre ella.

–En general, los medios de comunicación ya no hablan del asunto o mantienen una distancia prudencial. La policía tampoco está tomando ninguna medida clara. Komatsu puede darte más detalles. Pero, como te he dicho, estos días apenas habla. Vamos, que no parece él. Ya no se le ve tan seguro de sí mismo, se ha vuelto más introspectivo y anda todo el día pensando en sus cosas. También le ha salido el mal genio. A veces parece que se olvide de que hay gente a su alrededor. No sé, como si estuviera solo dentro de un agujero.

–Introspectivo –repitió Tengo.

–Cuando hables con él lo entenderás.

Tengo le dio las gracias y colgó.

Unos días después, al anochecer, Tengo probó a llamar a Komatsu. Esta vez sí estaba en la editorial. Como le había dicho el otro editor, notó que Komatsu no hablaba como siempre. Solía expresarse con fluidez, sin apenas interrumpirse, pero en esa ocasión habló confusamente y como si tuviera la mente en otro lado. A Tengo le pareció que algo le preocupaba. En todo caso, no era el Komatsu impertérrito de siempre. Komatsu actuaba siempre a su peculiar modo y a su propio ritmo, pero, cuando se veía con Tengo, no dejaba que las preocupaciones o los problemas aflorasen.

–¿Ya se encuentra bien? –se interesó Tengo.

–¿Si me encuentro bien?

–¿No se tomó unas vacaciones porque se encontraba mal?

–Ah, sí –contestó Komatsu como si se hubiera acordado de eso de repente. Siguió un breve silencio–. Estoy bien. Ya hablaremos, pronto. Ahora no.

«*Ya hablaremos, pronto*», pensó Tengo. Decididamente, hablaba de un modo extraño. Le faltaba algo así como cierta distancia. De su boca salían palabras planas, sin profundidad.

Tengo, tras poner fin a la conversación, colgó. No había sacado a colación el tema de Fukaeri y *La crisálida de aire,* porque en el tono de Komatsu percibió que trataba de evitarlo. ¿Desde cuándo Komatsu *no podía explicar* algo?

Ésa fue, pues, la última vez que había hablado con él, a finales de septiembre. Desde entonces habían pasado más de dos meses. A Komatsu le gustaba mantener largas conversaciones telefónicas. Dependía de quién fuese su interlocutor, por supuesto, pero por lo general al hablar ponía en orden sus ideas, soltando todo lo que se le pasaba por la cabeza. Tengo era para él, por así decirlo, un frontis de tenis con el que entrenarse. Telefoneaba a Tengo cuando le apetecía, sin un motivo concreto. Y, por lo general, a horas intempestivas. Cuando no le apetecía, no lo telefoneaba, y en ocasiones dejaba pasar muchos días entre una llamada y otra. Sin embargo, no era normal que llevara más de dos meses sin ponerse en contacto con él.

«Quizá pase por una época en la que no le apetezca demasiado hablar con los demás. A todo el mundo le ocurre. Komatsu no iba a ser una excepción.» Tengo tampoco tenía ningún asunto urgente que tratar con él. La novela se vendía poco, apenas se hablaba de ella y nadie sabía dónde estaba Fukaeri. Si Komatsu quería hablar con él, ya lo llamaría. Si no lo llamaba, era porque no necesitaba hacerlo.

Con todo, Tengo no se arrepentía de haber hecho esa llamada. Y las palabras de «Ya hablaremos, pronto», se le quedaron prendidas en un rincón de su mente.

Llamó al amigo que lo sustituía en la academia y le preguntó cómo iban las cosas. El amigo le respondió que todo iba bien.

–¿Qué tal tu padre? –añadió éste.

–Sigue en coma. Respira y tiene la temperatura y la tensión bajas, aunque estables. Pero está inconsciente. Seguramente, no sufre. Es como si se hubiera ido al mundo de los sueños.

–Quizá sea una buena forma de morir –comentó el otro sin mostrar el menor sentimiento. Lo que había querido decir era: «Quizá mi manera de hablar resulte poco delicada, pero, pensándolo bien, tal vez, en cierto modo, sea una buena forma de morir». Había omitido el preámbulo. Tras pasar varios años en la Facultad de Matemáticas, se había acostumbrado a hablar con elipsis. En él no era algo artificial.

–¿Te has fijado en la Luna últimamente? –le preguntó de repente Tengo. Si había alguna persona en el mundo a la que no le hubiera extrañado que le preguntaran de pronto por la Luna, era su amigo.

Pensó un poco antes de responder:

–Pues ahora que lo dices, no, no recuerdo haberme fijado en la Luna estos días. ¿Qué le pasa?

–Cuando tengas un rato libre, échale un vistazo. Quiero ver qué te parece.

–¿Qué me parece? ¿En qué sentido?

–En cualquier sentido. Quiero saber qué piensas al verla.

Hubo una breve pausa.

–A lo mejor me resulta difícil explicarte lo que pienso.

–No te preocupes. Lo importante son sus características manifiestas.

–¿Quieres que mire la Luna y te diga lo que pienso sobre sus *características manifiestas?*

–Sí –dijo Tengo–. Tú mírala. No hace falta que pienses en nada.

–Hoy está nublado y no se verá, pero la próxima vez que esté despejado la miraré. Si me acuerdo, claro.

Tengo se lo agradeció y colgó. Si se acordaba. Ése era el problema de los matemáticos. En todo lo que no les concernía directamente, su memoria tenía una vida muy corta.

Al anochecer, antes de dejar la clínica, Tengo se despidió de Tamura, que estaba tras el mostrador de recepción.

–Gracias por todo. Buenas noches –le dijo.

–¿Cuántos días más se va a quedar? –le preguntó ella subiéndose el puente de las gafas con el dedo. Debía de haber acabado ya su turno, porque en vez del uniforme llevaba una falda plisada de color burdeos, una blusa blanca y una rebeca gris.

–Todavía no lo he decidido. Según cómo marchen las cosas...

–¿Y va a seguir faltando al trabajo?

–Me sustituye un profesor, así que por ahora no hay problema.

–¿Dónde cena normalmente? –le preguntó la enfermera.

–En algún restaurante del pueblo –le contestó Tengo–. En la fonda sólo dan desayunos, así que voy a cualquier restaurante cercano y pido un menú o un *donburi.**

–¿Está bueno?

–Digamos que no es una delicia, pero tampoco me importa.

–¡No puede ser! –dijo la enfermera muy seria–. Tiene que alimentarse bien. Últimamente tiene una cara que parece un caballo dormido de pie.

–¿Un caballo dormido de pie? –dijo Tengo sorprendido.

–¿Nunca ha visto a uno?

Tengo sacudió la cabeza.

–No.

–Pues se les pone la misma cara que tiene usted ahora mismo.

* Bol de arroz cubierto de otros ingredientes (carne, *tempura,* etc.). *(N. del T.)*

Puede ir al baño y mirarse en el espejo. Así, a simple vista, no se sabe si está durmiendo, pero, si uno se fija bien, sí que lo está. Aunque tiene los ojos abiertos, no ve nada.

–¿Un caballo dormido con los ojos abiertos?

La enfermera asintió.

–Igual que usted.

Tengo se planteó ir al lavabo a mirarse al espejo, pero enseguida desistió.

–De acuerdo. Intentaré alimentarme mejor.

–¿Por qué no viene a cenar *yakiniku*?*

–¿*Yakiniku*? –Tengo no comía demasiada carne. Le gustaba, pero, por lo general, no le apetecía. Sin embargo, al oír a la enfermera se dijo que no era mala idea; hacía tiempo que no comía carne. Y, ciertamente, el cuerpo le pedía algo nutritivo.

–Esta noche hemos quedado con las demás para ir a cenar *yakiniku*. ¿Por qué no se apunta?

–¿Las demás?

–Las tres acabamos hoy a las seis y media. ¿Qué le parece?

Las otras dos eran Ōmura y la joven y menuda Adachi. Por lo visto, se llevaban bien, incluso fuera del trabajo. Tengo dudó. Prefería no alterar su sencillo ritmo de vida, pero no se le ocurrió ninguna disculpa verosímil. Todo el mundo sabía que a él le sobraba el tiempo.

–Bueno, si no os importa... –dijo Tengo.

–Claro que no –afirmó ella–. Si me importara, no lo invitaría, así que no se preocupe y véngase con nosotras. De vez en cuando no viene mal que nos acompañe un hombre joven y sano.

–Bueno, sano sí que estoy... –dijo Tengo dubitativo.

–Pues eso es lo principal –sentenció la enfermera en un tono profesional.

No era frecuente que las tres terminaran su turno a la misma hora, pero hacían todo lo posible para salir juntas una vez al mes. Entonces iban a la ciudad, cenaban «algo nutritivo», bebían, cantaban en el karaoke, se desmelenaban un poco y liberaban lo que podría llamarse energía sobrante. Sin duda necesitaban ese tipo de distracción. La vida en el pueblo era monótona y, aparte de los médicos y de las de-

* Plato de carne a la parrilla. *(N. del T.)*

más compañeras, el resto sólo eran ancianos que habían perdido el vigor y la memoria.

Las tres enfermeras comían y bebían con fruición. Mientras ellas se divertían, Tengo, incapaz de seguirles el ritmo, picaba *yakiniku* y bebía cerveza tratando de no emborracharse. Al salir del restaurante fueron a un bar con karaoke, pidieron una botella de whisky y se pusieron a cantar. Las enfermeras entonaron una tras otra sus canciones favoritas y luego interpretaron juntas una pieza de Candies* con coreografía y todo. Posiblemente la habían ensayado. Les salió muy bien. Tengo, pese a que se le daba mal cantar, se animó con una canción de Yōsui Inoue cuya letra a duras penas recordaba.

La joven Adachi, por lo general poco habladora, se volvió vivaracha y resuelta bajo los efectos del alcohol. Sus mejillas sonrosadas adquirieron un color aún más saludable, como si estuvieran bronceadas. Entre risas sofocadas provocadas por bromas pueriles, se apoyó con toda naturalidad en el hombro de Tengo, que estaba a su lado. Ōmura se había puesto un vestido azul claro; llevaba el pelo suelto, lo que la hacía parecer tres o cuatro años más joven, y su tono de voz era más grave. Se había deshecho de su serio porte profesional y se movía con languidez, como si hubiera adoptado otra personalidad. Tamura, con sus gafas de montura metálica, era la única cuyo aspecto y manera de actuar no habían cambiado.

–Esta noche, una vecina se ha quedado con los niños –le contó Ōmura a Tengo–. Mi marido trabaja de noche. Debo aprovechar estos momentos para divertirme todo lo que pueda. Es importante pasarlo bien, ¿verdad, Tengo?

Hacía un tiempo que habían dejado de tratarlo de señor Kawana. Ahora era Tengo y todos lo tuteaban. Por algún motivo, todos a su alrededor habían pasado a llamarlo por su nombre de pila de manera espontánea. Incluso sus alumnos de la academia lo llamaban así a sus espaldas.

–Sí, claro –afirmó él.

–Nosotras lo necesitamos como el aire que respiramos –dijo Tamura mientras bebía del Suntory Old rebajado con agua–. También nosotras somos de carne y hueso.

–Debajo del uniforme hay simples mujeres –añadió Adachi. Y se rió entre dientes de lo que acababa de decir.

* Grupo pop japonés de los años setenta formado por tres chicas. *(N. del T.)*

—Dime, Tengo —dijo Ōmura—, ¿te importa que te haga una pregunta?

—¿De qué se trata?

—¿Sales con alguna chica?

—Sí, yo también quiero saberlo —añadió Adachi mientras mordisqueaba kikos con sus grandes dientes blancos.

—Es una historia larga y complicada —respondió Tengo.

—¡Estupendo! —comentó la experimentada Tamura—. Tenemos todo el tiempo del mundo, así que adelante.

—¡Sí, sí, cuéntanosla! —exclamó Adachi dando palmadas y riéndose.

—No tiene ningún interés —dijo Tengo—. Es una historia muy manida y sin sentido.

—Bueno, entonces basta con que nos cuentes el final —dijo Adachi—. ¿Sales con alguien, sí o no?

Tengo se dio por vencido:

—Resumiendo, se podría decir que no salgo con nadie.

—¡Vaya! —dijo Tamura. Entonces removió los hielos de la copa con el dedo y luego se lo chupó—. Eso no está bien. ¡Pero que nada bien! Es una pena que un joven atractivo como tú no tenga una pareja con la que salir.

—Tampoco es bueno para el cuerpo —terció la fornida Ōmura—. Cuando pasas demasiado tiempo a solas, te vuelves lelo.

La joven Adachi volvió a reírse entre dientes. «Te vuelves lelo», repitió. Luego se llevó un dedo a la sien y apretó.

—Hasta hace poco tenía a alguien —les explicó Tengo.

—Entonces, ¿*hace poco* que has dejado de tenerla? —preguntó Tamura mientras se colocaba el puente de las gafas con el dedo.

Tengo asintió con la cabeza.

—¿Qué ocurrió? ¿Te dejó? —preguntó Ōmura.

—No sé cómo explicarlo —comentó Tengo—. Puede que sea eso. Seguramente me dejó, sí.

—Oye, ¿no sería una mujer bastante mayor que tú? —inquirió Tamura con los ojos entornados.

—Sí, efectivamente —respondió Tengo. ¿Cómo lo sabía?

—¿Veis? ¡Os lo dije! —se jactó Tamura frente a las otras dos enfermeras, que asintieron. Le explicó a Tengo—: Les dije: «Seguro que está saliendo con una mujer mayor que él». Las mujeres nos olemos esas cosas.

Adachi hizo ver que olfateaba.

–Y seguro que estaba casada –aventuró Ōmura con voz lánguida–. ¿Me equivoco?

Tras titubear un instante, Tengo negó con la cabeza. No tenía sentido mentir.

–¡Qué pillo! –exclamó Adachi pellizcándole en el muslo.

–¿Cuántos años te llevaba?

–Diez.

Tamura soltó una risa extraña, una especie de: «¡Jo, joo!».

–Una mujer madura da mucho cariño, ¿a que sí? –dijo Ōmura, madre de dos hijos–. Yo también me voy a esforzar para consolar al tierno y solitario Tengo. Aquí donde me veis, todavía tengo buen tipo. –Tomó entonces la mano de Tengo e hizo amago de llevársela hacia su pecho, pero las otras dos la detuvieron.

Debían de pensar que, por mucho que se emborracharan y se desmelenaran, no debían traspasar la línea que separaba a las enfermeras de los familiares de los pacientes. O quizá tenían miedo de que alguien las viera. En aquel pequeño pueblo los rumores sin duda corrían como la pólvora. O quizás el marido de Ōmura era muy celoso. También Tengo prefería evitarse más complicaciones.

–¡Pero Tengo es una persona admirable! –dijo Tamura para cambiar de tema–. ¡Venir desde tan lejos y leerle todos los días a su padre durante unas horas! Eso no lo hace todo el mundo.

La joven Adachi ladeó ligeramente la cabeza y habló:

–Sí, es realmente digno de admiración.

–Nosotras siempre te estamos elogiando.

Tengo se sonrojó. No había ido a ese pueblo costero para cuidar de su padre, sino porque quería volver a ver la crisálida de aire emitiendo aquella luz mortecina y a Aomame durmiendo en su interior. Ésa era prácticamente la única razón por la que Tengo se había quedado allí. Cuidar a su padre en coma no era más que un pretexto. Pero eso no podía confesárselo. Y si lo hacía, tendría que empezar explicándoles qué era la crisálida de aire.

–La verdad es que hasta ahora nunca había hecho nada por él –dijo Tengo titubeando, mientras encogía su corpachón con torpeza sobre la sillita de madera en que estaba sentado. Sin embargo, las enfermeras sólo vieron en esa actitud una muestra de humildad.

Tengo quería decirles que le había entrado sueño para poder levantarse y regresar a la fonda, pero no encontraba el momento oportuno. No era de los que sabían imponerse.

–Oye –dijo Ōmura, y carraspeó–, volviendo al tema de antes, ¿por qué rompiste con esa mujer casada? ¿No os iba bien? ¿O acaso se enteró el marido?

–No sé por qué –contestó Tengo–. A partir de cierto momento rompió todo contacto conmigo.

–¡Vaya! –exclamó la joven Adachi–. A lo mejor acabó harta de ti...

La fornida Ōmura meneó la cabeza y señaló hacia Adachi con el índice:

–¿Y tú qué sabrás de eso? No tienes ninguna experiencia. No me creo que una mujer de cuarenta años casada seduzca a un chico tan joven, sano y apetecible, se lo lleve al catre y luego diga: «¡Hala! Muchas gracias. Ha estado muy bien. ¡Adiós!». En todo caso, si hubiera sido al revés...

–Quizá tengas razón –dijo Adachi inclinando ligeramente la frente, dubitativa–. La verdad es que no sé...

–Pues es así –insistió Ōmura. Observó a Tengo como si comprobara a unos pasos de distancia las letras esculpidas con un cincel en una lápida, y luego asintió–. Ya te darás cuenta cuando envejezcas.

–Buff... Yo hace ya una eternidad que no lo hago –dijo Tamura recostada en el asiento.

Después las enfermeras cotillearon un buen rato sobre los escarceos amorosos de alguien a quien Tengo no conocía (tal vez otra enfermera colega). Con el vaso de whisky rebajado, y mientras miraba a las tres, se acordó de las tres brujas que salen en *Macbeth*. Las tres que, recitando el conjuro «Lo bello es feo y lo feo es bello», infundían en Macbeth aspiraciones perversas. Por supuesto, Tengo no consideraba a las tres enfermeras seres malignos. Al contrario, eran amables y honestas, desempeñaban su oficio con celo y cuidaban de su padre. Sencillamente, se veían obligadas a trabajar muchas horas, llevaban una vida muy poco apasionante en un pequeño pueblo cuya actividad giraba en torno a la pesca, y una vez al mes liberaban el estrés acumulado. Sin embargo, cuando la energía de aquellas tres mujeres de diferentes generaciones confluyó delante de él, los yermos de Escocia le vinieron a la mente. Un cielo encapotado y un frío viento que, mezclado con lluvia, soplaba entre los brezos.

En la universidad, en las clases de inglés, había leído *Macbeth*, de la que recordaba unos versos:

By the pricking of my thumbs,
something wicked this way comes.
Open, locks,
whoever knocks!

Por el picor que noto en mis pulgares
sé que algo infame se acerca.
¡Abridle los cerrojos
a quienquiera que llame a la puerta!

¿Por qué se le habrían quedado grabados? Ni siquiera se acordaba de qué personaje los declamaba... Entonces recordó al cobrador de la NHK que había llamado con insistencia a la puerta de su piso en Kōenji. Tengo se observó los pulgares. No notaba ningún picor. Y, sin embargo, en las magistrales rimas de Shakespeare había algo funesto.

Something wicked this way comes...

«Espero que Fukaeri no abra los cerrojos.»

7

USHIKAWA
Camino hacia ti

Ushikawa tuvo que aparcar durante un tiempo la búsqueda de información sobre la anciana de Azabu. La rodeaban demasiadas medidas de seguridad y Ushikawa comprendió que, la abordara por donde la abordase, acabaría dándose de bruces contra un alto muro. Quería averiguar algo más sobre la «casa de acogida», pero seguir rondando por allí era peligroso. Había cámaras de seguridad, y Ushikawa llamaba demasiado la atención. Si los pusiera en alerta, todo se complicaría. De momento, se alejaría de la Villa de los Sauces y probaría a seguir otra vía.

La única «otra vía» que se le ocurrió fue repasar lo que ya sabía de Aomame. Tiempo atrás, para Vanguardia, había encargado una pesquisa a una agencia de investigadores con la que tenía trato, y él mismo había indagado por su cuenta. Tras reunir un dossier detallado sobre la chica, había llegado a la conclusión de que Aomame no representaba ninguna amenaza. Era una chica competente como profesora en el gimnasio y gozaba de buena reputación. En su infancia había pertenecido a la Asociación de los Testigos, pero pronto rompió los vínculos con la comunidad. Tras licenciarse en la Facultad de Ciencias del Deporte con una de las notas más altas, había trabajado para una empresa alimentaria que comercializaba productos y bebidas para deportistas, y había sido la jugadora principal de su club de sófbol. Sus compañeros decían que era excelente, como deportista y en su trabajo. Emprendedora y despierta. Tenía buena fama. Sin embargo, era más bien callada y tenía pocas amistades.

De repente, unos años atrás, había abandonado el club de sófbol y la empresa y había conseguido un empleo en un club deportivo, un gimnasio de lujo en el barrio de Hiroo. A partir de entonces había pasado a ganar el triple. Era soltera y vivía sola. Parecía que en ese momento no tenía pareja. En cualquier caso, Ushikawa no encontró en su pasado nada sospechoso ni turbio. El detective frunció el ceño, soltó un hondo suspiro y tiró sobre el escritorio el dossier, al que había vuelto a echar un vistazo. «Algo se me escapa. Un punto fundamental que no debería pasarme inadvertido.»

Ushikawa sacó una agenda de teléfonos de un cajón del escritorio y marcó un número. Cuando necesitaba recabar información de manera clandestina, siempre recurría a ese número. La persona a quien llamaba habitaba en un mundo aún más sombrío que el suyo. Pagándole, le conseguía cualquier información. Naturalmente, cuanto más protegida estuviera esa información, más caro le salía.

Buscaba datos relacionados con dos ámbitos: por una parte, información sobre los padres de Aomame, que en la actualidad seguían siendo adeptos de la Asociación de los Testigos. Sabía que la sede principal de la comunidad centralizaba la documentación sobre todos los miembros, muy numerosos, con que contaba en Japón; el trasiego entre la sede central y las locales era constante. Poseían un espléndido edificio erigido en un amplio terreno, con su propia imprenta para editar panfletos, salas de reuniones y alojamiento para los devotos que acudían de todos los rincones del país. Sin duda, toda la información se custodiaba allí.

Por otra parte, quería documentación del gimnasio en que Aomame había trabajado. Exactamente, ¿qué clase de servicios prestaba, y a quién y cuándo impartía clases? Quizás esos datos no estuvieran guardados con tanto celo como los de la Asociación de los Testigos. De todos modos, si les dijera: «¿Serían tan amables de dejarme ver el expediente de su empleada Aomame?», no se lo enseñarían de buen grado.

Ushikawa dejó su nombre y número de teléfono en el contestador. Media hora después lo llamaron.

–¿Señor Ushikawa? –dijo una voz que parecía resfriada.

Ushikawa le explicó con detalle lo que necesitaba.

Nunca se había visto con aquel hombre. Siempre negociaban por teléfono. El otro le enviaba los datos requeridos por correo urgente. Solía estar ronco y, de vez en cuando, carraspeaba ligeramente. Quizá padeciera algún problema en la garganta. Al otro lado de la línea siempre reinaba un silencio absoluto, como si el hombre telefoneara desde una sala insonorizada, de modo que sólo se oía su voz y su desagradable respiración. Y tanto la voz como la respiración se oían como amplificadas. «¡Qué tipo más siniestro!», pensaba Ushikawa cada vez que hablaba con él. «Ciertamente, el mundo está repleto de personajes siniestros (aunque para los demás tal vez yo sea uno de ellos).» Para sus adentros, Ushikawa había bautizado a ese hombre como «el Murciélago».

–Así que se trata de conseguir información sobre una joven llamada Aomame, ¿no? –dijo el Murciélago con voz ronca. Carraspeó.

–Sí. Es un nombre poco común.

–La información tiene que ser exhaustiva, ¿no?

–Con tal de que tenga que ver con ella, me da igual el tipo de información. A ser posible, necesito también alguna foto en la que se le vea bien el rostro.

–La parte del gimnasio no será tan difícil. No creo que se imaginen que alguien va a robarles información. Pero lo de la Asociación de los Testigos es harina de otro costal. Se trata de una organización de gran envergadura, con mucho capital y bien protegida. Es muy difícil acercarse a las comunidades religiosas. No sólo por la confidencialidad que exigen algunos de sus miembros, sino también por el tema de los impuestos...

–¿Crees que podrás hacerlo?

–No es imposible. Tengo los medios para abrir una puerta. Lo difícil es volver a cerrarla. Y, si no se cierra, los misiles podrían rastrearme.

–Como en la guerra.

–Es la guerra misma. Y pueden surgir cosas espeluznantes –comentó el hombre con su voz ronca. Daba la impresión de que le divertía jugar a la guerra.

–Entonces, ¿lo harás?

El hombre carraspeó.

–Lo intentaré. Pero te costará caro.

–¿Cuánto, más o menos?

El hombre le dijo una suma aproximada. Después de tragar saliva, Ushikawa aceptó. Disponía de esa cantidad y, si obtenía resultados, siempre podría reclamársela a sus clientes.

–¿Va a llevarte mucho tiempo?

–¿Tienes prisa?

–Sí.

–Creo que necesitaré entre una semana y diez días.

–De acuerdo –contestó Ushikawa. No le quedaba más remedio que adaptarse al ritmo del otro.

–Una vez que consiga la información, te llamaré. Me pondré en contacto contigo sin falta dentro de diez días.

–Si los misiles no te rastrean –añadió Ushikawa.

–En efecto –dijo el Murciélago con indiferencia.

Tras colgar el teléfono, Ushikawa, caviloso, se retrepó en el asiento. Desconocía mediante qué tejemanejes conseguiría el Murciélago los datos que le había pedido. Si se lo preguntara, no obtendría respuesta. Pero, sin duda, se valdría de medios ilícitos. Primero tendría que sobornar a alguien dentro de la organización y, llegado cierto momento, introducirse en ella de forma ilegal. Si además se requería el uso de ordenadores, el asunto se complicaría aún más.

El número de empresas e instituciones gubernamentales que computarizaban la información era todavía muy escaso. Requería demasiados gastos y esfuerzos. Pero tratándose de una comunidad religiosa que operaba a escala nacional, seguro que podría permitírselo. Aunque Ushikawa apenas sabía nada de ordenadores, veía que se estaban convirtiendo en una herramienta imprescindible para almacenar y procesar información. La época en la que era necesario ir a la Biblioteca Nacional de la Dieta, apilar periódicos y anuarios sobre el escritorio y pasarse el día buscando datos pronto pasaría a la historia. Entonces el mundo quizá se convertiría en un campo de batalla entre administradores de ordenadores e intrusos que apestaría a sangre. Aunque tal vez la expresión fuera inexacta: como en toda guerra, correría la sangre, pero ésta no olería. Sería un mundo extraño. Y a Ushikawa le gustaban los mundos donde el olor y el sufrimiento eran de verdad; aunque, a veces, ese olor y ese sufrimiento se volvieran insoportables. Pero, sin duda, en ese mundo, las personas como Ushikawa se convertirían en reliquias rápida e irremediablemente.

Con todo, no sucumbió al pesimismo. Contaba con su intuición, y su aguzado olfato distinguía entre toda clase de olores. Percibía en su propia piel los menores cambios y el rumbo que iban a tomar las cosas. Nada de eso podía realizar un ordenador; ni esas capacidades ni lo que con ellas se conseguía averiguar podían sistematizarse o convertirse en valores numéricos. El invasor accedía mediante el ingenio a un ordenador bien protegido y extraía la información. Pero sólo una persona de carne y hueso podía juzgar qué información era valiosa y qué se deducía de ésta.

«Quizá sea un hombre patético y obsoleto», pensó Ushikawa de sí mismo. «No, no es que *quizá* lo sea. Es que soy un hombre patético y obsoleto. Pero tengo cualidades de las que la gente suele carecer. Un olfato innato y una tenacidad que hace que, una vez aferro algo, no lo suelte. Y mientras disponga de esas capacidades, seguiré apañándomelas, como hasta ahora, por muy extraño que se torne este mundo.

»Daré contigo, Aomame. Eres inteligente, diestra, prudente. Pero te juro que te encontraré. Espera y verás. Ahora mismo camino hacia ti. ¿Oyes los pasos? No, no creo que los oigas, porque avanzo lento como una tortuga y sin hacer ruido. Y sin embargo, poco a poco, me acerco a ti.»

No obstante, algo le pisaba los talones a Ushikawa: el tiempo. Para él, seguirle el rastro a Aomame también era luchar contra el tiempo, que lo perseguía. Tenía que dar con ella cuanto antes, esclarecer lo ocurrido y servírselo en bandeja de plata a los de la organización. «Aquí tienen.» Disponía de poco tiempo. Si tardaba tres meses en esclarecerlo todo, quizá sería demasiado tarde. Por el momento, Ushikawa les era útil. Buen profesional, se amoldaba a las condiciones, conocía la ley y sabía guardar un secreto. Tenía recursos para moverse libremente al margen del sistema. Pero en el fondo no era más que un factótum que había sido contratado por dinero. No era uno de los suyos, un colega, ni profesaba su fe. En cuanto se convirtiera en una amenaza para la comunidad, seguramente se desharían de él.

Mientras aguardaba la llamada del Murciélago, Ushikawa fue a la biblioteca y se documentó sobre el pasado y el presente de la Asociación de los Testigos. Tomó notas y sacó copias de lo que le interesaba. Investigar en la biblioteca no le ponía de mal humor. Le gustaba esa sensación de ir acumulando conocimientos en el cerebro, un hábito que había adquirido de pequeño.

Cuando acabó sus pesquisas en la biblioteca, se desplazó hasta el piso en Jiyūgaoka, donde Aomame había vivido de alquiler, y volvió a comprobar que estaba vacío, aunque en el buzón todavía estaba la tarjeta con su nombre. También se presentó en la agencia inmobiliaria que se encargaba del alquiler del piso. Preguntó si podía alquilarlo, dado que estaba vacío.

–Está vacío, en efecto, pero hasta febrero del año próximo no podemos arrendarlo –le contestó el agente inmobiliario. El contrato que el inquilino había firmado terminaba en enero, y cada mes pagaban el alquiler estipulado–. Se han llevado todos los muebles y han dado de baja el agua, el gas y la electricidad, pero el contrato sigue vigente.

–O sea, que van a pagar el alquiler hasta finales de enero.

–Eso es –dijo el agente–. Hasta entonces, pagarán el alquiler, así que quieren que el piso se quede tal cual. Nosotros, mientras nos paguen, no podemos protestar.

–Qué extraño, ¿no le parece?, tirar así el dinero a pesar de que ya nadie viva ahí...

–A nosotros también nos preocupaba y decidimos entrar en presencia del propietario de la vivienda, no fuera a haber un cadáver embalsamado dentro de un armario... Pero no había nada. Estaba todo muy limpio y completamente vacío. No sabemos qué ocurrió...

Aomame, definitivamente, ya no vivía allí. Pero, por algún motivo, habían decidido que ella, o el titular, siguiera alquilando el piso. Para ello abonarían el alquiler de cuatro meses. Era gente precavida y con dinero.

Exactamente diez días después, por la tarde, el Murciélago llamó al despacho de Ushikawa, en el barrio de Kōjimachi.

–¿Señor Ushikawa? –dijo con su voz ronca, que, como siempre, destacaba en el silencio de fondo.

–Dígame.

–¿Podemos hablar ahora?

Ushikawa le contestó que sí.

–Introducirme en la Asociación de los Testigos costó lo suyo, pero todo ha salido como había planeado. He conseguido la información sobre Aomame.

–¿Y los misiles rastreadores?

–Por ahora no han aparecido.

–Me alegro.

–Señor Ushikawa –dijo el hombre, y carraspeó varias veces–, ¿le importaría apagar el cigarrillo?

–¿El cigarrillo? –Ushikawa miró el Seven Stars que tenía entre los dedos. El humo ascendía silenciosamente hacia el techo–. ¡Ah, sí!, estaba fumando, pero estamos hablando por teléfono. ¿Cómo lo sabe?

–Por supuesto, no lo huelo, pero con sólo oír esos resuellos suyos por el aparato, ya me cuesta respirar. Soy muy alérgico.

–Comprendo. No me había dado cuenta. Lo siento.

El hombre carraspeó unas cuantas veces.

–No, no es culpa suya. Es natural que no se haya dado cuenta.

Ushikawa aplastó el cigarrillo contra el cenicero y echó encima un poco del té que estaba bebiendo. Luego se levantó y abrió la ventana de par en par.

–Ya lo he apagado y he abierto la ventana para airear la habitación. Aunque el aire de ahí fuera tampoco es que sea muy puro...

–Muchas gracias.

Se produjo un silencio de unos diez segundos. No se oía ni una mosca.

–Entonces, ¿ha conseguido algo de la Asociación de los Testigos? –preguntó Ushikawa.

–Sí. Y abundante. Como la familia de Aomame pertenece a la organización desde hace mucho, hay mucho material. Quizá deba ocuparse usted de separar lo que le interesa de lo que no.

Ushikawa se mostró de acuerdo. Era precisamente lo que deseaba.

–En cuanto al gimnasio, no hubo ningún problema. Bastó con abrir la puerta, entrar, realizar el trabajo, salir y volver a cerrar. Sin embargo, como no disponía de mucho tiempo, tuve que sacar toda la información de cuajo, y la cantidad también es considerable. Si le parece bien, le entregaré todo el material a cambio del dinero, como de costumbre.

Ushikawa apuntó la suma que el Murciélago le dijo. Era el doble de la cantidad estimada, pero no tenía elección.

–Esta vez prefiero no utilizar el correo, así que mañana, a esta hora, un recadero se presentará en su despacho. Tenga preparado el dinero en efectivo. Como siempre, no necesito recibo.

Ushikawa asintió.

–Quisiera también repetirle lo que le he dicho en otras ocasiones: si no le satisfacen o no le son útiles los datos que le he conseguido, no es responsabilidad mía. Técnicamente, he hecho todo lo que he podido. Me paga por el servicio, no por el resultado. Si dentro del material no estuviera la información que busca, no me pida que le devuelva el dinero. Sólo quiero que le quede claro.

Ushikawa le respondió que estaba claro.

–Por cierto, no he podido conseguir ninguna foto de Aomame –comentó el Murciélago–. Se han tomado la molestia de quitar las fotos que pudiera haber en sus archivos.

–Vale. Está bien –contestó Ushikawa.

–Además, puede que su rostro haya cambiado –añadió el Murciélago.

–Quizá –dijo Ushikawa.

El Murciélago volvió a carraspear. «Adiós», dijo, y colgó.

Ushikawa devolvió el auricular a su sitio, suspiró y se llevó otro cigarrillo a la boca. Lo encendió con el mechero y expulsó lentamente una bocanada en dirección al teléfono.

Al día siguiente, por la tarde, una muchacha se presentó en el despacho de Ushikawa. Todavía no debía de haber cumplido los veinte años. Llevaba un vestido blanco y corto que le dibujaba una bella silueta; calzaba zapatos de tacón, también blancos y vistosos, y llevaba unos pendientes de perlas. Para ser de constitución menuda, tenía los lóbulos de las orejas bastante grandes. Mediría algo más de un metro cincuenta. Tenía el pelo largo y liso, y unos ojos grandes y límpidos. Parecía una aprendiz de hada. La chica lo miró abiertamente y le dirigió una sonrisa jovial y entrañable, como si observara algo muy valioso y difícil de olvidar. Entre sus pequeños labios asomaban unos hermosos dientes blancos. Quizá sólo era una sonrisa forzada, que empleaba cuando trabajaba; aun así, era raro que alguien no se arredrase al ver a Ushikawa por primera vez.

–He traído los documentos –dijo la chica, y sacó dos voluminosos sobres del bolso de tela que llevaba al hombro. Entonces los levantó con ambas manos, como si fuera una sacerdotisa que portara una antigua piedra grabada, y los dejó sobre el escritorio de Ushikawa.

El detective sacó un sobre que había dejado preparado en un cajón del escritorio y se lo entregó. La chica lo abrió, cogió los fajos de billetes de diez mil yenes y los contó allí mismo, de pie. Sus hermosos y finos dedos se movían con destreza. Al terminar de contar, devolvió los fajos al sobre y lo guardó en el bolso. Luego se dirigió a Ushikawa y le dedicó una sonrisa aún más amplia y encantadora. Como si se hubiera alegrado muchísimo de verle.

Ushikawa intentó imaginar qué tipo de relación tendría esa chica con el Murciélago, pero, naturalmente, no era asunto suyo. Ella no era más que un contacto. Entregar los «documentos» y recibir el pago: ésa era la misión que tenía asignada.

Una vez que la chica dejó el despacho, Ushikawa se quedó un buen rato dubitativo, mirando fijamente la puerta que ella había cerrado tras de sí. En el despacho todavía se percibía intensamente la presencia de la chica. A lo mejor, a cambio de haber dejado el rastro de su paso por allí, la chica se había llevado un pedazo del alma de Ushikawa. Éste podía sentir en lo más hondo de su pecho ese nuevo vacío. Se preguntó por qué habría ocurrido tal cosa. Y qué diantres significaba.

Transcurridos unos diez minutos, Ushikawa por fin volvió en sí y abrió los sobres, bien envueltos con cinta adhesiva. En su interior había numerosos folios impresos, fotocopias de documentos y originales. Se preguntó cómo el Murciélago había conseguido tanto material en tan poco tiempo. Impresionado, no pudo evitar admirarlo. Sin embargo, ante aquella montaña de papeles, una profunda sensación de impotencia embargó a Ushikawa. «¿Y si, después de tanto esfuerzo, esto no me conduce a ninguna parte? ¿No habré pagado una fortuna por un fajo de papeluchos sin valor?» Tan intenso era ese sentimiento de impotencia que, por más que observara y entornara los ojos, no lograba divisar el fondo. Además, todo lo que sus ojos percibían estaba velado por una sombra crepuscular, como un presagio de muerte. Pensó que quizá se debía a ese *algo* que la chica había dejado en el despacho. O, tal vez, a ese *algo* que se había llevado.

Al fin, Ushikawa recuperó el ánimo. Se pasó el resto de la tarde enfrascado en la lectura del material y anotando en un cuaderno los datos que le interesaban. Sólo así consiguió deshacerse de aquel enigmático sentimiento de impotencia. Al anochecer, cuando la oscuridad invadió el despacho y tuvo que encender la luz de mesa, ya estaba convencido de que había merecido la pena pagar aquella suma.

Comenzó leyendo los «documentos» relativos al gimnasio. En los cuatro años que Aomame trabajó en ese club, se encargaba principalmente de los programas de entrenamiento muscular y artes marciales para grupos. Había diseñado varias clases que ella misma dirigía. A la vista de la documentación, dedujo que era muy competente como profesora y que gozaba de buena fama entre los socios del gimnasio. Además, impartía clases particulares. Aunque eran caras, resultaban el sistema ideal para los que no podían asistir a las clases en el horario establecido o preferían un ambiente más privado. No eran pocos.

Por las fotocopias del programa de trabajo incluidas en el material, se sabía cuándo, cómo y dónde había instruido a los doce «clientes particulares». Con algunos trabajaba en el gimnasio y, con otros, iba a sus domicilios. Entre la clientela se contaba algún artista famoso y algún político. Shizue Ogata, la dueña de la Villa de los Sauces, fue una de sus primeras clientas.

El vínculo con Shizue Ogata comenzó poco después de que Aomame empezara a trabajar en el gimnasio, y perduró hasta poco antes de su desaparición. Los inicios coincidían con la fecha en que el edificio de dos plantas de la Villa de los Sauces empezó a funcionar como casa de acogida del Consultorio para Mujeres Víctimas de la Violencia Doméstica. Quizá fuera una casualidad, o quizá no. En cualquier caso, según los documentos, parecía que con el tiempo la relación entre las dos se había ido estrechando.

Probablemente, entre Aomame y la anciana habían ido tejiéndose lazos más personales. Se lo decía su intuición. Lo que al principio debió de ser una relación entre instructora de gimnasio y clienta, cambió a partir de cierto momento. Mientras barría con la mirada las páginas, puestas en orden cronológico, en que se describía el programa de las clases, Ushikawa intentó determinar cuándo había sido ese «momento». Algo había ocurrido, y, a raíz de ello, la mera relación de instructora y clienta se convirtió en un estrecho vínculo, más allá de las diferencias de edad y de clase social. Incluso podrían estar unidas por una especie de acuerdo tácito espiritual. Al poco tiempo, ese acuerdo habría tomado determinado rumbo y, como resultado, habían acabado por asesinar al líder en el Hotel Okura. Podía olerlo.

¿Qué clase de rumbo? ¿Y qué clase de acuerdo tácito?

Las conjeturas de Ushikawa se detenían ahí.

Probablemente tenía que ver con el factor de la «violencia de género». Por lo visto, la anciana era especialmente sensible a ese tema. Según los documentos, Shizue Ogata conoció a Aomame en las clases de defensa personal que la chica impartía. Pocas mujeres de más de setenta años toman clases de defensa personal. Quizás algún factor relacionado con *alguna forma de violencia* las uniera.

O quizá la propia Aomame había sido víctima de la violencia doméstica. Cabía también la posibilidad de que el líder fuera un agresor. Ellas quizá lo habían descubierto y habían decidido castigarlo. Pero

100

todo eso no eran más que conjeturas. Y esas conjeturas no casaban con la imagen del líder que Ushikawa conocía. Ciertamente, es difícil conocer a alguien en profundidad, al margen de cómo sea su personalidad, y el líder era un personaje sin duda enigmático; al fin y al cabo, dirigía una poderosa comunidad religiosa. Aparte de sagaz e inteligente, lo envolvía un halo de misterio. Con todo, suponiendo que hubiera sido un agresor, ¿lo que había hecho era tan grave como para que las dos mujeres trazaran meticulosamente un plan para asesinarlo y lo llevaran a cabo, renunciando una de ellas a su identidad, y poniendo la otra en peligro su posición social?

Al líder no lo habían asesinado de manera impulsiva ni improvisada. De por medio había una voluntad de hierro, una motivación clara, sin el menor resquicio, y una planificación minuciosa que había costado tiempo, dinero y esfuerzos.

Sin embargo, ni una sola prueba sustentaba todas esas suposiciones. Ushikawa sólo tenía indicios basados en hipótesis. Algo que la navaja de Ockham sajaría sin mayor problema. En aquella fase aún no se lo podía comunicar a Vanguardia. Simplemente *lo sabía*. Se lo olía, lo percibía. Todos los elementos apuntaban en una dirección. Por algún motivo que tenía que ver con la violencia de género, la anciana había ordenado a Aomame matar al líder y, después, la había ocultado en un lugar seguro. La documentación aportada por el Murciélago conducía *indirectamente* a esa conclusión.

Le llevó tiempo poner en orden los documentos relacionados con la Asociación de los Testigos, que, además de tener un volumen considerable, no servían de mucho. Eran, en su mayoría, informes sobre la contribución de la familia de Aomame a la comunidad. Leyéndolos, saltaba a la vista que eran devotos fervientes y abnegados. Habían consagrado casi toda su vida a la evangelización y el proselitismo. En la actualidad los padres de Aomame residían en Ichikawa, en la prefectura de Chiba. En treinta y cinco años se habían mudado dos veces de piso, siempre en la ciudad de Ichikawa. El padre, Takayuki Aomame (de cincuenta y ocho años), trabajaba en una empresa de ingeniería; la madre, Keiko Aomame (de cincuenta y seis años), estaba desempleada. Su hermano mayor, Keiichi Aomame (de treinta y cuatro años), tras graduarse en el instituto prefectural de Ichikawa había trabajado en una pequeña imprenta de Tokio, pero tres años después dejó ese puesto para prestar servicio en la sede de la comunidad en Oda-wara. Allí se había encargado de la impresión de panfletos y en la ac-tualidad ocupaba un cargo en la dirección. Cinco años atrás se había casado con otra adepta, habían tenido dos hijos y vivían en un piso de alquiler en Odawara.

Las referencias de Masami Aomame, la hija mayor, terminaban a los once años, edad a la que apostató. Y, por lo visto, a la Asociación de los Testigos no le interesaba quien renegaba de su fe. Para ellos era como si Aomame se hubiera muerto a los once años. No dedicaban ni una sola línea a describir qué había sido de su vida; ni siquiera se comentaba si estaba viva o no.

«Así pues, no hay más remedio que visitar a sus padres o a su her-mano y hablar con ellos», se dijo Ushikawa. Quizás obtuviera alguna pista. Con todo, por lo que había leído en los documentos, no creía que fueran a responder de buena gana a sus preguntas. La familia de Aomame, además de ser estrecha de miras y vivir en la intolerancia –en opinión de Ushikawa, por supuesto–, era gente plenamente con-vencida de que cuanto más intolerantes fueran, más cerca del Cielo es-tarían. Para ellos, quien apostataba, aunque se tratase de un familiar allegado, elegía un camino errado e impuro. Tal vez ni siquiera la con-siderasen ya de la familia.

¿La habrían maltratado en su infancia?

Puede que sí, puede que no. Incluso en el caso de haber sufrido ella maltrato, seguramente sus padres no lo considerarían como tal. Ushikawa estaba al corriente de que en la Asociación de los Testigos se educaba a los niños con mano de hierro. Eso, en muchos casos, im-plicaba castigos corporales.

La profunda herida que le habrían dejado las terribles experiencias vividas durante la infancia, ¿podían haberla conducido al asesinato? No era imposible, desde luego, pero a Ushikawa se le antojaba una hipótesis muy aventurada. Urdir semejante asesinato y perpetrarlo a so-las era sumamente difícil. Comportaba muchos riesgos y una gran car-ga emocional. Si la atraparan, le esperaría un castigo terrible. Se nece-sitaba una motivación mucho más fuerte.

Ushikawa volvió a inclinarse sobre los documentos y releyó con atención el historial de Masami Aomame hasta los diez años. Tan pron-to como aprendió a caminar, su madre empezó a llevarla consigo en sus actividades de evangelización. Llamaban a las puertas distribuyen-do folletos de la comunidad, anunciando la imparable marcha del mundo hacia su fin e intentando ganar prosélitos. Si uno abrazaba su fe, sobreviviría al fin del mundo. Luego vendría el reino de la dicha. También a Ushikawa habían intentado captarlo. El devoto solía ser una mujer de mediana edad con sombrero y parasol. Muchas veces llevaban gafas y se quedaban mirando al inquilino con ojos de pez inteligente. A menudo iban acompañadas de niños. Ushikawa se imaginó a la pequeña Aomame siguiendo a su madre de casa en casa.

Había ido a un colegio municipal del barrio, sin haber pasado por la guardería. En quinto curso abandonó la Asociación de los Testigos. Los motivos para apostatar eran inciertos. No dejaban constancia de las razones por las que los devotos renegaban de su fe. A quien caía en manos del Diablo lo dejaban a su merced. Ellos ya tenían bastante con hablar sobre el Paraíso y las vías para alcanzarlo. Las buenas personas tenían sus tareas, y el Diablo, las suyas. Era una especie de división del trabajo.

Dentro de la cabeza de Ushikawa, alguien golpeaba en un barato tabique de contrachapado. «¡Señor Ushikawa! ¡Señor Ushikawa!», lo llamaban. Ushikawa cerró los ojos y prestó atención. Lo llamaban en voz baja pero insistente. «Algo se me habrá pasado por alto. Un dato importante registrado en alguno de estos papeles. Pero soy incapaz de descubrirlo. Los golpes son un aviso.»

Ushikawa volvió a repasar la abultada pila de documentos. Conforme leía, fue imaginándose vívidamente lo allí descrito. Con tres años, Aomame se iba a evangelizar con su madre. La mayoría de las veces, las echaban con cajas destempladas. Luego fue al colegio. Siguió participando en la difusión de la doctrina, a la que tenía que dedicar los fines de semana enteros. No tendría tiempo para jugar con sus amigas; probablemente, ni siquiera tenía. En el colegio se metían con los niños de la Asociación de los Testigos y los marginaban. Ushikawa, que se había documentado, sabía que era así. Entonces, con once años, renunció a su fe. Para ello le habría sido necesaria bastante determinación. Desde que nació le habían inculcado ese credo. Había crecido con él. Había calado hasta lo más profundo de su ser. Uno no podía deshacerse fácilmente de ello, como quien se cambia de ropa. Además, significaba aislarse dentro de su hogar. Una familia extremadamente religiosa no acepta así como así a una hija que ha abandonado su fe. Renunciar a la fe equivalía a renunciar a la familia.

¿Qué le había ocurrido a Aomame a los once años? ¿Qué la había conducido a tomar tal decisión?

«Colegio municipal *** de Ichikawa, prefectura de Chiba», leyó. Probó a pronunciar en voz alta el nombre de la escuela. «Algo sucedió allí. Está claro que...» Ushikawa contuvo el aliento. «El nombre de ese colegio...»

¿Dónde demonios lo había oído? Ushikawa no tenía ningún vínculo con la prefectura de Chiba. Había nacido en Urawa, en la prefectura de Saitama, y desde que había entrado en la universidad y se había ido a vivir a Tokio, no había salido de la metrópolis, aparte de la temporada que había vivido en Chūōrinkan, en la prefectura de Kanagawa. Sólo una vez había pisado Chiba, cuando había ido a bañarse en la playa de Futtsu. ¿Por qué entonces le sonaba el nombre de un colegio en Ichikawa?

Tardó en caer en la cuenta. Se concentró, al tiempo que se frotaba la cabeza deforme con las palmas. Sumergió las manos en el cieno de su memoria y rebuscó allí. No hacía mucho que había oído ese nombre. Era bastante reciente. Chiba..., Ichikawa..., un colegio de primaria. Al fin encontró el extremo del fino cabo.

«Tengo Kawana. Eso es, Tengo Kawana nació en Ichikawa. Seguro que fue al colegio público de la ciudad.»

Ushikawa sacó de la estantería el archivo en el que guardaba todo lo relacionado con Tengo. Era el material que había recabado por encargo de Vanguardia. Repasó la información sobre Tengo. En efecto, sus gruesos dedos dieron con ese nombre. Masami Aomame había ido al mismo colegio municipal que Tengo Kawana. Por las fechas de nacimiento de ambos, seguro que habían coincidido, si no en la misma clase, sí en el mismo curso. Había muchas probabilidades de que se hubieran conocido.

Ushikawa se llevó un Seven Stars a los labios y lo prendió con el mechero. Las cosas, lo percibía, empezaban a encajar. Comenzaba a dibujarse una línea que conectaba los distintos puntos. Todavía no sabía qué forma cobraría el dibujo, pero poco a poco saldría a la luz.

«Aomame, ¿oyes mis pasos? Quizá no, porque camino tratando de no hacer ruido. Pero, paso a paso, me voy aproximando. Soy una tortuga lerda, pero avanzo a paso firme. En cualquier momento le veré la espalda a la liebre. Tú espérame.»

Ushikawa se recostó en el asiento, miró al techo y expulsó lentamente una bocanada de humo.

8

AOMAME
Esta puerta no está nada mal

Desde el incidente con el cobrador, durante unas dos semanas nadie se acercó al apartamento de Aomame, excepto los encargados que cada martes por la tarde le llevaban las provisiones en silencio. El presunto cobrador de la NHK había amenazado con regresar. En su voz se percibía una determinación inquebrantable. Al menos así le había parecido a ella. Pero desde entonces no había vuelto. Quizás el hombre estuviera ocupado en otras rutas.

Fueron unos días de paz y calma aparentes. Nada sucedía, nadie la visitaba, el teléfono apenas sonaba. Por motivos de seguridad, Tamaru había reducido sus llamadas al mínimo. Aomame siempre tenía las cortinas echadas y vivía a hurtadillas, evitando dar la menor señal de vida para no llamar la atención. Cuando anochecía, encendía sólo las luces imprescindibles.

Hacía ejercicio intenso con cuidado de no hacer ruido, todos los días fregaba el suelo con una bayeta y se preparaba la comida con parsimonia. Aprendía frases en español, a fuerza de repeticiones, valiéndose de casetes (se las había pedido a Tamaru y éste se las había enviado con las provisiones). Si uno pasa mucho tiempo sin hablar, los músculos que mueven la boca se atrofian. Necesitaba realizar movimientos amplios con la boca y la mandíbula. El aprendizaje de idiomas extranjeros le venía de perlas. Por otro lado, Aomame se había forjado en su mente una idea un tanto romántica de Latinoamérica. Si pudiera elegir con entera libertad un destino, le gustaría vivir en algún pequeño y tranquilo país latinoamericano. Por ejemplo, Costa Rica. Alquilaría una pequeña villa en la costa y se pasaría el día nadando y leyendo. El dinero que había embutido en el bolso le permitiría vivir unos diez años, aunque sin grandes lujos. Además, sería difícil seguirle el rastro hasta Costa Rica.

Mientras aprendía frases en español, útiles para desenvolverse en el día a día, se imaginaba una vida apacible junto al mar en Costa Rica. ¿Formaría Tengo parte de esa vida? Al cerrar los ojos, se veía a sí misma y a Tengo en una playa del Caribe bañada por el sol. Ella llevaba un pequeño biquini negro y gafas de sol; Tengo, a su lado, la tomaba de la mano. La imagen, sin embargo, no tenía tintes de realidad, algo que pudiera llegar a emocionarla. No era más que una foto ordinaria sacada de un anuncio turístico.

Cuando no sabía qué hacer, limpiaba la Heckler & Koch. Primero desmontaba algunas piezas, siguiendo las instrucciones del manual; las frotaba con un paño y un cepillo, las engrasaba y volvía a montarlas. Con la práctica, comprobó que podía realizar todas esas operaciones con soltura. Ya las dominaba. Era como si la pistola se hubiera convertido en un miembro más de su cuerpo.

Solía irse a la cama hacia las diez, leía un rato y luego dormía. Con aquella rutina, a Aomame nunca le había costado conciliar el sueño. Mientras seguía con la mirada las hileras de caracteres impresos en el papel, el sueño iba venciéndola. Apagaba la lámpara que había al lado de la cabecera, pegaba la cara a la almohada y cerraba los párpados. Si no ocurría ningún imprevisto, no volvía a abrir los ojos hasta el día siguiente por la mañana.

Por lo general, no soñaba mucho. Y, si lo hacía, al despertar apenas se acordaba de lo que había soñado. De vez en cuando algunos pedacitos de sueño se le quedaban prendidos a la pared de la consciencia. Pero era incapaz de seguir el argumento del sueño. Sólo quedaban pequeños fragmentos deshilvanados. Aomame dormía profundamente y lo que soñaba permanecía en las profundidades. Igual que los peces que habitan los abismos marinos, sus sueños no podían ascender hasta la superficie. Si lo hiciesen, la diferencia de presión en el agua los deformaría.

Sin embargo, desde que vivía en aquel escondrijo, soñaba todas las noches. Sueños, las más de las veces, nítidos y realistas. Soñaba y se despertaba todavía soñando. Durante un instante era incapaz de discernir si se encontraba en el mundo real o en el onírico. Aomame jamás había experimentado eso. Miraba el reloj digital que había junto a la cabecera. Las cifras indican la 1:15, las 2:37 o las 4:07. Cerraba los ojos e intentaba volver a conciliar el sueño. Pero no lo conseguía fácilmente. Aquellos dos mundos diferentes se disputaban su consciencia en silencio. Como se confrontan, en una gran desembocadura, el agua salada que penetra y el agua dulce que afluye.

«No hay remedio», pensaba Aomame. «El hecho de vivir en un mundo en cuyo cielo flotan dos lunas ya de por sí me hace dudar de si se trata o no de la *verdadera* realidad. Así pues, ¿qué tiene de extraño dormirse en ese mundo, soñar y ser incapaz de distinguir si es un sueño o si es real? Encima, he asesinado a varios hombres con estas manos, unos fanáticos me siguen el rastro y me escondo en un refugio. Es normal que esté nerviosa y tenga miedo. Mis manos todavía recuerdan la sensación de haber matado. Tal vez nunca vuelva a dormir una noche en paz. Quizá sea la carga que debo soportar, el precio que debo pagar.»

A grandes rasgos, podía decirse que Aomame tenía tres tipos de sueño. Al menos, todos los sueños que recordaba encajaban en esos tres patrones.

El primero era un sueño en el que retumbaban truenos. Una habitación envuelta por las tinieblas y una salva incesante de tronidos. Sin embargo, no había relámpagos. Igual que la noche en que asesinó al líder. En la habitación había algo. Aomame yacía desnuda en la cama y a su alrededor algo deambulaba con movimientos lentos y cautelosos. El pelo de la alfombra era largo, y el aire, viciado, era denso, pesado. Los cristales de la ventana temblaban ligeramente con el estruendo de los truenos. Ella estaba atemorizada. No sabía qué había allí. Podía ser una persona. Podía ser un animal. Podía ser otra cosa. Pero al cabo de un rato *eso* abandonaba la habitación. No salía por la puerta. Tampoco por la ventana. Aun así, ese algo iba alejándose poco a poco hasta desaparecer por completo. Aparte de ella, no había nadie más en la habitación.

A tientas encendía la lámpara. Salía de la cama desnuda e inspeccionaba el cuarto. En la pared que quedaba frente a la cama había un agujero. Un agujero demasiado estrecho para que pasara por allí una persona. El agujero, sin embargo, no permanecía quieto. Cambiaba de forma y se movía. Temblaba, se desplazaba, se expandía y se encogía. Parecía estar vivo. *Algo* había salido al exterior a través del agujero. Aomame examinó esa abertura. Daba la impresión de que conducía a alguna parte. Pero al fondo sólo se veía oscuridad. Una oscuridad tan densa que parecía que podía cogerse con la mano. Aomame sentía curiosidad. Y, al mismo tiempo, miedo. Su corazón latía produciendo un ruido seco, distante. Ahí terminaba el sueño.

Otro de los sueños sucedía en el arcén de una autopista. Allí, para variar, ella también estaba en cueros. Los que iban en los coches atrapados en un atasco observaban sin reparos su cuerpo desnudo. Casi todos eran hombres, pero había alguna mujer. Contemplaban sus pobres pechos y la extraña pelambrera de su pubis y parecían escrutarla para evaluarla. Unos fruncían el ceño, o esbozaban una sonrisa despectiva o bostezaban. Otros sólo la miraban fijamente pero inexpresivos. Ella quería cubrirse con algo. Por lo menos quería ocultar sus pechos y sus partes pudendas. Un pedazo de tela o unas hojas de periódico le habrían bastado. Pero a su alrededor no encontraba nada que le sirviera. Además, por algún motivo (desconocía cuál), era incapaz de mover las manos a su antojo. De vez en cuando soplaba una ráfaga repentina de viento que le erizaba los pezones y agitaba su vello púbico.

Para colmo –y desafortunadamente–, estaba empezando a bajarle la regla. Se notaba las caderas flojas y pesadas, y en el bajo vientre, calor. «¿Qué voy a hacer si me pongo a sangrar delante de toda esta gente?»

En ese instante, se abría la puerta del conductor de un Mercedes Coupé plateado del que bajaba una elegante mujer de mediana edad. Llevaba unos zapatos de tacón de color claro, gafas de sol y pendientes plateados. Estaba delgada y era de constitución parecida a la de Aomame. Tras acercarse a ella sorteando los coches, se quitaba el abrigo que llevaba y cubría con él el cuerpo de Aomame. Era un abrigo de entretiempo de color huevo que llegaba hasta las rodillas. Era ligero como una pluma. A pesar de su corte sencillo, debía de ser caro. A Aomame le sentaba de maravilla, como hecho a medida. La mujer le abrochaba todos los botones de abajo arriba.

–No sé cuándo podré devolvértelo y, además, puede que te lo manche de sangre de la regla –decía Aomame.

La mujer hacía un breve gesto negativo con la cabeza, sin pronunciar palabra, y pasando de nuevo entre los coches regresaba al Mercedes-Benz Coupé plateado. Luego parecía que, desde el asiento del conductor, alzaba un poco la mano en dirección a Aomame. Pero quizá fuese una ilusión óptica. Arropada por el ligero y suave abrigo de entretiempo, Aomame se sentía protegida. Su cuerpo ya no estaba expuesto a las miradas ajenas. Entonces, como si fuera incapaz de aguantar más, un hilo de sangre empezaba a correrle muslos abajo. Sangre cálida, espesa y abundante. Sin embargo, si se observaba bien, no se trataba de sangre. Era incolora.

El tercer sueño se resistía a ser descrito con palabras. Era un sueño incoherente, no ocurrían cosas en un escenario concreto. Consistía en meras sensaciones de transición, de movimiento. Aomame se desplazaba sin pausa en el tiempo y en el espacio. No importaba en qué lugar se hallaba ni en qué momento. Lo relevante era el hecho de transitar entre distintos puntos. Todo era mutable y lo significativo era esa mutabilidad. Pero, en medio de esa fluctuación, su cuerpo se iba volviendo progresivamente transparente. La palma de sus manos clareaba hasta que dejaban ver lo que había del otro lado. Ella podía examinarse sus huesos, su útero y sus vísceras. Tal vez estaba a punto de desaparecer. Aomame se preguntaba qué ocurriría cuando ya no pudiera verse a sí misma. No obtenía respuesta.

A las dos de la tarde sonó el teléfono y, tras dar un respingo, Aomame se levantó del sofá en el que dormitaba.

–¿Alguna novedad? –preguntó Tamaru.

–Ninguna en particular –dijo Aomame.

–¿Qué hay del cobrador de la NHK?

–Ni rastro de él. Tal vez, lo de que iba a volver sólo fuese una amenaza.

–Podría ser –dijo Tamaru–. El pago de la cuota de recepción está domiciliado a una cuenta bancaria, y así lo dice, bien claro, el adhesivo pegado junto a la puerta del piso. El cobrador tuvo que haberlo visto. Pregunté a los de la NHK y eso fue lo que me respondieron. Dijeron que quizá fuera una equivocación.

–Pues no querría tener que hablar con él.

–No, es mejor que no llames la atención de los vecinos. Siempre hay que evitar cometer el menor error.

–En el mundo se cometen muchos errores.

–El mundo es como es, pero yo hago las cosas a mi manera –replicó Tamaru–. Si algo te inquieta, por insignificante que sea, quiero que me avises.

–¿Se ha producido algún movimiento en Vanguardia?

–Todo está muy tranquilo. Como si nada hubiera ocurrido. Me imagino que algo tramarán, pero en apariencia no se observa nada fuera de lo habitual.

–¿No me habías dicho que teníais una fuente de información dentro de la organización?

–Nos llegan informes, pero aportan detalles de poca relevancia. De todos modos, parece que dentro están estrechando el control una barbaridad. Apenas les dan información.

–Pero está claro que me siguen el rastro.

–La muerte del líder habrá dejado un gran vacío en la organización. Por ahora parece que todavía no se ha determinado quién va a sucederlo ni qué rumbo tomará la organización. Pero los dirigentes coinciden en que hay que localizarte. Es todo lo que hemos podido averiguar.

–No resulta muy alentador.

–Lo importante de cualquier información es su peso y su precisión. Lo del aliento viene después.

–Si me atrapasen y descubrieran la verdad, a vosotros tampoco os dejarían tranquilos.

–Por eso estamos considerando enviarte cuanto antes a un lugar al que ellos no puedan acceder.

–Lo sé. Pero esperad un poco más.

–*Ella* dice que esperaremos hasta finales de año. Así que, por supuesto, también yo voy a esperar.

–Gracias.

–A mí no me des las gracias.

–Está bien –dijo Aomame–. Me gustaría que incluyerais una cosa en la próxima lista de provisiones. Pero me da un poco de reparo decírselo a un hombre...

–Yo soy como una tumba –dijo Tamaru–. Además, ya sabes que soy gay, y de la primera división.

–Necesito un test de embarazo.

Se hizo un silencio. A continuación Tamaru habló:

–Crees que necesitas hacerte el test.

No era una pregunta, así que Aomame no respondió.

–¿Eso significa que sospechas que estás embarazada? –preguntó Tamaru.

–No, no es eso.

Tamaru le dio vueltas en su cabeza a la respuesta a toda velocidad. Si se prestaba atención, podía oírse el ruido que hacía.

–No crees estar embarazada, pero necesitas el test.

–Eso es.

–Pues me suena a adivinanza...

–Lo siento, pero por ahora no puedo contarte nada más. Me vale con cualquier dispositivo sencillo de los que venden en las farmacias. También te agradecería que me consiguieras una guía sobre el cuerpo femenino y las funciones fisiológicas.

Tamaru volvió a quedarse callado. Fue un silencio denso, concentrado.

–Me parece que será mejor que te vuelva a llamar –le dijo–. ¿Te importa?

–Claro que no.

Tamaru emitió un leve ruido surgido del fondo de la garganta. Luego colgó.

Quince minutos después el teléfono volvió a sonar. Hacía tiempo que no escuchaba la voz de la anciana de Azabu. Se sintió como si hubiera regresado al invernadero de la mansión, aquel cálido recinto en el que revoloteaban raras mariposas y el tiempo transcurría con lentitud.

–¿Qué? ¿Cómo se encuentra?

Aomame le contestó que se había impuesto un ritmo y que pasaba los días tratando de mantenerlo. La mujer quiso saber más, de modo que le habló de sus horarios, su dieta y su ejercicio físico. La anciana tomó la palabra:

–Sé que es duro no poder salir, pero tiene usted una voluntad de hierro, así que no me inquieta. Estoy segura de que sabrá llevarlo bien. Me gustaría que se marchara de ahí cuanto antes y se mudara a un lugar más seguro. Pero si necesita quedarse más tiempo en el piso, a pesar de que desconozco el motivo, respetaré su voluntad mientras sea posible.

–Se lo agradezco.

–No. Soy yo la que tiene que darle las gracias. Su trabajo ha sido impecable. –Tras una breve pausa, prosiguió–: Por cierto, me han dicho que necesita usted un test de embarazo.

–Ya llevo un retraso de casi tres meses en la regla.

–¿Suele venirle con regularidad?

–Desde que empecé a tenerla, a los diez años, siempre me ha venido cada veintinueve días, sin apenas retrasos. Con tanta puntualidad como las fases de la Luna. No se ha alterado ni una sola vez.

–La situación en la que se encuentra usted ahora no es corriente.

En tales momentos el equilibrio psicológico y físico puede sufrir desajustes. La interrupción de la regla entraría en esos trastornos probables.

–Nunca me ha ocurrido, pero entiendo que pueda pasar.

–Y, según Tamaru, no hay ningún indicio de que esté embarazada.

–La última vez que mantuve relaciones sexuales con un hombre fue a mediados de junio. Desde entonces no he hecho nada que se le parezca.

–Aun así, usted cree que podría estar embarazada. Me imagino que habrá alguna evidencia. Aparte de que todavía no le haya venido la regla.

–Sólo *lo siento*.

–¿Lo siente?

–Lo siento en mi interior, sí.

–¿Quiere decir que siente que está encinta?

–En una ocasión, la noche en que visitamos a Tsubasa, me habló usted de los óvulos. Me contó que las mujeres nacemos con un número de óvulos determinado.

–Sí. Las mujeres poseemos alrededor de cuatrocientos óvulos y, cada mes, expulsamos uno. Recuerdo que hablamos de ello.

–Pues yo tengo la *certeza* de que uno de ellos ha sido fecundado. Aunque ni yo estoy segura de que la palabra «certeza» sea la adecuada.

La mujer reflexionó.

–Yo he dado a luz dos veces. Por lo tanto, comprendo más o menos eso que llama usted *certeza*. Pero lo que me está diciendo es que se ha quedado embarazada sin haber mantenido relaciones sexuales con ningún hombre. Eso, de buenas a primeras, me cuesta creerlo.

–A mí me pasa lo mismo.

–Perdone que se lo pregunte, pero ¿es posible que haya mantenido relaciones sexuales con alguien sin haber sido consciente de ello?

–No. Siempre he sido plenamente consciente.

La mujer eligió con cuidado sus palabras:

–Hace tiempo que la considero una persona con aplomo, sensata y que piensa con lógica.

–Al menos lo intento –dijo Aomame.

–Sin embargo, cree que se ha quedado encinta sin haber mantenido relaciones sexuales.

–Creo que *existe esa posibilidad*, para ser exactos –aclaró Aomame–. Por supuesto, quizás ya el hecho de considerar esa posibilidad sea irracional.

–Lo entiendo –dijo la señora–. De momento vamos a esperar los resultados. Mañana le llegará el kit de test de embarazo. Se lo llevarán a casa, a la misma hora de siempre. Por si acaso, le proporcionaremos varios modelos.

–Muchas gracias –contestó Aomame.

–Suponiendo que estuviera embarazada, ¿cuándo cree que ocurrió?

–Quizás aquella noche, la noche de tormenta en que fui al Hotel Okura.

La mujer soltó un breve suspiro.

–¿Así que incluso puede determinar el día?

–Sí. Podría ser ese día o cualquier otro, pero echando cuentas, ese debió de ser uno de mis días más fértiles y con más probabilidades de que me quedara embarazada.

–Entonces, estaría embarazada de unos dos meses.

–Eso es –dijo Aomame.

–¿Ha sentido náuseas? Ésta suele ser la peor etapa...

–No he sentido absolutamente nada. Pero no sé por qué.

La mujer se tomó su tiempo para elegir sus palabras:

–Si el test diera positivo, ¿cómo cree que se sentiría?

–Primero supongo que pensaría en quién puede ser el padre biológico de la criatura. Como es lógico, para mí es una cuestión de suma importancia.

–Pero usted no tiene ni idea de quién es.

–Por ahora, no.

–Entiendo –dijo la señora en un tono sosegado–. En cualquier caso, recuerde que pase lo que pase, yo siempre estaré a su lado. Haré todo lo necesario para protegerla. Quiero que eso se le quede bien grabado.

–Siento venirle con más problemas en un momento como éste –dijo Aomame.

–No, no es ningún problema. Para una mujer no hay nada más importante que eso. Primero veamos el resultado del test y luego, juntas, ya decidiremos qué hacer –añadió la anciana.

Y la mujer colgó suavemente.

Alguien llamó a la puerta. Aomame, que hacía yoga en el suelo de su dormitorio, se detuvo y prestó atención. Golpeaban la puerta con fuerza e insistencia. Aquel ruido no le era desconocido.

Aomame sacó la semiautomática del cajón de la cómoda y le quitó el seguro. Tiró de la corredera y envió rápidamente una bala a la recámara. Luego se colocó el arma en la parte de atrás de los pantalones de chándal y caminó sigilosa hasta el comedor. Tras agarrar con ambas manos el bate metálico de sófbol, se plantó frente a la puerta y clavó la vista en ella.

–¡Señora Takai! –dijo una voz áspera y grave–. Señora Takai, ¿está en casa? Soy de la NHK. He venido a cobrar la cuota de recepción.

La empuñadura del bate estaba cubierta de cinta de vinilo antideslizante.

–Oiga, señora Takai, insisto en que sé que está usted ahí dentro. Así que dejemos de jugar al escondite. Señora Takai, está usted ahí, escuchándome.

El hombre repetía prácticamente las mismas palabras que la vez anterior. Igual que un casete al que rebobinaran una y otra vez.

–Eso de que regresaría se creía usted que era una simple amenaza, ¿verdad? Pues no, yo soy un hombre de palabra. Y cuando hay que recaudar dinero, lo recaudo cueste lo que cueste. Señora Takai, está usted escuchándome y pensando: «Si me quedo quieta, el cobrador acabará dándose por vencido y se marchará».

Volvió a llamar con fuerza a la puerta. Veinte o veinticinco veces. Aomame se preguntó de qué tendría hecha la mano. Y por qué no llamaría al timbre.

–También estará pensando –dijo el cobrador como si le hubiera leído el pensamiento–: «¡Mira que tiene dura la mano este hombre! ¿No le dolerá de tanto golpear la puerta?». Y se preguntará: «¿Por qué tiene que aporrear la puerta? Hay un timbre, ¿no podría utilizarlo?».

Sin quererlo, Aomame torció el gesto.

El cobrador prosiguió:

–No, no quiero llamar al timbre. Si lo pulsase, sólo le llegaría el *ding dong*. El mismo sonido, llame quien llame; un sonido impersonal. Llamando a la puerta con la mano se gana carácter. Uno golpea utilizando su cuerpo y así transmite humanidad. La mano duele un poco, lo reconozco. No soy Iron Man 28.* Pero ¡qué se le va a hacer! Así es mi oficio, y es tan respetable como cualquier otro, ¿no cree, señora Takai?

---

* En japonés, Tetsujin 28-gō, robot protagonista de un manga y una serie de animación. *(N. del T.)*

Se oyó cómo sacudía la puerta de nuevo. En total, la aporreó veintisiete veces con fuerza, dejando un intervalo regular entre golpe y golpe. Las palmas de sus manos, en torno al bate metálico, chorreaban de sudor.

−Señora Takai, la ley estipula que quien recibe ondas hertzianas está obligado a pagar la cuota de la NHK. No hay vuelta de hoja. Es una norma que todo el mundo debe seguir. ¿Por qué no colabora y paga? Yo no estoy llamando a su puerta por gusto, y me imagino que a usted también le resultará desagradable. Seguro que hasta se pregunta por qué tiene que pasarle esto a usted, y sólo a usted. Así que muestre usted su buena voluntad y, por favor, pague. Si lo hace, podrá volver a su vida apacible de siempre.

La voz resonaba en el rellano. A Aomame le parecía que el hombre se regodeaba en sus propias palabras. Gozaba ridiculizando a la gente que no pagaba, burlándose de ellos e injuriándolos. Le procuraba cierto deleite perverso.

−Señora Takai, ¡pues sí que es usted testaruda, caramba! Estoy fascinado. Se emperra usted en guardar silencio, como una almeja en el fondo del mar. Pero yo sé que se encuentra ahí. Ahora mismo está mirando fijamente la puerta. Está tan nerviosa que le sudan las axilas. ¿Qué, acaso no tengo razón?

Volvió a golpear trece veces y se detuvo. Aomame advirtió que le sudaban las axilas.

−Bien. Dejémoslo por hoy. Pero volveré pronto. Creo que le estoy cogiendo gusto a esta puerta, ¿sabe usted? Sí, sí, esta puerta no está nada mal. Me gusta golpearla. Tengo la impresión de que me voy a poner nervioso si no vengo a llamar regularmente. La dejo entonces, señora Takai. ¡Hasta pronto!

A continuación se hizo el silencio. Parecía que el cobrador se había ido. Pero no se oyeron sus pasos alejándose. Tal vez fingía haberse marchado y seguía ante la puerta. Aomame agarró el bate aún con más fuerza, y esperó así unos dos minutos.

−Todavía estoy aquí −anunció el cobrador−. ¡Ja, ja, ja! ¿Pensaba que me había ido? Pues aquí sigo. La he engañado. Lo siento, señora Takai. Yo soy así.

Se oyó un carraspeo. Un carraspeo deliberadamente irritante.

−Llevo mucho tiempo en esta profesión. Con los años, me he vuelto capaz de ver al que está al otro lado de la puerta. En esto no la engaño. Mucha gente se esconde tras la puerta para no pagar su cuota de la NHK. Llevo mucho tiempo tratando con gente así. Oiga, señora Takai...

Llamó tres veces a la puerta con un vigor que hasta entonces no había mostrado.

–Oiga, señora Takai, se esconde usted con un arte que ni un lenguado bajo la arena del mar. A eso se le llama mimetismo. Pero no podrá pasarse toda la vida huyendo. Vendrá otro y abrirá esta puerta. No bromeo. Servidor, que ya es todo un veterano de la NHK, se lo garantiza. No importa lo bien que se esconda, porque el mimetismo, al fin y al cabo, no deja de ser un engaño. Y con engaños no se resuelve nada, se lo aseguro, señora Takai. Debo irme. Tranquila, que ahora no le miento. Me voy de verdad. Pero dentro de poco volveré. Cuando llamen a la puerta, sabrá que soy yo. Adiós, señora Takai, que le vaya bien.

Una vez más, no se oyeron pasos. Aomame esperó cinco minutos. Luego se acercó a la puerta y aguzó el oído. Echó un vistazo por la mirilla. No había nadie. El cobrador parecía haberse marchado definitivamente.

Aomame apoyó el bate contra un armario de la cocina. Extrajo la bala de la recámara de la pistola, le puso el seguro y volvió a guardarla en el cajón de la cómoda, envuelta con una gruesa media. Luego se tumbó en el sofá y cerró los ojos. La voz del hombre todavía resonaba en sus oídos.

«Pero no podrá pasarse toda la vida huyendo. Vendrá otro y abrirá esta puerta. No bromeo.»

Por lo menos sabía que no pertenecía a Vanguardia. Ellos siempre actuaban con mayor cautela y sin montar tanto jaleo. No vociferaban en el rellano de una vivienda, soltaban disparates y ponían a su presa sobre aviso. No era su estilo. A Aomame le vinieron a la mente el rapado y el de la coleta. Ellos se habrían acercado con sigilo, sin el menor ruido. Cuando se diera cuenta, ya los tendría a su espalda.

Aomame sacudió la cabeza y respiró con calma.

Quizá fuese realmente un cobrador de la NHK. Pero era extraño que no hubiera hecho caso del adhesivo que certificaba que pagaban la cuota por domiciliación bancaria. Ella misma, al enterarse, se había asegurado de que estaba pegado junto a la puerta. Tal vez el hombre sufriese algún trastorno mental. Con todo, sus palabras poseían un extraño realismo. «Es como si, en efecto, percibiera mi presencia a través de la puerta. Parece dotado de tal sensibilidad que es capaz de oler mi secreto o una parte de él. Pero no puede abrir la puerta y entrar. Sólo yo puedo abrirla. Y, ocurra lo que ocurra, yo no pienso hacerlo.

»No, eso no puedo asegurarlo. Tal vez en algún momento deba abrirla. Si Tengo se dejase ver una vez más en el parque, la abriría sin pensármelo dos veces y bajaría corriendo. Y me daría igual lo que me esté aguardando ahí afuera.»

Aomame se recostó en la silla de jardín del balcón y, como de costumbre, se puso a observar el parque infantil a través de un resquicio. Una pareja de estudiantes de instituto vestidos de uniforme estaba sentada en el banco situado bajo el olmo de agua. Hablaban de algo con un rictus serio. Dos jóvenes madres vigilaban a sus hijos, demasiado pequeños para ir al parvulario, mientras éstos jugaban en el cajón de arena. Las dos charlaban de pie, animadamente, sin apartar la vista de sus vástagos. La típica estampa de un parque por la tarde. Aomame clavó su mirada durante un buen rato en la cima despejada del tobogán.

Luego colocó las palmas de las manos sobre su bajo vientre. Entornó los ojos y, aguzando el oído, intentó escuchar la voz. Sin duda alguna, dentro de ella había algo, algo que tenía vida propia. Algo pequeño y que estaba vivo. Estaba segura.

«*Daughter*», probó a decir en voz baja.

«*Mother*», le respondió esa cosa.

9
TENGO
Antes de que se cierre la salida

Después de cenar *yakiniku*, los cuatro habían ido a cantar a un bar con karaoke donde vaciaron una botella de whisky. Eran casi las diez de la noche cuando dieron por terminada su fiesta, modesta pero animada. Cuando salieron del local, Tengo acompañó a Adachi hasta el edificio en que vivía. La parada del autobús que llevaba a la estación se encontraba cerca del edificio, y las otras dos enfermeras lo habían empujado discretamente a que acompañara a Adachi. Los dos caminaron por las calles desiertas, uno al lado del otro, durante unos quince minutos.

–¡Tengo, Tengo, Tengo! –canturreó Adachi–. Qué nombre más bonito... Tengo... Es tan fácil pronunciarlo...

Adachi había bebido bastante, pero como siempre tenía las mejillas sonrosadas, era difícil juzgar el grado de embriaguez sólo mirándole al rostro. Articulaba con claridad el final de las frases y no andaba con pasos vacilantes. No parecía borracha. Sin embargo, cada uno, cuando se emborracha, lo manifiesta a su modo.

–Pues a mí siempre me ha parecido un nombre raro –dijo Tengo.

–No tiene nada de raro. Tengo... Suena bien y es fácil de recordar. Sí señor, es un nombre estupendo.

–Por cierto, sé tu apellido, pero aún no me has dicho tu nombre. Aunque todas te llaman Kuu, ¿verdad?

–Kuu es un diminutivo. Me llamo Kumi Adachi. Un nombre bastante soso, ¿no crees?

–*Kumi Adachi* –probó a decir Tengo–. No está mal. Compacto y sin adornos superfluos.

–¡Vaya! –dijo Kumi Adachi–. Dicho así, parece que estés hablando de un Honda Civic.

–Era un piropo.

–Ya lo sé. Además, consumo poco... –bromeó, y le tomó de la

mano–. ¿Te importa? Caminar juntos de la mano me relaja y, en cierto modo, me parece divertido.

–No me importa, claro que no –contestó Tengo. Cuando Kumi Adachi lo cogió de la mano, se acordó de Aomame y del aula del colegio. El tacto era diferente. Pero, por alguna razón, tenían algo en común.

–Creo que estoy borracha –dijo Kumi Adachi.

–¿En serio?

–En serio.

Tengo se volvió para mirar el rostro de la enfermera y lo observó de perfil.

–Pues no pareces borracha.

–Porque no se me nota. Pero creo que estoy bastante borracha.

–Bueno, la verdad es que hemos pillado una buena cogorza.

–Es verdad. Hacía mucho que no bebía tanto.

–De vez en cuando no viene mal –dijo, repitiendo lo que le había dicho Tamura ese mismo día.

–Claro –dijo Kumi Adachi asintiendo con convicción–. Todo el mundo lo necesita de vez en cuando. Darse una buena comilona, tomarse unas copas, cantar a grito pelado y charlar de tonterías. A lo mejor tú también lo necesitabas. ¿A ti no te pasa que a veces, para escapar del engranaje, necesitas despejar la cabeza? Siempre se te ve tan tranquilo y serio...

Tengo reflexionó. ¿Había hecho algo para divertirse últimamente? No lo recordaba. Si no lo recordaba, seguramente querría decir que no. Tal vez lo que pasaba era que no solía sentir la necesidad de «escapar del engranaje».

–Quizá no demasiado –reconoció Tengo.

–Bueno, cada uno es como es.

–Cada uno tiene su forma de pensar y de sentir.

–Igual que de estar borracho –dijo la enfermera, y se rió entre dientes–. Pero todos lo necesitamos, y tú también.

–Puede ser –dijo Tengo.

Durante un rato, los dos caminaron de la mano sin decir nada. Tengo se había fijado en cómo había cambiado la manera de hablar de la chica. Cuando iba con el uniforme, le hablaba con más respeto. Sin embargo, al vestir ropa de a diario, quizá por culpa del alcohol, de pronto su tono se había vuelto más directo. Esa manera de hablar campechana le recordaba a alguien. Alguien hablaba igual que ella. Alguien a quien había visto hacía relativamente poco.

—Oye, Tengo, ¿has probado el hachís?

—¿Hachís?

—Resina de cannabis.

Tengo aspiró el aire nocturno para luego exhalarlo.

—No, nunca.

—¿Te apetece probarlo? —sugirió Kumi Adachi—. Los dos juntos. Tengo en mi habitación.

—¿Tienes hachís?

—Sí, ¿a que no te lo esperabas?

—Pues no —contestó Tengo sin demasiado entusiasmo. Aquella enfermera joven de mejillas sonrosadas y aspecto saludable, que vivía en un pequeño pueblo en la costa de Bōsō, escondía hachís en su piso. Y ahora le proponía a Tengo fumarlo juntos—. ¿De dónde lo has sacado? —preguntó.

—Una amiga de cuando iba al instituto me lo regaló el mes pasado por mi cumpleaños. Fue a la India y me lo trajo de recuerdo —dijo Kumi Adachi, balanceando con fuerza la mano de Tengo, como si fuera un columpio.

—El contrabando de cannabis está gravemente castigado por la ley. Y la policía japonesa no se anda con chiquitas: tienen perros adiestrados especializados en detectar hachís que recorren el aeropuerto sin descanso olfateándolo todo.

—Mi amiga no piensa en las consecuencias —dijo Kumi Adachi—. En fin, el caso es que consiguió pasar la aduana. ¡Venga, probémoslo juntos! Es muy puro y sube mucho. Me he informado un poco y, desde el punto de vista médico, no es muy peligroso. No se puede afirmar que no sea adictivo, pero nada que ver con la adicción que causa el tabaco, el alcohol o la cocaína. Las autoridades dicen que es peligroso porque crea mono, pero es un argumento un poco traído por los pelos. El *pachinko*,* por ejemplo, es mucho más peligroso. Además, el hachís no da resaca y creo que te ayudará a desconectar.

—¿Tú lo has probado?

—Claro. Es muy divertido.

—Divertido —repitió Tengo.

—Cuando lo pruebes, entenderás lo que quiero decir —dijo Kumi Adachi con una risita—. ¿Sabes qué? La reina Victoria de Inglaterra fu-

---

* Especie de máquinas tragaperras japonesas. *(N. del T.)*

maba marihuana a modo de analgésico cuando tenía dolores menstruales muy fuertes. Se la recetaba su médico particular.

–¿De veras?

–No te miento. Está escrito en los libros.

Iba a preguntarle en qué libros, pero al final le dio pereza y desistió. No le apetecía nada oír hablar de los dolores menstruales de la reina Victoria.

–¿Cuántos años cumpliste el mes pasado? –le preguntó Tengo para cambiar de tema.

–Veintitrés. Ya soy una adulta.

–Claro –dijo Tengo. Él había cumplido treinta, pero nunca se había considerado un adulto. Para él, cumplir treinta años sólo quería decir que llevaba esos años viviendo en este mundo.

–Hoy mi hermana se ha ido a pasar la noche con su novio y no hay nadie en casa. Así que no molestamos a nadie. Vente a mi casa. Yo, como mañana libro, no tengo que madrugar.

Tengo no supo qué responder. La enfermera le resultaba simpática. Y, por lo visto, dado que lo había invitado a su casa, él también le caía bien a ella. Tengo miró hacia el cielo. Pero estaba cubierto por nubarrones grises y no se veía la Luna.

–El otro día, cuando fumé hachís por primera vez con mi amiga –dijo Kumi Adachi–, sentí como si mi cuerpo levitara. No muy alto; solamente a cinco o seis centímetros. Y me pareció genial estar flotando a esa altura. Era la justa.

–A esa altura, aunque cayeses, no te lastimarías.

–Sí, estaba tranquila porque no flotaba demasiado alto. Me sentía protegida. Como si me envolviera la crisálida de aire. Yo era la *daughter*, cubierta por la crisálida de aire, y fuera se entreveía a la *mother*.

–¿La *daughter*? –dijo Tengo, y añadió, serio y en voz baja–: ¿*Mother*?

Mientras tarareaba una melodía, la joven enfermera caminaba por la calle desierta agitando con brío la mano con la que sujetaba la mano de Tengo. La diferencia de estatura entre los dos era notoria, pero Kumi Adachi parecía no haberse dado cuenta. De vez en cuando un coche pasaba a su lado.

–La *mother* y la *daughter*. Salen en la novela *La crisálida de aire*. ¿Has oído hablar de ella? –preguntó.

–Sí.

–¿La has leído?

Tengo asintió en silencio.

–Estupendo, así me ahorro explicaciones. Yo *adoro* ese libro. Me lo compré en verano y ya lo he leído tres veces. No suelo leer un libro tres veces. Y mientras fumaba hachís por primera vez en mi vida me pareció que era como si estuviera metida en la crisálida de aire. Estaba allí, cubierta por algo, esperando mi propio nacimiento. Y la *mother* velaba por mí.

–¿Podías ver a la *mother*? –preguntó Tengo.

–Sí. Desde el interior de la crisálida de aire se veía más o menos el exterior. Pero desde fuera no se ve lo que hay dentro. Parece que está construida de ese modo. Sin embargo, no llegué a distinguir bien las facciones de la *mother*. Los rasgos eran confusos. Pero sabía que era ella. Lo sentía claramente. Aquella persona era la *mother*.

–La crisálida de aire es, en resumidas cuentas, como un útero.

–Podría decirse así. Pero como tampoco recuerdo el momento en que estaba en el útero de mi madre, no puedo compararlos –dijo Kumi Adachi con otra risita.

Era un edificio de viviendas baratas de dos plantas, de los que abundan en las afueras de las ciudades de provincias. Parecía haber sido construido hacía relativamente poco tiempo, pero ya comenzaba a deteriorarse aquí y allá. Las escaleras externas chirriaban y las puertas no cerraban muy bien. Cuando pasaba cerca un camión pesado, los cristales de las ventanas temblaban. Las paredes tampoco parecían demasiado gruesas; si en uno de los pisos alguien tocara el bajo, por ejemplo, probablemente el edificio entero se convertiría en una caja de resonancia.

A Tengo el hachís no le atraía demasiado. Estando lúcido, el vivir en un mundo con dos lunas ya le causaba suficientes preocupaciones. ¿Qué necesidad había de distorsionar aún más el universo? Por otra parte, tampoco se sentía sexualmente atraído por Kumi Adachi. Era cierto que la enfermera de veintitrés años le resultaba simpática, pero la simpatía y el deseo sexual son dos cuestiones diferentes. Al menos, eso creía él. Por esa razón, si ella no hubiera mencionado las palabras *daughter* y *mother*, seguramente habría dado alguna excusa y habría declinado la invitación. Quizás habría cogido un autobús o, si no lo hubiese, habría llamado un taxi y habría vuelto al *ryokan*. Al fin y al cabo, se encontraba en el «pueblo de los gatos». Debía mantenerse alejado de lugares peligrosos. Sin embargo, desde el momento en el que oyó las palabras *mother* y *daughter*, fue incapaz de rechazar la invitación. Tal vez Kumi Adachi pudiera explicarle, de algún modo, por qué Aomame se le había aparecido en forma de niña, dentro de la crisálida de aire, en la clínica.

Se notaba que el piso lo ocupaban dos hermanas veinteañeras. Tenía dos pequeños dormitorios y una cocina-comedor que daba a una pequeña salita. El mobiliario parecía proceder de distintos sitios, por lo que carecía de estilo y de personalidad. Encima de la mesa del comedor, de formica, habían colocado una llamativa lámpara Tiffany de imitación que quedaba fuera de lugar. Al abrir hacia los lados la cortina de florecitas, por la ventana Tengo divisó algunos huertos y, más allá, algo que parecía una arboleda oscura. Tenía buenas vistas, sin nada que estorbara la visión. El paisaje, sin embargo, no era demasiado cautivador.

Kumi Adachi indicó a Tengo que se sentara en el sofá de dos plazas que había en la salita. Un pequeño sofá rojo chillón, frente al cual había un televisor. Luego sacó una lata de cerveza Sapporo de la nevera y la dejó delante de él, junto con un vaso.

–Voy a ponerme algo más cómodo. Espera un momento, enseguida vuelvo.

Pero tardó bastante en regresar. Al otro lado de la puerta de su dormitorio, al que se llegaba por un angosto pasillo, de vez en cuando se oía cierto trajín. Como si la chica abriera y cerrara cajones de una cómoda que corrían mal. También se oyó el estruendo de un objeto al caer al suelo. Cada vez que oía un ruido, Tengo no podía evitar mirar hacia allí. Quizás estaba más borracha de lo que parecía. A través de la fina pared oyó en el piso contiguo voces procedentes de un televisor. No entendía lo que decían, pero parecía un programa de humor, ya que cada diez o quince segundos se oían las carcajadas del público. Tengo se dijo que debería haber rechazado la invitación. Pero, al mismo tiempo, en su interior, tenía la sensación de que había sido arrastrado de manera ineludible a aquel lugar.

El sofá era de mala calidad y el tapizado irritaba la piel. También debía de estar mal diseñado, porque por mucho que se retorciera, no conseguía encontrar una posición cómoda, y su malestar iba en aumento. Bebió un trago de cerveza y cogió el mando a distancia del televisor, que estaba sobre la mesa. Estudió el mando como si se tratase de una rareza y luego presionó un botón para encender el aparato. Tras zapear una y otra vez, se decidió por un reportaje sobre el ferrocarril australiano, que daban en la NHK. Comparado con el resto, era el programa más silencioso. Con una música de oboe de fondo, una presentadora de voz serena mostraba un lujoso coche cama del ferrocarril que cruzaba Australia.

Sentado en el incómodo sofá, mientras, aburrido, seguía las imágenes de la pantalla con la mirada, Tengo pensaba en *La crisálida de aire*. Kumi Adachi no sabía hasta qué punto él había colaborado en la redacción la novela. Pero no importaba. El problema era que él mismo, a pesar de haber descrito al detalle la crisálida de aire, apenas sabía nada sobre ella. Cuando se puso a reescribir *La crisálida de aire*, no tenía ni la más remota idea de qué era la crisálida de aire y de qué significaban *mother* y *daughter*, y ahora seguía sin tenerla. Aun así, a Kumi le había gustado el libro y se lo había leído tres veces. ¿Cómo era posible?

Kumi Adachi volvió cuando explicaban en qué consistía el menú del desayuno que ofrecían en el vagón restaurante. Se sentó en el sofá, al lado de Tengo. El asiento era estrecho, de modo que quedaron pegados, hombro contra hombro. Ella se había puesto una amplia camiseta de manga larga y unos pantalones cortos de algodón de colores claros. La camiseta tenía un gran *smiley* estampado. La última vez que Tengo había visto un *smiley* fue a principios de los años setenta. La época en que las ensordecedoras canciones de Grand Funk Railroad hacían temblar las gramolas. Sin embargo, no parecía una camiseta tan vieja. ¿Habría gente en alguna parte que siguiera fabricando camisetas con *smileys*?

Kumi Adachi fue a sacar otra cerveza de la nevera, tiró de la anilla, la destapó haciendo ruido, la vertió en un vaso y se bebió casi un tercio de un trago. Luego entornó los ojos como una gata satisfecha. A continuación, señaló la pantalla del televisor. El tren avanzaba recto sobre unos raíles tendidos entre grandes montañas rocosas de color rojizo.

–¿Dónde es eso?

–En Australia –respondió Tengo.

–Australia –repitió Kumi Adachi como si rebuscara en su memoria–. ¿Australia, en el hemisferio sur?

–Sí, donde hay tantos canguros.

–Una amiga mía estuvo en Australia –dijo Kumi frotándose el rabillo del ojo con un dedo–. Me contó que había ido justo en la época de apareamiento de los canguros y que, en una ciudad, pudo ver a los animales *en plena faena*. En un parque, en las calles, en todas partes.

Tengo pensó que debía decir algo sobre la anécdota, pero no se le ocurría nada. Entonces apagó el televisor con el mando. De pronto se hizo el silencio en la salita. Cuando se dio cuenta, el sonido del televisor en el piso de al lado también había dejado de oírse. Excepto por el ocasional paso de algún vehículo por delante del edificio, era una noche silenciosa. Únicamente, si se prestaba atención, podía oírse a lo lejos un sonido que llegaba apagado. No sabía de dónde procedía, pero parecía seguir una cadencia regular. De vez en cuando se detenía y, tras una breve pausa, recomenzaba.

–Es un búho. Vive en un bosque cercano y de noche siempre ulula –dijo la enfermera.

–Un búho –repitió Tengo distraídamente.

Kumi Adachi inclinó la cabeza, la apoyó sobre el hombro de Tengo y sin decir nada le tomó una mano. Su cabello cosquilleó en el cuello de Tengo. El sofá seguía siendo muy incómodo. El búho ululaba insinuante en medio del bosque. A Tengo le pareció que sonaba como un mensaje de aliento y, a la par, una advertencia. O, también, como una advertencia alentadora. Era un sonido muy ambiguo.

–Dime, Tengo, ¿te parezco demasiado echada para adelante? –le preguntó Kumi Adachi.

Tengo no le contestó.

–¿No tienes novio? –preguntó a su vez.

–Ésa es una cuestión complicada –dijo ella con gesto serio–. Aquí los chicos decentes suelen irse a Tokio al terminar el instituto, porque en esta zona no hay buenas universidades ni trabajos dignos. ¡Qué se le va a hacer!

–Pero tú te has quedado.

–Sí. El sueldo no es ninguna maravilla y, para lo que pagan, es un trabajo pesado, pero la vida aquí me gusta. El único problema es que no es fácil encontrar novio, ¿sabes? Cuesta encontrar a la persona idónea.

Las agujas del reloj de pared indicaban que faltaba poco para las once: la hora límite para que no se encontrara cerrado el *ryokan*. Pero a Tengo le costaba levantarse de aquel incómodo sofá. Las fuerzas no le respondían. Quizá se debiera a la forma del sofá. O, tal vez, a que estaba más borracho de lo que creía. Se quedó contemplando la luz de la lámpara Tiffany de imitación, mientras entreoía el ulular del búho y notaba que el cabello de Kumi Adachi le cosquilleaba en el cuello.

Kumi Adachi canturreó una alegre canción mientras preparaba el hachís. Con una cuchilla de afeitar, raspó un pedazo negro de resina de cannabis, como si fueran virutas de bonito seco, lo embutió en una pequeña pipa de forma plana y, con cara de circunstancias, lo encendió con una cerilla. El peculiar humo dulzón flotaba en silencio por la sala. Primero fumó ella. Aspiró una buena calada, la aguantó en los pulmones durante bastante tiempo y luego la exhaló lentamente. Le indicó a Tengo por señas que hiciera lo mismo. Tengo cogió la pipa e imitó a Kumi. Mantuvo el humo en los pulmones todo el tiempo que pudo. Después lo expulsó despacio.

Se pasaron la pipa tomándose su tiempo. Ninguno de los dos decía una palabra. Los vecinos habían vuelto a encender la tele, y a través de la pared se oyeron de nuevo las voces del programa de humor. Esta vez el volumen estaba un poco más alto. El público que había acudido al estudio estallaba en carcajadas, que sólo se interrumpían durante los anuncios.

Estuvieron chupando de la pipa alternadamente durante cinco minutos, pero no ocurrió nada. El mundo que los rodeaba no dio muestras de haberse transformado. Los colores, las formas, los olores eran los mismos. El búho seguía ululando en medio de la arboleda y, al igual que antes, el cabello de Kumi le pinchaba en el cuello. Tampoco notaba que el sofá se hubiera vuelto más cómodo. El segundero del reloj seguía avanzando a la misma velocidad y, en la televisión, todavía se partían de risa con algún chiste. Una risa de esas que, por más que uno se ría, no proporcionan la felicidad.

–No noto nada –dijo Tengo–. A lo mejor es que a mí no me hace efecto...

Kumi Adachi le dio dos golpecitos en la rodilla.

–Tranquilo, es que tarda un poco.

Así fue. Al cabo de un rato, en su interior oyó un *clic*, como si hubieran accionado un interruptor secreto, y entonces en su cabeza algo blando se sacudió. Era como si moviesen un cuenco de gachas de arroz hacia los lados. Notó que sus sesos se zarandeaban. Era la primera vez que experimentaba eso: sentía el cerebro como una sustancia; percibía su viscosidad. El profundo ulular del búho le entró en los oídos, se mezcló con las gachas y ambos se fundieron por completo.

–Tengo un búho dentro de mí –dijo. Ahora el búho se había convertido en una parte de su mente. Una parte vital y difícil de separar del resto.

126

—El búho es el dios tutelar del bosque, lo sabe todo, y nos ofrecerá la sabiduría de la noche —dijo Kumi Adachi.

Pero ¿dónde y cómo debía buscar esa sabiduría? El búho estaba en todos lados y en ninguna parte.

—No se me ocurre ninguna pregunta que hacerle —dijo Tengo.

Kumi Adachi lo tomó de la mano.

—No hacen falta preguntas. Basta con que entres en el bosque. Así es mucho más fácil.

Volvieron a oírse las risas del programa de televisión, procedentes del otro lado de la pared. El público rompió en aplausos. Seguro que, fuera del alcance de las cámaras, uno de los asistentes de la cadena mostraba carteles hacia el público con indicaciones como RISA o APLAUSOS. Tengo cerró los ojos y pensó en el bosque. «Me adentraré en él. Las tenebrosas profundidades del bosque son el territorio de la Little People. Pero allí también está el búho. El búho lo sabe todo y me proporcionará la sabiduría de la noche.»

De improviso, todos los sonidos cesaron. Era como si alguien se hubiera acercado por detrás de él y, sigilosamente, le hubiera puesto unos tapones en los oídos. Alguien, en algún lugar, había colocado una tapadera, y otra persona, en otro lugar, había destapado otra. La salida y la entrada se habían intercambiado.

En cuestión de segundos, Tengo se encontró en el aula de la escuela primaria.

Por la ventana abierta de par en par entraban las voces de los niños que jugaban en el patio. De pronto, una ráfaga de aire meció las cortinas blancas. A su lado, Aomame lo agarraba de la mano. Era la misma escena de siempre, pero había algo diferente. Todo lo que veían sus ojos había adquirido una textura granulosa de tal frescura y nitidez que apenas era reconocible. Distinguía vívidamente el contorno y la forma de las cosas, hasta en sus menores detalles. Estirando un poco la mano, podía tocarlo todo. Y el olor de aquella tarde de comienzos de invierno penetró con fuerza en sus fosas nasales. Como si hubieran arrancado bruscamente el manto que hasta entonces lo cubría. Olor real. Olor a una estación que materializaba sus recuerdos. Olor a pizarra, olor a la lejía que utilizaban para limpiar, olor a la hojarasca que, en un rincón del patio, quemaban en un incinerador: todos los olores se entremezclaban fundiéndose en uno. Cuando aspiraba esos olores hasta lo más hondo de sus pulmones, sentía que su corazón iba ensanchándose y haciéndose más profundo. La estructura de su cuerpo se reorganizaba en silencio. Sus latidos dejaban de ser sólo latidos.

Durante un instante, las puertas del tiempo se abrieron hacia su interior. La vieja luz se mezcló con la nueva luz. El viejo aire se mezcló con el nuevo aire. «Son *esta* luz y *este* aire», pensó Tengo. Ahora sí, todo encajaba. O *casi* todo. «¿Cómo no he sido capaz de recordar estos olores hasta ahora? A pesar de ser tan sencillo. A pesar de que se encontraban en *este* mundo.»

–Quería verte –le dijo a Aomame. La voz de Tengo sonaba distante y amortiguada. Pero, sin duda, era su voz.

–Yo también quería verte –le dijo la niña. Su voz se parecía a la de Kumi Adachi. La frontera entre la realidad y lo que imaginaba se había desdibujado. Cuando se esforzaba por discernir los lindes, el cuenco se inclinaba a un lado y los sesos reblandecidos se zarandeaban.

–Debí haber empezado a buscarte mucho antes. Pero no pude.

–Todavía hay tiempo. Puedes encontrarme –dijo la niña.

–¿Cómo puedo encontrarte?

No hubo respuesta. La respuesta no se expresaba con palabras.

–Pero puedo buscarte –dijo Tengo.

–Porque una vez yo te encontré.

–¿Me encontraste?

–Búscame –dijo la niña–. Ahora que aún hay tiempo.

La cortina blanca osciló suavemente sin hacer ruido, como el espectro de alguien que no pudo huir a tiempo. Eso fue lo último que vio Tengo.

Cuando volvió en sí, estaba echado en una estrecha cama. Habían apagado la luz y el resplandor de las farolas de la calle que entraba por un resquicio de las cortinas iluminaba débilmente la habitación. Estaba en camiseta y *boxers*. Kumi Adachi sólo llevaba la camiseta del *smiley*. Debajo de la camiseta, que le quedaba grande, no llevaba nada. Su blando pecho rozaba a través de la camiseta el brazo de Tengo. En su mente todavía resonaba el canto del búho. Incluso ahora, la arboleda permanecía en su interior. El bosque nocturno se hallaba dentro de él.

Aun estando en la cama con la joven enfermera, Tengo no sentía ningún deseo. Kumi Adachi tampoco parecía tener muchas ganas de hacer el amor. Solamente recorría su cuerpo con las manos y emitía una risilla. Tengo no entendía qué le parecía tan gracioso. Quizás alguien, en alguna parte, hubiera sacado un cartelito con la indicación «RISAS».

«¿Qué hora será?» Irguió la cabeza en busca de algún reloj, pero no vio relojes por ninguna parte. De súbito, Kumi Adachi dejó de reír y rodeó con sus brazos el cuello de Tengo.

—Yo volví a la vida. —El tibio aliento de Kumi Adachi le acarició la oreja.

—Volviste a la vida —repitió Tengo.

—Es que yo ya morí una vez.

—Moriste una vez —reiteró él.

—Una noche en que cayó una lluvia fría —dijo ella.

—¿Por qué te moriste?

—Para resucitar de esta forma.

—Resucitaste —dijo Tengo.

—Más o menos —susurró ella—. Bajo distintas formas.

Tengo reflexionó sobre lo que acababa de decir la chica. ¿Qué narices significaba *resucitar más o menos, bajo distintas formas*? De su sesera, reblandecida y pesada, rebosaban brotes de vida, como en un mar primigenio. Sin embargo, nada de eso lo conducía a ninguna parte.

—¿De dónde saldrá la crisálida de aire?

—Ésa es una pregunta equivocada —dijo Kumi Adachi, y se rió.

La enfermera se contorsionó sobre el cuerpo de Tengo. Éste pudo sentir el pubis de la chica sobre su muslo. Tenía un vello denso y oscuro. Parecía una parte más de su pensamiento, también denso y oscuro.

—¿Qué hace falta para volver a la vida? —preguntó Tengo.

—El principal problema de la resurrección —anunció la menuda enfermera como si fuera a revelar un secreto— es que uno no puede resucitar para sí mismo. Sólo puede hacerlo por otro.

—Eso era a lo que te referías con *más o menos* y *bajo distintas formas*.

—Debes irte de aquí cuando amanezca. Antes de que se cierre la salida.

—Debo irme de aquí cuando amanezca —repitió Tengo.

Ella volvió a rozar el muslo de Tengo con su abundante vello púbico. Parecía que pretendía dejar algún tipo de *señal*.

—La crisálida de aire no viene de ninguna parte. Por mucho que la esperes, no vendrá.

—¿Cómo lo sabes?

—Porque ya morí una vez —dijo ella—. Morir es doloroso. Duele más de lo que crees. Y te sientes inmensamente solo. Tan solo que parece imposible que alguien pueda sentir tanta soledad. Recuérdalo. Pero, ¿sabes?, al fin y al cabo, lo que no muere no puede resucitar.

–Lo que no muere no puede resucitar –dijo Tengo.

–Sin embargo, viviendo nos dirigimos hacia la muerte.

–Viviendo nos dirigimos hacia la muerte –repitió él, incapaz de comprender qué pretendía decirle Adachi.

La cortina blanca seguía meciéndose con el viento. En el aire del aula se mezclaban los olores de la pizarra y de la lejía. El olor del humo que producía la hojarasca al arder. Alguien practicaba con una flauta. Ella lo sujetaba con fuerza de la mano. De cintura para abajo él sentía una dulce punzada. Sin embargo, no tenía una erección. «Eso vendrá después.» La palabra «después» le prometía la eternidad. La eternidad era un largo palo que se extendía hasta el infinito. El cuenco se inclinó de nuevo, y los sesos, reblandecidos, se bambolearon.

Al despertarse, a Tengo le llevó un rato recordar dónde estaba. Tardó en retroceder hasta lo que había ocurrido la víspera. El sol de la mañana penetraba por un hueco entre las cortinas floreadas y, fuera, los pájaros trinaban con bullicio. La cama era muy estrecha y había pasado la noche en una posición incomodísima. Le asombró que hubiera conseguido dormir bien. Junto a él había una joven. Dormía como un tronco, con un lado de la cara pegado a la almohada. El cabello le cubría la otra mejilla, como la exuberante hierba estival empapada por el rocío de la mañana. «Kumi Adachi», pensó Tengo. La joven enfermera que acababa de cumplir veintitrés años. El reloj de pulsera de Tengo se había caído al suelo, a un lado de la cama. Las agujas marcaban las siete y veinte. Las siete y veinte de la mañana.

Salió de la cama despacio para no despertar a la enfermera y echó un vistazo por el hueco entre las cortinas. En el exterior se veían campos de repollos. Las verduras formaban hileras sobre la tierra negra, cada repollo bien acurrucado en el surco. Más allá se encontraba la arboleda. Tengo recordó el búho. La noche anterior el búho había ululado allí. La sabiduría de la noche. Tengo y Kumi habían fumado hachís mientras oían su canto. Todavía sentía el denso vello púbico de la chica en el muslo.

Fue a la cocina y bebió agua del grifo con la palma de las manos. Tenía tanta sed que, por más que bebía, no lograba saciarla. Aparte de eso, nada había cambiado. No le dolía la cabeza ni sentía flojera. Tenía la mente despejada. Sólo se sentía como si el interior de su cuerpo estuviera perfectamente ventilado; como si se hubiera convertido en un sistema de canalización limpiado a fondo por manos expertas. Luego fue al lavabo en camiseta y *boxers* y meó largamente. No se reconoció en el rostro que se reflejó en el espejo. Aquí y allá, tenía el pelo alborotado. Además, necesitaba un afeitado.

Volvió al dormitorio a buscar su ropa. Sus prendas estaban mezcladas con las de Kumi Adachi, todas ellas desparramadas por el suelo. No recordaba cuándo ni cómo se había desvestido. Encontró los calcetines, se enfundó los vaqueros y se puso la camisa. En plena faena, pisó un gran anillo de aspecto barato. Lo recogió y lo dejó sobre la mesita de noche. Luego se puso el jersey de cuello redondo y cogió su cortavientos. Comprobó que llevaba la cartera y las llaves en el bolsillo. La enfermera dormía a pierna suelta, tapada casi hasta las orejas. Apenas se la oía respirar. ¿Debía despertarla? No creía que hubieran hecho nada, pero, en cualquier caso, habían compartido la misma cama. No sería muy cortés largarse sin despedirse. Pero estaba profundamente dormida y le había dicho que ese día libraba en el trabajo. Si la despertase, ¿qué harían luego los dos?

Delante del teléfono encontró papel para notas y un bolígrafo. Escribió: «Gracias por lo de anoche. Me lo pasé muy bien. Vuelvo al *ryokan*. Tengo». Y añadió la hora que era. Dejó la nota sobre la mesita de noche, con el anillo que había recogido un momento atrás como pisapapeles. Luego se calzó sus desgastadas zapatillas deportivas y salió del piso.

Después de caminar un rato, encontró una parada de autobús y, tras cinco minutos de espera, llegó el autobús que iba hasta la estación. Se subió y, rodeado por un grupo de alumnos de instituto que armaban mucho barullo, no se apeó hasta llegar a la terminal. Pese a que regresaba pasadas las ocho de la mañana con las mejillas oscurecidas por una barba rala, los empleados del *ryokan* no dijeron nada. No debía de resultarles particularmente extraño. Callados, le prepararon el desayuno en un periquete.

Mientras se tomaba el desayuno caliente y bebía té, recordó lo que había sucedido la víspera. Las tres enfermeras lo habían invitado a ir con ellas a cenar *yakiniku*. Luego habían entrado en un bar cercano y habían cantado en el karaoke. Más tarde fue al piso de Kumi Adachi, donde fumó hachís hindú mientras ululaba un búho. Había sentido cómo sus sesos se convertían en unas gachas blandas y calientes. Sin apenas darse cuenta, se encontró a comienzos de diciembre, en el aula de la escuela primaria; allí aspiró diversos olores e intercambió unas palabras con Aomame. Después, en la cama, Kumi Adachi le había hablado sobre la muerte y la resurrección. Hubo una pregunta errónea y varias respuestas ambiguas. El búho seguía ululando en el bosque y la gente se partía de risa en el programa de televisión.

Su memoria tenía ciertas lagunas. Sobre todo, en lo relativo a la crisálida. Pero las partes que recordaba tenían una nitidez asombrosa. Podía rememorar cada palabra mencionada. Tengo recordaba lo último que Kumi le había dicho. Era un consejo y una advertencia:

«Debes irte de aquí cuando amanezca. Antes de que se cierre la salida».

Ciertamente, quizás había llegado el momento de irse. Se había tomado unas vacaciones y había ido a aquel pueblo para poder encontrarse de nuevo con la Aomame de diez años que yacía dentro de la crisálida de aire. Y durante casi dos semanas había visitado a diario la clínica y le había leído libros a su padre. Pero la crisálida de aire no había aparecido. En contrapartida, cuando ya casi se daba por vencido, Kumi Adachi le había brindado una visión diferente. Tengo había vuelto a encontrarse con la Aomame niña y había podido hablar con ella. «Búscame, ahora que aún hay tiempo», le había dicho la niña. Bien pensado, quizá quien le había dicho eso había sido Kumi Adachi. No podía distinguir quién de las dos había hablado. Pero daba igual. Kumi había resucitado después de morir. No para sí misma, sino para otra persona. En cualquier caso, Tengo decidió creer todo lo que había escuchado. Eran cosas importantes. Tal vez.

Estaba en el «pueblo de los gatos». Un lugar donde había algo que sólo podía conseguirse allí. Por eso había tomado el tren y se había desplazado tantos kilómetros. Pero todo lo que se conseguía allí comportaba un riesgo. Si hacía caso de las insinuaciones de Kumi Adachi, podía incluso tener consecuencias mortales. «Por el picor que noto en mis pulgares, sé que algo infame se acerca.»

Tenía que regresar a Tokio. Mientras la salida no se cerrase, mientras el tren permaneciese detenido en la estación. Pero antes debía acercarse a la clínica. Necesitaba despedirse de su padre. Le quedaba algo por hacer.

10
USHIKAWA
Reunir pruebas sólidas

Ushikawa se desplazó hasta Ichikawa. Se sentía como si hubiera salido de excursión, pero lo cierto era que la ciudad de Ichikawa, tras cruzar el río y entrar en la prefectura de Chiba, se encontraba a un paso, no muy lejos del centro de Tokio. Cogió un taxi delante de la estación de tren y le dio al taxista el nombre de una escuela primaria. Les llevó poco más de una hora llegar al colegio. Finalizada la pausa del mediodía, las clases vespertinas ya habían comenzado. Se oían las voces de un coro procedentes del aula de música y, en el patio, unos alumnos jugaban al fútbol durante la clase de educación física. Entre gritos, los niños perseguían el balón.

Ushikawa no poseía ningún buen recuerdo de su paso por la escuela. Se le daban mal los deportes, y más aún los juegos de pelota. Era bajito, torpe y tenía astigmatismo. Además, era lento de reflejos. La clase de educación física era una pesadilla para él. En el resto de las asignaturas, en cambio, sacaba notas excelentes. Era inteligente y muy estudioso (lo demostraba el que hubiera aprobado a los veinticinco años el duro examen de Estado que le permitía ejercer la abogacía). Pero no le caía bien a nadie; nadie le tenía respeto. Quizás, entre otros motivos, porque no se le daba bien el ejercicio físico. Sus facciones, claro está, eran otra fuente de problemas. Desde niño había tenido la cara ancha, mala vista y la cabeza deforme. Los labios, gruesos, le caían hacia las comisuras, por lo que daba la impresión de que en cualquier momento iba a ponerse a babear (aunque eso nunca ocurriera). Tenía el cabello rizado e indomable.

Ya desde la escuela primaria había sido un chico taciturno. Sabía que, si quería, podía ser elocuente. Pero no tenía a nadie con quien hablar en confianza, ni se le presentaban ocasiones para desplegar ese talento. De modo que siempre estaba callado. Y prestaba mucha atención a lo que otros dijeran. Trataba de extraer conocimientos de todo lo que oía. Esa costumbre se había convertido en una valiosa herramienta que le había proporcionado muchas verdades preciadas. Los seres humanos, en su mayoría, eran incapaces de pensar por sí mismos: ésa era una de las «verdades preciadas» que había aprendido. Y quien no pensaba, no sabía escuchar a los demás.

En cualquier caso, la época escolar era una etapa de su vida que no le apetecía recordar. Se deprimió sólo de pensar que tenía que visitar un colegio. Quizás había alguna diferencia entre los colegios de las prefecturas de Saitama y Chiba, pero todas las escuelas primarias del país se parecían. Las instalaciones eran similares y todos los centros se regían por los mismos principios. Con todo, Ushikawa dejó a un lado sus recelos y viajó hasta aquella escuela de Ichikawa. Allí había algo importante que no podía dejar en manos de otros. Llamó por teléfono a la secretaría del colegio y consiguió una cita con algún responsable a la una y media.

La subdirectora era de pequeña estatura y tendría unos cuarenta y cinco años. Era esbelta, bien parecida y cuidaba de su vestimenta. «¿Subdirectora? ¿Hay ahora subdirectores?» Ushikawa torció el cuello sorprendido. Era la primera vez que oía hablar de ese cargo en una escuela primaria. Pero hacía ya una eternidad que había pasado por la escuela. Seguro que, entretanto, muchas cosas habían cambiado. Cuando vio a Ushikawa, la mujer, al contrario de la mayoría de personas, no pareció sorprendida, a pesar de la facha poco común, por así decirlo, de Ushikawa. Quizá lo disimulaba por educación. La subdirectora lo condujo a una pulcra sala de visitas y le ofreció asiento. Ella se sentó en la silla de enfrente y le dirigió una amplia sonrisa. Parecía preguntarse qué clase de agradable conversación iban a entablar los dos a continuación.

A Ushikawa aquella mujer le recordó a una niña de su clase en la escuela primaria. Era guapa, amable, responsable, y sacaba buenas notas. También era educada y, además, tocaba muy bien el piano. En realidad, era el ojito derecho de los profesores. Durante las clases, Ushikawa solía observarla. Sobre todo, de espaldas. Pero nunca había llegado a hablar con ella.

–¿Así que busca usted información sobre un ex alumno de este colegio? –inquirió la subdirectora.

–Perdone, lo había olvidado –dijo Ushikawa entregándole una tarjeta de visita. Era la misma tarjeta que le había dado a Tengo, la que rezaba: «Presidente titular de la fundación Nueva Asociación para el Fomento de las Ciencias y las Artes de Japón». Ushikawa le contó a la mujer prácticamente la misma historia que, meses atrás, le había contado a Tengo: que Tengo Kawana, ex alumno del colegio, profesor y escritor, se contaba entre los candidatos de ese año para recibir una subvención de la fundación. Que buscaba información sobre él.

–¡Maravilloso! –afirmó risueña la subdirectora–. Para la escuela también será un honor. Colaboraremos de buena gana en todo lo que podamos.

–Si fuera posible, me gustaría hablar con algún maestro que haya impartido clases a Tengo –dijo Ushikawa.

–Voy a informarme. Como pasó por aquí hace veinte años, puede que se hayan jubilado.

–Muchísimas gracias –dijo Ushikawa–. Y querría saber algo más, si es posible.

–¿El qué?

–Una niña llamada Masami Aomame debió de estar matriculada en el mismo curso que Tengo Kawana. ¿Podría averiguar si iban a la misma clase?

La subdirectora mostró cierta extrañeza.

–Esa Aomame, ¿tiene algo que ver con la subvención del señor Kawana?

–No, no. Simplemente, en una de las obras de Tengo Kawana se describe a un personaje que podría estar inspirado en ella y consideramos necesario despejar algunas dudas. Es una cuestión secundaria. Una simple formalidad.

–Ya veo. –La subdirectora alzó ligeramente las comisuras de sus bellos labios–. Espero que entienda que no podemos facilitar información que afecte a la privacidad de nuestros alumnos. Por ejemplo, el expediente académico o informes sobre las circunstancias familiares.

–Lo comprendo perfectamente. Yo sólo deseo saber si ella estuvo o no en la misma clase que Tengo Kawana. Y, si es posible, le agradecería que me facilitase el nombre del tutor de su clase por aquel entonces y una dirección donde poder localizarlo.

–De acuerdo. Si sólo es eso, no creo que haya problema. ¿Ha dicho usted Aomame?

–Sí. Se escribe con los ideogramas de «verde» y «legumbre». Un apellido inusual.

Con un bolígrafo, Ushikawa anotó en un papelito: «Masami Aomame», y se lo tendió a la subdirectora. Ella lo tomó y, tras observarlo durante unos segundos, abrió una carpeta que tenía encima de la mesa y guardó el papelito en un bolsillo de la carpeta.

–¿Podría esperar aquí unos minutos? Voy a buscar en los archivos de la secretaría y vuelvo. Pediré al encargado que fotocopie la información que se pueda hacer pública.

–Muchas gracias y perdone las molestias –dijo Ushikawa.

Cuando la subdirectora salió de la sala, el ruedo de su falda acampanada onduló bellamente. Caminaba erguida y con andares distinguidos. Iba también muy bien peinada. Había acumulado años con mucha gracia. Ushikawa corrigió su postura en la silla y mató el tiempo leyendo un libro que llevaba consigo.

La subdirectora regresó al cabo de quince minutos. Sujetaba un sobre marrón contra el pecho.

–Parece ser que Tengo Kawana era un alumno aventajado. Sacaba las mejores notas de la clase e incluso destacó como deportista. Se le daban bien las matemáticas, en particular la aritmética; en primaria ya resolvía problemas para alumnos de instituto. Ganó algún concurso y también salió en los periódicos. Lo consideraban un niño prodigio.

–¡Asombroso! –dijo Ushikawa.

–Llama la atención que, si de niño fue un prodigio de las matemáticas, de adulto sobresalga en el mundo de la literatura.

–Un gran talento se puede manifestar de diferentes formas, como una vasta vena de agua subterránea que encuentra muchas maneras de brotar, ¿no cree? En la actualidad escribe novelas al tiempo que enseña matemáticas.

–Ya veo –dijo la subdirectora formando un bello ángulo con las cejas–. En cambio, sobre Masami Aomame no he podido averiguar mucho. En quinto curso se cambió de centro. Al parecer, un familiar suyo que vivía en Tokio, en el barrio de Adachi, se hizo cargo de ella y la matricularon en la escuela primaria de allí. En tercero y cuarto curso, ella y Tengo coincidieron en la misma clase.

«Exactamente como sospechaba», se dijo Ushikawa para sus adentros. Estaba claro que había una conexión entre los dos.

–Una maestra llamada Ōta, la señora Toshie Ōta, fue la tutora de esos cursos. Ahora da clases en la escuela primaria municipal de Narashino.

–Quizá pueda verla si llamo a esa escuela.

–Ya he llamado yo –dijo la subdirectora, con una leve sonrisa–. Me ha dicho que, si se trataba de algo así, estaría encantada de hablar con usted.

–Se lo agradezco mucho –dijo Ushikawa. Además de guapa, era rápida y eficaz.

La mujer le entregó a Ushikawa su tarjeta de visita, en cuyo reverso había anotado el nombre de la maestra y el número de teléfono de la escuela de Tsudanuma, en la ciudad de Narashino. Ushikawa la guardó cuidadosamente en su billetera.

–He oído que Masami Aomame creció en un ambiente muy religioso –añadió él–. Eso es algo que en cierta medida nos preocupa...

A la subdirectora se le ensombreció el semblante y en el rabillo del ojo se le formaron unas pequeñas arrugas. Esas sutiles, fascinantes e intelectuales arrugas que sólo tienen las mujeres cultivadas de mediana edad.

–Lo siento, pero ése es un asunto sobre el que no podemos discutir aquí –replicó ella.

–Supongo que porque son cuestiones que afectan a la privacidad de esa persona –dijo Ushikawa.

–Efectivamente. Los asuntos relacionados con la religión son particularmente delicados.

–Pero quizá pueda hablar de ello con la señora Ōta.

La subdirectora inclinó un poco su fino mentón hacia la izquierda, con una expresiva sonrisa en los labios.

–Si la señora Ōta quiere hablar de ello con usted *a título personal,* nosotros no tenemos nada que objetar.

Ushikawa se levantó y le dio amablemente las gracias. La subdirectora le entregó el sobre.

–Son fotocopias de alguna documentación. Principalmente sobre el señor Tengo Kawana. También incluye algo sobre la señora Aomame. Espero que le sirvan.

–Seguro que serán de gran ayuda. Se lo agradezco de corazón.

–Cuando se decida algo con respecto a la subvención, hágamelo saber, por favor. Para el colegio también sería un orgullo.

–Estoy convencido de que el resultado va a ser positivo –dijo Ushikawa–. He hablado con Tengo en varias ocasiones y ciertamente es un chico brillante y prometedor.

Ushikawa entró en un restaurante situado frente a la estación de Ichikawa y comió algo ligero. Entretanto, echó un vistazo a los documentos que había en el sobre. Contenía un escueto resumen, sin entrar en pormenores, de los expedientes de Tengo y Aomame. La subdirectora también había adjuntado datos sobre los logros académicos y deportivos de Tengo. En efecto, debía de haber sido un alumno sobresaliente. Seguro que, para él, la escuela nunca había sido una pesadilla. Había fotocopias de artículos de periódico en los que se hablaba de los concursos de aritmética que había ganado. Eran viejos y no se leían muy bien, pero salía una fotografía de cuando Tengo era un chaval.

Una vez terminado el almuerzo, llamó al colegio de Tsudanuma. Habló con Toshie Ōta y quedaron en la escuela a las cuatro. Ella le dijo que a esa hora podrían hablar con calma.

«Aunque sea por trabajo, ¡mira que tener que visitar dos colegios en un día!», se lamentó Ushikawa con un suspiro. Sólo de pensarlo ya se sentía alicaído. Pero hasta ese momento su viaje había dado frutos. Sabía que Tengo y Aomame habían coincidido dos años en la misma clase. Era un gran avance.

Tengo había ayudado a Eriko Fukada a transformar *La crisálida de aire* en una obra literaria que se había convertido en un *best seller*. Aomame había asesinado en secreto al padre de Eriko Fukada, Tamotsu Fukada, en una habitación del Hotel Okura. Ambos parecían perseguir un mismo objetivo: atacar a la organización Vanguardia. Quizás actuasen conjuntamente. Pensar eso sería lo lógico.

Sin embargo, lo mejor era no revelárselo todavía a los dos guardaespaldas de Vanguardia. A Ushikawa no le gustaba dar información en pequeñas cantidades. Prefería acumular datos, verificar minuciosamente las informaciones y, tras reunir pruebas sólidas, presentarlas: «Esto es lo que ocurrió». Había adquirido esa teatral costumbre en los tiempos en que ejercía la abogacía. Se mostraba humilde para que el otro se confiara y entonces, cuando todo se acercaba a su desenlace, sacaba a relucir la verdad irrefutable y le daba la vuelta a la tortilla.

Mientras se dirigía en tren a la escuela de Tsudanuma, Ushikawa barajó distintas hipótesis.

Puede que Tengo y Aomame mantuvieran una relación íntima. Era improbable que fuesen novios desde los diez años, pero cabía la posibilidad de que se hubieran reencontrado tiempo después y hubieran empezado a salir juntos. Y, bajo ciertas circunstancias –que todavía le eran desconocidas–, habrían aunado fuerzas con el fin de destruir Vanguardia. Ésa era una de las hipótesis.

Sin embargo, por lo que había podido comprobar, nada indicaba que existiera tal relación entre Tengo y Aomame. El joven mantenía relaciones sexuales de forma regular con una mujer casada diez años mayor que él. Conociendo la personalidad de Tengo, no creía que, si estuviera profundamente unido a Aomame, pudiese mantener una relación carnal continuada con otra mujer. No tenía la habilidad para hacerlo. Tiempo atrás, Ushikawa había dedicado dos semanas a estudiar los patrones de comportamiento de Tengo. Tres días a la semana enseñaba matemáticas en una academia preparatoria y pasaba el resto de los días encerrado en su piso. Tal vez escribiera. Apenas salía, salvo para hacer la compra o dar un paseo. Llevaba una vida sencilla y austera. No había encontrado ningún punto oscuro o incoherente. Fuera como fuese, Ushikawa no creía que Tengo hubiera participado en una conspiración que incluía un asesinato.

Tengo le caía bien. Era un joven humilde, de carácter franco. Un tipo con un gran sentido de la autonomía, que no dependía de los demás. Era un poco lento, como suele ocurrirles a las personas corpulentas, pero no era excesivamente reservado ni tenía mala baba. Era de los que, cuando se deciden, echan a andar hacia delante y no se desvían de su camino. No parecía tener madera de abogado o de agente de valores; seguro que enseguida le habrían echado la zancadilla y habría acabado cayendo en el momento crítico. Pero como profesor de matemáticas y escritor debía de desempeñarse bastante bien. Aunque fuera poco sociable y le faltase labia, cierta clase de mujeres se sentían atraídas por él. Sintetizando: estaba hecho de una pasta totalmente diferente a la de Ushikawa.

En cambio, de Aomame apenas sabía nada. Únicamente que había nacido en una familia de devotos fervientes de la Asociación de los Testigos y que, desde que tenía uso de razón, la habían llevado en sus labores de proselitismo. En quinto de primaria renunció a la fe y fue acogida por un pariente que residía en Adachi. Quizá se había visto incapaz de aguantar más. Por fortuna, gozaba de una buena forma física y, a partir de la secundaria, había sido una destacada jugadora de sófbol. Llamó la atención de la gente. Gracias a ello le concedieron una beca con la que pudo matricularse en la Facultad de Ciencias del Deporte. Ésos eran los datos que Ushikawa había obtenido.

Pero nada sabía de su carácter, de su manera de pensar, de sus virtudes y defectos o de la vida que llevaba. Lo único que tenía era una mera retahíla de datos biográficos.

Con todo, al ir acumulando en su mente los datos de Aomame y Tengo, se había dado cuenta de que tenían cosas en común. En primer lugar, ambos habían vivido una infancia no muy feliz. Aomame, como muchos niños de la Asociación de los Testigos, recorría los barrios con su madre con el fin de difundir su religión. Iban llamando al timbre casa por casa. Y el padre de Tengo era cobrador de la NHK. Un trabajo que también requería ir de puerta en puerta. ¿Llevaría también él a su hijo en su recorrido, igual que las madres de la Asociación de los Testigos? Tal vez sí. Si Ushikawa hubiese sido el padre de Tengo, probablemente lo hubiera hecho. Acompañado de su hijo habría recaudado más y, de paso, se habría ahorrado pagar a alguien para que lo cuidara; habría matado dos pájaros de un tiro. Pero para Tengo no debió de ser una experiencia agradable. Quién sabe si los dos niños no se habían cruzado en las calles de Ichikawa.

Tanto Tengo como Aomame se habían esforzado desde que tenían uso de razón y, gracias a ello, habían conseguido una beca deportiva que les había permitido alejarse de sus padres. Ambos eran excelentes deportistas. Ambos eran inteligentes. Pero, por otra parte, sus circunstancias los *obligaban a ser excelentes*. Prácticamente, sólo podían asegurarse la independencia descollando en el deporte. Era un preciado billete para la supervivencia. Su forma de pensar y de enfrentarse al mundo eran completamente diferentes de las de un niño o una niña normales.

«Pensándolo bien, en este aspecto se parecen a mí», se dijo. Dado que procedía de un hogar pudiente, nunca necesitó conseguir becas y jamás le había faltado dinero para sus gastos. Pero para poder entrar en una universidad de primera categoría y aprobar las oposiciones al cuerpo de Justicia tuvo que hincar los codos. Igual que Tengo y Aomame. No tenía tiempo para salir de juerga, como muchos de sus compañeros. Se aplicó en los estudios, renunciando a cualquier forma de diversión mundana, algo que, aunque él lo buscase, nunca conseguía con facilidad. Su alma oscilaba impetuosamente entre un complejo de inferioridad y otro de superioridad. A menudo pensaba que, por así decirlo, era como Raskólnikov; salvo que él nunca se había encontrado con Sonia.

«Pero basta de pensar en mí. A estas alturas no voy a conseguir cambiar nada. Volvamos a Tengo y Aomame.»

Si, años después de coincidir en el colegio, Tengo y Aomame se hubieran encontrado por casualidad, seguro que les habría sorprendido saber todo lo que tenían en común. Estaba claro que tendrían mucho que contarse. Y quizás ambos se sentirían fuertemente atraídos. Ushikawa podía imaginarse la escena con claridad. Un encuentro fortuito marcado por el destino. La culminación definitiva de una romántica historia de amor.

¿Se había producido ese encuentro? ¿Había surgido esa historia de amor? Eso, por supuesto, Ushikawa no lo sabía. Pero pensar que se habían reencontrado tenía sentido. Tal vez por eso habían aunado sus fuerzas para atacar a Vanguardia. Cada uno con sus armas: Tengo valiéndose de su pluma y Aomame usando, quizás, alguna técnica especial. Esa hipótesis, no obstante, no acababa de convencer a Ushikawa, aunque reconocía que era verosímil.

Si los uniera una relación tan profunda, habría sido imposible mantenerla en secreto. Los encuentros marcados por el destino tienen consecuencias selladas también por el destino, y eso no hubiera escapado a los ojos atentos de Ushikawa. Tal vez Aomame lo ocultara. Pero a Tengo le sería imposible.

Ushikawa, por lo general, se guiaba por la lógica. Nunca avanzaba sin pruebas. Pero también creía en el olfato que la naturaleza le había dado. Y ese olfato decía que no con la cabeza a la posibilidad de que Tengo y Aomame hubieran tramado un complot. Lo hacía con movimientos apenas perceptibles pero insistentes. ¿Y si ninguno de los dos supiera nada del otro? ¿No sería su relación simultánea con Vanguardia una mera *casualidad*?

Aunque resultara una coincidencia improbable, a Ushikawa esa hipótesis le cuadraba mejor que la teoría del complot. Ambos habían golpeado a Vanguardia al mismo tiempo por casualidad, cada uno desde diferentes posiciones, llevados por diferentes motivos y persiguiendo distintos objetivos. Eran dos argumentos de desarrollo distinto que corrían paralelos.

Pero ¿aceptarían los de Vanguardia así como así esa hipótesis, por atinada que fuera? «Ni en broma», pensó Ushikawa. Sin duda, se aferrarían a la teoría del complot sin pensárselo dos veces. Después de todo, a esos tipos les gustaba todo lo que tuviera que ver con conspiraciones. Antes de ofrecerles esa información sin elaborar, necesitaba reunir más pruebas sólidas. De lo contrario, sólo conseguiría inducirlos a error y, de paso, él mismo saldría perjudicado.

En el tren que lo llevaba de Ichikawa a Tsudanuma, Ushikawa no dejó de reflexionar. Entretanto, seguramente fruncía el rostro, suspiraba o miraba al infinito sin darse cuenta. De pronto, vio que una colegiala sentada frente a él lo observaba con extrañeza. Para ocultar su azoramiento, Ushikawa sonrió y se pasó la palma de la mano por su cabeza calva y deforme. Sin embargo, el gesto pareció asustar a la niña. Al llegar a la estación de Nishifunabashi, la colegiala se levantó de pronto y rápidamente fue a sentarse a otra parte.

Finalizadas las clases, habló con la maestra Toshie Ōta en una de las aulas del colegio. Debía de rondar los cincuenta y cinco años. Su aspecto era diametralmente opuesto al de la refinada subdirectora de la escuela de Ichikawa. Achaparrada, vista desde atrás tenía una desconcertante manera de andar, similar a la de un crustáceo. Llevaba unas pequeñas gafas de montura metálica, y en el entrecejo, plano y amplio, le crecía una fina pelusilla. El traje de chaqueta de lana que vestía desprendía un ligero tufo a antipolilla; debía de ser muy viejo, pero, de todas maneras, cuando lo confeccionaron seguro que ya estaba pasado de moda. Era de color rosa, pero un rosa extraño, como si lo hubieran mezclado con otro color con el que no pegaba nada. Posiblemente habían tratado de conseguir una tonalidad discreta y elegante; sin embargo, lejos del propósito inicial, aquel rosa se desmoronaba en medio de la inseguridad, el retraimiento y la resignación. Como consecuencia, la novísima blusa blanca que le asomaba por el cuello parecía una descarada en medio de un velatorio nocturno. El cabello, seco y encanecido, se lo sujetaba con una horquilla de plástico que parecía lo primero que había encontrado a mano. Sus extremidades eran rollizas, hasta el punto de que en los cortos dedos de la mano no le entraría ni un anillo. En su cogote se observaban claramente tres finas arrugas, como si la vida le hubiera dejado tres muescas. O tal vez fuese señal de que se le habían cumplido tres deseos. Pero Ushikawa suponía que ése no era el caso.

Había sido la tutora de Tengo Kawana desde tercero de primaria hasta que éste acabó la escuela primaria. A pesar de que cada dos años ella cambiaba de clase, casualmente había estado cuatro años con Tengo. De Aomame sólo se había ocupado en tercer y cuarto curso.

–Recuerdo bien a Kawana –dijo.

En contraste con su apariencia dulce, su voz era asombrosamente clara y jovial. Podría llegar a todos los rincones de una clase bulliciosa. Sin duda, la profesión marcaba a las personas. Seguro que era una excelente maestra.

–Kawana era un alumno brillante en todas sus facetas. Durante mis más de veinticinco años de vida profesional, he dado clases a muchísimos niños en distintos centros, pero nunca me he encontrado con un alumno con tanto talento. Destacaba en todo lo que hacía. Era afable y, además, tenía una gran capacidad de liderazgo. Parecía que podía llegar a ser una autoridad en cualquier ámbito. Durante la primaria destacó en aritmética y, en general, en matemáticas, pero no me sorprende que después se decantara por la literatura.

–Su padre trabajaba como cobrador de la NHK, ¿no es así?

–Exacto –respondió la maestra.

–Él mismo me contó que su padre era bastante estricto –dijo Ushikawa. En realidad era una conjetura.

–Efectivamente –contestó ella sin vacilar–. Lo era en algunas cosas. Se sentía orgulloso de su profesión, lo que sin duda es bueno, pero eso, para Tengo, a veces parecía que representaba una carga.

Ushikawa, enlazando temas astutamente, logró que la mujer se explayara. Era lo que mejor se le daba: sonsacar al otro de la forma más sutil y encantadora posible. La mujer le contó que Tengo odiaba acompañar a su padre cada fin de semana en la recaudación y que un día, en quinto curso, se había escapado de casa. «Más que escaparse de casa, fue expulsado de ella», dijo la maestra. Ushikawa vio confirmada su suposición: efectivamente, Tengo había tenido que ir casa por casa con su padre. Había sido una experiencia traumática durante su infancia. Tal y como había sospechado.

El día de la escapada, Tengo no tenía adónde ir, y la maestra le dejó pasar la noche en su casa. Le dio una manta y, al día siguiente, le preparó el desayuno. Por la tarde visitó al padre del chico y logró convencerlo para que le permitiera regresar a casa. La maestra lo contaba como si aquél fuera el episodio más esplendoroso de su vida. Más adelante, cuando Tengo iba al instituto, volvieron a encontrarse por casualidad en un concierto de bandas. El chico tocó el timbal con gran destreza.

–La *Sinfonietta* de Janáček. No era una pieza fácil. Tengo tocaba ese instrumento desde hacía escasas semanas. Sin embargo, subió al escenario sin apenas preparación y tocó de maravilla. Parecía un milagro.

«Esta mujer adora a Tengo de todo corazón», se admiró Ushikawa.

«Siente un afecto casi incondicional por él. ¿Qué se sentirá al ser tan querido por otra persona?»

–¿Recuerda a Masami Aomame? –le preguntó Ushikawa.

–También me acuerdo bien de ella –contestó la maestra. Sin embargo, en su voz no se percibía la misma alegría que cuando hablaba de Tengo. Su tono de voz cayó dos grados en la escala.

–¡Qué apellido tan peculiar!, ¿verdad?

–Sí, bastante peculiar. Pero si la recuerdo tan bien no es por el apellido.

Siguió un breve silencio.

–Al parecer, en su familia eran muy devotos de la Asociación de los Testigos –tanteó Ushikawa.

–¿Puede quedar entre nosotros lo que le voy a contar? –dijo la maestra.

–Claro. No diré nada, por supuesto.

Ella asintió con la cabeza.

–En Ichikawa hay una importante sede de la Asociación de los Testigos. Por eso siempre he tenido a algunos de sus niños a mi cargo. Para un profesor, eso acarrea pequeños problemas y siempre debo tener cuidado. Pero es que no había devotos tan fervientes como los padres de Aomame.

–O sea, que eran personas intransigentes.

La maestra se mordió un labio ligeramente, como recordando algo.

–Sí. Eran sumamente estrictos en el cumplimiento de sus principios y a los niños les exigían la misma rigurosidad. Por eso Aomame se encontró aislada en la clase.

–En cierto sentido, Aomame era una niña especial, ¿no?

–Sí, lo era –reconoció–. Ella no tenía la culpa, claro está. Si hubiera que echarle la culpa a algo, sería a la intolerancia que gobierna el corazón de la gente.

La maestra le comentó que el resto de los niños ignoraban a Aomame. Siempre que podían, hacían como si no existiera. Ella era un bicho raro que molestaba a todos con sus extraños principios. Así opinaba toda la clase. Aomame se protegía de eso intentando pasar inadvertida.

–Yo hacía todo lo que podía. Pero una clase entera tiene más poder de lo que uno cree; Aomame acabó convirtiéndose en una especie de fantasma. Ahora esas cosas las pondríamos en manos de un psicólogo especializado, pero por entonces ese recurso no existía. Yo era muy joven y me ocupé sólo del conjunto de la clase. Quizá le suene a excusa, pero...

Ushikawa la comprendía. Ser maestra de primaria era duro. En cierta medida, no había más remedio que ir dejando las cosas de niños en manos de los propios niños.

–La devoción y la intolerancia religiosas siempre han sido como la cara y la cruz de la misma moneda. Y es un problema de difícil solución –dijo Ushikawa.

–Tiene usted razón –convino la profesora–. Pero, en lo que estaba a mi alcance, debí hacer algo. Hablé con Aomame en varias ocasiones, pero fue inútil. Ella apenas abría la boca. Tenía una voluntad de hierro y, una vez decidida, no cambiaba de idea. También era inteligente. Tenía una gran capacidad de comprensión, y entusiasmo por aprender. Pero se contenía para no mostrarlo. El pasar inadvertida, como si no estuviera allí, debía de ser un recurso para protegerse. Si hubiera crecido en una familia y un ambiente normales, habría sido una alumna excelente. Ahora, si miro atrás, pienso que fue una pena.

–¿Habló alguna vez con sus padres?

La maestra asintió.

–Varias veces. Precisamente porque se quejaban a la escuela de una supuesta persecución religiosa. Yo les pedía que colaboraran para que Aomame se integrase un poco más en la clase. Que no la obligaran a seguir sus principios con tanta rigidez. Pero era un esfuerzo vano. Para sus padres, lo primordial era obedecer las normas que dictaba su doctrina. Su felicidad radicaba en ganarse el Cielo; la vida terrenal era sólo algo transitorio. Pero ésa era la lógica del mundo de los adultos. Por desgracia, no comprendieron lo penoso que era para una niña en pleno crecimiento que la ignorasen y le hiciesen el vacío en clase, ni la herida fatal que le dejaría.

Ushikawa le contó que Aomame había sido la deportista estrella de un club de sófbol en la universidad, y que en la actualidad era una competente instructora en un gimnasio de lujo. En realidad, tenía que haber dicho: «hasta hace poco», pero no consideró necesario ser tan riguroso.

–Me alegro por ella –dijo la maestra. A su rostro empezó a aflorar cierto color–. Ha conseguido crecer con normalidad, se ha independizado y ahora hace su vida. Me tranquiliza oír eso.

–Por cierto, permítame que le haga una pregunta un poco indiscreta –dijo Ushikawa con una sonrisa desprovista de malicia–. ¿Cree que entre Tengo y Aomame pudo surgir una relación personal más o menos estrecha?

La maestra cruzó los dedos de las manos y reflexionó.

–Quizá. Pero si fue así, yo no lo vi. Sólo puedo decirle que me cuesta creer que algún niño de la clase hubiera podido mantener una relación personal con Aomame. A lo mejor, Tengo le echó una mano en alguna ocasión. Era un chico amable y responsable. Pero, aun así, no creo que Aomame le hubiera abierto su corazón de buenas a primeras. Era como una ostra aferrada a una roca; no abría fácilmente su concha. –Tras unos instantes, añadió–: Lamento no haber hecho nada en aquel entonces. Como le he dicho, tenía poca experiencia y no estaba capacitada.

–Suponiendo que Aomame y Tengo hubieran entablado alguna relación, la noticia habría tenido una gran repercusión en la clase y habría llegado a sus oídos, ¿no cree?

La maestra asintió.

–Efectivamente. También en el otro bando había mucha intolerancia.

Ushikawa le dio las gracias.

–Me ha sido usted de gran ayuda.

–Espero que todo lo relacionado con Aomame no sea un impedimento para lo de la subvención –dijo ella preocupada–. Los problemas que hubo en clase fueron responsabilidad mía, ya que era la tutora. Ni Tengo ni Aomame tuvieron ninguna culpa.

Ushikawa negó con la cabeza.

–No se preocupe. Simplemente me informo sobre la realidad que hay en el trasfondo de una obra de ficción. Como ya sabe, todo lo que tiene que ver con la religión siempre es muy complejo. El señor Kawana posee un talento excepcional y no sería de extrañar que dentro de poco se hiciera célebre.

Al oír eso, la maestra sonrió satisfecha. Un punto en sus ojillos se inundó de luz, y éstos brillaron como un glaciar en la ladera de una montaña lejana. «Se acuerda de Tengo cuando era niño», pensó Ushikawa. «Pese a que han pasado veinte años, para ella es como si todo hubiera sucedido ayer.»

Mientras, cerca de la entrada del colegio, aguardaba al autobús que lo llevaría a la estación de tren de Tsudanuma, Ushikawa pensó en sus maestros de primaria. ¿Se acordarían de él? Aunque lo hicieran, en sus ojos no brillaría una luz tan cálida como aquélla.

Lo que había averiguado no se alejaba mucho de sus suposiciones. Tengo era el alumno más aventajado de la clase. También lo respetaban. Aomame era una niña solitaria a la que todo el mundo ignoraba. Apenas existían posibilidades de que Tengo y Aomame hubieran intimado. Su situación era demasiado diferente. Y Aomame se marchó a otra escuela en quinto curso. El vínculo entre los dos se rompió entonces.

Si había un punto en común entre los dos durante esa época, sería que ambos se vieron obligados a obedecer las órdenes de sus progenitores. Éstos, sea para ganar prosélitos, sea para cobrar, habían recorrido las calles llevando a sus hijos a la fuerza. Su posición dentro de la clase era completamente diferente. Pero los dos se encontraban igual de solos y deseaban *algo* con la misma vehemencia. *Algo* que los aceptara y los abrazara sin reservas. Ushikawa se hacía una idea de sus sentimientos. Porque, en cierto sentido, así también se había sentido él.

«¿Qué voy a hacer ahora?», pensó Ushikawa, sentado, con los brazos cruzados, en el expreso que se dirigía a Tokio. «He descubierto algunos vínculos entre Tengo y Aomame. Vínculos interesantes, pero, por desgracia, de momento no constituyen ninguna prueba.

»Un alto muro de piedra se alza en mi camino. Tiene tres puertas, de las cuales debo elegir una. Cada una lleva un letrero: una TENGO, otra AOMAME y la tercera ANCIANA DE AZABU. Aomame se ha esfumado, literalmente; ha desaparecido sin dejar rastro. La Villa de los Sauces de Azabu está tan protegida como la caja fuerte de un banco; frente a ella, ni siquiera yo dispongo de recursos. Así pues, sólo queda una puerta.

»Por ahora tendré que aferrarme a Tengo, no hay otra alternativa. Una bella muestra de método de eliminación. Tan bella que me entran ganas de imprimir un panfleto y distribuirlo entre los transeúntes. ¿Qué tal, señor? ¿Qué tal, señora? Cójanlo, es el Método de Eliminación.

»Tengo, un buen chico. Novelista y matemático. Campeón de judo y ojito derecho de la maestra. A partir de las pistas que me ofrece él, debo desenmarañarlo todo. Un embrollo harto complicado. Cuanto más pienso en él, más absurdo me parece. Empiezo a tener la sensación de que mis sesos se han convertido en una masa de tofu caducado.

»¿Qué será de él en estos momentos? ¿Se habrá hecho una imagen de conjunto de lo que ocurre? No, seguro que no. Tengo funciona con el método de ensayo-error, necesita dar rodeos. Y también él debe de sentirse confuso; sin duda estará especulando con varias hipótesis. Sin embargo, es un matemático nato. Experto en encajar piezas y componer puzles. Además, debe de contar con más piezas que yo.

»Por ahora observaré sus movimientos. Estoy convencido de que me conducirán a *algún lado*. Si todo sale bien, hasta el escondrijo de Aomame.» Ushikawa era un maestro en pegarse a alguien como una rémora. Una vez que se aferraba, nadie podía quitárselo de encima.

Tomada la decisión, Ushikawa cerró los ojos y cortó la corriente de sus pensamientos. «Dormiré un poco. Hoy he visitado dos malditos colegios en la prefectura de Chiba y he entrevistado a dos maestras de mediana edad: una atractiva subdirectora y una maestra que caminaba como un cangrejo. Necesito un respiro.» Poco después, su gran cabeza deforme empezó a oscilar lentamente de arriba abajo con el traqueteo del tren. Como un muñeco de feria, de tamaño natural, que escupe por la boca vaticinios funestos escritos en tiras de papel.

El tren no iba precisamente vacío, pero ninguno de los pasajeros se sentaba a su lado.

11

AOMAME
Este mundo es absurdo y le falta buena voluntad

El martes por la mañana, Aomame escribió una nota para Tamaru. En ella le decía que el presunto cobrador de la NHK había regresado. Había aporreado la puerta y había vituperado en voz alta a Aomame (o más bien a la supuesta inquilina, la señora Takai). A todas luces, aquello era excesivamente extraño. Quizá fuese necesario tomar precauciones.

Aomame metió la nota en un sobre y lo dejó sobre la mesa de la cocina. En el sobre escribió la inicial T. Los que le traían las provisiones se lo harían llegar a Tamaru.

Antes de la una del mediodía, Aomame se encerró en su dormitorio, cerró la puerta con pestillo, se metió en cama y se puso a leer a Proust. Exactamente a la una, sonó el timbre una vez. Tras esperar un poco, abrieron la puerta y el equipo de suministro entró en el piso. Como de costumbre, en un tris le llenaron la nevera, recogieron la basura y revisaron lo que había en los armarios. Al cabo de quince minutos, finalizada la operación, salieron del piso y cerraron la puerta con llave. Luego volvieron a llamar al timbre, a modo de contraseña. El mismo proceder de siempre.

Tras esperar por precaución a que las agujas del reloj marcasen la una y media, Aomame salió de su habitación y fue a la cocina. El sobre para Tamaru había desaparecido y sobre la mesa habían dejado una bolsa de papel que llevaba el nombre de una farmacia. Había además un grueso volumen titulado *Enciclopedia anatómica femenina*, que Tamaru se había encargado de conseguirle. En la bolsa había tres kits de tests de embarazo, cada uno de un laboratorio distinto. Abrió las cajas y comparó los prospectos. Las indicaciones eran muy parecidas. La prueba se podía realizar en caso de un retraso de la menstruación de más de una semana. Ofrecían una precisión del noventa y cinco por ciento, pero si daba positivo, es decir, si el resultado era que estaba embarazada, recomendaban consultar a un médico especialista lo antes posible. Fuera cual fuese el resultado, aconsejaban no precipitarse. La prueba sólo indicaba «la posibilidad de estar embarazada». El mecanismo era sencillo. Se orinaba en un recipiente limpio y se sumergía en él un papelito. O, en otro kit, se ponía un *stick* en contacto directo con la orina. Luego había que esperar unos minutos. Si el color cambiaba a azul, significaba que estaba embarazada. Si no cambiaba, que no estaba embarazada. En otro de los kits, si en el circulito aparecían dos líneas verticales, significaba que estaba embarazada; si sólo aparecía una línea, que no lo estaba. Aunque los pormenores variasen, el principio era el mismo: se determinaba si había o no embarazo en función de la presencia o ausencia en la orina de la hormona gonadotropina coriónica humana.

¿Hormona gonadotropina coriónica humana? Aomame frunció el entrecejo. Era la primera vez que oía hablar de eso. ¿Habría estado viviendo todo este tiempo con esa cosa extrañísima estimulándole las gónadas?

Aomame lo buscó en la *Enciclopedia anatómica femenina*.

Decía lo siguiente: «La gonadotropina coriónica humana (GCH) es una hormona segregada en la primera etapa del embarazo y ayuda a preservar el cuerpo lúteo. Éste segrega progesterona y estrógenos, conserva el endometrio e impide la menstruación. Así es como, paulatinamente, se va fabricando la placenta en el interior del útero. Una vez formada la placenta, proceso que dura de siete a nueve semanas, el cometido del cuerpo lúteo, así como el de la GCH, finaliza».

En definitiva, que se segregaba desde la implantación del óvulo fecundado, durante un periodo de siete a nueve semanas. En su caso, sería raro que la segregara, pero no imposible. Lo que era cierto es que, si el resultado daba positivo, apenas cabría duda de que estaba embarazada. Si daba negativo, no podría sacar conclusiones tan fácilmente. Quizás el periodo de segregación ya hubiera terminado.

No tenía ganas de orinar. Sacó una botella de agua mineral de la nevera y se sirvió dos vasos. Aun así, siguió sin sentir ganas. Pero no había prisa. Trató de olvidarse del test de embarazo y, sentada en el sofá, se enfrascó en la lectura de Proust.

Hasta pasadas tres horas no le entraron ganas. Orinó en el primer recipiente que encontró y sumergió una tira de papel. El papel fue cambiando de color hasta volverse de un azul vivo. Una tonalidad elegante, perfecta, por ejemplo, para un vehículo. Un pequeño descapotable azul con una capota de color puro habano. Sería un placer conducir un coche así por una carretera a lo largo de la costa, sintiendo en la cara el viento de comienzos de verano. Sin embargo, lo que aquel azul le transmitía en una tarde de avanzado otoño, en el lavabo de un piso de Tokio, era el hecho de que estaba embarazada, o la altísima probabilidad, del noventa y cinco por ciento, de que lo estaba. De pie frente al espejo del lavabo, Aomame se quedó mirando fijamente la tira de papel azulada. Pero por más que la contemplase, no iba a cambiar de color.

Por si acaso, probó un kit de otra marca. En el prospecto indicaba: «Ponga el extremo del *stick* en contacto con la orina». Sin embargo, como parecía que durante un rato no iba a volver a orinar, decidió sumergirlo en la orina que ya había en el recipiente. Orina fresca recién recogida. Una vez sumergido, no hubo gran diferencia: el resultado fue el mismo. El circulito de plástico mostraba claramente dos líneas verticales. Una vez más, le anunciaba que existía la posibilidad de que estuviera encinta.

Aomame echó la orina al retrete y tiró de la cadena. Luego envolvió en papel higiénico la tira de la prueba que había cambiado de color y lo echó a la papelera. El recipiente lo lavó en la bañera. A continuación fue a la cocina y se bebió otros dos vasos de agua. «Mañana probaré el tercer kit. El tres es un número redondo. Un *strike*, dos *strikes*. Esperaré la última bola conteniendo el aliento.»

Aomame hirvió agua y se sirvió un té, se sentó en el sofá y siguió leyendo a Proust. Mientras, bebía la infusión y mordisqueaba galletitas de queso que se había servido en un plato. Era una tarde apacible. Ideal para entregarse a la lectura. Sin embargo, a pesar de fijar la mirada en las letras, no entendía lo que leía. Necesitaba releer el mismo pasaje una y otra vez. Dándose por vencida, cerró los ojos y condujo el descapotable azul, con la capota bajada, por la carretera que bordeaba el litoral. Una brisa que olía a marea le azotaba la melena. Los indicadores a lo largo de la carretera mostraban dos líneas verticales. Así le anunciaban: «ATENCIÓN. POSIBLE EMBARAZO».

Aomame soltó un suspiro y arrojó el libro sobre el sofá.

Sabía bien que no necesitaba probar el tercer kit. El resultado sería el mismo aunque lo repitiera cien veces. «Es una pérdida de tiempo. Mi gonadotropina coriónica humana sigue manteniendo la misma postura frente al útero: preserva el cuerpo lúteo, impide que me venga la regla y da forma a la placenta. Estoy embarazada. La gonadotropina coriónica humana lo sabe. Yo lo sé. Siento a la criatura en un punto preciso del bajo vientre. Por ahora todavía es pequeña. No es más que un pequeño atisbo de algo. Pero pronto tendrá su placenta y crecerá. Recibirá los nutrientes que yo le proporcione y, dentro del líquido oscuro y denso, se desarrollará poco a poco pero sin cesar.»

Era la primera vez que estaba encinta. Se caracterizaba por ser precavida; sólo creía en aquello que veía con sus propios ojos. Siempre se aseguraba de que su pareja utilizase preservativo. Nunca lo pasaba por alto, ni aunque estuviera borracha. Como le había dicho a la mujer de Azabu, desde que le vino la primera menstruación, a los diez años, jamás había tenido una falta. Nunca se le retrasaba más de un día. Los dolores menstruales eran llevaderos. Sangraba pocos días. Nunca le había impedido hacer deporte.

La primera regla le vino unos meses después de haberle tomado la mano a Tengo en la clase de primaria. Estaba segura de que existía alguna conexión entre los dos acontecimientos. Quizás había sido el tacto de la mano de Tengo, que había sacudido su cuerpo. Cuando le dijo a su madre que le había venido la primera regla, ésta hizo una mueca de disgusto. Como si fuera una carga que se añadía a todos los demás problemas. «Un poco temprano, ¿no?», comentó su madre. Pero a Aomame no le molestó ese comentario. Aquello era asunto suyo, ni de su madre ni de nadie más. Sola, se adentró en un nuevo mundo.

Y ahora estaba embarazada.

Pensó en sus óvulos. «Uno de los cuatrocientos óvulos de los que disponía (uno de los que estaba en la franja de en medio) ha sido fecundado con éxito. Quizás ocurrió aquella tempestuosa noche de septiembre. Ese día asesiné a un hombre en una habitación oscura. Le clavé una aguja afilada en la nuca que llegó a la parte inferior del cerebro. Pero ese hombre era muy diferente de los que asesiné en otras ocasiones. Era consciente de que iban a matarlo; es más, lo deseaba. Al final, le di lo que quería. No fue un castigo, sino, más bien, un acto de misericordia.» A su vez, él le había concedido lo que Aomame deseaba. «Fue un intercambio en un lugar profundo y sombrío. La concepción tuvo lugar aquella noche en secreto. *Lo sé.*

»En el mismo instante en que con estas manos le robaba la vida a un hombre, otra vida se gestó en mi interior. ¿Formará eso parte del acuerdo?»

Aomame cerró los ojos e intentó no pensar más. Con la mente en blanco, algo afluyó en silencio hacia ella. E, inconscientemente, rezó una oración.

«Padre nuestro que estás en el cielo. Santificado sea tu nombre, venga a nosotros tu reino. Perdona nuestras ofensas y bendice nuestro humilde caminar. Amén.»

¿Por qué rezaba en un momento como ése? No creía en nada parecido a un reino, un paraíso o un Dios. No obstante, tenía aquella oración grabada en la mente. Cuando tenía tres o cuatro años, le habían obligado a memorizarla, sin saber siquiera lo que significaba. Si se equivocaba en tan sólo una palabra, le pegaban con fuerza en el dorso de las manos con una regla. La oración permanecía oculta; cuando algo ocurría, afloraba. Como un tatuaje secreto.

«¿Qué diría mi madre si le dijera que me he quedado embarazada sin haber tenido relaciones sexuales?» Seguro que lo consideraría una grave blasfemia hacia su credo. Después de todo, lo que le había sucedido era una especie de inmaculada concepción –pese a que, por supuesto, Aomame no era virgen. O quizá no le haría ningún caso. Quizá la ignoraría. «Y es que hace mucho tiempo que para ellos soy un ser malogrado, alguien caído de su elevado mundo.

»Pensémoslo de otro modo», se dijo Aomame. «Dejemos de intentar explicar lo inexplicable y consideremos este fenómeno desde otro un punto de vista.

»*¿Debo interpretar este embarazo como algo bueno, y recibirlo con los brazos abiertos? ¿O debo considerarlo algo negativo e inoportuno?*

»Por más vueltas que le doy, no llego a ninguna conclusión. Aún no he salido de mi asombro. Me siento perdida, confusa. En cierto modo, hasta dividida. Y, evidentemente, soy incapaz de comprender la nueva verdad a la que me enfrento.»

Pero, al mismo tiempo, no podía evitar sentirse llena de curiosidad y expectante ante aquella pequeña fuente de calor. Fuera lo que fuese, quería ser testigo de lo que le ocurriese a lo que estaba gestándose en su interior. Por supuesto, también sentía miedo. *Eso* superaba su imaginación. A lo mejor era un cuerpo extraño y hostil que la estaba devorando desde dentro. Se le pasaron por la cabeza toda clase de posibilidades horribles. Sin embargo, principalmente la embargaba una sana curiosidad. Entonces, de improviso, una idea le vino a la mente. Como un repentino rayo de luz en medio de las tinieblas.

«Lo que llevo en mi vientre podría ser de Tengo.»

Frunció ligeramente el ceño y durante un rato le dio vueltas a esa posibilidad.

«¿Por qué iba a tener yo que concebir una criatura de Tengo?

»Veámoslo del siguiente modo: esa noche tumultuosa en que tantas cosas sucedieron, en este mundo se produjo algo que permitió que Tengo enviara su semen a mi útero. El hecho es que, entre los truenos, el aguacero, la oscuridad y el asesinato, se creó un intersticio, un extraño pasadizo, aunque la idea resulte absurda. Debió de durar unos instantes. Y ambos nos aprovechamos de manera eficaz de ese pasadizo. Mi cuerpo se valió de esa ocasión para recibir con ansia a Tengo y, como consecuencia, me quedé embarazada. Mi óvulo número 201 o 202 apresó uno de los millones de espermatozoides de Tengo. Un espermatozoide franco, inteligente y sano como su dueño.

»Es una idea disparatada. No tiene ningún sentido. Por más palabras que utilizase para explicarla, nadie en este mundo lo comprendería. *El hecho en sí de estar embarazada ya es incomprensible.* Pero, después de todo, estamos en el año 1Q84. Un mundo en el que puede ocurrir cualquier cosa.

»*Si esta criatura fuese realmente de Tengo...*

»Aquella mañana, en el área de emergencia de la Ruta 3 de la autopista metropolitana, no apreté el gatillo de la pistola. Había ido con la firme intención de matarme y me introduje el cañón en la boca. No me daba miedo morir. Porque iba a hacerlo para salvar a Tengo. Pero una fuerza actuó en mí y decidí no suicidarme. Una voz lejana me llamó por mi nombre. ¿Sería porque me había quedado embarazada? ¿Intentaba hablarme de esta nueva vida?»

Entonces Aomame recordó el sueño en el que la elegante mujer de mediana edad cubría su cuerpo desnudo con un abrigo. «Se bajaba del Mercedes-Benz plateado y me ofrecía un abrigo ligero y suave de color huevo. Ella lo sabía. Sabía que yo estaba embarazada. Y me protegió amablemente de las miradas descaradas de los demás, del viento y de todos los engorros.»

El sueño había sido un buen presagio.

Los músculos de su cara se distendieron y su expresión volvió a ser la de siempre. «Alguien observa mis pasos y me ampara», se dijo. «No estoy sola, ni siquiera en este mundo de 1Q84. O eso parece.»

Se acercó a la ventana con la taza de té, ya frío, en la mano. Luego salió al balcón, se sentó en la silla de jardín de manera que no se la viera desde el exterior, y contempló el parque infantil por las ranuras del antepecho. Trató entonces de pensar en Tengo. Pero, por alguna razón, ese día sus pensamientos no lograban concentrarse en él. Le venía a la mente el rostro de Ayumi Nakano. Ésta le sonreía. Con una sonrisa muy natural y sincera. Estaban sentadas a la mesa de un restaurante, la una frente a la otra, con una copa de vino en la mano. Ambas estaban un poco achispadas. Aquel excelente Borgoña circulaba suavemente por sus cuerpos a través de sus venas tiñendo el mundo de un leve color de uva.

«Sin embargo, Aomame», había dicho Ayumi mientras frotaba la copa de vino con un dedo, «creo que este mundo es absurdo y le falta buena voluntad.»

«Quizás», había admitido Aomame, y después había añadido: «Pero este mundo se va a acabar cuando menos lo esperemos... Entonces vendrá el Reino de los Cielos».

«Me muero de impaciencia», había dicho Ayumi.

«¿Por qué le hablé ese día del Reino de los Cielos?», se preguntó Aomame. ¿Por qué había mencionado de pronto un Reino en el que no creía? Poco después, Ayumi murió.

«Cuando lo dije, debía de tener en mente un "Reino" diferente de aquel en el que creen los de la Asociación de los Testigos. Posiblemente un Reino más personal. Por eso me salió con tanta naturalidad. Pero ¿en qué Reino creo yo? ¿Qué clase de Reino creo que vendrá cuando el mundo se extinga?»

Se puso la mano sobre el vientre. Y aguzó el oído. Por mucha atención que prestó, no oyó nada.

En cualquier caso, Ayumi Nakano había sido desterrada de este mundo. Le habían puesto unas esposas frías y duras en las muñecas en un hotel de Shibuya y la habían estrangulado con la cinta de un albornoz (por lo que Aomame sabía, todavía no habían dado con el asesino). Luego le habían practicado la autopsia, la habían cosido y la habían llevado a un crematorio para incinerarla. Ese ser llamado Ayumi Nakano ya no existía en el mundo. Su carne, su sangre se habían perdido. Únicamente permanecía en documentos y en el mundo de los recuerdos.

Aunque quizá no fuera así. Tal vez viviera, tal vez estuviera sana y salva en el mundo de 1984. A lo mejor seguía dejando multas en los parabrisas de los vehículos mal aparcados y quejándose de que no le permitiesen llevar arma. Puede que recorriera los institutos de la ciudad enseñándoles a las chicas métodos anticonceptivos. «Chicas, sin condón, no hay penetración.»

Aomame deseó con todas sus fuerzas volver a ver a Ayumi. Si fuera por las escaleras de emergencia de la autopista metropolitana en sentido inverso y regresara al mundo de 1984, quizá podría volver a encontrarse con ella. «Allí, ella seguirá viva y a mí no me perseguirán los de Vanguardia. Podríamos ir a aquel pequeño restaurante en Nogizaka a tomarnos unas copas de vino. Quizás.»

¿Ir por las escaleras de emergencia de la autopista metropolitana en sentido contrario?

Aomame retrocedió en sus pensamientos, como si rebobinara una cinta de casete. «¿Cómo no se me ha ocurrido hasta ahora? Decidí bajar otra vez las escaleras y no encontré la entrada. Las escaleras, que tenían que estar frente al anuncio de Esso, habían desaparecido. Pero puedo intentar subir las escaleras en vez de bajarlas. Colarme en el depósito de materiales que hay debajo de la autopista y desde ahí subir hacia la Ruta 3. Remontar el pasadizo. Tal vez debí hacer eso.»

Quiso salir corriendo hasta Sangenjaya de inmediato y probar. Podía salir bien, como podía salir mal. Pero merecía la pena intentarlo. Se pondría el mismo traje, los mismos tacones y subiría aquella escalera llena de telarañas.

Sin embargo, se contuvo.

«Ni hablar. No puedo hacerlo. Volví a ver a Tengo precisamente porque vine a este año 1Q84. Y con toda probabilidad llevo una criatura suya en mis entrañas. Pase lo que pase, debo ver a Tengo una vez más en este nuevo mundo. Debo encontrarlo. No puedo marcharme hasta que llegue ese momento. Bajo ningún concepto.»

Al día siguiente por la tarde, Tamaru la llamó.

–Primero, hablemos de lo del cobrador de la NHK –dijo Tamaru–. Volví a telefonear a las oficinas de la NHK para asegurarme. El cobrador que cubre esa zona de Kōenji no recuerda haber llamado a la puerta del piso 303. Al parecer, primero comprueba si está el adhesivo que indica que el pago está domiciliado. Me comentó también que, si hay timbre, nunca llama directamente a la puerta. Lo único que conseguiría sería lastimarse la mano. Es más, el día en que supuestamente te visitó, el hombre estaba trabajando en otra área. Me pareció que no mentía. Es un veterano con quince años en activo, muy apreciado por su paciencia y afabilidad.

–De modo que... –dijo Aomame.

–De modo que existen muchas posibilidades de que el que te visitó no fuese un cobrador, sino alguien que se hace pasar por él. El encargado con el que el cobrador me pasó después se mostró preocupado. Para ellos es un problema que aparezcan falsos cobradores. Me dijo que quería verme para que le contara los detalles. Por supuesto, no acepté. Le dije que en realidad no había causado ningún perjuicio y que no quería hacer una montaña de un grano de arena.

–¿No será algún perturbado o alguien que me sigue el rastro?

–Si es alguien que te persigue, me cuesta creer que haga esas cosas. Sólo serviría para ponerte en alerta.

–Pero, si es un perturbado, ¿no es mucha casualidad que elija precisamente la puerta de este piso? Hay muchas más puertas. Además, yo me aseguro de que no se vean luces encendidas, y trato de no hacer ruido. Siempre tengo las cortinas echadas y nunca tiendo la ropa fuera. Pero él eligió expresamente este piso. Sabe que me escondo aquí. O sostiene que lo sabe. Y, de algún modo, está intentando que le abra la puerta.

–¿Crees que va a volver?

–No lo sé. Pero si realmente quiere que le abra la puerta, supongo que seguirá viniendo hasta que la abra.

–Y eso te preocupa.

–No me preocupa –dijo Aomame–. Simplemente, no me hace gracia.

–Claro que no, a mí tampoco. No me hace ni pizca de gracia. Pero si regresa, no podemos llamar a la NHK ni a la policía. Y aunque me llamases y yo acudiera enseguida, para cuando llegase yo, el hombre seguramente ya se habría marchado.

—Creo que puedo arreglármelas sola —dijo Aomame—. Basta con que no le abra la puerta por mucho que me provoque.

—Intentará incitarte por todos los medios.

—Sí, es posible —dijo Aomame.

Tamaru emitió un pequeño carraspeo y cambió de tema.

—Has recibido los test, ¿no?

—Ha dado positivo —contestó lacónica.

—Es decir, que diste en el clavo.

—Efectivamente. Probé con dos tipos diferentes, pero con el mismo resultado.

Siguió un silencio. Un silencio semejante a una litografía en la que todavía no hay nada grabado.

—¿No hay ninguna duda? —preguntó Tamaru.

—Lo sabía desde el principio. El test sólo lo ha confirmado.

Tamaru acarició unos segundos esa litografía hecha de silencio con las yemas de los dedos.

—Siento tener que hacerte una pregunta demasiado directa —dijo él—. ¿Quieres seguir adelante? ¿O ponerle remedio?

—No voy a ponerle remedio.

—Entonces has decidido tenerlo.

—Si todo marcha bien, debería nacer entre junio y julio del año que viene.

Tamaru calculó mentalmente.

—En ese caso, habrá algún cambio en nuestros planes.

—Lo siento.

—No hace falta que te disculpes —repuso Tamaru—. Todas las mujeres tienen derecho a dar a luz, en cualquier circunstancia, y debemos proteger ese derecho.

—Pareces la Declaración de los Derechos Humanos —dijo Aomame.

—Por si acaso, te lo preguntaré otra vez: no tienes ni idea de quién es el padre, ¿verdad?

—No he mantenido relaciones sexuales con nadie desde junio.

—Entonces, ¿es algo así como una inmaculada concepción?

—Llamarlo así quizá cabrearía a una persona religiosa.

—Cuando ocurre algo desacostumbrado, siempre hay alguien que se cabrea —dijo Tamaru—. Por otro lado, si estás embarazada, debe examinarte un médico cuanto antes. No permitiremos que pases el embarazo encerrada en ese piso.

Aomame soltó un suspiro.

–Dejad que me quede aquí hasta finales de año. No os causaré ninguna molestia.

Tamaru permaneció unos largos instantes en silencio.

–Puedes quedarte lo que queda de año –dijo al fin–. Te lo prometí y mantengo mi palabra. Pero a comienzos del nuevo año, tendremos que trasladarte a un lugar menos peligroso donde puedas recibir atención médica. ¿Lo comprendes?

–Sí –contestó Aomame. Sin embargo, no estaba segura. «Si no pudiera encontrarme con Tengo, ¿me alejaría de aquí, a pesar de todo?»

–Yo una vez dejé embarazada a una mujer –declaró Tamaru.

Aomame titubeó.

–¿Tú? ¿Pero tú no...?

–Sí, efectivamente. Soy gay. Y de los incondicionales. Siempre fue así y lo sigue siendo. E imagino que será así toda mi vida.

–Pero dejaste preñada a una mujer.

–Todos cometemos errores –dijo Tamaru. Sin embargo, no había ni una pizca de humor en ese comentario–. Prefiero omitir los detalles, pero yo entonces era joven. El caso es que lo hice una vez y ¡pam!, di en el blanco.

–¿Y qué hizo ella?

–No lo sé –respondió él.

–¿No lo sabes?

–Supe de ella hasta el sexto mes de embarazo. A partir de ahí, no tengo ni idea de lo que ocurrió.

–No se puede abortar en el sexto mes.

–Lo sé.

–Es muy probable que la criatura naciera –añadió Aomame.

–Pues sí.

–Si el niño nació, ¿te gustaría conocerlo?

–No tengo ningún interés –afirmó Tamaru sin dudar–. No encaja con mi estilo de vida. ¿Y tú? ¿Querrás conocer y criar a la criatura?

Aomame reflexionó.

–Un poco como a ti, también mis padres me dejaron de lado cuando era niña, de modo que no sé bien qué es eso. Digamos que no tengo un modelo que me sirva de referencia.

–Y a pesar de todo, pretendes traer ese bebé al mundo. A un mundo violento y lleno de contradicciones.

–Porque busco el amor –afirmó Aomame–. Pero no el amor entre mi bebé y yo. Todavía no he llegado a esa etapa.

—Sin embargo, el bebé forma parte de ese amor.

—Posiblemente. De alguna forma.

—Pero si las cosas no salieran según lo previsto y la criatura no participase en absoluto del amor que buscas, me imagino que acabaría sufriendo. Igual que nosotros dos.

—Existe esa posibilidad. Pero siento que no va a ser así. Llámale intuición.

—Respeto tu intuición —dijo Tamaru—. Sin embargo, desde el momento en que el ego nace en este mundo, lo hace portando ya una moral. Deberías recordarlo.

—¿Quién dijo eso?

—Wittgenstein.

—Lo recordaré —dijo Aomame—. Si tu hijo hubiera nacido, ¿cuántos años tendría ahora?

Tamaru hizo cálculos.

—Diecisiete años.

—Diecisiete. —Aomame se imaginó a un chico o una chica de diecisiete años portando una moral.

—En fin, se lo contaré a Madame —dijo Tamaru—. Por cierto, le gustaría hablar personalmente contigo. Pero ya sabes que, por motivos de seguridad, no puedo permitirlo. Tomo todas las medidas que puedo, pero ya sólo comunicarse por teléfono es peligroso.

—Lo sé.

—Pero ella se preocupa por ti y por todo lo relativo al embarazo.

—Eso también lo sé. Le estoy agradecida.

—Lo más sensato es confiar en ella y seguir sus consejos. Es una persona muy sabia.

—Claro —respondió Aomame.

«Además, debo mantenerme alerta y cuidar de mí misma. Sin duda, la anciana de Azabu es una persona sabia. Y poderosa. Pero hay cosas que ella no parece saber. Probablemente no sepa los principios que rigen en 1Q84. Y seguramente no se ha dado cuenta de que en el cielo hay dos lunas.»

Tras colgar el teléfono, Aomame se acostó en el sofá y echó una siesta de treinta minutos. Una siesta corta, pero profunda. Soñó, y su sueño era como un espacio vacío. Dentro de ese vacío, meditó. Escribió con tinta invisible en ese cuaderno en blanco. Al despertar, había obtenido una imagen imprecisa, aunque extrañamente diáfana. «Voy a tener a esta criatura. En este mundo puede nacer sin percances algo pequeño.» Y, como había dicho Tamaru, portando una moral ineludible.

Aomame se llevó la palma de la mano al bajo vientre y prestó atención. No notaba nada. Todavía.

12

TENGO
Como si las reglas que rigen el mundo empezaran a relajarse

Tras terminar el desayuno, Tengo se dio una ducha. Se lavó el pelo y se afeitó. Después se vistió con la ropa que se había lavado y que ya estaba seca. Luego salió del *ryokan,* compró el periódico en el quiosco de la estación de tren y se tomó un café solo en una cafetería cercana.

En el periódico no encontró nada que atrajera especialmente su atención. A juzgar por lo que hojeaba en el rotativo, el mundo era un lugar bastante aburrido e insulso. Pese a que era la edición del día, le dio la impresión de estar leyendo el ejemplar de una semana atrás. Dobló el periódico y consultó su reloj de pulsera. Eran las nueve y media, y a las diez empezaba el horario de visitas en la clínica.

No le costó prepararse para su regreso a Tokio. Apenas había traído equipaje. Alguna muda, artículos de aseo, unos cuantos libros y una pila de folios. Lo metió todo en el bolso bandolera de lona. Se lo colgó al hombro y, una vez pagado el *ryokan,* tomó el autobús que salía de delante de la estación en dirección a la clínica. Ya había comenzado el invierno. Por la mañana apenas había gente que se acercara a la costa. Él fue el único pasajero que se apeó en la parada de la clínica.

En la entrada, como siempre, escribió su nombre y la hora en el registro de visitas. En recepción había una enfermera a la que ya había visto alguna vez. Con aquellos brazos y piernas tremendamente largos y delgados, y una sonrisa en la boca, parecía una araña benévola de las que indican el camino en el bosque. Allí solía estar sentada Tamura, la enfermera de mediana edad con gafas. Tengo se sintió aliviado al ver que no estaba. Temía que le insinuase algo por haber acompañado la noche anterior a Kumi Adachi a su piso. Tampoco vio a Ōmura, la que se ponía el bolígrafo en el pelo. Quizás a las tres se las había tragado la tierra. Como a las tres brujas de *Macbeth.*

Eso, claro está, era absurdo. Kumi Adachi libraba ese día, pero las otras dos le habían dicho que trabajaban como de costumbre. Debían de estar ocupadas en otra parte.

Tengo subió las escaleras hasta la habitación del padre, en la segunda planta. Llamó dos veces con suavidad y abrió la puerta. Su padre dormía en la misma postura de siempre. El catéter del suero en el brazo y el tubito conectado a la uretra. Ningún cambio con respecto al día anterior. La ventana estaba cerrada, con las cortinas echadas. El aire dentro de la habitación estaba estancado. Todos los olores acumulados, el olor a medicamentos, a flores de jarrón, al hálito del enfermo, a orina, se entremezclaban de modo que era imposible distinguirlos. Pese a que esa vida humana estaba muy debilitada, y pese a que su conciencia llevaba largo tiempo perdida, no se habían producido muchos cambios en su metabolismo. El padre todavía se encontraba en este lado de la orilla; si hubiera que expresarlo con otras palabras, podría decirse que su padre despedía olores.

Lo primero que hizo Tengo fue abrir las cortinas y la ventana de par en par. Era una mañana agradable. Tenía que airear el cuarto. Aunque hacía frío, no llegaba a helar. Los rayos de sol invadieron la habitación y la brisa marina meció las cortinas. Una gaviota montada en el viento, con las patas bellamente plegadas, planeaba sobre el pinar. Una inquieta bandada de gorriones posada sobre los cables eléctricos cambiaba sin cesar de posición, como si reescribiera las notas de una partitura. Desde lo alto de una farola, un cuervo de pico grande observaba atentamente a su alrededor meditando qué hacer a continuación. Cuatro jirones de nube flotaban en el cielo. Estaban tan lejos, tan altos, que parecían una idea sumamente abstracta, sin relación alguna con los menesteres humanos.

Tengo dio la espalda al enfermo y contempló durante un rato el paisaje. Cosas con vida, cosas sin vida. Cosas móviles, cosas inmóviles. Al otro lado de la ventana se veía el paisaje de siempre. Nada nuevo bajo el sol. El mundo había dado un paso más porque tenía que darlo. Sólo desempeñaba aceptablemente su papel, como un despertador barato. Y Tengo observaba ese paisaje, que para él carecía de interés, para retrasar un poco el encuentro con su padre. Sin embargo, no podía aplazarlo eternamente.

Tengo por fin se decidió y se sentó en el taburete, al lado de la cama. El padre estaba boca arriba, con el rostro hacia el techo y los ojos cerrados. El edredón que lo tapaba hasta el cuello estaba impecable. Tenía los ojos muy hundidos. Parecía que alguna pieza se hubiera desprendido y los globos oculares caían hacia dentro, sin que las cuencas pudieran sostenerlos. Si ahora abriera los ojos, vislumbraría un paisaje similar al mundo visto desde el fondo de un pozo.

–Padre –empezó a decir Tengo.

El padre no respondió. De pronto la brisa cesó y las cortinas colgaron rectas. Como quien, en pleno trabajo, se acuerda de pronto de un asunto importante. Al cabo de un rato, el viento, como si hubiera reunido fuerzas, volvió a soplar.

–Regreso a Tokio –dijo Tengo–. No voy a quedarme aquí para siempre. No puedo seguir prolongando las vacaciones. Tengo mi propia vida, aunque no sea maravillosa.

Su padre tenía las mejillas cubiertas por una barba rala. De dos o tres días. Las enfermeras le pasaban la maquinilla. Pero no a diario. Barba blanca y barba negra se alternaban a partes iguales. Todavía tenía sesenta y cuatro años, pero parecía mucho mayor. Como si, por despiste, alguien hubiera rebobinado hacia delante el filme de su vida.

–En todos los días que he estado aquí, no te has despertado en ningún momento. Pero, según el médico, tu salud no está tan deteriorada. De hecho, por asombroso que parezca, estás casi igual que antes.

Tengo hizo una pausa y esperó a que sus palabras calasen en el anciano.

–No sé si lo que te digo llega a tus oídos. A lo mejor, aunque mi voz haga vibrar tus tímpanos, el circuito siguiente está cortado. O quizá mis palabras alcanzan tu mente, pero no puedes reaccionar. No tengo ni idea. Sin embargo, te he hablado y te he leído libros dando por supuesto que sí me escuchabas. Porque ahora, si no doy por supuesto que me escuchas, no tendría sentido que te hablara, y, si no pudiera hablarte de nada, mi presencia aquí no tendría ningún sentido. Por otra parte, no sé cómo explicarlo, pero a lo largo de estos días he *percibido algo*. Y, aunque no lo captes todo, creo que sí captas al menos lo esencial de mis palabras.

No hubo reacción.

–Lo que te voy a decir ahora tal vez sea estúpido, pero me marcho a Tokio y no sé cuándo volveré. Por eso necesito confesarte lo que tengo en mi cabeza. Si te parece una idiotez, ríete todo lo que quieras. Si es que puedes reír, claro.

Tomó un respiro y observó el rostro de su padre. Como era de esperar, no hubo reacción.

–Estás en coma. Has perdido la conciencia, la sensibilidad, y te mantienes en ese estado gracias a un mecanismo de soporte vital. Eres un cadáver viviente, o algo por el estilo, dijo el médico. Bueno, él empleó un eufemismo. Desde un punto de vista médico, puede que sea así. Pero ¿y si todo esto no es más que un *disfraz?* Me pregunto si, *en realidad,* no has perdido la conciencia. Si tu mente no vive en otra parte, mientras mantienes tu cuerpo en letargo. Lo he notado durante todo este tiempo. Aunque tal vez sólo sea una vaga impresión.

Silencio.

–Sé perfectamente que es un desatino. Si se lo contara a alguien, pensaría que estoy desvariando. Pero no puedo evitar imaginarlo. Seguro que has perdido la curiosidad por este mundo. Te sientes disgustado, desalentado, indiferente. Supongo que por eso has decidido renunciar a tu cuerpo y llevar una vida diferente en otro lugar. Tal vez en tu mundo interior.

Más silencio.

–Pedí unos días libres en el trabajo, vine a este pueblo, reservé una habitación en un *ryokan,* y cada día he venido a verte y a hablar contigo. Ya han pasado casi dos semanas. Pero visitarte y cuidarte no eran mis únicos objetivos. También me trajo aquí el deseo de saber de dónde vengo, con quién me unen lazos de sangre. Sin embargo, eso ahora ya no me importa. Esté unido a quien sea, yo soy yo. Y tú *me hiciste de padre.* Eso me basta. No sé si puede llamársele a esto reconciliación. Quizá sea una reconciliación conmigo mismo. Sí, tal vez sea eso. –Tengo respiró hondo y bajó el tono de voz–. En verano todavía estabas consciente. Es cierto que estabas bastante espeso, pero conservabas tus facultades. Por ese entonces, me reencontré con una chica en esta habitación. Mientras tú estabas en la sala de análisis, ella vino *aquí.* Ella o una especie de álter ego. Si volví a este pueblo y me quedé tanto tiempo fue con la esperanza de volver a verla. Ése es el verdadero motivo por el que vine. –Soltó un suspiro y juntó las manos sobre las rodillas–. Pero ella no reapareció. Llegó hasta aquí en algo llamado crisálida de aire, una cápsula que la contenía. Explicártelo todo me llevaría mucho tiempo, pero el caso es que la crisálida de aire era un producto de la imaginación, una fantasía. Sin embargo, ahora ha dejado de ser imaginaria. La frontera entre el mundo real y los frutos de la psique se ha vuelto imprecisa. En el cielo flotan dos lunas. También ellas proceden de un mundo ficticio.

Tengo miró al padre a la cara. ¿Seguiría el hilo de lo que le contaba?

–En ese contexto, la idea de que tu conciencia se ha separado de tu cuerpo y ahora deambula libremente en otro mundo no es tan descabellada. Es, por así decirlo, como si las reglas que rigen el mundo empezaran a relajarse. Y, como te he dicho antes, tengo una pequeña y curiosa percepción. La percepción de que quizá seas tú el que *en realidad está llevando a cabo todo esto*. Entre otras cosas, por ejemplo, llamar a la puerta de mi piso. Sabes de qué te hablo, ¿no? Dices que eres el cobrador de la NHK, golpeas la puerta insistentemente y gritas amenazas desde el pasillo. Como solíamos hacer los dos cuando recorríamos Ichikawa recaudando la cuota.

Algo indicaba que la atmósfera de la habitación había cambiado ligeramente. A pesar de que las ventanas estaban abiertas de par en par, apenas llegaban sonidos del exterior. Sólo, de vez en cuando, el gorjeo de un gorrión.

–Ahora hay una chica en mi piso, en Tokio. No es mi novia ni nada parecido. Simplemente ocurrió algo y está alojándose por un tiempo en mi casa. Ella fue la que me contó por teléfono lo del cobrador de la NHK, lo que dijo e hizo en el rellano mientras aporreaba la puerta. Curiosamente, igualito que tú en otros tiempos. Las frases que ella escuchó son idénticas a las que yo recuerdo. Las expresiones que desearía borrar por completo de mi memoria. Y por eso me pregunto si en realidad ese cobrador no serás tú. ¿Me equivoco?

Tengo guardó silencio durante unos treinta segundos. Pero el padre ni siquiera pestañeó.

–Voy a pedirte sólo una cosa: que dejes de llamar a la puerta. En mi piso no hay televisión. Y aquellos días en los que cubríamos juntos la ruta de la recaudación son cosa del pasado. Debería haber quedado claro. Lo hablamos delante de la profesora, ¿o no? No me acuerdo de cómo se llamaba, pero era la tutora de mi clase. Una profesora bajita y con gafas. La recuerdas, ¿verdad? Pues entonces no vuelvas a llamar a la puerta. Y no sólo a la nuestra. No quiero que llames más a ninguna otra puerta. Ya no eres cobrador de la NHK y, por lo tanto, no puedes seguir haciendo eso y asustando a la gente.

Tengo se levantó, se acercó al alféizar de la ventana y contempló el paisaje. Un anciano con jersey grueso y bastón caminaba delante del pinar de protección contra el viento. A todas luces, daba un paseo. Un hombre canoso, alto y con buen porte. Pero caminaba con torpeza. Avanzaba muy lentamente, como si hubiera olvidado cómo se caminaba e intentase recordarlo. Tengo lo observó largo rato. El anciano, tomándose su tiempo, logró atravesar el jardín y desapareció tras doblar una esquina del edificio, sin que, aparentemente, hubiera recordado cómo caminar. Tengo se volvió hacia su padre.

–No te estoy reprochando nada. Tienes derecho a enviar a tu conciencia a donde te venga en gana. Es tu vida y tu conciencia. Habrá cosas que considerarás correctas y querrás ponerlas en práctica. Supongo que no tengo derecho a criticarte. Pero *ya no eres cobrador de la NHK*. Así que no vuelvas a hacerte pasar por uno de ellos. No conduce a ninguna parte. –Se sentó en el alféizar y buscó las palabras en el aire de la exigua habitación–. No sé bien cómo fue tu vida; qué alegrías, qué tristezas hubo. Pero si hay algo que no pudiste satisfacer, no lo busques en la puerta de casas ajenas. Aunque sea el lugar con el que más familiarizado estás, aunque sea lo que mejor sabes hacer. –Tengo contempló en silencio el rostro de su padre–. No quiero que vuelvas a llamar a la puerta de nadie. Es lo único que te pido. Debo irme. He estado viniendo todos los días, hablando contigo y leyéndote, mientras tú seguías en coma. Por lo menos, en cierta medida, nos hemos reconciliado. Eso es algo que ha ocurrido de verdad, en el mundo real. Y quizá no te agrade, pero será mejor que regreses a *este lugar*. Porque éste es el lugar al que tú perteneces. –Cogió el bolso bandolera y se lo colgó al hombro–. Me marcho.

El padre permanecía inmóvil, con los ojos cerrados, sin decir ni una palabra. Igual que siempre. Pero algo indicaba que estaba reflexionando. Tengo contuvo el aliento y prestó mucha atención. Presentía que su padre iba a abrir los ojos y se iba a mover. Pero nada ocurrió.

La enfermera de piernas y brazos largos como los de una araña seguía sentada en recepción. En el pecho llevaba una placa identificativa: «Tamaki».

–Me vuelvo a Tokio –le dijo.

–Lamento que su padre no haya vuelto en sí durante su estancia. –Y añadió, para consolarlo–: Pero seguro que él se alegra de que se haya quedado tanto tiempo, ¿no le parece?

A Tengo no se le ocurrió ninguna buena respuesta.

–Salude a las demás enfermeras de mi parte. Se han portado muy bien conmigo.

Al final no había visto a Tamura, la enfermera de las gafas. Ni a Ōmura, la de pechos grandes y el bolígrafo metido entre la melena.

Le invadió cierta tristeza. Eran unas enfermeras excelentes y lo habían tratado con cariño. Sin embargo, quizá fuese mejor no volver a verse las caras. Porque, al fin y al cabo, estaba a punto de dejar solo el pueblo de los gatos.

Cuando el tren partió de la estación de Chikura, recordó la noche que había pasado en el piso de Kumi Adachi. Sorprendido, cayó en la cuenta de había sido la víspera. La llamativa lámpara Tiffany, el incómodo sofá, el programa de humor que se oía procedente del piso de al lado. El ulular del búho en el bosque, el humo del hachís, la camiseta con el *smiley* y el denso vello púbico apretado contra sus piernas. Apenas habían pasado unas horas, pero le parecía que había sucedido hacía muchísimo tiempo. Su sentido del tiempo estaba desajustado. El núcleo de esos recuerdos, como una balanza inestable, no había conseguido asentarse.

De repente, Tengo se sintió inseguro y miró a su alrededor. «¿Es ésta la *verdadera* realidad? ¿No me habré colado en la realidad equivocada?» Le preguntó a un pasajero que estaba a su lado para asegurarse de que era el tren que se dirigía a Tateyama. «Todo va bien. No te has equivocado», se dijo. En Tateyama subiría al tren expreso hacia Tokio. Estaba dejando atrás el «pueblo de los gatos».

Tras cambiar de tren y tomar asiento, el sueño lo invadió como si éste ya no pudiera aguantar más. Un sueño profundo, como si hubiera dado un paso en falso y cayese por un negro agujero sin fondo. Sus párpados se cerraron y, al siguiente instante, su conciencia se apagó. Cuando despertó, el tren ya había dejado atrás Makuhari. En el vagón no hacía demasiado calor, pero las axilas y la espalda le sudaban. La boca le olía mal. Era un olor parecido al aire enrarecido que se respiraba en la habitación de su padre. Sacó un chicle del bolsillo y se lo metió en la boca.

Pensó que nunca regresaría a ese pueblo costero. Al menos mientras su padre estuviera vivo. Aunque, por supuesto, en este mundo no se puede afirmar nada a ciencia cierta. Pero en aquel pueblo de la costa ya no podía hacer nada más.

Al regresar a su piso, Fukaeri no estaba. Llamó tres veces a la puerta, esperó unos segundos y volvió a llamar dos veces. Luego abrió con llave. En el piso había un silencio sepulcral y todo estaba sorprendentemente limpio y ordenado. La vajilla guardada en su aparador, la mesa y el escritorio en orden, y la bolsa de la basura vacía. Incluso parecía haber pasado la aspiradora. La cama estaba hecha y no había ni un solo libro o disco fuera de lugar. La colada, ya seca, estaba bien doblada sobre la cama.

El gran bolso bandolera de Fukaeri también había desaparecido. Pero no parecía que la chica hubiera recordado algo de pronto, o le hubiese ocurrido algo, y se hubiera marchado a toda prisa. Tampoco parecía que hubiera salido un rato. Todo indicaba que había decidido irse y que, antes de marcharse, se había tomado la molestia de limpiar el piso. Tengo trató de imaginársela pasando la aspiradora y limpiando aquí y allá con un trapo. Eso no casaba en absoluto con la imagen que tenía de la chica.

Al abrir el buzón del portal, encontró el duplicado de la llave. Por el correo acumulado, dedujo que se había marchado el día anterior, quizás hacía dos días. La había telefoneado por última vez dos días atrás, por la mañana, y todavía estaba en el piso. La noche anterior, él había cenado con las enfermeras y luego Kumi Adachi lo había invitado a su piso. Entre una cosa y otra, no había tenido ocasión de llamarla.

Por lo general, en estos casos, dejaba una nota escrita con su peculiar letra menuda y de aspecto cuneiforme. Pero no encontró nada semejante por ninguna parte. Se había marchado en silencio, sin decirle nada. Sin embargo, Tengo no se sentía en absoluto sorprendido o decepcionado. Fukaeri era impredecible; no se sabía nunca qué pensaba ni qué iba a hacer. Cuando quería venir, aparecía, y cuando quería largarse, cogía y se marchaba. Igual que un gato –ya de por sí con un fuerte sentido de la independencia– especialmente caprichoso. Es más, lo extraño era que hubiera permanecido tanto tiempo en un mismo sitio.

En la nevera había más comida de la que esperaba encontrar. Como si en los días anteriores Fukaeri hubiera salido del piso y hubiese hecho la compra. También había un montón de coliflor que, por la pinta, llevaba poco tiempo cocida. ¿Sabría ella que Tengo regresaría a Tokio en uno o dos días? Como le entró hambre, frió unos huevos y se los comió acompañados de la coliflor. Luego hizo tostadas, preparó café y se tomó dos tazas.

A continuación llamó al amigo al que le había pedido que lo sustituyera en la academia y le dijo que se reincorporaría al trabajo al inicio de la semana siguiente. El amigo le explicó hasta dónde había llegado en el libro de texto.

–Muchas gracias. Te debo una –le dijo Tengo.

–No me amarga enseñar. A veces hasta es divertido. Pero cuando enseñas durante mucho tiempo, acabas convirtiéndote en un extraño para ti mismo.

También Tengo sentía eso a menudo.

–¿Alguna novedad durante mi ausencia?

–Nada en particular. Bueno, tienes aquí una carta. Está en un cajón de tu escritorio.

–¿Una carta? –dijo Tengo–. ¿De quién?

–Una chica esbelta, con el pelo liso y hasta los hombros, vino a verme y me pidió que te la entregase. Tenía una manera de hablar un poco rara. Quizá fuera extranjera.

–¿Llevaba una gran bandolera?

–Exacto. De color verde. Abultadísima.

A Fukaeri le habría dado miedo dejar la carta dentro del piso. Alguien podría leerla. Podrían llevársela. Por eso había ido hasta la academia y se la había confiado al amigo de Tengo.

Tengo volvió a darle las gracias y colgó. Pronto se haría de noche y no le apetecía tomar el tren e ir hasta Yoyogi a recoger la carta. Lo haría al día siguiente.

Luego se dio cuenta de que se había olvidado de preguntarle al amigo por la Luna. Pensó en volver a llamarlo, pero cambió de idea. Seguro que ni se acordaba. Al fin y al cabo, era un problema al que tenía que enfrentarse solo.

Tengo salió a la calle y caminó sin rumbo envuelto por el atardecer. Sin Fukaeri, en el piso se sentía solo e inquieto. Cuando vivía con ella, Tengo ni se daba cuenta de su presencia. Él seguía su rutina y Fukaeri, a su vez, hacía su propia vida. Pero, ahora que se había ido, Tengo notaba que se había creado una especie de vacío con forma humana.

Eso no significaba que se sintiese atraído por ella. Era bella y encantadora, pero, desde que la conoció, nunca la había deseado. Pese a que habían vivido juntos algún tiempo, su corazón nunca se había sentido sacudido. «¿Por qué será? ¿Existirá alguna razón por la que Fukaeri no me atraiga sexualmente?» Ciertamente, aquella noche tormentosa habían copulado. Pero él no lo había buscado. Había sido ella.

El verbo «copular» se ajustaba perfectamente a lo que habían hecho. Fukaeri había montado sobre el cuerpo de Tengo, paralizado y privado de libertad, y éste había introducido el pene erecto en el cuerpo de ella. Cuando la penetró, Fukaeri estaba como en trance. Parecía un hada dominada por un sueño lascivo.

Y luego, como si nada hubiera ocurrido, los dos habían vivido en aquel pequeño piso. Cuando el aguacero y los truenos cesaron y amaneció, Fukaeri parecía haber olvidado por completo lo ocurrido. Tengo tampoco lo había sacado a relucir. Le pareció que, si ella no se acordaba, era mejor dejarlo así. Y quizás a él también le convenía olvidarlo. Sin embargo, persistía la duda. ¿Por qué había hecho de pronto Fukaeri algo así? ¿Tendría algún objetivo? ¿La había poseído momentáneamente algún espíritu?

Tengo sólo sabía que *no había sido un acto regido por el amor*. Fukaeri sentía una simpatía natural hacia él, eso estaba claro. Pero era muy improbable que sintiera por Tengo amor, deseo o cualquier cosa parecida a la pasión. *Ella no sentía deseo por nadie.* Aunque Tengo no confiaba al cien por cien en su capacidad para analizar a la gente, era incapaz de imaginar a Fukaeri exhalando su cálido aliento mientras hacía el amor apasionadamente con un hombre. Ni siquiera la veía echando un polvo normal y corriente. No iba con su carácter.

Dándole vueltas a esas y otras cosas, Tengo paseó por las calles de Kōenji. Cuando se puso el sol, se levantó un viento frío, pero no le preocupó. Caminaba entregado a sus reflexiones. Luego solía dar forma a esas reflexiones frente al escritorio. Se había convertido en una costumbre. Por eso caminaba a menudo, lloviera o soplara el viento. Paseando, acabó desembocando en el Cabeza de Cereal. Como no se le ocurría nada más que hacer, entró en el local y pidió una Carlsberg. Acababan de abrir y él era el único cliente. Intentó dejar de pensar, puso la mente en blanco y se bebió la cerveza con calma.

Pero, del mismo modo que en la naturaleza no existe el vacío, tampoco Tengo podía permitirse el lujo de dejar la mente en blanco largo tiempo. No podía evitar pensar en Fukaeri. La chica invadió su mente, como un sueño desmenuzado en trocitos.

«Puede que esa persona se encuentre muy cerca... En un lugar al que se puede ir a pie desde aquí.»

«Eso me dijo Fukaeri. Por eso he salido a la calle a buscarla. Y he entrado en este local. ¿Qué otra cosa me dijo?»

«No tienes que preocuparte... Ella te va a encontrar a ti.»

Igual que Tengo buscaba a Aomame, Aomame lo buscaba a él. No conseguía entenderlo. Estaba obcecado con que *él* debía buscarla a ella. Por eso no le entraba en la cabeza que Aomame también pudiera estar buscándolo.

«Yo percibo y tú recibes.»

Eso también lo había pronunciado Fukaeri en aquella ocasión. Ella percibía y Tengo recibía. No obstante, Fukaeri sólo mostraba lo que había percibido cuando quería. Tengo ignoraba si la chica seguía unos principios o unas teorías, o si actuaba movida por un capricho.

Tengo volvió a rememorar la noche en que copuló con Fukaeri. La guapa chica de diecisiete años se subió encima de él y recibió su pene hasta el fondo. Sus grandes pechos se sacudían con gracia en el aire, igual que un par de frutos maduros. Arrobada, cerró los ojos, y las narinas se le hinchaban de lo excitada que estaba. Sus labios se movían pero no surgían palabras. Por ellos asomaban sus blancos dientes y, de vez en cuando, la punta rosada de su lengua. Tengo recordaba la escena con nitidez. Pese a que su cuerpo estaba paralizado, él lo había observado todo con atención y se le había quedado grabado en la mente. Y la erección era perfecta.

Pero, por más que reprodujera esa escena con gran precisión, Tengo no se sentía excitado. Tampoco deseaba volver a hacer el amor con Fukaeri. Desde entonces, llevaba unos tres meses sin hacerlo. Es más, ni siquiera se había corrido una sola vez. Algo sumamente raro en Tengo. Era un hombre soltero, sano y con treinta años, y con frecuencia lo asaltaba el apetito sexual; un deseo de los que requieren saciarse de otras maneras.

Sin embargo, cuando se metió en la cama con Kumi Adachi, en su piso, y ella oprimió su pubis contra la pierna de él, Tengo no sintió el menor deseo. Su pene permaneció flácido en todo momento.

Quizá por efecto del hachís. Pero le daba la impresión de que no era eso. Al copular con Tengo aquella noche tormentosa, Fukaeri se había llevado *algo* importante de su interior. Como si hubieran vaciado el mobiliario de una casa.

¿El qué, por ejemplo?

Tengo sacudió la cabeza.

Terminada la cerveza, pidió un Four Roses *on the rocks* y unos frutos secos. Igual que la última vez.

La erección que había experimentado la noche de la tormenta había sido quizá demasiado perfecta. El pene estaba más rígido, más tieso de lo habitual. No parecía su pene. Terso y brillante, más que un pene de verdad, parecía el símbolo de un concepto. Y la eyaculación ulterior había sido enérgica, viril; el esperma abundante y denso. Seguro que había alcanzado el fondo del útero. O incluso más allá. La verdad es que había sido una eyaculación impecable.

Pero las cosas demasiado perfectas tienen su contrapartida. Es ley de vida. «¿Qué clase de erecciones he experimentado desde entonces? No lo recuerdo.» Quizá no se había empalmado ni una sola vez. Dado que no se acordaba, si había tenido alguna erección, debió de ser de segunda categoría. Cinematográficamente hablando, habría sido como un mediometraje de bajo presupuesto de los que ponen en los cines en medio de esas viejas sesiones largas con el fin de completar la programación. No debían de haber sido erecciones relevantes. No lo creía.

«¿Y si tuviera que pasar el resto de mis días con erecciones de segunda categoría o, incluso, sin erecciones?», se preguntó. Sin duda sería una vida triste como un ocaso prolongado. Pero, bien pensado, a lo mejor era inevitable. Al menos había tenido una erección y una eyaculación perfectas en su vida. Como el guionista de *Lo que el viento se llevó*. Tendría que *contentarse* con haber conseguido algo grande en una ocasión.

Cuando se terminó el Four Roses *on the rocks,* pagó la cuenta y siguió caminando sin rumbo fijo. El viento había arreciado y hacía aún más frío. «He de encontrar a Aomame antes de que las reglas del mundo se relajen del todo y gran parte de la lógica desaparezca.» Su único deseo en ese momento era volver a verla. «Si no consigo encontrarla, ¿qué valor tendrá mi vida?» Ella había estado en algún lugar cerca de allí, en el barrio de Kōenji. En septiembre. Si tenía suerte, seguiría en el mismo sitio. Aunque nada lo corroboraba. Pero sólo podía aferrarse a esa posibilidad. «Aomame está aquí, *en alguna parte.*» Y ella también lo buscaba a él. Como dos trozos de una moneda partida, cada uno en busca de la otra mitad.

Miró al cielo, pero la Luna no se veía. «Debo ir a algún sitio desde el que se divise», pensó.

13

USHIKAWA
¿Es esto lo que significa volver a empezar?

El llamativo aspecto de Ushikawa era un inconveniente a la hora de espiar o hacer un seguimiento. Aunque se rodease de una muchedumbre para pasar inadvertido, destacaba como una escolopendra dentro de un yogur.

Su familia no era así. Ushikawa tenía padres, dos hermanos –uno mayor que él y otro menor– y una hermana, la más pequeña de los cuatro. El padre dirigía una clínica, de cuya contabilidad se encargaba la madre. Los dos chicos, alumnos aventajados ya de niños, habían estudiado en la Facultad de Medicina. El mayor trabajaba en un hospital de Tokio y el pequeño investigaba en la universidad. Cuando los padres se jubilaron, el hermano mayor se hizo cargo de la clínica que aquéllos dirigían en Urawa. Los dos hermanos estaban casados y tenían hijos. La hermana había estudiado en una universidad estadounidense y ahora trabajaba de intérprete simultánea en Japón. Tenía treinta y cinco años, pero seguía soltera. Todos eran delgados, altos y de hermosas facciones ovaladas.

En casi todos los aspectos, especialmente en su fisonomía, Ushikawa era una excepción. Bajo, de cabeza grande y deforme, y cabello rizado e hirsuto, tenía las piernas cortas y arqueadas como pepinos. Los globos oculares se proyectaban hacia fuera, como si algo lo sorprendiera, y alrededor del cuello le colgaba una papada pronunciada. Tenía las cejas tan grandes y espesas que casi se tocaban. Parecían dos orugas gigantes buscándose la una a la otra. Por lo general sus notas en el colegio habían sido excelentes, pero desiguales dependiendo de la asignatura, y no se le daba bien el deporte.

En aquella familia acomodada y orgullosa de sí misma, él siempre había sido el «elemento extraño», la nota discordante que rompía la armonía y provocaba disonancia. En las fotografías en las que salía toda la familia, él era el único que no encajaba. Parecía alguien ajeno y poco delicado que se había metido allí por error y, por casualidad, había salido en la foto.

Todos los miembros de la familia se preguntaban cómo podía tener un aspecto tan diferente al de ellos. Sin embargo, no cabía duda de que era hijo de su madre, ya que lo había llevado en su vientre (ella aún recordaba lo doloroso que habían sido el parto). Nadie lo dejó en la puerta de la casa metido en una cesta. En cierta ocasión, alguien recordó, efectivamente, a un pariente con un cabezón deforme por el lado paterno. Un primo del abuelo de Ushikawa. Durante la guerra había trabajado en una fábrica de una empresa metalúrgica en el barrio de Kōtō, pero falleció durante el bombardeo de Tokio en la primavera de 1945. Aunque ni siquiera su padre había llegado a conocerlo, quedaba alguna foto de él en un viejo álbum. Cuando miraban las fotos, toda la familia exclamaba: «¡Ajá!». Porque el hombre guardaba un asombroso parecido con Ushikawa. Eran como dos gotas de agua; tan parecidos que podría considerarse una reencarnación. A lo mejor, quién sabía por qué, los genes del antepasado habían resurgido de improviso.

Si él no hubiera existido, los Ushikawa de Urawa, en la prefectura de Saitama, habrían sido una familia intachable, tanto en el atractivo físico como en lo académico y profesional. Una familia brillante, envidiada por todos y fotogénica. Pero al añadírseles Ushikawa, la gente fruncía el ceño y meneaba la cabeza. Se preguntaban si, en cierto momento, algún pícaro no le habría echado la zancadilla a la diosa de la belleza. O los padres creían que *seguro que la gente lo pensaba*. Por eso intentaban mostrarlo lo menos posible ante los demás. Si no les quedaba más remedio, trataban de que no llamase demasiado la atención (en vano, evidentemente).

Pero a Ushikawa no le desagradaba verse en esa situación; no le entristecía ni le hacía sentirse solo. Él mismo prefería que nadie lo viera; al contrario, deseaba que evitasen que llamara la atención. Sus hermanos y su hermana lo trataban casi como si no existiera, pero no le importaba. Porque él a ellos no los quería. Eran guapos, sacaban muy buenas notas, se les daban bien todos los deportes, tenían un sinfín de amigos. Pero a ojos de Ushikawa, eran superficiales en todos los sentidos. Simples en su forma de pensar, estrechos de miras, carentes de imaginación; sólo se preocupaban por el qué dirán. Sobre todo, les faltaba esa sana suspicacia necesaria para alcanzar cierta sabiduría.

Su padre, que era un internista eminente además de director de la clínica, era un tipo tedioso hasta decir basta. Igual que el rey de la leyenda, que todo lo que tocaba lo convertía en oro, todas las palabras que salían de su boca se transformaban en insulsos granos de arena. Pero, al ser poco hablador –probablemente sin ninguna intención–, conseguía ocultar arteramente ese necio defecto. La madre, en cambio, era charlatana, además de una esnob empedernida. Sólo pensaba en el dinero, era caprichosa, orgullosa, le gustaba lo chabacano y a las primeras de cambio estaba hablando mal de los demás con voz chillona. El hermano mayor había heredado las maneras del padre; el pequeño, las de la madre. La hermana, aunque muy independiente, era una irresponsable, carecía de consideración hacia los demás y sólo miraba por sus propios intereses. Los padres la consentían y la malcriaban porque era la benjamina.

Por ese motivo, Ushikawa había pasado solo la mayor parte de su infancia. Al volver del colegio, se encerraba en su habitación y se refugiaba en la lectura. Sin otro amigo que su perro, no tenía la oportunidad de contarle a alguien lo que aprendía, y sin embargo era consciente de que poseía una lucidez y una capacidad de raciocinio asombrosas, aparte de su elocuencia. Y, solo, pulía con paciencia esos talentos. Por ejemplo, establecía una proposición y debatía consigo mismo en torno a ella, desarrollando dos posturas encontradas. Por una parte, valiéndose de su elocuencia, sostenía esa proposición mientras, por la otra, la rebatía. Defendiendo con ardor ambas posturas, era capaz de comprender e interpretar –con sinceridad– el papel que cada posición exigía y meterse de lleno en él. Así fue como, sin darse cuenta, adquirió la capacidad de mostrarse escéptico con respecto a sí mismo. Y fue comprendiendo que, en muchos casos, las cosas que por lo general se consideraban verdaderas eran relativas. Algo más aprendió: que lo subjetivo y lo objetivo no son tan fáciles de discernir como suele pensarse y, dado que los separa una frontera muy sutil, pasar deliberadamente de uno a otro no es una operación tan complicada.

Con el fin de utilizar la lógica y la retórica de manera más lúcida y eficaz, Ushikawa embutía conocimientos de manera indiscriminada en su cabeza. Aquello que le servía y aquello que consideraba que no le servía demasiado. Aquello con lo que estaba de acuerdo y aquello con lo que por entonces era imposible que estuviera de acuerdo. No sólo buscaba una formación amplia, sino también información tangible, que pudiese tomar directamente en sus manos, sopesar y palpar.

Aquel cabezón deforme se convirtió, más que nada, en un recipiente de valiosa información. Un recipiente no muy agradable a la vista pero muy ventajoso. Gracias a ello, adquirió un saber enciclopédico, más extenso que el de cualquiera de su edad. Si se lo hubiera propuesto, habría podido desarmar fácilmente a cualquiera a su alrededor sólo con palabras. No únicamente a sus hermanos o compañeros de clase, sino también a sus maestros y a sus padres. Pero Ushikawa procuraba no mostrar esas cualidades delante de los demás. No le gustaba llamar la atención. El saber y las habilidades eran tan sólo herramientas; no estaban hechas para alardear.

Ushikawa se consideraba una especie de animal noctívago agazapado entre las sombras del bosque a la espera de que pasase su presa. Acechaba el momento oportuno y entonces se abalanzaba con decisión. No debía alertarla. Lo más importante era eliminar todo indicio de su presencia para que la presa se confiase. Así pensaba ya desde su época en el colegio. Era muy independiente y no exteriorizaba sus sentimientos con facilidad.

A veces se planteaba qué habría sucedido si hubiera nacido con un aspecto un poco más agraciado. Aunque no hubiera sido especialmente guapo. No necesitaba una apariencia deslumbrante. Algo del montón. Un aspecto que no resultase tan horrible como para que la gente se volviera a su paso. «Si hubiera nacido así, ¿qué clase de vida llevaría?» Pero ésa era una hipótesis que superaba su imaginación. Ushikawa era *mucho* Ushikawa, y no había lugar para suposiciones. Gracias a esa cabeza enorme y deforme, los ojos saltones y las piernas cortas y arqueadas, Ushikawa existía. Gracias a ello existía un niño que derrochaba ganas de aprender pese a su escepticismo, un niño locuaz pese a su taciturnidad.

El niño feo creció y con el paso del tiempo se convirtió en un chico feo; luego, sin darse cuenta, en un hombre feo de mediana edad. En cualquier etapa de su vida, la gente con la que se cruzaba se volvía para mirarlo. Los niños se quedaban observando su rostro con descaro. A veces Ushikawa se preguntaba si, cuando se convirtiese en un viejo feo, dejaría de llamar tanto la atención. Dado que, por lo general, los ancianos suelen ser feos, a lo mejor esa fealdad par-

178

ticular que lo caracterizaba ya no destacaría tanto como en sus años mozos. Pero eso no lo sabría hasta que envejeciera. Tal vez se convertiría en un viejo horripilante, de una fealdad nunca vista. En cualquier caso, no conocía ningún truco que le permitiera mimetizarse con el paisaje. Para colmo, Tengo ya lo conocía. Si se lo encontrara rondando las inmediaciones de su piso, todo se iría al traste.

En esos casos solía contratar a un detective. Desde su época de abogado recurría a ellos. Muchos eran policías retirados y dominaban técnicas de escucha, seguimiento y vigilancia. Sin embargo, en esta ocasión prefería no involucrar a nadie más. El asunto era delicado, con un asesinato, es decir un delito grave, de por medio. Además, ni él mismo sabía exactamente qué esperaba encontrar espiando a Tengo.

Lo que Ushikawa deseaba era, naturalmente, descubrir la «conexión» entre Tengo y Aomame, pero ni siquiera sabía con exactitud qué cara tenía ella. Aun recurriendo a todos los medios, incluido el Murciélago, no había conseguido una sola foto de la chica. Logró echarle un vistazo al anuario del instituto del año en que ella se graduó, pero su rostro en la foto de clase era diminuto y, en cierta manera, poco natural; parecía una careta. En la foto del club de sófbol de su antigua empresa, llevaba una gorra de visera que le proyectaba una sombra sobre la cara. Así pues, aunque en ese momento Aomame pasara a unos metros de él, no la habría reconocido. Sabía que medía casi uno setenta, tenía buena planta y un tipo atlético. Tenía unos ojos y unos pómulos peculiares, y el cabello le caía hasta los hombros. Pero ¿cuántas mujeres había así en todo el país?

Concluyó que haría él mismo el seguimiento. Mantendría los ojos abiertos y esperaría con paciencia a que algo ocurriese; entonces, decidiría sobre la marcha cómo actuar. Era imposible pedirle una tarea tan delicada a otra persona.

Tengo vivía en la tercera planta de un viejo edificio de hormigón armado. En uno de los buzones del edificio, instalados en la entrada, había una plaquita que ponía KAWANA. Su buzón estaba algo oxidado, con la pintura desconchada. Sin embargo, estaba cerrado con llave, a diferencia de la mayoría de los vecinos, que los dejaban sin cerrar. Como el portal tampoco tenía cerradura, cualquiera podía entrar en el edificio.

Los oscuros pasillos olían a ese fuerte olor característico de los edificios construidos hace tiempo. Allí, el olor a humedades sin arreglar, a viejas camisas lavadas con detergente barato, a aceite de *tempura* utilizado muchas veces, a flor de nochebuena marchita y a orines de gato procedentes de un jardín situado frente a la entrada, donde crecía maleza, mezclados con otros olores sin identificar, conformaban una atmósfera única. Quizá la gente que vivía en el edificio desde hacía tiempo se hubiese acostumbrado a ese penetrante olor, pero eso no cambiaba el hecho de que no fuera agradable.

El piso de Tengo daba a la calle. No era una calle muy ruidosa, pero sí transitada. Como se encontraba cerca de un colegio, a ciertas horas pasaban muchos niños. Frente al edificio, al otro lado de la calle, se alineaban, muy juntas, varias viviendas unifamiliares de dos plantas y sin jardín. Al final de la calle había una licorería, y una papelería en la que se surtían los escolares. Dos manzanas más allá había un pequeño puesto de policía. Por más que buscaba, en los alrededores no había sitios en los que esconderse, y si se quedara de pie en la acera observando fijamente el piso, aunque tuviera la fortuna de que Tengo no lo descubriera, los vecinos lo mirarían con recelo. Aún más teniendo en cuenta la pinta «poco corriente» de Ushikawa: sin duda alguna, el nivel de alarma de los inquilinos aumentaría dos puntos. Imaginarían que era un pervertido que acechaba a los niños que salían de la escuela y acudirían a la policía del puesto cercano.

Para espiar a alguien, primero hay que encontrar un lugar adecuado. Un lugar desde el que observar sin ser visto a la persona en cuestión y al que se pueda llevar agua y alimentos. Lo ideal sería conseguir una habitación desde la que se dominase el piso de Tengo. Entonces instalaría una cámara con teleobjetivo en un trípode y vigilaría las salidas y entradas así como los movimientos dentro del piso. Puesto que trabajaba solo, era imposible vigilar las veinticuatro horas del día, pero creía que al menos podría cubrir diez horas. Huelga decir, sin embargo, que no iba a ser fácil encontrar un sitio que reuniera esas condiciones.

A pesar de todo, Ushikawa dio vueltas por la zona en busca de ese lugar. No sabía resignarse. Caminaría lo que hiciera falta, por más remota que fuera la posibilidad de encontrarlo. Esa tenacidad era su marca. No obstante, después de pasar media jornada recorriendo hasta el último rincón del vecindario, se dio por vencido. Kōenji era una zona muy concentrada y plana, sin apenas edificios altos. Desde pocos sitios se dominaba el piso de Tengo. Y cerca de éste no había ni un solo lugar en el que Ushikawa pudiera instalarse.

Cuando no se le ocurría ninguna buena idea, Ushikawa siempre se daba un largo baño caliente. Por eso, lo primero que hizo al llegar a casa fue calentar el agua. A continuación se sumergió en la bañera de plástico rígido y escuchó el *Concierto para violín* de Sibelius, que daban por la radio. No tenía muchas ganas de escuchar a Sibelius. Además, los conciertos de Sibelius no son lo más apropiado para escuchar mientras uno se da un baño al final del día. Quizás a los finlandeses les guste escucharlo metidos en la sauna en sus largas noches. Sin embargo, la música de Sibelius era una pizca demasiado apasionada; demasiada tensión contenida como para escucharla en una exigua bañera de un módulo de baño, en un apartamento de dos dormitorios en Kohinata, en el barrio de Bunkyō. Con todo, tampoco le molestaba. Le bastaba con que sonase algo de música de fondo. Si sonara un concierto de Rameau, lo escucharía sin rechistar, y otro tanto si se hubiera tratado del *Carnaval* de Schumann. Pero daba la casualidad de que en ese momento en la emisora de FM ponían el *Concierto para violín* de Sibelius. Eso era todo.

Ushikawa vació como siempre la mitad de su cabeza para que descansara y, con la otra mitad, reflexionó. La música de Sibelius, interpretada por David Oistrakh, pasaba principalmente a través de la región vacía. Como una brisa, se introducía por la entrada, abierta de par en par, y se marchaba por la salida también abierta de par en par. Como manera de escuchar música, seguramente no era muy elogiable. Si Sibelius supiera que alguien escuchaba así su música, quizá fruncíría el ceño con fuerza y su grueso cuello se llenaría de arrugas. Pero Sibelius llevaba mucho tiempo muerto, e incluso Oistrakh había pasado ya a mejor vida. Así que Ushikawa daba vueltas a sus pensamientos deshilvanados con la mitad no vacía de su mente, mientras dejaba que la música le entrase por el oído derecho y le saliera por el izquierdo sin molestar a nadie.

En momentos como aquél le gustaba pensar sin ceñirse a un asunto concreto. Dar alas a su imaginación, como si soltase perros en un inmenso campo. Tras decirles que fuesen a donde quisieran e hiciesen lo que les viniera en gana, los dejaba libres. Él se sumergía en el

181

agua caliente hasta el cuello, entornaba los ojos y se quedaba ensimismado escuchando la música a su manera. Los perros retozaban a su aire, rodaban cuesta abajo, se perseguían los unos a los otros sin descanso, seguían inútilmente el rastro de una ardilla, se manchaban de barro y de hierba y, cuando se cansaban de jugar y regresaban, Ushikawa les acariciaba la cabeza y volvía a ponerles el collar. En ese instante, la pieza musical tocaba a su fin. El concierto de Sibelius había durado una media hora. El tiempo justo. El locutor anunció la siguiente obra: la *Sinfonietta* de Janáček. El título de esa composición le sonaba de algo. Pero no sabía dónde había oído hablar de esa pieza. Al intentar recordarlo, por alguna razón, se le nubló la vista. Una especie de neblina amarillenta le veló los globos oculares. Probablemente llevase demasiado tiempo dentro de la bañera. Se resignó, apagó la radio y, tras salir de la bañera, se envolvió con una toalla hasta la cintura y sacó una cerveza de la nevera.

Ushikawa vivía solo. Antes había vivido con su mujer y dos hijas pequeñas. Habían comprado una casa en el barrio de Chūōrinkan, en la ciudad de Yamato, prefectura de Kanagawa, y se habían instalado en ella. Aunque era pequeña, tenía un jardín con césped. También tenían un perro. Su esposa era bastante agraciada, y de sus hijas podía decirse que ambas eran guapas. Ninguna de las dos había heredado el aspecto de su padre. Ushikawa se sentía muy aliviado.

Sin embargo, las cosas tomaron un giro inesperado y ahora estaba solo. El hecho de haber tenido una familia y haber convivido con ella en una casa en las afueras le parecía extraño. A veces incluso pensaba si no serían imaginaciones suyas y si él no habría fabricado esos recuerdos a su antojo. Pero estaba claro que había ocurrido. Había tenido una mujer con la que compartía cama y dos hijas que compartían su sangre. En un cajón del escritorio del despacho guardaba una foto de los cuatro. Todos sonreían con aire de felicidad. Hasta el perro parecía sonreír.

No había visos de que la familia pudiera volver a unirse. Su esposa y sus hijas vivían en Nagoya con un nuevo padre. Un padre de aspecto normal, de manera que cuando acudía al colegio el día de visita de los padres, sus hijas no se sentían avergonzadas. Hacía ya casi cuatro años que las hijas no veían a Ushikawa, pero no parecía que eso les apenase demasiado. Ni siquiera le escribían cartas. Tampoco él parecía lamentar mucho no poder verlas. Pero eso, evidentemente, no significaba que no las quisiera. Simplemente, ahora, Ushikawa, cuya vida estaba en peligro, necesitaba cerrar circuitos del corazón inservibles y centrarse en su trabajo.

Además, sabía que, por muy lejos que estuvieran, su sangre corría por las venas de sus hijas. Aunque se olvidasen de él, esa sangre nunca se perdería ni se desviaría de su camino. La sangre tiene una memoria de elefante. Y un día, en algún lugar, la *señal* del cabezón resurgiría. En el momento menos pensado, en el lugar menos pensado. Llegada la hora, la gente recordaría con un suspiro la existencia de Ushikawa.

Quizá llegase a ver esa erupción en vida. Quizá no. Daba lo mismo. Sólo de pensar que era *probable* que sucediera se sentía satisfecho. No por deseo de venganza, sino por esa satisfacción que se deriva de saber que, inevitablemente, uno forma parte del mundo.

Ushikawa se sentó en el sofá, estiró sus cortas piernas sobre la mesa y, mientras bebía de la lata de cerveza, se le ocurrió una idea. Tal vez no funcionase, pero merecía la pena intentarlo. «¿Cómo no se me ha ocurrido antes algo tan sencillo?», se sorprendió. Quizá las cosas más sencillas sean las que más cuesta ver. A veces, uno tarda en ver lo que tiene delante de las narices.

A la mañana siguiente, Ushikawa volvió a Kōenji, entró en una agencia inmobiliaria y preguntó si alquilaban pisos en el edificio donde vivía Tengo. Le dijeron que el edificio entero lo gestionaba una inmobiliaria que había delante de la estación de tren.

—Pero no creo que haya pisos vacíos. Como el alquiler es asequible y están bien situados, los inquilinos no se marchan.

—Bueno. De todas maneras, preguntaré —dijo Ushikawa.

Se presentó en la inmobiliaria situada delante de la estación. Lo atendió un joven de poco más de veinte años. Tenía el cabello muy oscuro y grueso, fijado con gel de tal forma que parecía un extraño nido de pájaros. Camisa blanca y corbata nueva. Quizá no llevara demasiado tiempo trabajando allí. En las mejillas todavía le quedaban marcas de acné. La pinta de Ushikawa lo amedrentó un poco, pero enseguida se recompuso y esbozó una sonrisa profesional.

—Está usted de suerte, señor —le dijo el joven—. El inquilino que vivía en la planta baja ha tenido que marcharse precipitadamente por circunstancias familiares y, desde hace una semana, es el único piso libre en el edificio. Como lo limpiaron ayer, aún no hemos puesto el anuncio. Al tratarse de un bajo, quizá le moleste un poco el ruido, y no espere demasiada luz, pero está muy bien ubicado. Por otro lado, tenga en cuenta que el dueño del bloque está pensando en derribarlo para edificar de nuevo dentro de cinco o seis años. En el contrato, así pues, ya consta que, medio año antes de eso, recibirá una notificación y tendrá que desalojar el piso. Además, debo decirle que no tiene garaje.

–No hay problema –le contestó Ushikawa. No pensaba quedarse mucho tiempo, y tampoco tenía coche.

–Perfecto, entonces. Si acepta usted las condiciones, puede mudarse mañana mismo. Pero ¿no desearía ver antes el piso?

–Desde luego –respondió Ushikawa.

El joven sacó unas llaves de un cajón y se las entregó.

–Lo siento mucho, pero en este momento no puedo acompañarlo. ¿Le importaría ir a verlo solo? El piso está vacío y, cuando acabe, sólo tiene que traerme de vuelta las llaves.

–Claro –dijo Ushikawa–. Pero ¿qué pasaría si yo fuera una mala persona y no le devolviera las llaves, o aprovechara para hacer un duplicado y luego entrase en el piso a robar?

El joven se quedó mirando a Ushikawa, sorprendido.

–Sí, es verdad. Tiene razón. Bueno, por si acaso, podría dejarme una tarjeta de visita o algo que lo identifique.

Ushikawa sacó de la cartera una tarjeta de la Nueva Asociación para el Fomento de las Ciencias y las Artes de Japón y se la entregó.

–Ushikawa... –leyó el joven en voz alta y con expresión seria. Luego sonrió, aliviado–. No, no parece usted mala persona.

–Gracias –dijo Ushikawa. Y en sus labios flotó una sonrisa insulsa, digna del cargo que aparecía en la tarjeta de visita.

Era la primera vez que alguien le decía algo así. Tal vez había querido decir que su aspecto llamaba demasiado la atención como para hacer maldades. Era muy fácil describir sus rasgos. Dibujarían un retrato robot sin dificultad. Si ordenasen su búsqueda y captura, no tardarían ni tres días en arrestarlo.

El piso estaba mucho mejor de lo que se imaginaba. Como la vivienda de Tengo, en el tercero, quedaba encima, era imposible vigilarla directamente. Pero desde la ventana se divisaba el portal. Podría controlar las entradas y salidas de Tengo y las personas que lo visitaban. Si camuflaba la cámara, incluso podría fotografiarles el rostro con el teleobjetivo.

Para instalarse tenía que pagar dos meses de fianza, un mes de alquiler por adelantado y dos meses de *reikin*.* Pese a que el alquiler no era tan caro y la fianza se la devolverían al rescindir el contrato, representaba una suma considerable. Tras pagarle al Murciélago, sus ahorros habían mermado. Pero dada la situación en la que se encontraba, no había más remedio que hacer un esfuerzo y alquilarlo. No tenía elección. Ushikawa regresó a la inmobiliaria, sacó del sobre el dinero, que traía ya preparado, y firmó el contrato de alquiler. Lo puso a nombre de la Nueva Asociación para el Fomento de las Ciencias y las Artes de Japón y quedó en que más tarde le enviaría un duplicado de la inscripción de la entidad en el registro de fundaciones. Al joven no le pareció mal. Después, volvió a entregarle a Ushikawa las llaves del piso.

–Señor Ushikawa, con esto puede usted instalarse a partir de hoy mismo. No hemos dado de baja la electricidad ni el agua corriente, pero en cuanto al gas, tendrá que ponerse en contacto con la Tokio Gas para que restablezcan el suministro. ¿Qué quiere hacer con la línea telefónica?

–De eso ya me ocupo yo –contestó Ushikawa. Contratar una línea telefónica llevaba su tiempo y los operarios tendrían que entrar en el piso. Lo más práctico sería utilizar las cabinas públicas del barrio.

Ushikawa regresó al piso e hizo una lista de todo lo que necesitaba. Por suerte, el anterior inquilino había dejado las cortinas en las ventanas. Eran unas viejas cortinas con un estampado de flores, pero el solo hecho de que hubiera ya era una suerte, y para vigilar le eran imprescindibles.

La lista no le salió muy larga. Por el momento, le bastaba con alimentos y bebida. Una cámara con teleobjetivo y un trípode. Luego, papel higiénico, un saco de dormir y un tatami, pequeñas bombonas de combustible, un hornillo de camping gas, un cuchillo pequeño para fruta, un abrelatas, bolsas de basura, artículos de aseo sencillos y una maquinilla de afeitar eléctrica, unas cuantas toallas, una linterna y una radio. Lo mínimo posible de ropa y un cartón de tabaco. Eso era todo. No necesitaba nevera, mesa ni futón. Estaba feliz sólo con haber encontrado un lugar donde resguardarse de la lluvia y el viento. Ushikawa regresó a su casa y metió en la funda de la cámara la réflex y el teleob-

* Cantidad no reembolsable que se le paga al dueño del piso. *(N. del T.)*

jetivo. También cogió numerosos carretes. Luego llenó una bolsa de viaje con el resto de artículos de la lista. Parte de lo que le faltaba lo compró en un centro comercial situado enfrente de la estación de Kōenji.

Montó el trípode junto a la ventana de la habitación que daba a la calle, que tenía unos diez metros cuadrados, y, sobre él, instaló el último modelo de cámara automática Minolta, al que le acopló el teleobjetivo. Luego enfocó en modo manual hacia un punto donde poder captar las caras de la gente que entraba y salía por el portal. Lo dispuso para poder disparar la cámara con un control remoto. También le colocó el motor de arrastre. Con un trozo de cartón, fabricó un cilindro que cubría el extremo del objetivo; así no destellaría al incidir sobre él la luz. Para terminar, levantó un poco una esquina de la cortina, de manera que desde fuera sólo se veía asomar una especie de tubo de papel. Pero nadie se fijaría. A nadie se le ocurriría que alguien, a escondidas, pudiera estar tomando fotografías del portal de un anodino edificio de viviendas.

Para probar, Ushikawa sacó algunas fotos de gente que entraba y salía por el portal. Gracias al motor de arrastre podía disparar tres veces a cada persona. Envolvió la cámara con una toalla para amortiguar el ruido del obturador. Cuando terminó un carrete entero, lo llevó a una tienda de fotografía que había cerca de la estación. El sistema era el siguiente: le entregaba el carrete al dependiente y éste lo introducía en una máquina que lo revelaba de manera automática e imprimía las fotos. Como revelaban muchas fotografías a gran velocidad, nadie se fijaba en las imágenes que iban saliendo.

Las fotos no estaban mal. No tenían gran calidad artística, pero le valían. Tenían la suficiente nitidez como para que se distinguiese el rostro de los que cruzaban el portal. De regreso, Ushikawa compró agua mineral y latas de conserva. En un estanco compró un cartón de Seven Stars. Volvió al piso, escondiéndose tras los paquetes que sujetaba contra el pecho, y se sentó otra vez delante de la cámara. Mientras vigilaba el portal, bebió agua, comió melocotones en conserva y fumó algunos cigarrillos. Aunque había electricidad, el agua, por alguna razón, no corría. Del grifo sólo salía un ruido de cañerías. A lo mejor todavía tardaría algo de tiempo. Pensó en acudir a la inmobiliaria, pero no quería andar entrando y saliendo del edificio con tanta frecuencia, así que decidió esperar un poco. Como no podía utilizar el inodoro, orinó en un cubo pequeño y viejo que quien había limpiado el piso probablemente había dejado olvidado.

Aun cuando el impaciente atardecer de principios de invierno oscureció la habitación, decidió no encender la luz. Es más, prefería la oscuridad. Ushikawa siguió vigilando a los que pasaban bajo la luz amarilla del alumbrado del portal.

Al caer la noche, el tránsito de vecinos aumentó un poco. Y es que era un edificio pequeño. Tengo no estaba entre ellos. Tampoco vio a nadie que correspondiera a la descripción de Aomame. Ese día Tengo daba clases en la academia. Al acabar regresaba a casa. No solía entretenerse por el camino. Prefería prepararse la cena y tomársela mientras leía un libro, en vez de salir a cenar por ahí. Ushikawa lo sabía. Pero, ese día, Tengo se demoraba. Quizás había quedado con alguien al salir de la academia.

En el edificio residía gente de toda clase: desde jóvenes trabajadores solteros, hasta ancianos que vivían solos, pasando por estudiantes universitarios o matrimonios con niños pequeños. La gente cruzaba indefensa el campo de visión del teleobjetivo. Al margen de las pequeñas diferencias debidas a la edad y a las circunstancias que los rodeaban, todos parecían cansados y hastiados de sus vidas. Apagados sus anhelos, olvidadas sus ambiciones y embotada su sensibilidad, la resignación y la impasibilidad se habían instalado en el vacío restante. Sus semblantes eran sombríos, y sus andares, pesados, como si a todos, dos horas antes, les hubieran extraído una muela.

Por supuesto, tal vez la impresión de Ushikawa fuera errónea. A lo mejor, algunos disfrutaban plenamente de sus vidas. Tal vez, al otro lado de sus puertas, se habían creado un lujoso paraíso que quitaba el hipo. Otros, quizá, fingían llevar una vida austera para evitar inspecciones del fisco. Todo era posible. Sin embargo, delante del teleobjetivo no eran más que urbanitas incapaces de huir de la mediocridad y que vivían adheridos a un barato edificio a punto de ser derribado.

Al final, Tengo no apareció, ni Ushikawa vio a nadie que pudiera estar vinculado de algún modo a Tengo. Cuando el reloj marcó las diez y media, Ushikawa se dio por vencido. Era el primer día, y aún no había adquirido una rutina. Todavía tenía muchas jornadas por delante. «Hasta aquí llegamos hoy», se dijo. Se estiró lentamente en distintos ángulos para desentumecerse. Se comió un *anpan** y bebió del café que se había llevado en un termo, usando el tapón como vaso. Al girar el grifo del lavabo, el agua comenzó a correr de improviso. Se

---

* Bollo relleno de *an,* una pasta dulce de judías. *(N. del T.)*

lavó la cara con jabón, se cepilló los dientes y echó una larga meada. Luego fumó un cigarrillo apoyado en la pared. Le entraron ganas de tomarse un trago de whisky, pero decidió no probar el alcohol mientras estuviera allí.

Se desvistió hasta quedarse en ropa interior y se metió en el saco de dormir. Durante un rato estuvo tiritando un poco a causa del frío. De noche, la temperatura en el piso vacío bajaba más de lo que había calculado. Quizá necesitara un pequeña estufa eléctrica.

Solo en aquel piso, metido en el saco, tiritando, recordó los días en que vivía rodeado de su familia. No lo hizo con especial nostalgia. Simplemente, esa época le vino a la mente por contraste con la situación en la que ahora se encontraba. Incluso cuando vivía con su familia había estado solo. Ushikawa no confiaba en nadie, y aquel estilo de vida, tan corriente, lo consideraba algo transitorio. En el fondo, estaba convencido de que un día habría de desmoronarse sin más. Su ajetreado trabajo como abogado, los elevados ingresos, la casa en Chūōrinkan, la agraciada esposa, las dos guapas hijas que iban a un colegio privado, el perro con pedigrí. Por eso, cuando las cosas se torcieron, y su vida se derrumbó en un instante y lo dejaron solo, sintió, sobre todo, alivio. «¡Uf! Ya no necesito preocuparme por nada. He vuelto a empezar.»

«¿Es esto un nuevo punto de partida?»

Metido en el saco de dormir, Ushikawa se encogió como una larva de cigarra y miró hacia el techo oscuro. Le dolían todos los músculos por haber permanecido tanto tiempo en la misma postura. Tiritar de frío, cenar un *anpan* frío, vigilar el portal de un viejo edificio a punto de ser demolido, sacar fotos a hurtadillas a esos infelices, orinar en un cubo de la limpieza: ¿era eso lo que significaba «volver a empezar»? Entonces cayó en la cuenta de algo. Se arrastró fuera del saco de dormir, vació la orina del cubo en el inodoro y tiró de la floja palanca de la cisterna. No tenía malditas ganas de salir del saco calentito, y había pensado en dejarlo como estaba, pero si, por despiste, tropezase con el cubo a oscuras, armaría un estropicio. Después regresó al saco y estuvo tiritando otro rato.

«¿Es esto lo que significa volver a empezar?»

Quizá sí. Ya no le quedaba nada más que perder. Excepto su vida. En medio de la oscuridad, Ushikawa esbozó una sonrisa semejante a una cuchilla muy fina.

14
AOMAME
Esta cosa pequeñita y mía

Aomame vivía a tientas y sumida en un mar de confusiones. No podía prever lo que le sucedería en el mundo del año 1Q84, un mundo en el que la lógica y los conocimientos acumulados no servían de nada. Con todo, creía que sobreviviría al menos unos cuantos meses más y daría a luz a su criatura. Aunque no era más que un presentimiento. Pero un presentimiento bastante consistente. Porque le parecía que todo lo ocurrido desembocaba en el alumbramiento del bebé, todo había avanzado bajo esa premisa. Eso pensaba.

Recordaba las últimas palabras del líder de Vanguardia. «Tienes que pasar una dura prueba. Cuando la pases, verás las cosas de cierta forma», le había dicho.

El líder sabía *algo*. Algo crucial. E intentó transmitirle lo que sabía expresándolo de manera ambigua, con palabras imprecisas. Esa prueba quizá consistiera en arrastrarse a sí misma hasta el borde de la muerte. «Fui hasta el panel de Esso con la pistola en la mano con la intención de acabar con mi vida.» Pero al final regresó sin consumar el suicidio. Y después supo que estaba embarazada. Tal vez eso también estuviera decidido de antemano.

A comienzos de diciembre, se sucedieron varias noches ventosas. Las hojas caídas del olmo de agua golpeaban el plástico del antepecho del balcón con un ruido seco e incisivo. El frío viento soplaba como una advertencia entre el ramaje desnudo. Los graznidos de los cuervos, en diálogo unos con otros, también se volvieron más ásperos y agudos. Había llegado el invierno.

La idea de que lo que crecía en su útero podía ser el hijo de Tengo fue fortaleciéndose en el transcurso de los días hasta convertirse en una realidad. Todavía carecía de argumentos para convencer a otra persona. Pero no le costaba convencerse a sí misma. Estaba claro como el agua.

«Si me he quedado embarazada sin mantener relaciones sexuales, ¿quién va a ser el padre, sino Tengo?»

Desde noviembre había aumentado de peso. Seguía sin salir del apartamento, pero cada día hacía suficiente ejercicio y controlaba estrictamente su alimentación. Desde los veinte años, nunca había pasado de cincuenta y dos kilos. Pero, por esas fechas, un buen día la aguja de la balanza marcó cincuenta y cuatro y ya no bajó de ahí. Tenía la impresión de que la cara se le había redondeado un poco. Seguro que esa *cosa pequeñita* le pedía al cuerpo materno que empezase a engordar.

De noche seguía vigilando el parque infantil junto a *esa cosa pequeñita*. Seguía buscando la figura de un joven de gran estatura subido al tobogán. Mientras contemplaba las dos lunas de principios de invierno que pendían del cielo, se acariciaba el bajo vientre por encima de la manta. A veces derramaba alguna lágrima sin venir a cuento. De repente, sin apenas ser consciente, una lágrima le resbalaba por la mejilla y caía sobre la manta que le cubría las piernas. Quizá se debiera a la soledad o a la incertidumbre en que vivía. Quizás a la sensibilidad exacerbada por el embarazo. O quizás a que el viento helado le irritaba los lacrimales y la hacía llorar. En cualquier caso, ella, en vez de enjugárselas, las dejaba correr.

A partir de cierto momento, las lágrimas se agotaron. Y Aomame, sin inmutarse, siguió montando su solitaria guardia. «Aunque *ya no es tan solitaria»*, pensó. «Tengo a *esta cosa pequeñita y mía*. Somos dos. Miramos hacia las dos lunas y juntas esperamos a que Tengo aparezca.» De vez en cuando cogía los prismáticos y enfocaba hacia el tobogán desierto. Otras veces tomaba la pistola, sopesándola y palpándola. «Cuidar de mí misma, buscar a Tengo y alimentar a *esta cosa pequeñita*. Ésas son ahora mis obligaciones.»

Cierto día en que soplaba un viento frío, mientras vigilaba el parque, Aomame se percató de que creía en Dios. De pronto, *descubrió* ese hecho. Como si las plantas de sus pies hubiesen hallado unos cimientos sólidos en el fondo del cieno blando. Era una sensación inexplicable, una revelación imprevisible. Desde que tenía uso de razón había odiado a esa supuesta divinidad. Más aún, había rechazado a las personas y el sistema que se interponían entre Dios y ella. Durante mucho tiempo, para Aomame, esa gente y ese sistema habían sido sinónimos de Dios. Odiarlos a *ellos* era odiar a Dios.

Ellos habían estado a su alrededor desde que había venido al mundo. En nombre de Dios la habían dominado, le habían dado órdenes y la habían acorralado. En nombre de Dios le habían arrebatado todo su tiempo y su libertad y habían aprisionado su corazón cargándolo de pesadas cadenas. Ellos le habían predicado la bondad de Dios, pero también –redoblando su vehemencia– su ira y su intolerancia. A los once años se armó de valor y por fin consiguió escapar de ese mundo. Pero para ello tuvo que sacrificar muchas cosas.

«Si Dios existiera, mi vida estaría repleta de luz, sería más natural y fecunda», pensaba Aomame a menudo. «Habría podido construir tantos bellos recuerdos de una infancia normal y corriente, sin el tormento de la cólera y el miedo constantes... Y mi vida ahora sería mucho más positiva, reconfortante y satisfactoria.»

A pesar de todo, mientras contemplaba el parque desierto por una rendija en el antepecho del balcón, con las manos sobre el vientre, no podía evitar reconocer que, en el fondo de su corazón, creía en Dios. Cuando de manera mecánica se ponía a rezar, cuando juntaba los dedos de las manos, realizaba actos de fe, por más que no fuera consciente de ello. Era una sensación que la calaba hasta el tuétano y de la que no podía deshacerse mediante otras emociones ni con la lógica. El rencor y la rabia tampoco lograban eliminarla.

«Pero éste no es *su* Dios. Es *mi* Dios. Lo he aprendido porque he sacrificado mi vida, porque me han lacerado la carne y desgarrado la piel, chupado la sangre, arrancado las uñas y despojado de mi tiempo, mis ilusiones y recuerdos. No es un Dios con forma. No viste de blanco ni luce largas barbas. No tiene doctrina, libro sagrado o preceptos. No recompensa ni castiga. No concede ni arrebata. No ha dispuesto un Cielo al que subir ni un Infierno al que caer. Dios, simplemente, está *ahí*, haga frío o no.»

En ocasiones, Aomame recordaba las palabras que el líder había pronunciado poco antes de morir. No había podido olvidar su voz de barítono. Igual que no olvidaba lo que sintió cuando introdujo la aguja en su nuca. El líder le había dicho:

«Donde hay luz tiene que haber sombra y donde hay sombra tiene que haber luz. No existe la sombra sin luz, ni la luz sin sombra...

No sé si eso a lo que llaman Little People es bondadoso o malvado. En cierto sentido, trasciende nuestro entendimiento y capacidad de definirlo. Hemos vivido con ellos desde tiempos inmemoriales. Cuando el bien y el mal todavía no existían. Desde los albores de la conciencia humana».

¿Eran Dios y la Little People seres antagónicos? ¿O caras distintas de un mismo ente?

Aomame lo ignoraba. Sólo sabía que, pasara lo que pasase, debía proteger esa *cosa pequeñita* que había en su interior y, para ello, necesitaba creer en un Dios. O reconocer que creía en un Dios.

Aomame le dio vueltas en su mente. Dios carecía de forma, pero al mismo tiempo podía adoptar cualquier forma. Se lo imaginó como un Mercedes-Benz Coupé de líneas aerodinámicas. Un coche nuevo, recién salido del concesionario. Una elegante mujer de mediana edad se baja de él para ofrecerle a Aomame, desnuda, el bello abrigo de entretiempo que lleva puesto. La protege del frío viento y las miradas indiscretas de la gente. Luego, sin decir nada, regresa al Coupé plateado. Ella sabe que Aomame lleva una criatura en sus entrañas. Sabe que debe protegerla.

Aomame, por las noches, empezó a tener un nuevo sueño. En éste, se encontraba con que la habían recluido en una habitación blanca. Era un cuarto pequeño de forma cúbica. No tenía ventanas, sólo una puerta. Había una cama sobria, sin adornos, en la que la hacían acostarse boca arriba. Una fuente de luz colgada sobre la cama iluminaba su vientre, hinchado como una montaña. Era incapaz de ver su propio cuerpo. Pero, sin duda, lo que allí había formaba parte del cuerpo de Aomame. El momento del parto era inminente.

El rapado y el de la coleta vigilaban la habitación. Estaban decididos a no volver a cometer más errores. Ya habían fallado en una ocasión, y tenían que recuperar su reputación y el terreno perdido. Les habían asignado la tarea de impedir que Aomame saliera de la habitación y que alguien accediera a ésta. Estaban esperando a que naciera *esa cosa pequeñita*. Al parecer, tenían la intención de arrebatársela tan pronto como naciese.

Aomame, desesperada, intentaba gritar, pedir auxilio. Pero la habitación estaba construida con un material especial. Las paredes, el suelo y el techo absorbían al instante todos los sonidos. Los gritos ni siquiera llegaban a sus propios oídos. Aomame quería que la señora del Mercedes Coupé viniera y la rescatara. A ella y a *esa cosa pequeñita*. Pero las blancas paredes de la habitación se tragaban su voz.

Esa cosa pequeñita tomaba nutrientes a través del cordón umbilical y a cada instante aumentaba de tamaño. Quería emanciparse de aquella oscuridad tibia y por eso daba patadas a las paredes del útero. Ansiaba luz y libertad.

El de la coleta, de cuerpo espigado, estaba sentado en una silla junto a la puerta. Con las manos sobre las rodillas, contemplaba un punto fijo en el espacio. Tal vez en ese punto flotaba una densa nubecilla. El rapado estaba de pie, al lado de la cama. Los dos vestían los mismos trajes oscuros de la última vez. De vez en cuando, el rapado alzaba el brazo y consultaba el reloj. Como quien aguarda en la estación la llegada de un tren importante.

Aomame tenía las extremidades paralizadas. No parecía que se las hubieran atado, pero era incapaz de moverlas. No tenía sensibilidad en los dedos. Presentía las contracciones. Se aproximaba a la estación en el tiempo previsto, como ese tren predestinado. Percibía el levísimo temblor de los raíles.

Entonces se despertaba.

Se duchaba para quitarse el desagradable sudor que la cubría y se cambiaba de ropa. Las prendas sudadas las metía en la lavadora. Evidentemente, ella no quería soñar esas pesadillas. Pero, pese a todo, el sueño se le imponía. Cada vez, los detalles variaban un poco. Sin embargo, el lugar y el desenlace eran siempre los mismos. Una habitación blanca similar a un cubo. Las contracciones que se aproximaban. Los dos hombres vestidos con impersonales trajes oscuros.

Ellos sabían que Aomame llevaba a *esa cosa pequeñita* en sus entrañas. O muy pronto lo sabrían. Aomame estaba mentalizada: si fuera necesario, no vacilaría en descargar sobre el de la coleta y el rapado todas las balas de nueve milímetros que tuviera. El Dios que la protegía era, a veces, un Dios sanguinario.

Golpearon en la puerta. Aomame, sentada en la banqueta de la cocina, cogió la pistola, le quitó el seguro y la empuñó con la mano derecha. Fuera caía una lluvia fría desde la mañana. El olor a lluvia invernal cubría el mundo.

–¡Hola, señora Takai! –dijo el hombre cuando dejó de golpear a la puerta–. Soy el de la NHK de siempre. Siento molestarla, pero he vuelto para reclamarle el pago de la cuota. Señora Takai, está usted ahí, ¿no es cierto?

Sin articular una palabra, Aomame se dirigió hacia la puerta diciendo para sus adentros: «Hemos llamado a la NHK. Usted no es más que *alguien* que se hace pasar por un cobrador de la NHK. ¿Quién narices es usted? ¿Y qué busca?».

–Todo el mundo debe pagar por lo que recibe. Es un principio de nuestra sociedad. Usted recibe ondas hertzianas. Por lo tanto, pague la cuota. No es justo que sólo reciba y no dé nada a cambio. Eso es robar. –Su voz, aunque ronca, resonaba por todo el rellano–. Esto no es nada personal. Yo no la odio ni pretendo darle un escarmiento. Simplemente, no soporto que se cometan injusticias. Todo el mundo debe pagar por lo que recibe. Señora Takai, mientras no abra usted la puerta, yo seguiré viniendo y llamando. No creo que sea lo que usted desea. Y no soy un viejo que chochea y no razona. Si habláramos, seguro que llegaríamos a un arreglo. Señora Takai, ¿sería tan amable de abrir esa puerta de una vez por todas?

Volvió a golpear durante un rato.

Aomame aferró la semiautomática con las dos manos. «Este hombre debe de saber que estoy embarazada.» Las axilas y la punta de la nariz le sudaban ligeramente. No abriría la puerta por nada del mundo. Si el hombre utilizase un duplicado de la llave o intentase forzar la puerta valiéndose de otras artimañas, fuese o no cobrador de la NHK, le descerrajaría en el vientre todas las balas que había en el cargador.

Pero no, eso no sucedería. Lo sabía. Ellos no podían abrir la puerta. Tenía un mecanismo que ella debía desconectar antes de que abrieran desde fuera. Por eso el hombre estaba irritado y no dejaba de hablar. «Intenta crisparme los nervios con todas esas palabras.»

Pasados diez minutos, el hombre se marchó. No sin antes amenazarla y ponerla en ridículo, apaciguarla astutamente, volver a denigrarla y advertirle que regresaría.

–No tiene escapatoria, señora Takai. Mientras siga usted utilizando las ondas eléctricas, regresaré sin falta. No soy de los que se rinden fácilmente. Así es mi carácter. ¡Hasta pronto!

No se oyó ruido de pasos. Pero ya no estaba delante de la puerta. Aomame lo comprobó por la mirilla. Le puso el seguro a la pistola, fue al lavabo y se refrescó la cara. Tenía las sisas de la blusa empapadas de sudor. Mientras se ponía una limpia, se detuvo, desnuda, delante del espejo. La hinchazón de la barriga aún no llamaba la atención. Pero en su interior se ocultaba un gran secreto.

Habló por teléfono con la mujer de Azabu. Ese día, después de charlar unos minutos con Tamaru, éste, sin decirle nada, le pasó el auricular a la anciana. Durante la conversación evitaron llamar a las cosas por su nombre, valiéndose de palabras ambiguas. Al menos, al principio.

–Ya le hemos conseguido un nuevo lugar –dijo la mujer–. Allí podrá realizar el *trabajo* que tenía planeado. Es un sitio seguro y, periódicamente, unos especialistas realizarán inspecciones. Si a usted le parece bien, puede mudarse de inmediato.

¿Debía revelarle que iban tras aquella *cosa pequeñita*? ¿Que, en su sueño, los de Vanguardia intentaban hacerse con su bebé? ¿Que un falso cobrador de la NHK hacía cuanto podía para que ella abriera la puerta del piso, seguramente con el mismo objetivo? Aomame abandonó la idea. Confiaba en esa mujer. La apreciaba mucho. Pero ése no era el problema. En ese momento, la clave era *en qué mundo* vivía ella, Aomame.

–¿Cómo se encuentra? –preguntó la mujer.

Aomame le contestó que, por el momento, todo seguía adelante sin problemas.

–Me alegro –dijo la señora–. Pero le noto la voz un poco cambiada. A lo mejor es una impresión mía, pero detecto cierto tono de alarma. Si hay algo que le preocupa, por tonto que sea, no dude en decírmelo. Quizá podamos ayudarla.

Aomame, prestando atención a su tono de voz, contestó:

–Supongo que al estar tanto tiempo en un mismo lugar, inconscientemente, me he ido poniendo tensa. Aunque procuro mantenerme en forma. Al fin y al cabo, es mi especialidad.

–Naturalmente –dijo la anciana. Hizo una larga pausa, y prosiguió–: Hace unos días, alguien sospechoso estuvo rondando esta zona. Sobre todo parecía interesado en la casa de acogida. Pedí a las tres mujeres que viven allí que viesen la cinta de la cámara de seguridad, por si lo reconocían, pero a ninguna le sonaba. Puede que la buscara a usted.

Aomame arrugó levemente el entrecejo.

–¿Quiere decir que han atado cabos?

–No lo sé. Pero *nada es improbable*. Era un hombre bastante raro, con la cabeza muy grande y deforme, la coronilla plana y prácticamente calva, y es bajo, de piernas cortas y rechoncho. ¿Le suena alguien así?

«¿Cabeza deforme?»

–Yo vigilo a menudo desde el balcón a la gente que pasa por la calle, pero no he visto a nadie así. Debe de llamar la atención, ¿no?

–Mucho. Parece un payaso salido de un circo. Si *ellos* lo eligieron para que nos investigase, debo decir que me parece una elección inexplicable.

Aomame estaba de acuerdo. ¿Cómo iba Vanguardia a elegir a alguien con esa pinta para hacer un reconocimiento de la zona? No creía que estuvieran tan faltos de personal. Por otro lado, quizás ese hombre no perteneciera a Vanguardia y, si había averiguado qué profunda relación había entre la anciana y ella, todavía no se la había revelado a la organización. Pero ¿quién diablos era y con qué objetivo se había acercado a la casa de acogida? ¿No sería el mismo tipo que, haciéndose pasar por cobrador de la NHK, llamaba insistentemente a su puerta? No había ningún indicio que los vinculase, por supuesto. Sólo que el excéntrico comportamiento del falso cobrador se correspondía con el singular aspecto del hombre que la anciana le había descrito.

–Si ve a ese hombre, escríbanos una nota. Quizá sea necesario tomar medidas más estrictas.

Aomame le contestó que, por supuesto, los avisaría.

La anciana volvió a guardar silencio. No era lo habitual. Por teléfono siempre se mostraba práctica, iba al grano, intentaba no perder el tiempo.

–¿Qué tal anda usted? –preguntó Aomame con naturalidad.

–Como siempre, sin ningún problema en particular –dijo la anciana. Pero en su voz se percibió un ligero titubeo. Eso también era muy poco habitual.

Aomame esperó a que la anciana prosiguiera.

Poco después, resignándose, la mujer le confesó:

–Es sólo que me siento vieja. Sobre todo desde que usted se fue.

Aomame la animó:

–Yo no me he ido. Estoy aquí.

196

–Desde luego, es cierto. Está ahí y de vez en cuando puedo charlar con usted. Pero probablemente cuando nos veíamos regularmente y hacíamos un poco de ejercicio juntas me contagiaba parte de su vitalidad.

–Usted ya tiene vitalidad suficiente. Yo simplemente la ayudaba a sacar esa energía de su interior. Aunque yo no esté, estoy segura de que sabrá usted salir adelante.

–A decir verdad, hasta hace poco también yo pensaba eso –dijo la mujer con una risita seca y desprovista de encanto–. Yo me creía alguien especial. Pero los años nos roban poco a poco la vida. Uno no muere cuando le llega la hora. Uno va muriendo lentamente en su interior y, al final, se enfrenta a esa última liquidación. Nadie puede escapar. Todo el mundo debe pagar por lo que recibe. Es ahora cuando he aprendido esa verdad.

«Todo el mundo debe pagar por lo que recibe.» Aomame frunció el ceño. La misma frase que le había soltado el cobrador de la NHK.

–Me di cuenta de repente aquella noche lluviosa de septiembre, la noche en que tronó tanto –dijo la señora–. Estaba sola en el salón, contemplando la tormenta y oyendo los truenos, mientras pensaba en qué hacer con usted. Entonces la realidad me golpeó con todas sus fuerzas. Esa noche la perdí a usted y, al mismo tiempo, perdí algo que había en mi interior. Quizás un cúmulo de diferentes cosas. Algo que hasta entonces había vertebrado mi existencia y había sostenido mi ser.

Aomame se atrevió a preguntar:

–¿También la ira?

Sobrevino un silencio, como el lecho marino cuando la marea se retira. La anciana volvió a tomar la palabra:

–¿Se refiere a si, entre lo que perdí, también había ira?

–Sí.

La anciana suspiró lentamente.

–La respuesta a esa pregunta es sí. En efecto. Parece que, de algún modo, la intensa ira que albergaba dentro de mí se perdió en medio de aquella tormenta. Al menos se retiró a mucha distancia. Lo que me quedó dentro no es el odio que una vez ardía vivamente. Se transformó en una especie de aflicción. Nunca habría creído que tanta ira pudiera disiparse... Pero ¿cómo lo sabe?

–Porque a mí me pasó lo mismo. Esa noche de tormenta y de truenos.

–Se refiere a su ira, ¿verdad?

–Sí. La ira pura e intensa que llevaba en mí ha desaparecido. No por completo, pero, como usted ha dicho, se ha retirado a mucha distancia. Esa cólera dominó una gran parte de mi corazón y me azuzó con fuerza durante años.

–Como un cochero despiadado que no conoce el descanso –dijo la señora–. Pero ahora ha perdido fuerza y está usted embarazada. *En lugar de sentir ira*, quizás.

Aomame contuvo la respiración.

–Sí. En lugar de odio, ahora llevo *esta cosa pequeñita* dentro de mí. No tiene nada que ver con la ira. –«Y cada día aumenta de tamaño», se dijo.

–Supongo que no hace falta que se lo diga, pero tiene que protegerlo –dijo la anciana–. Para ello necesita trasladarse cuanto antes a un lugar seguro.

–Tiene usted toda la razón. Pero antes debo hacer algo, a toda costa.

Tras colgar el teléfono, Aomame salió al balcón y observó la calle y el parque infantil por el resquicio. El atardecer se acercaba. «Antes de que termine 1Q84, antes de que me encuentren, debo dar con Tengo, pase lo que pase.»

15
TENGO
Prohibido contarlo

Al salir del Cabeza de Cereal, Tengo deambuló durante un rato mientras daba vueltas a sus pensamientos. Luego decidió dirigirse a un pequeño parque infantil. El lugar en el que descubrió que en el cielo había dos lunas. Volvería a subirse al tobogán y contemplaría el cielo, como aquella vez. Desde allí posiblemente se viesen las lunas. A lo mejor le decían o le contaban algo.

«¿Cuándo fue la última vez que estuve en ese parque?», se preguntó Tengo. No logró recordarlo. El curso del tiempo había perdido su uniformidad, las distancias eran inciertas. Pero quizás había sido a principios de otoño. Recordaba que llevaba una camiseta de manga larga. Y ahora estaban en diciembre.

Un viento frío arrastraba una masa de nubes hacia la bahía de Tokio. Estaban atiesadas, cada una con una forma irregular, como hechas de masilla. Al fondo, escondiéndose de vez en cuando tras las nubes, se veían las dos lunas. La Luna de siempre, amarilla, y otra, pequeña, de color verde. Ambas habían superado ya el plenilunio y se habían reducido a dos tercios de su tamaño. La pequeña parecía una niña que intentaba esconderse bajo las faldas de su madre. Ocupaban la misma posición, aproximadamente, que la última vez. Como si se hubieran quedado allí aguardando a que Tengo volviese.

El parque infantil estaba desierto. La luz de la farola de mercurio había adquirido una tonalidad más lechosa, más fría. Las ramas desnudas del olmo de agua evocaron en él una vieja osamenta blanqueada por la lluvia y el viento. Aquella noche se prestaba a que los búhos ululasen. Pero en los parques de las ciudades no hay búhos. Tengo se cubrió la cabeza con la capucha de la sudadera y metió las manos en los bolsillos de la cazadora de cuero. Entonces subió al tobogán, apoyó los riñones en el pasamanos y contempló las dos lunas que jugaban al escondite entre las nubes. Al fondo, las estrellas titi-

199

laban en silencio. El viento arrastraba la informe suciedad acumulada sobre la ciudad y el aire se volvía puro e inmaculado.

«En este momento, ¿cuánta gente se habrá fijado en las dos lunas, igual que yo?» Fukaeri, naturalmente, lo sabía. Había sido ella quien lo había originado todo. Quizá. Pero, aparte de ella, nadie a su alrededor había mencionado que hubiese más lunas en el cielo. ¿Todavía no se habían dado cuenta, o es que todos lo sabían y no suponía ninguna novedad? Fuera como fuese, Tengo no le había preguntado a nadie por las lunas, excepto al amigo que lo había sustituido en la academia. Es más, por precaución, prefería no mencionarlo. Como si se tratara de un tema poco apropiado y que faltaba a la moral.

¿Por qué sería?

«Puede que las lunas no lo deseen», se dijo Tengo. Quizá su mensaje iba dirigido exclusivamente a Tengo y *no permitían* que lo compartiera con nadie.

Pero ésa era una extraña explicación. ¿Por qué iban a tener las lunas un mensaje para él? ¿Qué intentaban transmitirle? A Tengo, más que mensaje, le parecía un intrincado acertijo. Y, aun así, ¿quién formulaba el acertijo? ¿Quién demonios *no permitía* que lo compartiera con nadie?

El viento pasaba entre las ramas del olmo de agua produciendo un agudo silbido. Como una respiración cruel saliendo de entre los dientes de alguien que ha perdido toda esperanza. Tengo se quedó sentado mirando las lunas, mientras escuchaba distraídamente el silbido del viento, hasta que notó que el cuerpo, de los pies a la cabeza, casi le temblaba de frío. Había transcurrido un cuarto de hora, quizás un poco más. Había perdido la noción del tiempo. Su cuerpo, antes bien caldeado por el whisky, estaba ahora aterido, como un canto rodado solitario en el fondo del mar.

Las nubes se desplazaban lentamente hacia al sur. Por muchas nubes que fluyeran, siempre aparecían otras, y otras más. Sin duda alguna, en las lejanas tierras del norte había una inagotable fuente que las proveía. Allí, una gente empecinada, ataviada con gruesos uniformes grises, fabricaba nubes en silencio de la mañana a la noche. Igual que las abejas fabrican miel, las arañas fabrican telarañas y la guerra fabrica viudas.

Tengo miró su reloj de pulsera. Ya faltaba poco para las ocho. En el parque no había un alma. A veces alguien pasaba caminando con premura por la calle adyacente. Toda la gente que volvía del trabajo y se dirigía a casa caminaba de la misma manera. En el bloque nuevo de seis plantas, las ventanas de la mitad de los apartamentos estaban iluminadas. En una ventosa noche de invierno como aquélla, las ventanas iluminadas adquirían un calor dulce, especial. Tengo barrió con la mirada las ventanas encendidas, una por una, en orden. Como si desde una pequeña embarcación pesquera admirase un lujoso transatlántico flotando en el mar nocturno. En todas las ventanas las cortinas estaban echadas, como si se hubieran puesto de acuerdo. De noche, desde lo alto del frío tobogán, el mundo que se divisaba parecía otro mundo. Un mundo fundado en principios distintos, regido por normas distintas. Al otro lado de las cortinas, los vecinos debían de seguir, tranquilos y contentos, con sus vidas ordinarias.

¿Vidas ordinarias?

La imagen que Tengo tenía de una «vida ordinaria» no era más que un estereotipo desprovisto de color y profundidad. Una mujer y, tal vez, un par de hijos. La madre con el mandil puesto. Una olla humeante, una conversación mientras cenaban sentados a la mesa... Su imaginación topaba en ese punto con un muro. ¿De qué hablaría una «familia ordinaria» durante la cena? En cuanto a él, no recordaba haber charlado nunca con su padre mientras cenaban en torno a la mesa. Simplemente, engullían la comida en silencio a la hora que mejor le convenía a cada uno. Y a lo que comían ni siquiera se le podía llamar «cena».

Tras observar las ventanas iluminadas del edificio, volvió a dirigir la vista hacia las dos lunas, la pequeña y la grande. Por más que esperó, sin embargo, ninguna le contó nada. Sus rostros inexpresivos vueltos hacia él pendían el uno al lado del otro, como un pareado que necesitara que lo retocaran y arreglaran. «Hoy no hay mensaje»: ése era el único mensaje que tenían para Tengo.

Las nubes atravesaban infatigables el cielo camino del sur. Nubes de diversas formas y tamaños venían y se marchaban. Algunas de formas muy curiosas. Cada una parecía tener sus propios pensamientos. Pensamientos breves, sólidos y de perfiles definidos. Pero lo único que a Tengo le interesaba saber era qué pensaban las lunas, no las nubes.

Al poco tiempo se levantó, resignado, estiró las piernas y se bajó del tobogán. «¡Qué se le va a hacer! Tendré que contentarme con saber que no se ha producido ningún cambio en el número de lunas.» Con las manos enfundadas en los bolsillos de la cazadora, salió del parque infantil y despacio, a grandes zancadas, se dirigió de regreso a su piso. De pronto, mientras caminaba, se acordó de Komatsu. Ya iba siendo hora de hablar con él. Debía aclarar las cosas con él, al menos mínimamente. Y Komatsu también parecía tener cosas que contarle. Le había dejado el número de teléfono de la clínica, en Chikura. Aun así, no había recibido ninguna llamada suya. «Mañana lo llamaré yo.» Pero antes debía ir a la academia y leer la carta que Fukaeri le había entregado a su amigo.

La carta de Fukaeri estaba guardada en un cajón de su escritorio, sin abrir. Para lo bien cerrada que estaba en el sobre, era una misiva muy breve. Ocupaba la mitad de una hoja de una libreta pautada y estaba escrita a bolígrafo azul y con esa letra de aspecto cuneiforme de siempre. Aquella letra casaba mejor con una tablilla de arcilla que con una hoja de libreta. Tengo era consciente de que a Fukaeri le había llevado mucho tiempo escribir algo así.

Leyó la carta varias veces. *«Debo irme»* del piso, decía. *«Inmediatamente»*, había escrito la chica. Porque *«nos están viendo»*. Esas tres partes estaban bien subrayadas con un lápiz blando y grueso. Era un subrayado tremendamente elocuente.

No explicaba quién los «veía» ni cómo lo sabía ella. En el mundo en el que Fukaeri vivía, parecía que no se podía describir la realidad tal y como era. Las cosas debían contarse mediante insinuaciones y enigmas, o con lagunas y deformaciones, como los mapas que indican la ubicación de un tesoro enterrado por piratas. Igual que el manuscrito de *La crisálida de aire*.

Sin embargo, Fukaeri no pretendía expresarse de manera insinuante o enigmática. Para ella quizá fuese el modo más natural de explicar las cosas. Sólo era capaz de transmitir sus imágenes e ideas mediante aquel léxico y aquella gramática. Para entenderla había que familiarizarse con su sintaxis. Comprender sus mensajes requería movilizar todas las habilidades de uno para reordenar debidamente las palabras y completar las lagunas.

Con todo, Tengo se había acostumbrado a ese estilo de Fukaeri, tan peculiar y directo. Si ella había escrito *«nos están viendo»*, Tengo no dudaba de que los estaban viendo de verdad. Cuando manifestaba *«debo irme»*, significaba que era hora de que Fukaeri se marchase de allí. Tengo admitía primero el mensaje como una verdad global.

A partir de ahí, debía hacer conjeturas o descubrir por sí mismo el trasfondo, los detalles y razones. O, ya desde el principio, darse por vencido.

«*Nos están viendo.*»

¿Querría decir eso que los de Vanguardia habían dado con ella? Estaban al tanto de la relación entre Tengo y Fukaeri. Sabían que él había reescrito *La crisálida de aire* por encargo de Komatsu. Por eso Ushikawa había abordado a Tengo. Con una estratagema tan intrincada (todavía no entendía por qué), pretendían echarle el lazo para controlarlo. Por tanto, tal vez su piso estuviese bajo vigilancia.

Pero, si ése era el caso, se lo habían tomado con mucha calma. Fukaeri se había instalado en el piso de Tengo durante casi tres meses. Ellos estaban bien organizados. Eran poderosos. Si hubieran planeado capturar a Fukaeri, podrían haberlo hecho en cualquier momento. No necesitaban tomarse la molestia de vigilar su piso. Por otra parte, si de verdad hubieran estado vigilando a Fukaeri, no le habrían permitido irse así como así. Sin embargo, tras recoger sus cosas y abandonar el piso, antes de marcharse la chica incluso se había acercado a la academia de Yoyogi para confiar una carta a un amigo de Tengo.

Cuanto más intentaba buscarle la lógica, más confundido se sentía. La única explicación que se le ocurría era que, en realidad, ellos *no querían atrapar a Fukaeri*. A lo mejor, a partir de cierto momento, en vez de Fukaeri, su objetivo había pasado a ser otra persona. Alguien que no era ella, pero que tenía relación con ella. Tal vez, por algún motivo, Fukaeri había dejado de ser una amenaza para Vanguardia. En ese caso, ¿por qué se molestaban ahora en vigilar el piso de Tengo?

Tengo probó a llamar a la editorial de Komatsu desde el teléfono público de la academia. Sabía que, aunque era domingo, a Komatsu le gustaba trabajar también los días de descanso. «¡Qué bien se está en la editorial cuando no hay nadie más!», solía decir. No obstante, nadie atendió al teléfono. Tengo miró el reloj. Todavía eran las once de la mañana. Komatsu nunca iría a la oficina tan temprano. Fuera el día que fuese, él nunca se ponía manos a la obra hasta después de que el sol hubiera pasado el cenit. Tengo fue a la cafetería de la academia y, tras sentarse, mientras se tomaba un café suave, repasó una vez más la carta. Como de costumbre, el número de ideogramas utilizados era extremadamente escaso, y no había puntuado el texto ni lo había separado en párrafos.

TENGO AHORA HABRÁS VUELTO DEL PUEBLO DE LOS GATOS Y ESTARÁS LEYENDO ESTA CARTA ME ALEGRO PERO NOS ESTÁN VIENDO ASÍ QUE DEBO IRME DEL PISO INMEDIATA- MENTE NO TE PREOCUPES POR MÍ PERO YA NO PUEDO QUE- DARME AQUÍ COMO TE HE DICHO LA PERSONA QUE BUSCAS SE ENCUENTRA EN UN LUGAR AL QUE SE PUEDE IR A PIE DESDE AQUÍ PERO TEN EN CUENTA QUE ALGUIEN TE ESTÁ VIENDO

Tras releer tres veces aquella carta que más bien parecía un tele- grama, la dobló y se la guardó en el bolsillo. Como de costumbre, cuanto más la leía, más creía a Fukaeri. Alguien lo vigilaba. Eso ya lo había asimilado definitivamente. Alzó la cabeza y miró a su alrede- dor. Como estaban en hora de clase, apenas había gente en la cafe- tería. Tan sólo un puñado de estudiantes leyendo libros de texto o ha- ciendo anotaciones en sus cuadernos. No detectó a nadie con pinta de estar vigilándolo a escondidas desde las sombras.

Había una cuestión básica: si no era a Fukaeri, ¿a quién o qué demonios vigilaban? ¿Al propio Tengo, o quizá su piso? Reflexionó. Todo quedaba en el terreno de las conjeturas, por supuesto, pero te- nía la impresión de que, a lo mejor, era él quien les interesaba. Ten- go sólo era el que había corregido *La crisálida de aire* por encargo. El libro ya había sido publicado y había dado que hablar, para poco des- pués desaparecer de las listas de los más vendidos; ahí terminaba el papel de Tengo. Ya no existía ningún motivo para que pudiera inte- resarles.

Fukaeri apenas debía de haber salido del apartamento. Si la chica había descubierto que los vigilaban, así habría sido. Pero ¿desde dón- de? Entre los numerosos edificios que había en el barrio, se daba la sorprendente casualidad de que el piso de Tengo, situado en la terce- ra planta, no podía verse bien desde ninguna parte. Ése era uno de los motivos por los que a Tengo le agradaba el piso y llevaba tanto tiem- po viviendo en él. A la mujer casada con la que Tengo se veía allí tam- bién le gustaba por eso. «Sin tener en cuenta su aspecto», le decía a menudo, «este piso te hace sentir una tranquilidad asombrosa. Igual que el dueño.»

Antes del anochecer, recordó, un gran cuervo se acercaba a la ventana. Fukaeri le había hablado de él por teléfono. Se posaba en el reducido alféizar de la ventana en el que cabían escasas macetas y restregaba sus grandes alas negras y lustrosas contra los cristales. Su rutina diaria debía de incluir pasar un rato allí antes de regresar a su nido. Y parecía mostrar no poco interés por lo que ocurría dentro del apartamento. Sus grandes ojos negros, a ambos lados de la cara, tomaban buena nota de todo por los resquicios entre las cortinas. Los cuervos son aves inteligentes. Y curiosas. Fukaeri le había dicho que hablaba con el cuervo. En cualquier caso, era ridículo pensar que el cuervo espiara el piso para otros.

Entonces, ¿desde dónde vigilaban el piso?

De regreso a casa, al salir de la estación de tren, Tengo se acercó al supermercado. Compró verdura, huevos, carne de ternera y pescado. Con las bolsas de papel entre los brazos, se detuvo delante del portal y, por si acaso, miró a su alrededor. Nada sospechoso. El mismo paisaje inmutable de siempre. Cables eléctricos como oscuras vísceras suspendidas en el aire, la hierba marchita por el efecto del invierno en el jardincillo de delante del edificio, buzones oxidados. Aguzó el oído. Sin embargo, no se oía nada más que el incesante ruido de fondo de la ciudad, similar a un leve aleteo.

Después de entrar en el piso y guardar los alimentos, se acercó a la ventana, la abrió e inspeccionó el paisaje. Al otro lado de la calle había tres viejas casas, tres viviendas de dos plantas erigidas en solares angostos. Los dueños eran todos ancianos, típicos propietarios con muchos años a sus espaldas. Gente con cara agria que aborrecía cualquier cambio. Fuera como fuese, nunca acogerían alegremente en la segunda planta de sus casas a un desconocido recién llegado. Es más, aunque alguien se asomara por una de esas ventanas, no atisbaría más que el tejado del edificio de Tengo.

Tengo cerró la ventana, puso agua a hervir y se preparó café. Se sentó a la mesa y, mientras se lo bebía, dio vueltas a las diferentes posibilidades en las que había pensado. «Alguien me vigila cerca de aquí. Y Aomame se encuentra (o *encontraba*) en un lugar al que se puede ir a pie. ¿Existirá alguna relación entre los dos hechos? ¿O es pura coincidencia?» Por más que pensó no llegó a ninguna conclusión. Su mente daba vueltas y más vueltas, como un pobre ratón en un laberinto sin salidas al que sólo se le deja oler el queso.

Al final desistió de seguir pensando y hojeó el periódico que había comprado en el quiosco de la estación. Ese otoño, el presidente reelecto Ronald Reagan había llamado «Yasu» al primer ministro Yasuhiro Nakasone y éste, a su vez, había llamado «Ron» al presidente. Quizá fuera por culpa de la fotografía, pero parecían dos constructores deliberando si sustituir los materiales de construcción de calidad por otros cutres y toscos. Proseguían los disturbios originados en la India tras el magnicidio de la primera ministra, Indira Gandhi, y numerosos sijs habían sido asesinados. En Japón se había dado una cosecha de manzanas excelente. Pero ni un solo artículo atrajo el interés de Tengo.

Esperó a que las agujas del reloj marcasen las dos y volvió a llamar a Komatsu.

El editor tardó doce tonos en atender el teléfono, como de costumbre. Tengo no sabía por qué, pero nunca lo descolgaba con rapidez.

—Hombre, Tengo, ¡cuánto tiempo sin saber de ti! –dijo Komatsu. Su tono de voz volvía a ser el de siempre. Fluido, un tanto teatral y equívoco.

—Me tomé dos semanas de vacaciones y estuve en Chiba. Llegué anoche.

—Me han dicho que tu padre no está bien. Habrá sido duro, ¿no?

—No tanto. Sigue en coma, y yo me he limitado a estar unas horas a su lado, velarlo y matar el tiempo. El resto lo pasé escribiendo en el *ryokan*.

—De todas maneras, se debate entre la vida y la muerte. No ha debido de ser fácil.

Tengo cambió de tema:

—Me dijo que quería hablar conmigo de un asunto, o algo así, la última vez que hablamos. Hace tiempo.

—Ah, sí –dijo Komatsu–. Me gustaría quedar contigo y que charláramos con calma. ¿Tienes tiempo?

—Si es importante, me imagino que, cuanto antes nos veamos, mejor, ¿no?

—Sí, quizá sea lo mejor.

—Esta noche estoy libre.

—Perfecto. Yo también. ¿Qué te parece a las siete?

–Muy bien –contestó Tengo.

Komatsu le indicó un bar cercano a la editorial. Tengo había estado allí varias veces.

–Los domingos también abre y apenas hay clientes. Podremos hablar tranquilos.

–¿Va a llevarnos mucho rato?

–No sé qué decirte –contestó Komatsu tras unos segundos–. Hasta que te lo comente, no lo sabré.

–De acuerdo. Podemos hablar todo lo que usted quiera. Porque pase lo que pase vamos en el mismo bote, ¿no es así? ¿O acaso se ha pasado usted a otro bote?

–¡Qué va! –dijo Komatsu, de pronto en un tono conciliador–. Seguimos en el mismo bote. Nos vemos a las siete, entonces, y te lo cuento todo.

Tras colgar el teléfono, Tengo se sentó frente al escritorio, encendió el ordenador y abrió el procesador de textos. Luego pasó al procesador lo que había escrito a pluma en el *ryokan* de Chikura. Al releerlo, le vinieron a la mente escenas e imágenes de los días en el pueblo de la costa. La clínica y los rostros de las tres enfermeras. La brisa marina que agitaba el pinar y las gaviotas blancas que planeaban sobre éste. Tengo se levantó, descorrió las cortinas, abrió la cristalera y se llenó los pulmones de aire fresco.

«AHORA HABRÁS VUELTO DEL PUEBLO DE LOS GATOS Y ESTARÁS LEYENDO ESTA CARTA   ME ALEGRO»

Eso había escrito Fukaeri. Pero alguien vigilaba el piso. Ignoraba quién podía ser. Quizás hubieran instalado cámaras ocultas. Preocupado, Tengo inspeccionó cada rincón del piso. Sin embargo, no encontró cámaras ni aparatos de escucha. Era lo lógico, tratándose de un piso viejo y pequeño. Si los hubiera, los vería aunque no quisiera.

Siguió tecleando ante el escritorio hasta que empezó a oscurecer. No lo copiaba tal cual, sino que de vez en cuando cambiaba algo, y por eso le llevó más tiempo del que había calculado. Mientras se tomaba una pausa, tras encender la luz del escritorio, cayó en la cuenta de que ese día el cuervo no había acudido. Lo anunciaba el ruido que hacía al restregar sus grandes alas contra la ventana. Por su culpa, en los cristales siempre había unas pequeñas manchas de grasa que parecían un mensaje en clave que pedía ser descifrado.

A las cinco y media se preparó algo para cenar. Aunque no tenía hambre, al mediodía no había comido nada. Tenía que llevarse algo al estómago. Preparó una ensalada de tomate y algas *wakame* y, con una tostada, se la comió. A las seis y cuarto salió del piso vestido con un jersey negro de cuello alto y una chaqueta de pana verde oliva. Una vez en el portal, se detuvo y volvió a mirar a su alrededor. Pero no vio nada que le llamara la atención. No había ningún hombre escondido tras la oscuridad de un poste eléctrico. Ningún vehículo sospechoso aparcado. Ni siquiera había venido el cuervo. Sin embargo, eso lo intranquilizó; se le ocurrió que todas las personas *que no tenían pinta* de espiarlo, en realidad lo hacían camuflados. La señora que pasaba con la cesta de la compra, el anciano taciturno que paseaba al perro, los estudiantes de instituto con raquetas de tenis al hombro y montados en sus bicicletas que pasaban de largo sin ni siquiera mirar hacia él... Todos podrían ser espías de Vanguardia que se las ingeniaban para intentar disimular.

«No debo perder la cordura», pensó Tengo. Debía ser cauteloso, pero eso no implicaba volverse paranoico. Tengo se dirigió a buen paso a la estación. De vez en cuando se volvía rápidamente para comprobar que nadie lo seguía. Si alguien lo siguiera de cerca, lo pillaría. Tenía una buena visión periférica, aparte de buena vista. Tras volver la cabeza por tercera vez, se convenció de que nadie lo seguía.

A las siete menos cinco entró en el bar en el que se había citado con Komatsu. Éste todavía no había llegado, y parecía que Tengo era el primer cliente de la noche. Un gran florero depositado en la barra rebosaba de flores frescas; el olor de los tallos recién cortados se dispersaba por todo el local. Tengo se sentó en una zona algo apartada, al fondo, y pidió un vaso de cerveza a presión. Luego sacó un libro del bolsillo de la chaqueta y se puso a leer.

Komatsu llegó a las siete y cuarto. Chaqueta de *tweed* encima de un fino jersey de cachemira, fular –cómo no– también de cachemira, pantalones de algodón y zapatos de ante. El mismo «atuendo» de siempre. Todas ellas prendas de calidad y de buen gusto, gastadas en su justa medida. En él, parecían una parte más de su cuerpo. Que Tengo recordara, nunca había visto a Komatsu estrenar ropa. Quizá, para gastarla, dormía vestido con la ropa nueva, rodaba con ella por el suelo o hacía cosas por el estilo. O puede que la lavase a mano varias veces y luego la dejase secar a la sombra. Sólo cuando conseguía el aspecto raído y descolorido que deseaba, se la ponía y salía a la calle. Con cara de no haberse preocupado en su vida por cosas como la vestimenta. Sea como sea, vestido así tenía aires de editor veterano. Mejor dicho, no parecía otra cosa que un editor veterano. Se sentó delante de Tengo y también pidió una cerveza.

–Estás como siempre –dijo Komatsu–. ¿Qué tal va esa nueva novela?

–Avanzo poco a poco.

–Me alegro. Un escritor sólo madura a fuerza de escribir y escribir. Igual que las orugas, que no paran de comer hojas. Como te dije, estoy seguro de que tu trabajo con *La crisálida de aire* te ha servido para tu propia obra. ¿No es así?

–Sí –dijo Tengo tras asentir con la cabeza–. Creo que he aprendido unas cuantas cosas importantes sobre la escritura. Ahora soy capaz de ver cosas que antes no veía.

–Modestia aparte, yo de eso ya me había dado cuenta. Sabía que necesitabas un incentivo.

–Pero eso también me ha llevado a meterme en líos, como usted bien sabe.

Komatsu se rió torciendo la boca hasta parecer una Luna en cuarto creciente en invierno. Una sonrisa difícil de interpretar.

–Para conseguir algo importante uno debe pagar un precio. Son las normas de este mundo.

–Tal vez. Pero me cuesta distinguir eso tan importante del precio que hay que pagar. Todo está enmarañado.

–Sin duda. Como cuando hablas por teléfono y se produce un cruce de líneas. Tienes razón –dijo Komatsu. Entonces frunció el ceño–. Por cierto, ¿alguna novedad con respecto a Fukaeri?

Tengo midió sus palabras:

–Ahora mismo no sé nada de ella.

–¿«Ahora mismo»? –repitió Komatsu, provocativo.

Tengo se quedó callado.

–Pero hasta hace poco vivía en tu apartamento, ¿no? –añadió Komatsu–. O eso he oído.

–Efectivamente –admitió Tengo–. Pasó casi tres meses en mi casa.

–Tres meses es mucho tiempo –dijo Komatsu–. Pero no se lo dijiste a nadie.

–Ella me pidió que no se lo contara a nadie y así lo hice. Ni siquiera a usted.

–Pero ahora ya no está contigo.

–Eso es. Mientras yo estaba en Chikura, ella me dejó una nota y se marchó. No sé qué ha sido de ella a partir de ahí...

Komatsu sacó un cigarrillo, se lo llevó a la boca, encendió una cerilla y lo prendió. Luego entornó los ojos y miró a Tengo.

–... a partir de ahí regresó a la casa del profesor Ebisuno, en la cima de la montaña de Futamatao –dijo él–. El profesor contactó con la policía y retiró la denuncia por desaparición. Les dijo que simplemente se había ido a alguna parte y ahora había vuelto, que no la habían secuestrado. La policía debería interrogarla: ¿por qué desapareció?, ¿dónde ha estado? Ten en cuenta que es una menor. Puede que un día de éstos salga un artículo en el periódico: «JOVEN ESCRITORA EN PARADERO DESCONOCIDO APARECE SANA Y SALVA». Bueno, si sale en los periódicos, no creo que se arme mucho ruido; no ha habido ningún crimen de por medio.

–¿Cree que saldrá en la prensa que estuvo alojada en mi piso?

Komatsu sacudió la cabeza.

–No, Fukaeri no dará tu nombre. Con ese carácter que tiene, ya se le puede presentar la policía militar, un consejo revolucionario o la madre Teresa de Calcuta, que como se emperre en no decir nada, no abrirá la boca. No te preocupes por eso.

–No, no estoy preocupado, pero me gustaría saber cómo irá todo.

–Tranquilo. Tu nombre no saldrá a la luz, te lo aseguro –dijo Komatsu. Entonces esbozó un gesto serio–. Dejando eso de lado, quisiera preguntarte una cosa, pero es un asunto delicado. No sé cómo planteártelo.

–¿Cómo planteármelo?

–Es un tema personal.

Tengo cogió su cerveza, le dio un trago y volvió a depositar el vaso en la mesa.

–Está bien. Responderé a lo que pueda.

–¿Mantuvisteis tú y Fukaeri relaciones sexuales? Me refiero a cuando se alojó en tu casa. Basta con que me contestes sí o no.

Tengo sacudió lentamente la cabeza tras un breve silencio.

–La respuesta es no. –Instintivamente, Tengo había decidido no contar lo que había ocurrido entre él y Fukaeri aquella noche de tormenta. No podía revelar ese secreto. Estaba prohibido contarlo. Además, ni siquiera podía llamarlo «relación sexual». En sentido lato, no había existido deseo. Por ninguna de las dos partes–. Entre ella y yo no hubo ese tipo de relación.

–Entonces no os acostasteis, ¿no?

–No –contestó Tengo en tono seco.

A Komatsu se le formaron diminutas arrugas a ambos lados de la nariz.

–Pues no es que desconfíe de ti, pero has tardado en responder. A mí me ha parecido que dudabas. ¿No habríais estado a punto de hacerlo, por casualidad? No te estoy echando nada en cara, ¿vale? Lo único que pretendo es comprender ciertas cosas.

Tengo miró a Komatsu a los ojos.

–No he dudado. Pero la pregunta me ha parecido un poco extraña. Me preguntaba por qué le preocupa a usted que Fukaeri y yo pudiéramos habernos acostado juntos. Nunca le he visto inmiscuirse en la vida privada de nadie. Al contrario, siempre me ha parecido que prefería mantenerse alejado.

–Bueno... –dijo Komatsu.

–Entonces, ¿por qué se ha convertido eso ahora en un problema?

–Mira, en principio, a mí me trae sin cuidado con quién te acuestes o qué hace o deja de hacer Fukaeri. –Komatsu se rascó con el dedo en un costado de la nariz–. Tú lo has dicho: a mí todo eso me importa un pito. Pero Fukaeri, como sabes, es muy distinta de cualquier otra chica de su edad. No sé cómo decirlo... Como si sus acciones entrañaran un significado.

–Un significado –repitió Tengo.

–Por supuesto, todos los actos de cualquier persona entrañan a fin de cuentas algún significado –aclaró Komatsu–. Pero, en el caso de Fukaeri, es un significado *más profundo*. Es algo que sólo tiene ella, algo insólito. Por consiguiente, debemos comprender con certeza todo lo que la atañe.

–¿«Debemos comprender»? ¿Quiénes tienen que comprender? –preguntó Tengo.

Komatsu se mostró confundido, algo poco habitual en él.

–Para ser franco, el que quiere saber si habéis mantenido relaciones sexuales no soy yo, sino el profesor Ebisuno.

–Entonces, ¿el profesor ya sabe que Fukaeri ha pasado unos meses en mi casa?

–Claro. Estuvo informado desde el día en que ella se presentó en tu piso. Fukaeri lo ponía al corriente de dónde se encontraba.

–Eso no lo sabía. –Tengo estaba desconcertado. Fukaeri le había dicho que no le había contado a nadie dónde se encontraba. Sin embargo, a esas alturas, ¿qué más daba?–. Aun así, hay algo que no entiendo. El profesor Ebisuno es el tutor de Fukaeri, su protector, y es lógico que se preocupe por esas cosas. Pero en la situación en que nos encontramos, que no tiene ni pies ni cabeza, no me entra en la cabeza que la castidad de la chica sea una de las principales preocupaciones del profesor. Lo más importante debería ser si Fukaeri está a salvo y en un lugar seguro.

Komatsu torció una de las comisuras de la boca.

–¿Qué quieres que te diga? Yo tampoco acabo de entenderlo. El profesor sólo me pidió que te lo preguntara. Me pidió que quedara contigo y me enterara de si mantuvisteis relaciones o no. Yo te he hecho la pregunta y la respuesta es *no*.

–Exacto. Entre Fukaeri y yo no ha habido ninguna relación carnal –dijo categóricamente al tiempo que miraba al editor a los ojos. No tenía la sensación de estar mintiendo.

–Muy bien. –Komatsu se llevó otro Marlboro a la boca y, entornando los ojos, lo encendió con una cerilla–. Me basta con eso.

–Sin duda Fukaeri es una chica guapa y atractiva. Pero, como usted ya sabe, estoy metido en un buen lío. Y no por gusto. No me apetece complicar más las cosas. Además, yo tenía una relación con otra mujer.

–Me ha quedado claro –dijo Komatsu–. En ese sentido eres un tipo inteligente. Tienes las ideas claras. Se lo comunicaré al profesor. Perdona que te haga esta clase de preguntas. No te lo tomes a mal.

–No me lo tomo a mal. Simplemente me choca. No sé por qué me sale ahora con esto... –dijo Tengo, e hizo una breve pausa–. ¿Cuál era entonces el asunto del que quería hablarme?

Komatsu, que se había terminado la cerveza, le pidió al barman un *highball* de whisky escocés.

–¿Tú qué quieres? –le preguntó a Tengo.

–Lo mismo que usted –le contestó.

Les llevaron los *highballs* en dos vasos altos a la mesa.

–En primer lugar –dijo Komatsu tras un largo silencio–, necesito aclarar en la medida de lo posible todo este enmarañado asunto. Porque todos vamos en el mismo bote. Con todos me refiero a ti, a mí, a Fukaeri y al profesor Ebisuno, los cuatro.

–Una combinación curiosa –comentó Tengo.

Pero Komatsu no pareció captar el dejo de ironía. Estaba concentrado en sus propias palabras.

–Los cuatro nos prestamos a este proyecto, cada uno con sus intenciones, y desde luego no al mismo nivel y no necesariamente para ir en la misma dirección. En otras palabras, que no íbamos al mismo ritmo ni metíamos del mismo modo el remo en el agua.

–No era un grupo que se prestara a un trabajo en equipo.

–Quizá no.

–Entonces los rápidos arrastraron el bote hacia la cascada.

–Efectivamente, arrastraron el bote hacia la cascada –verificó Komatsu–. Sin embargo, y esto no es una disculpa, se trataba de un plan muy sencillo. Consistía en que tú reescribieras a vuela pluma *La crisálida de aire* y la novela ganara el premio. El libro se vendería un poco; engañaríamos a los lectores; conseguiríamos algo de dinero; lo haríamos todo medio en broma, medio para sacar beneficios: ése era el propósito. No obstante, el profesor Ebisuno metió baza como tutor de Fukaeri y la trama se complicó. Bajo la superficie del agua se enredaron distintos planes y la corriente fluyó cada vez más rápido. Tu nueva versión era mucho mejor de lo que nadie esperaba. Gracias a ello el libro fue un bombazo y se vendió por sí solo. Como resultado, nuestro bote acabó en un lugar al que nunca imaginamos que llegaría. Un lugar, por otra parte, un poco peligroso.

Tengo negó con un pequeño movimiento de cabeza.

–No, un poco peligroso, no. *Peligrosísimo.*

–Bueno, puede ser.

–No hable como si se tratara de algo ajeno. ¿Acaso no fue usted quien ideó todo esto?

–Tienes razón. A mí se me ocurrió y yo di el pistoletazo de salida. Al principio todo iba bien. Pero, por desgracia, acabamos perdiendo el control. Naturalmente, me siento responsable por haberte implicado en esto. Me siento como si te hubiera convencido contra tu voluntad. Pero el caso es que ahora tenemos que detenernos y corregir nuestra posición. Soltar lastre y simplificar la ruta al máximo. Estudiar bien dónde estamos y qué rumbo tomaremos.

Dicho esto, Komatsu suspiró y bebió del *highball*. Luego cogió el cenicero de cristal entre las manos y acarició su superficie con sus largos dedos, con el mismo cuidado con que un ciego palpa un objeto para comprobar su forma.

–La verdad es que me tuvieron recluido diecisiete o dieciocho días en alguna parte –soltó de pronto Komatsu–. Desde finales de agosto hasta mediados de septiembre. Una tarde, justo después de comer, caminaba por mi barrio para dirigirme a la editorial. Iba a la estación de Gōtokuji. Entonces una ventanilla de un cochazo negro que estaba parado a un lado de la calzada se bajó y alguien me preguntó: «¿Es usted el señor Komatsu?». Cuando me acerqué para ver quién era, se apearon dos hombres y me empujaron dentro del coche. Los dos tenían una fuerza brutal. Uno me sujetó por detrás, pasándome los brazos por las axilas y uniéndolos en la nuca, y el otro me hizo oler cloroformo o algo así. ¡Como si fuera una película! Pero la sustancia esa funciona, vaya que sí. Cuando me desperté, estaba encerrado en un pequeño cuarto sin ventanas. Las paredes eran blancas y tenía forma cúbica. Había una cama estrecha y una mesita de madera, pero ninguna silla. Me habían dejado tumbado en la cama.

–¿Lo secuestraron? –se sorprendió Tengo.

Komatsu devolvió a la mesa el cenicero cuya forma había terminado de inspeccionar, irguió la cabeza y miró a Tengo.

–Sí, me raptaron de verdad. ¿Te acuerdas de aquella vieja película llamada *El coleccionista?* Pues igual. Yo creo que a muy poca gente en el mundo se le ha pasado nunca por la cabeza que en algún momento pueden secuestrarla, ¿no te parece? Pero cuando a uno lo raptan, lo raptan con todas las de la ley. Y es algo..., ¿cómo diría?..., surrealista. Alguien te está raptando *de verdad...* ¿Puedes creértelo? –Komatsu escrutó a Tengo como en busca de una respuesta, pero no era más que una pregunta retórica.

Tengo aguardó la continuación en silencio. Las perlas de agua que habían ido formándose por fuera de su *highball,* todavía intacto, habían resbalado hasta humedecer el posavasos.

16
USHIKAWA
Una máquina capaz, paciente e insensible

A la mañana siguiente, Ushikawa se sentó en el suelo, junto a la ventana, igual que el día anterior, y siguió vigilando entre las cortinas. Prácticamente los mismos vecinos que habían regresado a casa la noche anterior, al menos gente que se les parecía, fueron saliendo del edificio. Todos iban encorvados y con el rostro ceñudo. Parecían hastiados y cansados frente al nuevo día que apenas despuntaba. Entre ellos no estaba Tengo. Pero Ushikawa pulsaba el disparador de la cámara y registraba los rostros de cada persona que pasaba por delante. Tenía carretes de sobra y necesitaba practicar para ganar destreza.

Al terminar la hora punta en que todo el mundo iba al trabajo, Ushikawa salió del piso y se metió en una cabina telefónica cercana. Marcó el número de la academia preparatoria de Yoyogi y preguntó por Tengo. La mujer que se puso al aparato le dijo:

–El señor Kawana está de baja desde hace diez días.

–¿Está enfermo?

–No, él no, pero sí un familiar, y el señor Kawana se ha ido a Chiba.

–¿Sabe cuándo volverá?

–Pues no se lo hemos preguntado –dijo la mujer.

Ushikawa le dio las gracias y colgó.

Si se trataba de un familiar, no podía ser otro que su padre, el hombre que había trabajado de cobrador de la NHK. De la madre, Tengo debía de seguir sin saber nada. Y por lo que Ushikawa recordaba, Tengo nunca se había llevado bien con su padre. A pesar de ello, había faltado más de diez días al trabajo para cuidar de él. Eso costaba de creer. ¿Se había mitigado de pronto la aversión que Tengo sentía hacia su padre? ¿Qué enfermedad padecía y en qué hospital de Chiba lo habían ingresado? Debía averiguarlo, pero para ello necesitaba más de media jornada. Y tendría que interrumpir la vigilancia.

Ushikawa se sentía perdido. Si Tengo estaba lejos de Tokio, no tenía sentido vigilar el portal de su edificio. Quizá sería más inteligente buscar en otra dirección. Podría indagar en qué hospital estaba el padre, o avanzar un poco en la investigación sobre Aomame. Podría hablar en persona con colegas y compañeros de la universidad o de su primera empresa. A lo mejor conseguía alguna nueva pista.

Pero, tras meditarlo largo rato, decidió seguir vigilando el edificio. En primer lugar, si interrumpía la vigilancia, perdería el ritmo de vida al que apenas empezaba a acostumbrarse. Tendría que volver a comenzar desde el principio. En segundo lugar, si trataba de localizar el hospital de Chiba y a los conocidos de Aomame, los frutos serían escasos comparados con el esfuerzo que invertiría. En una investigación, superado cierto punto, se cosechaban magros resultados; lo sabía por experiencia. En tercer lugar, su intuición le decía –escueta y claramente– que no debía moverse de allí. Debía instalarse y prestar mucha atención a todos los que cruzaran por su campo visual. Eso le decía la intuición encerrada en su deforme cabeza.

Estuviera Tengo o no, seguiría vigilando el edificio. Se quedaría y, antes de que Tengo regresase, reconocería a la perfección cada uno de los rostros de los inquilinos que entraban y salían a diario por el portal. Y, a simple vista, sería capaz de identificar a quienes no vivían allí. «Soy un animal carnívoro», pensó Ushikawa. Los animales carnívoros debían ser siempre pacientes. Debían fundirse con lo que los rodeaba y saberlo todo de sus presas.

Ushikawa salió antes de las doce, cuando apenas nadie cruzaba el portal. Para ocultar un poco su rostro, se caló un gorro de punto y se envolvió el cuello con una bufanda que se subió hasta la nariz. Aun así, seguía llamando la atención. El gorro de punto beis se extendía sobre su cabezón como el sombrerillo de una seta. Más abajo, la bufanda verde parecía una gigantesca serpiente enroscada. No era un buen disfraz. Además, el estilo y los colores del gorro y de la bufanda no combinaban en absoluto.

Ushikawa fue a la tienda de fotografía situada enfrente de la estación a que le revelasen dos carretes. Luego entró en un restaurante de *soba* y pidió *soba* con *tempura*. Hacía tiempo que no comía caliente. Ushikawa dio cuenta del *soba* con *tempura*, saboreándolo bien, y se tomó hasta la última gota del caldo. Al terminar, su cuerpo había entrado en calor; tanto era así que sudaba. Volvió a ponerse el gorro, se enrolló la bufanda al cuello y regresó al edificio. Al llegar al piso, encendió un cigarrillo y, con él entre los labios, extendió las fotografías en el suelo para ordenarlas. Comparó las de aquellos que habían vuelto a casa al anochecer con las de aquellos que habían salido a primera hora de la mañana y, si los rostros coincidían, los emparejaba. Para que fuese más fácil recordarlos, a cada uno le dio un nombre inventado. Con un rotulador anotó los nombres en las fotografías.

A esas horas pocos cruzaban el portal. A las diez, un chico con pinta de universitario y un bolso bandolera colgado al hombro salió a toda prisa. Un anciano de unos setenta años y una mujer de unos treinta y cinco también salieron pero regresaron al poco con sendas bolsas de supermercado. Ushikawa les fotografió las caras. Antes del mediodía entró un cartero que distribuyó el correo en los buzones del portal. Apareció, además, un repartidor a domicilio, con una caja de cartón en los brazos, que entró en el edificio y cinco minutos más tarde salió sin nada en las manos.

A cada hora, Ushikawa se apartaba de la cámara y hacía estiramientos durante unos cinco minutos. Entretanto, dejaba de vigilar, pero cubrir todas las salidas y entradas él solo era imposible. Lo importante era evitar el cansancio físico. Al pasar demasiadas horas en la misma posición, los músculos se atrofian y, cuando es necesario, no reaccionan con rapidez. Ushikawa movió diestramente su cuerpo redondo y deforme sobre el suelo, como Gregor Samsa después de transformarse en bicho, y ejercitó los músculos cuanto pudo.

Para sobrellevar el tedio, escuchaba la radio en frecuencia AM con unos auriculares. Los programas diurnos iban dirigidos principalmente a amas de casa y personas ancianas. Los locutores hacían chistes malos, soltaban estúpidas carcajadas sin ton ni son, manifestaban opiniones bobas y trilladas y ponían una música que hacía que a Ushikawa le entraran ganas de taparse los oídos. Además, anunciaban a gritos productos que nadie querría. Al menos así lo veía Ushikawa. A pesar de todo, necesitaba oír hablar a alguien, le daba igual quién fuese. Por eso se aguantaba y oía aquellos programas. De todas maneras, ¿por qué tenían que crear programas tan idiotas y difundirlos en vastas áreas aprovechando las ondas hertzianas?

Sin embargo, tampoco él estaba desempeñando una labor especialmente refinada o productiva. Tan sólo se ocultaba tras las sombras de unas cortinas en un piso barato y fotografiaba gente a escondidas. No podía criticar a los demás ni dárselas de importante.

También había sido así en el pasado. Cuando ejercía la abogacía, la situación era similar. No recordaba haber realizado nunca nada de provecho para la sociedad. Sus principales clientes eran financieras pequeñas y medianas vinculadas a organizaciones criminales. Ushikawa discurría cómo mover de manera más eficaz el dinero que las financieras ganaban y, después, cerraba los acuerdos. En otras palabras, blanqueo de dinero. También se encargaba de una parte de las operaciones de especulación inmobiliaria: echaban a los inquilinos que llevaban viviendo largos años en los edificios, se hacían con solares inmensos y los revendían a constructores. El dinero entraba a raudales. El resto de sus clientes no eran muy distintos a éstos. A Ushikawa se le daba bien defender a personas acusadas de evasión fiscal. La mayoría de los que solicitaban sus servicios era gente turbia de la que un abogado normal y corriente habría desconfiado. Cuando a Ushikawa le ofrecían llevar un caso (y si suponía una cantidad de dinero considerable), aceptaba sin vacilar, al margen de quién fuese el cliente. Los resultados también eran bastante buenos, con lo cual nunca le faltaba trabajo. El contacto con Vanguardia le venía de ahí. Por algún motivo, el líder lo había encontrado de su agrado.

Si hubiera hecho lo que cualquier abogado hacía, Ushikawa no habría podido ganarse la vida. Aunque, como Ushikawa, al salir de la universidad uno aprobara el examen de Estado y se sacara el título de abogado, nada podía hacerse sin influencias ni contactos. Con su aspecto, ningún bufete lo habría contratado. Aunque hubiera abierto su propio despacho, apenas habría conseguido trabajos. Muy pocos clientes habrían contratado y pagado buenos honorarios a un abogado con su fisonomía. La gente consideraba que un buen abogado debía ser bien parecido y tener cara de intelectual, quizá por culpa de las series de televisión sobre juicios y tribunales.

Por consiguiente, el destino lo había unido al submundo del delito. En el hampa nadie reparaba en su aspecto. Es más, su singularidad era uno de los factores por los que quienes se movían en ese submundo lo aceptaban y se fiaban de él. Porque el hecho de que la sociedad no los aceptase era un punto en común entre ellos y Ushikawa. Esa gente apreciaba su perspicacia, profesionalidad y discreción, le confiaban la tarea de mover grandes sumas de dinero (cosa que ellos no podían realizar abiertamente) y le pagaban generosamente. Ushikawa, por su parte, le cogió el truco rápidamente y aprendió mañas para zafarse de las autoridades manteniéndose siempre en los límites de la legalidad. Tenía buen olfato y era cauteloso. Sin embargo, un buen día, por codicia, se precipitó en sus cálculos y traspasó cierta línea sutil. Aunque consiguió evitar una condena casi segura, lo expulsaron del Colegio de Abogados de Tokio.

Ushikawa apagó la radio y se fumó un Seven Stars. Aspiró el humo hasta el fondo de los pulmones y luego lo expulsó lentamente. Utilizó una lata de melocotones vacía como cenicero. Si seguía viviendo así, acabaría encontrando una muerte miserable. Algún día no muy lejano daría un paso en falso y acabaría cayendo por sí solo en algún lugar oscuro. «Aunque ahora mismo desapareciera de este mundo, nadie se daría cuenta. Aunque gritara desde las tinieblas, mi voz no llegaría a nadie. Así y todo, no me queda más remedio que seguir viviendo hasta morir, y debo vivir a mi manera. Aunque es una manera no demasiado encomiable de vivir, no conozco otra.» Y, en esa «manera no demasiado encomiable de vivir», no había nadie más experto que Ushikawa.

A las dos y media, una chica con una visera de béisbol salió por el portal. No llevaba nada en las manos y pasó con prisas ante la cámara de Ushikawa. Al instante, éste pulsó el botón del motor de arrastre y sacó tres fotos. Era la primera vez que la veía. Era una chica muy guapa, delgada, de piernas y brazos largos. También tenía un cuerpo estilizado, como el de una bailarina. Rondaría los dieciséis o diecisiete años y llevaba unos vaqueros descoloridos, unas zapatillas de deporte blancas y una cazadora de cuero de hombre. Llevaba el pelo metido por dentro del cuello de la cazadora. Tras salir del portal, avanzó unos pasos y se detuvo; entornó los ojos y se quedó mirando a lo alto de un poste eléctrico situado frente a ella. A continuación dirigió la vista de nuevo hacia el suelo y se marchó. Al girar a la izquierda, la perdió de vista.

Aquella chica se parecía a alguien. Alguien a quien Ushikawa conocía. Alguien a quien había visto hacía poco. Por su aspecto, quizás a una estrella de televisión. Aunque Ushikawa nunca veía la televisión, excepto las noticias, y no recordaba haberse fijado en ninguna guapa famosa.

Pisó a fondo el acelerador de su memoria y puso a trabajar a su cerebro a todo gas. Con los ojos entornados, estrujó sus neuronas como si fueran una bayeta. Sintió un dolor agudo en los nervios. Luego, de pronto, cayó en la cuenta de que esa chica era Eriko Fukada. Nunca la había visto en persona. Tan sólo en las fotos que habían aparecido en la sección literaria de los periódicos. Con todo, la transparencia distante que envolvía a la chica era idéntica a la impresión que le habían dejado aquellas pequeñas fotografías en blanco y negro de su rostro. Gracias a la corrección de *La crisálida de aire*, ella y Tengo se habían visto las caras. No era descabellado que hubieran intimado y la chica se escondiese en casa de Tengo.

Al instante, casi por un acto reflejo, Ushikawa se puso el gorro de punto y un chaquetón azul marino y se enrolló la bufanda alrededor del cuello. Entonces salió por el portal, y corrió en la dirección que había tomado la chica.

Había visto que Eriko caminaba muy rápido. Quizá no lograse alcanzarla. Pero no llevaba nada encima, ni siquiera un bolso. Eso indicaba que no pensaba ir lejos. En vez de perseguirla y arriesgarse a llamar la atención, quizá debía esperar tranquilamente a que regresase. Mientras pensaba en eso, Ushikawa seguía buscándola con la mirada. Había algo en ella que lo había alterado sin motivo aparente. Igual que cuando, en cierto momento del crepúsculo, una luz de tonalidades místicas despierta recuerdos especialmente significativos que estaban dormidos.

Al poco, divisó a la chica. Se había detenido en la acera y miraba los artículos expuestos en la entrada de la pequeña papelería, donde algo le había llamado la atención. Ushikawa se volvió con toda naturalidad, dándole la espalda, delante de una máquina expendedora de café. Sacó calderilla del bolsillo y compró una lata de café caliente.

Poco después, la chica echó a andar otra vez. Ushikawa dejó en el suelo la lata a medio beber y la siguió, guardando suficiente distancia. La chica parecía concentrada en el acto de caminar. Lo hacía como si se deslizara por la superficie calma de un inmenso lago. Habría podido caminar sobre el agua sin hundirse ni mojarse los zapatos. Debía de dominar ese arte secreto.

Sin duda poseía algo. Algo singular que un ser humano normal y corriente no posee. Eso sentía Ushikawa. No sabía mucho de Eriko Fukada. Todo lo que había averiguado hasta entonces se limitaba a que era la única hija del líder, que había huido sola de Vanguardia a los diez años, que se había refugiado y había crecido en la casa del insigne estudioso Ebisuno y, poco después, había escrito *La crisálida de aire*, que con la ayuda de Tengo Kawana se había convertido en un *best seller.* Ahora se encontraba en paradero desconocido y habían denunciado su desaparición, por lo que la policía había registrado la sede de Vanguardia.

Al parecer, el contenido de la novela había causado cierto malestar en la comunidad. Ushikawa se había comprado el libro y lo había leído atentamente, pero ignoraba qué parte, qué aspecto los molestaba. La novela en sí era interesante y estaba muy bien escrita. La prosa estaba muy trabajada, era fácil de leer y, en parte, fascinante. Pero al final le había parecido una simple e inocente novela fantástica, e imaginaba que ésa era la impresión general de los lectores. De la boca de una cabra muerta salía la Little People, que fabricaba la crisálida de aire; la protagonista se desdoblaba en *mother* y *daughter*, y aparecían dos lunas. ¿En qué páginas se ocultaba la información que podía causar problemas a Vanguardia si se descubriera? Sin embargo, los de la organización, al menos en cierto momento, parecían decididos a impedir que esa información trascendiera.

No obstante, Vanguardia consideró demasiado peligroso acercarse a Eriko Fukada cuando ésta se convirtió en un foco de atención. Por eso, suponía Ushikawa, le habían encargado a él que contactase con Tengo. Le ordenaron que, de alguna manera, le echase el lazo a aquel corpulento profesor de academia.

Desde su punto de vista, Tengo no era más que un simple actor secundario. A instancias del editor, había hecho más accesible el manuscrito de *La crisálida de aire*. Un trabajo admirable, pero su papel seguía siendo auxiliar. Ushikawa no comprendía por qué Tengo les interesaba tanto. Y él, a su vez, no dejaba de ser un soldado raso. Sólo hacía lo que le mandaban: «¡A sus órdenes, señor!».

Pero Tengo había rechazado la relativamente generosa propuesta que Ushikawa le había hecho, y sus planes con respecto a él se frustraron. Entonces, mientras discurría por dónde seguir, el líder, padre de Eriko Fukada, falleció.

A Ushikawa no le incumbía qué dirección había tomado Vanguardia ni qué pensaba hacer en adelante. Tampoco sabía quién acaparaba el mando de la comunidad ahora que habían perdido a su líder. De momento, le habían dicho que encontrara a Aomame y desentrañara qué trama se escondía detrás del asesinato del líder. Seguramente, en venganza, castigarían a los culpables. Y estaban decididos a no permitir que la justicia interviniese.

¿Qué sucedía con Eriko Fukada? ¿Qué opinaba ahora Vanguardia de *La crisálida de aire*? ¿Seguían considerando la novela una amenaza para ellos?

Eriko Fukada caminaba en línea recta hacia alguna parte sin aflojar el paso ni mirar atrás, igual que una paloma de regreso al nido. Poco después se reveló que esa «alguna parte» era Marushō, un supermercado de tamaño mediano. Fukaeri recorrió los pasillos con una cesta en la mano, seleccionando conservas y alimentos frescos. Para comprar una lechuga la sopesó y la examinó desde diferentes ángulos. «Esto va para largo», pensó Ushikawa. Así que decidió salir del supermercado, ir a la parada de autobús que estaba al otro lado de la calle y vigilar la entrada del supermercado fingiendo que esperaba el autobús.

Pero, por más que esperó, la chica no salía. Empezó a preocuparse. A lo mejor se había marchado por otra salida. Sin embargo, antes le había parecido que la salida que daba a la calle principal era la única. Tal vez siempre le llevaba su tiempo hacer la compra. Recordó aquella mirada seria y misteriosamente superficial de la chica mientras pensaba con la lechuga en la mano. Por lo tanto, decidió armarse de paciencia y esperar. Tres autobuses vinieron y se fueron, y Ushikawa era el único que no se subía. Se arrepintió de no haber llevado consigo un periódico. El periódico abierto le habría ocultado la cara. En situaciones como ésta, el periódico o la revista se convierten en un artículo imprescindible. Pero ya era tarde para eso. Después de todo, había salido del piso a toda prisa.

Cuando Fukaeri salió por fin del supermercado, su reloj de pulsera marcaba las tres y treinta y cinco. La chica regresó a buen paso por donde había venido, sin dirigir una sola mirada hacia la parada de autobús donde se encontraba Ushikawa. Éste esperó un poco y fue tras ella. Aunque las dos bolsas de la compra parecían pesadas, la chica las llevaba sin esfuerzo y caminaba ágilmente, como un tejedor desplazándose sobre la superficie de una charca.

«¡Qué muchacha tan rara!», volvió a pensar Ushikawa mientras observaba su figura de espaldas. Era como contemplar una mariposa exótica poco común. Se podía ver y admirar, pero si la tocaran, perdería toda su vitalidad y su frescura. Y eso acabaría con su exótico sueño.

Rápidamente, Ushikawa consideró si debía comunicarles o no a los de Vanguardia que había descubierto el paradero de Fukaeri. Fue una decisión ardua. Si les ofreciera a Fukaeri, podría ganar muchos puntos. O, al menos, no le restarían. Podría demostrar a la comunidad que, paso a paso, había realizado con éxito su trabajo. Pero mientras se ocupase de Fukaeri, quizá perdería la oportunidad de encontrar a Aomame, su objetivo original. Y entonces lo echaría todo a perder. ¿Qué podía hacer? Metió las manos en los bolsillos del chaquetón, se embozó la bufanda hasta la punta de la nariz y siguió a Fukaeri guardando más distancia que a la ida.

«Tal vez la he seguido porque, simplemente, *quería observarla*», pensó de pronto. Sólo con verla caminar por la calle con las bolsas de la compra se le oprimía el pecho. Se sentía incapaz de avanzar o retroceder, como alguien a quien han inmovilizado atrapándolo entre dos paredes. Los movimientos de sus pulmones se volvieron irregulares y forzados, y le costó respirar, como si estuviera en medio de una tibia racha de viento. Era una sensación extraña que nunca había experimentado.

Decidió dejarla a su aire al menos un rato. Se centraría en Aomame, como había planeado inicialmente. Aomame era una asesina. Fueran cuales fuesen sus motivos, merecía ser castigada: a Ushikawa no le apenaría entregarla a Vanguardia. Pero aquella chica era una criatura tierna y taciturna que vivía en el fondo del bosque. Poseía alas de colores claros, como las de la sombra del alma. Se limitaría a contemplarla a distancia.

Después de que Fukaeri desapareciese por el portal del edificio con las bolsas en las manos, Ushikawa esperó un poco y entró. Volvió al piso, se quitó la bufanda y el gorro y se sentó otra vez en el suelo, delante de la cámara. El viento le había dejado la cara helada. Se fumó un cigarrillo y bebió agua mineral. Tenía la garganta sedienta como si hubiera comido algo muy picante.

Luego sobrevino el crepúsculo. Las luces de la calle se encendieron, y se aproximó el momento en que la gente regresaría a casa. Todavía con el chaquetón puesto, Ushikawa sostuvo el control remoto y dirigió su vista al portal. A medida que la memoria del sol de la tarde se apagaba, el piso vacío iba enfriándose, y lo hacía rápidamente. Parecía que haría mucho más frío que la noche anterior. Ushikawa pensó en ir a la tienda de electrodomésticos que había delante de la estación y comprar una estufa o una manta eléctrica.

Cuando Eriko Fukada volvió a salir por el portal, su reloj de pulsera señalaba las cuatro y cuarenta y cinco minutos. Llevaba la misma ropa que antes, es decir, un jersey negro con cuello de cisne y unos vaqueros, a excepción de la cazadora de cuero. El jersey ceñido le marcaba con nitidez los senos. En comparación con el cuerpo, menudo, tenía el pecho grande. Mientras observaba aquella hermosa turgencia a través del visor, Ushikawa volvió a sentir una opresión en el pecho.

Dado que no llevaba nada encima del jersey, parecía que no tenía intención de ir muy lejos. Igual que la otra vez, se detuvo en el portal y, con los ojos entornados, miró hacia el poste eléctrico. Había empezado a oscurecer, pero todavía se podía distinguir el perfil de las cosas. Durante un rato, la chica pareció buscar algo. Sin embargo, no debía de encontrarlo. Después dejó de mirar hacia el poste y, girando sólo el cuello, como un ave, observó a su alrededor. Ushikawa presionó el botón del control remoto y fotografió su cara.

Entonces, como si hubiera oído el ruido, Fukaeri se volvió rápidamente en dirección a la cámara. Y, a través del visor, Ushikawa y Fukaeri se encontraron frente a frente. Naturalmente, Ushikawa podía ver con claridad el rostro de Fukaeri. Estaba utilizando un teleobjetivo. Pero, al mismo tiempo, Fukaeri observaba fijamente el rostro de Ushikawa desde el lado opuesto de la lente. Su mirada captaba a Ushikawa en el fondo del objetivo. El rostro del hombre se reflejaba en las pupilas suaves y de un negro brillante de la chica. Parecía que hubieran establecido un contacto directo, y era una sensación extraña. Ushikawa tragó saliva. No, no podía ser. Desde su posición ella no podía ver nada. El teleobjetivo estaba camuflado y, con la toalla envuelta, el ruido amortiguado del disparador no podía llegar hasta ella. A pesar de todo, la chica se había quedado quieta mirando hacia donde Ushikawa se ocultaba. Aquella mirada desprovista de emoción se clavaba en Ushikawa. Como el resplandor de una estrella que iluminara un enorme bloque de roca sin nombre.

Durante bastante tiempo –Ushikawa ignoraba cuánto– los dos se miraron. Después, de pronto, la chica se volvió hacia atrás, retorciendo el cuerpo, y rápidamente regresó al portal. Como si hubiera visto todo lo que debía ver. Entonces Ushikawa expulsó el aire de los pulmones, esperó unos segundos y los llenó de aire nuevo. El aire helado se transformó en un sinfín de espinas que se le hincaron en los pulmones.

Los vecinos regresaron a casa y, como la noche anterior, uno a uno desfilaron bajo la luz del portal, pero Ushikawa ya no espiaba a través del visor de la cámara. Sus manos ya no agarraban el control remoto. Era como si la mirada franca y sin reservas de la chica hubiera despojado su cuerpo de todas sus fuerzas y se las hubiera llevado consigo. ¿Qué clase de mirada era aquélla? Esa mirada, como una larga y punzante aguja de acero, le había aguijoneado el corazón, tan hondo que habría podido salirle por la espalda.

La chica lo sabía: sabía que Ushikawa la espiaba. Y también que estaba fotografiándola. Ushikawa ignoraba cómo, pero *lo sabía*. Quizá lo había captado a través de un par de extraños sensores táctiles.

Necesitaba tomarse una copa. De hecho, le hubiera gustado llenarse un vaso de whisky hasta arriba y, a palo seco, apurarlo de un trago. Hasta pensó en salir a comprarlo. Había una licorería al final de la calle. Pero al poco renunció a la idea. Beber no iba a cambiar nada. «Me miró desde el otro lado del visor. Yo aquí escondido, robándole fotos a la gente, y esa chica guapa va y ve mi sucia alma y mi cabeza deforme. Haga lo que haga, nada cambiará ese hecho.»

Ushikawa se apartó de la cámara y, apoyándose contra la pared, miró hacia el techo oscuro y manchado. Entretanto, tuvo la sensación de que todo aquello carecía de sentido. Nunca le había parecido tan doloroso encontrarse solo. Nunca se le había antojado tan lóbrega la oscuridad. Recordó la casa en Chūōrinkan, recordó el jardín de césped y el perro, recordó a su mujer y sus dos hijas. Recordó la luz del sol que lo iluminaba todo. Y entonces pensó en sus genes, que sin duda se habían transmitido a su prole. En los genes que portaban los rasgos de cabeza fea y deforme y espíritu retorcido.

Tenía la impresión de que todo el trabajo que había hecho hasta ahora no servía de nada. En esa partida no le había tocado una gran baza. Pero se había esforzado y había logrado aprovechar al máximo aquella pobre mano. Había hecho trabajar a su mente a toda máquina para ganar la partida y llevarse la apuesta. Por un momento, hasta le había parecido que todo marchaba sobre ruedas. Pero ya no le quedaba ni una carta en las manos. Habían apagado la luz de la mesa de juego y todos los jugadores se habían retirado.

Al final, ese anochecer no tomó ni una sola foto. Apoyado contra la pared, con los ojos cerrados, se fumó varios Seven Stars, abrió otra lata de melocotones y se los comió. Cuando el reloj dio las nueve, fue al lavabo y se cepilló los dientes; luego se desnudó, se metió en el saco de dormir y, entre tiritonas, intentó dormir. Era una noche muy fría. Pero no sólo tiritaba por el frío que hacía. El frío parecía provenir de su interior. «¿Adónde demonios me dirijo?», se preguntó Ushikawa en medio de la oscuridad. «¿De dónde vengo?»

Todavía sentía en el pecho el dolor que le había provocado la mirada de la chica. «Quizá ese dolor jamás desaparezca. O quizá llevaba ya mucho tiempo ahí y no me he dado cuenta hasta ahora.»

A la mañana siguiente, tras desayunar queso con *crackers* y café soluble, recobró ánimos y se sentó de nuevo frente a la cámara. Igual que la víspera, observó a la gente que salía del edificio y sacó varias fotos. Pero entre ellos no estaba Tengo ni Eriko Fukada. Tan sólo se veían personas encorvadas que pisaban el nuevo día por inercia. Hacía una mañana magnífica, pero ventosa. El viento esparcía el hálito que la gente despedía por la boca.

«Mejor no pensar demasiado», se dijo Ushikawa. «Engrosaré mi piel, endureceré la cáscara de mi corazón e iré acumulando días ordenadamente, uno tras otro. No soy más que una máquina. Una máquina capaz, paciente e insensible. Por un extremo absorbe nuevo tiempo, lo convierte en tiempo viejo y lo expulsa por otro. La única razón de ser de esa máquina es su propia existencia.» Debía retornar a ese ciclo puro e inmaculado: el movimiento perpetuo que algún día tocaría a su fin. Ushikawa reafirmó su voluntad y, blindando su corazón, intentó apartar de su mente la imagen de Fukaeri. El dolor producido por la penetrante mirada de la chica había disminuido hasta convertirse en un malestar pasajero. «Así está bien», pensó Ushikawa. «Puedo darme por satisfecho. Soy un sistema simple hecho de pequeños detalles complejos.»

Antes del mediodía, Ushikawa fue a la tienda de electrodomésticos que se hallaba enfrente de la estación y compró una pequeña estufa eléctrica. Luego entró en el restaurante de *soba* de la víspera, abrió un periódico y se tomó unos *soba* con *tempura* calientes. Antes de volver al piso, se detuvo a la entrada del edificio y dirigió la vista hacia lo alto del poste eléctrico que Fukaeri había mirado el día anterior con tanto detenimiento. Pero no detectó nada que llamase su atención. Sólo el transformador y los gruesos cables negros enredados como serpientes en medio del aire. ¿Qué miraría la chica? ¿O qué buscaría?

Entró en el piso y probó a encender la estufa. Al pulsar el botón de encendido, ésta enseguida se iluminó con una luz anaranjada, y

Ushikawa notó en su piel aquel calor íntimo. No podía decirse que caldeara lo suficiente, pero había una gran diferencia entre tenerla y no tenerla. Apoyado contra la pared con los brazos cruzados, Ushikawa dormitó en medio de un pequeño charco de luz. Fue una breve siesta sin sueños que evocaba el más puro vacío.

El ruido de unos golpes puso fin a ese sueño profundo y, a su manera, feliz. Alguien llamaba a la puerta del piso. Cuando abrió los ojos y miró a su alrededor, por un momento no supo dónde se hallaba. Luego miró hacia la réflex Minolta instalada sobre el trípode que tenía a su lado y recordó que estaba en un piso en Kōenji. Alguien golpeaba la puerta con el puño. «¿Por qué llaman así?», se preguntó extrañado Ushikawa mientras se sacudía el sueño a marchas forzadas. Junto a la puerta había un timbre. Bastaba con pulsarlo. Sin embargo, alguien se molestaba en llamar a golpes. Y lo hacía con fuerza. Ushikawa miró el reloj de pulsera con el ceño fruncido. La una y cuarenta y cinco. La una y cuarenta y cinco de la tarde, claro. Fuera había luz.

Ushikawa no fue a abrir. No sabía de quién se trataba. Tampoco esperaba a nadie. Quizá fuese un vendedor a domicilio, alguien que quería que se suscribiera a un periódico o algo por el estilo. Puede que quienes estuvieran al otro lado lo necesitaran a él, pero él no los necesitaba a ellos. Apoyado en la pared, clavó la vista en la puerta y permaneció en silencio. Probablemente, al cabo de un rato el tipo se daría por vencido y acabaría yéndose.

Pero el otro no se rendía. Hacía una pausa y volvía a golpear. Se interrumpía durante diez o quince segundos para después seguir dando golpes. Unos golpes decididos, sin un atisbo de vacilación, que producían un ruido tan regular que resultaba antinatural. Y exigían una respuesta de Ushikawa. Empezó a desasosegarse. Quizás era Eriko Fukada, que venía a quejarse y pedirle explicaciones por haberla fotografiado a escondidas, una acción abyecta. Al pensar en esa posibilidad, se le aceleró el corazón. Se pasó su gruesa lengua por los labios. No. A todas luces, era un hombre adulto el que aporreaba la puerta de acero con sus grandes puños. No eran las manos de una chica.

Cabía la posibilidad de que Eriko Fukada hubiera contado a otra persona lo sucedido y ésta se hubiera presentado allí. Por ejemplo, el encargado de la inmobiliaria o un agente de policía. Si había sido así, el asunto se complicaría. Sin embargo, el de la inmobiliaria debía de tener un duplicado de la llave, y, si fuera un policía, ya se habría identificado. Además, ninguno de ellos habría golpeado en la puerta sin antes probar con el timbre.

–¡Señor Kōzu! –exclamó una voz de hombre–. ¡Señor Kōzu!

Ushikawa recordó que Kōzu era el apellido del anterior inquilino del piso. Ushikawa había decidido que le convenía no tocar la placa del buzón. Aquel hombre creía que el tal Kōzu seguía viviendo allí.

–Señor Kōzu –añadió el hombre–, sé que está usted ahí. No es bueno para la salud estar encerrado todo el día en el piso, como hace usted.

El hombre, que debía de ser de mediana edad, hablaba con voz un poco ronca, sin elevar mucho el volumen. Sin embargo, la voz escondía algo duro. Tenía la dureza de un ladrillo bien cocido y secado a conciencia. Quizá por eso resonaba en todo el edificio.

–Señor Kōzu, soy de la NHK. He venido a cobrarle la cuota mensual de recepción, así que ¿podría abrirme la puerta?

Ushikawa no tenía intención de pagar ninguna cuota de recepción de la NHK. Quizá zanjaría antes todo ese asunto si le enseñaba el piso y le daba alguna explicación. «Mire, ya ve que no hay televisión por ninguna parte.» Pero quizá resultaría sospechoso que un hombre de su edad y de su singular aspecto se pasara el día solo en un piso sin amueblar.

–Señor Kōzu, la ley establece que quien tiene televisión debe pagar la cuota. Hay mucha gente que me dice: «Yo no veo la NHK. Por lo tanto no voy a pagar». Pero no cuela. Vea la NHK o no, siempre que tenga televisión, debe pagar.

«Sólo es un cobrador de la NHK», pensó Ushikawa. Le dejaría decir lo que le apeteciera. Si no le hacía caso, acabaría yéndose. Sin embargo, ¿cómo sabía que en el piso había alguien? Desde que había vuelto al piso, hacía una hora, Ushikawa no había salido. Había estado con las cortinas echadas, sin hacer ruido.

–Señor Kōzu, sé perfectamente que está usted ahí –dijo el hombre como si le hubiera leído el pensamiento–. Se preguntará usted cómo lo sé. Sencillamente, lo sé. Está usted ahí, quieto, conteniendo la respiración, porque no quiere pagar la cuota de la NHK. Lo sé.

Los golpes se sucedían con regularidad hasta que, de pronto, se producía una pausa momentánea, como la frase de un instrumento de viento, y luego el hombre seguía golpeando al mismo ritmo.

–De acuerdo, señor Kōzu. Veo que se empeña en fingir que la cosa no va con usted. En fin, ya está bien por hoy. Me retiro. Tengo más cosas que hacer. Pero volveré, no le miento. Si le digo que volveré, es que lo haré sin falta. No soy de esos cobradores del montón, que se rinden a la primera. Yo insisto hasta que cobro lo que hay que cobrar. Tiene usted que pagar. Es un hecho tan incontrovertible como las fases de la Luna o la vida y la muerte. Nadie puede escapar.

Se hizo un largo silencio. De repente, cuando Ushikawa creyó que el cobrador ya se había ido, oyó:

–Nos veremos dentro de poco, señor Kōzu. Recuérdelo. Cuando menos se lo espere, oirá que llaman a su puerta. *Toc, toc.* Seré yo.

No hubo más golpes. Ushikawa prestó atención. Le pareció oír el ruido de unos pasos alejándose por el rellano. Entonces, rápidamente se colocó delante de la cámara y, por entre las cortinas, fijó el visor en el portal del edificio. Sin duda, cuando terminara su trabajo dentro del edificio, el cobrador saldría por allí. Quería ver qué pinta tenía. Los cobradores de la NHK se reconocían fácilmente por su uniforme. Aunque tal vez se hacía pasar por cobrador para conseguir que Ushikawa le abriera la puerta. En cualquier caso, sería alguien al que nunca había visto. Ushikawa posó la mano derecha junto al botón del control remoto y esperó a que alguien de esas características apareciera por el portal.

Sin embargo, treinta minutos después nadie había entrado ni salido. Al cabo de un rato, salió una mujer de mediana edad a la que había visto en repetidas ocasiones; la mujer montó en una bicicleta y se marchó. Ushikawa le llamaba «la Mujer Papuda», por el pellejo que le colgaba en la sotabarba. Pasada apenas media hora, la Mujer Papuda regresó con varias bolsas de la compra en la cesta de la bicicleta. Devolvió ésta al aparcamiento para bicicletas, cargó con las bolsas y entró en el edificio. Después, Ushikawa vio regresar a un colegial. Ushikawa le había puesto el nombre de «Zorro», porque tenía el rabillo de los ojos hacia arriba, como un zorro. Pero no salía nadie con pinta de cobrador. Aquello no tenía pies ni cabeza. El edificio sólo contaba con una salida. Y él no despegaba la vista ni un segundo del portal. Por lo tanto, el cobrador *seguía dentro*.

Ushikawa no se apartó de la cámara. Ni siquiera fue al baño. El sol se puso, cayó la oscuridad y la luz del portal se encendió. Pero el cobrador no salía. Pasadas las seis, Ushikawa se dio por vencido. Entonces fue al baño y meó; llevaba horas aguantándose las ganas.

Sin duda alguna, el hombre todavía estaba en el edificio. No tenía sentido. El extraño cobrador había decidido quedarse allí.

El viento, cada vez más frío, soplaba con un silbido agudo entre los cables eléctricos helados. Ushikawa encendió la estufa y se fumó un cigarrillo. No dejaba de pensar en el enigmático cobrador. ¿Por qué hablaba de esa manera tan provocadora? ¿Cómo podía estar tan seguro de que había alguien dentro del piso? ¿Y por qué no había salido del edificio? Y si era así, ¿dónde estaba en ese momento?

Ushikawa se alejó de la cámara y, apoyado contra la pared, permaneció largo rato mirando fijamente los filamentos anaranjados de la estufa.

17

AOMAME
Sólo tengo un par de ojos

El teléfono sonó un sábado de mucho viento. Eran casi las ocho de la noche. Aomame estaba sentada en la silla del balcón, abrigada con un plumífero y con la manta sobre las rodillas, vigilando por entre el hueco del antepecho el tobogán iluminado por las farolas. Hacía tanto frío que había metido las manos bajo la manta. El tobogán desierto parecía el esqueleto de un animal gigante extinguido durante la era glacial.

Pasar tantas horas sentada a la intemperie en una noche heladora no debía de ser muy bueno para el feto. Pero Aomame pensó que tampoco era para tanto. Aunque la superficie del cuerpo pasase frío, el líquido amniótico se mantenía casi a la misma temperatura que la sangre. En el mundo existían numerosos lugares donde hacía un frío mucho más intenso y las mujeres daban allí a luz sin contratiempos. «Y si debo soportarlo para encontrar a Tengo, lo soportaré.»

La gran Luna amarilla y la lunecilla verde flotaban como siempre en el cielo invernal, la una al lado de la otra. Nubes de distintas formas y tamaños cruzaban raudas el cielo. Eran muy blancas y compactas, de siluetas bien definidas, como sólidos bloques de hielo arrastrados hacia el mar por un río de nieve fundida. Mientras contemplaba aquellas nubes que surgían de no sabía dónde para después desaparecer, se sintió transportada a un lugar cercano a los confines del mundo. «He llegado al polo norte de la razón», pensó Aomame. Más allá, sólo se extendía la nada, un caos vacío.

La puerta acristalada estaba cerrada hasta dejar una pequeñísima abertura, de modo que el teléfono apenas se oyó, y Aomame estaba inmersa en sus pensamientos. Pero sus oídos no lo pasaron por alto. Sonó tres veces, se interrumpió y veinte segundos después volvieron a llamar. Tenía que ser Tamaru. Apartó la manta de las rodillas, abrió la puerta acristalada, empañada por el vaho, y entró en la sala. Ésta estaba a oscuras, y la había dejado con la calefacción puesta a no demasiada temperatura. Descolgó el auricular con las manos heladas.

–¿Estás leyendo a Proust?

–Apenas avanzo –contestó Aomame, y le pareció una especie de contraseña secreta de identificación.

–¿No te gusta?

–No es eso, pero, no sé cómo decirlo, es un mundo tan diferente del mío...

Tamaru esperó a que Aomame siguiera hablando. No tenía prisa.

–Es como si estuviera leyendo un informe detallado sobre un asteroide situado a años luz de *este mundo* en el que vivo. Me imagino cada escena y las entiendo. Además, las describe con mucho detalle y realismo. Pero esas escenas no tienen nada que ver con mi mundo. Están como a miles de kilómetros de distancia. Así que avanzo un poco en la lectura y después necesito volver atrás y releer varias veces cada pasaje.

Aomame enmudeció, como buscando las palabras. Tamaru seguía esperando.

–Eso no quiere decir que me aburra. Tiene una manera bellísima y detallada de escribir y, aunque a mi modo, comprendo esa especie de asteroide solitario, sólo que no avanzo demasiado en la lectura. Como un bote que remontara el río a contracorriente. Remo un rato, luego paro y me pongo a pensar en algo y, para cuando me doy cuenta, el bote ha vuelto al punto de partida –dijo Aomame–. Sin embargo, en este momento, quizás esa forma de leer me convenga más que seguir el argumento y avanzar para saber lo que ocurre. No sé bien cómo explicarlo, pero tengo la sensación de que, cuando intento progresar en la lectura, el tiempo transcurre de forma irregular. Como si no importase que lo de delante esté atrás y lo de atrás, delante. –Trató de explicarse–: Es como si viviera el sueño que está teniendo otra persona. Como si sintiéramos lo mismo al mismo tiempo. Pero esa simultaneidad me desconcierta. Aunque tengamos sensaciones muy parecidas, nos separa una distancia inmensa.

–¿Pretendería Proust crear esas sensaciones?

Aomame lo ignoraba.

–En todo caso –dijo Tamaru–, en el mundo real el tiempo avanza de manera indefectible. No se detiene ni retrocede.

–Sí, en el mundo real el tiempo siempre va hacia delante.

Mientras decía esas palabras, miró hacia la puerta acristalada. ¿Sería cierto? ¿Iría el tiempo siempre hacia delante?

—Hemos cambiado de estación y 1984 se acerca a su fin —dijo Tamaru.

—No creo que pueda terminar *En busca del tiempo perdido* este año.

—No importa —dijo Tamaru—. Tómate el tiempo que quieras. Es una novela escrita hace más de cincuenta años. Digamos que no contiene información de última hora ni noticias candentes.

«Tal vez no», pensó Aomame, «o tal vez sí.» Ya no confiaba demasiado en el tiempo.

—Entonces, ¿cómo está *eso que llevas dentro?* —le preguntó Tamaru.

—Muy bien, de momento.

—Me alegro —dijo Tamaru—. Por cierto, ¿te acuerdas de aquel retaco calvo que merodeaba alrededor de la mansión?

—Sí. ¿Ha vuelto?

—No. Estuvo rondando la zona un par de días y luego desapareció. Pero resulta que el tipo se pasó por las inmobiliarias del barrio fingiendo buscar algo de alquiler y preguntó por la casa de acogida. Tiene un aspecto peculiar. Encima, viste ropa muy llamativa. Todos los que hablaron con él lo recordaban perfectamente. No fue difícil seguirle el rastro.

—No está hecho para investigar ni espiar.

—Exacto. Su pinta no es la más apropiada para esa clase de trabajos. Tiene un cabezón como el de un *fukusuke*.* Se le ve bastante capaz. Se desplaza en persona y consigue averiguar lo que desea. Sabe adónde ir y qué preguntar. Además, parece bastante espabilado. Se desenvuelve bien y no hace un solo movimiento superfluo.

—Y, como dices, ha conseguido información sobre la casa de acogida.

—Sabe que es un refugio para mujeres maltratadas y que Madame lo cedió de manera gratuita. Seguramente, también se habrá enterado de que Madame es socia del club de deportes en el que trabajabas y que tú acudías a la mansión como entrenadora personal. Ésa es al menos la información que yo, si estuviera en su lugar, habría recabado.

—¿Es un tipo tan eficaz como tú?

---

* Muñeco de cabeza grande, vestido de manera tradicional, que se coloca a la entrada de las casas y los locales comerciales para atraer la buena suerte. *(N. del T.)*

–Mientras no se escatimen esfuerzos, se conozcan trucos para sonsacar información y se piense con lógica, cualquiera puede averiguar lo mismo que él.

–No habrá muchas personas que reúnan esas condiciones.

–Las hay. Son lo que suele llamarse profesionales.

Aomame se sentó y se tocó la punta de la nariz. Todavía estaba fría.

–¿Y no ha vuelto a aparecer por los alrededores de la mansión? –preguntó.

–Debe de ser consciente de que llama demasiado la atención, y ha visto las cámaras de vigilancia. Así que ha reunido toda la información que ha podido y se ha ido.

–O sea, que ya sabe que existe un vínculo entre Madame y yo. Que ese vínculo es más fuerte que el que se da entre una entrenadora de un gimnasio y una clienta rica. Que la casa de acogida pinta algo en todo esto. Y que tuvimos entre manos algún proyecto.

–Es probable –dijo Tamaru–. Por lo visto, está acercándose al meollo del asunto. Paso a paso.

–Por lo que dices, más que trabajar para una gran organización, parece que actúa en solitario.

–Sí, yo opino lo mismo. Una gran organización nunca utilizaría a un hombre con un aspecto tan llamativo para ese trabajo, salvo que la mueva algún propósito que se me escapa.

–Entonces, ¿por qué y para quién investiga?

–Vete a saber... –dijo Tamaru–. Lo único cierto es que es hábil y peligroso. Lo demás son sólo suposiciones. Sin embargo, personalmente, sospecho que Vanguardia está implicada de algún modo.

Aomame reflexionó sobre esa sospecha.

–Y el hombre se ha marchado.

–Sí. No sé adónde. Pero sería lógico pensar que se dirige o tiene como objetivo el lugar donde te escondes.

–Tú me dijiste que era casi imposible localizar este apartamento.

–Y es verdad. Por más que investigase sobre Madame y la mansión, nunca lo averiguaría, al menos a corto plazo. Se han eliminado todas las conexiones. Pero, a largo plazo, aparecerán grietas en la seguridad y el hombre acabará abriéndose camino por donde menos te lo esperes. Por ejemplo, si salieras a la calle y, por casualidad, te pillase.

–Yo no salgo a la calle –negó categórica Aomame. Pero eso no era cierto. Había salido ya dos veces del piso. La primera, cuando fue corriendo al parque infantil tras ver a Tengo. La segunda, cuando acudió en taxi hasta el área de emergencia de la metropolitana, cerca de Sangenjaya, buscando una salida. Pero no podía confesárselo a Tamaru-. Así pues, ¿cómo podría localizar el apartamento?

–Yo, en su lugar, habría intentado averiguarlo todo sobre ti. Quién eres, de dónde vienes, qué has hecho hasta ahora, en qué y cómo piensas, qué deseas, qué no deseas... Reuniría toda la información que pudiese, la extendería sobre la mesa y la estudiaría a fondo.

–Dejarme en pelotas, vaya.

–Eso es. Dejarte en pelotas y exponerte a una luz fría y brillante. Examinarte de cabo a rabo con unas pinzas y una lupa y dilucidar cómo piensas y actúas.

–No lo entiendo. ¿Analizando eso puede averiguar dónde estoy?

–No lo sé –respondió Tamaru–, depende. Pero eso es lo que *yo* haría. Todos seguimos una pauta a la hora de pensar y actuar. Y cuando hay pautas y rutinas, hay puntos débiles.

–Parece una investigación científica.

–Sin pautas no podríamos vivir. Es como el tema que estructura una pieza musical. Pero las pautas también encauzan nuestros pensamientos y conductas, y limitan nuestra libertad. Modifican nuestras prioridades y nuestra lógica. Por ejemplo, tú, pese a la situación en que te encuentras, me dices que no quieres moverte del sitio en que estás. Te niegas a mudarte a un lugar más seguro, al menos hasta que acabe el año. La razón es que buscas *algo*. Hasta que no lo encuentres, no te irás. O no querrás irte.

Aomame se quedó callada.

–No sé qué buscas y hasta qué punto eso es importante para ti. Tampoco voy a preguntártelo. Pero, desde mi punto de vista, *eso* que buscas es ahora tu punto débil.

–Tal vez –reconoció Aomame.

–El cabezón apuntará implacablemente hacia ahí, hacia ese factor personal que te tiene sujeta. Creerá que es la puerta de entrada. Si es tan bueno como creo, con los datos de que dispone, llegará a esa conclusión.

–No lo creo –dijo Aomame–. No existe ningún hilo que me una a *eso*. Sólo en mi mente y en mi corazón.

–¿Estás completamente segura de eso?

Aomame reflexionó.

–No estoy segura al cien por cien, pero sí, quizás, en un noventa y ocho por ciento.

–Entonces deberías preocuparte seriamente por ese dos por ciento. Como te he dicho, he comprobado que es un profesional. Bueno y paciente.

Aomame guardó silencio.

–Un profesional es como un perro de caza. Detecta olores y oye sonidos que una persona normal y corriente no percibe. Si se condujera del mismo modo que el común de las gentes, no sería un profesional. Y si lo hiciese, no sobreviviría mucho tiempo. Por eso debes tener cuidado. Eres una chica prudente, lo sé. Pero a partir de ahora debes estar alerta y ser más cauta que nunca. Lo más importante no se decide con porcentajes.

–Quiero preguntarte una cosa –dijo Aomame.

–Adelante.

–Si volviera a aparecer el cabezón, ¿qué harías?

Tamaru se quedó callado. Sin duda no se esperaba esa pregunta.

–Quizá nada –contestó al fin–. No veo qué daño podría hacer si aparece por aquí.

–Pero ¿y si empezase a hacer algo molesto?

–¿El qué, por ejemplo?

–No sé. Cualquier cosa que te fastidiase.

Tamaru hizo un ruidillo que surgía del fondo de su garganta.

–Entonces le enviaría un mensaje.

–¿Un mensaje entre profesionales?

–Algo así –dijo Tamaru–. Pero antes averiguaría si trabaja para alguien. Porque si tuviera apoyos, el asunto cambiaría y tendría que analizar los peligros a los que me expongo. Sólo actuaría una vez comprobado eso.

–O sea, que comprobarías la profundidad de la piscina antes de lanzarte al agua.

–Podría decirse así.

–Pero tú crees que actúa en solitario. Que nadie lo respalda.

–Sí, pero no hay que fiarse; a veces el olfato me falla. Y, por desgracia, no tengo otro par de ojos en el cogote –dijo Tamaru–. En cualquier caso, sé prudente y mantén los ojos bien abiertos. Vigila que no haya nadie sospechoso, que no se produzca ningún cambio a tu alrededor y que no ocurra nada inusual. Si detectas cualquier cambio, por pequeño que sea, avísame.

–De acuerdo, tendré cuidado –dijo Aomame, y pensó: «Claro que iré con cuidado. He de encontrar a Tengo y prestaré mucha atención. Con todo, igual que Tamaru, sólo tengo un par de ojos».

–En fin, eso era todo lo que tenía que decirte.

–¿Qué tal está Madame? –preguntó Aomame.

–Bien –dijo Tamaru. Y añadió–: Quizás un poco callada.

–Nunca ha sido muy habladora.

Tamaru emitió un pequeño gruñido desde el fondo de la garganta. Parecía que en el fondo de la garganta poseyera un órgano para expresar emociones especiales.

–Más callada de lo habitual, quiero decir.

Aomame se la imaginó sentada sola en una silla de lona, en el invernadero, observando incansable las mariposas que revoloteaban en silencio. A sus pies, una gran regadera. Aomame conocía cuán silenciosamente respiraba la anciana.

–El martes te enviaré con las provisiones una caja de magdalenas –dijo Tamaru cuando la conversación se acercaba a su fin–. Puede que influya positivamente en el transcurso del tiempo.

–Gracias –dijo ella.

Aomame fue a la cocina para prepararse un chocolate caliente. Necesitaba entrar en calor antes de volver al balcón a montar guardia. Hirvió leche en una cacerola y derritió el cacao en polvo. Luego lo sirvió en una taza grande y lo cubrió de nata montada. Se sentó a la mesa y bebió a pequeños sorbos mientras recordaba su conversación con Tamaru. «Un cabezón deforme me está desnudando bajo una luz fría y resplandeciente. Es un profesional competente y peligroso.»

Se abrochó bien el plumífero, se puso una bufanda en torno al cuello y regresó al balcón con la taza de chocolate a medio beber. Se sentó en la silla de jardín y se cubrió las rodillas con la manta. El tobogán seguía desierto. Sólo vio a un niño que, en ese preciso instante, se marchaba del parque. Era extraño que a esas horas hubiera un niño, y solo, en el parque. Era rechoncho y llevaba un gorro de punto. Pero Aomame lo veía desde muy arriba, por un pequeño resquicio, y el niño pasó rápidamente ante sus ojos para desaparecer enseguida entre las sombras. Para ser un niño, tenía la cabeza demasiado grande, aunque quizá sólo había sido una impresión suya.

En todo caso, no era Tengo, por lo que no le dio mayor importancia. Volvió a fijar la vista en el tobogán y, después, en la masa de nubes que, sin interrupción, atravesaba el cielo. Bebía chocolate y se calentaba las palmas de las manos con la taza.

Lo que Aomame había visto por un instante no era un niño, por supuesto, sino al propio Ushikawa. Si el parque hubiera estado mejor iluminado o si hubiera podido fijarse en él unos segundos más, se habría dado cuenta de que aquella abultada cabeza no era la de niño. Y se habría percatado de que aquel canijo cabezudo era el individuo del que Tamaru le había hablado. Pero Aomame sólo lo había visto durante unos instantes, y el ángulo de visión no había ayudado. Al mismo tiempo, por fortuna, y por los mismos motivos, Ushikawa tampoco había descubierto a Aomame.

En este punto, es inevitable plantearse los diversos «si». *Si* la conversación con Tamaru hubiera terminado un poco antes, *si* Aomame no se hubiera preparado el chocolate, seguramente habría visto a Tengo mirando al cielo desde lo alto del tobogán. Entonces habría salido corriendo del piso y, al cabo de veinte años, se habrían reencontrado.

Pero, en ese caso, Ushikawa, que seguía a Tengo, se habría dado cuenta al instante de que aquélla era Aomame, habría descubierto dónde se hallaba ésta y habría avisado de inmediato a los dos tipos de Vanguardia.

Por eso mismo nadie puede juzgar si fue una desgracia o una suerte que Aomame no viese a Tengo. El caso es que, como la última vez, Tengo se subió al tobogán y, durante un buen rato, contempló las dos lunas, la grande y la pequeña, y las nubes que avanzaban por el cielo. Ushikawa lo espiaba desde las sombras a cierta distancia. Entretanto, Aomame se fue del balcón, habló con Tamaru por teléfono y luego se preparó chocolate. Su ausencia duró unos veinticinco minutos. En cierto sentido, veinticinco minutos decisivos. Cuando Aomame regresó al balcón con la taza de chocolate, Tengo ya se había marchado. Ushikawa no lo siguió de inmediato. Se quedó en el parque, pues había algo que quería comprobar. Al terminar, Ushikawa se marchó a toda prisa. Aomame presenció esos últimos segundos desde el balcón.

Las nubes seguían deslizándose por el cielo a gran velocidad. Sin duda se dirigían hacia el sur, pasarían sobre la bahía de Tokio e irían a parar al inmenso océano Pacífico. Después, no se sabe qué destino las esperaba. Del mismo modo que nadie sabe lo que ocurre con el alma tras la muerte.

En cualquier caso, el círculo se estrechaba. Pero ni Aomame ni Tengo sabían que ese círculo se cerraba en torno a ellos y a pasos agigantados. Ushikawa percibía en cierto modo el movimiento. Él mismo estaba actuando para que el círculo se estrechase. Pero le faltaba una imagen de conjunto de lo que ocurría. Desconocía lo esencial: que apenas lo separaban de Aomame unas decenas de metros. Y, cosa rara tratándose de Ushikawa, cuando se marchó del parque se sentía incomprensiblemente confuso e incapaz de poner orden en sus pensamientos.

A las diez, el frío se hizo aún más intenso. Aomame, resignada, se levantó y entró en el cálido piso. Se desnudó y se dio un baño bien caliente. En el agua, mientras iba desprendiéndose del frío que había calado su cuerpo, se puso las manos sobre el abdomen. Sentía una ligera hinchazón. Cerró los ojos e intentó percibir alguna señal de *la cosa pequeñita* que estaba allí dentro. No disponía de mucho tiempo. Pasara lo que pasase, tenía que hacerle saber a Tengo que estaba embarazada de una criatura suya. Que lucharía desesperadamente por protegerla.

Se puso el pijama, se metió en la cama y, a oscuras, se adormeció. Poco antes de entrar en la fase de sueño profundo, soñó con la mujer de Azabu. Aomame estaba en el invernadero de la Villa de los Sauces y admiraba las mariposas junto a la anciana. El invernadero era cálido y sombrío como un útero. También estaba allí la cauchera que había dejado en el viejo piso. Bien cuidada, el verdor recuperado, tan llena de vida que apenas la reconocía. Una gran mariposa de un país del sur que nunca había visto se había posado sobre una de sus carnosas hojas. Parecía dormir apaciblemente, con sus grandes y coloridas alas plegadas. Aomame se alegró.

En el sueño, el vientre de Aomame estaba muy abultado. Parecía que se acercaba el día del parto. Podía oír los latidos de *la cosa pequeñita*. Sus propios latidos y los latidos de *la cosa pequeñita* se mezclaban, produciendo un agradable polirritmo.

La anciana estaba sentada al lado de Aomame, respirando silenciosamente, la espalda erguida y los labios cerrados, como de costumbre.

Para no despertar a las mariposas dormidas. Parecía absorta, como si ni siquiera se diese cuenta de que Aomame estaba a su lado. Aomame sabía que la señora la protegía. Aun así, le invadía la inquietud. Las manos de la anciana, colocadas sobre sus rodillas, eran pequeñas y frágiles. Las de Aomame rebuscaban la pistola inconscientemente, pero no la encontraban.

Pese a que se hallaba sumida en las profundidades de ese sueño, Aomame sabía que aquello no era más que un sueño. De vez en cuando, tenía sueños así. Se encontraba en una realidad vívida, muy nítida, pero sabía que no era real. Eran escenas de otro pequeño asteroide descrito con todo lujo de detalles.

Entonces, alguien abría la puerta del invernadero. Entraba un viento frío y funesto. La gran mariposa se despertaba, desplegaba sus alas y se alejaba volando delicadamente de la cauchera. ¿Quién sería? Aomame volvía la cabeza en dirección a la puerta. Pero, antes de ver quién era, el sueño se terminaba.

Aomame se despertó sudando. La cubría un sudor frío, desagradable. Se quitó el pijama, se secó con una toalla y se puso una camiseta limpia. Durante un rato permaneció despierta, tumbada sobre la cama. Tenía la impresión de que estaba a punto de ocurrir algo malo. Quizás alguien quería quitarle *aquella cosa pequeñita*. A lo mejor estaba muy cerca de allí. Debía encontrar a Tengo cuanto antes. Pero sólo podía seguir vigilando el parque infantil, como había hecho hasta entonces. Ser paciente y prudente y permanecer con los ojos abiertos, atenta al mundo. A una parcela bien delimitada del mundo. A lo alto de aquel tobogán. Sin embargo, es muy fácil que a cualquiera se le pasen cosas por alto. Porque únicamente posee un par de ojos.

Aomame quería llorar, pero las lágrimas no le salían. Echada, se llevó las manos al vientre y esperó en silencio a que la venciese el sueño.

18

TENGO

Donde, cuando te pinchas con una aguja, brota sangre roja

–Durante los tres días siguientes no ocurrió nada –dijo Komatsu–. Yo comía lo que me daban, dormía en aquella cama estrecha, me despertaba y utilizaba un pequeño retrete instalado en un rincón de la habitación. El retrete, protegido por una mampara, tenía una puerta pero sin pestillo. Aunque por aquel entonces todavía duraban los últimos calores del verano, los conductos de ventilación debían de estar conectados a un aparato de aire acondicionado, porque no notaba ningún calor.

Tengo escuchaba el relato de Komatsu sin decir ni una palabra.

–Me traían de comer tres veces al día. No sé exactamente a qué horas. Como me habían quitado el reloj y en el cuarto no había ventanas, no distinguía el día de la noche. Aunque prestaba atención, no se oía nada. Supongo que los ruidos que yo hacía tampoco se oían en el exterior. No tenía ni idea de adónde me habían llevado. Sólo tenía una vaga sensación de que sería un lugar retirado. El caso es que durante tres días no ocurrió nada. Ni siquiera estoy seguro de que fuesen tres días. Ellos me trajeron en total nueve raciones de comida y yo me las comía cuando me las traían. La luz de la habitación se apagó tres veces y tres veces dormí. Aunque me cuesta dormir, no sé por qué pero, mientras me tuvieron secuestrado, dormí profundamente. Un poco raro eso de dormir, ¿no? Pero, bueno, ¿sigues el hilo?

Tengo asintió con la cabeza.

–Durante esos tres días yo no dije ni una palabra. El que me traía la comida era un chico delgado. Llevaba una gorra de béisbol y una mascarilla blanca que le tapaba la boca. Vestía una especie de chándal y calzaba unas zapatillas de deporte sucias. Traía la comida en una bandeja y, cuando yo terminaba de comer, entraba a recogerla. Los platos eran de papel; y los cuchillos, tenedores y cucharas, de plástico barato. Me servían comida precocinada que, la verdad, muy buena no estaba, pero tampoco tan mala como para no poder tragármela. Me ponían poca cantidad. Como tenía hambre, no dejaba ni una miga. Eso también es extraño. No suelo tener apetito y, de vez en cuando, incluso me olvido de comer. De beber me daban leche y agua mineral. Nada de café o té. Ni un *single malt* ni una cerveza. No podía fumar. Pero, bueno, ¡qué se le iba a hacer! Tampoco estaba de vacaciones en un complejo hotelero. –De pronto, como si se hubiera acordado de que podía fumar, Komatsu sacó su cajetilla roja de Marlboro, se llevó un cigarrillo a la boca y lo encendió con una cerilla. Dio una profunda calada, expulsó el humo y frunció el ceño–. El tipo que me traía de comer no abría la boca. Seguramente le habían prohibido hablarme. Estaba claro que era un subalterno, un mandado. Pero debía de dominar algún tipo de arte marcial, porque estaba siempre en guardia.

–¿Usted tampoco le preguntó nada?

–No, sabía que no me contestaría. Decidí quedarme callado. Comía lo que me traía, me bebía la leche, cuando apagaban la luz dormía y cuando la encendían me despertaba. Entonces el chico venía con una maquinilla eléctrica y un cepillo de dientes, y yo me afeitaba y me lavaba los dientes. Cuando terminaba, él se lo llevaba todo. En la habitación sólo había papel higiénico. No me dejaron darme una ducha ni cambiarme de ropa, aunque tampoco me apetecía. En el cuarto no había espejos, pero a mí no me importaba. Lo peor fue el aburrimiento. Desde que me despertaba hasta que me dormía, me pasaba todo el tiempo solo, sin chistar la boca, en una habitación cuadrada y totalmente blanca, como un cubo, así que era normal que me aburriese. Y es que yo necesito leer. Si no tengo al lado cualquier cosa impresa, aunque sea el menú del servicio de habitaciones, no estoy tranquilo. Pero allí no había libros, periódicos ni revistas. No había televisor, radio ni juegos. Nadie con quien hablar. Lo único que podía hacer era sentarme en la cama y mirar el suelo, las paredes, el techo. Era una situación absurda. Porque, vamos a ver, yo voy caminando por la calle, unos tipos salidos de la nada me atrapan, me duermen con cloroformo o algo así, me llevan a alguna parte y me encierran en un cuarto rarísimo sin ventanas. Y, encima, el aburrimiento me volvía loco. –Komatsu observó pensativo el cigarrillo que humeaba entre sus dedos y sacudió las cenizas en el cenicero–. Quizá me dejaron tres días solo en aquel zulo para ponerme de los nervios... Estaba bien planeado. Sabían cómo ponerle a uno nervioso y desarmarlo. Al cuarto día, es decir, después del cuarto desayuno, entraron dos hombres. Yo supuse que eran los dos que me habían secuestrado. Me habían atacado de repente y yo no sabía bien qué estaba ocurriendo, por lo que no les había visto bien el rostro. Pero, al entrar aquellos dos, me acordé poco a poco de lo sucedido. Me habían arrastrado al interior del coche, me retorcieron los brazos con tal fuerza que pensé que me los arrancarían y me pusieron en la boca un paño empapado en alguna sustancia. No habían dicho ni mu y todo había ocurrido en un abrir y cerrar de ojos. –Al recordarlo, Komatsu torció ligeramente el gesto–. Uno no era muy alto, pero sí fornido, y llevaba la cabeza rapada al cero. Era de piel muy morena y tenía los pómulos salientes. El otro era alto, de extremidades largas y mejillas hundidas, y llevaba el pelo recogido en una coleta. Vistos el uno al lado del otro, parecían un dúo de humoristas. El larguirucho y el achaparrado con perilla. Pero enseguida me parecieron tipos peligrosos. Si era necesario, no les temblaría la mano. Sin embargo, no alardeaban y se mostraban serenos. Por eso no pasé demasiado miedo. Sus ojos producían una impresión terriblemente fría. Los dos vestían pantalones negros de algodón y camisa de manga corta blanca. Debían de tener entre veinticinco y treinta años; el rapado parecía un poco mayor. Ninguno de los dos llevaba reloj.

Tengo aguardó en silencio la continuación.

–El rapado se dirigió a mí. El delgado de la coleta se plantó delante de la puerta, con la espalda recta, sin decir nada, muy quieto. Parecía prestar atención a la conversación entre el rapado y yo, pero a lo mejor no era así. El rapado se sentó en una silla plegable de metal que había traído consigo y me habló. Como no había más sillas, yo me senté en la cama. Era un tipo inexpresivo. Abría la boca para hablar, pero, por increíble que parezca, el resto de la cara no se movía ni un ápice. Igual que el muñeco de un ventrílocuo.

El rapado preguntó a Komatsu: «¿Tiene alguna idea de por qué le hemos traído aquí, de quiénes somos?». Komatsu le contestó que no. El rapado se quedó observándolo a la cara un rato con una mirada carente de profundidad. Luego le dijo: «Pero si le pidiera que hiciera alguna suposición, ¿qué me diría?». Su manera de hablar era respetuosa y educada, pero también imperiosa, y el timbre de su voz, duro y frío, como una regla de metal dejada largo tiempo en una nevera.

Tras titubear unos segundos, Komatsu dijo con franqueza que, si tuviera que suponer algo, diría que aquello tenía que ver con *La crisálida de aire*. No se le ocurrían otras posibilidades.

–En ese caso, ustedes serían miembros de Vanguardia y este sitio podría estar dentro del recinto de la comunidad. Aunque no deja de ser una hipótesis.

El rapado no confirmó ni negó lo que Komatsu había dicho. Se quedó mirándolo sin decir nada. Komatsu también guardó silencio.

–Charlemos, pues, basándonos en esa hipótesis –soltó con tranquilidad el rapado–. Lo que hablemos a partir de ahora siempre será *en el supuesto de que* lo que usted ha dicho sea verdad. ¿Le parece bien?

–Muy bien, sí –contestó Komatsu. Así pues, conversarían con eufemismos y dando rodeos. No era una mala señal. Si no pensaran dejarlo marchar, no sería necesario tomarse tantas molestias.

–Usted trabaja en una editorial y se ha encargado de la edición de la novela *La crisálida de aire*, de Eriko Fukada, ¿no es cierto?

Komatsu reconoció que así era. Todo el mundo lo sabía.

–Por lo que sabemos, para que *La crisálida de aire* ganase ese premio de escritores noveles de la revista literaria, se cometió cierta irregularidad. Antes de pasarle el manuscrito al jurado, una tercera persona corrigió considerablemente la obra bajo sus directrices. La obra fue galardonada, se publicó y se convirtió en un éxito de ventas, ¿me equivoco?

–Depende de cómo se vea –dijo Komatsu–. No es raro que los manuscritos se corrijan con el asesoramiento de un editor y...

El rapado alzó la palma de la mano para interrumpir a Komatsu.

–Que un autor retoque su propia obra siguiendo los consejos del editor no es una irregularidad, tiene razón. Pero que, para ganar un premio, una tercera persona se inmiscuya y corrija el texto, eso es, piense lo que piense, totalmente amoral. Encima, se reparten los derechos de autor del libro después de crear una empresa fantasma. Al margen de si eso sería o no ilegal, desde un punto de vista moral es una conducta reprensible. No tiene justificación. Si la prensa se enterase, montaría un escándalo y su editorial se vería desprestigiada. Señor Komatsu, debería tenerlo muy claro. Nosotros sabemos hasta el último detalle y podríamos revelarlo todo aportando pruebas fehacientes. Por eso le recomiendo que deje de utilizar subterfugios. Con nosotros no funcionan. Es una pérdida de tiempo para todos.

Komatsu asintió en silencio.

–Si eso ocurriera, tendría usted que dejar la empresa y, además, en el mundillo editorial lo pondrían en la lista negra. No tendría usted dónde trabajar, al menos de forma lícita.

–Imagino que no –admitió Komatsu.

–Pero, en este momento, pocos están al corriente de eso. Usted, Eriko Fukada, el señor Ebisuno y Tengo Kawana, el encargado de la corrección. Y unas pocas personas más.

Komatsu midió sus palabras:

–Según mi hipótesis, esas «pocas personas más» serían miembros de Vanguardia, ¿no?

El rapado asintió brevemente y contestó:

–Según su hipótesis, sí. Sea cual sea la verdad. –Hizo una pausa y esperó a que Komatsu asimilara lo que acababa de decirle–. Y si esa hipótesis fuese cierta, *ellos* podrían encargarse de usted de algún modo. Podrían retenerlo en este cuarto hasta que les apeteciera. No les costaría demasiado trabajo. Pero si quisieran ahorrar tiempo, tendrían otras muchas opciones, algunas no muy agradables para ninguna de las dos partes. En todo caso, disponen de suficiente poder y recursos. Supongo que ya se habrá dado cuenta.

–Creo que sí –contestó Komatsu.

–Bien.

Dicho esto, el rapado levantó una mano y el de la coleta salió de la habitación. Poco después regresó con un teléfono. Conectó el cable a una toma en la pared y tendió el auricular a Komatsu. El rapado le dijo que llamase a la editorial.

–Parece que ha pillado usted un buen resfriado, lleva varios días en cama con bastante fiebre. No cree que pueda acudir a trabajar durante unos días. Dígales sólo eso y cuelgue, si hace el favor.

Komatsu llamó, pidió por un compañero, le comunicó escuetamente lo que le habían indicado y colgó sin responder a ninguna pregunta. Obedeciendo a un gesto que el rapado hizo con la cabeza, el de la coleta desconectó el cable, cogió el teléfono y salió del cuarto. El rapado se quedó un rato contemplando el dorso de sus manos, como examinándolo. Luego se dirigió a Komatsu. En su tono de voz se percibía algo parecido a la amabilidad.

–Por hoy hemos terminado. Ya seguiremos otro día. Entretanto, piense usted bien en lo que hemos hablado hoy.

Y el rapado se marchó. Los diez días siguientes, Komatsu los pasó en silencio dentro de aquel zulo. Tres veces al día, el joven de la mascarilla le llevaba la comida, tan insulsa como de costumbre. A partir del cuarto día, le ofrecieron unas prendas de algodón que parecían un pijama para que se cambiase, pero nunca le dejaron darse una ducha. Sólo podía lavarse la cara en el pequeño lavabo instalado sobre el retrete. Y se intensificó la sensación de que el tiempo no transcurría.

Komatsu suponía que estaba en las instalaciones que la comunidad tenía en la prefectura de Yamanashi. Las había visto en las noticias. Una especie de jurisdicción extraterritorial rodeada por una alta verja en medio de las montañas. Era imposible escapar o pedir auxilio. Si lo matasen (ése era probablemente el significado de «opción no muy agradable para ninguna de las dos partes»), nunca encontrarían su cadáver. Era la primera vez en su vida que sentía la muerte tan real y próxima.

Por fin, a los diez días de su llamada obligada a la empresa (creía que habían pasado diez días, aunque no estaba seguro), los dos hombres volvieron. El rapado parecía mucho más delgado que la última vez y, tal vez por ello, los pómulos se le marcaban sobremanera. Sus ojos, gélidos, estaban inyectados en sangre. Igual que la otra vez, se sentó en una silla plegable que llevaba consigo, frente a Komatsu, con la mesita de por medio. Pasó largo rato sin abrir la boca. Simplemente, sus ojos enrojecidos observaban a Komatsu.

El aspecto del de la coleta no había cambiado. Se quedó de pie delante de la puerta, bien erguido, como la última vez, con los ojos clavados en un punto indefinido y una mirada inexpresiva. Los dos, cómo no, vestían pantalón negro y camisa blanca. Debía de ser una especie de uniforme.

–Prosigamos con la conversación del otro día –dijo al fin el rapado–. Decíamos que teníamos que ocuparnos de usted de algún modo, ¿se acuerda?

–Entre las opciones –dijo Komatsu después de asentir–, hay algunas no muy agradables para ninguna de las dos partes.

–¡Qué buena memoria! –se admiró el rapado–. Exacto. Por el horizonte asoman perspectivas desagradables.

Komatsu se quedó callado.

–Y recuerde que seguimos en el terreno de las hipótesis –añadió el rapado–. En realidad, si por *ellos* fuera, preferirían no tener que tomar medidas tan drásticas. Si desapareciera usted de repente, podrían surgir nuevos problemas. Igual que cuando desapareció Eriko Fukada.

246

Quizá no demasiada gente lo echaría en falta, pero parece que es usted un editor reconocido y respetado en el mundo editorial. Además, si su ex mujer, de la que se ha divorciado, viera que se atrasa en el pago de la asignación mensual, seguro que tendría algo que decir, ¿o no? A *ellos* no les convendría que eso ocurriera.

Komatsu soltó un carraspeo seco y tragó saliva.

–Por otra parte, no tienen nada contra usted, ni pretenden darle un escarmiento. Saben que al publicar *La crisálida de aire* no tenía intención de atacar a ninguna comunidad religiosa. Al principio, incluso ignoraba la relación entre *La crisálida de aire* y esa comunidad. Usted discurrió el fraude para divertirse y llevado por la ambición. Y ganó una buena suma de dinero. Porque, para alguien como usted, tener que pagar la pensión compensatoria a su ex mujer y la pensión alimenticia a su hijo es duro, ¿no está de acuerdo? Y usted involucró a ese profesor de academia aspirante a escritor llamado Tengo Kawana, que no sabía nada de lo que se cocía. El plan era ingenioso, pero se equivocó en la obra y la compañía elegida. Y, al final, el asunto se complicó más de lo previsto. Son ustedes como civiles que llegan por error hasta el frente y se internan en un campo minado. No pueden avanzar ni retroceder. ¿No es así, señor Komatsu?

–¿Será así? –contestó Komatsu de manera ambigua.

–Me da la impresión de que todavía ignora usted muchas cosas. –El rapado entornó ligeramente los ojos sin apartarlos del editor–. Si las supiera, señor Komatsu, no hablaría de ese modo, como si la cosa no fuera con usted. Dejémoslo claro: está usted realmente en un campo minado.

Komatsu asintió en silencio.

El rapado cerró los ojos y, después de unos diez segundos, volvió a abrirlos.

–Hallarse en esta situación le resultará a usted un engorro, pero a *ellos* también les supone un problema serio.

Komatsu se decidió a hablar.

–¿Le importa que le haga una pregunta?

–Si puedo responderla...

–La publicación de *La crisálida de aire* ha perjudicado en cierta medida a esa comunidad religiosa, ¿verdad?

–«En cierta medida», no –dijo el rapado torciendo el gesto–. La voz ha dejado de hablarles. ¿Sabe usted lo que eso significa?

–No, no lo sé –respondió Komatsu con voz seca.

–Está bien. Yo no puedo darle explicaciones que, por otra parte, es mejor que usted no sepa. Por el momento, le diré que *la voz ha dejado de hablarles*. –El rapado hizo una breve pausa–. Y ese hecho desafortunado es producto de que la novela *La crisálida de aire* se haya impreso, publicado y difundido.

Komatsu hizo otra pregunta:

–¿Preveían Eriko Fukada y el profesor Ebisuno que, al publicarla, *La crisálida de aire* provocaría ese «hecho desafortunado»?

El rapado sacudió la cabeza.

–No, no creo que el profesor Ebisuno lo supiera. Con respecto a Eriko Fukada, no está tan claro. Suponemos que no pretendía perjudicar a la comunidad. Si alguien lo pretendió, no fue ella.

–La gente considera *La crisálida de aire* una simple novela del género fantástico –dijo Komatsu–, una inofensiva fábula escrita por una imaginativa estudiante de instituto. De hecho, muchos la han criticado por su inverosimilitud. A ningún lector se le ocurriría pensar que sus páginas ocultan un gran secreto o información peligrosa.

–Tiene razón –convino el rapado–. No creo que ningún lector haya percibido nada. Pero ése no es el problema. Ese secreto no puede divulgarse, de ningún modo y bajo ningún concepto.

El de la coleta seguía de pie, delante de la puerta. Observaba fijamente la pared de enfrente, como admirando un paisaje que sólo él podía ver.

–Lo que *ellos* desean es recuperar la voz –dijo el rapado escogiendo las palabras–. La vena de agua no se ha secado. Sólo se esconde en las profundidades, lejos de la vista de todos. Es extremadamente difícil lograr que resurja, pero no imposible.

El rapado escrutó los ojos de Komatsu. Parecía medir la profundidad de algo que había allí oculto. Como quien calcula a ojo si en cierta habitación cabría o no algún mueble.

–Como acabo de decirle, se han metido ustedes en un campo minado. No pueden avanzar ni retroceder. Y *ellos* podrían ayudarles a escapar sanos y salvos. De ese modo, ustedes salvarían sus vidas y ellos se librarían pacíficamente de unos molestos intrusos. –El rapado cruzó las piernas–. Así pues, le pido que, por favor, acepte el trato sin más. A ellos les da igual que ustedes salten en pedazos, pero si ahora se produjera una explosión, para ellos sería un incordio. Por lo tanto, señor Komatsu, le enseñaré el camino de regreso. Lo guiaré hasta un lugar seguro. A cambio, lo único que se le pide es que suspenda la publicación de *La crisálida de aire*. Que no siga imprimiendo ejemplares ni la publique en una edición de bolsillo; naturalmente, que no promocione más la obra, y que a partir de ahora no vuelva a tener el menor contacto con Eriko Fukada. ¿Qué opina? Puede hacerlo, ¿no cree?

–No es fácil, pero creo que sí puedo –dijo Komatsu.

–Señor Komatsu, no nos hemos tomado la molestia de traerlo aquí para que nos diga «*creo* que sí». –Los ojos del rapado enrojecieron aún más y su mirada se volvió más penetrante–. No le pido que recupere todos los libros que ha puesto en circulación. Eso atraería la atención de los medios, y sé que, además, no tiene usted tanta influencia. Queremos que lo arregle usted todo con la máxima discreción. Lo hecho, hecho está. El daño ya no se puede reparar. Lo que *ellos* quieren es no atraer la atención de la gente durante algún tiempo, ¿comprende?

Komatsu asintió en señal de afirmación.

–Como le he dicho, señor Komatsu, existen ciertos hechos cuya divulgación les traería a ustedes problemas. Si salieran a la luz, todos los implicados pagarían sus consecuencias. Por eso queremos firmar una tregua, por el bien de las dos partes. *Ellos* los exonerarán a ustedes de toda culpa. Les garantizarán su seguridad. Y ustedes no volverán a inmiscuirse en nada que tenga que ver con *La crisálida de aire*. No es un mal trato.

Komatsu reflexionó.

–De acuerdo. Suspenderé la publicación y la promoción de la novela. Quizá me lleve un tiempo, pero sabré arreglármelas. Y, en lo que a mí respecta, no tendré ningún problema para olvidar todo este asunto. Imagino que Tengo Kawana tampoco. Él nunca quiso involucrarse. Fui yo quien lo empujó a hacerlo. En cualquier caso, su trabajo ya ha finalizado. Con Eriko Fukada tampoco debería haber ningún problema. Me dijo que no tenía intención de seguir escribiendo. Pero, en cuanto al profesor Ebisuno, no tengo ni la más remota idea. Su objetivo último es averiguar si su amigo, el señor Tamotsu Fukada, sigue vivo y está a salvo, dónde se encuentra y qué hace. Si quieren saber mi opinión, yo creo que no se dará por vencido hasta averiguar el paradero del señor Fukada.

–El señor Fukada ha fallecido –dijo el rapado. Lo dijo con una voz serena y monocorde, pero que traslucía una extrema gravedad.

–¿Ha fallecido? –dijo Komatsu.

-Hace poco -contestó el rapado. Entonces inspiró aire con fuerza y luego lo expulsó lentamente-. Murió en el acto, sin sufrir, de un infarto al corazón. Dadas las circunstancias, no hicimos pública su defunción y se celebró un entierro en la más estricta intimidad, muy restringido, en el seno de la comunidad. Por motivos religiosos, el cuerpo fue incinerado en la comunidad, y sus huesos se molieron y esparcieron en la montaña. Fue una inhumación ilegal, pero sería difícil demandarnos, ¿no le parece? Con todo, ésa es la verdad. Nosotros no mentimos sobre la vida y la muerte de nadie; para nosotros es algo sagrado. Si hace el favor, comuníqueselo al profesor Ebisuno.

-Así que falleció de muerte natural.

El rapado asintió.

-El señor Fukada era una persona verdaderamente inestimable para nosotros. En realidad, la palabra «inestimable» no le hace justicia. Era un ser formidable. Por el momento, su deceso sólo se ha comunicado a un número reducido de personas, pero se siente profundamente su desaparición. La esposa, es decir, la madre de Eriko Fukada, falleció hace años de un cáncer de estómago. Murió en la clínica de la comunidad, tras negarse a recibir quimioterapia. Su marido se ocupó personalmente de cuidarla.

-Me imagino que tampoco la muerte de su esposa se hizo pública, ¿no es así? -preguntó Komatsu.

El rapado no lo desmintió.

-Y dice que el señor Tamotsu Fukada ha muerto hace poco.

-Eso es -le confirmó el otro.

-¿Ocurrió después de que se publicara la novela?

El rapado bajó la vista hacia la mesa y, a continuación, la alzó para volver a mirar a Komatsu.

-Sí. El señor Fukada falleció tras la publicación del libro.

-¿Existe quizás una relación entre esos dos hechos? -inquirió Komatsu sin ningún reparo.

El rapado permaneció en silencio. Ponía sus ideas en orden para contestarle. Luego dijo sin titubear:

-Está bien. Quizá sea mejor que le cuente la verdad, para poder convencer también al señor Ebisuno. El señor Tamotsu Fukada era el líder de la comunidad, «el que escucha la voz». Cuando Eriko Fukada difundió *La crisálida de aire*, la voz dejó de hablarle y, en ese momento, el señor Fukada puso fin a su propia vida. Fue una muerte natural. O, más exactamente, provocó de forma natural su propia muerte.

—Eriko Fukada es la hija del líder... —dijo Komatsu casi en susurros.

El rapado asintió con un gesto conciso.

—Y, al final, fue Eriko Fukada quien empujó a su padre a la muerte —prosiguió Komatsu.

El rapado volvió a asentir.

—Exacto.

—Pero la comunidad pervive.

—Sí, así es —contestó el rapado, y clavó en Komatsu unos ojos que parecían guijarros de la antigüedad helados y aprisionados dentro de un glaciar—. Señor Komatsu, la publicación de *La crisálida de aire* fue funesta para la comunidad. Pero *ellos* no pretenden castigarlos. A estas alturas no conseguirían nada con eso. *Ellos* tienen una misión que cumplir y, para ello, se necesita tranquilidad y aislamiento.

—Entonces, lo que pretenden es que nosotros demos marcha atrás y nos olvidemos de todo.

—En resumen, sí, eso quieren.

—¿Era necesario secuestrarme para decirme esto?

Por primera vez, en el rostro del rapado afloró algo semejante a una expresión. Un gesto muy sutil, que fluctuaba entre la sonrisa y la empatía.

—Si nos tomamos el trabajo de traerlo hasta aquí fue porque *ellos* querían hacerle entrar en razón y comunicarle algo muy serio. No nos gustan las medidas drásticas, pero, si es necesario, no dude de que las adoptaremos. Debía sentirlo usted en su propia piel. Si rompiesen el pacto, lo pagarían ustedes muy caro. ¿Lo entiende?

—Sí —dijo Komatsu.

—Señor Komatsu, para serle franco, han tenido ustedes mucha suerte. Quizá no veían bien, por culpa de esa niebla tan espesa, pero lo cierto es que caminaron hasta el borde de un precipicio, a tan sólo unos centímetros del vacío. Grábese en su mente esa imagen con fuego. Actualmente *ellos* no pueden permitirse el lujo de ocuparse de ustedes. Tienen asuntos mucho más importantes. En ese sentido, han sido ustedes afortunados. Así que, mientras les acompañe la suerte...

Dicho eso, volvió las palmas de las manos hacia arriba, como si quisiera comprobar si llovía o no. Komatsu esperó a que siguiera hablando. Pero no hubo más palabras. Terminada la conversación, de pronto el rostro del rapado parecía exhausto. Se levantó lentamente de la silla plegable, la dobló y, con ella debajo del brazo, salió del cuarto cuadrado sin volverse hacia atrás. Cerraron la pesada puerta y se oyó el chirrido seco de la llave en la cerradura. Komatsu se quedó solo.

–Me tuvieron otros cuatro días encerrado en esa habitación cuadrada. Lo esencial ya estaba hablado. Me habían expuesto el asunto y habíamos llegado a un acuerdo. No entendía por qué no me liberaban. Los dos hombres no volvieron a aparecer y el joven subalterno que se ocupaba de mí seguía sin abrir la boca. Yo comía la misma comida insulsa de siempre, me afeitaba con la maquinilla y mataba el tiempo contemplando el techo y las paredes. Dormía cuando apagaban la luz y me despertaba cuando la encendían. Y rumiaba las palabras del rapado. En ese momento, realmente me parecía que habíamos sido «afortunados», como había dicho el rapado. Ellos no dudarían en hacer cualquier cosa. Tomada la decisión, serían todo lo crueles que se propusieran. Lo comprendí durante esos cuatro días. Seguramente, el dejarme allí encerrado después de la conversación también formaba parte del plan. Lo tenían todo bien estudiado. –Komatsu cogió el *highball* y bebió–. Volvieron a dormirme con cloroformo o lo que fuera, y cuando me desperté, había amanecido. Estaba tumbado en un banco en el Jingū Gaien.* A partir de mediados de septiembre, uno se hiela de frío al amanecer. Pesqué un buen resfriado. Supongo que no lo hicieron adrede, pero pasé los siguientes tres días en cama con fiebre. Aunque la verdad, tuve suerte de que todo terminara así.

Komatsu parecía haber acabado su historia.

–¿Se lo ha dicho al profesor Ebisuno? –le preguntó Tengo.

–Sí, unos días después de que me soltasen, cuando me bajó la fiebre, fui hasta la casa del profesor, en lo alto de la montaña. Y, más o menos, le conté lo mismo que acabo de contarte.

–¿Dijo algo?

Tras apurar el último trago del *highball*, Komatsu pidió otro y animó a Tengo a que lo imitara. Tengo rehusó con un gesto de la cabeza.

–Me hizo repetir la historia varias veces y, de vez en cuando, me interrumpía para pedirme algún detalle. Yo, claro, respondí a todo lo que pude. Podría repetir esa historia mil veces más. Después de todo,

* Famoso parque de Tokio. *(N. del T.)*

los cuatro días posteriores a la conversación con el rapado los pasé solo y encerrado en aquel cuarto. No tenía con quién hablar y me sobraba el tiempo. De modo que rumié lo que me había dicho el rapado y lo memoricé todo, hasta el último detalle. Como si fuera una grabadora humana.

—Pero ellos son los únicos que afirman que los padres de Fukaeri han fallecido, ¿no es cierto? —terció Tengo.

—Exacto, y no hay manera de comprobar que no mienten. No hicieron públicas sus muertes. Pero, por el tono del rapado, no me dio la impresión de que fuera un cuento. Como dijo éste, para ellos la vida y la muerte de las personas es algo sagrado. Cuando terminé de contárselo, el profesor se quedó callado, sumido en sus pensamientos. Cuando piensa, lo hace con mucha calma y profundidad. Luego se levantó sin decir nada y tardó tiempo en volver. Parecía estar asimilando la muerte del matrimonio Fukada, tratando de considerarlo, en cierto modo, inevitable. Tal vez hacía tiempo que lo sospechaba y ya se había resignado a su muerte. Aun así, siempre es doloroso recibir la noticia de que un ser cercano ha muerto.

Tengo recordó la sala de estar vacía, sin adornos, de la casa del profesor; aquel silencio gélido y profundo y el canto agudo del pájaro que, de vez en cuando, llegaba del exterior.

—Entonces, ¿han decidido los dos dar marcha atrás y retirarse del campo de minas? —preguntó.

El barman le llevó el segundo *highball,* y Komatsu humedeció en él los labios.

—Todavía no podíamos tomar una decisión. El profesor me dijo que necesitaba tiempo para pensar. Pero ¿qué otra opción había, sino hacer lo que esos tipos me habían dicho? Yo actué de inmediato, claro. Moví todos los hilos dentro de la editorial para que se detuviera la impresión de nuevos ejemplares de *La crisálida de aire,* así que de hecho la edición está agotada. No habrá edición de bolsillo. Hasta ahora hemos vendido bastantes ejemplares, con lo que la editorial ha ganado suficiente. En principio, no debería haber pérdidas. Tratándose de una empresa, obviamente, sin una reunión de la dirección o la aprobación del presidente habría sido imposible, pero bastó con dejar caer la posibilidad de que se montara un escándalo relacionado con un negro para que los jefes se echaran a temblar y me obedecieran a ciegas. Me parece que, a partir de ahora, en la editorial van a hacerme el vacío, pero, bueno, ya estoy acostumbrado.

–¿Se creyó el profesor Ebisuno que los padres de Fukaeri habían muerto?

–Supongo que sí –dijo Komatsu–. Creo que sólo necesitaba algo de tiempo para digerirlo y hacerse a la idea. Y los dos tipos iban en serio, al menos ésa fue mi impresión. Parecían desear evitar más problemas, aunque tuvieran que hacer alguna concesión. Por eso me secuestraron. Querían enviarnos un mensaje claro. Por otra parte, si hubieran querido, podrían haberse callado que incineraron a escondidas el cadáver del señor Fukada dentro del recinto de la comunidad. Porque, aunque sea difícil probarlo, la inhumación ilegal es un delito muy grave. Sin embargo, se arriesgaron a contármelo. En definitiva, no escondieron sus trapos sucios. En ese sentido, creo que lo que el rapado me contó es cierto, tanto en los detalles como en líneas generales.

Tengo trató de ordenar las explicaciones que le había dado Komatsu.

–El padre de Fukaeri era «el que escucha la voz», es decir, un profeta. Pero Fukaeri, su hija, escribió *La crisálida de aire* y, al convertirse en un *best seller*, la voz dejó de hablarle a su padre y, como resultado, éste falleció de muerte natural.

–O le quitaron la vida de modo que pareciera una muerte natural –dijo Komatsu.

–Ahora, la misión más importante a la que se enfrenta la comunidad es encontrar a un nuevo profeta. Si la voz dejase de hablarles para siempre, la comunidad perdería su razón de ser. Por eso ya no pueden permitirse perder un segundo con nosotros. En resumidas cuentas, es eso, ¿no?

–Supongo.

–La novela contiene alguna información muy relevante para ellos. Al publicarse y difundirse, la voz enmudeció y la vena de agua se escondió en el fondo de la tierra. ¿Cuál será esa información tan importante?

–Los últimos cuatro días que pasé recluido, pensé en eso con calma –dijo Komatsu–. No es una novela muy larga. En ella se describe un mundo habitado por muchos Little People. La protagonista, una niña de diez años, vive en una comunidad aislada. La Little People aparece de noche a hurtadillas y fabrica la crisálida de aire. Dentro de la crisálida está el álter ego de la niña, y a partir de ahí surge la relación entre la *mother* y la *daughter*. En ese mundo flotan dos lunas, una grande y otra pequeña, tal vez símbolos de la *mother* y la *daughter*.

La protagonista, quizás inspirada en la propia Fukaeri, se niega a ser la *mother* y huye de la comunidad. La *daughter* se queda atrás. No se nos cuenta qué ocurre con ella.

Tengo observó cómo los hielos de su vaso se iban derritiendo.

–«El que escucha la voz» –dijo– necesita la mediación de la *daughter*, ¿no es así? A través de la *daughter* el profeta puede escuchar la «voz» por primera vez. O puede traducirla a un lenguaje terrenal y comprensible. Para darle la forma correcta al mensaje que la voz le transmite, ambos deben estar juntos. Tomando prestadas las palabras de Fukaeri: *receiver* y *perceiver*. Para ello, antes se necesita crear una crisálida de aire. Porque la *daughter* sólo puede nacer mediante el mecanismo de la crisálida de aire. Y para crear a la *daughter* se necesita una *mother* apropiada.

–Ése es tu punto de vista.

Tengo sacudió la cabeza.

–No es mi punto de vista. Simplemente, me he ceñido a su resumen del argumento y he dado un paso más.

Mientras reescribía la novela, y aun después, Tengo había reflexionado sobre el significado de la *mother* y la *daughter*, pero le resultó imposible sacar conclusiones y ver las cosas con perspectiva. Sin embargo, mientras conversaba con Komatsu, fue uniendo los pequeños fragmentos uno tras otro. Pese a todo, una duda persistía: ¿por qué se le había aparecido la crisálida de aire sobre la cama de su padre, en la clínica, y por qué dentro estaba una Aomame niña?

–Un mecanismo muy interesante –afirmó Komatsu–. Pero ¿no le ocurrirá nada a la *mother* cuando se separe de la *daughter*?

–Sin la *daughter*, la *mother* seguramente sea un ser incompleto. No sabría decir exactamente por qué y qué hace a Fukaeri tan peculiar, pero lo evidente es que le falta algo. Como si hubiera perdido su sombra. No sé qué le ocurre a la *daughter* cuando la *mother* no está: quizá tampoco ella sea un ser completo. Porque, en el fondo, no es más que un álter ego. En el caso de Fukaeri, sin embargo, aunque la *mother* no esté a su lado, tal vez la *daughter* sí pueda desempeñar el papel de sacerdotisa.

Komatsu permaneció un rato con los labios cerrados y ligeramente alzados por una de las comisuras.

–Dime, Tengo –dijo al fin–, no estarás pensando que todo lo que está escrito en *La crisálida de aire* es real, ¿no?

–No, no es eso. Sólo lo imagino. Parto del supuesto de que es verdad para poder avanzar.

–Bien –dijo Komatsu–. Resumiendo, el álter ego de Fukaeri puede funcionar como sacerdotisa aunque se separe de su matriz.

–Por ese motivo, la organización no intentó traer de vuelta a Fukaeri por la fuerza cuando se enteró de su huida. En su caso, por alguna razón, la *daughter* puede desempeñar su función aunque la *mother* no esté cerca. A lo mejor las dos se mantienen fuertemente unidas incluso cuando están separadas.

–Entiendo.

–Imagino que contarán con unas cuantas *daughter*. En algún momento, la Little People debió de crear varias crisálidas de aire. Tener un solo *perceiver* sería arriesgado. O tal vez haya pocas *daughters* capaces de cumplir esa función correctamente. A lo mejor existe una *daughter* central, poderosa, y *daughters* complementarias, no tan poderosas, que funcionan en grupo.

–¿Quieres decir que la *daughter* que Fukaeri dejó es la central, la que puede cumplir esa función correctamente?

–Creo –contestó Tengo– que hay muchas probabilidades. En todo este asunto, Fukaeri siempre ha estado en el centro. Como el ojo de un tifón.

Komatsu entrecerró los párpados y enlazó los dedos de las manos sobre la mesa. Cuando se lo proponía, pensaba a una velocidad de vértigo.

–Oye, Tengo. Sólo es una idea, pero ¿crees que se tendría en pie la hipótesis de que la Fukaeri que nosotros hemos visto sea en realidad una *daughter*, no como pensábamos, y la que se quedó en la comunidad sea la *mother*?

Las palabras de Komatsu lo desconcertaron. Hasta entonces no se le había pasado por la cabeza esa posibilidad. Para él, Fukaeri siempre había sido una persona real, alguien de carne y hueso. Pero, ahora que lo pensaba, no era tan descabellado. «Yo no me voy a quedar embarazada, porque no tengo la regla.» Eso había dicho Fukaeri aquella noche, tras el extraño acoplamiento unilateral. Si sólo era un álter ego, esas palabras cobraban sentido: un álter ego no puede reproducirse. Únicamente la madre era capaz. Sin embargo, a Tengo le costaba aceptar esa teoría, la posibilidad de que en realidad hubiera copulado con un álter ego y no con Fukaeri.

–Fukaeri posee una personalidad definida, además de sus propios patrones de comportamiento. No creo que su álter ego los comparta.

–Sin duda –convino Komatsu–. Otra cosa no tendrá, pero personalidad y sus propios patrones de conducta, sí. En eso debo darte la razón.

No obstante, Fukaeri escondía algún secreto. Dentro de aquella hermosa chica había grabado un importante código cifrado que él debía desvelar. Lo presentía. ¿Quién era la persona real y quién el álter ego? ¿O acaso la idea de diferenciar entre persona real y álter ego era errónea? ¿Podría Fukaeri utilizar su cuerpo real o su álter ego en función de la situación?

–Todavía hay unas cuantas cosas que ignoro –dijo Komatsu. Después extendió las manos, las puso sobre la mesa y las contempló. Para ser un hombre de mediana edad, tenía unos dedos largos y delicados–. La voz ha dejado de hablarles, el agua que alimentaba el pozo se ha secado y el profeta ha muerto. ¿Qué ocurre después con la *daughter*? Supongo que no seguirá al profeta y morirá, igual que las viudas en la antigua India.

–Una vez desaparecido el *receiver*, no es necesario el *perceiver*.

–Siguiendo el hilo de tu hipótesis –dijo Komatsu–, ¿escribiría Fukaeri *La crisálida de aire* a sabiendas de que traería esas consecuencias? El rapado me dijo que no creía que hubiera sido intencionado. O que, al menos, la intención no debió de partir de ella. Pero ¿cómo lo sabrá él?

–No lo sé –dijo Tengo–, pero no me imagino a Fukaeri tratando de matar a su padre, por más motivos que pudiera tener. Me pregunto si no murió por alguna otra razón que no tiene nada que ver con ella. A lo mejor, lo que ella hizo fue, más bien, tomar alguna medida para evitarlo. O quizá deseaba librar a su padre de la voz. En todo caso, no son más que conjeturas.

Komatsu se quedó largo rato abstraído en sus pensamientos; junto a la nariz se le habían formado unas pequeñas arrugas. A continuación, soltó un suspiro y miró a su alrededor.

–¡Qué mundo más extraño! Cada día que pasa es más difícil distinguir lo hipotético de lo real. Tengo, tú que eres escritor, ¿cómo definirías la realidad?

–El mundo real es aquel donde, cuando te pinchas con una aguja, brota sangre roja –contestó Tengo.

–Entonces está claro que éste es el mundo real –dijo Komatsu, y se frotó con la mano la zona interior del antebrazo. Las venas azules se hincharon. Sus vasos sanguíneos no parecían demasiado sanos. Habían resistido a lo largo de los años los embates del alcohol, el tabaco, la vida desordenada y las conspiraciones de los salones literarios. Komatsu apuró de un trago el *highball* e hizo girar el hielo que quedaba entre las paredes del vaso–. Ya puestos, ¿podrías contarme más de tu teoría? Me está empezando a interesar.

–Ellos buscan un sucesor del «que escucha la voz». Y no sólo eso: al mismo tiempo, deberían encontrar una nueva *daughter* que pueda cumplir su propia misión. Porque supongo que, cuando surge un nuevo *receiver*, es necesario un nuevo *perceiver*.

–Es decir, que también tienen que encontrar una nueva *mother*. En ese caso, tendrán que volver a fabricar una crisálida de aire. Parece un trabajo de gran envergadura.

–Por eso se han puesto serios.

–Claro.

–Pero no creo que vayan a ciegas –dijo Tengo–. Seguro que ya tienen algo en mente.

–Ésa es también mi impresión –dijo Komatsu–. Por eso querían deshacerse de nosotros cuanto antes. Les estorbábamos. Éramos un incordio para ellos.

–Pero me pregunto en qué los incordiaríamos tanto.

Komatsu sacudió la cabeza. Él tampoco lo sabía. Tengo prosiguió:

–¿Qué clase de mensajes les habrá enviado la voz hasta ahora? ¿Y qué relación existe entre la voz y la Little People?

Komatsu volvió a sacudir la cabeza sin fuerzas. Esas preguntas sobrepasaban la imaginación de los dos.

–¿Has visto *2001: Odisea en el espacio?*

–Sí –contestó Tengo.

–Pues nosotros somos igual que los simios que salen en esa película –dijo Komatsu–. Seres cubiertos de una pelambrera negra que dan vueltas alrededor de un monolito chillando cosas sin sentido.

Una pareja de clientes entró en el local, se sentaron a la barra, como si fueran asiduos, y pidieron un cóctel.

–Una cosa sí está clara –añadió Komatsu como para concluir la conversación–: Tu teoría es convincente y tiene bastante lógica. Siempre es un placer charlar contigo. Pero, en cualquier caso, vamos a retirarnos de este espantoso campo minado. Es posible que no volvamos a ver al profesor Ebisuno ni a Fukaeri. *La crisálida de aire* es una inofensiva novela fantástica que no encierra ninguna clase de información concreta. Qué narices es esa voz y qué mensaje transmite no es de nuestra incumbencia. ¿Por qué no lo dejamos así?

–O sea, que propone que bajemos del bote y pisemos tierra firme.

–Eso es –Komatsu asintió–. Yo iré a la editorial a diario y seleccionaré manuscritos que no aporten nada nuevo para publicar en la revista literaria. Tú enseñarás matemáticas a esas jóvenes promesas en la academia y en los ratos libres escribirás tus novelas. Ambos retornaremos a nuestras tranquilas rutinas. Sin rápidos ni cascadas. Pasarán los días y nosotros acumularemos años apaciblemente. ¿Algo que objetar?

–Me imagino que no hay otra opción.

Komatsu se estiró las arrugas que tenía junto a la nariz con la yema de los dedos.

–Exacto. No hay más opciones. No quiero que me vuelvan a secuestrar. Me basta con haber estado encerrado una vez en aquel cubo. Y, a lo mejor, a la segunda no volvería a ver la luz del día. Sólo con pensar en volver a cruzarme con esos dos tipos se me dispara el corazón. Parecían capaces de fulminarte con una mirada.

Komatsu se volvió hacia la barra, levantó el vaso y pidió el tercer *highball*. Se llevó otro cigarrillo a los labios.

–Oiga, señor Komatsu, cambiando de tema, ¿por qué ha tardado tanto en contarme todo esto? Ha pasado mucho tiempo, más de dos meses, desde el secuestro. Habría podido contármelo antes, ¿no?

–Pues la verdad es que no sé por qué –contestó Komatsu un tanto extrañado–. Tienes razón. Quería contártelo, pero por una razón u otra fui posponiéndolo. No sé, quizá me remordía la conciencia.

–¿Le remordía la conciencia? –se sorprendió Tengo. Nunca hubiera creído que esas palabras pudieran salir de la boca de Komatsu.

–Sí, a mí también me remuerde a veces la conciencia –dijo Komatsu.

–Y en este caso, ¿por qué?

Komatsu no le contestó. Entornó los ojos y, durante un rato, hizo rodar el cigarrillo sin encender entre los labios.

–¿Sabrá Fukaeri que sus padres han fallecido? –se preguntó Tengo.

–Quizá lo sepa. No sé cuándo, pero en algún momento el profesor Ebisuno debió de decírselo.

Tengo asintió con la cabeza. Seguramente lo sabía desde hacía tiempo. Él era el único al que no se lo habían dicho.

–Entonces, bajaremos del bote y pisaremos tierra firme –repitió Tengo.

–Eso es. Vamos a retirarnos del campo minado.

–Pero ¿cree de verdad que podremos volver a nuestras vidas de siempre como si nada hubiera ocurrido?

–No queda más remedio que intentarlo –dijo Komatsu. Luego encendió el cigarrillo con una cerilla–. ¿Hay algo que te preocupe?

–Siento que, a mi alrededor, algunas cosas han empezado a tomar un cariz extraño, a comportarse de manera sorprendente. Algunas ya se han transformado. Tal vez no podamos dar marcha atrás tan fácilmente.

–¿Aunque estén en juego nuestras preciadas vidas?

Tengo movió la cabeza; era una respuesta ambigua. Tenía la sensación de que, a partir de cierto momento, lo había arrastrado una poderosa corriente. Y esa corriente lo llevaba hacia un lugar desconocido. Pero no sabía cómo explicarle eso a Komatsu.

Tengo no le reveló a Komatsu que su nueva novela transcurría en el mundo descrito en *La crisálida de aire*. Sospechaba que al editor no le haría ninguna gracia. Y aún menos gracia a los responsables de Vanguardia. Si diese un paso en falso, se adentraría en otro campo minado. Puede que incluso acabase involucrando a la gente que lo rodeaba. Pero la historia que estaba escribiendo había tomado una dirección, y avanzaba casi de manera automática, tenía vida propia, y, lo quisiera o no, Tengo ya formaba parte de ese mundo. Para él había dejado de ser un mundo ficticio. Se había convertido en un mundo real, en el que, si uno se abría la piel con un cuchillo, brotaba sangre roja, sangre de verdad. En su cielo pendían dos lunas, una grande y otra pequeña, una al lado de otra.

19
USHIKAWA
Cosas que yo puedo hacer y la gente normal no

Amaneció un día tranquilo y sin viento. Era jueves, y Ushikawa se despertó antes de las seis, como siempre, y se refrescó la cara con agua fría. Mientras escuchaba las noticias en la emisora de radio de la NHK, se cepilló los dientes y se afeitó con la maquinilla eléctrica. Hirvió agua en un cazo, se preparó unos fideos instantáneos y, después de comérselos, se tomó un café soluble. Luego enrolló el saco de dormir, lo metió en el armario empotrado y se sentó frente a la cámara, al lado de la ventana. Al este, el cielo comenzaba a clarear. Parecía que iba a hacer buen tiempo.

Ahora identificaba sin problemas los rostros de la gente que salía a trabajar. No había necesitado fotografiarlos a todos. Entre las siete y las ocho y media, abandonaron deprisa el edificio y se dirigieron hacia la estación. Todas las caras le eran conocidas. Le llegó el vocerío de un grupo de escolares que pasaba ante el edificio camino del colegio. Esas voces le recordaron la época en que sus hijas eran pequeñas. Les gustaba mucho la vida escolar: aprendían piano y ballet, tenían muchos amigos... Ushikawa nunca conseguiría entender que hubiera tenido unas hijas tan normales y corrientes. «¿Cómo es posible que yo sea su padre?»

Tras la hora punta, apenas pasaba gente bajo el portal. La algarabía de los niños había enmudecido. Ushikawa apartó las manos del control remoto y se fumó un Seven Stars apoyado en la pared, mientras observaba el portal a través de las cortinas. El cartero llegó en una motocicleta roja pasadas las diez, como de costumbre, y distribuyó el correo con destreza en los buzones. Por lo que había podido ver, la mitad era propaganda. La mayoría de los vecinos la tirarían a la basura sin abrirla. A medida que el sol se aproximaba al cenit, la temperatura iba ascendiendo rápidamente y muchos transeúntes se despojaban del abrigo.

Fukaeri salió por el portal pasadas las once. Llevaba el mismo jersey negro de cuello vuelto, pantalones vaqueros, zapatillas de deporte y un abrigo corto gris, además de unas gafas de sol. El gran bolso bandolera de color verde lo llevaba cruzado en diagonal. Estaba hinchado y deformado, como si lo hubiera atiborrado de cosas. Ushikawa se separó de la pared, avanzó hasta situarse delante de la cámara y echó un vistazo por el visor.

Comprendió que la chica tenía intención de marcharse de allí. Había embutido todas sus pertenencias en el bolso y se iba a otro lugar. No pensaba regresar. «A lo mejor ha decidido marcharse porque se ha dado cuenta de que estoy aquí escondido.» Se le aceleró el corazón al pensar en eso.

Justo al salir, la chica se detuvo y miró hacia lo alto, como la última vez. Buscaba algo entre los cables eléctricos enmarañados y los transformadores. Las lentes de sus gafas de sol destellaban al reflejar la luz. Por culpa de las gafas, Ushikawa no podía leer en su expresión si había encontrado ese *algo* o no. La chica se pasó medio minuto inmóvil mirando hacia el poste. De pronto, volvió la cabeza, como si hubiera recordado algo, y dirigió la vista hacia la ventana tras la que se escondía Ushikawa. Se quitó las gafas de sol y se las guardó en el bolsillo del abrigo. Arrugó el entrecejo y alzó su mirada hacia el teleobjetivo camuflado en una esquina de la ventana. «Lo sabe», volvió a pensar Ushikawa. «Sabe que estoy aquí escondido y que la observo.» Además, ahora era ella la que observaba a Ushikawa a través de la lente y del visor. Como agua remontando una cañería curvada. Sintió que en los brazos se le ponía la carne de gallina.

Fukaeri parpadeaba de vez en cuando. Sus dos párpados bajaban y subían despacio y de manera reflexiva, como silenciosas criaturas autónomas. Pero ninguna otra parte de su cuerpo se movía. Estaba allí erguida, con el cuello torcido como un ave altiva, y miraba a Ushikawa a los ojos. Éste no podía apartar la vista de la chica. Era como si el universo se hubiera detenido. No hacía viento y los sonidos habían dejado de hacer vibrar el aire.

Al cabo de un rato, Fukaeri dejó de observarlo. Volvió la mirada hacia el mismo punto de antes, en lo alto del poste. Esta vez, sin embargo, no permaneció más que unos pocos segundos observando. Su expresión, como de costumbre, no se alteró. Se sacó del bolsillo las gafas de sol, se las puso otra vez y echó a andar. Su paso era ágil y decidido.

Debía salir de inmediato y seguir a la chica. Tengo todavía no había regresado y así podría averiguar adónde se dirigía Fukaeri. No perdía nada por intentarlo. Sin embargo, Ushikawa no lograba levantarse del suelo. Su cuerpo parecía paralizado. Era como si la penetrante mirada de la chica, que le había llegado a través del visor, hubiera despojado su cuerpo de toda la energía necesaria para realizar cualquier movimiento.

«¡Qué más da!», se dijo. «Es a Aomame a quien tengo que encontrar. Eriko Fukada es una chica fascinante, pero no es mi prioridad. No deja de ser una actriz secundaria. Si quiere irse, que se vaya.»

Fukaeri avivó el paso en dirección a la estación. No volvió la vista atrás ni una sola vez. Ushikawa la acompañó con la mirada entre las cortinas acartonadas por el sol. Cuando dejó de verse el bolso bandolera verde que se mecía de un lado a otro en la espalda de la chica, Ushikawa se alejó de la cámara, casi arrastrándose por el suelo, y se apoyó en la pared. Aguardó a que su cuerpo recobrara las fuerzas. Se llevó un Seven Stars a la boca y lo encendió con el mechero. Dio una honda calada, pero no sabía a tabaco.

Le costaba recuperarse. Sus piernas y brazos seguían paralizados. De pronto, notó que dentro de él se había formado un extraño espacio. Una cavidad pura. Quizás era la ausencia, la falta de algo; quizás un vacío. Ushikawa permaneció sentado en esa cavidad nunca antes vista que había nacido en su interior, sin poder levantarse. Sentía un dolor sordo en el pecho; para ser precisos, no era exactamente un dolor. Era como una diferencia de presión surgida en el punto de contacto entre aquel vacío y lo que no era vacío.

Se quedó largo rato sentado en el fondo de la cavidad. Fumaba aquel cigarrillo insípido apoyado contra la pared. El vacío lo había dejado la chica que acababa de marcharse. «No, quizá no sea así», pensó Ushikawa. «Probablemente es algo que yo siempre he llevado conmigo y la chica no ha hecho más que mostrármelo.»

Ushikawa se percató de que Eriko Fukada había sacudido, literalmente, todo su cuerpo. Aquella mirada inmóvil, profunda, penetrante, había agitado a Ushikawa desde su raíz. Como quien se enamora perdidamente. Era la primera vez en su vida que sentía algo así.

«No, no es posible», pensó Ushikawa. «¿Por qué iba a enamorarme de esa chica? No hay en el mundo dos personas tan incompatibles y distintas como Eriko Fukada y yo. No es necesario que vaya a mirarme en el espejo del baño. Y no es sólo el aspecto físico. Nunca existirá, ni por asomo, nadie tan alejado de ella, en todos los sentidos, como yo.» No se sentía atraído sexualmente por ella. En lo relativo al sexo, a Ushikawa le bastaba con irse una o dos veces al mes con la prostituta de siempre. La llamaba por teléfono, se citaban en una habitación de hotel y se acostaban. Como quien va al peluquero.

«Es más bien un problema espiritual», concluyó Ushikawa tras darle vueltas. Entre Fukaeri y él había surgido, por así decirlo, un intercambio espiritual. Resultaba difícil de creer, pero cuando aquella hermosa chica y Ushikawa se miraron con fijeza por los dos lados de la lente del teleobjetivo camuflado, se comprendieron mutuamente en lo más oscuro y recóndito de su ser. En un brevísimo lapso de tiempo, entre él y la chica se había producido lo que podría llamarse una revelación mutua. Entonces ella se marchó y Ushikawa se quedó solo en medio de aquella caverna vacía.

«Ella sabía que yo la espiaba a través de las cortinas con el teleobjetivo. Seguramente también sabía que la seguí hasta el supermercado. A pesar de que no se volvió ni una sola vez, no cabe duda de que me veía.» Así y todo, en su mirada no había percibido el menor reproche hacia su conducta. Ushikawa sintió que, en algún lugar profundo y distante, ella le había comprendido.

La chica había aparecido y se había ido. «Llegamos de diferentes direcciones, nos cruzamos por azar, nuestras miradas se encontraron fugazmente y ahora, al separarnos, tomamos cada uno nuestro rumbo. Nunca volveré a ver a Eriko Fukada. Esto no volverá a ocurrir nunca más. Si volviera a verla, ¿qué más podría pedirle, aparte de lo que acaba de suceder? Ahora mismo estamos en dos extremos alejados del mundo. No hay palabras que puedan salvar esa distancia.»

Apoyado en la pared, Ushikawa controló el ir y venir de la gente a través de las cortinas. ¿Quién sabía si Fukaeri no cambiaría de opinión y regresaría? Quizá cayera en la cuenta de que había olvidado algo importante en el piso. Pero, por supuesto, la chica no regresó. Nunca volvería, estaba seguro.

Esa tarde, Ushikawa fue presa de una honda sensación de impotencia. Una sensación que carecía de forma y de peso. La sangre le fluía lentamente y con torpeza. Una bruma tenue le cubría la vista, y las articulaciones de brazos y piernas le crujían. Al cerrar los ojos, sentía dentro de las costillas el malestar que le había dejado la mirada de

Fukaeri. Venía y se iba como las olas serenas que rompen una tras otra en la orilla del mar. Volvía a venir y volvía a marcharse. De vez en cuando era tan profundo que le arrancaba una mueca de dolor. Al mismo tiempo, Ushikawa notó un calor hasta entonces desconocido. Su mujer, sus dos hijas y la casa con jardín en Chūōrinkan nunca le habían proporcionado ese calor. En su interior siempre había habido una especie de pedazo de tierra congelada que no acababa de fundirse. Había vivido siempre con ese corazón duro y helado. Ni siquiera se había dado cuenta de lo frío que estaba. Para él, ésa era la temperatura normal. Sin embargo, parecía que la mirada de Fukaeri había conseguido derretir ese corazón de hielo, siquiera por un tiempo. En ese instante, Ushikawa había empezado a sentir un dolor sordo en el interior del pecho. Hasta entonces, el frío del corazón debía de haber anestesiado esa sensación dolorosa. Era, por así decirlo, un mecanismo de defensa. Pero ahora aceptaba ese dolor. En cierto sentido, hasta lo acogía. El calor que sentía hacía frente al dolor. El calor no vendría a menos que aceptase el dolor. Como una especie de trueque.

Ushikawa saboreaba dolor y calor en medio de un pequeño charco de luz vespertina. Sosegadamente, sin hacer el menor movimiento. Era un día de invierno apacible y sin viento. Los transeúntes cruzaban el remanso de luz. Pero el sol declinó hacia el oeste, se escondió tras la sombra de los edificios y el charco de luz acabó por desaparecer. La tibia tarde había dado paso a una noche fría.

Ushikawa soltó un hondo suspiro y se despegó de la pared en la que se apoyaba. Todavía se sentía entumecido. Logró levantarse, estirar las piernas y los brazos y mover aquel cuello grueso y corto en distintas direcciones. Cerró y abrió las manos varias veces. Luego hizo los estiramientos de siempre sobre el suelo. Todas las articulaciones hicieron un ruido sordo, y los músculos recobraron poco a poco su flexibilidad.

Era la hora en que la gente regresaba del trabajo o de la escuela. «Debo reanudar la vigilancia», se dijo Ushikawa. «No lo hago porque me guste, ni porque sea lo correcto. Hay que terminar todo lo que uno empieza. Mi destino depende de ello. No puedo quedarme para siempre en el fondo de esta cavidad, entregado a pensamientos que no conducen a ninguna parte.»

Ushikawa volvió a instalarse delante de la cámara. Fuera había oscurecido y el portal estaba iluminado. Seguramente las luces estaban programadas para que se encendieran a esa hora. La gente fue adentrándose en el portal del edificio como pájaros sin nombre regresando a sus miserables nidos. Tengo Kawana no estaba entre ellos, pero regresaría pronto. Ushikawa no creía que se quedara mucho tiempo cuidando de su padre. Seguro que volvería a Tokio antes de principios de semana y se incorporaría a su trabajo. En unos pocos días. No, ese mismo día, quizás al día siguiente. Su olfato se lo decía.

«Reconozcámoslo: sí, quizá sea un ser sucio y pegajoso como los gusanos que bullen bajo las piedras húmedas. Pero soy un gusano con talento, paciencia y perseverancia. No me rindo fácilmente. Mientras haya algún indicio, no dejo de indagar. Trepo por altas paredes escarpadas. Y ahora debo recuperar el corazón helado que había en mi pecho. Lo necesito.»

Ushikawa se frotó las manos frente a la cámara. Y volvió a comprobar que los diez dedos se movían sin problemas.

«Hay muchas cosas que la gente normal puede hacer y yo no: jugar al tenis y esquiar, trabajar para una empresa o formar un hogar feliz. Pero también hay cosas que yo puedo hacer y la gente normal no. Y *esas pocas cosas* sé hacerlas bien. No espero aplausos del público ni que me lancen monedas. Pero le enseñaré al mundo mis destrezas.»

A las nueve y media, Ushikawa dio por terminada la jornada de vigilancia. Vació una lata de sopa de pollo en una pequeña cacerola, la calentó en el hornillo de camping gas y se la tomó lentamente con una cuchara. La acompañó con dos panecillos fríos. Luego mordisqueó una manzana sin pelar. Orinó, se lavó los dientes, extendió el saco de dormir sobre el tatami y, en ropa interior, se metió en él. Subió la cremallera hasta el cuello y se acurrucó como un bicho.

Así terminó un día más en la vida de Ushikawa. No había sido muy productivo. Sólo había visto que Fukaeri había recogido sus cosas y se había ido. No sabía adónde. *A alguna parte*. Ushikawa agitó la cabeza dentro del saco. «A algún sitio que no me incumbe.» Su cuerpo helado fue entrando en calor dentro del saco al tiempo que sus pensamientos le abandonaban hasta quedarse profundamente dormido. Poco después, un pequeño núcleo gélido se asentó firmemente en su espíritu.

Al día siguiente, viernes, no ocurrió nada digno de mención. El sábado, hacía un tiempo templado y todo estaba tranquilo. Mucha gente se quedaba en la cama hasta casi el mediodía. Ushikawa se sentó junto a la ventana, puso la radio a bajo volumen y escuchó las noticias, la información sobre el tráfico y el parte meteorológico.

Antes de las diez, un gran cuervo se posó en uno de los peldaños que llevaban al portal, vacío en ese momento. El ave miró a su alrededor con atención y asintió con la cabeza varias veces. Su pico grande subió y bajó, mientras su lustroso plumaje negro resplandecía al sol. Entonces llegó el cartero montado en su motocicleta roja y, a regañadientes, el cuervo desplegó las alas y se echó a volar. Mientras se elevaba, soltó un breve graznido. Después de que el cartero distribuyera el correo en cada buzón y se marchase, llegó una bandada de gorriones. Picotearon, nerviosos, aquí y allá delante del portal y, en cuanto vieron que no había nada que mereciera la pena, se marcharon a otra parte. Luego apareció un gato atigrado. Debía de pertenecer a alguien del vecindario, porque llevaba un collar antipulgas. No recordaba haberlo visto antes. El gato meó en un parterre de flores marchitas y luego olfateó los orines. Algo no debió de agradarle, porque sus bigotes se estremecieron con aire de fastidio. Al final desapareció por la parte de atrás del edificio con la cola erguida.

Hasta el mediodía, varios inquilinos salieron por el portal. Por como iban vestidos, deducía que iban a divertirse a algún lado o salían sólo para hacer la compra en el barrio. Ahora Ushikawa reconocía cada una de sus caras. No obstante, no tenía el menor interés en cómo eran ni en la clase de vida que llevaban. Ni siquiera hacía el esfuerzo de imaginárselo.

«Supongo que vuestras vidas tendrán un gran valor para vosotros. Que las consideraréis inestimables. Lo entiendo. Pero a mí me importan un comino. Para mí no sois más que delgadas figuras de papel, recortables que pasan por un decorado. Sólo os pido una cosa, y es que no perturbéis mi trabajo. Seguid siendo recortables humanos.»

–Eso es, señora Pera. –Ushikawa se dirigía a una mujer de mediana edad con un trasero gordo como una pera que en ese momento pasaba por delante de sus ojos. Era el nombre que él le había puesto–. Es usted un simple recortable. Carece de sustancia, ¿lo sabía? Aunque para ser un recortable le sobra un poco de carne, ¿no cree?

Mientras cavilaba sobre esas cosas, empezó a pensar que la escena que se desarrollaba ante sus ojos carecía de sentido. Puede que la escena en sí no existiera. A lo mejor esos recortables humanos sin sustancia le engañaban. Ushikawa empezó a sentir desazón. Llevaba varios días encerrado en un piso vacío, sin amueblar, vigilando a escondidas. Sus nervios se resentían. Siguió pensando en voz alta:

–Buenos días, señor Orejudo –le habló al anciano alto y delgado al que contemplaba por el visor. De los extremos de las orejas le salían disparados unos pelillos blancos, como si fueran antenas–. ¿Va usted a dar un paseo? Eso es bueno para la salud. Además, hace un día estupendo, así que ¡vaya y disfrute! Yo también me muero de ganas de estirar un poco las piernas y salir a dar tranquilamente una vuelta, pero por desgracia tengo que quedarme aquí sentado, vigilando todo el día la maldita entrada del edificio.

El anciano caminaba bien erguido, vestido con una chaqueta de punto y unos pantalones de lana. Le sentaría bien ir acompañado de un leal perro blanco, pero en el edificio no permitían tener animales. Cuando el viejo desapareció, un hondo desaliento invadió a Ushikawa. «Tal vez mi vigilancia no dé ningún fruto. A lo mejor mi intuición me engaña y todas las horas pasadas en este piso vacío no me conduzcan a ninguna parte. Sólo consigo crisparme los nervios, que ya están desgastados como las cabezas de los *jizō** que los niños tocan con la mano al pasar.»

Pasado el mediodía, Ushikawa se comió una manzana y una *cracker* con queso, además de un *onigiri* de *umeboshi*.** Luego se echó una siesta apoyado contra la pared. Aunque fue un descanso breve y sin sueños, cuando se despertó no recordaba dónde estaba. Su memoria era una caja vacía con cuatro rincones bien definidos. Dentro no había nada. Ushikawa miró a su alrededor y, al fijarse bien, resultó que aquello no era una caja vacía, sino un piso sombrío y gélido sin un solo mueble. Un lugar que no reconocía. Encima de la hoja de periódico que tenía al lado había un corazón de manzana. Ushikawa estaba aturdido. «¿Qué hago en un lugar tan extraño?»

Al poco tiempo recordó que estaba vigilando el portal del edificio en que vivía Tengo. «Eso es, ahí está la Minolta con el teleobjetivo.» También se acordó del anciano orejudo con pelillos blancos que había salido a pasear. Igual que los pájaros que regresan al bosque al

---

* Estatuillas de piedra que representan al Ksitigarbha Bodhisattva, situadas en caminos, cementerios y templos, y que, según la creencia popular, protegen las almas de los niños muertos. *(N. del T.)*
** Bola de arroz envuelta en alga *nori* que puede prepararse con diversos ingredientes dentro, en este caso *umeboshi*, ciruela encurtida en sal. *(N. del T.)*

atardecer, sus recuerdos fueron retornando a la caja vacía. En ese momento se le impusieron dos hechos incontrovertibles:

1) Eriko Fukada se había marchado.
2) Tengo Kawana todavía no había regresado.

En el piso de Tengo Kawana, en el tercero, no había nadie. La quietud reinaba en aquel espacio deshabitado y con las cortinas echadas. Nada rompía ese silencio, salvo el ocasional ruido del termostato de la nevera. Ushikawa se imaginó vagamente la vivienda. Imaginarse un piso sin sus moradores se parecía mucho a imaginarse el mundo tras la muerte. De pronto le vino a la mente el extraño cobrador de la NHK que había llamado a la puerta con insistencia. Aunque había estado atento, no había visto al enigmático cobrador abandonar el edificio. ¿Y si por casualidad fuera un inquilino? O, quizás, alguno de los inquilinos que se hacía pasar por cobrador de la NHK para incordiar a sus vecinos. Pero, entonces, ¿por qué narices hacía algo así? Era una teoría retorcida, pero ¿de qué otra manera se podía explicar aquella extravagancia? Ushikawa no tenía ni idea.

Tengo Kawana se dejó ver por el portal ese mismo día, antes de las cuatro de la tarde. Antes de que el sol sabatino se pusiese. Llevaba un viejo cortavientos con el cuello levantado, una gorra azul marino y un bolso de viaje al hombro. Entró directamente en el edificio sin detenerse ni mirar a su alrededor. Ushikawa seguía un poco aletargado, pero su complexión corpulenta no le pasó inadvertida.

–¡Bienvenido a casa, señor Kawana! –murmuró mientras disparaba tres veces la cámara con el motor de arrastre–. ¿Cómo se encuentra su padre? Me imagino que estará usted cansado. Descanse. Está bien volver a casa. Aunque sea a este *miserable* edificio. Por cierto, durante su ausencia, la señorita Eriko Fukada ha hecho, como quien dice, las maletas y se ha marchado.

Su monólogo no alcanzó los oídos de Tengo. Ushikawa miró el reloj de pulsera y anotó en un cuaderno que tenía a mano: «15:56 h - Tengo Kawana regresa del viaje».

En el instante en que Tengo Kawana se dejaba ver en la entrada del edificio, en algún lado una puerta se abrió de par en par y Ushikawa sintió que volvía a la realidad. En cuestión de segundos, sus sentidos se aguzaron, como si el aire hubiera llenado un vacío, y una nueva vitalidad circuló por su cuerpo. Volvía a ser una pieza útil en el mundo exterior. *¡Clic!* Ése era el grato ruido que hacían las cosas cuando volvían a su cauce. La circulación sanguínea se le aceleró, distribuyendo por todo su cuerpo la cantidad de adrenalina que necesitaba. «¡Bien! Así me gusta», pensó Ushikawa. «Ésta es mi verdadera cara, y ésta es la verdadera cara del mundo.»

Pasadas las siete, Tengo volvió a aparecer en el portal. Con el crepúsculo, se había levantado viento y el ambiente se había enfriado de golpe. Llevaba una cazadora de cuero sobre una sudadera y se había enfundado unos vaqueros desteñidos. Al salir, se detuvo y miró a su alrededor, como buscando algo. Pese a que también dirigió la mirada hacia el escondrijo de Ushikawa, no descubrió a quien lo observaba. «No es como Eriko Fukada», pensó Ushikawa. «Ella es *especial*. Ve lo que los demás no ven. Pero tú, Tengo, para bien o para mal, eres un tipo normal y corriente. No puedes verme.»

Tras comprobar que nada había cambiado en el paisaje que lo rodeaba, Tengo se subió la cremallera de la cazadora hasta el cuello, metió las manos en los bolsillos y se alejó.

Al instante, Ushikawa se caló el gorro de punto, se puso la bufanda, se calzó y siguió a Tengo.

Como había previsto seguirle en cuanto apareciese, no tardó demasiado en prepararse. Seguirlo era una opción arriesgada, desde luego. Tengo lo reconocería al instante si lo viera. Pero ya había oscurecido y, si guardaba suficiente distancia, no lo descubriría tan fácilmente.

Tengo caminaba despacio, volviéndose hacia atrás de vez en cuando, pero Ushikawa tomaba precauciones para que no lo descubriera. Por lo que veía el detective, el corpulento novelista parecía pensativo. A lo mejor porque Fukaeri se había marchado. Por el rumbo que tomaba, debía de dirigirse a la estación. ¿Iría a subir a un tren? Si lo hacía, el seguimiento se complicaría. La estación estaba iluminada y los sábados por la noche no había demasiados pasajeros. Ushikawa llamaría demasiado la atención. En ese caso, lo más inteligente sería renunciar a seguirlo.

Sin embargo, Tengo no se dirigía allí. Al poco, dobló una esquina, alejándose de la estación, y, tras enfilar una calle desierta, se detuvo frente a un local llamado Cabeza de Cereal, una especie de bar frecuentado por jóvenes. Tengo comprobó la hora en su reloj y tras vacilar unos segundos entró. «Ca-be-za de Ce-re-al», leyó Ushikawa meneando la cabeza, «¡qué nombre tan absurdo para un negocio!»

Se detuvo detrás de un poste eléctrico y miró a su alrededor. Tengo seguramente querría tomarse una copa y comer algo. En ese caso, tardaría, como mínimo, media hora. Quizás incluso una hora. Ushikawa buscó con la mirada dónde matar el tiempo sin perder de vista la entrada del Cabeza de Cereal. Pero cerca sólo había una lechería, una pequeña sala de reuniones de la Tenrikyō* y una tienda de arroz. Todas tenían la persiana echada. «¡Qué mala suerte!», se dijo Ushikawa. Un fuerte viento del noroeste impulsaba las nubes. Le asombraba que durante el día hubiera hecho un agradable calor. Ushikawa no concebía quedarse allí de pie sin hacer nada durante treinta minutos o una hora.

«Será mejor que me marche», decidió Ushikawa. «Tengo sólo va a beber y a comer algo. No hará falta que lo vigile.» Pensó que él también podía tomar algo caliente en cualquier parte y luego volver al piso. Tengo regresaría poco después. Ésa era la opción que más le atraía. Se imaginó comiéndose un *oyakodon*** en un restaurante calentito. Hacía días que no se llevaba al estómago nada sustancioso. Tampoco estaría mal pedir un poco de sake caliente; no recordaba desde cuándo no tomaba sake. Después, con el frío que hacía, con sólo salir y dar unos pasos se le iría la borrachera.

Pero también consideró otro panorama: quizá Tengo había quedado con alguien en el Cabeza de Cereal. No podía ignorar esa posibilidad. Tengo había salido del piso y se había dirigido directamente a ese local. Antes de entrar había consultado la hora. Quizás alguien lo esperaba dentro. O tal vez ese alguien estuviera a punto de llegar. Siendo así, Ushikawa debía averiguar *quién* era. Aunque se le helasen las orejas, no tenía más remedio que quedarse allí y vigilar. Al final, renunció con resignación al *oyakodon* y al sake caliente.

Tal vez se había citado con Fukaeri. Tal vez con Aomame. Esa posibilidad lo alentó. La perseverancia era, sin duda, una de sus cualidades. Si había una mínima posibilidad, se aferraba a ella y no la soltaba lloviera, hiciera viento, lo abrasase el sol o le arrearan con un

---

* Comunidad religiosa surgida en el siglo XIX. *(N. del T.)*
** Bol de arroz cubierto de pollo y huevo, entre otros ingredientes. *(N. del T.)*

palo. Porque si soltaba esa posibilidad, nadie sabía cuándo volvería a agarrarla. Y la experiencia le había enseñado que en el mundo existían sufrimientos mucho más terribles que el suyo en ese momento.

Apoyado en la pared y, escondido tras el poste eléctrico y un anuncio del Partido Comunista, Ushikawa fijó la vista en la puerta del Cabeza de Cereal. Se había subido la bufanda verde hasta la nariz y había metido las manos en los bolsillos del chaquetón. Aparte de sacarse del bolsillo un pañuelo de papel y sonarse de vez en cuando, no se movía. A ratos, el viento le traía las voces que anunciaban por megafonía la salida y la llegada de los trenes de la estación de Kōenji. Algunos transeúntes, al ver a Ushikawa oculto en las sombras, se ponían nerviosos y aceleraban el paso. Sin embargo, como estaba en una zona oscura, no llegaban a verle el rostro. Su cuerpo rechoncho emergiendo de entre las sombras como un ornamento de mal agüero bastaba para asustarles.

¿Qué estaría bebiendo y comiendo Tengo? Cuanto más pensaba en eso, más hambre y frío tenía. Con todo, no podía frenar su imaginación. Le valdría cualquier cosa, aunque no fuese sake caliente u *oyakodon*. Quería meterse en cualquier sitio con calefacción a comer cualquier cosa. Lo que fuera, salvo seguir allí de pie a oscuras y a la intemperie, expuesto a las miradas recelosas de los transeúntes.

Pero no podía echarse atrás. No le quedaba más remedio que esperar congelándose a que Tengo terminara de comer y saliera. Ushikawa pensó en su casa en Chūōrinkan, en la mesa del comedor. Allí, cada noche había comida caliente, pero no recordaba qué solían comer. «¿Qué narices cenaba en aquella época?» Parecía que tratara de recordar una vida anterior. Hace mucho, mucho tiempo, a quince minutos andando de la estación de Chūōrinkan, en la línea Odakyū, había una casa recién construida y, en ella, una mesa con comida caliente. En esa casa, dos niñas tocaban el piano mientras un cachorro de perro con pedigrí correteaba por el césped del pequeño jardín.

Treinta y cinco minutos después, Tengo salió solo del local. «Podría haber sido mucho peor», se consoló Ushikawa. Habían sido unos largos y penosos treinta y cinco minutos, pero era mucho mejor que una larga y penosa hora. Aunque tenía el cuerpo helado, las orejas no habían llegado a congelársele. Mientras Tengo se hallaba en el Cabeza de Cereal, Ushikawa no había visto salir ni entrar a ningún cliente que hubiera llamado su atención. Tan sólo había entrado una pareja joven. Nadie había salido. Tengo debía de haberse tomado una copa a solas y habría picado algo ligero.

Igual que a la ida, Ushikawa lo siguió a una distancia prudente. Tengo parecía desandar sus pasos. Debía de tener la intención de regresar a su casa.

No obstante, de pronto se desvió y se adentró en una calle que a Ushikawa no le sonaba. Por lo visto, no regresaba directamente a casa. Vista desde atrás, aquella ancha espalda parecía sumida en sus pensamientos, como siempre. Quizá con mayor concentración que antes. Ya ni siquiera se volvía de vez en cuando. Ushikawa examinó lo que lo rodeaba, leyó los números que indicaban el área residencial e intentó memorizar el itinerario para poder recorrer el mismo camino él solo en otra ocasión. Aunque no se orientaba bien en esa zona, al notar que el ruido incesante del tráfico, semejante a la corriente de un río, se había intensificado, supuso que se encontraban cerca de la circunvalación número siete. Entretanto, Tengo apretó el paso. Quizá se acercaba a su destino.

«No está mal», pensó Ushikawa. «Se dirige a *alguna parte*. Así me gusta. Eso significa que ha valido la pena seguirlo.»

Tengo cruzó una calle residencial a paso ligero. Era un sábado por la noche y soplaba un viento frío. La gente estaba encerrada en sus hogares caldeados, sentada frente a la televisión con una bebida humeante en la mano. Apenas se veía un alma por la calle. Ushikawa lo seguía a suficiente distancia. «La verdad, no es tan difícil. Con su estatura y su corpulencia, no se me escaparía ni en medio de un gentío. Y, cuando camina, no se desvía ni se distrae; va con la cabeza gacha, tal vez siguiendo el hilo de algún pensamiento. Es un tipo franco y honrado, de los que no saben ocultar las cosas. Todo lo contrario que yo, por ejemplo.»

A la mujer con la que se había casado también le gustaba ocultar cosas. No, no era que le gustase: es que no podía remediarlo. Si le preguntasen qué hora es, ni siquiera daría la hora correcta. En eso no se parecía a Ushikawa. Él sólo ocultaba cosas en su trabajo, cuando lo obligaba la necesidad. Si alguien le pidiera la hora y no hubiera motivos para ser deshonesto, daría la hora correcta, sin duda. Y lo haría con amabilidad. Pero su esposa mentía compulsivamente, en cualquier situación y con respecto a cualquier cosa. Ocultaba con celo incluso lo que no hacía falta ocultar. Si le preguntaban su edad, llegaba a quitarse cuatro años. Ushikawa se enteró cuando fueron al registro civil para inscribir su matrimonio y vio los documentos, pero fingió no haberse dado cuenta y calló. No se explicaba cómo podía mentir en algo así, siendo tan evidente que en cualquier momento se descubriría. Además, a Ushikawa no le importaba la diferencia de edad que pudiera haber entre ambos. Había muchas otras cosas por las que preocuparse. ¿Qué más daba que su mujer le llevara siete años?

A medida que se alejaban de la estación, había cada vez menos transeúntes. Entonces, Tengo entró en un parquecillo. Un anodino parque infantil en un rincón de una zona residencial. Estaba desierto. «Lógico», pensó Ushikawa. «¿A quién le apetece pasar un rato en un parque infantil en una noche de diciembre, con un viento gélido e incesante?» Tengo pasó bajo la luz fría de la farola y se dirigió hacia un tobogán. Subió los peldaños y llegó a la cima.

Ushikawa lo observaba escondido detrás de una cabina telefónica. ¿Un tobogán? Frunció el ceño. ¿Qué hacía un adulto subido a un tobogán en un parque infantil una noche heladora? No quedaba precisamente cerca de su piso. Había ido allí con *algún propósito*. No podía decirse que fuera un parque demasiado atrayente. Era minúsculo y estaba un poco abandonado. Un tobogán, unos columpios y un cajón de arena. Una farola que parecía haber iluminado repetidas veces el fin del mundo y un gran olmo de agua que se había quedado pelado. Unos baños públicos cerrados con candado y cubiertos de grafitis. Nada allí apaciguaría a nadie, nada estimularía la imaginación. Sí, tal vez, en una agradable tarde de mayo. Pero jamás en una noche ventosa de diciembre.

¿Se habría citado con alguien en el parque? ¿Estaría esperando a alguien? Ushikawa sospechaba que no. Nada en su comportamiento lo indicaba. Se había dirigido directamente al tobogán, sin prestar atención a los demás juegos. Daba la sensación de que no tenía nada más en mente que el tobogán. *«Tengo ha venido hasta aquí para subirse a ese tobogán.»* Ésa era su impresión.

Quizá le gustase subirse a los toboganes a meditar. Tal vez no hubiese lugar más idóneo que un tobogán en un parque de noche para darle vueltas al argumento de una de sus novelas, o para reflexionar sobre fórmulas matemáticas. A lo mejor, cuanto más oscuro estaba a su alrededor, cuanto más frío era el viento, cuanto más deteriorado estuviese el parque, más estimulado se sentía su cerebro. Pero escapaba a la imaginación de Ushikawa qué y cómo pensaban los novelistas (o los matemáticos). Su mente, siempre práctica, sólo le decía que no había más remedio que observar pacientemente a Tengo. Las agujas del reloj marcaron las ocho en punto.

Tengo se había sentado en lo alto del tobogán, para lo que había tenido que doblar su corpachón. Y miraba al cielo. Al principio meneaba la cabeza de un lado a otro, hasta que su mirada se posó en un punto y ahí se quedó. Su cabeza no se movió ni un ápice.

Ushikawa recordó una sensiblera canción de Kyū Sakamoto,* todavía en boga después de tantos años. En concreto, el principio, que decía: «Mira las estrellas de noche, las pequeñas estrellas...». El resto de la letra no se la sabía. Ni quería saberla. El sentimentalismo y el sentido de la justicia no eran su punto fuerte. ¿Miraría Tengo las estrellas desde la cima del tobogán por algún motivo sentimental?

Ushikawa probó a mirar al cielo del mismo modo. Pero no se veían estrellas. Decir que Kōenji, en Suginami, Tokio, no es el lugar más adecuado para observar un cielo estrellado es quedarse cortos. Los rótulos de neón y el alumbrado de las calles iluminan toda la atmósfera tiñéndola de un extraño tono. Quizás, concentrándose mucho y aguzando la vista, se avistaría alguna estrella. Para colmo, esa noche había muchas nubes. A pesar de todo, Tengo, inmóvil, miraba a un punto determinado del cielo desde la cima del tobogán.

«¡Qué incordio de tipo!», pensó Ushikawa. ¿Qué necesidad había de contemplar el cielo en ese lugar y en esas condiciones? Sin embargo, no podía echárselo en cara a Tengo. Que Ushikawa lo vigilara y lo siguiera no era problema de Tengo. Nada por lo que, a raíz de ello, tuviera que pasar Ushikawa era culpa de Tengo. Éste, como todo ciudadano libre, tenía derecho a contemplar el cielo cuanto quisiera y desde donde quisiera en cualquier época del año.

«Aun así, hace un frío que pela», pensó Ushikawa. Hacía ya un rato que tenía ganas de orinar. Pero debía esperar, no le quedaba más remedio. Los aseos públicos estaban cerrados y, aunque nadie pasaba por allí, no podía ponerse a mear al lado de una cabina. «Tengo, ¿por qué no me haces el favor de largarte ya?», rogó Ushikawa mientras

---

* El título de la canción es *Miagete goran yoru no hoshi wo (Mira las estrellas de noche)*, del año 1960. Fue popularizada por el cantante Kyū Sakamoto, más conocido por la famosa *Ue wo muite arukō (Camino mirando hacia arriba)*. *(N. del T.)*

pateaba el suelo. «Aunque reflexiones, te pongas sentimental u observes los astros como si estuvieras en un observatorio, tú también debes de estar pasando frío. ¿Por qué no vuelves a casa y te calientas un poquito? A ninguno de los dos nos espera nadie en casa, pero allí se está mucho mejor que aquí con diferencia.»

Pero Tengo no hacía amago de levantarse. Al cabo de un rato dejó de mirar al cielo y dirigió la vista hacia el edificio de apartamentos situado al otro lado de la calle. Un bloque nuevo de seis pisos en el que apenas la mitad de las ventanas estaban iluminadas. Tengo contemplaba concentrado aquel edificio. Ushikawa probó a observarlo también, pero nada le llamó particularmente la atención. Era un edificio como tantos otros. No se podía decir que fuese de lujo, pero sí lo bastante bueno para gente acomodada. Era de líneas elegantes, y los azulejos de la fachada no debían de ser baratos. El portal también contaba con un alumbrado excelente. No como el viejo edificio a punto de ser demolido en el que Tengo vivía.

¿Pensaría Tengo, mientras miraba el edificio, que le gustaría vivir en un lugar así, si pudiera? No, no lo creía. Por lo que Ushikawa sabía, Tengo no era de los que se preocupan por el lugar en que viven. Igual que no se preocupaba por su vestimenta. Seguro que no se sentía a disgusto en el modesto edificio en que vivía. Le bastaba con que tuviese techo y lo protegiese del frío. Así era él. Encima del tobogán debía de estar dándole vueltas a alguna idea de una naturaleza muy distinta.

Tras observar las ventanas del edificio durante un rato, Tengo volvió otra vez la mirada hacia lo alto. Ushikawa lo imitó. Desde su escondrijo sólo divisaba la mitad del cielo, pues las ramas del olmo de agua, los cables eléctricos y los edificios obstaculizaban su visión. No sabía hacia qué punto exacto miraba Tengo. Un sinfín de nubes afluía, una tras otra, como un intimidante ejército.

Poco después, Tengo se irguió y, callado, se bajó del tobogán, como un piloto tras finalizar un duro y solitario vuelo nocturno. A continuación pasó bajo la luz de la farola de mercurio y abandonó el parque. Ushikawa, tras titubear, decidió no seguirlo. Estaba seguro de que regresaría a casa. Además, Ushikawa necesitaba mear. Cuando se aseguró de que Tengo había desaparecido, entró en el parque y orinó frente a unos arbustos, detrás de los aseos, a resguardo de miradas ajenas. Tenía la vejiga a punto de estallar.

Una vez terminada la meada, tan prolongada que a un largo tren de mercancías le habría dado tiempo de cruzar un puente de la línea ferroviaria, Ushikawa se abrochó la bragueta del pantalón y, con los ojos cerrados, exhaló un hondo suspiro de alivio. Las agujas de su reloj marcaban las ocho y diecisiete. Hacía quince minutos que Tengo había estado encima del tobogán. Después de comprobar una vez más que Tengo no andaba por allí, Ushikawa se dirigió hacia el tobogán y con sus cortas y arqueadas piernas subió los peldaños. Se sentó en lo alto del tobogán, que estaba helado, y dirigió la vista aproximadamente en la misma dirección que Tengo. Quería saber qué había contemplado con tanto empeño.

Ushikawa no tenía mala vista. A pesar de que el astigmatismo le descompensaba un poco la visión entre un ojo y otro, no tenía problemas en su vida diaria, y ni siquiera necesitaba gafas. Pero por más que se esforzó, no divisó ninguna estrella. Lo que llamó su atención, en cambio, fue una gran Luna en sus dos tercios que flotaba cerca del cenit. El satélite, con sus oscuras manchas semejantes a moratones, se recortaba nítidamente entre las nubes que cruzaban el cielo. La Luna invernal de siempre. Fría, pálida, evocadora y repleta de enigmas que hundían sus raíces en un pasado remoto. Pendía del cielo callada, sin pestañear, como los ojos de los muertos.

Instantes después, Ushikawa se quedó sin aliento. Por unos segundos se olvidó hasta de respirar. Advirtió que en un claro en medio de las nubes flotaba otra luna, a poca distancia de la Luna de siempre. Ésta era mucho más pequeña, verdosa, como si estuviera cubierta de musgo, y un tanto deforme. Pero era una luna, no cabía duda. No existen estrellas tan grandes. Tampoco era un satélite artificial. Estaba fija.

Ushikawa cerró los ojos, aguardó unos segundos y volvió a abrirlos. Había sido una alucinación. *Algo así no podía existir.* Pero después de abrir y cerrar los ojos varias veces, la nueva pequeña luna seguía allí. Cuando venían nubes, se ocultaba tras ellas, pero luego reaparecía en el mismo lugar.

«Esto es lo que Tengo contemplaba», pensó Ushikawa. Tengo Kawana había ido a ese parque para observarlas o cerciorarse de que seguían allí. Tengo sabía desde hacía algún tiempo que del cielo pendían dos lunas. Mientras las contemplaba, su rostro no reflejaba sorpresa. Ushikawa suspiró hondo desde la cima del tobogán. «¿Qué mundo es éste?», se preguntó. *«¿En qué clase de mundo me he metido?»* No hubo respuesta. El viento arrastraba el ejército de nubes mientras en el cielo flotaban la Luna grande y la pequeña como en un acertijo.

«Solamente puedo afirmar una cosa: *éste no es el mundo en que yo estaba.* El mundo que yo conozco no tiene más que una luna. Es un hecho indudable. Ahora se ha duplicado.»

Sin embargo, al cabo de un rato, Ushikawa se dio cuenta de que sentía una especie de *déjà-vu.* «Yo he visto esto en alguna parte.» Ushikawa se concentró y, desesperado, rebuscó en su memoria. Torció el gesto, enseñó los dientes, removió con sus manos el fondo de las aguas oscuras de su mente. Y al fin lo recordó: *La crisálida de aire.* En la novela se hablaba de un cielo con dos lunas. Una Luna grande y otra pequeña. Cuando la *móder* engendraba a la *dóter*, en el cielo flotaban dos lunas. Fukaeri había creado la historia y Tengo le había añadido algunos detalles.

Miró a su alrededor en un gesto mecánico. Pero ante sus ojos se extendía el mismo mundo de siempre. En las ventanas del edificio de seis pisos situado al otro lado de la calle, las cortinas blancas de encaje estaban echadas, con una luz apacible al fondo. No había nada extraño. *Sólo el número de lunas había cambiado.*

Bajó del tobogán con cuidado, mirando dónde pisaba. Luego salió a toda prisa del parque, como para escapar de la mirada de las lunas. «¿Me estaré volviendo loco? No, no puede ser. Mi mente es como un clavo de acero novísimo: sólido, recto e imperturbable. Se clava con precisión y en el ángulo correcto en el núcleo de la realidad. A mí no me pasa nada. Estoy en mi sano juicio. Es el mundo que me rodea el que ha enloquecido.

»Y debo descubrir el origen de esa locura. A toda costa.»

Como parte de mi transformación

El domingo el viento cesó e hizo un día caluroso y apacible, todo lo contrario que la noche anterior. La gente dejó en casa sus pesados abrigos y disfrutó de la luz del sol. Aomame pasó la mañana como siempre: dentro del apartamento, con las cortinas echadas y ajena al tiempo que hacía en el exterior.

Mientras escuchaba a volumen bajo la *Sinfonietta* de Janáček, realizaba estiramientos y trabajaba sin piedad sus músculos valiéndose de los aparatos. Necesitó casi dos horas para completar el programa, que cada día aumentaba e iba perfeccionando. Luego cocinó, limpió el piso, se sentó en el sofá y leyó *En busca del tiempo perdido.* Por fin había llegado al volumen de *El mundo de Guermantes.* Intentaba mantenerse lo más ocupada posible. En la televisión sólo veía el noticiario de la NHK del mediodía y el de las siete de la tarde. Como de costumbre, no había ninguna gran noticia. O sí, sí las había. En el mundo muchas personas perdían la vida. Gran parte de esas personas, de una muerte dolorosa. Colisionaban trenes, se hundían ferris, se estrellaban aviones. Se prolongaban conflictos civiles sin visos de solución, se cometían asesinatos y se perpetraban cruentas matanzas entre etnias. El cambio climático producía sequías, inundaciones y hambrunas. Aomame sentía una gran lástima por todos aquellos que se veían envueltos en esas tragedias y calamidades. Pero, en cualquier caso, no estaba ocurriendo nada que pareciese ejercer una influencia directa sobre Aomame.

La chiquillería del barrio jugaba en el parque infantil al otro lado de la calle. Todos gritaban a la vez. También se oían los agudos graznidos de los cuervos posados sobre el tejado, en incansable diálogo unos con otros. El aire olía a ciudad a principios de invierno.

De pronto se dio cuenta de que, desde que vivía en ese apartamento, no había sentido deseo sexual ni una sola vez. Nunca le habían entrado ganas de acostarse con alguien, ni se había masturbado. Quizá se debiera al embarazo. A lo mejor provocaba cambios en la segregación de hormonas. En cualquier caso, ella lo prefería así, ya que si le entraran ganas de acostarse con alguien, no podría conseguirlo de ninguna forma. Por otro lado, la alegraba que no le viniera la regla cada mes. Le parecía que se había deshecho de una carga que nunca le había resultado pesada, pero que había llevado largo tiempo a cuestas. Por lo menos agradecía tener un problema menos en que pensar.

La melena le había crecido mucho durante aquellos tres meses. En septiembre apenas le llegaba a los hombros y ahora casi le cubría los omóplatos. Como, de pequeña, su madre siempre le cortaba el pelo muy corto, y desde la escuela secundaria su vida siempre había girado alrededor del deporte, nunca lo había llevado tan largo. Le parecía un poco excesivo, pero no podía cortárselo ella misma, así que no tenía otro remedio que dejárselo crecer; sin embargo, se arreglaba el flequillo con unas tijeras. De día lo llevaba recogido y al anochecer se lo soltaba. Entonces se lo cepillaba cientos de veces, mientras escuchaba música. Algo impensable si no hubiera dispuesto de mucho tiempo libre.

Nunca había usado lo que se dice maquillaje y, por otra parte, siempre encerrada en el apartamento, tampoco lo necesitaba. Con todo, para mantener una rutina, se cuidaba la piel con esmero. La masajeaba con cremas y lociones limpiadoras y, antes de dormir, se ponía una mascarilla. Siempre había tenido un cuerpo sano, de modo que bastaba con cuidarlo un poco para que al instante su piel reluciera. Aunque a lo mejor se debía a que estaba embarazada. Había oído decir que la piel se volvía más bonita cuando una estaba encinta. En cualquier caso, cuando se contemplaba el rostro con la melena suelta frente al espejo, se sentía más guapa que antes. O se decía que, al menos, estaba alcanzando la serenidad propia de una mujer adulta. Tal vez fuera así.

Aomame nunca se había considerado guapa. Desde pequeña, nadie le había dicho que lo fuera ni una sola vez. Más bien, su madre daba por sentado que era una niña fea. «Si fueras más guapa...», solía decirle. Con eso quería decir que, si Aomame fuese más guapa, más bonita, atraerían muchos más creyentes para la Asociación de Testigos. Por eso Aomame siempre había evitado mirarse al espejo. Cuando debía hacerlo, se ponía frente al espejo, rápidamente comprobaba lo que debía comprobar, y se alejaba. Se había convertido en una costumbre.

Tamaki Ōtsuka le decía que le gustaban mucho sus facciones. «Están muy bien. Eres muy atractiva», le decía, «no te preocupes tanto. Deberías tener más confianza en ti misma.» A Aomame le hacía muy feliz oírselo decir. Las cálidas palabras de su amiga reconfortaban y tranquilizaban considerablemente a Aomame, que estaba entrando en la pubertad. La llevaron a pensar que a lo mejor no era tan fea como su madre le repetía una y otra vez. Pero ni siquiera Tamaki le había llamado nunca *guapa*.

Sin embargo, por primera vez en su vida, Aomame pensaba que quizá su rostro tuviera cierta belleza. Ahora era capaz de sentarse delante del espejo durante largo tiempo y contemplar su rostro con atención. No había en ese comportamiento ni una pizca de narcisismo. Examinaba el rostro reflejado en el espejo desde diversos ángulos, como si se tratase de otra persona. ¿Se había vuelto su semblante realmente bello? Quizá no se había producido ningún cambio en él, sino que era ella la que ahora lo veía de otra manera. Ni la propia Aomame lo sabía.

De vez en cuando, Aomame fruncía el ceño frente al espejo. En eso, su rostro no cambiaba. Los músculos faciales se estiraban en diferentes direcciones, de tal modo que las expresiones, hasta ahora contenidas, se desataban y liberaban de manera asombrosa. Todas las emociones del mundo manaban a borbotones. Entonces su rostro no era bello ni feo. Desde cierto ángulo, parecía el de un demonio, y desde otro ángulo el de un bufón. Y aun desde otro ángulo, sólo parecía un puro caos. Al dejar de arrugar la cara, sus músculos se aflojaban gradualmente, como cuando las ondas concéntricas sobre la superficie del agua se van debilitando, y volvían sus expresiones y sus facciones de siempre. Entonces Aomame se encontraba a sí misma, pero era una Aomame un tanto diferente a la de antes.

«¡Podrías sonreír con un poco más de naturalidad!», solía decirle Tamaki Ōtsuka. «Es una pena. ¡Con esas facciones tan dulces que tienes cuando sonríes!» Pero Aomame era incapaz de sonreír espontáneamente frente a los demás. Cuando forzaba la sonrisa, ésta se convertía en una mueca crispada y desdeñosa que, lejos de su propósito, sólo conseguía poner nerviosa a la otra persona y provocar incomodidad. Tamaki Ōtsuka, en cambio, era capaz de esbozar una sonrisa alegre y muy natural. Caía bien a todo el mundo y todos la trataban con confianza desde el primer encuentro. Al final, sin embargo, la frustración y la desesperanza la obligaron a quitarse la vida. Y dejó atrás a Aomame, que era incapaz de sonreír debidamente.

Era una tarde sosegada de domingo. Mucha gente había acudido al parque, llamada por la calidez de los rayos de sol. Los padres llevaban a los niños a jugar en el cajón de arena o los subían a los columpios. Otros niños se lanzaban por el tobogán. Unos ancianos sentados en un banco observaban incansables sus juegos. Aomame había salido al balcón y, sentada en la silla de jardín, los miraba un tanto abstraída por la rendija del antepecho de plástico. Una escena apacible. El mundo avanzaba sin incidentes. Nadie estaba amenazado de muerte, nadie perseguía a una asesina. La gente no escondía semiautomáticas cargadas con balas de nueve milímetros y envueltas en medias en los cajones de sus cómodas.

«¿Podré algún día formar parte de ese mundo tranquilo y racional?», se interrogaba. «¿Podré algún día ir al parque con *esta cosa pequeñita* de la mano, ver cómo se columpia y baja por el tobogán? ¿Existe esa posibilidad en el mundo de 1Q84? ¿O acaso sólo existe en algún otro mundo? Y lo más importante: ¿estará ese día Tengo a mi lado?»

Aomame dejó de observar el parque y volvió a entrar en el apartamento. Cerró la puerta acristalada y corrió las cortinas. Las voces de los niños dejaron de oírse. Una leve tristeza empañó su corazón. Estaba aislada de todo, confinada en un lugar cerrado con llave por dentro. «Ya basta de contemplar el parque de día», pensó. «Tengo no vendrá a estas horas. Lo que él desea es ver con claridad las dos lunas.»

Tras tomar una cena ligera y lavar los platos y los cubiertos, salió al balcón bien abrigada. Se acomodó en la silla con las rodillas cubiertas con la manta. No hacía viento. Las nubes se extendían tenuemente por el cielo, en una estampa que sería un desafío para las finas pinceladas de un acuarelista. Una gran Luna en sus dos tercios proyectaba su clara luz sobre la Tierra, sin que la interceptaran las nubes. A esa hora, desde donde estaba Aomame todavía no se divisaba la segunda luna. Un edificio la ocultaba. Pero Aomame sabía que *estaba allí*. Percibía su presencia. Desde ese ángulo no se veía, pero pronto habría de mostrarse ante ella.

Desde que se escondía en ese piso, lograba que su mente se quedara en blanco. Podía vaciarla a su antojo, en particular cuando contemplaba el parque desde el balcón. Sus ojos vigilaban diligentemente el parque. Sobre todo el tobogán. Pero no pensaba en nada. Aunque no, seguro que su mente sí pensaba en algo, pero sus pensamientos siempre estaban latentes. Ella desconocía qué era lo que su mente pensaba. Sin embargo, regularmente se manifestaba. Del mismo modo que las tortugas marinas o los delfines salen a la superficie para respirar. En esos momentos, descubría *lo que había estado pensando* hasta entonces. Al rato, su mente se llenaba los pulmones de oxígeno nuevo y volvía a sumergirse. Desaparecía de su vista. Y Aomame ya no pensaba en nada. Convertida en un dispositivo de vigilancia envuelto por un blando capullo, dirigía su mirada absorta hacia el tobogán.

Miraba el parque. Pero, al mismo tiempo, no miraba nada. Si algún elemento novedoso entrara en su campo visual, su mente respondería de inmediato. Sin embargo, de momento, nada sucedía. No soplaba la menor brisa y las oscuras ramas del olmo, extendidas en el aire como sondas, no se movían ni un ápice. El mundo se había quedado quieto. Miró el reloj. Ya eran más de las ocho. Puede que ese día también terminase sin ninguna novedad. Era una noche de domingo muy silenciosa.

A las ocho y veintitrés, el mundo dejó de permanecer inmóvil.

De pronto, vio a un hombre sobre el tobogán. Estaba allí sentado, mirando hacia un punto en el firmamento. El corazón de Aomame se achicó hasta adquirir el tamaño del puño de un niño. Su corazón permaneció encogido tanto tiempo que parecía que ya nunca más iba a latir. A continuación se hinchó de nuevo, recuperó su tamaño original y retomó su actividad. Con un ruido seco, distribuyó nueva sangre por todo el cuerpo a una velocidad casi endiablada. La conciencia de Aomame emergió rápidamente, provocándole un escalofrío, y se preparó para actuar.

«Es Tengo», pensó de manera instintiva.

Pero cuando su mirada oscilante se clavó en él, se dio cuenta de que no era él. Aquel hombre era bajo, como un niño, tenía el cráneo grande y cuadrado y llevaba un gorro de punto. El gorro se deformaba de un modo extraño, adaptándose a su cabeza. Llevaba una bufanda verde enrollada y una pieza de abrigo azul marino. La bufanda era demasiado larga y el abrigo le abultaba en el vientre de tal forma que parecía que los botones iban a estallar. Aomame se percató de que era el «niño» que había visto de refilón la noche anterior cuando abandonaba el parque. Pero no era un niño. Era un adulto, probablemente de mediana edad, sólo que bajo, rechoncho y paticorto. Además, su cabeza era muy grande y deforme.

De repente recordó al «cabezón» del que le había hablado Tamaru. El hombre que merodeaba alrededor de la Villa de los Sauces en Azabu y que investigaba sobre la casa de acogida. El aspecto de aquel hombre subido al tobogán se correspondía con el que Tamaru le había descrito por teléfono. Aquel tipo siniestro había seguido recabando informaciones con tenacidad y, sigilosamente, se había ido acercando a ella. «Debo ir a por la pistola. ¿Por qué precisamente esta noche la he dejado en el dormitorio?» Pero respiró hondo y trató de calmar su corazón alterado y los nervios. «No, no te precipites. Todavía no la necesitas.»

Para empezar, el hombre no observaba el edificio de Aomame. Estaba sentado en la cima del tobogán, mirando al cielo en la misma postura que Tengo. Y parecía reflexionar sobre lo que veía. Permaneció largo tiempo inmóvil. Como si hubiera olvidado cómo mover su cuerpo. No prestaba ninguna atención a la vivienda de Aomame. Eso la dejaba desconcertada. «¿Qué demonios sucede? Este hombre ha venido siguiéndome el rastro. Quizá sea miembro de la organización. Es listo, no hay duda, me ha seguido el rastro desde la mansión de Azabu hasta aquí. No obstante, ahora que me tiene indefensa delante de sus narices, se distrae y se pone a mirar al cielo.»

Aomame se levantó sin hacer ruido, abrió un poco la puerta acristalada, entró en el piso y se sentó frente al teléfono. Con dedos temblorosos empezó a marcar el número de Tamaru. Fuera como fuese, debía decírselo: «Ahora mismo estoy viendo al cabezón desde mi piso. Está subido a un tobogán, en el parque infantil al otro lado de la calle». Del resto ya se ocuparía él. Pero tras marcar las cuatro primeras cifras, se detuvo y se mordió el labio, aún con el auricular firmemente sujeto.

«Es demasiado pronto», pensó. «Existen demasiadas incógnitas en torno a este hombre. Si Tamaru se "encargase" de él sin más, por ser un elemento peligroso, seguramente las incógnitas nunca dejarían de ser incógnitas. Bien pensado, está actuando igual que Tengo cuando

acudió al parque. El mismo tobogán, la misma postura, el mismo rincón del cielo. Como si lo imitara. Él también debe de haberse fijado en las dos lunas. En ese caso, puede que exista alguna conexión entre él y Tengo. Quizá todavía no sepa que me escondo en este apartamento. Por eso está así, desprotegido, de espaldas a mí. Cuanto más lo pienso, más me convence esta explicación. Tal vez siguiéndolo podría llegar hasta Tengo. Paradójicamente, me serviría de guía.» Al pensar en ello, el corazón le latió cada vez con más fuerza y rapidez. Colgó el auricular.

Decidió que lo avisaría más tarde. Antes debía hacer algo. Algo que conllevaba riesgos, por supuesto. Porque iba a seguir a quien la seguía. Y éste seguramente era un experto. Pero no por eso debía desaprovechar aquella pista. «Quizá sea mi última oportunidad.» Y, por lo visto, en ese momento el hombre no estaba al acecho.

A toda prisa se dirigió al dormitorio y sacó la Heckler & Koch del cajón de la cómoda. Le quitó el seguro, envió una bala a la recámara con un ruido seco y volvió a ponérselo. Se metió el arma entre la cinturilla trasera de los pantalones y su propio cuerpo y volvió al balcón. El cabezón seguía mirando al cielo en la misma postura. Su cabeza deforme no se había movido ni un pelo. Parecía cautivado por lo que se veía en ese rincón del cielo. Aomame lo comprendía. *Ciertamente, era un espectáculo cautivador.*

Volvió adentro, se puso el plumífero y se caló una gorra de béisbol. Además, se puso unas gafas sin graduar de montura negra. Con eso, su cara cambiaba bastante. Se enrolló un fular gris alrededor del cuello. Salió del piso y guardó el monedero y las llaves en el bolsillo. Bajó corriendo las escaleras y salió por el portal. Las suelas de sus zapatillas de deporte pisaron el asfalto sin hacer ruido. Esa sensación de pisar suelo firme, que hacía tiempo que no experimentaba, le dio coraje.

Mientras caminaba por la calle, Aomame comprobó que el cabezón seguía en el mismo lugar. Una vez puesto el sol, la temperatura había bajado considerablemente, pero seguía sin soplar viento. Hacía un frío más bien agradable. Mientras el aliento que exhalaba se condensaba debido al frío, atravesó con sigilo la calle hasta llegar al parque, siempre tratando de no hacer ruido. El cabezón no prestaba atención al área en que se encontraba ella. Su vista apuntaba recto del tobogán al cielo. Aunque desde la posición de Aomame no se veía, en el otro extremo de la mirada del hombre debían de estar la

Luna grande y la pequeña. Seguro que se alineaban, la una arrimada a la otra, en aquel cielo helado y sin nubes.

Tras pasar el parque de largo e ir hasta la otra punta, dio media vuelta y retrocedió. Entonces se escondió en las sombras y acechó el columpio. A su espalda, en la cintura, notaba el tacto de la pistola. Un tacto, duro y gélido como la muerte misma, que le templaba los nervios.

Esperó durante unos cinco minutos. El cabezón se incorporó lentamente, se sacudió el polvo del abrigo y, tras mirar de nuevo hacia el cielo, bajó los peldaños del tobogán con aire resuelto. Luego se alejó del parque y echó a andar hacia la estación. Seguirle los pasos no era difícil. En esa zona residencial, los domingos por la noche no había ni un alma, de modo que no tenía que preocuparse por perderlo de vista aunque lo siguiera de lejos. Además, él no parecía abrigar la menor sospecha de que alguien pudiera seguirlo. Caminaba a un ritmo regular, sin volver la vista atrás. El ritmo al que suele caminar la gente mientras piensa. «¡Qué ironía!», se dijo Aomame. «El que siempre sigue a otros nunca cree que pueden seguirlo a él.»

Pronto se hizo evidente que el cabezón no se dirigía a la estación de Kōenji. Aomame había memorizado bien toda el área aledaña a su edificio valiéndose del mapa de los veintitrés grandes barrios de Tokio que tenía en casa. Necesitaba saber lo que había en cada rincón, por si se presentaba una emergencia. Por eso supo que al principio se encaminaba a la estación de tren; sin embargo, luego tomó otra dirección. También se dio cuenta de que el cabezón no se orientaba bien en aquella zona. Se detuvo dos veces en una esquina, miró a su alrededor, inseguro, y comprobó dónde estaba en los letreros que había en los postes eléctricos. Allí, él era un foráneo.

Al poco rato, sus pasos se aceleraron. Aomame supuso que había llegado a una zona cuyas calles le resultaban conocidas. En efecto. Tras pasar frente a la escuela primaria municipal y avanzar un rato por una calle no muy amplia, entró en un viejo edificio de cuatro plantas.

Cuando el hombre desapareció por el portal, Aomame decidió esperar cinco minutos. Lo que menos deseaba era toparse con él en la entrada. El portal tenía un sobradillo de hormigón con una lámpara redonda que arrojaba una luz amarillenta. Por lo que pudo comprobar, no había nada semejante a una placa o letrero del edificio. Tal vez no tuviese nombre. En todo caso, parecía que habían pasado muchos años desde su construcción. Aomame memorizó la dirección marcada en un poste eléctrico.

Pasados cinco minutos, se dirigió hacia el portal. Pasó rápidamente bajo la luz amarilla y abrió la puerta de la entrada. No había nadie en el pequeño vestíbulo. Era un espacio vacío, inhóspito. Una lámpara halógena, ya en las últimas, producía un tenue chisporroteo. Se oía el sonido de un televisor. También los chillidos de un niño pequeño pidiéndole algo a su madre.

Aomame sacó la llave de su piso del bolsillo del plumífero para que, si alguien la veía, pensasen que vivía allí y, con ella en mano, agitándola ligeramente, fue leyendo las placas de los buzones. Puede que una de ellas correspondiese al cabezón. No se hacía demasiadas ilusiones, pero merecía la pena intentarlo. Era un edificio pequeño, de modo que no habría demasiados inquilinos. Poco después, en el preciso instante en que leyó el apellido Kawana en uno de los buzones, se apagaron todos los sonidos que había a su alrededor.

Aomame se quedó petrificada delante del buzón. El aire que la rodeaba se enrareció, hasta el punto de que le costaba respirar. Sus labios se entreabrieron y temblaron ligeramente. Llevaba un buen rato así cuando se dio cuenta de que era un comportamiento estúpido y arriesgado. El cabezón rondaba cerca, en alguna parte. Podría aparecer por el portal en cualquier momento. Pero ella era incapaz de separarse de ese buzón. El pequeño letrero que rezaba «KAWANA» paralizó su capacidad de razonar y le heló el cuerpo.

Naturalmente, nada indicaba que ese Kawana fuese Tengo Kawana. No se trataba de un apellido corriente, pero no era tan raro como, por ejemplo, «Aomame». No obstante, si existía alguna relación entre el cabezón y Tengo, como ella suponía, había muchas probabilidades de que aquel «Kawana» fuese Tengo Kawana. El número del piso era el 303. Casualmente, el mismo número que el apartamento en que ella vivía ahora.

¿Qué podía hacer? Aomame se mordió el labio con fuerza. Su mente giraba ininterrumpidamente dentro de un circuito. No encontraba la salida. ¿Qué podía hacer? Cualquier cosa excepto quedarse quieta delante del buzón. Armándose de valor, subió hasta la tercera planta por las desangeladas escaleras de hormigón. A trechos, el suelo oscuro mostraba pequeñas grietas debidas a un desgaste de muchos años. La suela de sus zapatillas de deporte producía un ruido áspero.

Aomame se detuvo delante del apartamento número 303. Una puerta de acero con una tarjeta impresa con la palabra «Kawana» metida en una plaquita. De nuevo, sólo el apellido. Los dos ideogramas que lo componían se le antojaron extremadamente fríos, inorgánicos. Pero, al mismo tiempo, parecían contener un profundo misterio. Aomame se quedó allí de pie, atenta a cualquier ruido. Aguzó todos sus sentidos. Pero no se oía nada al otro lado de la puerta. Tampoco se veía luz. Junto a la puerta había un timbre.

Se sintió confusa. Mordiéndose el labio, dudó.

«¿Debo llamar al timbre?

»Tal vez sea una ingeniosa celada. A lo mejor el cabezón me espera escondido al otro lado, con una abominable sonrisa en la cara, como un enano malvado en un bosque oscuro. Se dejó ver sobre el tobogán, me atrajo hasta aquí y ahora pretende apresarme. Sabe que busco a Tengo y lo utiliza como cebo. Es un hombre ruin y astuto. Y conoce mi punto débil. Era la única manera, sin duda, de hacerme abrir la puerta desde dentro.»

Aomame comprobó que no había nadie a su alrededor y sacó la pistola de la parte trasera de los pantalones. Le quitó el seguro y la metió en el bolsillo del plumífero de tal manera que le permitiera sacarla al instante. Con la mano derecha la empuñó y colocó el índice sobre el gatillo. Entonces pulsó el timbre con la mano izquierda.

Se oyó cómo resonó lentamente dentro del piso. Su lentitud contrastaba con el ritmo acelerado de sus latidos. Esperó a que la puerta se abriese con el arma apuntada hacia allí. Pero la puerta no se abrió. Tampoco parecía que alguien estuviera echando un vistazo por la mirilla. Esperó otro poco y volvió a llamar. El timbre resonó otra vez. Tan alto que seguro que todos los vecinos del área de Suginami debían de haber erguido la cabeza y prestado atención. La mano derecha de Aomame sudaba ligeramente sobre la empuñadura de la pistola. Sin embargo, nadie salía a abrir.

«Será mejor que me largue. Sea quien sea, el tal Kawana del 303 no está en casa. Y, ahora mismo, ese cabezón siniestro se esconde en algún rincón de este edificio. Quedarme más tiempo es peligroso.» Bajó deprisa las escaleras y, tras mirar los buzones de reojo, salió del edificio. Tapándose la cara con el fular, cruzó rápidamente bajo la luz amarillenta y salió a la calle. Se volvió y comprobó que nadie la seguía.

Debía pensar en muchas cosas. Tantas como las que debía decidir. Le puso el seguro a la pistola a tientas. Luego se la metió otra vez detrás, en la cintura de los vaqueros, de forma que no se notara por fuera. Aomame intentó convencerse a sí misma de que no podía hacerse demasiadas ilusiones. No debía esperar gran cosa. «Puede que ese inquilino llamado Kawana sea Tengo, o puede que no. Cuando brotan esperanzas, el corazón se aprovecha y empieza a actuar por su cuenta. Y cuando las esperanzas se ven defraudadas, llega la desesperación, y la desesperación llama al desaliento. Una se confía y baja la guardia. En este momento, eso es lo más peligroso para mí.

»Desconozco cuánto sabe ese cabezón. Pero el verdadero problema es que se ha acercado demasiado a mí, tanto que puede alcanzarme con sólo estirar el brazo. Debo ser precavida y mantenerme alerta. Es un tipo cauto y peligroso. El más mínimo error podría ser fatal. En primer lugar, no puedo acercarme así como así a este viejo edificio. No hay duda de que él se esconde en alguna parte y está fraguando alguna artimaña para atraparme. Como una venenosa araña hematófaga que teje su tela en la oscuridad.»

De regreso a su piso, Aomame ya había tomado una decisión. Sólo había una única vía.

Esta vez marcó el número de Tamaru hasta el final. Tras dejar sonar doce tonos, colgó. Se quitó la gorra y el abrigo, guardó la pistola en el cajón de la cómoda y bebió dos vasos de agua. Llenó una tetera de agua y la puso a hervir para prepararse un té. Echó un vistazo al parque, al otro lado de la calle, por entre las cortinas, y comprobó que no había nadie. Se peinó el cabello con un cepillo frente al espejo del cuarto de baño. Aun así, los dedos de sus manos todavía se movían con cierta torpeza. Seguía nerviosa. Cuando estaba virtiendo el agua caliente sobre el té, sonó el teléfono. Era Tamaru, naturalmente.

–He visto al cabezón hace poco –dijo Aomame.

Se hizo un silencio.

–«Hace poco»... ¿Quieres decir que ya no está ahí?

–Eso es –contestó Aomame–. Hace poco estaba en el parque que hay enfrente del edificio. Pero ya no está.

–Pero ¿hace cuánto que no está?

–Unos cuarenta minutos.

–¿Cómo no me has llamado antes?

–Tenía que seguirlo de inmediato y no me dio tiempo.

Tamaru exhaló un lento suspiro, como si, más que soltarlo, lo exprimiese.

–¿Lo seguiste?

–Es que no quería perderlo de vista.

–Creía que te había dicho que no salieras bajo ningún concepto.

Aomame midió cuidadosamente sus palabras.

–No podía quedarme sentada mirando cómo me rondaba el peligro. Aunque me hubiera puesto en contacto contigo, no habrías podido acudir de inmediato. ¿No es así?

Tamaru emitió un pequeño ruido desde el fondo de la garganta.

–Entonces seguiste al cabezón.

–No parecía imaginar que alguien lo seguía a él.

–Un profesional sabe *fingir* –dijo Tamaru.

Tenía razón. Ella ya había pensado que podía tratarse de una celada. Pero no podía reconocerlo ante Tamaru.

–Tú sí que habrías sabido fingir, desde luego. Pero, por lo que he visto, el cabezón no llega a ese nivel. Quizá sea bueno, pero no tanto como tú.

–A lo mejor había alguien más, de apoyo.

–No. Iba solo, sin duda alguna.

Tamaru hizo una breve pausa.

–Está bien. ¿Y pudiste comprobar adónde se dirigía?

Aomame le dio la dirección del edificio y se lo describió. No sabía en qué piso había entrado. Tamaru lo anotó todo. Le hizo algunas preguntas y Aomame respondió con la mayor precisión posible.

–Cuando lo viste, estaba en el parque que hay delante del edificio, ¿no?

–Sí.

–¿Qué hacía allí?

Aomame se lo contó: el hombre había estado un buen rato mirando al firmamento, subido al tobogán. Por supuesto, no mencionó lo de las dos lunas.

–¿Miraba al cielo? –dijo Tamaru. Al otro lado de la línea se oyó cómo su mente aumentaba el número de revoluciones.

–El cielo, la Luna, las estrellas o algo así.

–Y se quedó allí arriba, sin protección, exponiéndose a todo.

–Eso es.

–¿No te parece raro? –dijo Tamaru. Tenía una voz dura y seca que a Aomame le recordaba una de esas plantas del desierto que pueden sobrevivir todo el año con un solo día de lluvia–. Él te perseguía. Estaba a un paso de ti. Un trabajo impresionante. Y entonces se pone a mirar alegremente el cielo desde un columpio. Ni siquiera presta atención a tu apartamento. Si quieres saber mi opinión, es demasiado absurdo.

–Sí, no tiene pies ni cabeza. Yo también pensé lo mismo. Aun así, no podía dejarlo escapar.

Tamaru suspiró de nuevo.

–Sigo pensando que era demasiado arriesgado.

Aomame se quedó callada.

–¿Aclaraste algo siguiéndolo? –le preguntó Tamaru.

–No –dijo ella–. Pero vi algo que me escamó.

–¿El qué?

–Mirando los buzones del portal, vi que en el tercero vive un tal Kawana.

–¿Y?

–¿Conoces esa novela, *La crisálida de aire,* que se convirtió en un *best seller* en verano?

–Yo también leo el periódico. La autora, Eriko Fukada, es hija de un miembro de Vanguardia. Ella desapareció y se sospecha que la organización la ha raptado. La policía abrió una investigación. Todavía no he leído el libro.

–Eriko Fukada no es simplemente la hija de un miembro. Su padre era el líder de Vanguardia. Es decir, la hija del hombre al que mandé *al otro lado* con estas manos. Y Tengo Kawana es el negro que el editor contrató para corregir y darle un buen retoque a la obra. El libro, de hecho, es una colaboración entre los dos.

Un largo silencio descendió sobre ellos. El tiempo que se necesita para ir andando hasta el otro extremo de una habitación larga y estrecha, buscar algo en un diccionario y regresar. A continuación, Tamaru se pronunció:

–No existe ninguna prueba de que ese tal Kawana sea Tengo Kawana.

–Por el momento, no –reconoció Aomame–. Pero tendría cierta lógica que fuera él.

–Algunas cosas encajarían, sí –dijo Tamaru–. Pero ¿cómo sabes tú que Tengo Kawana es el negro que está detrás de *La crisálida de aire?* Si se supiera, imagino que se armaría un buen escándalo.

–Se lo oí al propio líder. Me lo contó antes de morir.

La voz de Tamaru se volvió un grado más fría.

–Deberías habérmelo dicho antes, ¿no crees?

–En ese momento no pensé que fuera tan importante.

Volvió a hacerse el silencio. Aomame ignoraba si Tamaru lo aprovechaba para pensar en algo. Sin embargo, ella sabía que no le gustaban las excusas ni justificaciones.

–De acuerdo –dijo Tamaru poco después–. Dejémoslo estar. Ahora vayamos al grano. Resumiendo, lo que quieres decir es que el cabezón podría haberse centrado en Tengo Kawana. Tirando del hilo, habría dado con tu paradero.

–Sí, así lo veo yo.

–No lo entiendo –dijo Tamaru–. ¿Por qué utiliza a Tengo Kawana para buscarte? ¿Existirá algún vínculo entre Tengo Kawana y tú? Aparte de que tú te hayas deshecho del padre de Eriko Fukada y él sea el negro de su novela...

–Existe un vínculo –dijo Aomame con una voz desprovista de entonación.

–¿Quieres decir que mantenéis una relación?

–Fuimos a la misma clase durante la escuela primaria. Y quizá sea el padre de la criatura que voy a dar a luz. Pero no puedo darte más explicaciones. Es algo muy personal...

A través del teléfono se oyeron los golpecitos de la punta de un bolígrafo contra una mesa. Nada más.

–Algo personal –repitió Tamaru, con una voz como si hubiera descubierto un animal poco común encima de una piedra plana decorativa para jardín.

–Lo siento –dijo Aomame.

–Lo entiendo. Es algo muy personal. No te haré más preguntas sobre eso –dijo Tamaru–. Entonces, ¿qué necesitas de mí exactamente?

–Primero, me gustaría saber si el Kawana del buzón es Tengo Kawana. Me gustaría comprobarlo por mí misma, pero me parece demasiado peligroso acercarme a ese edificio.

–Efectivamente –dijo Tamaru.

–Además, puede que el cabezón esté escondido, tramando algo. Si está a punto de descubrir mi domicilio, habrá que tomar medidas.

–Ese tipo sabe que existe una conexión entre tú y Madame. Está siguiendo todas las pistas con cuidado para averiguarlo todo. Está claro que no podemos dejarlo suelto.

–También quiero pedirte otro favor –dijo Aomame.

–Dime.

–Si ese Kawana fuese Tengo Kawana, te pido que no le hagas ningún daño. Si tuvieras que hacerle daño a alguien, me ofrezco para cambiarme por él.

Tamaru guardó silencio un buen rato. Esta vez no se oyeron golpecitos de bolígrafo. No se oyó nada. Reflexionaba en un mundo insonoro.

–De los dos primeros asuntos creo que puedo encargarme –dijo Tamaru–. Forman parte de mi trabajo. En cuanto al tercero, no puedo asegurarte nada. Hay circunstancias personales de por medio y demasiados elementos que desconozco. Además, sé por experiencia que no va a ser fácil despachar todo de una sola vez. Hay prioridades, nos guste o no.

–No importa. Sigue tu orden de prioridades. Pero quiero que te metas algo en la cabeza: debo encontrarme con Tengo. Porque hay algo que necesito transmitirle.

–Me lo meteré en la cabeza, como dices –dijo Tamaru–. Siempre y cuando quede espacio libre...

–Gracias –dijo Aomame.

–Debo comentarle a Madame todo lo que hemos hablado. Es un asunto delicado. No puedo actuar por mi cuenta. De momento, vamos a colgar enseguida. No vuelvas a salir. Enciérrate con llave. Salir podría traer complicaciones. Quizá todo se haya complicado ya.

–Pero gracias a eso he podido seguirlo y averiguar alguna cosa.

–Está bien –dijo resignado Tamaru–. Por lo que me has contado, parece que en principio no es para alarmarse, lo reconozco. Pero no te confíes. No sabemos exactamente qué está tramando. Y, si analizas la situación, seguro que la organización está detrás. Todavía tienes lo que te conseguí, ¿no?

–Claro.

–De momento, mantenlo alejado de tus manos.

–Lo haré.

Tras una breve pausa, la línea se cortó.

Aomame se sumergió en la bañera llena de agua caliente y pensó en Tengo mientras entraba en calor. En el Tengo que tal vez vivía en ese apartamento del viejo edificio de cuatro plantas. La anodina puerta de acero y la tarjeta metida en la ranura se perfilaron en su mente.

El apellido «Kawana» impreso en ella. ¿Cómo sería el piso y qué tipo de vida se llevaría al otro lado de la puerta?

Dentro del agua caliente, colocó las manos sobre sus pechos y probó a frotarlos lentamente. Los pezones se hincharon y se pusieron más duros que nunca. Se habían vuelto muy sensibles. Aomame pensó que le gustaría que aquellas manos fueran las de Tengo. Se imaginó las palmas de sus manos, amplias y gruesas. Seguro que eran fuertes y cariñosas. Si las manos de Tengo envolviesen sus pechos, sentiría un profundo gozo, y también tranquilidad. Luego, Aomame se dio cuenta de que los pechos le habían crecido un poco. No era una ilusión. Era evidente que se habían hinchado y que la curva que dibujaban se había vuelto más suave. Quizá se debiera al embarazo. «O a lo mejor *han crecido,* independientemente del embarazo. Como parte de mi transformación.»

Se llevó las manos al vientre. Todavía no estaba muy hinchado. Y, por alguna razón, todavía no había tenido náuseas. Pero dentro palpitaba esa cosa pequeñita. Ella lo sabía. «¿Y si *ellos* no fuesen detrás de mí, sino de *esta cosa pequeñita?* ¿No querrán arrebatármela como castigo por haber asesinado al líder?» La idea le provocó un escalofrío. «Debo ver a Tengo, como sea.» De nuevo, se reafirmó en su propósito. «Debemos aunar nuestras fuerzas para proteger a *esta cosa pequeñita.* Ya me han quitado demasiadas cosas importantes en mi vida. Esto no se lo voy a entregar a nadie.»

Se metió en la cama y leyó durante un rato. Pero no lograba conciliar el sueño. Cerró el libro y, suavemente, se hizo un ovillo para proteger la zona del vientre. Con la mejilla hundida en la almohada, pensó en la Luna que flotaba en el cielo sobre el parque. Y, a su lado, la pequeña luna verde. *Mother* y *daughter.* El resplandor de las dos se mezclaba y bañaba las ramas deshojadas del olmo de agua. A esa hora, Tamaru debía de estar trazando un plan para resolver la situación; su mente giraba a toda velocidad. Aomame se lo imaginó con el ceño fruncido y golpeando con el bolígrafo sobre la mesa. Al poco tiempo, un suave paño de sueño la envolvió, tal vez provocado por aquel ritmo incesante y monótono.

21
TENGO
En algún lugar de su mente

Sonó el teléfono. Los dígitos del despertador indicaban que eran las dos y cuatro minutos. Lunes, dos y cuatro minutos de la madrugada. A su alrededor reinaba la oscuridad y, segundos antes, él dormía profunda y apaciblemente y sin soñar con nada.

Primero pensó que podía ser Fukaeri. A esa hora tan disparatada, no le extrañaría que fuese ella. Al rato, el rostro de Komatsu se perfiló en su mente. Él tampoco era muy razonable en lo que se refería a horarios. Pero no parecía Komatsu. Sonaba de un modo insistente y pragmático. Además, apenas habían pasado unas horas desde que se habían visto y habían hablado largo y tendido.

Una de las opciones era ignorar la llamada y dormir. Eso era, sin duda, lo que deseaba hacer. Pero el teléfono no dejaba de sonar, como para no dar más opciones. Se levantó de la cama y, después de tropezar con algo, cogió el auricular.

–¿Diga? –preguntó Tengo todavía con la mente espesa. Parecía que, en vez de sesos, tuviera una lechuga congelada dentro de la cabeza. Hay quien no sabe que no se puede congelar la lechuga; una vez descongelada, deja de ser crujiente, con lo que pierde una de sus cualidades más atractivas.

Al acercar el auricular al oído, oyó como una ráfaga de viento. Una racha caprichosa que soplaba en un valle angosto, erizando ligeramente el pelaje de unos bellos ciervos que, agachados, bebían del agua cristalina de un arroyo. Pero no era viento. Era la respiración de una persona amplificada por el aparato telefónico.

–¿Diga? –repitió Tengo. Quizá fuese una broma. O quizá la línea estuviera en mal estado.

–¿Hola? –dijo alguien. Era una voz femenina desconocida. No se trataba de Fukaeri. Tampoco de aquella mujer mayor que él.

–¿Diga? –dijo Tengo–. Soy Kawana.

–Tengo –dijo ella. Parecía que por fin la conversación arrancaba. Sin embargo, todavía no sabía quién era su interlocutora.

–¿Quién es?

–Kumi Adachi –dijo la mujer.

–¡Ah, eres tú! –exclamó Tengo. Kumi Adachi, la joven enfermera que vivía en un edificio desde el que se oía ulular al búho–. ¿Qué ocurre?

–¿Estabas durmiendo?

–Sí –contestó Tengo–. ¿Y tú?

La pregunta carecía de sentido: alguien dormido no puede llamar por teléfono. ¿Cómo le preguntaba semejante estupidez? Seguro que era culpa de la lechuga congelada que llevaba en la mollera.

–Estoy de guardia –respondió ella, y carraspeó–. Escucha, el señor Kawana acaba de fallecer.

–El señor Kawana ha fallecido –dijo Tengo sin comprender bien. ¿Era posible que alguien estuviera comunicándole su propia muerte?

Kumi Adachi probó a decírselo con otras palabras:

–Tu padre ha exhalado su último aliento.

Tengo, sin saber por qué lo hacía, se pasó el auricular de la mano derecha a la mano izquierda.

–Ha exhalado su último aliento –volvió a repetir él.

–Yo estaba echada en la sala de descanso cuando, pasada la una de la madrugada, ha sonado el timbre de llamada de una de las habitaciones. Era el timbre de la habitación de tu padre. Me extrañó porque tu padre estaba inconsciente y no podía haberlo pulsado, pero de todas formas fui a mirar. Cuando llegué, ya había dejado de respirar. No tenía pulso. Desperté al médico de guardia, que trató de reanimarlo, pero no sirvió de nada.

–O sea, ¿que mi padre pulsó el timbre?

–Podría ser. Porque no había nadie más.

–¿De qué ha muerto, exactamente? –preguntó Tengo.

–Eso yo no puedo decírtelo, pero parece que no sufrió. Tenía un semblante muy sereno. No sé cómo explicarlo... Era como una hoja caída de un árbol a finales de otoño, a pesar de no hacer viento. Pero quizá no me explique muy bien...

–Te explicas perfectamente –dijo Tengo–. Y me alegro de que haya muerto así.

–¿Puedes venir hoy?

–Creo que sí. –El lunes reemprendía las clases en la academia, pero había fallecido su padre y su ausencia estaba justificada–. Cogeré el primer expreso. Creo que puedo estar ahí antes de las diez.

–Te lo agradezco, porque hay bastantes trámites que hacer.

–Trámites –dijo Tengo–. ¿Debo llevar ya algo preparado?

–¿Eres el único familiar del señor Kawana?

–Eso creo.

–Entonces, trae tu sello legal.* Puede que haga falta. Ah, ¿y tienes el certificado del sello?

–Creo que tenía una copia.

–Tráela también por si acaso. Creo que no necesitas nada más, porque tu padre lo dejó todo preparado.

–¿Lo dejó todo preparado?

–Sí. Al parecer, cuando todavía estaba consciente, lo dejó todo bien indicado: desde la clase de entierro que quería, hasta dónde deben depositarse las cenizas, pasando por la ropa que debían ponerle en el funeral. Era una persona muy previsora. O práctica, quizás.

–Sí, así era él –confirmó Tengo mientras se frotaba las sienes con los dedos.

–Yo termino mi turno de guardia a las siete y vuelvo a casa para acostarme. Pero Tamura y Ōmura trabajan por la mañana, así que ya te lo explicarán todo con detalle.

Tamura era la enfermera de mediana edad con gafas, y Ōmura, la que se ponía el bolígrafo en el pelo.

–Muchas gracias por todo –le dijo Tengo.

–No es nada –contestó Kumi Adachi. De pronto cambió de tono–: Te acompaño en el sentimiento.

–Gracias –dijo Tengo.

Como no lograba volver a conciliar el sueño, Tengo puso agua a hervir y se preparó café. Eso le despejó un poco. Luego le entró hambre y se preparó un sándwich con el tomate y el queso que había en la nevera. Como suele ocurrir cuando se come a oscuras, notaba la textura, pero apenas el sabor de los alimentos. Después cogió el horario de trenes y consultó las salidas del expreso a Tateyama. Pese a que ha-

---

* La mayoría de los japoneses tiene un sello individualizado, un tampón que puede ser de distintos materiales; sirve para formalizar documentos legales y tiene el mismo valor que la firma. *(N. del T.)*

bía regresado del «pueblo de los gatos» el sábado al mediodía, tan sólo dos días atrás, ahora debía volver. Pero esta vez no se quedaría más de una o dos noches.

Cuando el reloj dio las cuatro, fue al lavabo para lavarse la cara y afeitarse. Con un cepillo para el pelo, intentó alisarse un mechón rebelde que se le levantaba, pero no funcionó, como de costumbre. «¡Qué se le va a hacer! Seguro que antes del mediodía ya se ha bajado.»

El hecho de que su padre hubiera muerto no lo había conmovido en exceso. Sólo había pasado dos semanas junto a su padre inconsciente. Éste ya parecía haber aceptado su propia muerte, dándola por un hecho consumado. Aunque sonara extraño, daba la impresión de que había apagado por sí mismo el interruptor y había entrado en estado de coma por decisión propia. Ya entonces, los médicos no habían podido señalar la causa. Pero Tengo lo sabía: su padre había decidido morir. O había renunciado a la idea de seguir viviendo. «Como una hoja caída de un árbol», para tomar prestada la expresión de Kumi Adachi, había apagado la luz de su conciencia, había cerrado las puertas de todos sus sentidos y ya sólo esperaba la llegada de la nueva estación.

En la estación de Chikura cogió un taxi y a las diez y media estaba en la clínica de la costa. Igual que el domingo, ese lunes era un apacible día de principios de invierno. Como para compensarlo, los cálidos rayos de sol iluminaban el césped del jardín, que empezaba a marchitarse, y un gato tricolor que Tengo nunca había visto por allí se lamía la cola con esmero, tomándose su tiempo, mientras se calentaba al sol. Las enfermeras Tamura y Ōmura lo recibieron en la entrada. Las dos le dieron el pésame con voz serena. Tengo se lo agradeció.

Habían instalado los restos mortales del padre en una discreta salita en un discreto rincón de la clínica. Tamura se puso al frente y condujo a Tengo hasta allí. El padre yacía sobre una camilla, cubierto con una sábana blanca. En la habitación, cuadrada y sin ventanas, una lámpara halógena daba a las blancas paredes una luminosidad aún más blanca. Había un taquillón, que llegaba a la altura de la cintura, y, sobre él, un florero de cristal con tres crisantemos blancos.* Seguro que los habían colocado allí esa misma mañana. Un reloj re-

---

* En Japón, el crisantemo blanco es un símbolo de luto. *(N. del T.)*

dondo colgaba de la pared. A pesar de estar viejo y polvoriento, marcaba la hora exacta. Quizá tuviese el cometido de atestiguar algo. Por lo demás, no había más muebles ni adornos. Muchos otros muertos envejecidos debían de haber pasado por aquella modesta sala. Entraban y salían en silencio. En la sala reinaba un aire práctico y de solemnidad lleno de sobreentendidos.

El rostro del padre no había cambiado desde la última vez que lo había visto. No parecía estar muerto, ni siquiera si lo miraba de cerca. No tenía mal color de cara, y la piel en el mentón y bajo la nariz estaba extrañamente tersa, quizá porque alguien considerado había tenido el detalle de afeitarlo. Tal como estaba en ese momento, costaba ver la diferencia entre estar inconsciente y haber perdido la vida. Sencillamente, ahora ya no era necesario alimentarlo con el gotero ni recoger su orina. Si lo dejaran así, empezaría a pudrirse en pocos días. Entonces sí se advertiría una gran diferencia entre estar vivo o muerto. Pero, naturalmente, antes de que eso ocurriera, lo incinerarían.

En ésas, acudió el médico con el que Tengo había hablado en otras ocasiones y, tras expresarle sus condolencias, le explicó las circunstancias de la muerte del padre. Pese a que se tomó la molestia de explicárselo de manera pausada, al final todo se resumía en que se desconocía la causa de la muerte. Ya cuando ingresó, no habían detectado ningún síntoma ni enfermedad. El resultado de los análisis que le hicieron indicaba, al contrario, que su padre gozaba de buena salud. Simplemente padecía demencia. Sin embargo, por una u otra razón (que seguía sin esclarecerse), a partir de cierto momento su padre entró en coma y, sin recobrar la conciencia, sus funciones vitales fueron deteriorándose poco a poco pero de manera ininterrumpida. Cuando la curva del declive cruzó determinada línea, el padre se adentró irremediablemente en el territorio de la muerte. Aunque era fácil de entender, desde el punto de vista médico presentaba numerosos problemas, ya que no se podía determinar una causa concreta del fallecimiento. El concepto de muerte por decrepitud era el que más se aproximaba, pero el padre todavía rondaba los sesenta y cinco años; no cabía hablar de decrepitud.

–Como médico responsable de su padre, debo redactar el acta de defunción –le dijo el médico con cautela–. Como causa de la muerte pensaba poner «insuficiencia cardiaca causada por coma prolongado». ¿Le parece bien?

–¿Eso quiere decir que en realidad mi padre no falleció por «insuficiencia cardiaca causada por coma prolongado»? –preguntó Tengo.

El médico mostró su desconcierto.

–Sí, su corazón no sufrió ningún daño en particular.

–Y tampoco detectaron daños en ningún otro órgano, ¿no?

–Eso es –dijo el médico, titubeando.

–Pero ¿es necesario especificar la causa de la muerte?

–Sí.

–Yo no entiendo nada de su especialidad, pero, en cualquier caso, su corazón está parado, ¿no?

–Por supuesto. Está parado.

–Es decir, que se trata de un tipo de insuficiencia.

El médico lo consideró.

–Si el corazón funcionaba con normalidad, sí, sin duda hay una insuficiencia, como usted bien dice.

–Entonces, puede escribir eso... ¿Cómo era? ¿«Insuficiencia cardiaca causada por coma prolongado»? Da igual. No tengo nada que objetar.

El médico pareció aliviado. Le dijo que en treinta minutos tendría lista el acta de defunción. Tengo le dio las gracias. El médico se fue y sólo quedó Tamura, la enfermera con gafas.

–¿Quiere que lo deje a solas con su padre un rato? –se ofreció. Tenía que preguntarlo, según decía el protocolo, por lo que la pregunta pareció una pura formalidad.

–No, no es necesario. Gracias –contestó Tengo. Aunque lo dejara a solas con su padre, no tendrían nada en particular que contarse. Así había sido cuando él estaba vivo. Ahora que había muerto, los temas de conversación no iban a surgir de repente.

–Entonces me gustaría hablar con usted de los trámites en otra parte. ¿Le importa? –dijo Tamura.

–No –respondió Tengo.

Antes de salir, la enfermera se situó delante del cadáver y juntó las manos. Tengo hizo lo mismo. La gente muestra su respeto hacia los muertos de manera espontánea. Al fin y al cabo, el fallecido acababa de realizar esa gran proeza personal que es morir. Después salieron de aquella salita sin ventanas y fueron al comedor. Allí no había nadie. Los luminosos rayos de sol entraban por el ventanal que daba al jardín. Al adentrarse en esa luz, Tengo respiró aliviado. Allí ya no había el menor indicio que recordara a la muerte. Aquél era el mundo de los vivos. Aunque no fuese más que una patraña incierta e imperfecta.

Tamura le sirvió té verde tostado en una taza. Ambos se sentaron a una mesa, frente a frente, y permanecieron callados mientras bebían.

–¿Te quedas esta noche? –preguntó la enfermera.

–Sí, ésa es mi intención. Aunque todavía no he reservado alojamiento.

–Si quieres, ¿por qué no te quedas en la habitación en la que estaba tu padre? Ahora no la utiliza nadie y te saldría gratis. Siempre y cuando no te parezca mal...

–No me lo parece –contestó Tengo un poco sorprendido–. Pero ¿seguro que no pasa nada?

–Claro que no. Si tú estás de acuerdo, por nosotros no hay inconveniente. Después te preparo la cama.

Tengo fue al grano:

–Entonces, ¿qué debo hacer ahora?

–Una vez que el médico te entregue el acta de defunción, tienes que ir al ayuntamiento, solicitar el permiso de incineración y, después, pedir que inscriban su defunción en el registro civil y de familia. Eso es lo más importante. Luego tendrás que ocuparte de la pensión y de las cuentas de ahorros, entre otras cosas, pero eso es mejor que lo consultes con el abogado.

–¿El abogado? –dijo Tengo sorprendido.

–El señor Kawana, es decir, tu padre, habló con un abogado sobre todo lo que debía hacerse cuando falleciera. Pero no te asustes por lo del abogado. Simplemente, como en la clínica hay muchos ancianos que presentan dolencias que afectan a sus facultades mentales, para evitar problemas legales les ofrecemos asesoramiento jurídico en colaboración con un bufete de abogados local. También se levanta testamento en presencia de un notario. El coste es muy bajo.

–¿Dejó mi padre testamento?

–Eso háblalo con el abogado. Yo no puedo decírtelo.

–De acuerdo. ¿Tiene el despacho cerca de aquí?

–Ya nos hemos puesto en contacto con él para que venga hoy a las tres. ¿Te parece bien? Sé que es pronto, pero, como imaginábamos que andarías ocupado, hemos decidido llamarlo sin consultártelo.

–Muchas gracias –le dijo Tengo a la eficiente enfermera. Por alguna razón, todas las mujeres mayores que lo rodeaban eran eficientes.

–Antes vete al ayuntamiento, presenta el certificado de defunción en el registro civil y solicita el permiso de incineración, ¿de acuerdo? Sin eso no podemos hacer nada –dijo la enfermera Tamura.

–Entonces, ahora tengo que ir hasta Ichikawa, ¿no? Supongo que estaba inscrito en Ichikawa. Pero, en ese caso, no creo que pueda volver antes de las tres.

La enfermera negó con la cabeza.

–Al poco de ingresar aquí, tu padre cambió el certificado de residencia de Ichikawa a Chikura. Dijo que, llegada la hora, resultaría más cómodo.

–¡Lo dejó todo arreglado! –exclamó Tengo admirado. Era como si desde un principio supiera que iba a morir ahí.

–Es cierto –convino la enfermera–. Jamás nadie ha hecho eso hasta ahora. Todos creen que su estancia en la clínica va a ser temporal. Pero... –Se interrumpió y juntó las manos en silencio. No necesitaba decir nada más–. El caso es que no hace falta que vayas a Ichikawa.

Condujeron a Tengo hasta la habitación en la que el padre había pasado sus últimos meses. Habían quitado las sábanas y se habían llevado el edredón y la almohada, de modo que sobre la cama sólo quedaba un colchón a rayas. En la mesa había un sencillo flexo y, dentro del estrecho armario, cinco perchas libres. En la estantería no había ni un solo libro, y el resto de las pertenencias se las habían llevado a alguna parte. Aunque Tengo no recordaba qué clase de pertenencias había. Dejó la bolsa en el suelo y echó un vistazo a su alrededor.

En la habitación todavía quedaba un ligero olor a medicamentos. Incluso le parecía detectar el olor a aliento dejado por el enfermo. Abrió la ventana para ventilar la habitación. El viento sacudió las cortinas acartonadas por el sol, igual que la falda de una muchacha mientras juega. Al verlas, de pronto Tengo pensó en lo maravilloso que sería que Aomame estuviera allí y, sin decir nada, lo tomase con fuerza de la mano.

Fue en autobús hasta el ayuntamiento de Chikura, mostró en una ventanilla el acta de defunción y a cambio recibió el permiso de incineración. La cremación se podría realizar pasadas veinticuatro horas desde la hora de la defunción. También rellenó los formularios para que inscribieran la defunción en el registro civil y de familia. Le entregaron un certificado. Aunque los trámites llevaban su tiempo, eran sorprendentemente sencillos. No requerían pensar ni darle vueltas a nada. Era como gestionar el desguace de un coche que ya está fuera de circulación. A su regreso, Tamura sacó tres copias de los documentos que le habían dado en el ayuntamiento con la fotocopiadora que tenían en la oficina.

–A las dos y media, antes de la visita del abogado, vendrá alguien de la funeraria Zenkō-sha –dijo la enfermera–. Entrégale una copia del permiso de incineración. Del resto ya se encargarán los de la funeraria. Tu padre habló en vida con un responsable y lo dejó todo dispuesto. El dinero para pagar los costes del entierro también está reservado, así que no tienes que hacer nada. Siempre que estés de acuerdo, por supuesto.

Tengo le dijo que lo estaba.

El padre apenas había dejado efectos personales. Únicamente ropa vieja y algunos libros.

–¿Quieres guardar algo como recuerdo? –le preguntó Tamura–. Sólo hay una radio despertador, un viejo reloj automático y unas gafas para la presbicia...

Tengo respondió que no quería nada, que podía deshacerse de todo como mejor le pareciera.

A las dos y media en punto apareció el responsable de la funeraria. Vestía un traje negro y caminaba con pasos discretos y silenciosos. Delgado, de poco más de cincuenta años, tenía los dedos largos, grandes ojos negros, y, en un lado de la nariz, una verruga negra reseca. Estaba moreno hasta la punta de las orejas, como si hubiera pasado muchas horas al sol. No sabía por qué, pero Tengo nunca había visto en su vida a un empleado de funeraria gordo. El hombre le explicó más o menos en qué consistía el funeral. Era educado y hablaba muy despacio. De ese modo, parecía indicarle que no había ninguna prisa en lo concerniente a todo aquel asunto.

–Cuando su padre habló conmigo, me dijo que deseaba un funeral lo más sobrio posible. Quería un ataúd sencillo y que lo incinerasen. Nada de altares, ceremonias, *sutras,* nombre póstumo budista, flores ni discursos. Tampoco quería tumba. Dijo que prefería que enterrásemos las cenizas en cualquier instalación comunal de la zona. Así que, si está usted conforme... –Se detuvo y miró a Tengo con sus grandes ojos de carnero.

–Si eso es lo que mi padre deseaba, no tengo nada que objetar –contestó Tengo mirándolo directamente a los ojos.

El encargado asintió y bajó ligeramente la mirada.

–Entonces hoy instalaremos los restos mortales en la funeraria y celebraremos el velatorio durante toda la noche, así que nos lo llevaremos ahora mismo. Mañana, a la una de la tarde, procederemos a la incineración en un crematorio cercano, si le parece bien.

–No hay ningún inconveniente.

–¿Desea asistir a la incineración?

–Sí –contestó Tengo.

–Hay personas que no quieren. Es usted libre de elegir.

–Asistiré –dijo Tengo.

–Perfecto –dijo el hombre un tanto aliviado–. En ese caso, disculpe que saque ahora este tema, pero el precio es el mismo que le di a su padre en vida. ¿Podría darnos su aprobación?

Dicho esto, el encargado movió sus dedos, largos como las patas de un insecto, y de un portafolio sacó un presupuesto que entregó a Tengo. Aunque ignoraba prácticamente todo lo relativo a exequias y entierros, de un vistazo Tengo comprendió que resultaba bastante económico. Por supuesto, no tenía nada que objetar. Pidió prestado un bolígrafo y firmó el documento.

Cuando, poco antes de las tres, llegó el abogado, éste se puso a charlar con el encargado de la funeraria delante de Tengo. Frases cortas, una conversación entre profesionales. Tengo no entendía bien de qué hablaban. Parecían conocerse. Era un pueblo pequeño. Seguro que todos se conocían.

Al lado del cuarto en que instalaban los cadáveres había una puertecilla discreta cerca de la cual, en el exterior, habían aparcado la furgoneta de la funeraria. Todas las ventanillas estaban tintadas de negro, excepto la del conductor, y la carrocería era negra como el carbón, sin ninguna letra o distintivo. El delgado encargado de la funeraria, ayudado por el conductor de la furgoneta, un hombre de cabello cano, trasladó al padre de Tengo a una camilla de ruedas que empujaron hasta el vehículo. La furgoneta tenía un techo más alto de lo normal y disponía de ranuras en las que se podía deslizar directamente la camilla. Las puertas traseras se cerraron con un portazo profesional;

el encargado hizo una reverencia de cortesía hacia Tengo y luego conductor y encargado se marcharon en la furgoneta. Tengo, el abogado, la enfermera Tamura y la enfermera Ōmura juntaron las manos hacia las puertas traseras del Toyota negro.

El abogado y Tengo charlaron en un rincón del comedor. El hombre andaría por los cuarenta y cinco años y, al contrario que el empleado de la funeraria, estaba rollizo. La barbilla casi había desaparecido. Pese a ser invierno, tenía gotas de sudor en la frente. Seguro que en verano las pasaba canutas. El traje de lana gris que llevaba hedía a naftalina. Tenía la frente estrecha y un cabello muy oscuro y tupido. La combinación de obesidad y cabello tupido era catastrófica. Tenía los párpados pesados e hinchados y los ojos pequeños, pero, si uno se fijaba bien, en el fondo brillaba una chispa de amabilidad.

–Su padre me encomendó que me ocupara de sus últimas voluntades. Aunque lo llame de esa manera, no crea, no se parece en nada a los testamentos que salen en las novelas de misterio –dijo el abogado, y carraspeó–. Más bien se parece a una sencilla lista. Bueno, en primer lugar le comentaré brevemente su contenido. En el testamento, primero se indican los preparativos para su entierro. Me imagino que ya se los explicaría el encargado de Zenkō-sha que estaba aquí hace un momento, ¿no es así?

–Sí. Un entierro sobrio.

–Perfecto –dijo el abogado–. Es lo que su padre deseaba, que todo fuera lo más sobrio posible. Los gastos del entierro se cobrarán de un fondo de reserva y, en cuanto a los gastos médicos, se cubrirán con la fianza que su padre depositó al ingresar en este establecimiento. A usted no le supondrá ninguna carga económica.

–No quería dejar deudas, ¿eh?

–Eso es. Apartó de antemano el dinero necesario. Por otra parte, el dinero que queda en la cuenta que su padre tenía en la Caja Postal del servicio de Correos de Chikura se lo ha dejado a usted, su hijo, en herencia. Debe realizar los trámites para poner la cuenta a su nombre. Para ello necesita el certificado de la defunción de su padre en el registro civil, y el certificado de la inscripción de usted en el registro o el certificado de su sello. Con eso debe ir directamente a la Caja Postal de Correos de Chikura y rellenar de su puño y letra los documentos pertinentes. La tramitación tardará bastante. Ya sabe usted que los bancos y la Caja Postal son muy pesados con los formularios. –El abogado se sacó un gran pañuelo blanco del bolsillo de la chaqueta y se enjugó el sudor de la frente–. Eso es todo lo que tenía que comunicarle en lo relativo a la herencia. Aparte de esos ahorros, no hay nada más. Ni seguros de vida, acciones, bienes inmuebles, joyas, cuadros ni antigüedades. Todo muy claro y sin tonterías.

Tengo asintió en silencio. Muy propio de su padre. Sin embargo, el haber heredado la cuenta de ahorros lo deprimía. Se sentía como si le hubieran entregado un montón de mantas húmedas y pesadas. Si fuera posible, preferiría no aceptarlas. Pero no podía proponerle algo así a aquel abogado gordo y de pelo tupido con pinta de buenazo.

–Además, su padre me confió un sobre. Lo he traído conmigo, de modo que me gustaría entregárselo.

Era un gran sobre marrón, voluminoso y bien cerrado con cinta adhesiva. El abogado gordo lo sacó de un maletín negro y lo colocó sobre la mesa.

–El señor Kawana me lo confió cuando nos vimos y hablamos, al poco tiempo de ingresar en la clínica. Por aquel entonces, bueno, el señor Kawana todavía estaba consciente. De vez en cuando se despistaba, como es natural, pero por lo general regía bien. Me pidió que, a su muerte, entregara este sobre al heredero legal.

–¿Heredero legal? –se sorprendió Tengo.

–Sí, el heredero legal. Su padre no mencionó el nombre concreto de esa persona. No obstante, el único heredero legal es usted.

–Así es, por lo que yo sé.

–En ese caso, esto –dijo el abogado, y señaló el sobre encima de la mesa– le corresponde. ¿Podría firmar el acuse de recibo?

Tengo firmó el documento. El sobre marrón colocado encima de la mesa parecía más corriente e impersonal de lo necesario. No había nada escrito, ni en la cara ni en el reverso.

–Me gustaría preguntarle algo –le dijo Tengo al abogado–. ¿Pronunció mi nombre, es decir, Tengo Kawana, alguna vez en esa ocasión? ¿O dijo «mi hijo»?

Mientras pensaba en ello, el abogado se secó el sudor de la frente con el pañuelo, que había vuelto a sacar del bolsillo. Sacudió la cabeza.

–No. Siempre utilizó las palabras «heredero legal». No empleó ningún otro término. Lo recuerdo porque me extrañó un poco.

Tengo se quedó callado. El abogado intervino:

–Pero, bueno, según parece usted es el único heredero legal. Simplemente, en la conversación no se mencionó su nombre. ¿Le preocupa algo?

–No, nada en particular –contestó Tengo–. Mi padre siempre fue un poco raro.

El abogado sonrió como si se hubiera quedado tranquilo y asintió ligeramente. Luego le entregó a Tengo un duplicado de un antiguo certificado del registro de familia.

–Si no le importa, dada la naturaleza de la enfermedad, me gustaría que lo revisase para asegurarnos de que no haya ningún error de cara a los trámites legales. Según este documento, usted es el único hijo del señor Kawana. Su madre falleció año y medio después de darlo a usted a luz. Posteriormente su padre lo crió solo, sin volver a casarse. Los padres y hermanos de su padre han fallecido ya todos. No cabe duda de que es usted el único heredero legal del señor Kawana.

Una vez que el abogado se levantó y, tras darle el pésame, se marchó, Tengo se quedó sentado, observando el sobre que estaba encima de la mesa. Su padre era su verdadero padre, y su madre había muerto *de verdad*. Eso había dicho el abogado y eso decía el certificado. Posiblemente fuese un hecho, al menos desde el punto de vista legal. Pero cuanto más se aclaraban los hechos, más parecía alejarse la verdad. ¿Por qué sería?

Tengo volvió a la habitación del padre, se sentó frente a la mesa e intentó abrir el precinto del sobre. Quizá contuviera la clave que resolvería el misterio. Pero le costaba abrirlo. En la habitación no encontró tijeras, y tampoco un cúter ni nada que le sirviera. No le quedó más remedio que ir despegando la cinta adhesiva con las uñas. Cuando logró abrirlo, se encontró con que dentro había varios sobres, todos bien cerrados. Muy propio de su padre.

En un sobre había quinientos mil yenes en efectivo. Exactamente, cincuenta billetes novísimos de diez mil yenes envueltos varias veces en papel fino. También había una hojita en la que había escrito: «Dinero para emergencias». Era la letra inconfundible de su padre: trazos pequeños y esmerados. Ese dinero era para cubrir gastos extra. Su padre había previsto que el «heredero legal» no tendría suficiente dinero.

El sobre más grueso estaba repleto de viejos recortes de periódico y algunos diplomas. Todos tenían que ver con Tengo. Los diplomas que certificaban que había ganado los concursos de aritmética en primaria y los artículos publicados en los periódicos locales. Una foto de varios trofeos alineados. Un boletín escolar que parecía una obra de arte; había sacado la máxima puntuación en todas las asignaturas. Además, otros documentos que daban fe de que había sido un niño prodigio. Una foto de Tengo vestido con *judogi* en secundaria; sujetaba la bandera de subcampeón con una sonrisa de oreja a oreja. Tengo se sintió turbado. Cuando su padre se jubiló de la NHK, se marchó del piso que la empresa le proporcionaba, donde había vivido hasta entonces, y se mudó a uno de alquiler en la misma ciudad de Ichikawa para, finalmente, ingresar en la clínica de Chikura. Como había vivido solo y se había mudado en varias ocasiones, apenas había dejado pertenencias. Y durante años padre e hijo se habían mantenido distanciados. A pesar de todo, el padre siempre había llevado consigo esas brillantes reliquias de la prodigiosa infancia de Tengo y las había guardado como oro en paño.

Otro sobre incluía documentos de la época en que el padre trabajaba de cobrador para la NHK. Una distinción con la que había sido premiado por su excelente rendimiento anual. Varios diplomas sencillos. Una foto que debían de haberle sacado en un viaje de empresa con sus compañeros. Un viejo carné de identidad. Varios desgloses de la nómina, que desconocía por qué razón había guardado. Documentos relacionados con el pago de la pensión de jubilación y de la seguridad social... Una cantidad asombrosamente escasa de reconocimientos, teniendo en cuenta que durante más de treinta años se había deslomado por la NHK. En comparación con los logros de Tengo durante la primaria, se podía decir que los del padre no existían. Desde un punto de vista social, su vida seguramente había sido nula. Pero para Tengo no era «nula». Su padre le había dejado en el alma una sombra densa y pesada. Además de una cuenta de ahorros.

En el sobre no había ningún documento de la vida del padre antes de entrar en la NHK. Como si su existencia hubiera comenzado en el momento en que se hizo cobrador de la NHK.

En el fino sobrecito que abrió en último lugar, había una foto en blanco y negro. Sólo eso. Nada más. Era vieja, y pese a que no amarilleaba, estaba cubierta con una fina membrana, como si se hubiera mojado. Mostraba a unos padres con su hijo. El padre, la madre y el bebé. Éste, a juzgar por el tamaño, no debía de tener más de un año. La madre, que vestía kimono, cogía cariñosamente al niño en brazos.

Al fondo se veían los *torii** de un templo sintoísta. Por la ropa que llevaban, se deducía que era invierno. Dado que estaban visitando un templo sintoísta, puede que fuese Año Nuevo. La madre sonreía con los ojos entornados, como si le molestase la luz. Al padre, que vestía un gabán de tonalidad oscura que le quedaba un poco grande, se le formaban dos profundas arrugas entre ceja y ceja. Tenía cara de no aceptar las cosas de buenas a primeras. El bebé parecía perplejo ante la inmensidad y la frialdad del mundo.

Ese hombre joven era, sin lugar a dudas, el padre de Tengo. En efecto, sus facciones eran más juveniles, pero ya en esa época mostraba una extraña madurez, estaba flaco y tenía los ojos hundidos. El rostro de un campesino pobre en una aldea desolada. Obstinado, desconfiado. Llevaba el pelo corto y peinado, y se le veía un poco cargado de espaldas. No podía ser sino su padre. En ese caso, el bebé sería Tengo, y la mujer que llevaba el niño en brazos, la madre de Tengo. La madre era un poco más alta que el padre, y bien plantada. El padre parecía tener más de treinta y cinco, y la madre, unos veinticinco.

Era la primera vez que veía aquella foto. Hasta entonces nunca había visto lo que podría llamarse una foto familiar. Ni siquiera fotos de cuando él era pequeño. Su padre le contó que, debido a las estrecheces por las que habían pasado, nunca se habían podido permitir una cámara, y que tampoco se les había presentado la ocasión de sacarse una foto de familia. Y Tengo le había creído. Pero era mentira. Se habían sacado una foto. Y aunque sus ropas no eran suntuosas, tampoco eran tan míseras como para avergonzarse delante de la gente. Tampoco parecían llevar una vida tan austera como para no poder comprarse una cámara. La fotografía había sido tomada poco después de nacer Tengo, es decir, entre 1954 y 1955. Le dio la vuelta, pero no habían anotado la fecha ni el lugar.

Tengo observó con atención el rostro de su supuesta madre. La cara que se reflejaba en la fotografía, además de ser pequeña, estaba borrosa. Con una lupa quizá se apreciarían los detalles, pero no tenía a mano nada de eso. Con todo, era capaz de distinguir sus facciones. Tenía la cara ovalada, la nariz pequeña y los labios carnosos. No era una belleza, pero sí bonita y de semblante agradable. Al me-

---

* Puertas de madera o piedra formadas por dos postes y un travesaño que se erigen a la entrada de recintos sagrados. *(N. del T.)*

nos, aparentemente mucho más elegante e inteligente que el semblante tosco de su padre. Tengo se alegró de ello. Llevaba el cabello hermosamente recogido, y por su expresión parecía que le molestase la luz. Quizá sólo se hubiera puesto nerviosa delante del objetivo de la cámara. Por culpa del kimono que llevaba, no se llegaba a apreciar su tipo.

De la fotografía no se deducía si habían formado una pareja bien avenida o todo lo contrario. La diferencia de edad era notoria. Intentó imaginárselos conociéndose en algún lugar, enamorándose, casándose y teniendo un hijo, pero no lo logró. La fotografía no daba en absoluto la impresión de que hubiera ocurrido así. A lo mejor, cierta circunstancia los había unido en matrimonio, y no el afecto. Pero no, quizá no hubiera habido tal circunstancia. Puede que la vida no sea más que la consecuencia de una mera cadena de acontecimientos ilógicos y, en ciertos casos, extremadamente chapuceros.

A continuación, Tengo intentó discernir si la madre de la foto y la misteriosa mujer que aparecía en sus ensoñaciones –o en su torrente de recuerdos infantiles– eran la misma persona. Pero entonces se dio cuenta de que no recordaba en absoluto los rasgos de esa mujer. Se quitaba la blusa, se desanudaba el lazo de la combinación y ofrecía su pecho a un desconocido. Y respiraba fuerte, como si jadeara. No recordaba nada más. El hombre chupaba los pezones de su madre. Le arrebataba los pezones que sólo le pertenecían a él. Para un bebé, sin duda eso representaba una seria amenaza. Del rostro del hombre no recordaba ningún detalle.

Tengo guardó la fotografía en el sobre y reflexionó sobre lo que significaría. Su padre había atesorado aquella foto hasta su muerte. Quizás eso indicara que quería a su mujer. Ella murió, enferma, cuando Tengo empezaba a dejar de ser un bebé. Según el documento que le había dado el abogado, Tengo era el único hijo nacido de su madre, muerta año y medio después de darle a luz, y del padre cobrador de la NHK. Así constaba en el registro de familia. Sin embargo, eso no probaba que aquel hombre fuese su padre biológico.

«Yo no tengo hijos», había dicho su padre antes de entrar en coma.

«Entonces, ¿quién demonios soy yo?», le preguntó Tengo.

«Tú no eres nadie», contestó, lacónico y categórico, su padre.

El tono en que su padre le había dicho eso había convencido a Tengo de que entre aquel hombre y él no existía lazo sanguíneo alguno. Y entonces creyó que por fin se había librado de esos pesados grilletes. Pero, a medida que transcurría el tiempo, cada vez estaba menos seguro de que lo que el padre le había dicho fuera cierto.

«*Yo no soy nadie*», se dijo.

Luego, de pronto cayó en la cuenta de que la joven madre reflejada en la vieja fotografía guardaba cierto parecido con aquella mujer casada, mayor que él, con la que se había visto durante un tiempo. Kyōko Yasuda: así se llamaba. Para tratar de calmarse, se oprimió la frente con la yema de los dedos durante un rato. Entonces volvió a sacar la fotografía del sobre y la observó. Nariz pequeña, labios carnosos. El mentón un tanto prominente. No se había dado cuenta antes porque el peinado era diferente, pero sin duda su rostro se parecía al de Kyōko Yasuda. Pero ¿qué significaba eso?

¿Y por qué habría querido su padre legarle esa fotografía? En vida, no le había contado nada sobre su madre. Le había ocultado que existía una fotografía familiar. Sin embargo, al final, sin darle explicaciones, le había dejado aquella vieja foto. ¿Para qué? ¿Pretendía consolarlo o desconcertarlo todavía más? Lo único que sabía era que su padre nunca había tenido la intención de explicarle nada. Ni mientras vivió, ni ahora que estaba muerto. «¡Hala, toma!, ahí tienes esta foto. *Interprétala como te dé la gana.*»

Tengo se echó boca arriba en el colchón desnudo y miró al techo. Era de contrachapado, pintado de blanco. Liso, aunque con algunas junturas rectas que corrían a lo largo. Ése debía de ser todo el paisaje que su padre había contemplado durante sus últimos meses de vida, desde el fondo de aquellos globos oculares hundidos. O quizá sus ojos no hubieran visto nada. En cualquier caso, su mirada tenía que dirigirse por fuerza en esa dirección. Viera o no viera.

Tengo cerró los ojos y se imaginó a sí mismo, allí estirado, encaminándose lentamente hacia su muerte. Sin embargo, para un joven de treinta años sin problemas de salud, la muerte queda muy lejos, fuera del alcance de su imaginación. Mientras respiraba con calma, contempló cómo las sombras creadas por el crepúsculo iban desplazándose por la pared. «No pienses en nada.» No pensar en nada no le resultaba demasiado difícil. En cambio, pensar detenidamente en un asunto lo dejaba exhausto. A ser posible, quería dormir un poco, pero era incapaz, tal vez precisamente debido al cansancio.

Antes de las seis, la enfermera Ōmura vino y le anunció que la cena estaba lista en el comedor. Tengo no tenía apetito. Se lo dijo, pero, aun así, la enfermera corpulenta y de pechos generosos no se dio por vencida. Le pidió que comiese algo, por poco que fuera. Era casi una orden. Ni que decir tiene que ella era una profesional en dar órdenes razonables en relación con las funciones corporales. Y Tengo era incapaz de revelarse contra órdenes razonables –y menos aún si procedían de mujeres mayores que él.

Abajo, en el comedor, estaba Kumi Adachi. Tamura no andaba por allí. Tengo compartió mesa con ella y con Ōmura. Comió un poco de ensalada y verduras cocidas en salsa de soja y azúcar, y tomó sopa de miso con almejas y cebolleta. Luego bebió un té tostado.

–¿Cuándo lo incinerarán? –preguntó Kumi Adachi.

–Mañana a la una –dijo Tengo–. Al terminar, puede que regrese directamente a Tokio. Tengo trabajo.

–¿Va a asistir alguien más al funeral?

–No, no lo creo. Sólo yo, supongo.

–¿Te importa que yo también asista? –le preguntó Kumi Adachi.

–¿Al funeral de mi padre? –se sorprendió Tengo.

–Sí. La verdad es que le tomé bastante cariño a tu padre.

Tengo, sin pensarlo, dejó los palillos sobre la mesa y miró a Kumi Adachi a la cara. ¿Estaba hablando realmente de su padre?

–¿Por qué? –le preguntó.

–Era un hombre recto y no hablaba más de lo necesario –contestó ella–. En ese sentido, se parecía a mi padre.

–Ah –dijo Tengo.

–Mi padre era pescador. Murió antes de los cincuenta.

–¿Murió en el mar?

–No. Murió de un cáncer de pulmón. Fumaba demasiado. No sé por qué, pero los pescadores suelen ser todos fumadores empedernidos. Parece que de sus cuerpos salen volutas de humo.

Tengo pensó en ello.

–A lo mejor habría estado bien que mi padre hubiera sido pescador.

–¿Por qué?

–¿Que por qué? –dijo Tengo–. No sé, de pronto he tenido esa impresión. Seguramente hubiera sido mejor que trabajar de cobrador para la NHK.

–¿Quieres decir que te habría costado menos aceptarlo si hubiese sido pescador?

–Creo que algunas cosas habrían sido mucho más sencillas.

Tengo se imaginó a sí mismo en un barco pesquero con su padre todo el día, desde bien temprano. El severo viento del Pacífico y las salpicaduras de las olas azotándole las mejillas. El ruido monótono del motor diésel. El olor asfixiante de las redes. Era un oficio duro, arriesgado. Un pequeño error podía ser fatal. Pero si se comparaba con andar recorriendo Ichikawa para recaudar la cuota de la NHK, era una vida mucho más natural y satisfactoria.

–Pero cobrar para la NHK debía de ser un trabajo difícil, ¿no crees? –dijo la enfermera Ōmura mientras comía el pescado.

–Quizá –respondió él. Por lo que a Tengo respectaba, no era un trabajo hecho para él.

–Pero a tu padre se le daba bien, ¿no? –comentó Kumi Adachi.

–Creo que bastante bien –dijo Tengo.

–Nos enseñó sus diplomas –dijo Kumi.

–¡Ay! ¡Es verdad! –Ōmura soltó los palillos de golpe–. ¡Lo había olvidado! ¡Qué cabeza la mía! ¿Cómo he podido olvidarme de algo tan importante? Espera un momento. Debo darte ahora mismo sin falta una cosa, Tengo.

Ōmura se limpió las comisuras de los labios con un pañuelo, se levantó de la silla y, dejando la comida a medias, salió toda apurada del comedor.

–¿Qué será eso tan importante? –se extrañó Kumi Adachi.

Tengo no tenía ni idea.

Mientras esperaba a que la enfermera volviera, se llevó a la boca con desgana un poco de ensalada. Todavía no había demasiada gente cenando en el comedor. En una mesa había tres ancianos, pero ninguno hablaba. En otra mesa, un hombre de pelo entrecano vestido con bata blanca comía solo, mientras leía el periódico con gesto grave.

Poco después regresó Ōmura. Traía una bolsa de papel de unos grandes almacenes. De ella sacó ropa bien doblada.

–Me lo dio el señor Kawana hace más o menos un año, cuando todavía estaba consciente –dijo la enfermera corpulenta–. Me dijo que era para el día de su funeral, así que lo he llevado a la tintorería y le he puesto alcanfor.

Allí estaba, perfectamente reconocible, el uniforme de cobrador de la NHK. Los pantalones, a juego, estaban bien planchados. Tengo percibió el olor a alcanfor. Durante un instante se quedó sin habla.

–El señor Kawana me dijo que quería que lo incinerasen con el uniforme puesto –le explicó la enfermera. Entonces volvió a doblarlo bien doblado y lo guardó en la bolsa–. Ahora te lo dejo a ti. Mañana llévalo a la funeraria y diles que se lo pongan.

–Pero ¿no está mal hacer eso? El uniforme es prestado y hay que devolvérselo a la NHK cuando uno se jubila –dijo Tengo en un tono apagado.

–No hay que preocuparse –dijo Kumi Adachi–. Si nosotros no decimos nada, nadie se va a enterar. A la NHK no le va a causar ningún problema perder un viejo uniforme.

Ōmura se mostró de acuerdo.

–El señor Kawana estuvo yendo de un lado para otro durante más de treinta años, de la mañana a la noche, por la NHK. Seguro que más de una vez lo pasó mal y que le asignarían una barbaridad de trabajo. ¿Qué importa un uniforme? Además, no vamos a utilizarlo para nada malo.

–Tienes razón. Yo también me quedé con el uniforme con blusa marinera del instituto –dijo Kumi Adachi.

–No es lo mismo un uniforme de cobrador de la NHK que un uniforme de instituto –apuntó Tengo, pero no le hicieron caso.

–Sí, yo también tengo mi uniforme de instituto guardado en un armario –dijo Ōmura.

–¿Y no te lo pones de vez en cuando para tu marido? Con los calcetines blancos... –dijo Kumi Adachi para tomarle el pelo.

–No es mala idea –dijo Ōmura con gesto serio y la mejilla apoyada en la mano–. Seguro que le excitaría.

–En cualquier caso –dijo Kumi Adachi volviéndose hacia Tengo, para zanjar el tema del uniforme del instituto–, el señor Kawana deseaba ser incinerado con el uniforme de la NHK. Debemos concederle esa última voluntad. ¿No creéis?

Tengo cogió la bolsa con el uniforme que llevaba el logo de la NHK y volvió a la habitación. Kumi Adachi fue con él y le preparó la cama. Sábanas limpias que todavía olían a almidón, otra manta, otro edredón y otra almohada. Con todo eso, no parecía la cama en la que había estado su padre. Sin venir a cuento, Tengo recordó el tupido vello púbico de Kumi Adachi.

–Al final, tu padre no salió del coma en ningún momento mientras estuviste con él, ¿verdad? –dijo ella mientras alisaba con la mano las arrugas de las sábanas–. Pues, mira, yo creo que no estaba inconsciente del todo.

–¿Por qué lo dices? –preguntó Tengo.

–Porque era como si, de vez en cuando, enviara mensajes a alguien.

Tengo estaba echando un vistazo al exterior, junto a la ventana, pero se volvió hacia Kumi.

–¿Mensajes?

–Sí, tu padre solía golpear el somier de la cama. Dejaba caer la mano por un costado y golpeaba, *toc-toc,* como en código Morse. Así. –Kumi Adachi lo imitó y dio golpecillos en la estructura de madera de la cama–. ¿No te parece como si estuviera enviando señales?

–No creo que enviara señales.

–Entonces, ¿qué hacía?

–Llamaba a la puerta –dijo Tengo con voz neutra–. A la puerta de alguna casa.

–Sí, es verdad. Ahora que lo dices, podría ser. Suena como si llamaran a una puerta. –A continuación, Kumi Adachi entornó con fuerza los ojos–. Dime, ¿eso quiere decir que, aun inconsciente, el señor Kawana seguía cobrando la tarifa?

–Quizá –contestó Tengo–. En algún lugar de su mente.

–Como la historia de aquel soldado que, incluso muerto, no soltaba la trompeta –dijo Kumi Adachi admirada.

No había nada que añadir, así que Tengo se quedó callado.

–A tu padre le gustaba su oficio, ¿a que sí? Andar de un lado a otro cobrando la cuota de la NHK.

–Creo que no se trataba de que le gustase o le dejase de gustar –dijo Tengo.

–¿De qué se trataba entonces?

–Era lo que mejor se le daba.

–Mmm... ¿De verdad? –dijo Kumi Adachi. Y se puso a pensar–. Quizás ésa sea la manera en que hay que vivir.

–Puede ser –dijo Tengo mientras miraba hacia el pinar. Efectivamente, podía ser.

–Oye –dijo ella–, ¿a ti qué es lo que mejor se te da?

–No lo sé –contestó Tengo mirándola a los ojos–. Te juro que no lo sé.

22
USHIKAWA
Aquellos ojos parecían, más bien, compadecerlo

El domingo, a las seis y cuarto de la tarde, Tengo apareció en la entrada del edificio. Ya salía hacia la calle cuando se detuvo y miró a su alrededor como buscando algo. Desplazó su mirada de derecha a izquierda y viceversa. Miró al cielo y al suelo. Pero no pareció encontrar lo que buscaba. Se marchó, sin más, a buen paso. Ushikawa lo espiaba desde un rincón, tras las cortinas.

En esa ocasión, no lo siguió. Tengo no llevaba nada consigo. Sus manazas estaban metidas en los bolsillos de los pantalones. Un jersey de cuello alto, una chaqueta de pana de color verde oliva gastada y el cabello alborotado. En el bolsillo de la chaqueta llevaba un grueso libro. Quizá fuese a comer en algún restaurante de la zona. Podía dejarlo ir a donde quisiera.

El lunes, Tengo tendría que dar varias clases. Ushikawa lo había comprobado llamando a la academia. «Sí, a principios de la semana que viene las clases del señor Kawana se reanudarán, tal y como está anunciado en el programa», dijo la mujer que contestó al teléfono. Perfecto. Al día siguiente, Tengo por fin reanudaría sus rutinas. Dado su carácter, seguramente no saldría mucho de noche (aunque, si lo hubiera seguido, Ushikawa habría descubierto que se dirigía precisamente a un bar en Yotsuya, donde había quedado con Komatsu).

Antes de las ocho, Ushikawa se puso el chaquetón y la bufanda, se caló el gorro de punto y salió deprisa del edificio, siempre mirando a su alrededor. A esa hora, Tengo todavía no había regresado. Por lo que tardaba, tal vez no había salido a cenar por el barrio. Podía toparse con él en algún momento. Pero se arriesgaría, pues esa noche necesitaba salir a esa hora para saldar un asunto pendiente.

Fiándose de su memoria, dobló varias esquinas, pasó por delante de varias señales y, tras perderse alguna que otra vez, consiguió llegar al parque infantil. Pese a que el fuerte viento del norte de la noche anterior ya no soplaba en esa noche un tanto calurosa para estar en diciembre, el parque estaba vacío. Ushikawa volvió a mirar a su alrededor y, tras comprobar que no había nadie, subió los peldaños del tobogán. Se sentó y, con la espalda apoyada contra el pasamanos, miró al cielo. La Luna flotaba más o menos en el mismo lugar que la víspera. Era una Luna luminosa en sus dos tercios. Alrededor no se veía ni un pedazo de nube. Y a ella se arrimaba aquella lunecilla verde y deforme.

«No, no lo vi mal», pensó Ushikawa. Suspiró y movió ligeramente la cabeza hacia los lados. No era un sueño ni un espejismo. Las dos lunas pendían sobre el olmo de agua deshojado. Las dos parecían haber estado esperando desde la noche anterior, allí quietas, a que Ushikawa volviera a subirse al tobogán. Sabían que regresaría. El silencio que, como por acuerdo, propagaban en torno a ellas estaba preñado de evocaciones. Y las lunas querían que Ushikawa fuese partícipe de ese silencio. Le decían que no se lo contara a nadie. Lo hacían poniéndole en los labios, suavemente, el índice cubierto de una ceniza pálida.

Ushikawa probó a mover los músculos faciales en todas direcciones. Y durante un rato verificó, por si acaso, que a sus sentidos no les pasaba nada, que todo estaba como de costumbre. No detectó nada extraño. Para bien o para mal, su rostro no había cambiado.

Ushikawa se consideraba una persona realista. Y *lo era*. No le daba vueltas a teorías metafísicas. Si algo existía en la realidad, fuera verosímil o no, tuviera lógica o no, debía aceptarlo: ésa era, básicamente, su forma de pensar. No era que existieran unos principios y una lógica según los cuales se originaba la realidad, sino que primero existía la realidad y, conforme a ella, a posteriori, nacían los principios y la lógica. Por eso se dijo que, de momento, no le quedaba más remedio que aceptar que las dos lunas que flotaban en el cielo, una al lado de otra, eran reales.

Sobre el resto ya meditaría con calma más tarde. Intentando no pensar demasiado, Ushikawa se limitó a observar, a contemplar absorto las dos lunas. Una luna grande y amarilla, otra lunecilla verde y deforme. Trató de acostumbrarse a esa imagen. *«Debo aceptarla tal como es»*, se dijo. «No me explico cómo algo así puede ocurrir, pero ésa no es ahora la cuestión prioritaria. La cuestión es cómo debo enfrentarme a esta situación. Para ello he de prescindir de la lógica y aceptarlo. Por ahí debo empezar.»

Permaneció allí unos quince minutos. Apoyado contra el pasamanos del tobogán, sin apenas moverse, intentó habituarse a lo que veía. Se empapó de la luz que las lunas enviaban, dejó que permease su piel, como un submarinista que se adapta lentamente al cambio de presión del agua. Su instinto le decía que era importante.

Luego, el hombrecillo de cabeza deforme se irguió, bajó del tobogán y, desconcertado y pensativo, se dirigió de vuelta a su piso. Tenía la impresión de que el paisaje que lo rodeaba era ligeramente diferente al de la ida. «Será por la luz de las lunas», concluyó. Poco a poco, esa luz había modificado el aspecto de las cosas. Eso le llevó a perderse varias veces en el camino. Antes de entrar en el portal, alzó la cabeza y, al mirar hacia el tercero, comprobó que la ventana del piso de Tengo no estaba iluminada. El corpulento profesor de academia todavía no había regresado. No parecía que hubiera ido sólo a cenar. Tal vez había quedado con alguien. Quizá con Aomame. O con Fukaeri. «A lo mejor me he perdido una excelente ocasión.» Pero ya era tarde para preocuparse por ello. Ir detrás de Tengo cada vez que éste salía era demasiado peligroso. Si Tengo lo veía una sola vez, todo se iría al traste.

Ushikawa regresó al piso y se quitó el abrigo, la bufanda y el gorro. En la cocina, abrió una lata de *corned beef* para hacerse un bocadillo con un bollo de pan y se lo comió de pie. Abrió también una lata de café preparado y se tomó el café tibio. Pero apenas notaba el sabor de lo que comía. Percibía la textura, pero no le sabía a nada. Ushikawa ignoraba si se debía a lo que estaba comiendo o a su paladar. O, tal vez, a las dos lunas que se le habían quedado grabadas en la retina. Oyó un timbre, como si alguien llamara a la puerta de otro piso. Tras una pausa, volvió a sonar. Pero no le prestó demasiada atención. No era en su piso. Seguramente era en otra planta.

Tras terminarse el bocadillo y el café, se fumó despacio un cigarrillo en un intento de volver a la realidad. Se recordó a sí mismo que estaba allí para hacer algo, de modo que volvió junto a la ventana y se sentó delante de la cámara. Encendió la estufa y se calentó las manos frente a la luz anaranjada. Aún no eran las nueve de la noche del domingo. Apenas pasaba gente por el portal. Sin embargo, debía comprobar a qué hora volvía Tengo.

Poco después, una joven vestida con un plumífero negro salió del edificio. Era la primera vez que la veía. Llevaba un fular gris que le tapaba hasta la nariz, además de gafas de montura negra y una visera de béisbol. Parecía querer ocultar el rostro, evitar miradas. No llevaba bolso ni nada en las manos y caminaba deprisa, a zancadas. Automáticamente, Ushikawa pulsó el botón y disparó tres veces la cámara con el motor de arranque. «Tengo que averiguar adónde se dirige», pensó. Pero, cuando se disponía a levantarse, la joven ya estaba en la calle y había desaparecido en medio de la noche. Ushikawa frunció el ceño y desistió. La joven caminaba a tal ritmo que, aunque se pusiera rápidamente los zapatos y saliera, no la alcanzaría.

Repasó en su mente lo que acababa de ver. Aproximadamente, un metro setenta de estatura. Vaqueros ceñidos y zapatillas de deporte blancas. Todas las prendas parecían, extrañamente, recién estrenadas. Entre veinticinco y treinta años de edad. El cabello se lo había metido por dentro del cuello del plumífero, así que no sabía si era muy largo. Debido al grueso plumífero, no estaba claro qué constitución tenía, pero por sus piernas, seguramente era delgada. El buen porte y el ritmo al que caminaba indicaban que era joven y estaba en buena forma. Quizá practicase algún deporte a diario. Esas características encajaban con lo que Ushikawa sabía de Aomame. No podía jurar que fuese ella, por supuesto. Sin embargo, la joven parecía estar alerta, como si temiese que la vieran. Estaba nerviosa. Como una actriz que teme que los *paparazzi* la sigan. No obstante, era improbable que una actriz famosa acosada por los medios de comunicación saliera de un mísero edificio en Kōenji.

«Supongamos por un momento que es Aomame.»

Había ido a encontrarse con Tengo, pero Tengo no estaba. En el piso de éste la luz estaba apagada. A pesar de que había ido a visitarlo, al no encontrarlo en casa, Aomame se resignó y se marchó. Quizás era ella la que había llamado al timbre; Ushikawa lo había oído.

Sin embargo, consideraba Ushikawa, esa teoría no se sostenía. A Aomame la buscaban y sin duda vivía tratando de pasar inadvertida para huir del peligro. Si hubiera querido ver a Tengo, lo normal habría sido llamarlo primero por teléfono y comprobar si estaba en casa. Así habría evitado exponerse a riesgos innecesarios.

Sentado delante de la cámara, Ushikawa, por más vueltas que le daba, no encontraba ninguna otra hipótesis razonable. La conducta de esa joven –saliendo de su escondrijo medio disfrazada para ir hasta allí– no encajaba con Aomame. Ésta era más precavida y cuidadosa. Ushikawa se sentía confuso. Ni se le pasó por la cabeza que pudiera haber sido él quien la había guiado hasta allí.

En todo caso, al día siguiente iría a la tienda de fotografía cercana a la estación y revelaría todos los carretes que había acumulado. Allí aparecería la misteriosa mujer.

Hasta las diez montó guardia tras la cámara, pero ya nadie cruzó el portal. Estaba vacío y silencioso, como un escenario abandonado y olvidado por todos, tras una función con escaso público. «¿Qué pasa con Tengo?», se preguntó extrañado Ushikawa. Por lo que él sabía, Tengo no acostumbraba a salir hasta tan tarde. Además, al día siguiente volvía a dar clases en la academia. ¿Acaso había vuelto mientras Ushikawa estaba fuera y se había acostado temprano?

Cuando hacía ya un rato que el reloj había dado las diez, Ushikawa se dio cuenta de que estaba agotado. Tenía tanto sueño que apenas era capaz de mantener los ojos abiertos. Ushikawa no era amigo de quedarse levantado hasta tarde. Sin embargo, cuando hacía falta, podía permanecer despierto hasta las tantas. Pero, aquella noche, el sueño se abatiría sin piedad sobre él, como la losa de piedra de un antiguo sepulcro.

«Debo de haber mirado demasiado tiempo las dos lunas», pensó Ushikawa. «Quizá he dejado que demasiada luz se filtrase en mi piel.» En su retina permanecía la vaga imagen consecutiva de las dos lunas. Sus siluetas recortándose en la oscuridad habían paralizado la zona blanda de su cerebro. Igual que ciertas abejas que clavan su aguijón en grandes orugas verdes y las paralizan para desovar sobre ellas. Las larvas utilizan entonces a la oruga inmovilizada como fuente de alimento y la van devorando viva. Ushikawa frunció el ceño y trató de apartar esa funesta imagen de su mente.

«Ya está bien», se dijo. «No voy a pasarme toda la noche esperando a que Tengo vuelva a su casa. ¡Allá él! Vendrá cuando le apetezca. Y seguro que, en cuanto llegue, se acostará. Además, no tiene otro sitio adonde ir. O eso creo.»

Sin fuerzas, Ushikawa se quitó los pantalones y el jersey y se metió en el saco de dormir en *boxers* y camiseta de manga larga. Entonces se hizo un ovillo y se durmió. Se sumió en un sueño muy profundo, casi cercano al coma. Al poco, le pareció oír que alguien llamaba a la puerta. Pero su conciencia ya se había desplazado a otro mundo. Era incapaz de distinguir bien las cosas. Al esforzarse para intentar diferenciarlas, le crujió todo el cuerpo. Así que, sin abrir los párpados y sin buscarle más sentido a aquel ruido, volvió a sumergirse en el profundo lodazal del sueño.

Tengo se despidió de Komatsu y regresó a su casa media hora después de que Ushikawa se hubiera quedado dormido. Una vez en el piso, se cepilló los dientes, colgó en una percha la chaqueta, que apestaba a tabaco, y, tras ponerse el pijama, se acostó. Hasta que a las dos de la madrugada lo llamaron para comunicarle que su padre había muerto.

Ushikawa se despertó pasadas las ocho de la mañana del lunes, hora a la que Tengo dormía profundamente, para compensar la falta de sueño, en un asiento del expreso en dirección a Tateyama. Ushikawa aguardó delante de la cámara a que Tengo saliera del edificio para ir a la academia. Pero, naturalmente, Tengo no apareció. Cuando el reloj marcó la una de la tarde, Ushikawa se dio por vencido. Llamó a la academia desde una cabina y preguntó si el señor Kawana impartiría sus clases ese día, tal y como estaba previsto.

–Hoy se han suspendido las clases del señor Kawana. Al parecer, anoche tuvo una urgencia familiar –dijo la mujer que atendió al teléfono. Ushikawa le dio las gracias y colgó.

¿Una urgencia familiar? El único familiar de Tengo era el padre, el que había sido cobrador de la NHK. Estaba ingresado en una clínica lejos de allí. Tengo se había ausentado de Tokio durante algún tiempo para cuidarlo y había regresado hacía dos días. El padre había muerto. Y sin duda Tengo había vuelto a irse de Tokio.

«Seguro que se marchó mientras yo dormía. ¿Qué me pasa? ¿Cómo he podido dormir hoy hasta tan tarde?

»En cualquier caso, Tengo se ha quedado solo como la una», pensó Ushikawa. Un hombre ya de por sí solitario se quedaba ahora aún más solo. Completamente solo. Su madre había sido estrangulada en un balneario de la prefectura de Nagano antes de que él hubiera cumplido los dos años. Nunca atraparon al asesino. Ella se había fugado con un hombre joven, llevándose consigo a Tengo y abandonando a su marido. «Fugarse» era sin duda un verbo obsoleto; ya nadie lo utilizaba. Pero, sin embargo, para Ushikawa encajaba perfectamente con lo que la mujer había hecho. Se desconocía por qué la habían asesinado. Para empezar, ni siquiera se sabía si el asesino era el hombre con el que ella se había escapado. Fue estrangulada con la cinta de un albornoz en plena noche, en una habitación de un *ryokan*, y el hombre que estaba con ella desapareció. Era el principal sospechoso. Eso era todo. Al recibir la noticia, el padre fue hasta allí desde Ichikawa y recogió al bebé.

«Debí habérselo contado a Tengo Kawana. Tiene derecho a saber la verdad. Pero me dijo que no quería enterarse por boca de alguien como yo. Por eso no se lo revelé. ¡Qué se le va a hacer! No es asunto mío, sino suyo.

»En cualquier caso, se haya ido o no de Tokio, no me queda más remedio que seguir vigilando el edificio», siguió razonando Ushikawa. «Anoche vi a una misteriosa mujer que me recuerda a Aomame. Nada lo demuestra, pero hay muchas probabilidades de que sea ella. Me lo dice esta cabeza deforme. Quizá no tenga muy buen aspecto, pero está dotada de un olfato tan agudo como un radar de nueva generación. Y si es Aomame, tarde o temprano volverá a visitarlo. Ella todavía no sabe que su padre ha muerto.» Eso era lo que Ushikawa suponía. Quizá Tengo había recibido el aviso en plena noche y se había marchado muy temprano. Y, de algún modo, parecía que los dos no podían comunicarse por teléfono. Por lo tanto, ella volvería por allí sin falta. Había un asunto importante que la obligaba a ir, aunque corriese peligro. Y, esa vez, la seguiría. Necesitaba dejarlo todo bien preparado para cuando llegase el momento.

Quizás así resolvería el misterio de por qué había dos lunas. Ushikawa se moría de ganas de saber más cosas sobre ese sorprendente fenómeno. «Pero ésa es una cuestión secundaria. Mi trabajo consiste, por encima de todo, en descubrir el escondrijo de Aomame. Envolverla en un bonito papel de regalo y entregársela a esos dos tipos siniestros. Haya dos lunas o una sola, hasta entonces debo ser práctico y realista. Al fin y al cabo, ésa es una de las ventajas de ser como soy.»

Ushikawa fue a la tienda de fotografía que había cerca de la estación y le entregó al dependiente cinco carretes de treinta y seis exposiciones. Luego, con las fotografías ya reveladas, entró en un restaurante de una cadena frecuentada principalmente por familias y, ordenadas por fechas, les echó un vistazo mientras comía un arroz con curry y pollo. En la mayoría aparecían los rostros de los vecinos que ya conocía. Las únicas que contempló con una pizca de interés fueron las fotografías de tres personas: Fukaeri, Tengo y la misteriosa mujer que había salido por el portal la noche anterior.

La mirada de Fukaeri lo ponía nervioso. Incluso en la fotografía, sus ojos se clavaban en el rostro de Ushikawa. Estaba muy claro: ella sabía que él estaba *allí*, espiándola. Probablemente incluso supiera que la estaba fotografiando con una cámara oculta. Se lo decía aquel par de ojos claros. Sus pupilas lo calaban todo y no consentían en absoluto la conducta de Ushikawa. Aquella mirada fija le atravesaba el corazón sin piedad. No cabían excusas para lo que él estaba haciendo. Sin embargo, al mismo tiempo, no lo condenaba ni lo desdeñaba. En cierto sentido, aquellos hermosos ojos estaban perdonándolo. «No, no se trata de perdón», rectificó Ushikawa. Aquellos ojos parecían, más bien, compadecerlo. Le transmitían conmiseración, aun a sabiendas de que su comportamiento era infame.

Había sucedido en un breve intervalo. Aquella mañana, Fukaeri se quedó observando la parte superior del poste eléctrico, después torció rápidamente el cuello y dirigió su mirada a la ventana donde Ushikawa se escondía, escudriñó directamente por el objetivo de la cámara oculta y, a través del visor, fijó la mirada en los ojos de Ushikawa. Después se marchó. El tiempo se congeló y, luego, echó a andar de nuevo. A lo sumo duró tres minutos. En esos tres minutos, con su mirada la chica escrutó cada rincón del alma de Ushikawa, intuyó de forma precisa su inmundicia y su abyección, le transmitió compasión callada y desapareció sin más.

Al mirarla a los ojos, él sintió un dolor agudo, como si le clavasen agujas de calcetar entre las costillas. Se consideró a sí mismo un ser terriblemente feo y retorcido. «Pero no hay remedio», pensó Ushikawa. «Porque en realidad soy un *ser terriblemente feo y retorcido.*» Y, para agravarlo, la compasión natural y transparente que teñía los ojos de Fukaeri se hundió en las profundidades de su corazón. Hubiera preferido que lo acusase, lo despreciase, injuriase y condenase. Que lo apalease con un bate de béisbol. Eso lo podría soportar. Pero *esto,* no.

Comparado con ella, Tengo era mucho más fácil de sobrellevar. En la foto, parado en el portal, dirigía la mirada hacia él. Observaba con atención a su alrededor, igual que Fukaeri. Sin embargo, nada se reflejaba en sus ojos. Su mirada cándida, ignorante de lo que ocurría, no detectó la cámara escondida tras las cortinas, ni a Ushikawa detrás de ella.

A continuación, Ushikawa examinó las fotografías de la «mujer misteriosa». Eran tres. Gorra de béisbol, gafas de montura negra y fular gris subido casi hasta los ojos. No se distinguían sus facciones. Aparte de que en las tres fotos la iluminación era pobre, la visera de la gorra hacía sombra sobre su rostro. Con todo, encajaba a la perfección con la imagen de Aomame que Ushikawa se había forjado. Sostuvo las tres fotos en la mano y las contempló una tras otra varias veces, como si examinase una mano de póquer. Cuanto más las miraba, más convencido estaba de que aquella mujer no podía ser otra que Aomame.

Llamó a la camarera y le preguntó qué había de postre. «Tarta de melocotón», le contestó. Ushikawa pidió un trozo de tarta y otro café.

«Si ésta no es Aomame», pensó mientras esperaba a que le trajesen el postre, *«entonces puede que jamás surja la oportunidad de encontrarla.»*

La tarta de melocotón estaba mucho más buena de lo que se esperaba. Melocotones jugosos dentro de una masa crujiente. Los melocotones, por supuesto, eran de conserva, pero para ser un postre de una cadena de restaurantes no estaba mal. Una vez terminado el postre hasta la última migaja y apurado el café, salió satisfecho del restaurante. Se acercó al supermercado, compró comida para tres días y, de vuelta en el piso, se instaló tras la cámara.

Mientras vigilaba el portal detrás de las cortinas, se apoyó en la pared y echó una cabezada en medio de un charco de luz. No le preocupaba dormirse. No creía que estuviera perdiéndose gran cosa. Tengo se había marchado de Tokio para asistir al funeral de su padre y Fukaeri no volvería. Ella sabía que Ushikawa seguía vigilando. Las probabilidades de que la «mujer misteriosa» apareciese de día eran escasas: actuaba con cautela y sólo entraba en acción una vez que había oscurecido.

Sin embargo, después de ponerse el sol, la «mujer misteriosa» no apareció. Ushikawa sólo vio, en las caras de los que regresaban –de hacer la compra, de dar un paseo al atardecer o del trabajo–, mucha más fatiga que cuando habían salido por la mañana. Ushikawa se limitaba a seguir su ir y venir con la mirada. No presionaba el botón de la cámara. No necesitaba sacarles más fotos. Ahora su interés se centraba en tres individuos. El resto no eran más que transeúntes anónimos. Para matar el tiempo, Ushikawa los llamaba por los nombres que se había inventado.

–Señor Mao –llevaba un peinado muy parecido al de Mao Zedong–, ¿cómo le ha ido hoy en el trabajo?

–Hoy ha hecho un buen día, ¿a que sí, señor Orejudo? Perfecto para salir de paseo.

–Señora Sin Mentón, ¿otra vez de compras? ¿Qué hay hoy para cenar?

Ushikawa siguió espiando el portal hasta las once. Entonces soltó un gran bostezo y dio por concluida la jornada. Bebió té verde en botella, comió algunas *crackers* y se fumó un cigarrillo. Cuando estaba cepillándose los dientes en el lavabo, probó a sacar la lengua frente al espejo. Hacía tiempo que no se miraba la lengua. Estaba cubierta de una especie de musgo y tenía una tonalidad verdosa idéntica a la del musgo. Lo examinó detenidamente bajo la luz. Era repulsivo. Además, estaba tan adherido a la lengua que parecía que, hiciera lo que hiciese, no conseguiría despegarlo. «Si sigo así, quizá me acabe convirtiendo en el Hombre Musgo», pensó Ushikawa. Empezaría por la lengua y se iría extendiendo sobre su piel por otras zonas del cuerpo. Como el caparazón de las tortugas que viven ocultas en los pantanos. Sólo de pensarlo se sentía desalentado.

Con un suspiro y una voz que no llegó a transformarse en voz, decidió dejar de pensar en su lengua y apagó la luz del lavabo. Se desnudó lentamente a oscuras y se metió en el saco de dormir. Cerró la cremallera y se encogió como un bicho.

Cuando se despertó, a su alrededor todo estaba oscuro. Giró el cuello para mirar la hora, pero el reloj no estaba en su sitio. Se sintió confuso. Antes de dormir siempre se fijaba en dónde estaba el reloj, para poder comprobar la hora de inmediato, incluso a oscuras. ¿Por qué no estaba el reloj en su sitio? Por entre las cortinas se filtraba una luz tenue, pero no iluminaba más que un rincón de la habitación. La oscuridad de medianoche lo envolvía todo.

Ushikawa se dio cuenta de que se le habían acelerado los latidos. Su corazón bombeaba con fuerza para enviar la adrenalina segregada a todo el cuerpo. Las aletas de la nariz se le hinchaban y le costaba respirar. Como cuando uno se despierta en medio de un sueño vívido y muy excitante.

Pero no estaba soñando. Algo ocurría *en realidad*. Había alguien junto a su saco de dormir. Lo percibía. Una sombra negra se perfilaba en medio de la oscuridad y miraba la cara de Ushikawa desde arriba. Se le agarrotó la espalda. Durante una fracción de segundo, su mente se despejó, ató cabos y, en un acto reflejo, intentó bajar la cremallera.

En un abrir y cerrar de ojos, alguien rodeó el cuello de Ushikawa con sus brazos. Ni siquiera le dio tiempo a soltar un grito. Ushikawa notó en la garganta los recios músculos de un hombre. Oprimían su cuello sin piedad, como un tornillo de banco. El hombre no decía ni una palabra. Ni siquiera se le oía respirar. Ushikawa se retorció y forcejeó dentro del saco de dormir. Pateaba y tiraba del interior de nailon con ambas manos. Intentaba gritar. Pero no servía de nada. Acuclillado en el tatami, el hombre se limitó a aumentar la presión que ejercía con los brazos sin mover el resto del cuerpo. Un movimiento eficiente, sin esfuerzos innecesarios. Al mismo tiempo, la tráquea de Ushikawa se comprimió y su respiración se fue debilitando.

En medio de la desesperación, una pregunta le cruzó por la mente: ¿cómo había conseguido entrar aquel hombre en el piso? La puerta estaba cerrada con llave. Tenía la cadena echada por dentro. Las ventanas también estaban bien cerradas. «¿Cómo ha entrado? Si hubiera hurgado en la cerradura, habría hecho ruido y, al oírlo, me habría despertado.

»Es un profesional», pensó. «Mataría sin dudarlo ni un segundo. Está entrenado para ello. ¿Le envían los de Vanguardia? ¿Han decidido deshacerse de mí? ¿Me consideran ahora un estorbo? Si es así, están equivocados. Porque estoy a un paso de encontrar a Aomame.» Intentó implorarle al hombre que lo dejase hablar. «¡Escúchame, por favor!» Pero la voz no le salió. No tenía suficiente aire para hacer vibrar las cuerdas vocales y, en el fondo de la garganta, la lengua se le había puesto tiesa como una piedra.

Ahora la tráquea ya estaba completamente obstruida. No entraba ni una pizca de aire. Sus pulmones buscaban oxígeno fresco a la desesperada, pero no lo encontraban por ninguna parte. Sintió cómo cuerpo y conciencia se iban separando. Mientras el cuerpo seguía sacudiéndose dentro del saco, su conciencia se arrastraba bajo una pesada y espesa capa de aire. Sus extremidades perdieron la sensibilidad rápidamente. Dentro de su debilitada mente se preguntaba *por qué*. «¿Por qué tengo que morir en un lugar tan miserable, de una manera tan miserable?» No hubo respuesta. Al poco rato, una oscuridad sin márgenes descendió del techo y lo envolvió todo.

Cuando volvió en sí, estaba fuera del saco. No se notaba las piernas ni los brazos. Lo único que sabía era que le habían vendado los ojos y que notaba el tatami bajo la mejilla. Ya no le estrangulaban el pescuezo. Como un fuelle, sus pulmones se comprimían y absorbían ruidosamente aire fresco. Aire gélido de la noche. Con el oxígeno se creó nueva sangre, y el corazón bombeó a toda prisa el humor rojo y cálido hacia las terminaciones nerviosas. Entre algún que otro fuerte ataque de tos, se concentraba en respirar. Progresivamente, sus extremidades recuperaron la sensibilidad. En el fondo de los oídos sentía los fuertes latidos de su corazón. «Todavía estoy vivo», pensó Ushikawa en medio de la oscuridad.

Estaba tendido boca abajo sobre el tatami. Tenía las manos por detrás de la espalda, atadas con una especie de tela suave. Los tobillos también estaban atados. Aunque no apretaban, eran unas ataduras hábiles y eficaces. Apenas podía moverse. A pesar de todo, a Ushikawa se sorprendió al comprobar que seguía vivo y respiraba. Aquello no era la muerte. Se había acercado mucho a ella, pero no era la muerte. A ambos lados de la garganta le había quedado un dolor agudo, como si se le hubiera inflamado. La orina que se le había escapado y le empapaba la ropa interior empezaba a enfriarse. Pero no le resultaba desagradable. Al contrario, era una sensación tranquilizadora. Porque sentir dolor y frío significaba que seguía vivo.

–No es tan fácil morir –dijo la voz de un hombre. Como si hubiera leído sus pensamientos.

23
AOMAME
La luz está ahí, sin duda

Pasada la medianoche, la fecha cambió de domingo a lunes, pero no podía dormir.

Un poco antes, al salir del baño, se había puesto el pijama, se había metido en la cama y había apagado la luz. Quedándose despierta hasta tarde no arreglaba nada. El asunto estaba en manos de Tamaru. Se había dicho que debía dormir un poco y así, a la mañana siguiente, podría volver a pensar en todo un poco más despejada. Sin embargo, su mente no se relajaba, el cuerpo le pedía acción. Después de un breve sueño, se desveló.

Resignada, salió de la cama y se puso una bata encima del pijama. Hirvió agua, se preparó una infusión y la bebió a pequeños sorbos sentada a la mesa del comedor. Un pensamiento cruzó por su mente, pero no era capaz de discernir qué pensamiento era ése. Tenía una forma gruesa y furtiva, como una lejana nube cargada de lluvia. Sabía qué forma tenía, pero no distinguía su contorno. Como si hubiera un desfase entre forma y contorno. Aomame se acercó a la ventana con la taza en la mano y contempló el parque infantil por entre las cortinas.

No había ni un alma, como cabía esperar. Pasaban unos minutos de la una de la noche y tanto el cajón de arena como el columpio y el tobogán permanecían abandonados. Era una noche sumamente silenciosa. No soplaba viento, no se veía ni una sola nube. Y las dos lunas pendían la una al lado de la otra por encima de las ramas heladas del árbol. Todavía las veía, a pesar de que habían cambiado de posición debido a la rotación de la Tierra.

Allí quieta, de pie, le vino a la mente el viejo edificio en el que había entrado el cabezón y la plaquita en la puerta del piso 303. Una tarjeta blanca con los dos ideogramas del apellido Kawana impresos. No era una tarjeta nueva. Tenía las esquinas gastadas y dobladas, y pequeñas manchas de humedad. Había pasado no poco tiempo desde que habían metido la tarjeta en la placa.

«Tamaru averiguará si el inquilino del piso es Tengo Kawana u otra persona apellidada Kawana. Muy pronto, quizá mañana mismo, me dirá quién es. Tamaru nunca pierde el tiempo. Entonces sabré la verdad. Quién sabe, quizá pueda encontrarme con él pronto.» Al pensar en esa posibilidad, sintió que se ahogaba. Era como si el aire a su alrededor se hubiera enrarecido de pronto.

«Pero tal vez las cosas no salgan tan bien. Aunque el inquilino del 303 sea Tengo Kawana, es posible que ese siniestro cabezón se esconda dentro del edificio. Y puede que trame algo; no sé el qué, pero algo malo. Seguro que ha ideado algún plan ingenioso y se pega a Tengo y a mí para impedir que nos reunamos.

»No, no debes preocuparte», se dijo para tranquilizarse. «Tamaru es de fiar, además de ser más cauteloso, competente y experimentado que cualquier otra persona que conozco. Puedo dejarlo en sus manos: él se deshará rápidamente del cabezón. Se ha convertido en un elemento peligroso, un estorbo no sólo para mí, sino también para el propio Tamaru, que hay que eliminar.

»Pero si, por alguna razón, no sé bien cuál, Tamaru considerara que no es conveniente que Tengo y yo nos reencontremos, ¿qué ocurrirá entonces? Quizás intente impedir que nos veamos. Tamaru y yo sin duda sentimos un gran aprecio el uno por el otro. Sin embargo, él debe anteponer la seguridad y los intereses de la anciana a todo. Es su trabajo. No hace todo esto sólo por mí.»

La idea la preocupó. No tenía forma de saber qué lugar ocupaba su reencuentro con Tengo en la lista de prioridades de Tamaru. ¿Y si revelarle la existencia de Tengo había sido un error de consecuencias fatales? Quizá debió haberse enfrentado ella sola a esa cuestión.

«Pero ahora ya no puedo volver atrás. Se lo he contado a Tamaru. En ese momento no pude evitarlo. El cabezón podría estar ahí, esperándome, y volver sola allí es casi un suicidio. Además, el tiempo corre. No puedo pararme a hacer consideraciones ni a esperar qué ocurre. Aclararle todo a Tamaru y dejar el problema en sus manos era, en ese momento, la mejor opción.»

Aomame dejó de pensar en Tengo. Definitivamente, cuanto más

pensaba en él, más se enredaba el hilo de sus pensamientos, hasta el punto de que la paralizaba. Ya no pensaría más. Dejaría también de mirar las lunas. La luz de los satélites perturbaba su espíritu calladamente. Alteraba la altura de las mareas en las ensenadas y agitaba la vida en los bosques. Tras beberse la infusión, se apartó de la ventana y lavó la taza en el fregadero. Le apetecía tomar un trago de brandy, pero, por el embarazo, no debía ingerir alcohol.

Aomame se sentó en el sofá, encendió la pequeña lámpara de lectura que había a un lado y cogió en sus manos *La crisálida de aire*. La había leído ya más de diez veces de cabo a rabo. No era excesivamente larga y se sabía hasta los menores detalles de la historia. Pero decidió leerla una vez más con suma atención. Al fin y al cabo, todavía no tenía sueño. Quizás encontrase algún detalle que se le hubiera pasado por alto.

La crisálida de aire era, por decirlo de alguna manera, un libro que ocultaba un código. Al parecer, al relatar esa historia, Eriko Fukada había pretendido difundir algún mensaje. Tengo la había reescrito con una prosa más elaborada y eficaz. Los dos habían formado un equipo para gestar una novela que atrajese a numerosos lectores. «Ambos poseen cualidades que se complementan», le había dicho el líder de Vanguardia, y había añadido: «Compenetrándose y uniendo sus fuerzas han llevado a cabo una misión». Según el líder, el hecho de que *La crisálida de aire* se convirtiese en un *best seller* y dejase constancia de cierto secreto inactivó a la Little People y provocó que la «voz» enmudeciera. A raíz de ello, el pozo se secó y la corriente dejó de fluir. Tal era el «gran impacto» que el libro había ejercido en el mundo de Vanguardia.

Aomame leyó poniendo todos sus sentidos en cada renglón de la novela.

Cuando las agujas del reloj de pared marcaron las dos y media, Aomame había leído ya dos tercios de la obra. Cerró el libro e intentó expresar con palabras la intensa sensación que sacudía su espíritu. Aunque no podía llamarlo una revelación, en ese momento en su mente se perfilaba una imagen muy clara y certera.

«No he sido arrastrada a este mundo por casualidad.»

Eso era lo que le transmitía la imagen.

«Estoy aquí porque debo estar aquí.

»Hasta ahora creía que había venido a 1Q84 porque una voluntad ajena me había arrastrado. Siguiendo cierto *designio,* las agujas de los raíles cambiaron y el tren en el que yo viajaba se desvió de la vía principal para adentrarse en un mundo nuevo y extraño. Y de pronto, sin apenas darme cuenta, ya estaba *aquí.* En un mundo en cuyo cielo hay dos lunas y donde la Little People asoma la cabeza de vez en cuando. Hay una entrada, pero no una salida.

»Me lo explicó el líder antes de morir: Tengo había empezado a escribir otra historia, una historia propia, y esa historia funcionó como un "tren" que me condujo hasta este mundo nuevo. Por eso estoy *aquí* ahora. De una manera del todo pasiva. Por decirlo así, como una actriz de reparto que, desconcertada, erra en medio de una niebla espesa.

»Pero eso no es todo», pensó Aomame. «*Eso no es todo; en absoluto.*

»No sólo me ha arrastrado hasta aquí una voluntad ajena. En parte es así. Pero, al mismo tiempo, yo he elegido estar en este lugar.

»*He elegido estar aquí por mi propia voluntad.*»

Estaba convencida de ello.

«Y estoy aquí por un motivo muy claro: encontrarme con Tengo, reunirme con él. Ésa es mi razón de ser en este mundo. Aunque, mirándolo desde el punto de vista opuesto, puedo decir que este mundo existe en mi interior porque debo encontrarme con Tengo. Quizá sea una paradoja que se repite hasta el infinito, como dos espejos confrontados. Formo parte de este mundo y este mundo forma parte de mí.»

Aomame no sabía el argumento de la obra que Tengo estaba escribiendo en la actualidad. Probablemente tratara de un mundo con dos lunas. En él, la Little People aparecería de vez en cuando. Pero no se atrevía a conjeturar más. «Con todo, es la historia de Tengo y, al mismo tiempo, es *mi historia.*» Eso pensaba Aomame.

Vio confirmado que era así cuando, abriendo el libro, releyó el pasaje que relataba que, por las noches, la niña protagonista fabricaba la crisálida de aire junto a la Little People dentro del viejo almacén. Mientras leía aquella descripción vívida y detallada, sintió en el abdomen un calor que se difundía poco a poco. Un calor de una profundidad asombrosa. Era una fuente de calor muy pequeña pero muy intensa. Sabía de sobra qué era esa fuente de calor y qué significaba: *esa cosa pequeñita.* Emitía calor en respuesta a la escena en la que la protagonista y la Little People creaban juntos la crisálida de aire.

Aomame dejó el libro en la mesa cercana al sofá, se desabotonó la parte superior del pijama y se llevó una mano al abdomen. Sintió el calor, e incluso le pareció que despedía una tenue luz anaranjada. Apagó la lámpara de lectura y, en la oscuridad, observó esa zona. Era un fulgor tan débil que apenas se veía.

«Sin embargo, la luz está ahí, sin duda. No estoy sola», pensó Aomame. «Estamos unidos. Seguramente, porque ambos vivimos al mismo tiempo dentro de la misma historia.

»Y si, aparte de ser la historia de Tengo, es mi historia, yo también debería poder escribirla. Debería poder añadir nuevas cosas o incluso reescribir alguna parte. Y, sobre todo, debería poder decidir el final. ¿No es así?»

Reflexionó sobre esa posibilidad.

Pero ¿cómo podía conseguirlo?

Todavía lo ignoraba. Lo único que sabía era que *esa posibilidad debería existir*. De momento no era más que una teoría. En medio de aquella callada oscuridad, apretó los labios y pensó. Era crucial. Tenía que concentrarse.

«Los dos formamos un equipo. Como el brillante equipo que formaron Tengo y Eriko Fukada al crear *La crisálida de aire*, en esta nueva historia Tengo y yo formamos un equipo. Nuestras voluntades –o lo que late en el fondo de nuestras voluntades– se han unido para gestar esta intrincada historia y ponerla en marcha. Seguramente el proceso tiene lugar en algún sitio profundo y oculto a la vista. Por eso estamos unidos, aunque no nos veamos. Nosotros creamos la historia y, a su vez, la historia nos pone en marcha a nosotros. ¿No es así?»

Había una pregunta. Una pregunta crucial:

«¿Qué significado tiene *esta cosa pequeñita* en la historia que *estamos* escribiendo? ¿Qué función desempeña?

»*Esta cosa pequeñita* reacciona de manera tangible ante la escena en la que la Little People y la niña protagonista crean la crisálida de aire dentro del almacén. Dentro de mi útero hay un calor suave pero palpable que desprende una tenue luz anaranjada. Como la propia crisálida de aire. ¿Querrá decir que mi útero funciona como una crisálida de aire? ¿Seré yo la *mother* y *esa cosa pequeñita*, mi *daughter*? ¿Ha tenido la Little People algo que ver en el hecho de que concibiese un bebé de Tengo sin haber mantenido relaciones sexuales? ¿Se han valido arteramente de mi útero para aprovecharlo como crisálida de aire? ¿Estarán intentando utilizarme para conseguir una nueva *daughter*?

»No, no puede ser», se dijo Aomame con convicción. «*Eso es imposible.*»

La Little People había perdido su vitalidad. Lo había dicho el líder. La amplia divulgación de *La crisálida de aire* entorpecía sus movimientos. No cabía duda de que el embarazo se desarrollaba fuera de sus miradas y de su área de influencia. Pero ¿quién –o qué clase de poder– había posibilitado el embarazo? ¿Y para qué?

Aomame no lo sabía.

Lo único que sabía era que *esa cosa pequeñita* era una vida valiosa que Tengo y ella habían concebido. Volvió a colocarse las manos sobre el abdomen, que desprendía la luz naranja, aureolándolo, y presionó con suavidad. Y dejó que el calor que sentía circulara y se difundiera por todo su cuerpo. «Pase lo que pase, debo proteger a esta cosa pequeñita. Nadie me la va a arrebatar. Nadie le va a hacer daño. Vamos a protegerla, los dos, y a cuidarla.» En medio de la oscuridad, se armó de determinación.

Fue al dormitorio, se quitó la bata y se metió en la cama. Boca arriba, con las manos sobre el vientre, volvió a sentir en las palmas ese calor. Todas sus preocupaciones y su incertidumbre se desvanecieron. «Debo ser más fuerte. Mi cuerpo y mi espíritu deben permanecer unidos, ser uno.» Al rato, vino el sueño en silencio, como una voluta de humo, y la envolvió entera. En el cielo todavía flotaban las dos lunas, una al lado de otra.

24
TENGO
Me marcho del «pueblo de los gatos»

Habían vestido su cadáver con el uniforme bien planchado de cobrador de la NHK y lo habían introducido en un modesto ataúd. Seguramente era el más barato que tenían; un ataúd anodino apenas más resistente que una caja de madera para bizcochos. Pese a la escasa estatura del difunto, no sobraba mucho espacio. Estaba hecho de contrachapado y carecía de adornos. Con cierto reparo, el hombre de la funeraria volvió a preguntarle: «¿Seguro que no le importa que sea este ataúd?». Tengo le contestó que no. Su propio padre lo había elegido de un catálogo y lo había pagado de su propio bolsillo. Si el muerto no tenía nada que objetar, Tengo aún menos.

Vestido con el uniforme de cobrador de la NHK dentro de aquel sencillo ataúd, no daba la impresión de estar muerto, sino de, por ejemplo, estar echando una siesta en un descanso del trabajo. Como si de un momento a otro fuera a levantarse, ponerse la gorra y seguir con su ruta. El uniforme con el logo de la NHK bordado parecía una segunda piel. Aquel hombre había nacido con el uniforme puesto e iba a ser incinerado con él. Al verlo, Tengo se dio cuenta de que su último atuendo sólo podía ser ése. Igual que los guerreros que, en las óperas de Wagner, son depositados en su pira funeraria con la armadura puesta.

El martes por la mañana, cerraron la tapa del ataúd y la clavaron delante de Tengo y Kumi Adachi. Luego lo cargaron en el coche fúnebre, que no era otro que la furgoneta Toyota que habían utilizado para transportar el cadáver de la clínica a la funeraria. En vez de camilla de ruedas, ahora transportaba un ataúd. Probablemente fuese el coche fúnebre más barato del que disponían. La solemnidad brillaba por su ausencia. Y, evidentemente, no se oyó *El ocaso de los dioses* por ninguna parte. Sin embargo, Tengo no vio motivos para quejarse por el aspecto del coche fúnebre. Tampoco a Kumi parecía importarle. No era más que un medio de transporte. Lo importante era que una persona había desaparecido de este mundo y los que seguían vivos debían grabar ese hecho en sus corazones. Los dos subieron a un taxi y siguieron a la furgoneta negra.

El crematorio estaba en un enclave un poco adentrado en las montañas, apartado de la carretera que bordeaba la costa. Era una construcción relativamente nueva pero impersonal, y más que un crematorio parecía una fábrica o un edificio del gobierno. Aunque el jardín era hermoso y estaba bien cuidado, la alta chimenea que se erguía, majestuosa, apuntando al cielo, indicaba que aquellas instalaciones tenían un fin muy especial. Ese día no debían de tener mucho ajetreo, ya que llevaron el ataúd directamente al incinerador, sin esperas. El féretro entró en silencio en el horno y la pesada tapa de éste se cerró como la escotilla de un submarino. El encargado, un hombre entrado en años y que llevaba guantes, presionó el botón de ignición tras hacer una reverencia hacia Tengo. Kumi Adachi juntó las manos para rezar mirando hacia la tapa cerrada y Tengo la imitó.

Durante la hora que duró la incineración, Tengo y Kumi se acomodaron en una sala acondicionada para ese fin. Kumi compró dos cafés calientes en una máquina expendedora y se los tomaron en silencio. Estaban sentados el uno al lado del otro en un banco frente a un gran ventanal. Fuera se extendía el césped marchito del jardín y se alzaban algunos árboles sin hojas. Dos pájaros negros se habían posado en una rama. Tengo desconocía qué clase de pájaros eran. Tenían la cola larga y, pese a ser pequeños, sus trinos eran estridentes y de tono agudo. Al gorjear, levantaban la cola. Sobre la arboleda se extendía un cielo azul de invierno, sin una nube. Kumi Adachi vestía una trenca de color crema sobre un corto vestido negro. Tengo, un jersey negro de cuello redondo y una chaqueta de espiguilla de color gris oscuro. Calzaba unos mocasines marrones. Eran las prendas más formales que tenía.

–A mi padre también lo incineraron aquí –dijo Kumi Adachi–. La gente que vino no paraba de fumar. Había tanto humo que en el techo parecía haberse formado una nube. Prácticamente todos eran pescadores que habían faenado con él.

Tengo se imaginó la escena: un grupo de hombres curtidos por el sol, torpes en sus trajes negros, todos fumando como carreteros. Y estaban allí en señal de duelo por un hombre que había fallecido de cáncer de pulmón. Pero ahora en la sala no había nadie más aparte de ellos dos. A su alrededor todo estaba quieto. Excepto el trino agudo que de vez en cuando se oía procedente de la arboleda, nada rompía el silencio. No se oía música ni voces. El sol vertía su apacible luz sobre la tierra. Los rayos invadían la sala a través del ventanal y creaban un silencioso charco de luz a los pies de ambos. El tiempo transcurría con parsimonia, como un río al aproximarse a su desembocadura.

–Gracias por acompañarme –dijo Tengo tras un prolongado silencio.

Kumi Adachi extendió su mano y la colocó sobre la de Tengo.

–Uno lo pasa peor si está solo. Es mejor tener a alguien a tu lado. Así son las cosas.

–Supongo que sí –reconoció Tengo.

–Me parece terrible que haya gente que muera sola, sea cual sea su circunstancia. En este mundo hay un gran agujero y debemos mostrarle respeto. Si no, el agujero nunca se cerrará.

Tengo asintió.

–No se puede dejar el agujero abierto –siguió Kumi Adachi–. Cualquiera podría caer en él.

–Pero, en algunos casos, los muertos guardan secretos –dijo Tengo–. Y si el agujero se cerrara, todos esos secretos se irían con él. No se revelarían nunca.

–Yo creo que también en esos casos hay que cerrar el agujero.

–¿Por qué?

–Si los muertos se marcharon con ellos, será porque son secretos que no pueden dejarse atrás.

–Pero ¿por qué no pueden dejarlos atrás?

Kumi Adachi le soltó la mano y lo miró a los ojos.

–Quizás, en esos secretos, haya algo que ni siquiera la persona que murió llegó a comprender del todo. Algo que no podía explicar ni transmitir, por más que lo intentara. Algo que irremediablemente debía llevarse consigo. Como un valioso equipaje de mano.

Callado, Tengo contemplaba el charco de luz a sus pies. El suelo de linóleo brillaba pálidamente. Ante sus ojos tenía sus mocasines desgastados y los sencillos zapatos de salón negros de Kumi Adachi. Aunque estaban muy cerca de él, le parecía un paisaje situado a kilómetros de distancia.

–Tú también tendrás cosas que te resultan difíciles de explicar, ¿o no?

–Creo que sí –dijo Tengo.

Kumi Adachi cruzó sus finas piernas envueltas en medias negras, sin decir nada.

–Aquella noche dijiste que habías muerto ya una vez, ¿no? –le recordó Tengo a Kumi.

–Sí. Una noche triste y solitaria de lluvia fría.

–¿Lo recuerdas?

–Sí, lo recuerdo. Y hace tiempo que sueño a menudo con eso. Siempre es exactamente el mismo sueño, muy realista. Estoy convencida de que tuvo que ocurrir.

–¿No será como una especie de metempsicosis?

–¿Metempsicosis?

–Volver a nacer. Reencarnación.

Kumi Adachi lo consideró.

–No sé. Quizá sí. O quizá no.

–¿A ti también te incineraron cuando moriste?

Kumi sacudió la cabeza.

–No lo recuerdo, porque eso sucedería después de muerta. Lo único que recuerdo es *el momento de mi muerte*. Alguien me estrangulaba. Un hombre desconocido al que nunca había visto.

–¿Recuerdas su rostro?

–Por supuesto. Lo he visto cientos de veces en el sueño. Si me lo encontrara por la calle, lo reconocería a primera vista.

–Si te lo encontraras de verdad, ¿qué harías?

Kumi Adachi se frotó la nariz con la yema del dedo. Como para comprobar que su nariz seguía allí.

–He pensado muchas veces en eso. ¿Qué haría si me lo encontrara? Tal vez echar a correr y escapar. O quizá seguirlo sin que me viera. Pero hasta que no me vea en esa situación, creo que no sabré cómo reaccionaré.

–Y si lo siguieses, ¿qué harías?

–No lo sé. Pero es como si ese hombre guardara un secreto importante sobre mí. Si todo saliese bien, quizás yo descubra ese secreto.

–¿Un secreto? ¿Qué clase de secreto?

–Por ejemplo, el motivo de por qué *estoy aquí*.

–Pero podría volver a matarte.

–Sí, es verdad. –Kumi frunció un poco los labios–. Sería arriesgado, lo sé. Supongo que lo mejor sería salir corriendo. Aun así, ese secreto me tiene fascinada. Es como los gatos: cuando ven un hueco oscuro, no pueden evitar asomarse a él.

Terminada la incineración, metieron en una pequeña urna las cenizas del padre y se la entregaron a Tengo. No sabía bien qué debía hacer ahora con ella, pero comprendió que debía cogerla él. Cargó con ella, y Kumi y él subieron al taxi.

–Del resto de los trámites ya me encargo yo –dijo Kumi Adachi. Al cabo de un rato añadió–: ¿Quieres que me ocupe también de enterrar las cenizas?

Tengo se sorprendió.

–¿Puedes hacerlo?

–¿Por qué no iba a poder? –dijo Kumi–. ¿Acaso no hay funerales a los que no asiste ningún miembro de la familia?

–La verdad es que te lo agradecería mucho –dijo Tengo. Entonces sintió cierto remordimiento, pero también alivio, y le entregó la urna a Kumi Adachi. «Nunca más volveré a ver estas cenizas», pensó en ese instante. «Sólo me quedarán recuerdos. Y esos recuerdos algún día acabarán desapareciendo convertidos en *polvo*.»

–Soy vecina del pueblo, así que puedo encargarme de eso. Tú regresa pronto a Tokio. *Nosotras* te adoramos, ya lo sabes, pero no debes quedarte demasiado tiempo en este lugar.

«Me marcho del "pueblo de los gatos"», se dijo Tengo.

–Muchas gracias por todo –volvió a decirle Tengo.

–Escucha, Tengo..., me gustaría darte un consejo, si no te importa... Ya sé que no soy quién, pero...

–Claro que no me importa.

–Puede que tu padre se haya ido al otro mundo con un secreto. Y parece que eso te aturde un poco. En parte, te comprendo. Pero es mejor que no sigas asomándote por ese hueco oscuro. Hacerlo no te llevará a ninguna parte. En vez de eso, sería mejor que pensaras en el futuro.

–Debo cerrar el agujero –dijo Tengo.

–Eso es –convino Kumi Adachi–. El búho opina igual. ¿Te acuerdas del búho?

–Claro que sí.

«El búho es el dios tutelar del bosque, lo sabe todo, y nos ofrecerá la sabiduría de la noche.»

–¿Sigue ululando allí, en medio del bosque?

–El búho no se va nunca a ninguna parte –dijo la enfermera–. Siempre está ahí.

Kumi Adachi hizo compañía a Tengo hasta que éste subió al tren que partía hacia Tateyama. Era como si necesitara comprobar con sus propios ojos que Tengo subía al tren y se marchaba de aquel pueblo. Se quedó en el andén, agitando la mano con fuerza, hasta que Tengo dejó de verla.

Llegó al piso en Kōenji a las siete de la tarde del martes. Encendió la luz, se sentó en una silla del comedor y echó un vistazo al piso. Todo estaba tal como lo había dejado el día anterior. Las cortinas estaban echadas, sin ningún resquicio, y sobre el escritorio estaban apiladas las hojas impresas de la obra que estaba escribiendo. En el lapicero había seis lápices bien afilados. La vajilla lavada seguía en el escurreplatos, junto al fregadero de la cocina. El reloj marcaba la hora sin que se oyera el tictac y el calendario de pared indicaba que el año había entrado en su último mes. El piso parecía más silencioso que de costumbre. Una pizca *demasiado* silencioso. En esa quietud se percibía algo excesivo. Pero quizá sólo fuera impresión suya. Tal vez se debía a que acababa de vivir la desaparición de un ser humano. O tal vez porque el agujero que había en el mundo todavía no estaba bien tapado.

Tras beber un vaso de agua, se dio una ducha caliente. Se lavó bien la cabeza, se limpió los oídos con bastoncillos y se cortó las uñas. Luego se puso unos calzoncillos y una camiseta limpios que sacó de un cajón. Necesitaba eliminar todos los olores de los que se había impregnado su cuerpo, los olores del «pueblo de los gatos». «*Nosotras te adoramos, ya lo sabes, pero no debes quedarte demasiado tiempo en este lugar»*, le había dicho Kumi Adachi.

No tenía hambre. No le apetecía trabajar, y tampoco abrir un libro. Ni siquiera tenía ganas de escuchar música. Se sentía agotado, pero también muy nervioso; no creía que pudiera dormir aunque se tumbase. En el silencio que lo rodeaba había algo artificial.

«Ojalá Fukaeri estuviese aquí», pensó Tengo. «No importaría lo que dijese. Cualquier cosa me valdría. Aunque hable siempre sin inflexiones y sin entonar las oraciones interrogativas como es debido.» Tan sólo quería volver a oírla hablar. Sin embargo, Tengo sabía que Fukaeri jamás volvería a aquel piso. No se explicaba cómo lo sabía, pero ya nunca más volvería. Quizás.

Quería hablar con alguien, le daba igual con quién. Deseó poder hablar con Kyōko Yasuda, la mujer mayor que él, pero no podía llamarla. Además de no saber su número, el hombre que llamó le había dicho que *se había perdido*.

Telefoneó a la editorial, al número directo del despacho de Komatsu. Pero nadie atendió la llamada. Después de quince tonos, se resignó y colgó.

«¿A quién más podría llamar?», pensó Tengo. No se le ocurrió nadie. Pensó en telefonear a Kumi Adachi, pero cayó en la cuenta de que no tenía su número.

Luego pensó en ese agujero oscuro que seguía abierto en algún lugar del mundo. No era grande, pero sí profundo. «Si me asomase por él y gritase, ¿todavía podría conversar con mi padre? ¿Me contaría la verdad un muerto?»

«Hacerlo no te llevará a ninguna parte», le había dicho Kumi Adachi. «En vez de eso, sería mejor que pensaras en el futuro.»

«Pero no estoy de acuerdo», pensó Tengo. «Porque no sólo se trata de eso. Saber el secreto quizá no me conduzca a ninguna parte, pero, aun así, debo descubrir por qué es así, por qué no puede conducirme a ningún lado. Quizás entonces, si supiese el motivo, podría ir a *alguna parte*.

»No importa si eras o no mi verdadero padre», dijo Tengo dirigiéndose al agujero oscuro. «Da igual. Sea como sea, has muerto y te has ido con una parte de mí; y yo sigo vivo y me he quedado con una parte de ti. Este hecho nunca cambiará, compartamos sangre o no. Ha transcurrido demasiado tiempo y el mundo ha ido avanzando.»

Le pareció oír el ulular de un búho fuera, pero, a todas luces, sus oídos le engañaban.

–No es tan fácil morir –dijo una voz masculina. Como si hubiera leído sus pensamientos–. Sólo has perdido la conciencia un rato. Pero te acercaste mucho...

No conocía esa voz. Era neutra e inexpresiva. Ni aguda ni grave. Ni dura ni meliflua. La clase de voz que informa de la hora de salida de los aviones o del estado de la Bolsa.

Ushikawa, aturdido, se preguntó qué día sería. «Debe de ser lunes, lunes por la noche. Aunque quizás ya estemos a martes.»

–Ushikawa –dijo el hombre–. Puedo llamarte así, ¿no?

Ushikawa se quedó callado. Siguieron unos veinte segundos de silencio. A continuación, sin previo aviso, el hombre le asestó un puñetazo en el riñón izquierdo. Insonoro pero contundente. Un dolor agudo le recorrió todo el cuerpo. Las vísceras se le contrajeron y, hasta que el dolor remitió, fue incapaz de respirar. Por fin, al cabo de un rato, pudo al menos jadear.

–Te he hecho una pregunta educadamente. Quiero que me contestes. Si todavía te cuesta hablar, basta con que afirmes o niegues con la cabeza. Es lo que se llama buenos modales –dijo el hombre–. ¿Puedo llamarte Ushikawa?

Ushikawa asintió varias veces con la cabeza.

–Ushikawa. Un apellido fácil de recordar. Me he tomado la licencia de echarle un vistazo a la cartera que tenías en el pantalón. Llevas el carné de conducir y una tarjeta de visita. «Presidente titular de la fundación Nueva Asociación para el Fomento de las Ciencias y las Artes de Japón». ¡Vaya cargazo gastas, Ushikawa! Pero ¿qué hace el señor presidente titular de una fundación en un sitio como éste, escondido y con una cámara camuflada?

Ushikawa se quedó callado. Todavía era incapaz de articular palabra.

—Te aconsejo que contestes —dijo el hombre—. Cuando te revientan los riñones, el dolor te acompaña toda la vida.

—Vigilaba a un inquilino —dijo por fin con voz quebrada. Como le habían vendado los ojos, tuvo la impresión de que no era su propia voz.

—Te refieres a Tengo Kawana, ¿no?

Ushikawa asintió.

—Tengo Kawana, el negro de la novela *La crisálida de aire.*

Ushikawa volvió a asentir y luego emitió un pequeño carraspeo. «Este hombre lo sabe todo.»

—¿Quién te pidió que lo vigilaras? —preguntó el hombre.

—Vanguardia.

—Eso ya me lo imaginaba, Ushikawa. Mi pregunta es: ¿por qué quiere la organización vigilar los movimientos de Tengo Kawana? No veo qué importancia puede tener ahora para ellos.

Ushikawa pensó a toda prisa, tratando de adivinar de dónde había salido aquel hombre y cuánto sabía. Ignoraba quién era, pero estaba claro que no lo había enviado la organización. Sin embargo, desconocía si eso era bueno o malo para él.

—Te he hecho una pregunta —dijo el hombre. Y presionó el riñón izquierdo de Ushikawa con la punta de un dedo. Con fuerza.

—Está... relacionado con una mujer —dijo Ushikawa gimoteando.

—¿Cómo se llama?

—Aomame.

—¿Por qué siguen a Aomame? —preguntó el hombre.

—Porque le hizo algo muy grave al líder de la comunidad.

—Le hizo algo muy grave... —dijo el hombre como si reflexionara sobre cada palabra—. Simplifiquemos un poco: quieres decir que lo mató, ¿no?

—Eso es —dijo Ushikawa. Había comprendido que no podía ocultarle nada. Tarde o temprano le haría cantar.

—Pero eso no se ha hecho público.

—Se mantiene en secreto dentro de la comunidad.

—¿Cuánta gente de Vanguardia lo sabe?

—Un puñado.

—Y tú estás con ellos.

Ushikawa asintió.

—Así que ocupas una posición bastante importante dentro de la organización.

–No –dijo Ushikawa moviendo el cuello. Al hacerlo, le dolió el riñón que el hombre le había golpeado–. Yo sólo soy un mandado. Me enteré por casualidad.

–Estabas en el lugar equivocado en el momento equivocado. ¿Es eso lo que quieres decir?

–Supongo que sí.

–Por cierto, Ushikawa, ¿actúas solo?

Ushikawa asintió.

–¿No es un poco raro? En operaciones de vigilancia y seguimiento se trabaja en equipo. Si contamos al encargado de suministros, se necesitan al menos tres personas. Y tú cuentas con el apoyo de Vanguardia pero trabajas solo. Decididamente, no me gusta nada esa respuesta.

–No soy miembro de Vanguardia –dijo Ushikawa. Ya no jadeaba y parecía que por fin podía hablar con normalidad–. Sólo me han contratado. Me llaman cuando necesitan a alguien de fuera.

–¿En calidad de presidente de la fundación Nueva Asociación para el Fomento de las Ciencias y las Artes de Japón?

–Es una fundación fantasma. No existe. Vanguardia la creó por temas de impuestos. Yo trabajo por mi cuenta y ellos me hacen encargos.

–Una especie de mercenario.

–No. Sólo recabo información cuando me lo piden. Si hay que recurrir a la violencia, llaman a otros.

–Entonces vigilabas a Tengo Kawana e informabas a la comunidad sobre su vínculo con Aomame, ¿no, Ushikawa?

–Sí.

–¡Mal! –dijo el hombre–. Respuesta incorrecta. Si la comunidad supiera que existe una conexión entre Aomame y Tengo, no te habrían encargado de su vigilancia. Habrían formado un equipo con sus hombres. De ese modo, cometerían pocos errores y podrían recurrir a la fuerza con eficacia.

–Pero es la verdad. Yo únicamente sigo sus órdenes. Ni siquiera yo sé por qué me lo encargaron a mí solo. –La voz volvía a quebrársele y de vez en cuando soltaba un gallo.

«Si averigua que Vanguardia todavía no está al tanto de la relación entre Aomame y Tengo, me eliminará sin pensárselo dos veces», razonó Ushikawa. «Matándome, se asegurará de que nadie más va a enterarse.»

–No me gustan las respuestas incorrectas –dijo el hombre con frialdad–. Ushikawa, supongo que lo sabes y que hasta *lo sientes en el cuerpo*. Podría volver a darte en el mismo riñón. Pero si lo hiciera a conciencia, quizá me duela un poco la mano, y destrozarte los riñones no es lo que me ha traído hasta aquí. No tengo nada contra ti, ¿sabes? Pero sólo quiero una cosa: obtener respuestas correctas. Así que ahora abordaré el asunto de otro modo: te enviaré al fondo del mar.

«¿Al fondo del mar?», pensó Ushikawa. «¿De qué está hablando?»

El hombre pareció sacar algo del bolsillo. Se oyó como si arrugaran algo de plástico y entonces Ushikawa notó que le ponían algo en la cabeza. Una bolsa de plástico. Parecía una de esas bolsas gruesas para congelar alimentos. Luego le pasó una goma grande alrededor del cuello. «Quiere asfixiarme», comprendió Ushikawa. Al intentar tomar aire, le entró plástico en la boca, y también se le taponaron los orificios de la nariz. Sus dos pulmones reclamaron aire, en vano. El plástico se le pegó a la cara, convirtiéndose literalmente en una máscara mortuoria. Poco después, todos sus músculos empezaron a sufrir violentas convulsiones. Ushikawa intentó estirar los brazos y arrancarse la bolsa, pero sus manos no respondieron: estaban fuertemente atadas detrás de la espalda. El cerebro se le infló como un globo a punto de reventar. Trató de gritar. Aire, necesitaba aire. Sin embargo, no salió ningún sonido. Su lengua se hinchó y se extendió por toda la boca. El cerebro le desbordaba de la cabeza y se desparramaba.

Al poco rato, el hombre soltó la goma del cuello y le quitó la bolsa de la cabeza. Desesperado, Ushikawa boqueó para inspirar todo el aire que pudo. Luego, durante unos minutos, jadeó al tiempo que arqueaba el cuerpo, igual que un animal que intenta morder algo que no está a su alcance.

–¿Qué tal el fondo del mar? –preguntó el hombre tras esperar a que la respiración de Ushikawa se regulara. Su voz seguía sin alterarse–. Has ido bastante lejos. Me imagino que habrás visto cosas que nunca habías visto. Una gran experiencia.

Ushikawa fue incapaz de decir nada. No le salía la voz.

–Te lo repetiré: busco respuestas correctas. Así que te lo voy a preguntar otra vez. ¿Te pidieron que vigilaras a Tengo Kawana y que investigaras su conexión con Aomame? Es muy importante. Está en juego una vida humana. Piénsalo bien y responde como es debido. Si mientes, lo notaré.

—Ellos no lo saben —dijo por fin Ushikawa.

—¡Bien! Respuesta correcta. La comunidad no está al tanto de que existe un vínculo entre los dos. Todavía no se lo has dicho, ¿verdad?

Ushikawa asintió.

—Si hubieras contestado correctamente a la primera, no habría tenido que enviarte al fondo del mar. Desagradable, ¿eh?

Ushikawa asintió.

—Lo sé. Yo también he estado allí —dijo el hombre como si hablara del tiempo que iba a hacer—. Quien no lo ha vivido no sabe lo que se sufre. Y con el sufrimiento no puede uno andarse con generalizaciones. Cada dolor tiene sus características. Reformulando un poco la célebre frase de Tolstói, el placer es siempre más o menos parecido, pero en cada dolor hay matices muy sutiles. No diré que uno puede llegar a «degustarlos», pero casi, ¿no crees?

Ushikawa asintió con la cabeza. Todavía se quedaba a veces sin aliento. El hombre prosiguió:

—Así que a partir de ahora vamos a hablar francamente, con el corazón en la mano, sin ocultar nada, ¿te parece bien, Ushikawa?

Ushikawa asintió.

—Si vuelvo a recibir otra respuesta incorrecta, te llevo de paseo al fondo del mar. Esta vez, un paseo más largo, para disfrutar un poco más de él. Hasta el límite. ¿Quién sabe? A lo mejor no regresas. Supongo que no querrás que eso ocurra, ¿no?

Ushikawa sacudió la cabeza.

—Creo que tenemos algo en común —dijo el hombre—. Por lo que veo, los dos somos lobos solitarios. O perros descarriados. Hablando en plata, parias que no encajan en esta sociedad. Nunca nos hemos habituado a las organizaciones y, de hecho, nunca nos han aceptado en ninguna de ellas. Vamos a nuestro aire. Decidimos solos, actuamos solos y asumimos solos la responsabilidad. Recibimos órdenes de arriba pero no tenemos compañeros ni subordinados. Tan sólo dependemos de nuestro ingenio y de nuestra maña. ¿No tengo razón?

Ushikawa asintió.

—Es nuestro punto fuerte y, al mismo tiempo, nuestro punto débil. A ti, por ejemplo, las ansias de éxito te han llevado a precipitarte un poco. Intentabas solucionarlo todo por ti mismo, sin informar a Vanguardia. Querías hacer méritos y dárselo todo hecho. Y entonces has bajado la guardia. ¿O no?

Ushikawa volvió a asentir.

–Pero, dime, ¿por qué llegaste a este extremo?

–Porque el líder murió por mi culpa.

–¿Por qué?

–Yo investigué a Aomame antes de que se reuniese con el líder. No encontré nada sospechoso.

–Sin embargo, ella se acercó al líder con intención de asesinarlo y acabó cargándoselo. Metiste la pata y sabes que, tarde o temprano, tendrás que responder de ello. Eres un agente externo de usar y tirar. Ahora mismo sabes más de la cuenta. Si quieres sobrevivir, debes entregarles la cabeza de Aomame. Es eso, ¿no?

Ushikawa asintió.

–Lo siento –dijo el hombre.

«¿Lo siento?» Ushikawa le dio vueltas en su deforme cabeza al significado de esas palabras. Entonces ató cabos.

–¿Vosotros organizasteis el asesinato del líder? –preguntó Ushikawa.

El hombre no contestó. Pero tampoco lo negó, y Ushikawa comprendió que ya le había contestado con su silencio.

–¿Qué piensas hacer conmigo? –preguntó.

–Eso es. ¿Qué haré? La verdad es que aún no lo he decidido. Lo pensaré con calma. Según cómo te portes –dijo Tamaru–. Todavía tengo algunas preguntas que hacerte.

Ushikawa asintió.

–Quiero que me des el número de teléfono de tu contacto en Vanguardia. Me imagino que dependerás de alguien.

Ushikawa titubeó, pero al final le dio el número. Su vida pendía de un hilo; no iba a negarse. Tamaru lo anotó.

–¿Cómo se llama?

–No sé su nombre –mintió Ushikawa. Pero a Tamaru no pareció importarle.

–¿Son tipos duros?

–Bastante.

–Pero no llegan a profesionales.

–Son competentes. Obedecen a sus superiores sin rechistar. Pero no son profesionales.

–¿Qué sabes de Aomame? –dijo Tamaru–. ¿Has averiguado dónde se esconde?

Ushikawa sacudió la cabeza.

–Todavía no. Por eso vigilaba a Tengo Kawana. Si supiera dónde se encuentra Aomame, ahora yo estaría allí.

–Tiene sentido –dijo Tamaru–. Por cierto, ¿cómo has descubierto la relación entre Aomame y Tengo?

–Trabajo de campo.

–Explícate.

–Investigué en la vida de Aomame. Me remonté a su infancia. Iba a un colegio público de Ichikawa. Tengo también es de Ichikawa, así que me olí algo. Y efectivamente: en el colegio me enteré de que fueron dos años a la misma clase.

Tamaru emitió un pequeño gruñido, como el ronroneo de un gato, con el fondo de la garganta.

–Vaya, pues sí que has puesto empeño en la investigación. Te habrá dado bastante trabajo. Impresionante.

Ushikawa se quedó callado. De momento no le había hecho ninguna pregunta.

–Volveré a preguntártelo –dijo Tamaru–: En estos momentos eres el único que conoce el vínculo entre Aomame y Tengo, ¿sí o no?

–Tú también lo sabes.

–Aparte de mí, dime, ¿quién más?

Ushikawa asintió.

–Soy el único que lo sabe, sí.

–No me estarás mintiendo, ¿verdad?

–No miento.

–A propósito, ¿sabes que Aomame está embarazada?

–¿Embarazada? –dijo Ushikawa. Su voz traslució asombro–. ¿De quién es la criatura?

Tamaru no le contestó.

–¿De veras no lo sabías? –dijo al fin.

–No. No miento.

Tamaru consideró en silencio si Ushikawa era sincero o no. Luego le habló:

–De acuerdo. Supongo que es verdad que no lo sabías. Te creeré. Por cierto, has estado merodeando por la Villa de los Sauces de Azabu. Eso no lo negarás, ¿no?

Ushikawa negó con la cabeza.

–¿Por qué fuiste allí?

–La dueña de la mansión frecuentaba el club de deportes de lujo y Aomame era su entrenadora personal. Parecía que las dos mantenían una relación de amistad. Por otra parte, la mujer había montado una casa de acogida para mujeres maltratadas junto a su mansión.

Estaba muy bien protegida. Demasiado. Supuse que a lo mejor escondía a Aomame en la casa de acogida.

–¿Y?

–Tras darle vueltas, cambié de idea. Esa mujer tiene mucho dinero e influencia. Si quisiera tener escondida a Aomame, no lo haría cerca de ella. La mantendría lo más lejos posible. Así que dejé de buscar en la mansión de Azabu y me centré en Tengo.

Tamaru volvió a emitir un pequeño gruñido.

–Además de tener bastante buen olfato, piensas con lógica. Y eres paciente. Es una pena que sólo seas un mandado. ¿Llevas mucho tiempo haciendo estos trabajos?

–Yo era abogado.

–Vaya, y seguro que eras bueno. Pero te dejaste llevar y, en cierto momento, diste un resbalón y caíste. Y ahora, por cuatro perras, haces trabajos rastreros para un nuevo movimiento religioso. Es así, ¿no es cierto?

–Eso es –dijo Ushikawa.

–Qué se le va a hacer –dijo Tamaru–. No es fácil sobrevivir cuando uno es un paria y depende sólo de sus propias fuerzas. El día menos pensado, aunque parezca que todo vaya bien, caemos. El mundo está hecho así. –Apretó los puños e hizo crujir los nudillos con un ruido seco y siniestro–. ¿Le has hablado a la comunidad de la Villa de los Sauces?

–No –se sinceró Ushikawa–. Sospechaba que la mansión ocultaba algo, pero sólo eran suposiciones. Estaba demasiado bien vigilada para conseguir pruebas.

–Me alegro –dijo Tamaru.

–Seguro que la seguridad estaba a tu cargo, ¿no?

Tamaru no respondió. Era él quien hacía las preguntas y no tenía por qué contestarle.

–Por ahora no me has mentido –dijo Tamaru–. Al menos en líneas generales. Cuando a uno lo sumergen hasta el fondo del mar, se le quitan las ganas de mentir. Si mintieses, te lo notaría en la voz. Por el miedo.

–No miento –dijo Ushikawa.

–Eso está bien –dijo Tamaru–. Nadie quiere sufrir más de lo necesario. Por cierto, ¿conoces a Carl Jung?

Involuntariamente, Ushikawa frunció el ceño bajo la venda. «¿Carl Jung? ¿De qué narices quiere hablarme este tipo?»

–¿Jung, el psicólogo?

–Exacto.

–Más o menos –dijo Ushikawa con cautela–. Nació en Suiza a finales del siglo XIX. Fue discípulo de Freud, pero luego se apartó de él. El inconsciente colectivo. No sé más.

–Bien –dijo Tamaru.

Ushikawa esperó a que prosiguiera.

–Carl Jung llevaba una vida acomodada con su familia en una majestuosa casa situada en una tranquila área residencial de lujo a orillas del lago de Zurich, en Suiza. Pero necesitaba un lugar aislado para poder entregarse a sus pensamientos. Entonces encontró unos terrenos a orillas del lago, en un lugar apartado llamado Bollingen, y se construyó una pequeña casa. Nada parecido a una casa de campo. Él mismo edificó, piedra a piedra, una vivienda redonda de techo alto. Sacaba las piedras de una cantera cercana. Como por aquel entonces en Suiza se necesitaba el título de cantero para poder construir con piedra, Jung se sacó el título. También entró en el gremio. Construir la casa con sus propias manos era algo sumamente relevante. Al parecer, la muerte de su madre influyó en gran medida en su decisión de construir la casa. –Tamaru hizo una breve pausa–. A la edificación la llamaban «la Torre». La diseñó basándose en las cabañas de las aldeas que había visitado en un viaje a África. Dispuso un espacio interior sin divisiones en el que se pudiera hacer vida. Era una vivienda muy sencilla. Consideraba que para vivir no hacía falta nada más. No tenía electricidad, gas ni agua corriente. El agua la recogía de una montaña cercana. Sin embargo, más tarde llegó a la conclusión de que aquello no era más que un arquetipo. Al poco tiempo, tuvo que hacer separaciones, dividirla, construir dos pisos y, luego, añadirle algún ala. En las paredes, además, pintó dibujos. Todo aquello ilustraba las divisiones y el desarrollo de su propia psique; la casa era, por así decirlo, como un mandala tridimensional. Necesitó unos doce años para poder verla más o menos terminada. Es una edificación muy interesante para los estudiosos de Jung. ¿Habías oído hablar de todo esto?

Ushikawa negó con la cabeza.

–La casa junto al lago sigue aún en pie. La custodian los descendientes de Jung, pero como, por desgracia, no está abierta al público, no se puede visitar por dentro. Dicen que, en la entrada de la Torre original, hay una piedra en la que Jung cinceló con sus propias manos una frase que viene a decir más o menos así: «Haga frío o no, Dios está aquí». –Tamaru volvió a hacer una pausa–. «Haga frío o no, Dios está aquí» –repitió en un tono sereno–. ¿Entiendes qué quiere decir?

Ushikawa sacudió la cabeza.

–No, no lo entiendo.

–¿Verdad que no? Yo tampoco sé muy bien qué quería decir. Es una idea compleja que escapa a mi comprensión. Pero el caso es que en la entrada de la casa que él mismo diseñó y levantó con sus manos, piedra a piedra, Carl Jung vio la necesidad de coger el cincel y transmitir ese mensaje. No sé por qué, pero hace ya mucho tiempo que me siento fuertemente atraído por esas palabras. A pesar de no entender lo que significan, esa dificultad hace que resuenen más profundamente en mi corazón. Yo no sé mucho de Dios. Mejor dicho, estuve internado en un orfanato que llevaban curas católicos donde las pasé canutas y por eso nunca he tenido una imagen demasiado buena de Dios. Y allí siempre hacía frío. Incluso en pleno verano. Una de dos: o hacía bastante frío o hacía un frío que pelaba. Si existe un Dios, no se puede decir que haya sido demasiado bueno conmigo. Y sin embargo esas palabras han calado hondo entre los pequeños pliegues de mi alma. A veces cierro los ojos y las repito una y otra vez en mi mente. Por alguna extraña razón, me calman. «Haga frío o no, Dios está aquí.» ¿Podrías decirlas un momento en alto?

–«Haga frío o no, Dios está aquí» –dijo en voz baja Ushikawa, que seguía sin entenderlas.

–No se te oye.

–«Haga frío o no, Dios está aquí» –repitió Ushikawa lo más claro que pudo.

Con los ojos cerrados, Tamaru saboreó un rato el regusto que dejaban en él aquellas palabras. Después respiró profundamente y expulsó el aire, como si por fin hubiera tomado una determinación. Abrió los ojos y se observó las manos. Llevaba unos finos guantes de látex de cirujano para no dejar huellas.

–Lo siento –dijo tranquilamente Tamaru, y en su voz se percibió cierta solemnidad.

Cogió de nuevo la bolsa de plástico y se la puso a Ushikawa en la cabeza. Luego le pasó la gruesa goma alrededor del cuello. Sus movimientos eran ágiles y decididos. Ushikawa trató de hablar para impedirle que siguiera, pero las palabras no salieron de su boca ni, por lo tanto, llegaron a oídos de nadie. «¿Por qué?», se preguntó Ushikawa, mientras la bolsa de plástico lo dejaba sin resuello. «He sido sincero y le he contado todo lo que sé. ¿Por qué tiene que matarme?»

Poco antes de que le estallara la mente, recordó su pequeña casa en Chūōrinkan y a sus dos hijas. Luego pensó en el perro con pedigrí. Nunca le había gustado aquel chucho pequeño y alargado; tampoco él le había gustado nunca al perro. Era un animal tonto, que no dejaba de ladrar. Mordía la alfombra y se meaba en las baldosas nuevas recién puestas. Nada que ver con el inteligente perro mestizo que había criado de pequeño. A pesar de todo, lo último que se le pasó por la cabeza fue aquel maldito chucho correteando por el césped del jardín.

Tamaru miraba de reojo cómo el rechoncho cuerpo atado de Ushikawa se retorcía violentamente sobre el tatami, igual que un gran pez arrojado al suelo. Puesto que le había atado los brazos de manera que se le arqueaba la espalda hacia atrás, por más que forcejease no se movería y ningún ruido llegaría a los pisos contiguos. Sabía que era una muerte espantosa. Pero también era uno de los métodos más eficaces y limpios de matar. No se oían gritos ni corría sangre. Su vista fue siguiendo el segundero de su reloj de submarinismo Tag Heuer. Pasados tres minutos, cesaron los violentos espasmos. Se convulsionó ligeramente, como respondiendo a cierta resonancia, y al cabo de poco tiempo quedó completamente inmóvil. Tamaru siguió el segundero durante tres minutos más. Luego le puso los dedos en el cuello y comprobó que todo indicio de vida se había apagado. Olía un poco a orina. De nuevo, Ushikawa había sido incapaz de contenerse. Esta vez su vejiga se había vaciado por completo. No podía reprochárselo, teniendo en cuenta lo que había sufrido.

Liberó la goma del cuello y le quitó la bolsa de plástico de la cabeza. Una parte de la bolsa se le había introducido en la boca. Ushikawa estaba muerto, con los ojos abiertos de par en par y la boca también abierta y torcida. Su dentadura, sucia e irregular, quedó expuesta de tal forma que también se le veía la lengua, cubierta de un musgo verde. Un rictus propio de un cuadro de Munch. La deformidad natural de su cabeza se acentuaba aún más. Debía de haber sufrido una barbaridad.

–Lo siento –dijo Tamaru–. No lo he hecho por gusto.

Presionando con los dedos de ambas manos, Tamaru le relajó los músculos de la cara y le colocó bien la mandíbula para darle a su rostro un aspecto un poco más presentable. Con una toalla que encontró en la cocina le limpió la baba alrededor de la boca. Aunque le llevó tiempo, su apariencia mejoró mucho. Al menos a uno no le daban ganas de apartar la vista. Sin embargo, por más que lo intentó, no logró cerrarle los párpados.

—Como Shakespeare escribió —dijo Tamaru en un tono tranquilo dirigiéndose a aquella pesada y deforme cabeza—: «El que muere hoy, no habrá de morir mañana. Así que intentemos ver el lado bueno de cada uno».

¿Era de *Enrique IV* o quizá de *Ricardo III*? Pero eso a Tamaru no le importaba, y no creía que Ushikawa tuviera demasiado interés por conocer la fuente exacta de la cita. Tamaru le desató pies y manos. Con una cuerda blanda de tela, lo había atado de manera que no dejara marcas en la piel. Recogió la cuerda, la bolsa de plástico y la goma y las metió en una bolsa que había traído. Tras mirar por encima las pertenencias de Ushikawa, cogió todas las fotografías que había sacado. También se llevó la cámara y el trípode. Si se supiera que Ushikawa había estado vigilando a alguien, surgirían problemas. Se preguntarían a quién demonios espiaba y, tal vez, el nombre de Tengo Kawana saliera a relucir. También recogió un cuaderno lleno de anotaciones. No quedó nada importante. Sólo el saco de dormir, algunas provisiones, ropa de muda, una cartera y unas llaves, y el miserable cadáver de Ushikawa. Por último cogió de la cartera unas cuantas tarjetas de visita, de esas en las que figuraba como presidente de la Nueva Asociación para el Fomento de las Ciencias y las Artes de Japón, y se las metió en el bolsillo del abrigo.

—Lo siento —le dijo una vez más a Ushikawa antes de marcharse.

Entró en una cabina próxima a la estación, introdujo una tarjeta telefónica en la ranura y llamó al número que Ushikawa le había dado. Era un número de Tokio, quizá de Shibuya. Al sexto tono, atendieron la llamada.

Sin preámbulos de ningún tipo, Tamaru dio al tipo que descolgó el teléfono la dirección y el número del piso de aquel edificio en Kōenji.

—¿Lo has apuntado? —dijo Tamaru.

—¿Podría repetirlo una vez más?

Tamaru lo repitió. Al otro lado de la línea lo anotaron y lo leyeron de nuevo.

–El señor Ushikawa está ahí –anunció Tamaru–. Conoces al señor Ushikawa, ¿no?

–¿El señor Ushikawa? –dijo quien estaba al otro lado de la línea.

Tamaru hizo oídos sordos y prosiguió.

–El señor Ushikawa está ahí y, desgraciadamente, ya no respira. Por lo que he visto, no ha fallecido de una muerte natural. En su cartera había unas cuantas tarjetas de visita que ponen: «Presidente titular de la fundación Nueva Asociación para el Fomento de las Ciencias y las Artes de Japón». Si la policía las encontrase, tarde o temprano llegaría hasta vosotros. Imagino que, en los tiempos que corren, eso os causaría algún que otro problema. Será mejor que lo despachéis cuanto antes. Eso se os da bien, ¿no?

–¿Quién es usted?

–Un amable informador –dijo Tamaru–. A mí, como a vosotros, no me gusta demasiado la policía.

–¿No ha sido de muerte natural, dice?

–Al menos no ha muerto de viejo, y tampoco ha tenido precisamente una muerte apacible.

Al otro lado de la línea guardaron silencio.

–¿Y qué hacía allí el señor Ushikawa?

–No lo sé. Tendría que preguntárselo a él, pero como le he dicho hace un momento, en el estado en que se encuentra no podrá responderle.

Hubo una pausa.

–¿Tiene usted alguna relación con la joven que acudió al Hotel Okura?

–No esperes una respuesta a esa pregunta.

–Yo soy una de las personas que se encontró con ella en el hotel. Dígaselo y sabrá quién soy. Me gustaría comunicarle algo.

–Te escucho.

–No tenemos intención de hacerle daño –declaró el otro.

–Creía que andabais desesperados detrás de ella.

–Efectivamente. Hemos estado buscándola todo este tiempo.

–Pero no pretenden hacerle ningún daño –dijo Tamaru–. ¿Y el motivo?

Antes de la respuesta, hubo un breve silencio.

–Digamos, para resumir, que la situación cambió a partir de determinado momento. Por supuesto, lamentamos profundamente la muerte del líder. Pero eso ya ha quedado atrás, es un asunto cerrado. El líder estaba enfermo y, en cierto sentido, él mismo deseaba poner fin a su vida. Ya no la perseguimos por eso. Ahora sólo queremos hablar con ella.

—¿Acerca de qué?

—Acerca de intereses comunes.

—Serán *vuestros* intereses. Y, aunque necesitéis hablar con ella, puede que ella no quiera.

—Debería haber margen para negociar. Tenemos cosas que ofrecerle. Por ejemplo, libertad y seguridad. Además de conocimientos e información. ¿No podríamos mantener una conversación en algún lugar neutral? No importa el sitio; iremos donde ustedes nos indiquen. Les garantizamos seguridad. No sólo a ella, sino a todos los implicados. Nadie tiene que seguir huyendo. No hace falta. Creo que una reunión beneficiaría a ambas partes.

—Eso es lo que tú dices —repuso Tamaru—. Pero no existe ningún motivo para fiarse de esa propuesta.

—En cualquier caso, ¿podría transmitirle el mensaje a la señora Aomame? —dijo el otro en tono paciente—. El asunto es apremiante y nosotros todavía estamos dispuestos a transigir. Si necesita pruebas concretas de nuestras buenas intenciones, se las proporcionaremos. Puede contactar con nosotros en cualquier momento llamando a este número.

—¿No podrías darme algún detalle más? ¿Por qué ella es tan importante para vosotros? ¿Ha pasado algo para que la situación haya cambiado?

Su interlocutor tomó aire y luego habló:

—La comunidad necesita seguir escuchando la voz. Para nosotros es como un pozo fecundo. No podemos perderla. Eso es todo que le puedo decir.

—Necesitan hablar con ella para preservar ese pozo.

—No es fácil de explicar, pero puedo decirle que sí, que tiene que ver con eso.

—¿Y qué ocurre con Eriko Fukada? ¿Ya no la necesitáis?

—En este momento no nos hace falta para nada. Nos da igual dónde esté y lo que haga. Su cometido ha terminado.

—¿Qué cometido?

—Es un asunto delicado —dijo el otro tras una breve pausa—. Discúlpeme, pero no puedo revelarle más detalles.

—Deberíais considerar vuestra situación —dijo Tamaru—. Ahora mismo, en este partido nos toca sacar a nosotros y, créeme, tenemos un servicio muy potente. Para empezar, podemos contactar con vosotros cuando queramos; vosotros, no. Ni siquiera sabéis quiénes somos. ¿Cierto?

–Cierto. En este momento ustedes tienen el control. Ni siquiera sé quién es usted. Pero créame si le digo que no puedo darle más detalles por teléfono. De hecho, ya le he contado demasiado. Quizá más de lo que me está autorizado.

Tamaru guardó silencio.

–Vale. Pensaremos en tu propuesta. Puede que os llame más tarde.

–Estaremos esperándolo –dijo el hombre–. Insisto en que no es mal negocio para nadie.

–¿Y si ignorásemos o rechazásemos la propuesta?

–En ese caso, no tendríamos más remedio que actuar a nuestra manera. Tenemos más poder del que imagina. Aunque nos pese, las cosas podrían ponerse muy feas para ustedes. No saldrían ilesos. Digamos que la situación tomaría un cariz poco agradable para ambas partes.

–Puede ser. Pero creo que llevaría tiempo llegar a ese extremo. Y, como decías, el asunto es apremiante.

El otro carraspeó ligeramente.

–Tal vez lleve tiempo. O puede que no demasiado.

–No lo sabrás hasta que ocurra.

–En efecto –dijo el individuo–. Pero no olvide una cosa: les toca sacar a ustedes, pero me da la impresión de que todavía no conocen bien las reglas básicas del juego.

–Eso tampoco lo sabrás hasta que probemos.

–Si probamos y no sale bien, será un desastre.

–Para los dos –dijo Tamaru.

Se produjo un breve y significativo silencio.

–¿Qué vais a hacer entonces con el señor Ushikawa? –preguntó Tamaru.

–Recogerlo y traerlo lo más pronto posible. Puede que esta noche.

–La puerta del apartamento no está cerrada con llave.

–Eso es de agradecer –dijo el hombre.

–Por cierto, ¿vais a lamentar también la muerte de Ushikawa?

–Aquí siempre lamentamos profundamente la muerte de cualquier persona, sea quien sea.

–Más os vale. Era un tipo bastante competente.

–Pero no lo *bastante,* ¿no cree?

–Nadie, por más competente que sea, vive para siempre.

–Eso es lo que usted cree –dijo el otro.

–Por supuesto –contestó Tamaru–. Es lo que creo. ¿Acaso no piensas igual?

–Esperamos su llamada –dijo el otro en un tono frío, sin responder a la pregunta.

Tamaru colgó. No era necesario seguir hablando. Si hiciese falta, ya volvería a llamarlos. Al salir de la cabina, se dirigió hasta donde había aparcado el coche. Era un vehículo discreto: un antiguo Toyota Corolla de color azul marino oscuro. Condujo aproximadamente un cuarto de hora, se detuvo delante de un parque desierto y, tras comprobar que nadie lo miraba, tiró la bolsa con la cuerda y la goma en una papelera. También se deshizo de los guantes quirúrgicos.

–De modo que lamentan profundamente la muerte de cualquier persona... –murmuró Tamaru mientras encendía el motor y se abrochaba el cinturón de seguridad. «Me alegro», pensó. «Todas las muertes merecen que se las lamente. Aunque sea por poco tiempo.»

El martes, poco después del mediodía, sonó el teléfono. Sentada sobre la colchoneta de yoga, Aomame estiraba el psoas-iliaco con las piernas bien abiertas, un ejercicio más duro de lo que parecía a simple vista. La camiseta empezaba a humedecerse con el sudor. Aomame interrumpió el ejercicio y, mientras se secaba la cara con una toalla, atendió la llamada.

–El cabezón ya no está en el edificio. –Como siempre, Tamaru fue directo al grano, sin prolegómenos. Ni siquiera dijo «hola».

–¿Ya no está?

–Se ha ido. Lo he convencido.

–Lo has convencido –repitió Aomame. Se dijo que tal vez Tamaru lo había echado del edificio con cierta violencia.

–Y el Kawana que vive en ese edificio es el Tengo Kawana al que buscas.

El mundo alrededor de Aomame empezó a expandirse y contraerse. Igual que su propio corazón.

–¿Me estás escuchando? –preguntó Tamaru.

–Sí.

–Pero Tengo se ha ido. Pasará unos días fuera.

–¿Se encuentra bien?

–No está en Tokio, pero sí, al parecer se encuentra bien. El cabezón alquiló un piso en el bajo del mismo edificio y estaba esperando a que tú aparecieses. Había instalado una cámara fotográfica dirigida hacia el portal.

–¿Me sacó fotos?

–Tres. Como era de noche, llevabas visera y gafas y el fular subido, no se distinguen tus rasgos. Pero no hay duda de que eres tú. Si hubieras ido otra vez, seguramente las cosas se habrían complicado.

–Entonces he acertado dejándolo en tus manos, ¿no?

–Si es que se puede acertar en algo así...

–En todo caso, ya no tengo que preocuparme por él.

–Ya no podrá hacerte ningún daño.

–Porque *lo has convencido*.

–Hubo un momento en que tuve que apretarle un poco las tuercas, pero al final lo convencí –dijo Tamaru–. También he recuperado las fotografías. El hombre esperaba a que aparecieses, y Tengo no era más que el cebo. Así que ya no tienen ningún motivo para causarle daño a Tengo Kawana. En principio, está a salvo.

–Me alegro –dijo Aomame.

–Tengo da clases de matemáticas en Yoyogi, en una academia preparatoria para la universidad. Parece un buen profesor, pero sólo trabaja unos pocos días a la semana, así que no debe de ganar demasiado. Sigue soltero y lleva una vida modesta en ese viejo edificio.

Al cerrar los ojos sentía los latidos del corazón dentro de sus oídos. La frontera entre el mundo y ella se había desdibujado.

–Aparte de trabajar de profesor, escribe. Está escribiendo una novela, una obra larga. Lo de *La crisálida de aire* no fue más que un encargo, pero él tiene ambiciones literarias, lo cual es bueno. Una ambición comedida hace crecer a las personas.

–¿Cómo has averiguado todo eso?

–Aprovechando que Tengo no estaba en Tokio, me tomé la licencia de entrar en su piso. A lo que tenía en la puerta apenas se le podía llamar cerradura. Me disgustaba violar su intimidad, pero era necesaria una inspección, aunque fuese mínima. Para tratarse de un hombre que vive solo, el piso estaba muy ordenado. Hasta los fogones brillaban. La nevera estaba limpia y en el interior no había coles podridas ni nada parecido. Por lo que pude comprobar, también plancha. Parece un buen partido para ti. Si no es gay, claro.

–¿Descubriste algo más?

–Llamé a la academia y pregunté por sus clases. La mujer que me atendió me dijo que el padre de Tengo falleció el domingo a altas horas de la noche, en algún lugar de Chiba. Y como él tuvo que irse de Tokio para asistir al entierro, las clases del lunes se cancelaron. Ella no sabía cuándo ni dónde se celebraba el funeral. Pero me dijo que la próxima clase que tenía era el jueves y para entonces creía que ya estaría de vuelta.

Aomame recordaba muy bien que el padre de Tengo era cobrador de la NHK. Los domingos, Tengo y su padre hacían juntos la ruta de recaudación. En varias ocasiones se habían cruzado por las calles de Ichikawa. No recordaba bien el rostro de su padre. Era un hombre pequeño y chupado que llevaba siempre el uniforme de cobrador. Y no se parecía en nada a Tengo.

—Si el cabezón ya no está, ¿puedo ir a ver a Tengo?

—No es recomendable —contestó Tamaru al instante—. El cabezón quedó *bien convencido*. Pero la verdad es que he tenido que llamar a la organización diciéndoles que fuesen a recoger algo: había un bulto que no podía dejar en manos de la policía. Si lo encontrasen, investigarían a todos los inquilinos uno por uno. Tu amigo también podría verse implicado. Y despacharlo todo yo solo habría sido muy arduo. Si en un control rutinario la policía me pillara cargando a solas y con esfuerzo un bulto en plena noche, no tendría escapatoria. En la comunidad disponen de personal y saben moverse, aparte de que están acostumbrados a este tipo de operaciones. Igual que cuando sacaron aquel bulto del Hotel Okura. ¿Entiendes lo que quiero decir?

En su mente, Aomame tradujo los términos de Tamaru en palabras llanas.

—Ya veo que has usado un método bastante duro para convencerlo.

Tamaru emitió un pequeño gruñido.

—Lo siento por él, pero sabía demasiado.

—¿Estaba enterada la comunidad de lo que hacía el cabezón en ese piso?

—Aunque el hombre trabajaba para ellos, hasta ahora había estado indagando por su cuenta. No informaba a Vanguardia de sus pasos. Por suerte para nosotros.

—Pero ahora sí saben que había descubierto algo.

—Efectivamente. Por eso es mejor que no te acerques por algún tiempo. Seguro que tienen bien anotados en su agenda el nombre y la dirección de Tengo Kawana, por ser el corrector de *La crisálida de aire*. Supongo que aún no han descubierto el vínculo que os une. Pero si empiezan a preguntarse por qué estaba el cabezón en ese edificio, acabarán fijándose en él. Es sólo cuestión de tiempo.

—Ahora, si todo va bien, tardarán bastante en caer en la cuenta. No creo que asocien de inmediato la muerte del cabezón con Tengo.

—Si todo va bien... —dijo Tamaru—. Y si no fueran tan cuidadosos como me temo que son. Yo, por mi parte, nunca he confiado en los «si todo va bien». Gracias a eso he salido bien librado todo este tiempo y no he cometido grandes errores.

–Sí, será mejor que no me acerque al edificio.

–Eso es –dijo Tamaru–. Nos hemos salvado por los pelos. Toda precaución es poca.

–¿Sabía el cabezón que me escondo aquí?

–Si lo hubiera sabido, tú estarías ahora en algún lugar lejos de mi alcance.

–Pero se estaba acercando a mí.

–Es cierto. Aun así, creo que te descubrió por casualidad. Nada más.

–Por eso se dejó ver encima del tobogán, completamente desprevenido.

–Eso es. Él no sabía que tú lo observabas. Ni se le pasó por la cabeza. Y ese error al final le costó la vida –dijo Tamaru–. Te lo dije, ¿o no? La vida pende siempre de un hilo.

Siguieron unos segundos de silencio. Ese silencio pesado que sobreviene cuando muere alguien, sea quien sea.

–El cabezón ya no está, pero la comunidad aún me persigue.

–Eso es algo que no acabo de entender –dijo Tamaru–. Al principio, ellos querían atraparte y averiguar qué trama se escondía detrás del plan para asesinar al líder. Pensaban que era imposible que lo hubieras organizado todo tú sola. Y dedujeron que había alguien en la retaguardia. Planeaban atraparte y someterte a un interrogatorio muy duro.

–Por eso necesitaba la pistola –dijo Aomame.

–El cabezón –prosiguió Tamaru– tenía claro que si te perseguían era para interrogarte y castigarte. Sin embargo, parece que las cosas han dado un vuelco. Como te he dicho, tras resolver el asunto del cabezón llamé a uno de ellos. Me dijo que ya no tenían intención de hacerte daño. Y que quería que te lo comunicase. Podría ser una trampa, pero a mí me pareció sincero. Me explicó que, en cierto sentido, el propio líder deseaba su muerte. Fue una especie de suicidio y, por lo tanto, no buscan venganza.

–Es verdad –dijo Aomame con voz seca–, el líder sabía que yo había ido a matarlo. Es más, quería que lo hiciera. Esa misma noche, en la suite del Hotel Okura.

–Los guardaespaldas no consiguieron desenmascararte, pero el líder lo sabía.

–Eso es. No sé por qué, pero lo sabía todo antes incluso de verme –dijo Aomame–. *Me esperaba.*

Tamaru hizo una breve pausa y luego habló:

–¿Pasó algo en el hotel?

–Hicimos un pacto.

–No me lo habías contado –dijo Tamaru, tenso.

–No tuve ocasión.

–¿Qué clase de pacto hicisteis?

–Le estiré los músculos durante una hora, más o menos, y, mientras, conversamos. Sabía lo de Tengo. No sé cómo, pero sabía que existe un vínculo entre él y yo. Y me pidió que lo matase. Me dijo que quería que lo liberara cuanto antes del intenso sufrimiento que no dejaba de lacerar su cuerpo. También me dijo que, a cambio de concederle la muerte, le salvaría la vida a Tengo. Por eso me llené de determinación y le quité la vida. Aunque, por otro lado, no me hubiera importado dejarlo sufrir, teniendo en cuenta todo lo que había hecho y que se dirigía hacia una muerte ineludible.

–Y no informaste a Madame de ese pacto.

–Yo fui allí para matar al líder y cumplí mi misión –dijo Aomame–. Lo de Tengo era, más bien, un asunto personal.

–De acuerdo –dijo Tamaru como si empezara a resignarse–. Cumpliste con creces tu misión, lo reconozco. Y lo de Tengo Kawana puede considerarse algo personal. Sin embargo, antes o después de eso te quedaste embarazada. Un detalle que no puede pasarse por alto así como así.

–No fue *antes o después*. Me quedé encinta esa misma noche, la noche en que tronó tan fuerte, además de caer un buen chaparrón, en el centro de la ciudad. La misma noche en que *me deshice* del líder. Sin haber mantenido relaciones sexuales, como te dije.

Tamaru soltó un suspiro.

–Dada la naturaleza de la cuestión, sólo tengo dos opciones: creerte o no creerte en absoluto. Hasta ahora te he considerado digna de confianza, y quiero pensar que en este caso tampoco mientes. Pero no consigo verle la lógica a este asunto. Tienes que entender que, por lo general, yo razono de forma deductiva.

Aomame se quedó en silencio.

–¿Crees –siguió Tamaru– que hay alguna relación de causa y efecto entre el asesinato del líder y tu misterioso embarazo?

–No sabría decirte.

–¿Has pensado en la posibilidad de que la criatura que llevas en el vientre sea del líder? ¿Que mediante algún método, que desconozco totalmente, haya podido dejarte embarazada? Eso explicaría por qué intentan atraparte. Necesitan un sucesor para el líder.

Aomame sujetó con fuerza el auricular y negó con la cabeza.

–Eso es imposible. Es de Tengo. Lo sé.

–En eso tampoco tengo más elección que creerte o no creerte.

–No puedo darte más explicaciones.

Tamaru soltó otro suspiro.

–De acuerdo. Aceptaré por el momento lo que me dices. La criatura es de Tengo Kawana y tuya. Tú estás segura de eso. Aun así, sigo sin verle la lógica. Al principio, ellos querían atraparte para castigarte. Pero después ocurrió algo. O la organización tomó alguna decisión. Y ahora *te necesitan*. Me han dicho que garantizarán tu seguridad y que, además, tienen algo que ofrecerte. Y quieren hablarlo contigo directamente. ¿Qué podría ser?

–Ellos no me necesitan a mí –dijo Aomame–. Lo que necesitan es lo que llevo en el vientre. En algún momento se han enterado.

–¡Jo, jo! –soltó el Little People burlón en algún lugar.

–Toda esta historia avanza demasiado rápido para mí –dijo Tamaru. Y volvió a emitir un gruñido desde el fondo de la garganta–. No consigo encontrarle la coherencia.

«La falta de coherencia se debe a las dos lunas», pensó Aomame. «Son ellas las que lo vuelven todo incoherente.» Pero no se lo dijo.

–¡Jo, jo! –Los otros seis Little People se rieron al unísono.

–Ellos necesitan «escuchar la voz». Me lo dijo el tipo con el que hablé por teléfono. Al parecer, si la perdiesen, la comunidad podría desaparecer. No tengo ni idea de lo que significa «escuchar la voz». Pero eso fue lo que me dijo. ¿No será la criatura que llevas dentro quien «escucha la voz»?

Aomame se acarició el abdomen. «*Móder* y *dóter*», pensó. No lo dijo en voz alta. Las lunas no debían oír *esas palabras*.

–No lo sé –contestó Aomame tras un silencio–. Pero no se me ocurre otra razón por la que me puedan necesitar.

–Pero ¿por qué poseería ese don la criatura que Tengo y tú habéis engendrado?

–No tengo ni la más remota idea –dijo Aomame.

«Quizás el líder me haya confiado a su sucesor a cambio de su propia vida. A lo mejor, esa noche tempestuosa, el líder abrió temporalmente los circuitos que conectan los dos mundos para que Tengo y yo nos uniéramos.»

Tamaru prosiguió:

–Veo que, sea de quien sea la criatura, y al margen de los dones con los que nazca, no piensas negociar con la comunidad, ¿no es así? Pese a lo que puedas obtener a cambio. Ni aunque se ofrecieran a explicarte todos los enigmas.

–Me da igual. No tengo nada que negociar –dijo Aomame.

–Pero, independientemente de lo que tú quieras, ellos intentarán apoderarse de *ella* por la fuerza. Por todos los medios –dijo Tamaru–. Y Tengo es tu punto débil, quizá tu único punto débil. Pero es un gran punto débil. Si lo descubren, atacarán por ahí.

Tamaru estaba en lo cierto. Para Aomame, Tengo era su vida y, al mismo tiempo, su tendón de Aquiles.

–Permanecer ahí es demasiado peligroso. Deberías ir a algún lugar más seguro, antes de que descubran la conexión entre Tengo y tú.

–Para mí ya no hay ningún lugar seguro en *este mundo* –replicó Aomame.

Tamaru trató de asimilar lo que acababa de oír y luego habló con calma:

–Explícame eso.

–Por encima de todo, debo encontrar a Tengo. Y hasta entonces no pienso moverme de aquí, por arriesgado que sea.

–¿Y qué vas a hacer cuando lo encuentres?

–Yo sé lo que tengo que hacer.

Tamaru se quedó callado.

–¿Estás completamente segura? –insistió.

–No sé si va a salir bien. Pero sé qué debo hacer. Estoy completamente segura.

–No piensas decírmelo, ¿verdad?

–No, todavía no puedo decírtelo, lo siento. Y no sólo a ti: no puedo decírselo a nadie. Porque estoy convencida de que, en el instante en que lo cuente, se le revelará a todo el mundo.

Las lunas la estaban escuchando. La Little People la estaba escuchando. La habitación la estaba escuchando. Eso no podía salir, ni siquiera un ápice, de su corazón. Alrededor de éste debía alzar un grueso muro.

Al otro lado del teléfono, Tamaru daba golpecitos en la mesa con la punta de un bolígrafo. El *tac-tac* seco y acompasado llegó a los oídos de Aomame. Era un ruido desprovisto de eco.

–Está bien. Intentaré ponerme en contacto con Tengo Kawana. No obstante, antes necesito el permiso de Madame. Mi misión consistía en llevarte cuanto antes a otro lugar. Pero tú insistes en que, pase lo que pase, no quieres moverte de ahí hasta encontrar a Tengo. Me da la impresión de que no va a ser fácil explicárselo. Lo entiendes, ¿no?

—Es muy difícil explicar de forma lógica algo que carece de lógica.

—Eso es. Quizá tan difícil como encontrar una perla en un restaurante de ostras del barrio de Roppongi. Pero lo intentaré.

—Gracias —dijo Aomame.

—Se miren como se miren, tus argumentos me parecen del todo incoherentes. No les encuentro la lógica. Aun así, mientras hablábamos, he tenido la impresión de que puedo aceptar sin más lo que dices. No sé por qué.

Aomame guardó silencio.

—Además, ella confía y cree en ti —añadió Tamaru—. Así que, si tanto insistes, supongo que Madame no encontrará ningún motivo para no dejar que tú y Tengo os encontréis. Parece que la unión entre los dos es inquebrantable.

—Más que nada en el mundo —dijo Aomame. «*Más que nada en cualquier mundo*», corrigió para sus adentros.

—Y me imagino que volverás al edificio para encontrarte con él, a pesar de que te he advertido de que es peligroso y que deberías renunciar a contactar con él.

—Sin lugar a dudas.

—Nadie podrá impedírtelo.

—Nadie.

Tamaru hizo una breve pausa.

—Entonces, ¿qué mensaje quieres que le dé a Tengo?

—Dile que suba al tobogán cuando oscurezca. No me importa cuándo, siempre que ya haya oscurecido. Lo estaré esperando. Si le dices que es de parte de Aomame, lo entenderá.

—De acuerdo. Se lo diré tal cual. *Que suba al tobogán cuando haya oscurecido.*

—Otra cosa: si hay algo de valor que no quiere abandonar, que lo lleve consigo. Díselo. Y que no venga demasiado cargado; necesitará tener las manos libres.

—¿Adónde iréis?

—Lejos —dijo Aomame.

—¿Muy lejos?

—No lo sé —contestó ella.

–Está bien. Se lo transmitiré, siempre que Madame me dé permiso. También trataré de garantizar tu seguridad en la medida de lo posible. A mi manera. Pero, repito, sigue siendo peligroso. Los de Vanguardia deben de estar desesperados. En definitiva, que no te queda más remedio que protegerte a ti misma.

–Lo sé –dijo Aomame en tono tranquilo. Sus palmas seguían colocadas sobre el vientre. «*No sólo a mí misma*», pensó.

Tras colgar, Aomame se dejó caer en el sofá. Cerró los ojos y su mente voló hacia Tengo. Ya no podía pensar en otra cosa. Un dolor le oprimía el corazón. Pero era un dolor dulce. Un dolor que podía soportar. Tengo vivía prácticamente *al lado*. A menos de diez minutos a pie. Sólo con pensar en eso, sintió un calor dentro del cuerpo. «Es soltero y enseña matemáticas en una academia. Vive en un piso modesto bien ordenado, cocina, plancha y escribe novelas.» Aomame sintió envidia de Tamaru. Ella también quería entrar en su piso como había entrado él. Cuando Tengo no estuviera. Quería palpar todos los objetos que había en medio de esa tranquilidad desierta. Comprobar cuán afilados estaban los lápices que utilizaba, coger en sus manos las tazas en las que tomaba café, oler su ropa. Le gustaría poder hacer eso antes de verse con él.

Si se encontrasen de pronto, sin preámbulos, ella no sabría qué decirle. Al imaginarse la situación, se quedó desconcertada y su respiración se volvió más rápida y jadeante. Tenía demasiadas cosas que contarle. Pero también le parecía que, llegado el momento, no necesitaría decirle nada. Si lo expresase con palabras, se echaría a perder lo que quería decirle.

Ahora, no obstante, sólo podía esperar. Esperar, ojo avizor y conservando la calma. Preparó lo que iba a llevarse por si, al ver a Tengo, tuviera que salir del apartamento a toda prisa: en el bolso bandolera negro de piel embutió todo lo que necesitaba. No demasiadas cosas: un fajo de billetes, unas mudas y la Heckler & Koch cargada con siete balas. Eso era todo. Dejó el bolso al alcance de su mano. Luego sacó del armario el traje verde de Junko Shimada, que colgaba de una percha, y, tras cerciorarse de que no estaba arrugado, lo colgó en la sala de estar. También dejó preparados los zapatos de tacón Charles Jourdan y unas medias. Y el abrigo de entretiempo beis. Lo mismo que vestía cuando bajó por primera vez las escaleras de emergencia de la autopista metropolitana. El abrigo era un poco ligero para una noche de diciembre. Pero no tenía elección.

Cuando lo tuvo todo preparado, se sentó en la silla del balcón y observó el tobogán del parque por el resquicio del antepecho. El domingo, entrada la noche, había fallecido el padre de Tengo. Debían pasar veinticuatro horas desde la certificación del fallecimiento para poder incinerarlo; estaba segura de que había una ley que lo estipulaba así. Calculó que la incineración sería ese mismo día, el martes, quizá más tarde. «Así pues, hoy martes, cuando termine el funeral, Tengo volverá a Tokio *de donde quiera que haya ido*. Llegará, como muy pronto, esta noche. A partir de ese momento, Tamaru intentará transmitirle mi mensaje. Antes no aparecerá por el parque. Y todavía hay claridad.

»Cuando el líder murió, puso en mi interior *esta cosa pequeñita*. Es una suposición de Tamaru; o quizás una intuición. ¿Significa eso que la voluntad de ese hombre, al morir, me manipuló y me ha conducido hacia un destino establecido por él?»

Aomame hizo una mueca. «No sé qué pensar. Tamaru cree que, como resultado de las maquinaciones del líder, podría llevar en mi vientre a "quien escucha la voz", como si fuera una especie de crisálida de aire. Pero ¿por qué *yo*? ¿Y por qué Tengo Kawana como padre?» No lograba explicárselo.

«Hasta este momento, a mi alrededor han sucedido muchas cosas sin que yo entendiera la relación de unas con otras. Era incapaz de saber qué principios las regían y qué rumbo tomaban. Y yo me he visto atrapada en medio de todo. Pero eso se ha acabado», se dijo.

Apretó los labios y torció aún más el gesto.

«*A partir de ahora* todo será diferente. No pienso actuar al antojo de nadie. En adelante me atendré a mis principios, es decir, a mi voluntad. Pase lo que pase, voy a proteger a *esta cosa pequeñita*. Lucharé a muerte si es necesario. Es mi vida y ésta es mi criatura. Aunque alguien haya decretado su existencia con no sé qué propósito, no cabe duda de que la hemos concebido entre Tengo y yo. No la dejaré en manos de nadie. A partir de ahora, soy yo quien decide qué es bueno y qué es malo; yo soy el principio y el rumbo. Seáis quienes seáis, más os vale recordarlo.»

A las dos de la tarde del día siguiente, miércoles, sonó el teléfono.

—Le he dado el recado —dijo Tamaru sin preámbulos, como siempre–. Ahora está en su piso. Lo he llamado esta mañana. A las siete en punto estará en el tobogán.

–¿Se acordaba de mí?

–Claro que sí. Y parece que él también te ha estado buscando. «Es como me dijo el líder: Tengo también me busca.» Le bastaba con saberlo. Su corazón se hinchió de felicidad. Ninguna otra palabra en el mundo significaba ya nada para Aomame.

–Llevará consigo lo que considere importante, como le pediste. Imagino que una de las cosas será la novela que está escribiendo.

–Seguro –dijo Aomame.

–He inspeccionado los alrededores del edificio. Está limpio. No he detectado a nadie sospechoso vigilando. El piso del cabezón también estaba desierto. Todo estaba en silencio, pero tampoco más de lo necesario. Los de Vanguardia debieron de recoger el bulto anoche y se largaron sin más. Pensarían que no era buena idea quedarse más rato de la cuenta. Por ahora parece seguro, y creo que no se me ha pasado nada por alto.

–Bien.

–Pero he dicho «creo» y «por ahora». La situación cambia a cada instante. Y yo no soy perfecto. Podría habérseme escapado algo importante. Es posible que ellos sean más listos que yo.

–En resumen, que he de protegerme a mí misma.

–Como te he dicho antes –añadió Tamaru.

–Gracias por todo. Te estoy muy agradecida.

–No sé adónde vas a ir, ni qué vas a hacer a partir de ahora –dijo Tamaru–, pero si te marchas lejos y ya no volvemos a vernos más, sé que me sentiré triste. Eres, por decirlo de alguna manera, una persona bastante singular. Nunca he conocido a nadie como tú.

Aomame sonrió al teléfono.

–Ésa es exactamente la impresión que me gustaría dejarte.

–Madame, por su parte, te necesita. No por tu trabajo, sino por la compañía que le has hecho en todos estos años, ¿sabes? La apena profundamente tener que separarse de ti de este modo. Ahora mismo no puede ponerse al teléfono. Quiere que lo entiendas.

–Lo sé –dijo Aomame–. Creo que yo tampoco sabría qué decirle.

–Me dijiste que pensabas irte lejos de aquí –dijo Tamaru–. ¿Muy lejos?

–A una distancia que no se puede medir con números.

–Como la distancia que separa los corazones de las personas.

Aomame cerró los ojos e inspiró hondo. Le faltaba poco para echarse a llorar. Pero consiguió contenerse.

Tamaru continuó en un tono calmo:

–Te deseo que todo salga bien.

–Lo siento, pero creo que no podré devolverte la Heckler & Koch –dijo Aomame.

–No importa. Considérala un regalo. Si tenerla contigo supusiese un peligro, tírala a la bahía de Tokio. Así el mundo dará un pequeño paso hacia el desarme.

–Puede que, al final, no tenga que utilizarla. Infringiré el principio de Chéjov, pero, bueno, qué se le va a hacer.

–Eso tampoco importa. Tanto mejor si no la utilizas. El siglo XX se aproxima a su fin. Una época muy distinta de aquella en la que Chéjov vivió. Por las calles no corren carruajes ni las señoras llevan corsé. De algún modo, el mundo ha sobrevivido al nazismo, a la bomba atómica y a la música contemporánea. Y, entretanto, también las técnicas narrativas han cambiado una barbaridad. No tienes por qué preocuparte –dijo Tamaru, y añadió–: Quisiera hacerte una pregunta. Hoy, a las siete, Tengo Kawana y tú vais a encontraros sobre el tobogán.

–Si todo sale bien –aclaró Aomame.

–Si os encontrarais, ¿qué haréis allí?

–Contemplar la Luna.

–Muy romántico –se admiró Tamaru.

Quizá no bastaba sólo con ese mundo

El miércoles por la mañana, cuando sonó el teléfono, Tengo dormía. No había conseguido conciliar el sueño hasta el amanecer y, en ese momento, por su cuerpo todavía corría algo del whisky que había bebido. Al levantarse de la cama se sorprendió al ver que, fuera, ya había luz.

–¿El señor Tengo Kawana? –dijo un hombre. Aquella voz no le sonaba.

–Sí –contestó Tengo. Por el tono calmo y formal de la voz, había supuesto que se trataría de algún trámite burocrático relacionado con la muerte de su padre. Pero el despertador marcaba un poco antes de las ocho de la mañana. No era hora para que lo telefoneasen del ayuntamiento o de la funeraria.

–Siento llamarlo tan temprano, pero tenía que darme prisa. Un asunto urgente.

–¿Qué pasa? –Todavía estaba aturdido.

–¿Recuerda el apellido Aomame? –preguntó el hombre.

«¿Aomame?» La borrachera y el sueño desaparecieron. Su mente se activó a toda prisa, como cuando en un teatro se apagan las luces y, al volver a encenderse, el escenario ha cambiado. Tengo sujetó mejor el teléfono.

–Sí, lo recuerdo –respondió Tengo.

–Un apellido bastante singular.

–Fuimos al mismo colegio –dijo Tengo tras aclararse la voz.

El hombre hizo una breve pausa.

–Señor Kawana, dígame, ¿le interesa que hablemos ahora de la señora Aomame?

El hombre hablaba de una manera muy extraña. Tenía una dicción peculiar, y Tengo tuvo la impresión de estar escuchando a un personaje de una obra de teatro vanguardista traducida.

–Si no le interesase –prosiguió el hombre–, los dos estaríamos perdiendo el tiempo. Colgaría el teléfono de inmediato.

–Sí que me interesa –se apresuró a contestar–. Pero ¿podría decirme qué tiene usted que ver con ella?

–He de darle un mensaje de parte de la señora Aomame –dijo el hombre, ignorando la pregunta de Tengo–. Ella desea verlo. ¿Y usted? ¿Tiene intención de encontrarse con ella?

–Sí –contestó Tengo. Carraspeó para aclararse la garganta–. Hace mucho tiempo que quiero verla.

–Perfecto. Ella quiere verle. Y usted también desea encontrarse con ella.

De pronto, Tengo se dio cuenta de que el aire de la habitación era gélido. Cogió una chaqueta que tenía a mano y se la puso encima del pijama.

–Entonces, ¿qué debo hacer? –preguntó.

–¿Podría subir al tobogán cuando haya oscurecido? –dijo el hombre.

–¿Al tobogán? –dijo Tengo. «¿De qué narices está hablando?»

–Me dijo que usted lo entendería. Quiere que suba al tobogán. Yo me limito a transmitirle lo que Aomame me ha dicho.

Inconscientemente, Tengo se pasó la mano por el cabello; como acababa de levantarse, estaba alborotado y enmarañado. «El tobogán desde el que contemplé las lunas. ¡Claro! Es *ese* tobogán.»

–Creo que sé a lo que se refiere –dijo Tengo con voz seca.

–Perfecto. También me dijo que, si desea llevar algo valioso consigo, lo haga. Para poder trasladarse lejos los dos.

–¿*Algo valioso*? –repitió Tengo, sorprendido.

–Algo que no quiera abandonar.

Tengo dio vueltas a lo que acababan de decirle.

–No le entiendo. «¿Trasladarse lejos?» ¿Quiere decir que nunca más volveré aquí?

–Eso yo no lo sé –dijo el hombre–. Como le he dicho, me limito a transmitirle el mensaje.

Tengo reflexionó mientras se pasaba los dedos por el cabello enredado. ¿Trasladarse lejos los dos?

–Puede que me lleve unos folios.

–No debería haber ningún problema –dijo el hombre–. Elija usted con toda libertad lo que quiera llevarse. Pero, en cuanto al equipaje, me ha dicho que no debería estorbarle, para poder utilizar libremente ambas manos.

–Algo que me permita utilizar libremente las manos... –dijo Tengo–. Es decir, que no puedo llevar una maleta, ¿no?

–Supongo que no.

No conseguía imaginarse la edad, el rostro ni la estatura de aquel hombre por su voz. Ésta no le proporcionaba ninguna pista concreta. Tenía la impresión de que, en el instante en que colgase, olvidaría incluso esa voz. La personalidad y las emociones –si existían– se escondían muy al fondo.

–Eso es todo lo que tenía que comunicarle.

–¿Está bien Aomame? –preguntó Tengo.

El hombre midió sus palabras:

–Físicamente, está perfecta. Pero se encuentra en una situación un tanto acuciante. Debe prestar atención a cada movimiento que hace. Si cometiera el más pequeño error, podría sufrir algún daño.

–*Sufrir algún daño* –repitió Tengo mecánicamente.

–Será mejor que no acuda usted muy tarde –dijo el hombre–. El tiempo se ha convertido en un factor crucial.

«*El tiempo se ha convertido en un factor crucial*», repitió Tengo para sus adentros. «¿Le pasa algo a la manera de hablar de este hombre, o soy yo, que estoy demasiado nervioso?»

–Creo que podré estar allí a las siete –dijo Tengo–. Si por alguna razón no pudiera encontrarme con ella esta noche, iré mañana a la misma hora.

–Bien. Entonces ya sabe a qué tobogán se refiere.

–Creo que sí.

Tengo miró el reloj de pared. Todavía faltaban once horas para las siete.

–Por cierto, me he enterado de que su padre falleció el domingo. Lo acompaño en el sentimiento –dijo el hombre.

Tengo le dio las gracias casi maquinalmente. Luego pensó: «¿Cómo sabe eso?».

–¿No podría hablarme un poco más de Aomame? –dijo Tengo–. ¿Decirme, por ejemplo, dónde está, qué hace?

–Está soltera y trabaja de instructora en un gimnasio en Hiroo. Pese a ser una excelente instructora, ciertas circunstancias la han obligado a abandonar su trabajo. Y, desde hace algún tiempo, da la casualidad de que vive cerca de usted. El resto será mejor que se lo pregunte directamente a ella.

–¿En qué clase de «situación acuciante» está envuelta?

El otro no le contestó. A lo que no deseaba responder –o a lo que no consideraba necesario responder–, no respondía. Tengo se dijo que, últimamente, le rodeaban muchas personas como ese hombre.

–Entonces, hoy a las siete, encima del tobogán –dijo el hombre.

–Espere un momento –dijo rápidamente Tengo–, quiero preguntarle algo. Alguien me ha advertido de que me vigilan y que, por lo tanto, debo andar con cautela. ¿No será usted el que me vigila?

–No, no soy yo –respondió el hombre sin titubear–. Pero será mejor que vaya con cautela, tal como le han recomendado.

–¿Cree que existe alguna relación entre el hecho de que alguien me vigile y el que ella se encuentre en una situación bastante especial?

–*Especial* no, *acuciante* –corrigió el hombre–. Sí, seguramente, de algún modo, las dos cosas están relacionadas.

–¿Hay algún peligro?

El hombre hizo una pausa y eligió cuidadosamente sus palabras, como quien separa legumbres distintas que están mezcladas en un montón:

–Si considera un peligro la posibilidad de no volver a ver jamás a Aomame, sí, sí hay peligro.

Tengo intentó, a su modo, reordenar mentalmente aquellas palabras, aquel mensaje dicho con extraños circunloquios. Aunque no conseguía imaginar a qué situación se refería ni su trasfondo, comprendió que debía de ser una situación peligrosa.

–Si saliera mal, es posible que no volvamos a vernos nunca más.

–Eso es.

–Entiendo. Tendré cuidado –dijo Tengo.

–Siento haberlo llamado tan temprano. Lo habré despertado.

Inmediatamente después de decir esto, el hombre colgó. Tengo se quedó observando el auricular negro en sus manos. Era incapaz de recordar aquella voz, tal y como había previsto. Volvió a dirigir la mirada hacia el reloj. Las ocho y diez. ¿Cómo iba a matar el tiempo hasta las siete?

Para empezar, se dio una ducha y se lavó el pelo, para luego tratar de desenredárselo bien. A continuación se afeitó frente al espejo. Se cepilló cuidadosamente los dientes y hasta se pasó el hilo dental. Se tomó un zumo de tomate de la nevera, puso agua a hervir, molió café y preparó una tostada. Programó el temporizador y coció un huevo pasado por agua. Concentrarse en cada acción le llevó más tiempo que de costumbre. Con todo, cuando acabó aún eran las nueve y media.

«Esta noche voy a encontrarme con Aomame encima del tobogán.»

Al pensar en ello sintió que su cuerpo se disgregaba en pedazos que se esparcían a los cuatro vientos. Brazos, piernas, rostro; cada parte salía despedida en distinta dirección. Era incapaz de fijar sus emociones en un mismo punto. Hiciera lo que hiciese, no conseguía concentrarse. No podía leer, y menos aún escribir. Tampoco permanecer sentado mucho rato en un mismo sitio. Sólo se veía capaz de lavar los platos en el fregadero, hacer la colada, ordenar los cajones de su cómoda y hacerse la cama. Sin embargo, cada cinco minutos se detenía para mirar el reloj de pared. Pero le parecía que, si pensaba en el tiempo, éste avanzaba aún más lentamente.

«Aomame lo sabe.»

Estaba ante el fregadero, afilando un cuchillo al que no le hacía ninguna falta que lo afilaran. «Sabe que he ido varias veces al tobogán de ese parque infantil. Debió de verme mientras yo contemplaba el cielo subido al tobogán. No se me ocurre otra explicación.» Volvió a verse en lo alto del tobogán, iluminado por la farola de mercurio. Nunca, en las ocasiones en que había ido al parque, se había sentido observado. ¿Dónde estaba ella, desde dónde lo había visto?

«Eso no importa. Me mirase desde donde me mirara, el caso es que me reconoció.» Al pensar eso lo invadió la alegría. «Ella ha estado pensando en mí, al igual que yo no he dejado de pensar en ella.» A Tengo le costaba creer que, en aquel mundo frenético semejante a un laberinto, los corazones de dos personas –los corazones de un niño y una niña– hubieran permanecido inalterados y unidos pese a haber transcurrido veinte años.

«¿Por qué no me llamó cuando me vio en el parque? Si lo hubiera hecho, todo habría sido más fácil. ¿Cómo se ha enterado de que vivo aquí? ¿Cómo ha conseguido ella, o ese hombre, mi número de teléfono?» No le gustaba que lo telefoneasen, así que su número no constaba en la guía telefónica. Ni siquiera se podía conseguir a través de un operador.

Seguía sin comprender muchas cosas. Y las líneas que componían la historia eran intrincadas. No discernía qué línea estaba unida a qué otra, qué hechos habían provocado que ocurrieran otros. Pero, si lo pensaba bien, desde la aparición de Fukaeri había vivido en un mismo lugar, un lugar donde había excesivas preguntas sin respuesta. Sin embargo, tenía la vaga sensación de que, poco a poco, aquel caos se dirigía hacia su desenlace.

«Esta tarde, a las siete, quizá se resuelvan algunos interrogantes. Nos encontraremos encima del tobogán. No como un niño y una niña de diez años, indefensos, sino como un hombre y una mujer adultos, libres e independientes. Como un profesor de matemáticas de una academia y una instructora de un club de deportes. No sé de qué hablaremos, pero el caso es que vamos a hablar. Tendremos que contarnos muchas cosas, llenar muchos vacíos. Y, usando la extraña expresión del hombre que me ha llamado, quizá nos "traslademos" a alguna parte. De modo que debo reunir todo aquello de valor que no quiera dejar atrás y meterlo en alguna bolsa que me deje las manos libres.»

No le apenaba demasiado marcharse de allí. Llevaba viviendo en ese piso siete años, durante los cuales había dado clases en la academia tres días por semana, pero nunca lo había considerado su hogar. Era algo provisional, como una isla flotante a merced de la corriente. Kyōko Yasuda, la mujer con la que solía verse allí, había desaparecido. Fukaeri, que se había instalado un tiempo en el piso, se había ido. Tengo no tenía ni idea de dónde estaban ahora ni qué había sido de ellas. El caso era que habían desaparecido en silencio de su vida. En cuanto a sus clases en la academia, no dudaba de que, si desapareciese, encontrarían a alguien que lo sustituyera. El mundo seguiría avanzando sin él. Si Aomame quería que se «trasladaran» juntos a alguna parte, la acompañaría sin titubear.

¿Qué tenía *de valor* que quisiera llevarse consigo? Cincuenta mil yenes en efectivo y una tarjeta de crédito: ésa era toda su fortuna. Tenía un millón de yenes en una cuenta corriente. No, había más: también estaba lo que le habían ingresado en concepto de derechos de autor de *La crisálida de aire*. Tenía la intención de devolvérselos a Komatsu, pero todavía no lo había hecho. Y no quería dejarse los folios impresos de la novela que había empezado a escribir. No tenían valor para otros, pero sí para él. Metió las hojas en una bolsa de papel y después puso ésta en el bolso bandolera de nailon rígido color granate que utilizaba cuando iba a la academia. El bolso ya pesaba lo suyo. Además, metió en los bolsillos de la cazadora de cuero algunos disquetes de ordenador. Puesto que no iba a llevarse éste, añadió al equipaje una libreta y una pluma. ¿Qué más?, se preguntó.

Recordó el sobre que el abogado le había entregado en Chikura, donde estaba la cartilla de ahorros y el sello legal de su padre, la copia del registro de familia y la misteriosa (supuesta) fotografía familiar que le había dejado su padre. Quizá debía llevarse el sobre. Sus diplomas y méritos académicos, así como las distinciones de la NHK de su padre, los dejaría. Decidió no llevarse mudas ni artículos de aseo. Además de que no cabían en el bolso bandolera, allá donde fueran podría comprarlos.

Cuando acabó de embutirlo todo en el bolso, no le quedaba nada más que hacer. Ningún utensilio de cocina por lavar, ninguna camisa que planchar. Volvió a mirar el reloj de pared: las diez y media. Pensó en telefonear al amigo que lo había sustituido en la academia, pero recordó que se ponía de mal humor si lo llamaban antes del mediodía.

Vestido, se tumbó en la cama y dio rienda suelta a sus pensamientos. La última vez que había visto a Aomame los dos tenían diez años. Ahora ambos tenían treinta. Durante todo ese tiempo los dos habían vivido sin duda muchas cosas, unas buenas y otras no tan buenas, y quizás más de estas últimas. Los dos debían de haber cambiado mucho. Ya no eran unos niños. ¿Sería esa Aomame la Aomame que él había estado buscando? ¿Y sería él el Tengo Kawana que buscaba Aomame? Pensó en el encuentro de esa noche sobre el tobogán: al acercarse el uno al otro, ambos podían llevarse un buen chasco. A lo mejor ni siquiera sabían de qué hablar. Sería muy lógico. De hecho, lo raro sería que no ocurriese así.

«Tal vez no deberíamos vernos», se dijo Tengo mirando al techo. «¿No sería mejor seguir separados hasta el final, sin perder la esperanza de encontrarnos algún día? Viviríamos siempre con esa ilusión. Esa esperanza sería una modesta pero valiosa fuente de calor que nos caldearía hasta lo más hondo. Una pequeña llama que protegeríamos del viento, rodeándola con la palma de las manos. Si ahora la azotase el viento impetuoso de la realidad, posiblemente se apagaría.»

Durante más o menos una hora, con la mirada fija en el techo, Tengo se debatió entre dos sentimientos encontrados. Por encima de todo, quería verla. Y, al mismo tiempo, le aterraba reunirse con ella. La fría desilusión y el silencio incómodo que podrían surgir paralizaban su cuerpo. Era como si éste fuera a partirse en dos. Por robusto que fuera, Tengo sabía que bastaba una fuerza aplicada en determinada dirección para revelar toda su fragilidad. Pero tenía que ver a Aomame. Su corazón lo había deseado intensamente durante veinte años. Aunque todo acabara en una decepción, ahora no iba a darle la espalda y huir.

Cansado de mirar al techo, se quedó dormido en la posición en que estaba. Durante tres cuartos de hora durmió apaciblemente y sin soñar. Durmió como uno duerme cuando le ha dado muchas vueltas a algo y se ha hartado de pensar. Lo cierto era que en los últimos días sólo había dormido a ratos y nunca profundamente. Hasta que oscureciera, necesitaba recuperarse de toda la fatiga acumulada. Cuando saliera del piso, debía dirigirse al parque infantil con energías renovadas. Su cuerpo le pedía descansar, relajarse.

Cuando el sueño empezaba a invadirlo, oyó, o le pareció oír, la voz de Kumi Adachi. *«Debes irte de aquí cuando amanezca. Antes de que se cierre la salida.»*

Era la voz de Kumi Adachi y, a la vez, la del búho nocturno. En su memoria, ambas estaban indivisiblemente entreveradas. Necesitaba, ante todo, sabiduría. Esa sabiduría nocturna que hunde sus gruesas raíces en lo más hondo de la tierra. Algo que a buen seguro sólo encontraría si dormía profundamente.

A las seis y media, Tengo cogió el bolso bandolera y, cruzándoselo por delante del pecho, salió del piso. Iba vestido de la misma manera que la última vez que había visitado el tobogán: la sudadera gris y la vieja cazadora de cuero, vaqueros y botas marrones. Todas las prendas estaban gastadas, pero se amoldaban bien a su cuerpo. Parecían haberse convertido en una parte más de éste. Se dijo que tal vez no regresaría jamás a ese piso. Por si acaso, recogió la tarjeta con su apellido de la puerta y la plaquita del buzón. Más adelante ya pensaría en lo que ocurriría con todo lo que dejaba atrás.

Al llegar al portal miró atentamente a su alrededor. De creer a Fukaeri, alguien lo vigilaba. Pero, como la vez anterior, no detectó nada. Sólo veía el mismo panorama de siempre. Se había puesto el sol y en la calle no había un alma. Primero se dirigió lentamente hacia la estación. De vez en cuando se daba la vuelta para comprobar que nadie caminaba detrás de él. En ocasiones tomaba por callejuelas estrechas que lo desviaban ligeramente de su camino y se quedaba quieto para cerciorarse de que no le seguían. Aquel hombre le había dicho por teléfono que debía ser precavido. Por su propio bien y por el de Aomame, que se encontraba en una situación acuciante.

De pronto cayó en la cuenta: «*¿Conocerá de verdad a Aomame el hombre que me ha llamado?*». ¿Y si todo fuera una trampa bien urdida? Al considerar esa posibilidad, empezó a sentirse cada vez más desazonado. «Si es una trampa, lo más lógico sea pensar que me la ha tendido Vanguardia.» Probablemente (o casi con toda seguridad), Tengo figuraba en su lista negra por su colaboración en *La crisálida de aire*. Eso explicaba el que aquel tipo raro llamado Ushikawa, emisario de la comunidad, se hubiera acercado a él para proponerle aquella misteriosa subvención. Para colmo, durante tres meses había alojado a Fukaeri en su piso y habían vivido juntos. Había motivos más que sobrados para que la comunidad estuviese disgustada con él.

No obstante, razonaba Tengo con la cabeza ladeada, extrañado, ¿por qué entonces se habían tomado la molestia de tenderle una trampa utilizando a Aomame como cebo? Ellos sabían dónde vivía. No tenía escapatoria. Si tenían alguna cuenta pendiente con él, bastaba con ir a buscarlo. No necesitaban engañarlo para que acudiera al tobogán del parque infantil. Por supuesto, también podía ser al contrario: que pretendieran atraer a Aomame utilizando a Tengo como señuelo.

Pero ¿por qué iban a querer atraer a Aomame?

No encontraba motivos. ¿Y si existiera alguna relación entre Vanguardia y Aomame? Sus suposiciones habían llegado a un punto muerto. No quedaba más remedio que preguntárselo a ella. Si conseguía verla, claro está.

Fuera como fuese, debía andarse con ojo, como le había recomendado aquel hombre por teléfono. Por si acaso, dio un rodeo más y se aseguró de que nadie lo seguía. Luego apretó el paso hacia el parque infantil.

Llegó a las siete menos siete minutos. Ya había anochecido y la farola derramaba su uniforme luz artificial sobre cada rincón del diminuto parquecillo. A pesar de que por la tarde había hecho calor, cuando el sol se puso la temperatura había bajado rápidamente y había empezado a soplar un viento frío. El veranillo de San Miguel, que se había prolongado durante unos días, había dado paso otra vez al invierno riguroso. Las puntas de las ramas del olmo de agua temblequeaban, como los dedos de un anciano que advertía de algo, con un ruido seco.

Algunas de las ventanas de los edificios que lo rodeaban estaban iluminadas. Pero en el parque no se veía a nadie. Bajo la cazadora de cuero, su corazón latía a un ritmo lento pero pesado. Se frotó las manos varias veces para comprobar que éstas sentían, percibían con normalidad. «Tranquilo, estás preparado. No tienes nada que temer.» Tengo se armó de coraje y empezó a subir los peldaños del tobogán.

Una vez arriba, se sentó en la misma postura de la vez anterior. El tobogán estaba helado y húmedo. Con las manos metidas en los bolsillos de la cazadora y la espalda apoyada contra el pasamanos, miró al firmamento. Nubes de todos los tamaños, unas grandes y otras pequeñas, surcaban el cielo. Tengo entrecerró los ojos buscando las lunas. Pero de momento parecía que las ocultaban las nubes. Éstas no eran gruesas ni densas, sino blancas, ligeras. Aun así, poseían suficiente espesor y volumen como para esconder las lunas de su vista. Se desplazaban lentamente de norte a sur. El viento que soplaba en lo alto de la atmósfera no parecía demasiado fuerte. O quizá las nubes estuviesen a más altura. El caso es que no tenían ninguna prisa por avanzar.

Tengo echó un vistazo al reloj de pulsera. Las agujas marcaban exactamente las siete y tres minutos. Aomame todavía no había aparecido. Durante unos minutos siguió el avance del segundero, como si estuviera observando algo excepcional. Luego cerró los ojos. Él, igual que las nubes que el viento arrastraba, tampoco tenía ninguna prisa. No le importaba que, a su alrededor, todo se lo tomara con calma. Dejó de pensar y se abandonó al fluir del tiempo. En ese momento, lo más importante era el transcurso uniforme y natural del tiempo.

Con los ojos cerrados, igual que si buscara una frecuencia en una radio, prestó atención a los sonidos que producía el mundo que lo rodeaba. Llegó a sus oídos el ruido de los coches que pasaban sin cesar por la circunvalación número siete. Se parecía al rumor del oleaje del Pacífico que se oía en la clínica de Chikura. Incluso tuvo la impresión de que escuchaba, lejano, los chillidos de las gaviotas. Durante un rato se oyó la breve señal intermitente que los tráileres emiten al dar marcha atrás. Un perro grande soltaba ladridos cortos e intensos, como advirtiendo de algo. Lejos, en alguna aparte, alguien llamaba a otra persona a gritos. No sabía de dónde procedía cada ruido. Al permanecer tanto tiempo con los ojos cerrados, le parecía que los sonidos habían perdido su sentido de la orientación y de la distancia. Pese a que de vez en cuando soplaba una racha de viento gélido, no tenía frío. Por un momento Tengo se había olvidado de sentir o reaccionar al frío –o a cualquier sensación.

De pronto, una persona estaba a su lado y le sujetaba la mano derecha. Aquella mano se había introducido en el bolsillo de su cazadora de cuero y agarraba la manaza de Tengo igual que una pequeña criatura en busca de calor. Cuando se dio cuenta, ya todo había ocurrido, como si se hubiera producido un salto en el tiempo. Una situación había dado paso a la siguiente, sin previo aviso. «¡Qué extraño!», pensó Tengo aún con los ojos cerrados. «¿Por qué sucede esto?» Hasta ese momento el tiempo había fluido con exasperante lentitud y, de pronto, se precipitaba hacia delante.

Esa persona apretó un poco más su ancha mano, como asegurándose de que él *realmente* estaba allí. Dedos largos y suaves, con una fuerza latente.

«*Aomame*», pensó Tengo. Pero no dijo nada. Tampoco abrió los ojos. Se limitó a agarrar a su vez la mano de ella. Recordaba aquella mano. En veinte años nunca había olvidado su tacto. Ésta no era la mano de una niña de diez años. Sin duda, durante aquellos veinte años, esa mano había tocado numerosas cosas, había levantado y sujetado objetos de las más diversas clases y formas. Y se había hecho fuerte. Pero Tengo sabía que era la misma mano. Se la sujetaba del mismo modo e intentaba transmitirle el mismo sentimiento.

En un instante, esos veinte años se fundieron en el interior de Tengo y, mezclándose, formaron un remolino. Entretanto, todas las escenas que él había vivido, todas las palabras que había pronunciado y todos los valores que había defendido y le habían guiado se unieron y formaron en su corazón un grueso pilar cuyo núcleo giraba como propulsado por un torno de alfarero. Tengo, en silencio, observó aquella imagen como quien presencia la destrucción y el resurgimiento de un planeta.

Aomame también guardaba silencio. Ambos, callados, se agarraban de la mano encima del tobogán. Habían vuelto a ser niños de diez años. Un niño solitario y una niña solitaria. En un aula una vez acabadas las clases, a principios de invierno. En aquel entonces ninguno de los dos tenía la fuerza ni los conocimientos para saber qué ofrecerle al otro, qué buscar en el otro. Nunca nadie los había amado y nunca habían amado a nadie. No habían abrazado a nadie, nadie los había abrazado. Ni siquiera sabían adónde los iba a conducir aquello. Se habían adentrado en una habitación sin puertas. No podían salir de allí, aunque, por esa misma razón, nadie más podía entrar. En ese momento ellos lo ignoraban, pero se hallaban en el único lugar completo del mundo. Un lugar que, pese a estar del todo aislado, no estaba teñido por la soledad.

¿Cuánto tiempo transcurrió? Quizá cinco minutos, quizás una hora. O un día entero. O tal vez el tiempo se había detenido. ¿Qué sabía Tengo del tiempo? Él sólo sabía que podía permanecer así eternamente: los dos subidos al tobogán del parque infantil, cogidos de la mano en silencio. Así había sido cuando tenía diez años, y veinte años después sentía lo mismo.

Sabía también que necesitaba tiempo para habituarse a aquel mundo recién venido, tan nuevo. En adelante debía ajustar y reaprender su manera de pensar, de observar, de elegir las palabras, de respirar y moverse. Para ello, debía reunir todo el tiempo de ese mundo. Aunque no, quizá no bastaba sólo con ese mundo.

–Tengo –le susurró Aomame al oído con voz ni muy baja ni muy alta. Una voz que le prometía algo–. Abre los ojos.

Tengo abrió los ojos. Y el tiempo volvió a fluir en el mundo.

–Se ven las lunas –dijo Aomame.

El tubo fluorescente del techo iluminaba el cuerpo de Ushikawa. La calefacción no estaba encendida y habían dejado una ventana abierta, por lo que la sala estaba fría como una cámara de hielo. En el centro habían juntado varias mesas para reuniones y sobre ellas yacía Ushikawa boca arriba. Estaba en ropa interior de invierno y lo habían cubierto con una vieja manta hasta el cuello. La zona del abdomen estaba hinchada como un hormiguero en un campo. Un pequeño paño tapaba aquellos ojos desmesuradamente abiertos que parecían inquirir algo –unos ojos que nadie había podido cerrar. Tenía los labios entreabiertos, pero de ellos ya no escapaba aliento ni palabras. La coronilla parecía ahora aún más chata y misteriosa que cuando él estaba vivo. La rodeaba miserablemente aquel grueso cabello rizado y oscuro que recordaba a un pubis.

El rapado llevaba un plumífero azul marino, y el de la coleta, una pelliza de ante marrón con el cuello de piel. A ninguno de los dos les sentaban bien aquellas prendas que parecían haber escogido deprisa y corriendo entre un surtido limitado de existencias. A pesar de hallarse a cubierto, al respirar exhalaban un vaho blanco. Sólo estaban ellos tres: el rapado, el de la coleta y Ushikawa. Cerca del techo se alineaban tres ventanas con marcos de aluminio, y habían dejado una de ellas abierta para mantener la temperatura baja. Aparte de las mesas sobre las que yacía el cadáver, no había ningún mobiliario. Era una sala del todo impersonal y utilitaria, y todo lo que colocaran en ella, incluso un cadáver –aunque fuese el cadáver de Ushikawa–, se volvía impersonal y utilitario.

Ninguno abría la boca, por lo que en la sala reinaba el más absoluto silencio. El rapado tenía demasiadas cosas en que pensar, y el de la coleta ya era de por sí callado. Y Ushikawa, que había sido siempre bastante hablador, había muerto hacía dos noches. El rapado, inmerso en sus pensamientos, paseaba lentamente arriba y abajo ante la mesa en la que estaba el cuerpo de Ushikawa. El ritmo de sus pasos no se alteraba, salvo cuando, al llegar a la pared, daba media vuelta y reanudaba su paseo. Sus zapatos de piel no levantaban ningún ruido al pisar la moqueta barata, de un color verde amarillento claro, que cubría el suelo. El de la coleta se había apostado cerca de la puerta, como de costumbre, y no hacía el menor gesto. Tenía las piernas ligeramente separadas, la espalda erguida y la mirada fija en un punto impreciso del espacio. No parecía sentir cansancio ni frío. Sólo, de vez en cuando, un rápido parpadeo y el vaho que salía con regularidad de su boca permitían adivinar que estaba vivo.

Ese mismo mediodía, varias personas se habían reunido en aquella fría sala para estudiar la situación. Un miembro de la directiva estaba de viaje, y habían esperado un día para que no faltase nadie. Habían hablado en voz baja y contenida para que la conversación no se filtrase al exterior: era una asamblea secreta. Entretanto, el cadáver de Ushikawa había permanecido tendido sobre las mesas como una máquina expuesta en una feria de muestras. Todavía conservaba el *rigor mortis*. Pasarían tres días antes de que cediera y el cuerpo recuperara la flexibilidad. De vez en cuando, mientras debatían sobre diversos asuntos, los reunidos echaban breves miradas al cadáver de Ushikawa.

En el curso de la reunión, ni siquiera cuando hablaban del cadáver, en ningún momento se respiró en la sala un sentimiento de respeto o duelo por el muerto. Aquel cadáver rígido y abombado sólo les inspiraba algunas lecciones y reflexiones personales. Hiciese lo que hiciese uno, el pasado jamás volvería, y todo aquello que quedaba por resolver cuando uno moría sólo afectaba al propio muerto. Ésa era la clase de lecciones o de reflexiones personales que extraían al ver el cadáver.

¿Cómo iban a deshacerse de Ushikawa? La conclusión estaba clara desde un principio. Si la policía descubría su cadáver, y por tanto la muerte violenta que había sufrido, abriría una investigación y, sin lugar a dudas, la conexión del detective con la comunidad saldría a la luz. No podían correr ese riesgo. Tan pronto como el *rigor mortis* desapareciera, lo transportarían a escondidas hasta el gran incinerador que había en el recinto de la finca y rápidamente se desharían de él. Se convertiría en humo oscuro y ceniza blanca. El humo se lo llevaría el viento, y la ceniza la esparcirían en las huertas como abono para las hortalizas. Habían ejecutado numerosas veces esa operación bajo la supervisión del rapado. Como el cuerpo del líder era demasiado grande, habían tenido que «volverlo más manipulable» despedazándolo con una sierra eléctrica. Pero con aquel hombrecillo no sería necesario. Para el rapado era un alivio. No le gustaban esas tareas sangrientas. Tratase con vivos o con muertos, a poder ser prefería no tener que ver sangre.

Un superior interrogó al rapado: ¿quién había matado a Ushikawa?, ¿por qué? ¿Con qué fin se había encerrado Ushikawa en ese piso de alquiler en Kōenji? Como jefe del equipo de seguridad, el rapado debía contestar a esas preguntas. Pero lo cierto era que tampoco él conocía las respuestas.

La madrugada del martes, aquel hombre misterioso (que, por supuesto, era Tamaru) lo había llamado para comunicarle que el cadáver de Ushikawa se encontraba en el piso. Habían mantenido una conversación eficaz a la par que llena de perífrasis. Tras colgar el teléfono, el rapado convocó con carácter urgente a dos seguidores de Vanguardia que tenía bajo su mando en la ciudad; los cuatro se vistieron con monos de faena y, haciéndose pasar por empleados de una empresa de mudanzas, montaron en una furgoneta Toyota Hiace y se dirigieron al lugar. Primero se aseguraron de que no era una trampa. Aparcaron a cierta distancia y uno de ellos salió a hacer un reconocimiento en los aledaños del edificio. Debían proceder con cautela. Tenían que comprobar que, al entrar en el piso, la policía no estuviera esperándolos y los detuviera.

Se las arreglaron para introducir en un contenedor para mudanzas el cadáver de Ushikawa, que ya había empezado a agarrotarse, lo sacaron a cuestas por el portal y lo metieron en la Hiace. Por fortuna, como era de madrugada y hacía mucho frío, no había gente por la calle. También buscaron pistas en el piso. Lo inspeccionaron de cabo a rabo a la luz de una linterna. Pero no encontraron nada que llamase su atención. Aparte de provisiones, una pequeña estufa y el saco de dormir, sólo había los mínimos artículos imprescindibles para el día a día. En la bolsa de la basura sólo había latas y botellas de plástico vacías. Ushikawa debía de haberse escondido en aquel piso para espiar a alguien. A la mirada atenta del rapado no se le escapó la pequeña marca que un trípode para una cámara fotográfica había dejado en el tatami, al lado de la ventana. Pero no había cámara ni fotos. Quizá se las había llevado el individuo que había matado a Ushikawa.

Junto con los carretes, por supuesto. Visto que el muerto sólo llevaba ropa interior, parecía que lo habían atacado mientras dormía dentro del saco. El asesino seguramente había entrado en el piso sin hacer ruido. Y daba la impresión de que Ushikawa había sufrido mucho. La ropa interior estaba empapada de la orina que se le había escapado.

A Yamanashi sólo fueron el rapado y el de la coleta. Los otros dos se quedaron en Tokio para acabar el trabajo. Condujo todo el tiempo el de la coleta. La Hiace salió de la autopista metropolitana para tomar la autopista nacional Chūō en dirección al oeste. Aunque a esas horas no circulaban apenas coches, respetó rigurosamente los límites de velocidad. Si la policía los detenía, sería el final. Las matrículas, la delantera y la posterior, habían sido reemplazadas por unas robadas, y dentro de la furgoneta llevaban un contenedor con un cadáver apretujado. Los habrían pillado con las manos en la masa. Los dos permanecieron callados durante todo el trayecto.

Al amanecer, cuando llegaron a la comunidad, un médico que los esperaba examinó el cadáver de Ushikawa y determinó que había muerto por asfixia. El cadáver, sin embargo, no presentaba marcas en el cuello. Supuso que lo habían asfixiado colocándole en la cabeza una bolsa, o algo parecido, para evitar dejar huellas. Examinó brazos y piernas, pero no detectó señales de ataduras. Tampoco parecía haber sido golpeado o torturado. Al médico le sorprendió que en su semblante no se percibieran señales de agonía; aunque sí afloraba en él una especie de interrogación ingenua sin esperanzas de ser respondida. Puede que, después de morir, alguien le hubiera masajeado la cara y dado un aspecto más apacible.

–Es obra de un profesional –le explicó el rapado a su superior–. No ha dejado ni rastro. Seguro que el señor Ushikawa ni siquiera gritó. Como ocurrió de noche, si hubiera gritado de dolor los vecinos lo habrían oído. Un aficionado no habría sido capaz de lograr eso.

¿Por qué lo había liquidado un profesional?

El rapado eligió sus palabras con cuidado:

–Quizá, sin darse cuenta, el señor Ushikawa le pisó la cola a alguien muy peligroso.

¿Podían ser los mismos que habían asesinado al líder?

–No hay pruebas, pero sí muchas probabilidades –dijo el rapado–. Además, seguro que presionaron mucho al señor Ushikawa. No sé qué le hicieron, pero no hay duda de que lo sometieron a un duro interrogatorio.

¿Qué podían haberle sonsacado?

–Sin duda debió de contarles todo lo que sabía –contestó el rapado–. Pero el señor Ushikawa sólo tenía una parte de la información. Por lo tanto, lo que haya contado no debería perjudicarnos demasiado.

El rapado tampoco tenía acceso a toda la información. Pero, por supuesto, sabía mucho más que un mero agente externo como Ushikawa.

El profesional del que hablas, ¿podría pertenecer a una gran organización criminal?, siguió preguntándole su superior.

–No es un modus operandi propio de la *yakuza* o de otra organización criminal parecida –contestó el rapado al tiempo que negaba con la cabeza–. Éstos actúan de un modo más sangriento y brutal, nunca con métodos tan elaborados. El individuo que asesinó al señor Ushikawa ha querido dejarnos un mensaje: «Nuestro sistema es muy sofisticado y, cuando alguien se entromete, golpeamos en el punto preciso. No volváis a meter las narices en este asunto».

¿Qué asunto era ése?

El rapado volvió a negar con la cabeza.

–No lo sé. Desde hacía algún tiempo, el señor Ushikawa actuaba por su cuenta. Varias veces le pedimos que nos diese la información que había conseguido, pero él se excusaba diciendo que todavía no disponía de material suficiente como para poder exponerlo de forma ordenada. Seguramente quería llegar al fondo de las cosas. Así que al final lo han asesinado sin que nos haya dado la información. Fue el líder quien quiso contratar al señor Ushikawa. Hasta entonces siempre había trabajado solo, nunca para una organización. Y, según la cadena de mando establecida, yo no me encontraba en situación de darle órdenes.

El rapado quería dejar claro el alcance de su responsabilidad. La comunidad estaba estructurada como una compleja organización, en toda organización existen normas, y éstas van siempre acompañadas de penalizaciones. No podía permitir que le echaran a él todas las culpas de aquella negligencia.

¿A quién vigilaba Ushikawa en ese edificio?

–Todavía no lo sé. Siguiendo la lógica, a alguien que vive en ese edificio o en los alrededores. Los que se han quedado en Tokio están investigándolo, pero aún no tengo noticias suyas. Supongo que llevará bastante tiempo averiguarlo. Quizá sea mejor que regrese a Tokio y lo averigüe por mí mismo.

El rapado no confiaba demasiado en la competencia de sus subordinados, leales pero poco perspicaces. Por otro lado, no les había dado muchos detalles de la situación. Conseguiría mejores resultados si actuaba solo. También quería registrar a fondo el despacho de Ushikawa. Aunque tal vez el hombre que le había telefoneado ya lo hubiera hecho. Pero su superior no autorizó su regreso a Tokio. Hasta que la situación no se aclarase más, él y el de la coleta debían permanecer en la sede central. Era una orden.

Su superior le preguntó si no sería Aomame a quien Ushikawa vigilaba.

–No, no lo creo –respondió el rapado–. Si hubiera sido así, nos lo habría comunicado de inmediato. De ese modo cumplía con su deber y terminaba el trabajo. Seguramente vigilaba a otra persona que estaba relacionada, o que podía estarlo, con el paradero de Aomame. Es la única explicación posible.

¿Así pues, mientras vigilaba a esa otra persona, se dieron cuenta y tomaron medidas?

–Sí, muy posiblemente fue así –contestó el rapado–. Se acercó demasiado, y solo, a un lugar peligroso. Quizá dio con una buena pista y se precipitó, ansioso por hacer un buen trabajo. Si hubiera vigilado con otros, podrían haberse protegido entre ellos y el señor Ushikawa no habría terminado así.

Por la conversación que mantuviste por teléfono con *ese hombre,* ¿podemos esperar que acepten que nos reunamos con Aomame?

–No sabría decirle. Pero estaba claro que todo dependía de si Aomame se mostraba dispuesta a negociar con nosotros. Por el modo en que habló el hombre que telefoneó, puedo decir que depende de ella el que la reunión se celebre o no.

Imagino que nuestro ofrecimiento de pasar por alto el asunto del líder y garantizar su seguridad le resultará atractivo.

–Aun así, ellos piden más información. ¿Por qué queremos reunirnos con Aomame? ¿Por qué deseamos hacer las paces con ellos? ¿Qué queremos negociar en concreto?

El hecho de que pidan más datos quiere decir que les falta información.

–Efectivamente. Pero, al mismo tiempo, nosotros tampoco tenemos mucha información sobre ellos. Todavía no sabemos por qué urdieron un plan tan elaborado para asesinar al líder.

En cualquier caso, mientras esperamos su respuesta, debemos proseguir con la búsqueda de Aomame. Aunque entretanto le pisemos la cola a cualquiera.

El rapado esperó un poco antes de contestar.

—Contamos con una organización sólida. Podemos movilizar personal y actuar con agilidad y eficacia. También tenemos nuestras metas y un alto sentido de la moral; si es preciso, estamos incluso dispuestos a sacrificar nuestra vida. Pero, en un nivel puramente técnico, no somos más que una pandilla de aficionados. Ni siquiera hemos recibido formación especializada. Ellos, en cambio, son unos profesionales consumados. Saben lo que se hacen, actúan con sangre fría y no les tiembla el pulso cuando es necesario. Además, parecen tener experiencia. Por otra parte, como usted bien sabe, el señor Ushikawa no era precisamente un tipo descuidado.

En concreto, ¿cómo piensas proceder a partir de ahora?

—Creo que lo más efectivo será averiguar qué pista había descubierto el señor Ushikawa y tirar de ese hilo.

Así pues, ¿no disponemos de más pistas que ésa?

—No —reconoció el rapado.

No importa a qué riesgos nos expongamos o cuántas víctimas tengamos que sacrificar; debemos encontrar a Aomame y *hacernos con ella*. De inmediato.

El rapado contestó con otra pregunta:

—¿Son ésas las instrucciones que la voz nos ha dado? *¿Hacernos con ella* de inmediato, sin que importe *por qué medios?*

Su superior no respondió. No podía revelarle más información. El rapado no pertenecía a la directiva. No era más que el jefe de una unidad de ejecución. Pero sabía que era la última orden de sus superiores y, seguramente, el último mensaje que las sacerdotisas habían oído de la «voz».

Mientras caminaba de un lado a otro delante del cadáver de Ushikawa en la sala helada, algo cruzó por su mente. Se detuvo al instante, torció el gesto e intentó precisar qué era. Cuando detuvo sus pasos, el de la coleta, junto a la puerta, cambió ligeramente de postura. Soltó un largo suspiro y pasó el punto de apoyo de una pierna a la otra.

«Kōenji», pensó el rapado. Frunció el ceño. Y rebuscó en el oscuro fondo de su memoria. Lenta y cuidadosamente, fue tirando hacia sí de un fino hilo. Alguien relacionado con todo ese asunto vivía en Kōenji. Pero ¿quién?

Sacó del bolsillo una gruesa agenda ajada y la hojeó a toda prisa. Su memoria no se equivocaba: era Tengo Kawana. Vivía, efectivamente, en Kōenji, Suginami. Exactamente en la misma calle y el mismo número que el edificio donde Ushikawa había muerto. Sólo cambiaba el número de piso. Tercero y primero. ¿Vigilaba Ushikawa los movimientos de Tengo? No cabía duda. No podía tratarse de una coincidencia.

Pero ¿por qué el detective había decidido espiar a Tengo en medio de una situación tan apremiante? Si el rapado no se había acordado de Tengo hasta ese momento era porque hacía tiempo que había perdido todo el interés por él. Tengo Kawana había reescrito *La crisálida de aire*, la obra de Eriko Fukada. En la época en que el libro ganó el premio de escritores noveles de la revista, se publicó y se convirtió en un *best seller*, quisieron tenerlo bajo vigilancia. Sospechaban también que guardaba algún secreto importante o que desempeñaba algún papel relevante. Sin embargo, ahora su misión ya había terminado. Estaba claro que no era más que un negro. Había reescrito la novela por encargo de Komatsu y se había embolsado unos modestos ingresos. Eso era todo. Detrás no había nada. Ahora la comunidad quería averiguar el paradero de Aomame. Pero Ushikawa se había centrado en el profesor de academia. Lo había acechado y lo espiaba. Y, a raíz de ello, había perdido la vida. ¿Por qué?

No lo sabía. Pero estaba claro que Ushikawa seguía alguna pista. Si se había pegado a Tengo Kawana era porque creía que éste quizá le conduciría hasta Aomame. Así que alquiló el piso, instaló una cámara sobre un trípode al lado de la ventana y pasó sin duda bastante tiempo vigilándolo. ¿Existía algún vínculo entre Tengo Kawana y Aomame? Y si existía, ¿qué clase de vínculo era?

El rapado salió de la sala sin decir nada, se dirigió a la habitación contigua, donde sí había calefacción, y llamó a Tokio. A un apartamento en Sakuragaoka, Shibuya. Ordenó a uno de sus subordinados que regresase de inmediato al piso de Ushikawa en Kōenji y, desde allí, espiase las idas y venidas de Tengo. «Es un tipo corpulento y con el pelo corto. No os costará identificarlo. Si sale del edificio, seguidlo los dos sin que se dé cuenta. No dejéis que se os escape. Averiguad adónde se dirige. Pase lo que pase, pegaos a él. Nosotros saldremos hacia allí en cuanto podamos.»

El rapado volvió a la sala donde yacía el cadáver y le comunicó al de la coleta que se marchaban a Tokio. El de la coleta sólo asintió con un breve gesto. No necesitaba explicaciones. Se limitó a ejecutar lo que le pedían sin demora. Al salir de la sala, el rapado apagó la luz y cerró con llave para que ninguna persona ajena entrase. Salieron del edificio y, en el aparcamiento, eligieron un Nissan Gloria negro de entre una decena de coches alineados. Subieron y el de la coleta encendió el motor; la llave ya estaba puesta en el contacto y, por norma, el depósito de gasolina siempre estaba lleno. Como de costumbre, conduciría el de la coleta. Las matrículas del Nissan Gloria eran legales, y la procedencia del vehículo, limpia. Aunque pisaran a fondo el acelerador, no se meterían en problemas.

Hasta poco después de haber tomado la autopista no se acordó de que no le habían autorizado a regresar a Tokio. Tendría que ocuparse de eso más tarde. Ya no había remedio. Era una emergencia. Cuando llegase a Tokio les llamaría para explicárselo. Frunciendo el ceño se dijo que, en ocasiones, las restricciones de la organización eran un fastidio. Cada vez había más normas; éstas, en vez de disminuir, siempre aumentaban de número. Sin embargo, sabía que no podría sobrevivir fuera de la organización. No era un lobo solitario. No dejaba de ser una rueda dentada al lado de muchas otras que se movían al compás que les marcaban desde arriba.

Encendió la radio y escuchó las noticias de las ocho de la noche. Apagó el aparato y, tras reclinar el asiento del acompañante, se echó una pequeña siesta. Cuando despertó, sintió hambre (¿cuándo había sido la última vez que había comido algo decente?), pero no tenían tiempo para detenerse en un área de servicio. Debían apresurarse.

En ese momento, sin embargo, Tengo ya se había reencontrado con Aomame en el tobogán del parque. Y los de Vanguardia no tenían ni idea de adónde se había dirigido Tengo. Sobre éste y Aomame pendían las dos lunas.

El cadáver de Ushikawa estaba tendido en silencio en medio de la gélida oscuridad. En la sala no había nadie más. La luz estaba apagada, y la puerta, cerrada con llave por fuera. La pálida luz de la Luna entraba por las ventanas situadas casi a la altura del techo. Pero, desde donde lo habían dejado, Ushikawa no habría podido verlas. De modo que no hubiera tenido modo de saber si había una o dos.

Como en la sala no había relojes, no se sabía exactamente qué hora era. Debía de haber pasado una hora desde que el rapado y el de la coleta se habían marchado. Si alguien se hubiera hallado en la sala se habría quedado estupefacto al ver cómo, de pronto, la boca de Ushikawa empezaba a moverse. Era un fenómeno aterrador que desafiaba el sentido común. Porque era evidente que Ushikawa estaba muerto, y su cuerpo, completamente rígido. Pero su boca siguió temblando hasta que, de pronto, con un ruido seco, se abrió desmesuradamente.

Si alguna persona hubiera estado allí, habría pensado que Ushikawa estaba a punto de decirle algo. Posiblemente algo valioso que sólo los muertos conocen. Seguro que, aterrada, esa persona habría contenido la respiración y habría aguardado. Quién podía saber qué clase de secreto se disponía a revelarle.

Pero de la boca abierta de Ushikawa no salió voz alguna. No surgieron palabras, tampoco un suspiro, sino seis personitas. A lo sumo medirían cinco centímetros. Los seis cuerpecillos ataviados con sus ropas diminutas pisaron aquella lengua musgosa, franquearon la dentadura, irregular y sucia, y fueron saliendo uno tras otro. Cual mineros del carbón regresando a la superficie al atardecer, una vez terminada la jornada. Su vestimenta y sus rostros, no obstante, estaban impolutos. Ellos eran ajenos a la suciedad y al desgaste.

Tras salir de la boca de Ushikawa, los seis Little People descendieron a las mesas de reuniones sobre las que yacía el cadáver y, moviendo sus cuerpos, fueron aumentando de estatura. Si las circunstancias lo requerían, podían modificar su tamaño. Pero nunca sobrepasaban el metro de altura ni menguaban hasta menos de los tres centímetros. Cuando alcanzaron sesenta o setenta centímetros, dejaron de moverse y, siempre uno tras otro, bajaron al suelo. Sus rostros carecían de expresión. Lo cual no quiere decir que fuesen como máscaras. Sus caras eran de lo más normal. Al margen del tamaño, tenían más o menos la misma cara que una persona cualquiera. Simplemente, en ese momento no necesitaban adoptar ninguna expresión.

Por lo visto, no debían proceder con prisa, pero tampoco ser demasiado lentos. Disponían del tiempo exacto para realizar su trabajo. Ni poco ni mucho tiempo. Sin que ninguno de ellos diera una señal, los seis se sentaron tranquilamente en el suelo y formaron un círculo. Un bello círculo perfecto de unos dos metros de diámetro.

Al poco rato, uno de ellos extendió calladamente el brazo y pellizcó un fino hilo del aire. Medía unos quince centímetros y era se-mitransparente, de un color crema casi blanco. Lo colocó en el suelo. El siguiente hizo exactamente lo mismo. Un hilo de la misma longitud y del mismo color. Otros tres repitieron la misma acción. Solamen-te el último actuó de otro modo: se levantó y se apartó del círculo, volvió a subirse a las mesas de reuniones, estiró el brazo hacia la ca-beza deforme de Ushikawa y le arrancó uno de sus cabellos rizados. *Tic*, se oyó. Ése sería su hilo. El primer Little People entrelazó con manos hábiles los cinco hilos de aire y el pelo de Ushikawa.

De ese modo, entre los seis fueron creando una nueva crisálida de aire. Esta vez ninguno hablaba. Extraían hilo del aire, le arrancaban pe-los a Ushikawa y, sin perder ritmo, fueron tejiendo con destreza la cri-sálida de aire. Pese a que la sala estaba helada, su aliento no se trans-formaba en vaho. Si alguien hubiera estado presente, quizá se habría extrañado. O tal vez ni siquiera se hubiese fijado en eso, dadas todas las cosas sorprendentes que estaban ocurriendo.

Aunque trabajaran sin descanso (en realidad, nunca descansaban), no podrían terminar la crisálida de aire en una noche. Necesitarían más días. Pero ninguno de los seis tenía prisa. Faltaban dos días para que el cadáver perdiera su rigidez y lo llevasen al incinerador. Ellos estaban al tanto. Bastaba con que terminasen en dos noches. Dispo-nían de tiempo suficiente. Y no conocían el cansancio.

Ushikawa yacía sobre la mesa, iluminado por el pálido claro de luna. Tenía la boca muy abierta, y los ojos, que nadie había podido cerrar, cubiertos con un paño. Lo último que habían visto aquellos ojos había sido la casa en Chūōrinkan y el chucho correteando por el cés-ped del pequeño jardín.

Y una parte de su alma estaba a punto de transformarse en crisá-lida de aire.

Jamás volveremos a soltarnos de la mano

–Abre los ojos –susurró Aomame.
Tengo abrió los ojos. Y el tiempo volvió a fluir en el mundo.
–Se ven las lunas –dijo Aomame.
Tengo irguió el rostro y miró al cielo. Las nubes se habían abierto y sobre las ramas secas del olmo de agua se divisaban los dos satélites: una Luna grande y amarilla y una pequeña luna verde y deforme. *Móder* y *dóter*. Su tonalidad tenue teñía los extremos de las nubes que pasaban. Como los bajos de una falda larga que, por descuido, se hubieran remojado en tinte.

Entonces Tengo miró a Aomame, sentada a su lado. Ya no era la niña de diez años delgaducha y malnutrida que vestía ropa heredada que no era de su talla y cuya madre le cortaba el pelo de forma chapucera. Las trazas de aquellos tiempos prácticamente habían desaparecido. Y, sin embargo, no le costó nada reconocerla. Esa joven no podía ser sino Aomame. La expresión que traslucían sus ojos no había cambiado en aquellos veinte años. Ojos poderosos, inmaculados y transparentes. Ojos seguros de lo que deseaban. Ojos conocedores de lo que debían mirar, que no permitirían que nadie se interpusiese en su camino. Esos ojos lo miraban directamente a él. Escrutaban su corazón.

Aomame había pasado esos veinte años en lugares que él desconocía y se había convertido en una hermosa mujer adulta. Pero Tengo, sin ninguna reserva y al instante, hizo suyos ese tiempo y esos lugares para convertirlos en parte de su carne y de su sangre. Ahora ya eran sus lugares y su tiempo.

«Debería decirle algo», pensó Tengo. Pero no le salieron las palabras. Sus labios se movieron como buscando en el aire las palabras. Sin embargo, no las encontró. Aparte de un hálito blanco que recordaba a una isla solitaria y errante, nada salió de sus labios. Mientras lo miraba a los ojos, Aomame movió una vez la cabeza hacia los lados. Tengo comprendió lo que ese gesto significaba: «*No hace falta que digas nada*». Aomame seguía agarrándole la mano dentro del bolsillo; no podía apartar su mano de allí ni por un instante.

–Estamos viendo lo mismo –susurró Aomame mientras escrutaba sus ojos. Parecía preguntarlo y, al mismo tiempo, confirmarlo–. Hay dos lunas.

Tengo asintió. «Hay dos lunas.» No llegó a pronunciarlo. Por algún motivo, no le salía la voz.

Aomame cerró los ojos, se encogió y apoyó la mejilla contra el pecho de Tengo. Pegó el oído a su corazón. Trataba de oír los pensamientos de él.

–Necesitaba saberlo –dijo Aomame–. Necesitaba saber que los dos estamos en el mismo mundo y vemos las mismas cosas.

De pronto, el gran pilar en forma de remolino que había en el corazón de Tengo había desaparecido. Sólo lo rodeaba la silenciosa noche de invierno. Las luces encendidas en algunas de las ventanas del edificio al otro lado de la calle –el lugar en el que Aomame había pasado sus días de fugitiva– indicaban que ellos dos no eran los únicos que vivían en este mundo. Les resultaba muy extraño, e incluso les parecía ilógico, que otras personas vivieran sus vidas en aquel mismo mundo.

Tengo se inclinó un poco y olió el cabello de Aomame. Tenía un hermoso cabello liso. A ambos lados, como tímidas criaturas, asomaban ligeramente dos pequeñas orejas rosáceas.

–Hace tanto tiempo... –dijo Aomame.

«Hace tanto tiempo...», coincidió Tengo. Pero enseguida cayó en la cuenta de que aquellos veinte años se habían convertido en algo insustancial. Aquel periodo había transcurrido en un instante y también en un instante se había llenado.

Tengo sacó la mano del bolsillo y rodeó los hombros de la joven. A través de la palma de su mano sintió la totalidad del cuerpo de Aomame. Luego alzó la cara y volvió a mirar las lunas. Las dos, asomándose entre las nubes que avanzaban muy lentamente, seguían proyectando su luz de tonalidad misteriosa sobre la Tierra. Bajo esa luz, Tengo volvió a sentir profundamente cómo el tiempo se volvía relativo. Veinte años eran mucho tiempo. Y en ese intervalo habían sucedido muchas cosas. Otras muchas habían desaparecido. Las que permanecían, habían cambiado y se habían transformado. Era un largo tiempo, pero a un corazón dispuesto no se le antojaba tan largo. Aunque el encuentro se hubiera producido otros veinte años después, él habría sentido lo mismo al ver a Aomame. Aunque ambos hubiesen tenido cincuenta años, su corazón se habría estremecido con la misma intensidad que en ese momento y habría sentido la misma conmoción ante ella. Su corazón habría albergado la misma dicha y la misma certeza.

Tengo se guardaba sus pensamientos. Pero sabía que Aomame oía con atención cada una de esas palabras no pronunciadas. Ella, con su pequeña oreja rosada pegada al pecho de Tengo, escuchaba los movimientos de su corazón. Como quien, al recorrer un mapa con la punta del dedo, va conjurando y descubriendo los vívidos paisajes por los que pasa.

—Me gustaría quedarme así para siempre y olvidarme del tiempo —dijo Aomame en voz baja—. Pero tenemos algo que hacer.

«*Vamos a trasladarnos*», pensó Tengo.

—Eso es, vamos a trasladarnos —dijo Aomame—. Y cuanto antes lo hagamos, mejor. No queda demasiado tiempo. Aunque todavía no te puedo decir adónde vamos.

«No hace falta que lo digas», pensó Tengo.

—¿No quieres saber adónde vamos? —preguntó Aomame.

Tengo negó con la cabeza. El viento de la realidad no había apagado la llama de su corazón. No existía en ninguna parte nada más importante.

—Jamás nos separaremos —dijo Aomame—. Jamás volveremos a soltarnos de la mano.

Aparecieron más nubes que engulleron paulatinamente las lunas. Como si hubieran bajado un telón en silencio, las sombras que envolvían al mundo se volvieron más densas, más profundas.

—Tenemos que apurarnos —susurró Aomame.

Y los dos se irguieron en el tobogán. Sus sombras se unieron de nuevo. Como niños pequeños buscando el camino a ciegas a través de un denso bosque envuelto en tinieblas, se tomaron con fuerza de la mano.

Tengo habló por primera vez:

—Vamos a dejar el «pueblo de los gatos».

Aomame recibió con agrado esa voz recién nacida.

—¿El «pueblo de los gatos»?

—Un pueblo dominado durante el día por una profunda soledad

y, de noche, por grandes gatos. Por él transcurre un bello río vadeado por un viejo puente de piedra. Pero no es un lugar para nosotros. «Cada uno ha llamado a *este mundo* de un modo distinto», pensó Aomame. «Yo le he llamado "1Q84" y él, "el pueblo de los gatos". Pero es el mismo.» Aomame le apretó la mano con más fuerza.

–Sí, vamos a marcharnos del «pueblo de los gatos». Los dos juntos –dijo ella–. Una vez que logremos salir, ya nunca nos separaremos, sea de noche o de día.

Cuando, con pasos rápidos, dejaron atrás el parque, las dos lunas seguían ocultas tras las nubes que cruzaban lentamente el cielo. Las lunas tenían los ojos tapados. Un niño y una niña atravesaban el bosque tomados de la mano.

30
TENGO
Quizá me equivoque

Cuando se fueron del parque, salieron a una gran avenida y cogieron un taxi. Aomame le indicó al taxista que los llevase hasta Sangenjaya por la Ruta 246.

Entonces, Tengo se fijó en cómo vestía Aomame. Llevaba un abrigo de entretiempo claro, un tanto ligero para esa época del año, que se abrochaba por delante con lazos. Debajo se había puesto un elegante vestido verde, de falda corta y ceñida. Llevaba medias, unos lustrosos zapatos de tacón y un bolso bandolera negro de piel al hombro. El bolso abultaba mucho y parecía pesado. No llevaba guantes ni bufanda. Tampoco anillos, collar ni pendientes. No olía a perfume. Todo lo que llevaba puesto, y lo que no, parecía muy natural a ojos de Tengo. No se le ocurría nada que le faltase o le sobrase.

El taxi circulaba por la circunvalación número siete hacia la Ruta 246. El tráfico era más fluido que de costumbre. Durante un buen rato ninguno de los dos abrió la boca. La radio estaba apagada y el joven taxista permanecía callado. Lo único que se oía era el monótono e incesante ruido de los neumáticos sobre el asfalto. Ella estaba arrimada a Tengo y no le soltaba la mano. Si se la soltase, quizá lo perdería para siempre. La ciudad nocturna fluía alrededor de los dos, como una corriente marina iluminada por fosforescentes algas noctilucas.

–Hay varias cosas que debo contarte –dijo Aomame al cabo de un buen rato–, pero no creo que pueda explicártelo antes de llegar *allí*. No tenemos demasiado tiempo. Y, en realidad, quizá nunca, por mucho tiempo que tengamos, pueda explicártelo todo.

Tengo negó brevemente con la cabeza. No era necesario que se lo explicara todo ahora. Más adelante, con calma, una vez que estuvieran allí, ya llenarían todos los vacíos –si es que había vacíos que llenar. En ese momento, Tengo tenía la sensación de que, si tenían cosas que compartir –aunque fuera un vacío que nunca podrían llenar, o un misterio que jamás lograrían descifrar–, encontrarían en ello una dicha, un sentimiento afín al cariño.

–¿Hay algo muy importante sobre ti que debería saber? –preguntó él.

Aomame le contestó con otra pregunta:

–¿Qué sabes tú de mí?

–Muy poco –contestó Tengo–. Que eres instructora en un gimnasio, estás soltera y vives en Kōenji.

–Yo tampoco sé mucho de ti. Pero sí sé que das clases de matemáticas en una academia de Yoyogi y que vives solo. Además de que, en realidad, fuiste tú quien escribió *La crisálida de aire*.

Tengo la miró, sorprendido. Muy pocas personas sabían eso. ¿Tendría Aomame algún vínculo con Vanguardia?

–No te preocupes. Estamos en el mismo bando –dijo ella–. Sería muy largo de explicar, pero sé que *La crisálida de aire* nació de una colaboración entre tú y Eriko Fukada. Y que, en cierto momento, tú y yo nos adentramos en este mundo con dos lunas. Hay algo más: llevo una criatura en mi vientre. Tuya, creo. Eso es, en principio, lo que deberías saber de mí.

–¿*Llevas en el vientre* una criatura mía? –Quizás el taxista los estuviera escuchando, pero Tengo no se paró a pensar en esas cosas.

–Durante estos veinte años no nos hemos visto ni una sola vez –dijo Aomame–. Y sin embargo he concebido un hijo tuyo, y voy a tenerlo. Todo esto parece una locura, pero es así.

Tengo esperó a que prosiguiera.

–¿Recuerdas que a principios de noviembre hubo una gran tormenta?

–Sí –dijo Tengo–. De día hizo muy buen tiempo, pero, al atardecer, de pronto, empezó a tronar y estalló una tormenta. La estación de Akasaka-Mitsuke se inundó y detuvieron los metros. –«La *lítel pípol* anda agitada», había dicho Fukaeri.

–Esa noche de tormenta me quedé encinta –dijo Aomame–. Pero ni ese día, ni desde un tiempo atrás, había mantenido *ese tipo* de relaciones con nadie. –Aomame esperó a que aquella verdad permease la mente de Tengo, y prosiguió–: De lo que no cabe duda es de que ocurrió esa noche. Y estoy convencida de que la criatura que llevo en mi interior es tuya. No puedo explicarlo. Tan sólo *lo sé*.

A Tengo le vino a la mente el extraño acto sexual que había mantenido con Fukaeri. Fuera retumbaban los truenos y la lluvia golpeaba la ventana. Como había dicho Fukaeri, la Little People andaba agitada. Y mientras Tengo estaba echado boca arriba en la cama, paralizado, Fukaeri montó encima de él, se introdujo el pene erecto en su interior y le exprimió el semen. Ella parecía en trance. Mantuvo sus ojos cerrados hasta el final, como inmersa en un estado de contemplación. Sus pechos eran grandes y redondos, y no tenía vello púbico. No parecía una escena real. Pero sin duda estaba ocurriendo.

A la mañana siguiente, Fukaeri no parecía acordarse de nada de lo que había sucedido la noche anterior. O quizás intentaba dar esa impresión. A Tengo, por su parte, le había parecido más una mera transacción práctica que un acto sexual. Esa noche tormentosa, Fukaeri había aprovechado que el cuerpo de Tengo estaba paralizado para extraerle semen de forma eficaz. Literalmente, hasta la última gota. Aún recordaba esa extraña sensación. Fukaeri parecía poseída por otra personalidad.

–Recuerdo algo –dijo Tengo lacónico–, algo que esa noche me ocurrió y que la lógica no puede explicar.

Aomame lo miró fijamente a los ojos.

–En ese momento no lo comprendí –siguió Tengo–. Y creo que tampoco ahora lo comprendo del todo. Pero si te quedaste encinta esa noche, y no se te ocurre ninguna otra posibilidad, no hay duda de que esa criatura que has concebido también es mía.

Fukaeri seguramente había funcionado como *conducto*. Ése era el papel que le había sido asignado: unir a Tengo y a Aomame a través de ella. Conectar a los dos físicamente en un periodo de tiempo limitado. Tengo comprendió que había sido así.

–Creo que algún día podré explicarte con detalle lo que ocurrió –añadió Tengo–. Pero ahora mismo no dispongo de suficientes palabras.

–Entonces, ¿me crees *de verdad*? ¿Crees que esta cosa pequeñita que llevo dentro de mí es tuya?

–Lo creo de corazón –contestó Tengo.

–Me alegro –dijo Aomame–. Eso era todo lo que necesitaba saber. Si crees eso, el resto da igual. No hacen falta más explicaciones.

–Así que estás embarazada.

–De unos cuatro meses. –Aomame guió la mano de Tengo hasta su vientre.

Tengo contuvo el aliento y buscó alguna señal de vida. Todavía no era más que algo muy pequeñito. Pero percibió el calor en su mano.

–¿Adónde vamos ahora? Tú, yo y esta *cosa pequeñita*.

–A un lugar que no es éste –dijo Aomame–. Un mundo en cuyo cielo sólo hay una luna. Al lugar que nos corresponde. Fuera del alcance de la Little People.

–¿La Little People? –Tengo frunció vagamente el ceño.

–En *La crisálida de aire* describiste con detalle a la Little People. Qué aspecto tienen, qué hacen.

Tengo asintió.

–La Little People existe en este mundo, y es tal como la has descrito.

Cuando corrigió la novela, la Little People no eran más que unas criaturas fantásticas concebidas por una chica de diecisiete años con una imaginación desbordante. A lo sumo, eran una metáfora, un símbolo. Pero en aquel mundo la Little People existía de verdad y ejercía su poder. Ahora podía creérselo.

–No sólo la Little People. La crisálida de aire, la *mother* y la *daughter* y las dos lunas también existen –dijo Aomame.

–¿Conoces el modo de salir de *este mundo*?

–Vamos a salir por donde yo entré. No se me ocurre otra salida posible. –Y preguntó–: ¿Has traído la novela que estás escribiendo?

–La tengo aquí. –Tengo dio un golpecito con la palma de la mano en su bolso bandolera granate. Luego se preguntó extrañado cómo sabía ella eso.

–Simplemente lo sé –dijo Aomame, y sonrió con timidez.

–Me parece que sabes muchas cosas de mí –dijo Tengo. Era la primera vez que la veía sonreír. Apenas había esbozado una sonrisa, y Tengo ya notó que el nivel de las mareas estaba empezando a cambiar en el mundo que lo rodeaba.

–No te deshagas de ella –dijo Aomame–. Es relevante para nosotros.

–Tranquila, no lo haré.

–Hemos venido a *este mundo* para encontrarnos. Ni nosotros mismos lo sabíamos, pero por eso entramos aquí. Hemos tenido que enfrentarnos a muchas complicaciones. A cosas ilógicas e inexplicables. A cosas sangrientas, tristes. De vez en cuando, a cosas hermosas. Nos han pedido juramentos y los hemos cumplido. Nos han sometido a pruebas y las hemos superado. Y hemos logrado el objetivo por el que vinimos. Pero ahora el peligro nos acecha. Ellos buscan a la *daughter* que llevo dentro de mí. Supongo que sabes lo que quiere decir *daughter*, ¿no?

Tengo aspiró hondo.

–Pretendes tener a esa *daughter* de los dos.

–Eso es. No comprendo los pormenores que se esconden detrás de eso, pero voy a dar a luz una *daughter* a través de una crisálida de aire, o desarrollando yo misma la función de crisálida de aire. Y *ellos* quieren atraparnos a los tres. Para crear un nuevo sistema que les permita «escuchar la voz».

–¿Qué papel desempeño yo en todo esto? Si es que se me atribuye otro que el de padre de la *daughter*...

–Tú eres... –Aomame se interrumpió. No le salían las palabras. Todavía quedaban muchos vacíos, y ellos dos tendrían que aunar las fuerzas para, con el tiempo, llenarlos.

–Yo estaba decidido a encontrarte –dijo Tengo–. Pero no lo logré. Me encontraste *tú* a mí. Es como si no hubiera hecho nada. No sé... No me parece justo.

–¿Justo?

–Te hago cargar con muchas cosas. Al final yo no sirvo de nada.

–No me haces cargar con nada –dijo Aomame sin dudar ni un segundo–. Has sido tú quien me ha guiado hasta aquí. De una forma invisible. Nosotros dos somos uno.

–Creo que he visto a esa *daughter* –dijo Tengo–. O *lo que significa* esa *daughter*. Dormía en medio de la luz tenue de la crisálida de aire y era como tú a los diez años. Pude tocar sus dedos. Ocurrió sólo una vez.

Aomame apoyó la cabeza en el hombro de Tengo.

–Tengo, ninguno de los dos hace cargar al otro con nada. Ahora mismo debemos pensar en proteger a *esta cosa pequeñita*. Nos pisan los talones. Están ya muy cerca. Oigo sus pasos.

–Ocurra lo que ocurra, nunca os dejaré en manos de nadie, ni a ti ni a esta cosa pequeñita. Reuniéndonos hemos cumplido el objetivo por el que entramos en este mundo, un mundo peligroso. Y tú sabes cómo salir de él.

–Creo que lo sé –dijo Aomame–. Pero quizá me equivoque.

31
TENGO Y AOMAME
Como una legumbre en su vaina

Tras apearse del taxi en el lugar que ella recordaba, miró a su alrededor al llegar a un cruce y, bajo la autopista, localizó el penumbroso depósito de materiales rodeado por una verja de planchas metálicas. Dándole la mano a Tengo, atravesaron el paso de peatones y se dirigieron hacia allí.

No daba con la plancha de metal que tenía los pernos flojos, así que fue probando pacientemente una por una hasta encontrar un hueco por el que cabía una persona. Se agachó y, con cuidado para que la ropa no se le enganchara, entró. Tengo la siguió, con el cuerpo encogido. Dentro del recinto todo estaba tal y como Aomame lo había visto en abril. Sacos de cemento descoloridos y desechados, pilares de hierro oxidados, maleza marchita, viejos papeles desparramados, excrementos blancos de paloma pegados aquí y allá. Nada había cambiado en esos ocho meses. Quizá desde entonces nadie había entrado allí. Era como una isleta de río en una carretera troncal en medio de la metrópolis; un lugar abandonado y relegado al olvido.

—¿Es éste el sitio? —preguntó Tengo mirando a su alrededor.

Aomame asintió con la cabeza.

—Si la salida no se encuentra aquí, entonces no podremos ir a ninguna parte.

Aomame buscó en la oscuridad las escaleras de emergencia por las que una vez había bajado. Unas escaleras estrechas que los conducirían a la autopista elevada. «Deberían estar aquí», se dijo. «Debo creer en ello.»

Las encontró. Ahora le parecieron mucho más pequeñas, destartaladas e inseguras de lo que recordaba. Aomame se sorprendió de que hubiera bajado por ellas. En cualquier caso, allí estaban. Ahora sólo faltaba subirlas peldaño a peldaño, en sentido inverso. Se quitó los zapatos de tacón Charles Jourdan, los guardó dentro del bolso y se puso éste a la espalda, cruzándolo por delante del pecho. Con los pies enfundados en las medias, pisó el primer peldaño.

–Sígueme –le dijo a Tengo, dándose la vuelta.

–¿No será mejor que vaya yo delante? –le dijo preocupado.

–No. Iré yo. –Era el camino por el que ella había descendido. Debía subir ella primero.

Las escaleras estaban mucho más frías que cuando las bajó meses atrás. Al asirse a la barandilla, las manos se le helaron hasta el punto de que creyó perder la sensibilidad. El viento que soplaba entre los pilares de la autopista también era mucho más fuerte y frío. Las escaleras se alzaban delante de ella indiferentes y desafiantes; no le prometían nada.

Cuando a principios de septiembre las había buscado desde la autopista, habían desaparecido. La vía estaba bloqueada. Pero ahora, desde el depósito, la vía los conduciría hasta la salida, tal como había previsto. Había tenido la corazonada de que, en esa dirección, las escaleras seguirían allí. «En mi interior llevo *esta cosa pequeñita*. Si posee algún poder especial, seguro que me protegerá y me indicará qué he de hacer.»

Había escaleras, pero ignoraba si, en efecto, comunicarían con la autopista metropolitana. Quizá se interrumpiesen a la mitad y no hubiera salida. Sí, en aquel mundo todo podía ocurrir. No tenían más remedio que subir por su propio pie y comprobar lo que allí había –o lo que no había.

Peldaño a peldaño, ascendió con cuidado por las escaleras. Miró hacia abajo y vio que Tengo la seguía de cerca. De vez en cuando una fuerte ráfaga de viento hacía restallar su abrigo con un silbido agudo. El viento le azotaba la cara. Los bajos del vestido se le subían hasta los muslos. Con el viento, el cabello se le enredaba y, al pegársele contra la cara, le estorbaba la vista. Casi le costaba respirar. Se arrepintió de no habérselo recogido en una coleta. «También debería haberme puesto guantes. ¿Por qué no se me ocurrió?» Pero de nada servía lamentarse. Sólo había pensado en vestirse de la misma forma que cuando había bajado. Y ahora debía aferrarse a las escaleras y seguir subiendo.

Mientras avanzaba lentamente y tiritando de frío, se fijó en los balcones del edificio que se alzaba al otro lado de la carretera. Un inmueble de cinco plantas de ladrillo marrón. Había visto ese edificio la vez que bajó. Aproximadamente la mitad de las ventanas estaban iluminadas. Tenía el edificio a un palmo de la nariz, por así decirlo. Si algún inquilino los descubriese subiendo por las escaleras de emergencia de noche, quizá se meterían en un lío. Ahora, el alumbrado de la Ruta 246 los iluminaba con bastante claridad.

Pero por suerte no se veía a nadie en las ventanas. Todas las cortinas estaban echadas. Era de esperar. ¿Y quién iba a salir al balcón en una noche fría de invierno para contemplar las escaleras de emergencia de una autopista?

En uno de los balcones vio una maceta con una cauchera. Se agazapaba, encogida, al lado de una silla de plástico sucia. Cuando había descendido en abril, también había visto una cauchera, mucho más mustia que la que había dejado en el piso de Jiyūgaoka. Durante esos ocho meses, esa cauchera debía de haber permanecido allí, encogida en la misma postura. Pálida y herida, la habían apartado al rincón más discreto del mundo, y sin duda todos se habían olvidado de ella. Quizá no le ofreciesen ni una gota de agua. Aun así, la modesta cauchera infundía coraje y seguridad a Aomame mientras subía confusa e inquieta, con las manos y los pies helados, por las inestables escaleras. «Tranquila, vas por buen camino. Recorro el mismo camino, pero en la dirección opuesta. Esa cauchera, en silencio, me sirve de señal.

»Cuando descendí por las escaleras, vi unas cuantas telarañas. Después pensé en Tamaki Ōtsuka. Recordé el viaje que hice con mi mejor amiga en verano, en la época del instituto, y la noche en que nos tocamos desnudas en la cama. ¿Por qué me acordé de algo así cuando bajaba las escaleras de emergencia?» Mientras subía, volvió a pensar en Tamaki Ōtsuka. Recordó aquellos pechos tersos y voluptuosos por los que siempre había sentido envidia. «Nada que ver con estos pobres pechos subdesarrollados.» Pero aquellos bellos senos se habían perdido para siempre.

Luego pensó en Ayumi Nakano, la solitaria agente de policía a la que, una noche de agosto, habían esposado y estrangulado con la cinta de un albornoz en la habitación de un hotel en Shibuya. Una joven con el corazón atribulado que se encaminaba hacia el abismo de la destrucción. Ella también tenía un pecho voluptuoso.

Sentía profundamente la muerte de sus dos amigas. Le entristecía el hecho de que ellas ya no existieran en este mundo. Le apenaba en

403

lo más hondo que aquellos dos espléndidos pares de pechos hubieran desaparecido sin dejar rastro.

«*Protegedme, por favor*», rogó Aomame. «*Necesito que me salvéis.*» Tenía la seguridad de que sus desafortunadas amigas oirían su ruego silencioso. Y la protegerían.

Al llegar a lo alto de las escalerillas, vio una pasarela que conducía al exterior de la autopista. Tenía una barandilla baja, y debía agacharse un poco para avanzar por ella. Al fondo se veían unas escaleras en zigzag. Parecían un poco más estables que las escalerillas de antes. Por lo que recordaba, llevaban al espacio de evacuación de la metropolitana. La pasarela se sacudía debido a las vibraciones causadas por los tráileres que iban y venían por la autopista, como un pequeño bote zarandeado por un fuerte oleaje. Ahora el ruido de los coches había aumentado considerablemente.

Comprobó que Tengo, que ya había terminado de subir las escaleras, estaba a su espalda y, estirando el brazo, lo tomó de la mano. Estaba caliente. «¿Cómo puede tener las manos calientes en una noche tan fría, tras haberse agarrado a esas escaleras gélidas?», se extrañó Aomame.

–Ya falta poco –le dijo acercando su boca al oído de él. Tuvo que hablar alto para hacerse oír por encima del ruido del tráfico y del viento–. Subiendo esas escaleras saldremos a la autopista. –«Si es que no están obstruidas», pensó. Pero eso no se lo dijo.

–Planeabas subir estas escaleras desde el principio, ¿no? –preguntó Tengo.

–Sí. Si conseguía encontrarlas, claro.

–Y sin embargo te has puesto un vestido ajustado y zapatos de tacón. No parece la ropa más adecuada para subirlas.

Aomame volvió a sonreír.

–Necesitaba vestirme así. Algún día te lo explicaré.

–Tienes unas piernas preciosas –dijo Tengo.

–¿Te gustan?

–Mucho.

–Gracias –contestó Aomame. Se asomó sobre la estrecha pasarela y lo besó suavemente en la oreja. Aquella oreja arrugada como una coliflor. Estaba helada.

Aomame enfiló la pasarela hasta llegar a las estrechas y empinadas escaleras situadas al fondo. Tenía las plantas y los dedos de los pies helados. Debía andar con cuidado para no pisar en falso. Mientras subía, se apartaba con los dedos el cabello enredado. El viento helado la hacía llorar. Sujetándose al pasamanos para no perder el equilibrio, avanzaba con cuidado, paso a paso, mientras pensaba en Tengo, detrás de ella. En sus grandes manos y en sus frías orejas, semejantes a coliflores. También pensaba en *esa cosa pequeñita* que dormía en su interior. Pensaba en la semiautomática negra que guardaba en el bolso, y en las siete balas con las que la había cargado.

«Pase lo que pase, debemos escapar de este mundo. Para eso tengo que creer ciegamente que estas escaleras nos van a conducir a la autopista. *Yo creo*», se dijo. Recordó la melodía que el líder había tarareado aquella noche de tormenta, antes de morir. Todavía recordaba algunos versos de la letra:

> Es un mundo circense,
> falso de principio a fin,
> pero todo sería real
> si creyeses en mí.

«Ocurra lo que ocurra, tenga lo que tenga que hacer, debo conseguir por mí misma que sea real. No. Debemos, Tengo y yo juntos, conseguir que sea real. Tenemos que reunir nuestras fuerzas y fundirlas en una. Por nosotros mismos y por *esta cosa pequeñita*.»

Aomame se detuvo en un pequeño descansillo y miró atrás. Allí estaba Tengo. Ella extendió la mano y él la sujetó. Volvió a sentir el mismo calor de hacía un rato, un calor que le infundía fuerzas. Aomame inclinó de nuevo la cabeza y acercó su boca a aquella oreja arrugada.

–¿Sabes? Una vez quise dar mi vida por ti –le confesó–. Estuve a punto de morir. A unos pocos milímetros. ¿Me crees?

–Claro que sí –dijo Tengo.

–Dime que me crees de corazón.

–Te creo de corazón –dijo Tengo.

Aomame asintió y le soltó la mano. Volvió a mirar hacia delante y reanudó el ascenso.

Minutos después, Aomame llegó a la Ruta 3 de la autopista metropolitana. Las escaleras de emergencia no estaban bloqueadas. Había tenido una corazonada y su esfuerzo se había visto recompensado. Antes de saltar la verja de hierro, se enjugó con el dorso de la mano las lágrimas frías que le caían.

–La Ruta 3 de la metropolitana –dijo Tengo sorprendido, tras mirar a su alrededor en silencio–. Así que ésta es la salida a este mundo, ¿verdad?

–Sí –contestó Aomame–. Es la entrada y la salida.

Desde atrás, Tengo sujetó a Aomame mientras ella franqueaba la verja, con la falda subida hasta la cintura. Al otro lado estaba el espacio de emergencia, en el que cabían dos coches aparcados. Era la tercera vez que Aomame pisaba aquel lugar. Ante ella se erguía el gran panel publicitario de Esso. PONGA UN TIGRE EN SU AUTOMÓVIL. El mismo eslogan, el mismo tigre. Se quedó parada, descalza, sin decir una palabra. Y se llenó el pecho de aquel aire nocturno cargado de gases de escape. Le pareció más refrescante que cualquier otro aire. *«He vuelto»*, pensó. *«Hemos* vuelto.»

La carretera estaba muy congestionada, como la última vez. La fila de coches que se dirigía hacia Shibuya apenas avanzaba. Se sorprendió. «¿Por qué será? Siempre que vengo aquí hay atasco.» Era raro que la Ruta 3 en dirección Tokio estuviera colapsada un día laborable a esas horas. Quizá se hubiera producido un accidente más adelante. En el carril contrario, los vehículos circulaban con fluidez. Pero, en dirección a la ciudad, era el caos.

Después de ella, Tengo franqueó la verja. Levantó una pierna y la saltó sin más. Después se situó junto a Aomame. Ambos contemplaron mudos la hilera de vehículos que se extendía ante sus ojos, como quien por primera vez en su vida ve el océano y contempla alelado cómo las olas, una tras otra, rompen en la orilla.

Los ocupantes de los coches los miraban fijamente con el desconcierto y la duda pintados en el rostro. Más que curiosidad, sus miradas traslucían recelo. ¿Qué hacía allí aquella pareja de jóvenes? Habían surgido de repente de la oscuridad y se habían quedado quietos en la zona de emergencia de la autopista. La mujer vestía un traje elegante, pero llevaba un abrigo ligero de entretiempo e iba con medias, sin zapatos. El hombre, corpulento, vestía una cazadora de cuero gastada. Ambos llevaban sendos bolsos bandolera. ¿Se les habría averiado el coche en el que viajaban?, ¿habrían tenido un accidente? Sin embargo, no se divisaba ningún coche en la zona de emergencia. Y ellos no parecían pedir auxilio.

Aomame por fin volvió en sí, sacó los zapatos de tacón del bol-

so y se los puso. Se ajustó la falda y colgó del hombro el bolso bandolera. Se abrochó bien el abrigo. Se humedeció los labios resecos con
la lengua y, con los dedos, se arregló el flequillo. Sacó un pañuelo y
se secó las lágrimas. Luego volvió a acercarse a Tengo.

Permanecieron unos minutos el uno junto al otro, tomados de la
mano y en silencio, al igual que en el aula del colegio, después de las
clases, en un mes de diciembre de veinte años atrás. En aquel mundo no había nadie más que ellos dos. Contemplaron el parsimonioso
flujo de vehículos. Pero, en realidad, ninguno de los dos miraba nada.
A ambos les traía sin cuidado lo que veían o lo que oían. El paisaje,
los sonidos y olores que los rodeaban habían perdido todo su sentido.

–Entonces, ¿hemos llegado a otro mundo? –dijo por fin Tengo.

–Quizá –contestó ella.

–Será mejor cerciorarse.

No había más que una forma de hacerlo, y no necesitaban decirlo. Aomame irguió el rostro y miró al cielo. Tengo hizo lo mismo prácticamente al mismo tiempo. Los dos buscaron la Luna en el firmamento. Debía de estar encima del anuncio de Esso. Pero no la veían.
Parecía ocultarse tras las nubes que, perezosamente, iban hacia el sur
arrastradas por el viento. Los dos esperaron. No tenían prisa. Les sobraba tiempo. Tiempo para recuperar el tiempo perdido. Tiempo que
compartir. No necesitaban precipitarse. Con la manguera del surtidor
en la mano y una sonrisa de complicidad, el tigre de la Esso velaba a
los dos jóvenes tomados de la mano mientras los miraba de reojo.

Súbitamente, Aomame se dio cuenta de que algo había cambiado. Al principio no sabía qué era. Entornó los ojos y se concentró.
Entonces dio con ello: el tigre del anuncio los miraba con su perfil
izquierdo. El tigre que ella recordaba miraba al mundo con el perfil derecho, no le cupo la menor duda. *La posición del tigre se ha invertido.*
Automáticamente, frunció el ceño. Su corazón se aceleró, y sintió
como si en su interior algo hubiese cambiado su curso y fuera ahora
a contracorriente. Pero ¿podía afirmar a ciencia cierta que el tigre se
había invertido? ¿Era su memoria tan precisa? No, no estaba segura.
Tan sólo *se lo había parecido.* La memoria, a veces, es traicionera.

Aomame se guardó esa sospecha para sus adentros. Todavía no podía decírselo. Con los ojos cerrados, trató de calmarse y de respirar
hondo, para que los latidos de su corazón recobrasen su ritmo normal, y esperó a que las nubes pasasen.

Los ocupantes de los vehículos los miraban a través de la ventanilla. ¿Qué estarían mirando esos dos con tanta atención? ¿Por qué se sujetaban fuertemente de la mano? Algunos de ellos volvieron la cabeza y miraron en la misma dirección que ellos. Pero lo único que veían eran las nubes blancas y el anuncio de Esso. ¡PONGA UN TIGRE EN SU AUTOMÓVIL! El tigre risueño miraba desde su perfil izquierdo a los automovilistas que pasaban y los exhortaba a que consumieran más gasolina. La cola naranja a rayas apuntaba con garbo al cielo.

Al cabo de un rato, las nubes se abrieron y asomó la Luna.

No había más que una. La Luna solitaria de color marfil de siempre. La Luna que colgaba en silencio sobre los campos de *susuki*,* la que flotaba en la superficie calma de los lagos transformada en un plato blanco, la que iluminaba los tejados de las casas cuando todos dormían. La misma Luna que con tesón acercaba la pleamar a las dunas, la que arrancaba suaves destellos del pelaje de los animales, y la que protegía, envolviéndolos, a los viajeros nocturnos. Esa Luna de siempre que, unas veces, adoptaba la aguzada forma de cuarto creciente y rasgaba la piel de las almas y, otras veces, se transformaba en luna nueva y sin hacer ruido rociaba de gotas oscuras y solitarias la Tierra. Había fijado su posición sobre el anuncio de Esso. A su lado no estaba la lunecilla verde y deforme. La Luna taciturna pendía sola, sin obedecer a nadie. Los dos observaron la misma escena, sin necesidad de que ninguno de los dos se lo confirmara al otro. Aomame, callada, sujetaba la mano amplia de Tengo. La sensación de que en su interior algo había cambiado su curso había desaparecido.

«Hemos regresado a 1984», se dijo Aomame. «Ya no estamos en 1Q84, sino en el mundo de 1984, el que había en un principio.»

Pero ¿sería real? ¿Podía el mundo volver atrás tan fácilmente? ¿No había afirmado el líder antes de morir que no había ningún modo de regresar al mundo?

«¿Habremos llegado a un *lugar diferente*? ¿Nos habremos trasladado de un mundo distinto a un tercer mundo, un mundo donde el tigre nos mira sonriente no desde su perfil derecho, sino desde el izquierdo, y donde nos aguardan nuevos enigmas y nuevas reglas?

* *Miscanthus sinensis*, herbácea natural de Asia oriental. *(N. del T.)*

»Tal vez no», siguió pensando Aomame. «En este momento no puedo asegurar que no sea así. Pero sí hay algo que puedo afirmar con toda seguridad: éste no es el mundo en cuyo cielo penden dos lunas. Y sujeto la mano de Tengo. Nos adentramos en un lugar peligroso donde la lógica no tenía validez; superando duras pruebas conseguimos encontrarnos y juntos hemos salido de él. Tanto si hemos llegado al mundo de siempre como a un mundo nuevo, ¿qué hay que temer? Si nos esperan nuevas pruebas, bastará con volver a superarlas. Eso es todo. Al menos ya no estamos solos.»

Se tranquilizó y, para creer en lo que debía creer, se apoyó contra el amplio pecho de Tengo. Pegó el oído al corazón de él y escuchó sus latidos. Luego se abandonó a sus brazos. Como una legumbre en su vaina.

–¿Adónde podemos ir ahora? –le preguntó Tengo al cabo de un buen rato.

No podían quedarse allí eternamente. Pero en la metropolitana no había arcén y, aunque la salida de Ikejiri quedaba relativamente cerca, por mucho atasco que hubiera era peligroso avanzar por un lado de una autopista estrecha junto a los coches. Por otra parte, aunque hicieran autoestop, difícilmente iban a encontrar a un conductor que se ofreciese a llevarlos. Podían llamar a la Corporación Nacional de Carreteras desde el teléfono de emergencias y pedir auxilio, pero tendrían que darles una explicación convincente de qué hacían allí perdidos. Si consiguiesen llegar a pie hasta la salida de Ikejiri, algún empleado del puesto de peaje los interrogaría. Ni se les pasaba por la cabeza volver a bajar las escaleras por las que habían subido hacía un rato.

–No lo sé –dijo Aomame.

No tenía ni idea de cuál era el siguiente paso. Una vez ascendidas las escaleras de emergencia, su papel había concluido. Había consumido demasiada energía como para ahora ponerse a pensar y decidir qué debían hacer. No quedaba ni una gota de combustible en su interior. La única solución era dejarlo todo en manos de otra fuerza.

«Padre nuestro que estás en el cielo. Santificado sea tu nombre, venga a nosotros tu reino. Perdona nuestras ofensas y bendice nuestro humilde caminar. Amén.»

La oración salió de sus labios con toda naturalidad. Casi de manera instintiva. No había necesitado pensar. Las palabras carecían de significado. Las frases no eran más que sonidos, una retahíla de signos. Pero mientras rezaba automáticamente la plegaria, sintió algo inexplicable. Algo que podía llamar, tal vez, devoción, y que sacudía su corazón en lo más profundo. «Me alegro de no haberme perdido a mí misma a pesar de todo lo que ha sucedido», pensó. «Me alegro de poder estar aquí –sea *este lugar* el que sea– siendo yo misma.»

–Venga a nosotros tu reino –repitió en voz alta, como solía hacer en el colegio delante de la comida. Y lo deseaba de corazón, al margen de lo que significase. «Venga a nosotros tu reino.»

Tengo le acarició el cabello con los dedos, como peinándoselo.

Diez minutos después, Tengo detuvo un taxi que pasaba. Ninguno de los dos daba crédito a lo que veía. Un taxi desocupado pasaba lentamente por la autopista congestionada. Cuando, sin salir de su asombro, Tengo alzó la mano, la puerta trasera del taxi se abrió de inmediato y los dos subieron. Lo hicieron precipitadamente, por miedo a que la aparición se esfumase. El taxista, un joven con gafas, volvió la cabeza y miró hacia ellos.

–Con el atasco que hay, ¿no les importa que los deje en la salida de Ikejiri, ahí delante? –dijo. Para ser hombre, tenía una voz extrañamente atiplada. Pero no resultaba desagradable.

–No, está bien –contestó Aomame.

–La verdad es que recoger a pasajeros en la autopista va en contra de la ley.

–¿De qué ley? –le preguntó Aomame. Su rostro, reflejado en el retrovisor, estaba ligeramente ceñudo.

El taxista no consiguió recordar la ley que le prohibía recoger clientes en la autopista. Además, el rostro de Aomame en el retrovisor lo intimidaba.

–Bah, no tiene importancia. ¿Dónde quieren que los deje entonces?

–Cerca de la estación de Shibuya, si puede ser –contestó Aomame.

–No he puesto en marcha el taxímetro –dijo el taxista–. Sólo les cobraré la carrera a partir de la salida de la autopista.

–¿Qué hace un taxi sin pasajeros en una autopista? –le preguntó Tengo.

–Es una historia un poco complicada –dijo el taxista con voz cansada–. ¿Quieren que se la cuente?

–Sí –respondió Aomame. No le importaba lo larga y aburrida que fuese. Estaba ansiosa por oír lo que le tenían que contar las personas de ese nuevo mundo. Tal vez descubriese nuevos secretos, nuevas insinuaciones.

–Cerca del parque de Kinuta recogí a un cliente de mediana edad que me pidió que lo llevase a la Universidad Aoyama Gakuin por la autopista, porque en la zona de Shibuya había mucho tráfico. En ese momento no habían informado de ningún atasco en la metropolitana. Supuestamente, el tráfico era fluido. Así que hice como me dijo y en Yōga cogí la autopista. Sin embargo, en la zona de Tani-chō se ha producido un accidente, y ya ven cómo está el panorama. Una vez en la autopista, mi cliente no podía apearse hasta llegar a la salida de Ikejiri. Entretanto, el hombre divisó casualmente a una conocida. Estábamos parados en la zona de Komazawa, al lado de un Mercedes-Benz Coupé plateado, y resultó que la mujer que lo conducía era amiga suya. Entonces bajaron las ventanillas, se pusieron a hablar y la mujer le propuso llevarlo. Mi cliente me dijo que lo sentía mucho, pero que quería pagarme el trayecto hasta ahí e irse con su amiga. Dejar a un cliente en la autopista es algo inaudito, pero bueno, los coches no avanzaban un milímetro y no pude negarme, ¿comprenden? De modo que el cliente se pasó al Mercedes-Benz. Aunque se disculpó y me dio algo de propina para compensar, no me hizo demasiada gracia. Porque el asunto era que iba a tener que quedarme en pleno atasco. Y poco a poco fui avanzando hasta llegar aquí, a poca distancia de la salida de Ikejiri. Entonces los vi a ustedes con la mano levantada. ¿No les parece increíble?

–Yo me lo creo –contestó escuetamente Aomame.

Esa noche se alojaron en un hotel, un gran rascacielos situado en Akasaka. Apagaron la luz, se desnudaron y, en la cama, se abrazaron el uno al otro. Tenían muchísimas cosas que contarse, pero todas podían esperar a la mañana siguiente. Tenían otras prioridades. Sin decir ni una palabra, tomándose todo el tiempo del mundo, exploraron sus cuerpos en la oscuridad. Con sus dedos y la palma de sus manos palparon y comprobaron, una a una, dónde se encontraba cada cosa y qué forma tenía. Excitados, como niños pequeños que buscan un

411

tesoro en un cuarto secreto. Y cada vez que descubrían algo, le daban su aprobación besándolo con los labios.

Tras concluir sin prisas este proceso, Aomame sostuvo el pene erecto de Tengo en su mano. Del mismo modo que una vez le había agarrado la mano en el aula del colegio. Estaba más duro que cualquier cosa que hubiera conocido, erecto de un modo casi milagroso. Luego abrió las piernas, se acercó y lo introdujo lentamente dentro de sí. Muy profundamente, hasta el fondo. Cerró los ojos en la oscuridad y tomó una bocanada de aire profundo y oscuro. A continuación, lo exhaló despacio. Tengo sintió el tibio suspiro en su pecho.

Muy quieta, Aomame le susurró al oído:

–Siempre me he imaginado cómo sería tenerte así.

–¿Haciendo el amor conmigo?

–Sí.

–¿Incluso cuando tenías diez años? –preguntó Tengo.

Aomame se rió.

–¡No, no! Cuando ya era un poco mayor.

–Yo también me lo he imaginado.

–¿Que me penetrabas?

–Sí –contestó Tengo.

–¿Y es como te lo imaginabas?

–Todavía no me puedo creer que sea real –le confesó él–. Es como si aún estuviera imaginándomelo.

–Pero es real.

–Lo encuentro demasiado maravilloso para ser real.

Aomame sonrió en la oscuridad. Luego rozó los labios de Tengo con los suyos. Los dos entrelazaron durante un rato sus lenguas.

–Dime, ¿no crees que tengo los pechos pequeños? –dijo Aomame.

–Son perfectos –contestó él abarcándolos con las manos.

–¿Lo crees de verdad?

–Claro –dijo él–. Si fueran más grandes, ya no serías tú.

–Gracias –dijo Aomame–. Pero no es sólo eso: la diferencia de tamaño entre uno y otro es notable.

–Están bien como están –le aseguró Tengo–. El derecho es el derecho, y el izquierdo, el izquierdo. No necesitan ningún cambio.

Aomame pegó el oído al pecho de Tengo.

–¿Sabes? He estado sola durante tanto tiempo. Y tantas cosas me han hecho daño. Ojalá te hubiera encontrado antes. Así no habría tenido que dar este rodeo.

Tengo negó con la cabeza.

–No, no lo creo. Todo ha ocurrido como debía ocurrir. Y ahora es el momento apropiado. Para los dos.

Aomame empezó a llorar. Derramaba lágrimas contenidas durante mucho tiempo. Incapaz de reprimirlos, los lagrimones le caían sobre las sábanas como lluvia. Con Tengo en lo más profundo de su cuerpo, tembló sin dejar de llorar. Él la rodeó con los brazos y la abrazó. En adelante habría de seguir sosteniéndola por mucho tiempo, y pensar eso lo hacía más feliz que nada en el mundo.

–Hemos necesitado todo este tiempo para comprender lo solos que nos sentíamos –dijo él.

–Muévete –le dijo Aomame al oído–. Despacio, sin prisas.

Tengo hizo lo que le pidió: se movió muy lentamente. Respirando en silencio, prestando atención a sus propios latidos. Entretanto, como quien está a punto de hundirse, Aomame se aferraba al enorme cuerpo de Tengo. Dejó de llorar, dejó de pensar, se alejó del pasado y del futuro y acompasó su corazón a los movimientos de Tengo.

Hacia el amanecer, se acercaron al gran ventanal arropados con los albornoces del hotel y bebieron el vino tinto que habían pedido al servicio de habitaciones. Aomame sólo se mojó los labios. Ya no necesitaban dormir. Desde la ventana del decimoséptimo piso uno podía contemplar la Luna todo lo que quisiera. Las nubes habían desaparecido y nada obstaculizaba ya su vista. A pesar de que la Luna había recorrido bastante distancia, todavía seguía allí, rozando los rascacielos. Había aumentado aquel albor ceniciento y muy pronto, terminado su trabajo, se hundiría en el horizonte.

En recepción, Aomame había pedido una habitación en una planta alta, para poder ver la Luna; el precio no importaba. «Es la condición más importante: que se vea claramente la Luna», había dicho.

La encargada de recepción había atendido con amabilidad a aquella joven pareja que había aparecido de improviso. Esa noche todavía quedaban habitaciones libres. Y la empleada, nada más verlos, había sentido simpatía hacia ellos. La mujer le pidió al botones que los acompañase a la habitación para que pudiesen comprobar por sí mismos que desde el ventanal se veía la Luna y luego entregó a Aomame las llaves de la *suite junior*. También les aplicó un descuento especial.

–¿Acaso hay luna llena o algo así esta noche? –le preguntó por curiosidad la recepcionista. A lo largo de los años había recibido toda clase de peticiones, deseos y súplicas por parte de los clientes. Pero era la primera vez que alguien le pedía una habitación desde la que se pudiera contemplar la Luna.

–No –dijo Aomame–. La luna llena ya ha pasado. Hoy estará en sus dos tercios. Pero no importa mientras se vea.

–¿Les gusta mirar la Luna?

–Es importante para nosotros –contestó con una sonrisa–. Más de lo que imagina.

Ya cerca del amanecer, el número de lunas no había aumentado. Era la misma Luna de siempre. El único satélite que desde tiempos inmemoriales giraba lealmente, siempre a la misma velocidad, alrededor de la Tierra. Mientras lo contemplaba, Aomame colocó suavemente sus manos en el vientre y comprobó una vez más que albergaba a *aquella cosa pequeñita*. Sintió que su vientre había aumentado un poco.

«Todavía no sabemos qué mundo es éste. Pero, al margen de cómo sea, me quedaré», pensó Aomame, «*nos quedaremos*. Esconderá sus propias amenazas y sus peligros. Y estará lleno de enigmas y contradicciones. En adelante quizá tengamos que tomar muchos senderos oscuros que no sabremos adónde conducen. Pero todo eso no importa. Aceptaré este mundo tal como es. Ya no me moveré de aquí. Pase lo que pase, los tres nos quedaremos en este mundo de una sola luna. Tengo, yo y esta cosa pequeñita.»

PONGA UN TIGRE EN SU AUTOMÓVIL, decía el tigre de Esso. Miraba hacia ellos con su perfil izquierdo. Pero los mirase desde el lado que los mirara, brindaba a Aomame una gran sonrisa cálida y natural. «Creeré en ella. Es importante.» Aomame le devolvió la sonrisa. Con mucha calidez y naturalidad.

Alzó en silencio una mano, y Tengo la tomó. Los dos permanecieron quietos, el uno junto al otro, unidos, observando en silencio la Luna que pendía encima de los edificios. Hasta que salió el sol y la iluminó, y su pálido fulgor fue apagándose hasta transformarse en un mero recorte de papel gris colgado del cielo.